TRADUCTION

E. D. FORGUES

SANS NOM

PAR

W. WILKIE COLLINS

AUTEUR DE LA FEMME EN BLANC

PREMIÈRE PARTIE

PARIS

COLLECTION HETZEL

J. HETZEL, LIBRAIRE ÉDITEUR

SANS NOM

PARIS. — IMPRIMERIE DE J. CLAYE
Rue Saint-Benoît, 7

TRADUCTION E. D. FORGUES

SANS NOM

PAR

W. WILKIE COLLINS

AUTEUR DE LA FEMME EN BLANC

PREMIÈRE PARTIE

PARIS

COLLECTION HETZEL

J. HETZEL, LIBRAIRE-ÉDITEUR

18, RUE JACOB

1863

SANS NOM

SCÈNE PREMIÈRE.

COMBE-RAVEN, SOMERSETSHIRE.

I.

Les aiguilles de l'horloge placée sous le vestibule marquaient six heures et demie du matin. La maison était une riche villa dans l'ouest du comté de Somerset; on l'appelait Combe-Raven. Fixons l'époque : le 4 mars de l'année 1846.

Aucun bruit, sauf l'éternel tic-tac de l'horloge et les ronflements sonores d'un gros chien étendu sur une natte au seuil de la salle à manger, ne troublait le calme mystérieux qui régnait ce matin-là dans ce vestibule et sur l'escalier dont on voyait les dernières marches. Quels dormeurs étaient cachés dans les étages supérieurs? Laissons la maison elle-même nous révéler ses secrets; à mesure que, quittant leurs lits, ils descendront l'escalier, les dormeurs se présenteront eux-mêmes.

Au moment où l'horloge marquait sept heures moins un quart, le chien s'éveilla et se secoua bruyamment. Après avoir vainement attendu le valet de pied qui d'ordinaire le lâchait dans la cour, l'animal se mit à vaguer avec inquiétude de l'une à l'autre des portes closes sur le vestibule; et, revenant à sa natte avec une évidente perplexité, il poussa un long et triste hurlement, sorte de reproche adressé à la famille encore endormie.

Avant que les dernières notes de cette remontrance ca-
nine eussent cessé de vibrer, les marches de chêne situées
dans les plus hautes régions du bâtiment craquèrent sous les
pas de quelqu'un qui descendait lentement. La minute d'après,
on vit apparaître la plus élevée en grade des domestiques
femelles, les épaules chaudement abritées sous un châle de
laine. Cette matinée de mars était glaciale, et de plus il existait entre la cuisinière et le rhumatisme des rapports d'ancienne date.

Ne faisant d'abord aux cordiales avances du chien qu'un
accueil fort peu gracieux, cette femme ouvrit lentement la
porte du vestibule, et mit le prisonnier en liberté.

La matinée avait un aspect revêche. Sur un gazon spa-
cieux et derrière une noire plantation de sapins, le soleil
frayait sa route ascendante parmi des masses de nuages gri-
sâtres et comme déchirés; de grosses gouttes de pluie tombaient pesamment à longs intervalles; et les arbres humides
pliaient lourdement sous l'effort de la brise de mars.

Sept heures sonnèrent; les signes de la vie intérieure
commencèrent à se manifester de plus en plus rapides. La
fille de service descendit, — grande et mince, et portant
écrit à l'encre rouge, sur le bout de son nez, le degré de
la température printanière. La femme de chambre vint
après, -- jeune, bien attifée, grassouillette et endormie. La
fille de cuisine parut ensuite, — affligée d'un tic douloureux
et ne dissimulant guère sa douleur. Le dernier de tous arriva
le valet de pied, bâillant à se démonter les mâchoires, vivant portrait d'un homme qui se sent indûment privé du
sommeil auquel il a droit.

La conversation des domestiques, quand ils se groupèrent
devant le feu de la cuisine lentement allumé, se rapportait
à un incident de fraîche date, survenu dans la famille, et
porta, dès le début, sur cette question: Thomas, le valet
de pied, avait-il entrevu le concert donné à Clifton, auquel,
la veille au soir, avaient assisté son maître et les deux jeunes
demoiselles? Oui: Thomas avait entendu le concert; on lui
avait payé sa place aux stalles du fond; on y menait grand

bruit; il y faisait très-chaud; les affiches, à leur première ligne, avaient donné à ce concert le titre de « grand »; mais franchir seize milles en chemin de fer pour aller l'entendre, et dix-neuf milles en voiture à une heure et demie du matin, après l'avoir entendu, était une corvée sur l'utilité de laquelle Thomas avait quelques doutes. Son maître et les jeunes dames en décideraient à leur guise; quant à lui, toute réflexion faite, il se prononcerait sans hésiter pour la négative.

Un supplément d'enquête, entrepris successivement par toutes les domestiques du sexe féminin, n'obtint aucune autre espèce de renseignements. Thomas ne put ni fredonner aucune des chansons, ni décrire aucune des toilettes. Son auditoire, en conséquence, l'abandonna de désespoir, et le bavardage de cuisine rentra dans son cours ordinaire, jusqu'à ce que l'horloge sonnât huit heures, et dispersât subitement les domestiques, qui allèrent vaquer à leurs travaux du matin.

Huit heures et quart sonnèrent; rien ne se montra. Huit heures et demie : dans la région des chambres à coucher se manifestèrent quelques symptômes de vie. Celui des membres de la communauté qui le premier descendit l'escalier, fut M. André Vanstone, le maître du château.

Grand, fort, se tenant droit, — ses yeux bleus pleins de lumière, son teint fleuri débordant de santé, — sa jaquette de chasse à longs poils négligemment boutonnée de travers; son petit terrier d'Écosse, aux allures perverses, aboyant sur ses talons sans recevoir la moindre réprimande, — une main plongée dans la poche de son gilet, l'autre battant gaiement la mesure sur la rampe de l'escalier; tandis qu'il descendait en fredonnant un des airs de la veille, — M. Vanstone laissait lire sur toute sa personne, sans la moindre réserve, et à tout venant, le caractère dont la nature l'avait doué. Humeur facile, cœur bienveillant, ce bel et bon *gentleman* marchait au soleil de la vie, ne demandant évidemment rien de mieux que de rencontrer, également au soleil, tous les hommes appelés à vivre en même temps que lui.

À ne compter que les années, il avait un demi-siècle et

un peu plus. A le juger d'après la légèreté de son cœur, la force de sa constitution et son aptitude à jouir de tout, il n'était guère plus vieux que la plupart de nos contemporains lorsqu'ils viennent d'avoir trente ans.

« Thomas! cria M. Vanstone en prenant sur la table du vestibule son vieux chapeau de feutre et le gros bâton qu'il emportait à la promenade, — on déjeune ce matin à dix heures. Après le concert d'hier au soir, nos jeunes dames ne se lèveront guère plus tôt. Et, à propos, comment avez-vous trouvé ce concert, vous? Ne vous attendiez-vous pas à quelque chose de grand? Eh bien! vous avait-on mystifié? Quel tohu-bohu! quel tapage d'enfer! Toutes les femmes serrées à étouffer, une chaleur accablante, le gaz qui vous aveugle; de la place pour personne!... Oui, oui, Thomas, c'est bien un grand concert que ce concert-là!... mais ce serait trop dire si on le qualifiait de « comfortable. »

Ayant ainsi exprimé son opinion, M. Vanstone siffla son malicieux terrier, et, brandissant son bâton sur le seuil du vestibule comme pour jeter à la pluie un défi joyeux, il commença, contre vent et marée, sa promenade matinale.

Les aiguilles, poursuivant sans bruit leur route constante autour du cadran, marquèrent neuf heures moins dix minutes. Un autre membre de la communauté se montra sur l'escalier; — c'était miss Garth, l'institutrice. Aucun observateur tant soit peu subtil n'aurait examiné miss Garth sans reconnaître en elle, tout d'abord, une femme née dans nos comtés septentrionaux.

Les traits de son visage fortement accusés, la promptitude masculine de ses gestes, l'honnêteté obstinée de sa physionomie et de son attitude, tout attestait qu'elle était née, qu'elle avait reçu sa première éducation sur la frontière anglo-écossaise. Bien qu'elle eût à peine dépassé la quarantaine, ses cheveux étaient tout à fait gris, et elle les abritait sous un bonnet uni, coiffure sévère des femmes âgées. Son visage, lui aussi, attestait qu'à une époque quelconque, le chagrin avait dû pour elle aggraver le poids des années et les faire compter double. L'aisance de sa démarche, et l'habitude d'autorité empreinte dans les regards qu'elle jetait autour d'elle, portaient bon témoignage de la position qui lui était faite dans la famille Vanstone. Elle n'appartenait pas, évidemment, à cette classe d'institutrices si abandonnées, si persécutées, et si dignes de pitié dans leur dépendance presque servile.

On voyait en elle une femme vivant en bons et honorables termes avec ceux qui payaient ses travaux; une femme capable d'envoyer promener, et très-loin, les parents, quels qu'ils fussent, assez malavisés pour ne pas l'apprécier à sa juste valeur.

« Le déjeuner pour dix heures? répéta miss Garth, lorsque le valet de pied, obéissant à la sonnette, fut venu lui répéter les ordres qu'il avait reçus de son maître. — Ah! je devinais bien ce qu'amènerait ce concert d'hier au soir. Lorsque les gens qui vivent à la campagne se constituent les patrons de quelques amusements publics, ces amusements publics prennent leur revanche en bouleversant ensuite la famille pendant plusieurs jours consécutifs. Vous, par exemple, Thomas, vous êtes bouleversé, je m'en aperçois bien; vos yeux sont rouges comme ceux d'un furet, et on dirait que vous avez gardé votre cravate en vous mettant au lit. Apportez la bouilloire à dix heures moins un quart! — et si vous n'êtes pas mieux dans le cours de la journée, venez me trouver; je vous donnerai une médecine... Voilà un garçon de bon vouloir si on le laisse à sa routine, continua miss Garth, lorsque le départ de Thomas l'eut réduite au monologue; mais il n'est pas assez fort pour des concerts à vingt milles d'ici. Ne voulaient-ils pas aussi m'emmener, hier au soir? Ah oui!... qu'on m'y prenne!... »

Neuf heures sonnèrent, et l'aiguille parcourut encore vingt minutes avant qu'on entendît d'autres pas sur l'escalier. Ce temps expiré, deux dames parurent, — mistress Vanstone et sa fille aînée.

Si mistress Vanstone n'avait jamais eu d'autres attraits que cette fraîcheur de teint qui est si essentiellement l'apanage des femmes anglaises, elle eût, et depuis longtemps, perdu les derniers restes de cette éphémère beauté. Mais, bien qu'elle

fût maintenant dans sa quarante-quatrième année, bien qu'é-
prouvée jadis par la perte prématurée de plusieurs de ses enfants, et bien que de longues maladies eussent été la suite de
ces déchirements douloureux, — elle conservait l'élégance de
galbe et la subtile délicatesse de traits, autrefois unies chez
elle à l'éclat, à la splendeur de jeunesse qui maintenant
l'avaient pour jamais quittée. L'aînée de ses filles, celle qui
descendait les degrés à côté d'elle, était comme le miroir où
elle eût pu contempler son printemps évanoui. Sur la tête de
la fille on retrouvait en torsades épaisses les épais cheveux
bruns qui, sur celle de la mère, prenaient rapidement une
teinte grisonnante; sur les joues de la fille brillaient ces rou-
geurs charmantes maintenant effacées des joues maternelles
pour ne jamais refleurir. Miss Vanstone était déjà parvenue à
cet âge où la femme complète sa première maturité : elle venait de terminer sa vingt-sixième année. La majesté qui caractérisait autrefois la beauté de sa mère, elle en avait
hérité, mais non de tout ce que cette beauté avait de con-
ciliant et d'attrayant. Bien que le galbe de son visage fût le
même, les traits n'avaient pas la même finesse, et ne s'unissaient pas en des proportions aussi exactes.

Elle n'était pas non plus d'une taille aussi élevée. Elle
avait les yeux brun foncé de sa mère, grands et doux, avec
cet éclat constant que ne conservaient point ceux de mistress
Vanstone, mais dans leur expression ne se retrouvaient pas le
même attrait, la même finesse, la même profondeur de sentiment : cette expression était douce et féminine, comme
voilée d'une sorte de tranquille réserve qui n'avait jamais
obscurci le visage maternel. Si nous osions y regarder d'assez
près, ne pourrions-nous pas remarquer que la force de caractère et les plus hautes capacités intellectuelles transmises par
leurs parents semblent souvent s'affaiblir et s'atténuer chez
les enfants, en vertu de quelque cause inconnue? En ce temps
d'épuisement nerveux que propage mystérieusement une con-
tagion subtile, ne serait-il pas possible d'appliquer le même
principe (et plus fréquemment que nous ne sommes tentés de
l'admettre) à l'être physique aussi bien qu'à l'être moral.

La mère et la fille descendaient lentement : la première, dans un costume brun foncé, un châle de cachemire négligemment jeté sur ses épaules ; la seconde, plus simplement vêtue de noir, avec un col et des manchettes unies, et un nœud de ruban orange sur le devant de son corsage. Tandis qu'elles traversaient le vestibule et entraient dans la salle à manger, miss Vanstone s'absorbait encore dans le souvenir du concert de la veille.

« J'étais vraiment fâchée que vous ne fussiez pas avec nous, disait-elle... Depuis l'été dernier, vous avez toujours été si forte et si bien portante... vous vous êtes trouvée si rajeunie (ce sont vos propres paroles), que, j'en suis sûre, cette petite partie ne vous eût point fatiguée.

— Peut-être bien, chère enfant... mais il était plus sûr de ne rien aventurer.

— Sans aucun doute, remarqua miss Garth, qui se montra sur le seuil de la porte... Regardez plutôt Norah !... Bonjour, bonjour, ma chère petite !... Regardez Norah, vous dis-je ! Une vraie morte... un témoignage ambulant de la sagesse dont vous et moi nous avons fait preuve en demeurant au logis... Ce gaz vénéneux, cet air vicié, cette veille prolongée, qu'en peut-on attendre ?.... Elle n'est pas de fer, n'est-ce pas ? aussi la voilà toute souffrante... Oh ! ma chère, inutile de s'en défendre !... je vois bien que vous avez la migraine. »

La jolie figure brune de miss Norah s'éclaira d'un sourire passager, et tout aussitôt reprit son nuage accoutumé.

« Un *extrait* de migraine... Pas la moitié de ce qui me forcerait à regretter d'être allée au concert, » dit-elle en s'allant accouder à une fenêtre.

Par delà les haies d'un potager et les murailles basses d'un enclos à daims, le regard embrassait un cours d'eau, quelques bâtiments de ferme situés sur les bords, et l'entrée béante d'une gorge boisée ouverte entre des rochers (dans le comté de Somerset, ceci s'appelle une *combe*), et circulant ensuite à travers les hauteurs qui bornaient l'horizon. Parmi les ondulations presque insensibles du plain pays, on voyait à petite distance une échappée de route, aux sinueux détours, et sur cette

route se reconnaissait la haute taille de M. Vanstone, qui rega-
gnait à grands pas le château, sa promenade matinale achevée.

Remarquant sa fille aînée au balcon, il la salua gaiement
d'un tour de canne. Elle lui répondit par un mouvement de tête
et un geste de mains parfaitement avenants et gracieux d'ailleurs, mais marqués d'un formalisme à l'ancienne mode, très-
étrange dans une si jeune personne, et qui s'accordait peu avec
l'idée qu'on se fait d'une fille envoyant à son père un salut
familier.

L'horloge du vestibule sonna l'heure du déjeuner retardé.
Cinq minutes plus tard, dans la région des chambres à coucher, on entendit se fermer bruyamment une porte; — puis
une voix jeune livra aux échos de l'escalier une impétueuse
roulade; des pieds légers et rapides effleuraient les degrés du
second étage, frappaient le premier palier d'un bond sonore,
et plus prompts que jamais, reprenant leur course, franchi-
rent les marches inférieures. Un moment après, la plus jeune
des deux filles de M. Vanstone (les deux seuls enfants que le
ciel lui eût laissés) se détacha, comme un éclair, sur le
sombre fond des vieux lambris de chêne, et après avoir du
même élan franchi les trois dernières marches, elle vint, es-
soufflée, compléter autour de la table à thé le cercle de famille.

Par un de ces caprices étranges auxquels la nature se complaît et que la science laisse encore inexpliqués, la plus jeune
des enfants de M. Vanstone n'offrait aucun trait de ressemblance avec l'un ou l'autre des parents qui lui avaient donné
le jour. D'où lui venait sa chevelure? D'où lui venaient ses
yeux? Ses cheveux étaient de ce brun franchement clair et
doré, — sans mélange de nuances rouge ou jaune, ou couleur
de chanvre, — que l'on trouve fréquemment sur le plumage des
oiseaux, presque jamais sur une tête d'homme ou de femme.
Abondants et doux au toucher, ils tombaient en rouleaux luxu-
riants de son front un peu bas; mais, au goût de certaines gens,
ils manquaient d'éclat et de variété, n'ayant guère de reflets,
et tant soit peu monotones dans leurs nuances partout également claires. Ses sourcils et ses cils étaient à peine plus foncés
que ses cheveux, et semblaient devoir assortir de beaux yeux

d'un bleu violet, irrésistibles quand ils se marient, comme d'ordinaire, à l'éclat d'un teint de blonde. Mais ici les promesses de ce jeune visage étaient démenties de la façon du monde la plus surprenante. Les yeux, qui auraient dû être foncés, se trouvaient, au contraire, d'une *clarté*, — s'il est permis d'employer ce mot, tout à fait incompréhensible et discordante. Ils étaient de ce gris presque incolore qui, peu attrayant par lui-même, a du moins, par compensation, le mérite d'une subtile transparence, et permet au regard d'exprimer la pensée dans ses gradations les plus fines, le sentiment dans ses moindres modifications, la passion dans son trouble le plus poignant, faculté que ne possèdent jamais au même degré les yeux d'une nuance plus marquée. Se contredisant ainsi elle-même dans la portion supérieure de son visage, elle n'était guère moins en désaccord, par la disposition de ses traits inférieurs, avec les idées qu'on se fait généralement de l'harmonie. Ses lèvres avaient une délicatesse de forme vraiment féminine; ses joues, les contours arrondis et lisses qui sont l'apanage de la jeunesse; mais la bouche était trop accentuée et trop ferme, le menton trop anguleux et trop massif pour son sexe et pour son âge.

Son teint participait de cette monotonie de nuances qui caractérisait sa chevelure. — Il était uniformément d'une blancheur crémeuse, douce et chaude au regard, sans la moindre animation sur les joues, si ce n'est par suite de quelque effort inaccoutumé, ou de quelque trouble soudain survenu dans les pensées de la jeune fille. Tout cet ensemble, — si remarquable par le contraste très-marqué de ses signes caractéristiques, — était encore plus frappant, grâce à l'extraordinaire mobilité de ses éléments.

Presque jamais ne demeuraient en repos ces grands yeux gris clair aux lueurs électriques. Toutes sortes d'expressions se succédaient sur son visage avec une étourdissante rapidité, qui laissait bien loin derrière elle l'analyse lente et réfléchie. L'exubérante vitalité de la belle enfant se manifestait en toute sa personne, de la tête aux pieds. Sa taille, — plus élevée que celle de sa sœur, plus élevée que celle du

commun des femmes, douée d'une telle souplesse et d'une
grâce telle, qu'on ne pouvait en suivre les mouvements sans
se rappeler les allures d'un jeune chat, — sa taille était déjà
si parfaitement développée, que personne, en la voyant,
n'aurait supposé qu'elle avait dix-huit ans à peine. Elle s'épa-
nouissait naturellement, irrésistiblement, de par sa force et
sa santé, toutes deux incomparables, dans la pleine maturité
physique qui d'ordinaire exige vingt années au moins. Et
c'était là, au vrai, le maître ressort de cette organisation
extraordinaire.

Sa course aveugle et agile sur les escaliers du logis, l'activité, la promptitude de tous ses mouvements, l'incessant
pétillement d'expressions qui se dégageait de son visage étin-
celant, sa gaieté communicative qui prenait d'assaut autour
d'elle les âmes les plus tranquilles, — et jusqu'à ce goût
effréné de couleurs brillantes qui se manifestait dans l'étoffe
à larges raies de son vêtement du matin, dans les rubans
bariolés qui flottaient autour d'elle, dans les grandes rosettes
rouges qui décoraient ses coquets petits souliers, — tout cela
jaillissait de la même source, de cette santé surabondante,
qui communiquait sa force à chaque muscle, sa trempe à
chaque nerf, et précipitait dans ses veines un sang jeune et
chaud comme celui de l'enfant en voie de croissance.

A son entrée dans la salle à manger, elle fut saluée par le
concert de remontrances que lui valait habituellement son
mépris étourdi de toute ponctualité. Les autorités domestiques ne pouvaient s'y faire, et miss Garth formulait leur
ressentiment dans une phrase qu'elle répétait à tout propos;
à savoir, que : « Madeleine était née avec tous les sens possibles, — excepté celui de l'ordre. »

Madeleine! étrange idée de lui donner un tel prénom;
étrange, disons-nous, et pourtant le choix de ce nom était dû
à des circonstances très-ordinaires. Une sœur de M. Vanstone, morte dans sa première jeunesse, s'était nommée
ainsi; et c'était en souvenir d'elle qu'il avait voulu faire
porter ce nom à sa seconde fille, de même qu'il avait appelé
Norah sa fille aînée, parce que c'était le prénom de mistress

Vanstone. Madeleine ! à coup sûr ce vieux nom grandiose, tiré de la Bible, plein de tristes et sombres suggestions, n'éveillant, par ses plus anciens souvenirs, que des idées de pénitence et d'isolement, se trouvait ici, et par le tour que les événements avaient pris, fort mal à propos départi. A coup sûr cette jeune fille, toute pétrie de contrastes, en avait sournoisement fourni un de plus en manifestant un caractère sans aucun rapport possible avec le nom que le baptême chrétien lui avait donné.

« Encore en retard ! dit mistress Vanstone, tandis que Madeleine l'accablait de baisers haletants.

— Encore en retard ! carillonna miss Garth, quand Madeleine ensuite passa près d'elle. — Eh bien ! continua-t-elle, prenant familièrement dans sa main le menton de la jeune fille, avec une attention à demi moqueuse, à demi tendre, où se voyait clairement que cette cadette, avec tous ses défauts, était encore le « bijou » de l'institutrice. Eh bien ! qu'avez-vous rapporté du concert, *vous* ? Quelle souffrance vous a léguée, pour aujourd'hui, cette dissipation de votre dernière soirée ?

— Une souffrance ! répéta Madeleine retrouvant sa respiration, et avec elle l'usage de sa langue agile ; — je ne sais pas ce que veut dire ce mot : si je pèche, c'est par excès de santé... Une souffrance ?... Je suis toute prête à retourner ce soir au concert, à danser demain, et à jouer la comédie le jour d'après... Oh ! s'écria-t-elle ensuite, se laissant tomber sur une chaise, et croisant ses mains sur la table, comme j'aime à m'amuser !...

— Allons, voilà au moins qui est clair, dit miss Garth ; j'imagine que Pope songeait à vous, quand il écrivit ces fameux vers :

> Au travail, au plaisir s'adonnant par caprice,
> L'homme scinde sa vie et sait changer d'objet,
> Mais la femme est toujours un franc mauvais sujet[1].

— A la bonne heure ! s'écria M. Vanstone qui entra dans la

---

1. Men some to business, some to pleasure take
   But every woman is at heart a rake.

salle, suivi de son chien, au moment où miss Garth terminait
sa citation. A la bonne heure ! on vit pour apprendre ; mais
si vous êtes toutes des « mauvais sujets », miss Garth, voilà
les sexes sens dessus dessous par un juste retour des choses
d'ici-bas, et les hommes n'auront plus désormais qu'à rester
au logis pour y tricoter des chaussettes.... A déjeuner, s'il
vous plaît !...

— Comment allez-vous, papa ? dit Madeleine, prenant
M. Vanstone par le cou, comme s'il eût appartenu à l'espèce
des terres-neuves, et comme si le ciel l'eût fait tout exprès
pour servir de jouet à sa fille en belle humeur..... Le mauvais sujet dont parle miss Garth, c'est moi, ne vous en
déplaise. Il me faut un autre concert, — une partie de spectacle si vous l'aimez mieux, — un bal si vous le préférez, —
ou n'importe quel autre amusement qui me fasse mettre une
robe neuve, me jette dans une foule, m'éclaire à giorno, et
surexcite en moi tout ce que j'ai de vie. Peu m'importe d'ailleurs ce que nous ferons, pourvu qu'on ne nous envoie pas
dans notre lit à onze heures sonnantes... »

M. Vanstone s'était paisiblement assis, pendant que sa
fille donnait cours à ce débordement de paroles, comme un
homme accoutumé à cette sorte d'inondation.

« Oh ! s'écria-t-il, si la prochaine fois on me donne le
choix des plaisirs, une comédie, j'imagine, me conviendra
mieux qu'un concert... Vos enfants se sont étonnamment
amusées, ma chère, continua-t-il en s'adressant à sa femme.
Et bien plus que moi, j'ose le dire... Je ne suis pas tout à fait
de cette force... Un seul des morceaux qu'ils ont joués a duré
quarante minutes, montre en main... ils se sont arrêtés à
trois reprises différentes, et chaque fois nous pensions tous
que c'était fini ; nous applaudissions, tout heureux de notre
délivrance ; mais bast !... à notre grande mortification, le
morceau recommençait, si bien que nous désespérions d'en
jamais sortir, et que nous aurions donné cher pour nous
trouver nous-mêmes à Jéricho... Norah, mon enfant, ce morceau de quarante minutes, coupé de trois haltes, comment
l'appelez-vous, s'il vous plaît ?

— Une symphonie, père, répondit Norah.

— Oui, vieux Goth chéri, une symphonie, et du grand Beethoven, ajouta Madeleine. Comment pouvez-vous dire que vous ne vous êtes pas amusé? Avez-vous donc oublié cette étrangère au teint jaune, et dont le nom est impossible à prononcer? Ne vous rappelez-vous pas les grimaces dont elle accompagnait son chant, et ses révérences suivies d'autres révérences, jusqu'à ce qu'elle eût induit ses imbéciles auditeurs à *bisser* sa cavatine?.... Regardez, maman!... Regardez, miss Garth!... »

Elle prit à ces mots sur la table une assiette vide, qui tant bien que mal représentait un cahier de musique, et se mit à singer l'infortunée chanteuse, ses roulements d'yeux, ses révérences au public, si exactement, et d'une façon si originale, que son père éclata de rire; le valet de pied lui-même (qui entrait en ce moment apportant le sac aux lettres), se précipita hors de la salle, et, violant malgré lui toutes les règles du décorum, fit écho à son maître, de manière à être entendu, dès qu'il eut franchi le seuil de la porte.

« Les lettres, père... Donnez-moi la clef! » dit Madeleine, passant brusquement d'une idée à l'autre, avec cette vivacité qui la caractérisait.

M. Vanstone fouilla ses poches, et secoua la tête.

Si sa fille cadette ne lui ressemblait en rien autre chose, on devinait aisément de qui elle tenait ses habitudes rebelles à toute méthode.

« Je dois l'avoir laissée dans la bibliothèque avec mes autres clefs, dit M. Vanstone. Allez donc y voir, chère enfant!

— En vérité, vous devriez retenir un peu Madeleine, dit mistress Vanstone en s'adressant à son mari, dès que leur fille eut quitté la salle à manger..... Elle prend de plus en plus l'habitude de contrefaire, et le ton léger qu'elle garde en vous parlant n'est réellement plus supportable.

— C'est exactement ce que j'ai dit et redit moi-même jusqu'à m'en lasser, fit remarquer miss Garth. Elle traite M. Vanstone comme si elle voyait en lui une espèce de frère cadet.

— Vous êtes toujours bon pour nous, père, et c'est par

bonté, n'est-il pas vrai, que vous tolérez les étourderies de
Madeleine ?...» Ainsi s'exprima la paisible Norah, prenant parti
pour son père et sa sœur ; mais d'un ton si tranquille, si peu
résolu, qu'il eût fallu, pour deviner ce qui se cachait sous cette
apparence timide, une perspicacité de premier ordre.

« Merci, ma chère, dit avec bonté M. Vanstone, merci de
ce joli plaidoyer... Quant à Madeleine, continua-t-il, s'adressant à sa femme et à miss Garth, c'est une pouliche encore
non dressée ; laissez-la s'en donner à cœur joie, en fait de
cabrioles et de ruades inoffensives ; il sera temps de l'habituer au harnais, quand elle aura pris quelques années de
plus... »

La porte livra passage à Madeleine, qui rentrait avec la
clef. Elle ouvrit le sac aux lettres déposé sur le buffet, et,
du contenu, ne fit qu'un tas. Puis les triant en une minute,
avec un joyeux empressement, elle revint, la main pleine,
du côté de la table, où elle fit sa distribution tout aussi lestement qu'un facteur de Londres, et avec la même exactitude affairée.

« Deux pour Norah, proclama-t-elle, commençant par sa
sœur ; trois pour miss Garth, rien pour maman ; une pour moi ;
les six dernières toutes pour papa... Vilain paresseux, vous
n'aimez pas à répondre, n'est-il pas vrai ? poursuivit Madeleine, quittant le rôle de facteur pour reprendre celui d'enfant
gâtée... Comme vous allez grogner et pester dans votre cabinet ! maudire les lettres, anathématiser la poste ! et comme
votre vieux front chauve va rougir, tout en haut, pendant que
vous vous impatienterez à barbouiller vos réponses ! Et que de
réponses, en somme, vous ajournerez !... Le théâtre de Bristol
vient de s'ouvrir, murmura-t-elle tout à coup, *sotto voce,* à
l'oreille de son père. Je l'ai lu dans le journal quand je suis
allée à la bibliothèque chercher cette clef... Si nous y allions
demain soir ?... »

Pendant que sa fille bavardait ainsi, M. Vanstone classait
machinalement son courrier. Il posa de côté les quatre premières lettres, l'une après l'autre, sans leur accorder grande
attention, l'adresse une fois lue. Quand il en vint à la cin-

quième, au contraire, son regard distrait se fixa soudainement sur le timbre qui en marquait la provenance.

Penchée sur son épaule, Madeleine put déchiffrer ce timbre tout aussi bien que lui : NOUVELLE-ORLÉANS.

« Une lettre d'Amérique ? dit-elle... Qui donc connaissez-vous à la Nouvelle-Orléans ?... »

Mistress Vanstone tressaillit dès que Madeleine eut articulé ces paroles, et jeta sur son mari un regard où se peignait l'anxiété la plus vive.

M. Vanstone ne répondit rien. Il écarta doucement de son cou le bras de sa fille, comme pour se débarrasser d'une légère importunité. Madeleine alla se rasseoir à sa place. Son père, tenant toujours la lettre, attendit quelques instants avant de l'ouvrir ; et, durant ces quelques secondes, sa femme le suivit du même regard anxieux qui avait déjà éveillé l'attention de miss Garth et de Norah, comme celle de Madeleine.

Après avoir hésité une minute ou deux, M. Vanstone ouvrit la lettre.

Son visage, dès qu'il eut parcouru les premières lignes, changea de couleur. Ses joues prirent une teinte uniformément blême qui, chez un homme de moins riche tempérament, fût devenue une sorte de pâleur cadavéreuse, et sa physionomie exprima rapidement une sombre tristesse. Norah et Madeleine, qui l'examinaient avec inquiétude, ne virent que l'altération du visage de leur père. Miss Garth seule observa l'effet que ce changement produisit sur la maîtresse de la maison, toujours attentive.

Ce n'était point l'effet qu'elle, ni personne au reste, eût prévu naturellement. Mistress Vanstone semblait agitée plutôt qu'alarmée. Une faible rougeur lui vint aux joues ; — ses yeux brillaient ; — elle remuait le thé dont sa tasse était pleine avec une impatience tout à fait extraordinaire chez elle.

Madeleine, de par ses droits d'enfant gâtée, fut, comme toujours, la première à rompre le silence.

« De quoi s'agit-il, père ? demanda-t-elle.

— De rien, répondit brusquement M. Vanstone, sans lever les yeux.

— De quelque chose, au contraire, et j'en suis bien sûre, reprit Madeleine en insistant. Je suis sûre qu'il y a de mauvaises nouvelles dans cette lettre d'Amérique.

— Il n'y a rien qui vous regarde, » répliqua M. Vanstone.

C'était la première fois que Madeleine se voyait ainsi rudoyée par son père. Elle lui jeta un regard de surprise et d'incrédulité, qui eût été parfaitement amusant en de moins graves circonstances.

On n'échangea plus une parole. Pour la première fois de leur vie peut-être, les membres de la famille restèrent assis autour de la table, dans un silence qui leur pesait. Le robuste appétit qu'apportait M. Vanstone à son repas matinal s'en était allé avec sa gaieté. Il écrasa entre ses doigts distraits quelques fragments de rôtie, pris sur la grille placée devant lui ; — acheva, sans y prendre garde, sa première tasse de thé, — puis en demanda une seconde, qu'il laissa devant lui sans y toucher.

« Norah, dit-il, après une pause, je vous dispense de m'attendre... Madeleine, ma chère, vous pouvez sortir de table quand il vous plaira... »

Ses filles se levèrent immédiatement, et miss Garth comprit qu'elle devait suivre leur exemple. Quand un homme d'humeur égale réclame tout à coup ses privilèges de chef de famille, pareille démonstration produit d'autant plus d'effet qu'elle est plus rare, et la volonté de ce bonhomme prend aussitôt force de loi.

« Que peut-il donc être arrivé ? dit à voix basse Norah, tandis que, laissant retomber la porte de la salle à manger, elles traversaient le vestibule.

— Pourquoi donc papa m'a-t-il ainsi grondée ? s'écria Madeleine, en qui bouillonnait encore le ressentiment de l'injustice subie.

— Pourrait-on vous demander de quel droit vous venez mettre le nez dans les affaires particulières de votre papa ? répliqua aussitôt miss Garth.

— De quel droit ? répéta Madeleine... Je n'ai point de

secret pour mon père, mon père en doit-il donc avoir pour moi?.... Je regarde ceci comme une insulte.

— Si vous regardiez ceci comme une juste réprimande de votre indiscrétion, dit miss Garth, qui gardait toujours son franc parler, vous seriez, à coup sûr, bien plus près de la vérité... Ah! vous voilà bien comme les jeunes personnes de notre époque : pas une sur cent qui sache distinguer ses pieds de sa tête... »

Les trois *ladies* entrèrent ensemble dans le petit salon, et Madeleine accusa réception des reproches que miss Garth venait de lui adresser en poussant la porte avec impatience.

Une demi-heure s'écoula sans que M. Vanstone ou sa femme sortissent de la salle à manger. Le domestique, ignorant tout ce qui s'était passé, vint pour enlever le couvert. Il trouva son maître et sa maîtresse assis à côté l'un de l'autre, plongés dans une consultation qui semblait très-grave, et se hâta de s'éloigner. Au bout d'un quart d'heure seulement, la porte de la salle à manger s'ouvrit, et la conférence des deux époux parut avoir pris fin.

« J'entends maman sous le vestibule, dit Norah. Peut-être vient-elle nous apprendre quelque chose... »

A ce moment même, mistress Vanstone entra dans le petit salon. Ses joues étaient plus colorées que d'habitude, et on voyait briller dans ses yeux des larmes à peine séchées. Sa démarche était plus rapide, ses mouvements étaient plus hâtés qu'à l'ordinaire.

« Je vous apporte des nouvelles qui vont vous étonner, dit-elle à ses filles. Votre père et moi, nous partons pour Londres demain matin... »

Madeleine, muette de surprise, saisit le bras de sa mère. Miss Garth laissa tomber son ouvrage sur ses genoux; la paisible Norah elle-même se leva brusquement, et, tout abasourdie, répétait : « Vous allez à Londres?...

— Sans nous? ajouta Madeleine.

— Votre père et moi, nous partons seuls, reprit mistress Vanstone. Peut-être notre absence durera-t-elle trois semaines... mais, certainement, pas davantage... Nous partons... — Ici, elle hésita, — nous partons pour aller régler une importante affaire de famille... Laissez mon bras, Madeleine!... c'est une nécessité tout à coup survenue... J'ai beaucoup à faire aujourd'hui... beaucoup de choses à mettre en ordre d'ici à demain... Laissez, laissez-moi donc aller, chère enfant!... »

Elle dégagea son bras, posa rapidement un baiser sur le front de sa fille cadette, et sortit immédiatement du salon. Madeleine elle-même voyait bien qu'aucune câlinerie ne déciderait sa mère à écouter la moindre question, et bien moins encore à y répondre.

La matinée passa peu à peu, et on ne revit plus M. Vanstone. Avec la curiosité effrénée de son âge et de son caractère, Madeleine tenta, malgré la défense formelle de miss Garth et les remontrances de sa sœur aînée, d'aller jusque dans le cabinet de son père s'assurer s'il y était encore. Quand elle essaya d'ouvrir la porte, elle constata que le verrou intérieur avait été poussé :

« Ce n'est que moi, dit-elle d'une voix douce, et elle attendit la réponse.

— Je suis occupé, ma fille, lui fut-il répondu... Ne me dérangez pas davantage... »

D'autre part, mistress Vanstone était également inaccessible. Elle restait dans son appartement, entourée de ses femmes, et absorbée dans les interminables préparatifs du prochain départ. Les domestiques, peu familiarisés, dans cette heureuse maison, avec les résolutions soudaines et les ordres imprévus, se montraient, dans leur docilité empressée, gauches et désordonnés. Ils couraient sans nécessité d'une pièce à l'autre, et perdaient un temps infini à se gêner sur les escaliers. Un étranger, entrant à ce moment dans la maison, eût pu croire à quelque malheur soudain, au lieu d'un voyage préparé à l'improviste. Rien ne marchait suivant la routine accoutumée.

Madeleine, qui, d'ordinaire, passait la matinée au piano, errait comme une âme en peine dans les escaliers et les couloirs, ou bien rentrait et sortait, selon les intervalles de mauvais temps et d'éclaircies. Norah, dont la passion pour la lecture était passée en proverbe, prenait volume après volume sur les rayons et les tables pour les y déposer presque aussitôt, désespérant de fixer son attention sur aucun d'eux. Miss Garth elle-même se sentait envahie par cette désorganisation contagieuse, et demeurait assise au coin du feu, dans le salon, secouant la tête de temps à autre, par un mouvement prophétique, et sans toucher à son ouvrage posé près d'elle.

« Des affaires de famille! pensait-elle, ruminant les vagues explications données par mistress Vanstone. Depuis douze ans que je vis à Combe-Raven, voici la première fois qu'entre les parents et leurs enfants il est question de ces sortes d'affaires. Que signifie ceci? Allons-nous avoir du nouveau? Hélas! je me fais vieille, et je n'aime pas la nouveauté... »

II.

A dix heures, le lendemain matin, Norah et Madeleine, seules dans le vestibule de Combe-Raven, venaient d'assister au départ de la voiture qui emportait leur père et leur mère vers le train de Londres.

Jusqu'au dernier moment, les deux sœurs avaient espéré quelques mots d'explication sur cette mystérieuse affaire de famille, à laquelle mistress Vanstone avait fait, la veille, une allusion si rapide. Aucune explication de ce genre ne leur avait été offerte. L'agitation même des adieux, — dans des circonstances si exceptionnelles, soit pour les parents, soit pour leurs enfants, — n'avait pas ébranlé la discrétion obstinée de M. et de mistress Vanstone. Ils étaient partis avec les plus chauds témoignages d'affection, avec des caresses d'adieu, fervemment réitérées à plusieurs reprises, mais sans laisser échapper un mot qui pût, de près ou de loin, révéler la nature de leurs préoccupations.

Lorsqu'à un tournant de la route, les roues du carrosse

eurent cessé de broyer à grand bruit le sable, les deux sœurs
se regardèrent, chacune comprenant et chacune laissant
voir à sa manière le désappointement qu'elles éprouvaient
en se trouvant, pour la première fois de leur vie, ouvertement exclues de la confiance de leurs parents. La réserve
habituelle de Norah s'accentua par le silence farouche qu'elle
gardait, assise sur une des chaises du vestibule, et par le
froncement de ses sourcils, tandis qu'elle regardait à travers
la porte ouverte. Madeleine, peu habituée à rien céler des
impressions qui l'offusquaient, exprimait son mécontentement dans les termes les moins équivoques : « Peu m'importe
qui le saura, disait-elle, je trouve qu'on abuse étrangement
de nous deux! » Et la jeune demoiselle, à ces mots, s'assit
comme sa sœur, à côté de sa sœur, regardant comme elle
dans la campagne.

Presque au même moment, miss Garth, qui sortait du
petit salon, déboucha dans le vestibule. Sa prompte sagacité
lui suggéra qu'il était à propos d'intervenir par quelques
distractions pratiques, et son bon sens, toujours prêt, lui en
fournit aussitôt les moyens :

— Relevez la tête toutes deux, je vous prie, et veuillez
m'écouter! dit miss Garth... Si nous voulons, à nous trois,
ne pas trop nous déplaire dans la solitude où on nous laisse,
il faut nous rattacher à nos habitudes et reprendre le train
accoutumé de nos occupations. Voilà, sans plus de discours,
la situation : *Le temps comme il vient, la soupe comme elle
est,* dit-on en France. Me voici toute prête à vous donner
l'exemple. Je viens justement de commander un excellent
dîner pour l'heure habituelle. Je m'en vais chercher, à présent, dans ma pharmacie un remède pour la fille de cuisine...
En attendant, chère Norah! vous trouverez votre ouvrage
et vos livres, comme toujours, dans la bibliothèque. Et vous,
Madeleine, si vous vouliez bien cesser de faire des nœuds
avec votre mouchoir, vous emploieriez plus utilement vos
dix doigts sur les touches du piano... Nous prendrons notre
lunch à une heure, et ensuite nous irons promener les
chiens... Allons, enfants, à la besogne, et gaiement! comme

vous me verrez faire. Debout, sans tarder !... Si je vous vois plus longtemps ces tristes figures, aussi vrai que je m'appelle Garth, j'envoie ma démission à votre mère, et par le train de midi quarante, vous me verrez partir pour rentrer auprès des miens... »

Terminant par cette menace décisive sa pathétique apostrophe, miss Garth conduisit Norah jusqu'au seuil de la bibliothèque, poussa Madeleine dans le petit salon, et continua sa route vers les sombres régions où se cachait la pharmacie.

C'est ainsi, mêlant le grave au doux, qu'elle conservait une espèce d'autorité amicale sur les filles de M. Vanstone, alors que, depuis quelque temps déjà, ses fonctions d'institutrice avaient dû prendre fin. Norah, nous n'avons pas besoin de le dire, n'était plus son élève depuis des années, et Madeleine, elle aussi, avait achevé ses études. Mais miss Garth vivait depuis trop longtemps chez M. Vanstone, et sur un pied de trop grande intimité, pour qu'on se séparât d'elle par des raisons de pure forme. Et la première fois qu'elle crut convenable d'annoncer son départ, on écarta cette idée avec des protestations d'amitié si chaleureuses et si sincères, qu'elle ne revint jamais sur ce sujet, autrement que par plaisanterie. Elle eut, à partir de ce moment, l'intendance absolue de la maison, et à cette mission elle demeura libre de joindre tous les services que réclamait Norah pour la direction de ses lectures, Madeleine pour la surveillance de ses études musicales. Telles étaient actuellement les conditions auxquelles miss Garth continuait de résider chez les Vanstone.

Dans l'après-midi, le temps s'arrangea : vers une heure un peu passée, le soleil brillait, et les dames sortirent du château, emmenant les chiens à leur promenade.

Elles traversèrent le cours d'eau, et gravirent, par la petite gorge dont nous avons parlé, les hauteurs situées au delà ; puis elles tournèrent à gauche, et revinrent par un chemin de traverse, qui passait dans le village de Combe-Raven.

Arrivées en vue des premiers cottages, elles passèrent à

côté d'un homme arrêté sur la route, et qui regarda fort
attentivement, d'abord Madeleine, puis Norah. Elles notèrent
seulement qu'il était de petite taille, vêtu de noir, et qu'elles
ne l'avaient jamais vu ; puis, elles continuèrent leur chemin
sans accorder une pensée de plus à ce piéton étranger
qu'elles avaient rencontré flânant, tandis qu'elles s'en revenaient.

A la sortie du village, et comme elles venaient de s'engager dans un sentier qui menait directement chez elles,
Madeleine apprit à miss Garth, fort étonnée de la nouvelle,
que l'étranger en noir, rebroussant chemin après les avoir
examinées, les suivait maintenant d'assez près... « Il est sur
le même côté que Norah, continua-t-elle avec malice... Ce
n'est donc pas *moi* qui l'attire, et par conséquent vous ne
sauriez m'en vouloir... »

Que cet homme les suivit ou non, peu importait, car elles
étaient maintenant fort près de leur résidence. Pourtant, au
moment où elles allaient franchir la grille, miss Garth ayant
tourné la tête vit que l'étranger hâtait le pas, avec l'intention
bien marquée de les interpeller. Ceci compris, elle enjoignit
aux deux jeunes filles de rentrer aussitôt avec les chiens,
tandis qu'arrêtée à la grille, elle attendrait la suite de cet
incident.

Cet arrangement si convenable venait à peine d'être conclu, que l'étranger arriva sous le pavillon du concierge. Il
ôta poliment son chapeau, saluant miss Garth qui venait de
se retourner. Son air, sa tournure, étaient la tournure et
l'air d'un ecclésiastique dans la gêne.

Son portrait, pris de haut en bas, le voici : D'abord un
chapeau de forme haute, autour duquel s'enroulait un large
crêpe, fort chiffonné ; sous ce chapeau, une longue figure
maigre et flétrie, où la petite vérole avait tracé ses sillons,
et que caractérisait une paire d'yeux remarquables par la
dissemblance de leur couleur : l'un d'un vert bilieux, l'autre
d'un brun également bilieux ; tous deux animés par un regard
singulièrement intelligent. Sa chevelure gris de fer était soigneusement brossée sur les tempes. Sur ses joues et son

menton, la teinte bleuâtre d'une barbe rasée de fort près. Il avait le nez court des Romains, et ses lèvres allongées, minces et souples étaient relevées à leurs coins par un sourire doucement ironique. Sa cravate blanche était haute, roide, et légèrement jaunie. Le col de chemise, plus haut encore, plus roide et plus enfumé, projetait fort en avant du menton ses deux pointes menaçantes. A partir de là, la frêle et souple structure du petit homme était uniformément enveloppée dans une étoffe noire, décente encore, mais un peu râpée. Son paletot, serré autour de la taille, demeurait fastueusement ouvert sur la poitrine. Ses mains étaient couvertes de gants en tricot noir, reprisés soigneusement au bout des doigts. Son parapluie, bien que le bout inférieur en fût usé d'un bon quart de pouce, n'en reposait pas moins, conservé précieusement, sous une enveloppe de toile cirée. C'est de face qu'il semblait le plus atteint par les ravages du temps. En le regardant ainsi, on lui eût facilement donné cinquante ans, et même plus. Marchait-on derrière lui, son dos et ses épaules n'accusaient guère que trente-cinq ou trente-six ans. Ses manières se distinguaient par une sérénité grave. Ses lèvres venant à se desserrer, il parlait avec une belle voix de basse, s'exprimant en termes légèrement surabondants, et une préférence marquée pour les mots qui comptent plus d'une syllabe. Ces lèvres, doucement souriantes, distillaient la persuasion; et, si râpé qu'il pût être, les fleurs immortelles de la courtoisie germaient, de la tête aux pieds, sur toute sa personne.

« Voici, j'imagine, la résidence de M. Vanstone? dit-il, en indiquant le château par un geste onduleux. Aurais-je, par hasard, l'honneur de m'adresser à un membre de son honorable famille?

— Oui, répondit aussitôt miss Garth, avec son franc parler habituel. Vous vous adressez à l'institutrice de ses enfants... »

L'homme persuasif recula d'un pas, admira l'institutrice employée par M. Vanstone, — refit en avant le pas qu'il avait fait en arrière, — et continua la conversation :

« Alors, reprit-il, les deux jeunes personnes qui se promenaient tout à l'heure sous votre direction doivent être les filles de M. Vanstone... J'ai bien reconnu la plus brune et aussi sans doute l'aînée des deux, par sa ressemblance avec sa charmante mère. Quant à la cadette...

— Je suppose que vous connaissez mistress Vanstone? » interrompit miss Garth, sans égard pour ce bavardage, qui, selon elle, commençait à couler trop librement. L'étranger accueillit l'interruption par un de ses saluts les plus courtois; puis, comme si de rien n'était, submergea de nouveau miss Garth dans les flots de son éloquence.

« Quant à la cadette, reprit-il, je dois supposer qu'elle ressemble à son père. Sa physionomie m'a frappé, je vous le jure. L'envisageant avec l'intérêt amical que je porte à sa famille, je l'ai trouvée très-remarquable... Charmante, caractéristique, mémorable, me disais-je à moi-même... Elle ne ressemble ni à sa sœur, ni à sa mère... C'est donc de son père qu'elle tient?... »

Une fois encore, miss Garth essaya d'opposer une digue à cette loquacité débordée. Il était clair que cet homme ne connaissait pas M. Vanstone, même de vue; — sans cela, eût-il commis cette erreur grave de supposer que Madeleine ressemblait à son père? Connaissait-il mieux mistress Vanstone? La question que miss Garth lui avait adressée à ce sujet était restée sans réponse. Que pouvait être ce surprenant personnage? Et, de par le ciel, que prétendait-il?

« Il se peut que vous soyez un ami de la famille, bien que je n'aie pas la moindre souvenance de vous avoir jamais vu, dit miss Garth. Qu'y a-t-il donc pour votre service? Seriez-vous venu rendre visite à mistress Vanstone?

— J'avais, en effet, l'espérance d'entrer en communication avec cette dame, répondit cet homme, aussi obstiné dans ses formes évasives que dans sa politesse cérémonieuse... Comment se porte-t-elle?

— Comme à l'ordinaire, répondit miss Garth, qui sentait sa provision d'égards diminuer à vue d'œil.

— Est-elle ici, dans ce moment?

— Non.

— Absente pour longtemps ?

— Partie pour Londres avec M. Vanstone... »

La longue figure de l'homme trouva moyen de s'allonger encore. Son œil brun exprima le désappointement, et son œil vert suivit l'exemple que l'œil brun lui donnait. Toute son attitude exprima une anxiété sincère, et plus que jamais il choisit scrupuleusement ses expressions :

« Est-il probable que l'absence de mistress Vanstone doive se prolonger beaucoup au delà d'une époque déterminée ?

— Elle pourra se prolonger trois semaines, répondit miss Garth... Et maintenant, il me semble que vous m'avez assez questionnée, continua-t-elle avec une impatience qu'elle ne pouvait contenir plus longtemps... Soyez assez bon, je vous prie, pour me dire votre nom, et quelle affaire vous amène. Si vous avez quelque message pour mistress Vanstone, je dois lui écrire par le courrier de ce soir, et me chargerai de le lui transmettre.

— Mille remerciments... Une précieuse idée que vous me donnez là... J'en vais immédiatement prendre avantage, si toutefois vous me le permettez... »

Il n'était nullement affecté par la physionomie sévère et le bref langage de miss Garth. La proposition qu'elle lui adressait l'avait tout uniment soulagé; il le laissait voir avec la plus engageante franchise. Cette fois, l'œil vert prit l'initiative, ce qui engagea l'œil brun à exprimer, lui aussi, un retour de sérénité. Le coin des lèvres se releva de plus belle; par un mouvement rapide, notre homme insinua son parapluie sous son bras, et de son habit tira un gros portefeuille noir, usé par de longs services. De ce portefeuille sortirent un crayon et une carte de visite. L'homme hésita, réfléchit un instant, puis il traça rapidement quelques mots sur la carte, et la remit aussitôt à miss Garth, avec l'empressement le plus civil.

« Je vous serai personnellement obligé, lui dit-il, si vous voulez bien me faire l'honneur de joindre cette carte à

I. 2

votre lettre. Je ne me vois pas forcé de vous donner, par-
dessus le marché, l'ennui d'un message. Mon nom suffira
parfaitement pour rappeler à mistress Vanstone une petite
affaire de famille, restée sans nul doute en son souvenir...
Acceptez mes meilleurs remerciments!... Cette journée m'a
valu les plus agréables surprises. J'ai trouvé fort à mon gré
les environs de cette résidence. Il m'a été donné d'admirer les
deux charmantes filles de mistress Vanstone. J'ai fait connaissance avec l'honorable institutrice employée chez M. Vanstone : je n'ai donc qu'à me féliciter, en m'excusant du temps
que je vous ai fait perdre, et en vous renouvelant mes remerciments bien sincères... Je vous souhaite le bonjour!... »

Il souleva son grand chapeau. Son œil brun pétilla, son
œil vert ne tarda pas à pétiller aussi; ses lèvres arquées
sourirent de plus belle. Le moment d'après, il tournait les
talons. Son dos apparut dans toute sa jeunesse et avec tous
ses avantages; ses lestes petites jambes l'emportèrent, d'une
verte allure, dans la direction du village. Une, deux, trois, il
était arrivé au premier tournant de la route; quatre, cinq,
six, il avait disparu....

Miss Garth jeta un regard sur la carte qu'il avait déposée
en ses mains, et ensuite leva les yeux dans un étonnement
absolu. Le nom et l'adresse de cet étranger, à qui elle avait
trouvé une mine d'ecclésiastique, étaient écrits ainsi, au
crayon : *Le capitaine Wragge, bureau de la poste, Bristol.*

III.

Miss Garth, une fois rentrée, n'essaya point de cacher
l'impression défavorable que lui avait laissée l'étranger en
noir. Il voulait sans nul doute obtenir de mistress Vanstone
quelques secours pécuniaires. On arrivait plus mal aisément
à comprendre quels droits il pouvait avoir à sa bienveillance; à moins cependant qu'il n'eût ceux d'un parent tombé
dans la misère. Mistress Vanstone avait-elle jamais, devant

ses filles, prononcé le nom du capitaine Wragge? — Ni l'une ni l'autre ne se rappelaient ce nom. Mistress Vanstone avait-elle jamais fait allusion à quelques parents pauvres, et qu'elle aidât à vivre? — Tout au contraire : à plusieurs reprises, dans le cours de ces dernières années, on lui avait entendu dire qu'elle ne se connaissait aucun parent encore en vie. Et cependant le capitaine Wragge avait dit, très-expressément, que le nom inscrit sur sa carte rappellerait à mistress Vanstone une « affaire de famille. » Que pouvait signifier ceci? Une assertion fausse, de la part d'un étranger, sans aucune raison assignable à ce mensonge? Ou bien un second mystère, succédant immédiatement à celui qui avait déterminé le voyage de Londres?

Toutes les probabilités s'unissaient pour faire supposer quelque connexité cachée entre les « affaires de famille » qui avaient déterminé le départ subit de M. et mistress Vanstone, et les « affaires de famille » associées désormais au nom du capitaine Wragge. Les doutes conçus par miss Garth, dès la veille, se représentèrent donc en foule à son esprit, lorsqu'elle cacheta sa lettre à mistress Vanstone, après y avoir inséré la carte du capitaine.

Courrier par courrier, la réponse arriva.

Toujours levée avant les autres dames de la maison, miss Garth était seule dans la salle à manger, quand la lettre y fut apportée. Un premier coup d'œil jeté sur le contenu lui suffit pour lui démontrer qu'il fallait la lire à tête reposée, loin de tous les yeux, avant d'avoir à satisfaire des curiosités qui pourraient être fort embarrassantes. Chargeant donc le domestique de transmettre à Norah l'invitation de faire le thé, elle remonta immédiatement dans sa chambre, toujours close et solitaire, où elle se trouvait à l'abri de toute indiscrétion.

L'épître de mistress Vanstone était d'une certaine longueur. La première partie avait trait au capitaine Wragge, et, sans la moindre réticence, entrait dans tous les détails relatifs soit à cet homme lui-même, soit aux motifs par lesquels il avait dû être poussé en venant à Combe-Raven.

Il résultait des explications de mistress Vanstone que sa mère avait été mariée deux fois : la première, à un certain docteur Wragge, veuf pourvu d'enfants; et l'un de ces enfants était justement ce capitaine à tournure cléricale, qui donnait son adresse au bureau de poste de Bristol. Mistress Wragge n'avait pas eu d'enfant de ce premier mari, et avait par la suite épousé le père de mistress Vanstone : celle-ci était l'unique fruit de cette seconde union. Elle avait, dès les premiers temps de son mariage, perdu son père et sa mère; puis, tous ses parents maternels (qui étaient alors les plus proches parmi les survivants) lui avaient été successivement enlevés par la mort.

A l'heure actuelle, elle ne se connaissait pas au monde un seul parent, — sauf, peut-être, certains cousins qu'elle n'avait jamais vus, et sur le compte desquels elle n'avait en outre aucuns renseignements bien précis.

En de telles circonstances, quels droits d'affinité pouvait réclamer le capitaine Wragge à l'encontre de mistress Vanstone?

Évidemment, pas le moindre. Comme fils du premier mari de sa mère et d'une première femme épousée par ce mari, la plus ample courtoisie n'aurait pu le comprendre, à aucun moment quelconque, sur la liste des parents les plus éloignés que pût avoir mistress Vanstone. Parfaitement au courant de cette situation, ajoutait la lettre, il n'en avait pas moins persisté à réclamer les vagues privilèges d'une sorte d'alliance quelconque; et mistress Vanstone avait eu la faiblesse de ne pas repousser absolument cette importunité, dans la crainte que si elle agissait autrement, il ne se fît présenter à M. Vanstone, afin d'exploiter impudemment une générosité dont il avait pu entendre parler.

Répugnant à l'idée de permettre que son mari fût tourmenté, dupé peut-être selon toute apparence, par un individu qui se serait présenté à lui, avec des droits plus ou moins contestables, comme appartenant à la famille d'où elle sortait, elle s'était résignée, depuis bien des années déjà, à prendre sur sa bourse particulière de quoi satisfaire aux demandes du capitaine, à condition, cependant, qu'il ne se rapprocherait point du séjour où elle résidait, et qu'il ne se permettrait jamais la moindre indiscrétion à l'égard de M. Vanstone.

Reconnaissant ensuite sans hésiter qu'elle avait agi, en ceci, avec peu de prudence, mistress Vanstone rejetait sa faiblesse sur ce qu'elle avait toujours vu le capitaine réduit, pour vivre, à exploiter ainsi tantôt l'un tantôt l'autre des membres de sa famille maternelle. Doué de facultés qui lui auraient permis de se distinguer dans toutes les carrières ouvertes devant lui, il n'en était pas moins resté, depuis sa jeunesse, un véritable déshonneur pour tout ce qui tenait à lui. Il s'était fait chasser du régiment de milice où il avait jadis obtenu un commandement. Il avait essayé, l'un après l'autre, divers emplois, et toujours misérablement échoué. Puis il s'était mis à vivre « de son savoir faire » dans le sens le plus vil de cet euphémisme consacré. Il avait pris pour femme une pauvre idiote, longtemps employée dans une sorte de table d'hôte subalterne, et à qui, par hasard, était échue une misérable dot, dissipée sans le moindre scrupule, et jusqu'au dernier farthing, par son impitoyable mari.

Pour parler net, c'était un incorrigible drôle, et il venait d'ajouter à la longue liste de ses méfaits l'impudente violation des clauses stipulées par mistress Vanstone comme conditions des secours qu'elle lui octroyait depuis longtemps; aussi lui avait-elle écrit, à l'adresse indiquée, en termes tels qu'il s'abstiendrait désormais (elle l'espérait au moins) de jamais hasarder une seconde visite aux environs de Combe-Raven. Ainsi se terminait la première partie de la lettre de mistress Vanstone, jusque-là exclusivement relative au capitaine Wragge.

Bien que cet exposé de faits impliquât chez mistress Vanstone une faiblesse de caractère que miss Garth, après bien des années d'intimité, n'y avait jamais découverte, elle accepta naturellement des explications, après tout, fort complètes et fort satisfaisantes : satisfaisantes surtout en ce qu'elles permettaient, à l'égard des jeunes filles, des commu-

nications qui apaiseraient leur curiosité, maintenant très en
éveil. Ce début l'avait donc soulagée à quelques égards; mais
la seconde moitié de la lettre produisit sur elle une tout autre
impression.

Il y était question du voyage à Londres.

Mistress Vanstone débutait par faire appel à la vieille
amitié que de longs rapports avaient créée entre elle et miss
Garth. Cette amitié l'obligeait à lui confier, sous le sceau du
secret, les motifs qui l'avaient décidée à partir avec son mari.
Miss Garth, par délicatesse, s'était abstenue de manifester,
mais devait avoir éprouvé, devait éprouver encore une
grande surprise devant le mystère qui avait enveloppé ce
départ. Elle avait dû se demander pourquoi mistress Vanstone
e trouvait mêlée à des affaires de famille qui (vu leur situation parfaitement indépendante quant à leurs parentés)
devaient inévitablement n'intéresser que M. Vanstone.

Sans insister sur ce que pouvaient être ces affaires, ce
qui n'était ni désirable ni utile, mistress Vanstone se flattait
de calmer tous les scrupules que miss Garth avait pu concevoir relativement à elle, et cela par une simple déclaration.
En accompagnant à Londres son mari, elle s'était proposé
de voir un célèbre médecin, et de le consulter secrètement
sur certains détails de santé qui avaient à ses yeux une importance de premier ordre. Et, afin de s'exprimer plus clairement, l'objet de cette consultation n'était rien moins que
la chance, plus ou moins probable, d'une maternité nouvelle
qui semblait lui être promise.

Quand cette supposition s'était pour la première fois
offerte à elle, mistress Vanstone n'y avait vu qu'une illusion
chimérique. Le long intervalle qui s'était écoulé depuis la
naissance de son dernier enfant, — la sérieuse maladie qui,
après la mort prématurée de cet enfant, l'avait mise aux portes
du tombeau, — l'âge auquel elle était parvenue, — tout la
poussait à chasser cette idée de son esprit. Mais, quoi qu'elle
pût faire, elle en était obsédée, et il était devenu indispensable, à son gré, d'avoir recours à une consultation. En même
temps, elle répugnait à la pensée d'alarmer ses filles, en appe-

lant auprès d'elle un des premiers médecins de la capitale. Maintenant, l'oracle avait parlé : ce qui n'était d'abord qu'un doute devenait une certitude, et l'issue de cette nouvelle épreuve, — échéant, disait-on, aux dernières semaines de l'été, — prêtait, à son âge et dans son état de santé, à d'assez vives anxiétés, pour ne rien dire de plus. Le médecin avait fait de son mieux pour lui donner bon courage ; mais elle avait parfaitement compris la portée des questions qu'il lui adressait, et il lui avait été facile de deviner qu'il concevait les craintes les plus fâcheuses sur le résultat de ces couches tardives.

Mistress Vanstone, après être entrée dans tous ces détails, demandait qu'ils demeurassent entre elle et la personne à qui elle les avait adressés. Elle avait attendu, pour les communiquer à miss Garth, que ses soupçons fussent confirmés ; elle reculait maintenant plus que jamais à l'idée de mettre ses filles dans le secret de ses anxiétés. Il valait beaucoup mieux laisser l'incident où il en était, et attendre, avec toutes les espérances qu'on pourrait se forger, que l'été fût arrivé. D'ici là, selon toute apparence, on se reverrait vers le 23 du présent mois, jour fixé par M. Vanstone pour leur rentrée au sein de la famille. — Là-dessus, et après les assurances, les messages qui d'ordinaire complètent une missive de ce genre, celle-ci finissait assez brusquement, et non sans quelque obscurité.

Pendant plusieurs minutes, miss Garth n'éprouva d'autre sentiment qu'une sympathie bien naturelle pour mistress Vanstone ; mais bientôt un doute naquit dans sa pensée, qui la troubla profondément. L'explication qu'elle venait de lire était-elle vraiment aussi complète, aussi satisfaisante qu'on eût pu le croire de prime abord ? En présence des faits qui pouvaient servir à la contrôler, il n'en était certainement pas ainsi.

Le matin du départ, mistress Vanstone avait quitté la maison sans la moindre inquiétude apparente. A son âge, pourtant, et dans son état de santé, cette tranquillité s'accordait-elle avec les doutes qui l'eussent fait partir pour aller

chercher une consultation médicale de ce genre? Et puis,
cette lettre de la Nouvelle-Orléans, qui avait rendu nécessaire le départ de M. Vanstone, n'était-elle donc pour rien
dans celui de sa femme? S'il en était ainsi, pourquoi ce
regard avide qu'elle avait jeté sur la lettre dont sa fille venait
de constater tout haut la provenance? Même avec le motif
qu'elle assignait à son voyage, son attitude au moment où
l'on avait ouvert la lettre américaine, son attitude encore au
moment du départ, ne suggéraient-elles pas l'idée de quelque
autre motif non avoué dans sa lettre?

Si l'on adoptait cette hypothèse, une conclusion s'en
dégageait, qui n'avait rien de très-flatteur : c'est que mistress Vanstone, — comprenant ce qui était dû à sa longue
liaison avec miss Garth, — avait abordé sans la moindre
réserve apparente un des sujets qu'elle avait à traiter vis-
à-vis d'elle, afin de pouvoir lui mieux dissimuler ce qu'elle
voulait, sur un autre point, garder secret. D'une droiture
absolue en tous ses actes, miss Garth n'abordait qu'en
tremblant l'examen des doutes qui s'imposaient à elle. Leur
naissance dans son esprit prenait à ses yeux les proportions d'une sorte de félonie envers une amitié bien des fois
éprouvée, et dont elle sentait tout le prix.

Elle enferma la lettre dans son bureau, se leva résolûment pour aller vaquer à ses occupations de chaque jour, et
descendit ensuite pour se rendre au déjeuner. Au milieu de
tant d'autres incertitudes, ceci du moins était clair : M. et
mistress Vanstone rentreraient chez eux le 23. Qui pouvait
savoir s'ils n'y rapporteraient pas de nouvelles révélations!

IV.

Aucunes révélations nouvelles n'arrivèrent avec les maîtres de la maison. Aucune des suppositions ne se réalisa
qu'avait pu faire naître l'annonce de leur retour. Il n'y avait
pas à les presser de questions, au moins sur l'un des mobiles

de leur voyage à Londres. Quel que fût, au reste, l'objet de ce voyage, ils semblaient l'avoir réalisé selon leurs désirs, car ils revenaient tous deux en parfaite possession de leur placidité habituelle. L'humeur de mistress Vanstone était redevenue aussi calme que jamais. L'imperturbable, l'indolente sérénité de M. Vanstone planait, comme à l'ordinaire, sur toute sa personne. Tel était l'unique résultat qu'on pût assigner à leur voyage ; celui-là, et nul autre, en vérité. La révolution domestique avait-elle donc si vite achevé son cours? Le secret, jusque-là impénétrable, devait-il rester toujours caché?

Rien en ce monde ne demeure caché à jamais. L'or qui, durant des siècles, a dormi sous nos pieds sans que rien avertît de sa présence, se révèle un beau jour et vient affleurer le sol. Le sable perfide trahit l'empreinte du pied qui s'est posé sur lui : l'eau renvoie à sa surface le cadavre qu'elle a reçu dans ses plus secrètes profondeurs. Le feu lui-même, dans ses cendres quelquefois indiscrètes, confesse la substance qu'il a dévorée. La haine, emprisonnée dans le cœur, se révèle par le regard, et l'amour sait découvrir, sous le baiser de Judas, la trahison que masque ce baiser. De quelque côté que vous regardiez, vous verrez parmi les lois de la nature, l'inévitable loi de révélation : et la conservation durable d'un secret est un de ces miracles que le monde n'a pas encore vus se produire.

Comment devait se trahir providentiellement le secret caché dans ce paisible intérieur de Combe-Raven? Quel incident survenu dans l'existence quotidienne de ce père, de cette mère, de ces filles, servirait à manifester cette loi de révélation qui devait en amener la découverte inévitable ? Invisible aux parents, n'éveillant chez les enfants aucune espèce de soupçon, la voie qui devait conduire à ce résultat s'ouvrit au premier événement qui suivit le retour de M. Vanstone, — événement bien simple en lui-même, et qui apparut de prime abord comme une de ces visites du matin auxquelles on n'attache aucune importance.

Les maîtres de Combe-Raven étaient revenus depuis trois

jours, et les membres de la famille se trouvaient réunis dans
le petit salon, dont les fenêtres donnaient sur un parterre et
une plantation d'arbrisseaux. Cette dernière était, à ses con-
fins, partagée par une palissade, et de la lande extérieure on
y pénétrait par un guichet. L'attention des trois dames se
trouva tout à coup attirée sur cette petite porte où l'on venait d'entendre le bruit du loquet de fer retombant sur son
anneau. Quelqu'un arrivant par la lande était entré dans la
plantation, et Madeleine s'installa tout aussitôt à la croisée
pour chercher à reconnaître, parmi les arbres, la figure du
visiteur.

Il s'était à peine écoulé quelques minutes, lorsqu'on put
distinguer la figure du *gentleman* qui, du sentier pratiqué à
travers la plantation, mettait le pied sur les allées sablées du
parterre. Madeleine le regardait avec attention, et sembla
ne pas le reconnaître tout d'abord ; mais, comme il se rapprochait, on la vit tressaillir de surprise ; et, se tournant
vers sa mère et sa sœur, elle leur déclara que le *gentleman*
en question n'était ni plus ni moins que « M. Francis
Clare. »

Le visiteur qu'on annonçait sous ce nom était le fils du
plus ancien des associés de M. Vanstone, qui se trouvait en
même temps son plus proche voisin de campagne.

M. Clare (le père) habitait un petit cottage fort simplement bâti, juste au bout de cette palissade qui servait de
limite aux plantations de Combe-Raven. Appartenant à la
branche cadette d'une famille fort ancienne, il n'avait reçu
de ses ancêtres aucun autre héritage important que la possession d'une magnifique bibliothèque, dont les nombreux
volumes non-seulement tapissaient toutes les chambres de
son modeste cottage, mais débordaient encore dans ses cor-
ridors et le long de ses escaliers. Les livres de M. Clare
étaient ce qu'il y avait de plus essentiel dans la vie de
M. Clare. Veuf depuis bien des années, il ne cachait à personne la résignation toute philosophique avec laquelle il supportait la perte de sa femme. En sa qualité de père, il regardait sa famille, composée de trois fils, comme un de ces

inconvénients domestiques auxquels il faut bien s'habituer, un vrai fléau sans cesse menaçant la sainteté de son cabinet de travail et la sécurité de ses chers bouquins. Lorsque les garçons partaient pour l'école : « Bonjour ! » leur disait-il, et à lui-même : « Dieu soit loué ! » Quant à son revenu modique, à son ménage plus modeste encore, il les envisageait au même point de vue, celui d'une satirique indifférence. Il s'était baptisé lui-même « un gueux blasonné. » La direction absolue de sa maison était confiée à une vieille servante, à condition qu'il ne la verrait jamais, d'un bout de l'année à l'autre, s'aventurer, plumeau en mains, trop près de ses livres. Ses poëtes favoris étaient Horace et Pope ; ses philosophes de prédilection étaient Hobbes et Voltaire ; il ne prenait qu'à regret un peu d'exercice en plein air, et parcourait tous les jours exactement le même nombre de mètres, à un ou deux près, sur le plus affreux chemin des environs. Il avait le dos voûté, l'humeur très-vive, digérait les radis à merveille, et dormait en dépit du thé vert. Il envisageait l'humaine nature comme eût fait Diogène tempéré par Larochefoucauld. Sa personne était des moins soignées, et il aimait à répéter avec orgueil qu'il avait survécu à tous les « préjugés » dont s'embarrasse le commun des hommes.

Tel était ce singulier personnage, envisagé par ses côtés les plus en évidence. Ses qualités un peu plus nobles, qu'il dissimulait peut-être au regard, n'avaient encore été devinées par personne. M. Vanstone, à la vérité, ne se faisait pas faute d'affirmer que chez M. Clare, — comme pour les omnibus, — « l'impériale valait beaucoup moins que l'intérieur ; » mais il était seul de son avis parmi les propriétaires du voisinage. L'association de ces deux hommes, si dissemblables à tous égards, avait pourtant duré pendant longues années, et avait pris un caractère qui lui méritait presque le nom d'amitié. Ils avaient contracté l'habitude de se rencontrer et de fumer tête à tête, certains jours de la semaine, dans le cabinet du philosophe cynique, où ils débattaient ensemble *de omni re scibili*, — M. Vanstone brandissant ses affirmations comme il eût fait de sa canne, et M. Clare lui opposant les armes les mieux affilées de sa philosophie sophistique. Généralement, le soir, ils se séparaient brouillés, et, dès le lendemain, se retrouvaient sur le terrain neutre de la plantation pour se réconcilier. Les liens étranges qui les unissaient ainsi se fortifiaient, du côté de M. Vanstone, par le cordial intérêt qu'il accordait aux trois fils de son voisin, intérêt d'autant plus précieux pour eux qu'entre autres « préjugés » auxquels leur père avait « survécu, » on pouvait compter le préjugé en vertu duquel un père s'aveugle sur ses enfants et les aime par delà leur mérite.

« Je vois ces jeunes drôles, — disait volontiers ce grand philosophe, d'un air parfaitement impartial, — en dehors de toute considération relative à cet accident de naissance, qui, au fond, n'a rien de très-essentiel ; et je les trouve, à tous égards, au-dessous de la moyenne. La seule excuse valable pour un *gentleman* que le malheur condamne à vivre en plein dix-huitième siècle, se tirerait de ses talents hors ligne. Mes garçons, dès leur naissance, ont eu la cervelle à peu près vide. Si je pouvais disposer en leur faveur de quelques mises de fonds, je ferais de Frank un boucher, un boulanger de Cecil, et d'Arthur un épicier ; car je ne connais guère d'autres professions qu'on soit bien assuré de voir sans cesse indispensables aux besoins de l'humanité. Par malheur, les capitaux me manquent, et leurs cerveaux ne paraissent guère propres à y suppléer. Ils m'apparaissent comme trois bipèdes inutiles, ornés de jaquettes malpropres et de bottines bruyantes ; et je ne vois pas trop ce qu'on pourra faire d'eux, s'ils n'ont l'heureuse idée de décharger la communauté en prenant la clef des champs... »

Par bonheur pour les enfants en question, M. Vanstone portait encore le joug des préjugés dont M. Clare s'était affranchi. Ses instances, son influence, firent entrer Frank, Cecil et Arthur, à titre gratuit, dans un bon collège. Il leur accordait libéralement, aux jours de congé, le plein usage de son écurie, et en les admettant auprès de mistress Vanstone et auprès de ses filles, il avait fourni à ces jeunes gens l'occasion de se dégrossir, de se civiliser. M. Clare sortait alors de son cottage, et venait de temps à autre par la lande, — en robe de chambre et en pantoufles, jeter à travers les palissades un regard dépréciateur sur ses trois fils, absolument comme sur trois animaux sauvages que son voisin eût essayé de dompter : — « Vous êtes d'excellentes gens, vous et votre femme, disait-il souvent à M. Vanstone. Je respecte sincèrement les préjugés qui vous ont fait prendre en faveur ces grands garçons de mon crû. Mais quelle erreur est la vôtre, bon Dieu ! et que vous vous aveuglez !... Je n'entends vous contrarier en aucune façon... Je suis tout à fait impartial en ces matières... Mais notez bien ceci, Vanstone ! ils tourneront mal tous les trois, quoi que vous ayez pu faire en leur faveur... »

Plus tard, lorsque Frank eut atteint dix-sept ans, le singulier jeu des relations établi entre les deux voisins, comme père et comme ami, aboutit à un résultat qui en fit encore ressortir l'absurde contraste. Un ingénieur civil du nord de l'Angleterre, qui avait quelques obligations à M. Vanstone, se montra disposé à prendre Frank sous sa direction, et ce, aux conditions les moins onéreuses. Quand cette proposition arriva, M. Clare commença d'abord, selon son usage, par laisser sur les épaules de M. Vanstone le fardeau de la responsabilité qu'il aurait dû prendre ; puis il tâcha de modérer l'enthousiasme paternel de son voisin en traitant la chose comme un spectateur désintéressé :

« Voilà pour Frank la plus belle chance qui lui puisse survenir ! s'écriait M. Vanstone dans tout le feu de sa joie.

— Mon bon ami, ce garçon n'y mordra pas, répliqua M. Clare, avec le calme glacial d'un homme parfaitement désintéressé dans la question.

— Il faut qu'il y morde, insistait M. Vanstone.

— Autant vaut dire qu'il le faut mathématicien, ajouta M. Clare ; autant vaut dire qu'il sera industrieux, ambitieux, doué d'une volonté ferme... Bah ! bah ! vous ne le voyez pas, comme moi, d'un œil impartial... Pas de facultés mathématiques, pas d'industrie, pas d'ambition, pas de

I.   3

volonté! Frank est un composé de négations, c'est moi qui vous le dis.

— Au diable vos négations! cria M. Vanstone; vos négations et vos affirmations, j'en fais absolument le même cas, savez-vous? Frank courra cette brillante chance, et je gage ce que vous voudrez qu'il en tire bon parti.

— Je ne suis pas assez riche pour parier habituellement, répondit M. Clare; mais je crois qu'en fouillant la maison, j'y trouverai bien, çà ou là, quelque guinée; et, cette guinée, je vous la paye, si Frank ne nous est pas rendu, d'ici à peu de temps, comme un shilling de mauvais aloi.

— C'est tenu, dit M. Vanstone... Mais non; attendez!... Je ne fais pas au caractère de ce garçon l'injure de parler pour lui à chiffre égal. Je gage cinq contre un, que Frank, en cette affaire, tournera les atouts... Vous devriez avoir honte de parler comme vous faites. Je n'ai pas la prétention de savoir où vous en voulez venir par ces étranges propos; mais vous finissez toujours par me constituer le défenseur de Frank, comme si j'étais son père, et non vous... Ah! oui, prenez votre temps, et vous vous défendrez!.... Je ne vous donne pas une minute et me soucie fort peu de vos laborieuses plaidoiries... Selon vous, le blanc est noir?... Peu m'importe, en vérité... Le noir reste noir malgré vous. Bavardez tant qu'il vous plaira; je vais, moi, par le courrier du jour, accepter pour le compte de Frank les propositions de mon ami... »

Telles furent les circonstances dans lesquelles M. Francis Clare, âgé de dix-sept ans, partit pour le nord de l'Angleterre et débuta dans la carrière des ingénieurs civils.

De temps à autre, l'ami de M. Vanstone lui faisait passer quelques renseignements sur l'élève dont il prenait soin. Il appréciait chez Frank les qualités intéressantes d'un jeune homme doux et bien élevé; mais il signalait en même temps la lenteur de ses progrès dans les premiers éléments des sciences qu'un ingénieur doit approfondir. D'autres lettres, écrites à une date subséquente, peignirent Frank comme trop disposé au découragement; par ce motif, on l'avait envoyé sur les ateliers d'un nouveau chemin de fer, afin de voir si un changement de lieu et d'ouvrage le ranimerait. Il s'était, en effet, bien trouvé de cette épreuve, sauf peut-être en ce qui concernait ses études professionnelles, qui continuaient à n'avancer guère.

Des communications ultérieures annoncèrent son départ pour la Belgique, où il allait, sous la surveillance d'un contre-maître parfaitement sûr, s'occuper de quelques travaux publics; ces lettres indiquèrent ensuite le profit général qu'il semblait tirer de ce changement de situation : elles faisaient valoir ses excellentes façons, ses manières liantes, qui étaient d'un grand secours en facilitant les relations d'affaires établies avec des étrangers; — mais sur l'importante question des progrès que Frank aurait dû faire dans les connaissances relatives à son art, elles gardaient un silence de mauvais augure. Ces renseignements, et bien d'autres analogues, furent tous consciencieusement soumis par l'ami de Frank au père de Frank. Chaque fois, M. Clare triomphait de M. Vanstone, et M. Vanstone se fâchait contre M. Clare :

« Le jour viendra où vous regretterez d'avoir fait ce pari, disait le philosophe cynique.

— Le jour viendra, au contraire, où j'aurai le plaisir intime d'empocher votre guinée, » criait son ami, toujours plein d'espérance.

Deux années s'étaient écoulées depuis le départ de Frank. Au bout de l'année suivante, les résultats furent acquis et la question décidée.

Deux jours après que M. Vanstone fut revenu de Londres, il se vit forcé de quitter son déjeuner avant d'avoir eu le temps de regarder ses lettres apportées par le courrier du matin. Les jetant en paquet au fond d'une des poches de sa veste de chasse, il les en retira plus tard d'une seule poignée pour les lire, dès qu'il en eut le loisir. Cette poignée comprit toute la correspondance du jour, à une exception près, laquelle était un rapport final de l'ingénieur civil, notifiant la rupture de ses relations avec son élève, et le retour immédiat de Frank dans le domicile paternel.

Tandis que cette importance nouvelle demeurait ignorée au fond de la poche de M. Vanstone, le jeune homme qu'elle concernait, lancé à toute vitesse sur les chemins de fer, voyageait pour rentrer chez lui. À dix heures et demie du soir, tandis que, plongé dans les douceurs d'une solitude studieuse, M. Clare savourait à la fois sa lecture et son thé vert, en compagnie du chat noir qu'il avait adopté pour favori, un bruit de pas se fit entendre dans le couloir : la porte s'ouvrit, et Frank apparut devant lui.

Des hommes ordinaires eussent été surpris. Mais le calme d'un stoïcien ne pouvait être ébranlé par une bagatelle comme le retour inattendu de son fils aîné. Si, au lieu de s'être absenté pendant trois ans, Frank n'eût été dehors que trois minutes, M. Clare n'aurait pas quitté d'un regard plus tranquille le volume dans la lecture duquel il était plongé.

— Juste ce que j'avais prédit! s'écria le philosophe. Ne me troublez point par d'inutiles explications, et ne faites pas peur au chat!... S'il y a quelque chose à manger dans la cuisine, prenez-le, et allez vous coucher!.... Vous pourrez, demain, faire votre visite à Combe-Raven, et porter de ma part ce message à M. Vanstone : — Recevez, monsieur, les compliments de mon père. Ainsi qu'il l'avait toujours annoncé, on me restitue à vous comme un shilling de mauvais aloi. Il garde donc sa guinée, et attend vos cinq, avec l'espoir qu'une autre fois vous apprécierez mieux la valeur de ce qu'il dit. — Chargez-vous de l'ambassade!... Fermez la porte derrière vous!... Bonne nuit!... »

Sous ces auspices peu favorables, M. Francis Clare apparaissait le lendemain, — comme nous l'avons vu, — dans le parterre de Combe-Raven, et, quelque peu inquiet de l'accueil qu'il y pouvait attendre, il se rapprochait lentement de la maison.

Rien d'étonnant à ce que Madeleine ne l'eût pas d'abord reconnu. Il était parti avec toute la gaucherie, tous les dehors embarrassés d'un garçon de dix-sept ans; il revenait, jeune homme, dans toute l'assurance de la vingtième année.

Sa taille, alors un peu grêle, avait acquis la grâce et la force qui lui manquaient.

Il était maintenant d'une stature moyenne. Les traits fins et réguliers que sa mère, supposait-on, lui avait légués, s'étaient arrondis et garnis, pour ainsi dire, sans avoir perdu leur remarquable délicatesse; sa barbe naissait à peine, et une ombre de moustache se frayait modestement un chemin au bord supérieur de ses lèvres. Ses yeux bruns, exprimant la douceur et l'hésitation, eussent mieux convenu à une femme; ils manquaient de cette fermeté, de cette ardeur, qui les eussent assortis à un mâle visage. Ses mains, hésitantes comme ses yeux, changeaient constamment de gestes, constamment tournaient et retournaient tout ce qu'elles pouvaient trouver à leur portée. Il était, sans contredit, beau, gracieux, bien élevé; mais aucun observateur subtil ne l'eût pu regarder sans soupçonner que l'énergique séve de l'antique famille s'était peu à peu épuisée en se transmettant à la génération nouvelle, et que M. Francis Clare perpétuait l'ombre de ses ancêtres, non leur substance virile et forte.

Lorsque l'étonnement causé par son apparition se fut peu à peu calmé, une enquête eut lieu pour retrouver la lettre égarée. En fouillant les profondeurs les plus intimes des vastes poches de M. Vanstone, on ramena au jour ce précieux document, dont il prit connaissance tout aussitôt.

Les faits exposés par l'ingénieur, dans leur simplicité la plus nue, pouvaient se résumer ainsi : — Frank ne possédait point les talents suffisants pour le mettre en état de fournir sa nouvelle carrière; il était donc inutile de lui faire perdre son temps, en lui conservant un emploi pour lequel il n'avait aucune vocation. Trois ans d'épreuve ayant amené de part et d'autre cette conviction bien établie, le maître avait pensé que le plus court était de renvoyer l'élève chez lui, et de s'expliquer sans réserve, soit vis-à-vis du père, soit au regard des amis. Dans un autre métier pour lequel il se sentirait plus capable et qu'il prendrait plus à cœur, le jeune homme montrerait sans doute plus d'industrie et de persévérance

que son découragement ne lui avait permis d'en déployer
dans la profession qu'il venait d'abandonner. Ses qualités
personnelles l'avaient fait goûter de toutes ses connaissances,
et sa prospérité future était le vœu cordial des nombreux
amis qu'il s'était faits dans le Nord... — Le rapport que nous
analysons n'en disait ni plus ni moins.

Bien des gens eussent trouvé que l'ingénieur avait trop
soigneusement rédigé son exposé de faits, et, le soupçonnant
d'avoir tiré d'une mauvaise cause le meilleur parti possible,
eussent conçu des doutes sérieux au sujet de l'avenir de
Frank. M. Vanstone, lui, était de nature trop optimiste, et
en même temps trop désireux de ne pas reculer d'une semelle
en face de son vieil adversaire, pour interpréter la lettre dans
un sens aussi peu favorable. — Était-ce donc la faute de Frank
s'il n'avait pas en lui cette étoffe particulière dont on fait les
ingénieurs? D'autres jeunes gens, avant lui, n'avaient-ils pas
débuté par une fausse marche, et combien, commençant
ainsi, avaient pris ensuite le dessus, avaient accompli des
merveilles?...

Tandis qu'il commentait de cette façon la lettre de son
ami l'ingénieur, le chaleureux et bienveillant *gentleman*
passait la main, à petits coups, sur l'épaule de Frank :

« Courage, garçon ! disait M. Vanstone, nous prendrons
quelque jour notre revanche vis-à-vis de votre père, bien
que, cette fois, il ait gagné son pari... »

L'exemple ainsi donné par le maître de la maison fut
immédiatement suivi par toute la famille, à la seule exception
de Norah, dont le formalisme et la réserve incurables se
traduisaient, sans trop de grâce, par une froideur marquée
à l'égard du jeune visiteur. Les autres, Madeleine en tête, —
qui, au temps jadis, était la camarade favorite de l'ami Frank,
— rentrèrent sans le moindre effort dans les habitudes faciles
de leur ancienne intimité.

Tous l'appelèrent « Frank », sauf Norah, qui persistait à le
qualifier de « Monsieur Clare ». Elle ne s'égaya même pas,
dans son imperturbable gravité, lorsque, reprenant courage,
il rendit compte de l'accueil que son père lui avait fait la

veille au soir. Assise et détournant obstinément son beau visage brun, les yeux baissés, les joues plus animées que de coutume, elle l'écoutait impassible. Tous les autres, miss Garth comprise, trouvèrent irrésistible la harangue de bienvenue adressée par M. Clare à son fils. Le bruit et les éclats de rire étaient à leur plus haut point, lorsqu'un domestique entra et rappela toute la société au silence, en annonçant que des visiteurs venaient d'entrer dans le salon : — M. Marrable, mistress Marrable et miss Marrable, d'Evergreen-Lodge, Clifton.

Norah quitta sa chaise avec empressement, comme si les nouveaux venus lui apportaient une espèce de soulagement moral. Mistress Vanstone fut ensuite la première à se lever. Elles prirent les devants, toutes deux, pour recevoir leurs hôtes. Madeleine, qui préférait la société de son père et de Frank, demandait en grâce qu'on la dispensât de paraître; mais miss Garth, après lui avoir accordé cinq minutes de grâce, la prit sous son escorte et lui fit quitter la salle à manger. Frank se leva pour partir.

« Non! non! dit M. Vanstone, le retenant... Ne vous en allez pas encore!... Ces gens-là ne resteront pas longtemps... M. Marrable est un négociant de Bristol; nous nous sommes rencontrés une ou deux fois, lorsque ces petites filles m'obligeaient de les mener à Clifton pour quelque partie de plaisir... Simples connaissances, et pas autre chose... Venez fumer un cigare dans la serre... Au diable les visiteurs! Ils vous mangent la vie sur le dos... Au dernier moment, je m'exhiberai avec force belles excuses; et, en vous montrant de loin, vous attesterez que j'étais réellement en affaires.... »

Après avoir préparé tout bas cet ingénieux stratagème, M. Vanstone prit le bras de Frank, et, par les derrières, lui fit faire le tour de la maison. Les premières dix minutes de leur retraite dans la serre n'amenèrent aucune espèce d'événement. Ce temps écoulé, les deux *gentlemen* virent passer comme l'éclair, derrière les carreaux, une apparition rapide, aux vives couleurs, — la porte fut poussée avec force, les pots à fleurs tombèrent comme la grêle, rendant hommage

aux jupes qui les balayaient, et la fille cadette de M. Vanstone
vint se jeter dans ses bras à toute course, avec les dehors
d'une personne que sa raison vient d'abandonner :

« Père, le rêve de toute ma vie est réalisé ! dit la jeune folle
aussitôt qu'elle put parler. Si quelqu'un ne me retient pas,
je vais m'envoler par le toit de la serre... Les Marrable sont
arrivés avec une invitation..... Devinez, petit père, devinez
ce qui va se donner à Evergreen-Lodge ?

— Un bal, dit M. Vanstone sans hésiter un instant.

— Une comédie de société, » cria Madeleine, dont la jeune
voix vibrante emplit la serre comme eût fait un son de cloche.
Et comme, dans son extase, elle levait les mains en l'air, la
rondeur de ses bras blancs apparut jusqu'au point où deux
jolies fossettes marquaient la place de ses coudes. « On joue
les *Rivaux*, petit père, les *Rivaux* du fameux Je-ne-sais-qui,
et l'on ME demande de jouer !... Rien au monde que je désire
à ce point. Et tout dépend de vous... Maman secoue la tête ;
miss Garth a des regards de lionne, et Norah boude comme
à l'ordinaire. Mais si vous dites *oui*, toutes trois seront bien
forcées de quitter la partie et de me laisser faire à ma guise...
Dites *oui*, insista-t-elle, se nichant avec une irrésistible
câlinerie tout contre son père, et de ses lèvres effleurant
l'oreille où elle murmurait ses douces instances. — Dites *oui*,
et je serai la plus sage des filles durant tout le reste de mes
jours.

— Vous, sage ? répéta M. Vanstone ; c'est folle à lier que
vous voulez dire ? Au diable ces gens ! au diable leur
comédie !... Je vais rentrer, cependant, et voir un peu de
quoi il s'agit... Vous n'avez pas besoin de jeter votre cigare,
Frank !... L'affaire ne vous regarde pas, et vous pouvez
rester ici.

— Vraiment non, dit Madeleine ; l'affaire le regarde autant
que moi... »

M. Francis Clare était jusqu'ici demeuré modestement
sur l'arrière-plan. Il fit alors un pas en avant, et une surprise
muette se peignit sur son visage.

« Oui, continua Madeleine, répondant avec un calme

parfait à son regard interrogateur. Vous faites partie de la troupe. Miss Marrable et moi, nous sommes les organisatrices... En cinq minutes tout a été réglé... Il restait deux rôles disponibles. L'un est « Lucy », la femme de chambre, et c'est moi qui le joue,... avec la permission de papa, continua-t-elle, pinçant à la dérobée le bras de son père..... Et il la donnera. N'est-ce pas, petit père? D'abord parce qu'il est un amour; en second lieu, parce que je l'aime et qu'il m'aime; troisièmement, parce qu'il n'y a jamais entre nous, — dites un peu le contraire! — la moindre discordance de volontés; quatrièmement, parce que je lui donne un baiser, ce qui lui ferme la bouche et tranche tout naturellement la question. Mais je me perds, bon Dieu! je me perds!... Où en étais-je donc tout à l'heure?... Ah oui! j'expliquais moi-même à Frank...

— Pardon, pardon! dit Frank, qui voyait le moment venu de protester.

— Le second rôle de la pièce, continua Madeleine, sans prendre garde le moins du monde à cette protestation avortée, c'est «Falkland», un amoureux jaloux qui fait les plus belles phrases du monde. Nous avons, miss Marrable et moi, pendant que les autres causaient, discuté ensemble ce caractère de Falkland, assises sur le banc de la fenêtre... Délicieuse enfant, si vive, si sensible, si absolument dépourvue de prétentions!... Elle me faisait ses confidences. — Un de nos malheurs, me disait-elle, c'est de ne pouvoir trouver un *gentleman* capable de lutter contre les odieuses difficultés du rôle de Falkland. — Il va sans dire que je la consolais, et je lui disais : — J'ai votre *gentleman*. Il luttera immédiatement... — Grand Dieu! quel est-il? — M. Francis Clare. — Et où est-il? — Chez nous, tout précisément. — Seriez-vous assez aimable, miss Vanstone, pour me l'amener? — Je vous l'amènerai, miss Marrable, avec le plus grand plaisir... Là-dessus, j'ai quitté le banc de la fenêtre, j'ai couru dans le petit salon, — j'ai flairé les cigares; — j'ai suivi la piste, et me voici!

— Il est très-flatteur, je le sais, d'être ainsi enrôlé, re-

3.

prit Frank, dont l'embarras était grand; j'espère néanmoins que miss Marrable et vous, vous serez assez bonnes pour me dispenser...

— N'y comptez pas!... miss Marrable et moi, nous sommes remarquables par notre fermeté de caractère. Quand nous avons assigné à monsieur tel ou tel, bien positivement, le rôle de Falkland, nous entendons, bien positivement, qu'il jouera ce rôle... Venez donc, qu'on vous présente!...

— Mais je ne me suis jamais essayé comme acteur... je ne sais comment m'y prendre.

— Rien de moins essentiel. Si vous ne savez comment vous y prendre, venez me trouver; je vous donnerai des leçons.

— Vous? s'écria M. Vanstone; et où en avez-vous pris, s'il vous plaît?

— Soyons sérieux, petit père, je vous en prie! J'ai en moi la plus ferme conviction que je pourrais jouer tous les rôles de la pièce, Falkland y compris... Ne me forcez pas à me répéter, Frank!... Venez, et qu'on vous présente!... »

Prenant, à ces mots, le bras de son père, elle l'entraîna vers la porte de la serre chaude. A chaque pas, elle se retournait, regardant par-dessus son épaule pour voir si Frank la suivait. Ce ne fut que l'affaire d'un moment; mais dans ce moment-là, sa ferme volonté groupait, massait toutes ses ressources, puisait une force additionnelle dans l'ascendant de sa beauté, s'imposait enfin, et l'emporta. Elle était charmante, il faut le dire, avec ce tendre incarnat épandu sur ses joues, le radieux plaisir qui étincelait dans ses regards, et dans cette gracieuse attitude qui faisait valoir les ondulations serpentines de sa taille souple, les riches contours de son buste, toutes les séductions, enfin, de sa nature élégante.

« Allons, continua-t-elle avec un signe de tête empreint d'une coquetterie indicible; allons, Frank, on nous attend. »

Bien des hommes de quarante ans n'auraient pu lui résister en ce moment. Frank n'en avait que vingt, à peine révolus; ce qui revient à dire qu'il jeta son cigare, et la suivit hors de la serre.

Comme il se retournait pour fermer la porte, ce qui lui fit perdre de vue l'irrésistible enchanteresse, il sentit revivre en lui sa répugnance à faire partie d'une troupe de comédiens amateurs. Au pied du perron, il fit halte de nouveau, cueillit je ne sais quelle fleur que le hasard mettait dans le voisinage de ses doigts distraits, la broya, la pétrit dans sa main, et, fort mal à l'aise avec lui-même, se mit à regarder de tous côtés. Le sentier de gauche conduisait au *cottage* paternel. Pourquoi ne prendrait-il pas le sentier de gauche ?

Pendant qu'il hésitait encore, M. Vanstone et sa fille étaient arrivés en haut du perron. Une fois encore, Madeleine regarda par-dessus son épaule, déployant ainsi sa beauté splendide, son sourire vainqueur. Elle lui fit signe comme devant, et, comme devant, il la suivit... jusqu'à la dernière marche, jusque par delà le seuil. — La porte se referma sur eux.

Ce fut ainsi, par un simple geste d'invitation d'une part, un simple acte de complaisance de l'autre, sans qu'il sût rien du secret encore caché qui avait déterminé le voyage à Londres, et sans qu'elle y donnât une seule réflexion, — ce fut ainsi, dis-je, qu'ils s'engagèrent sur une voie au bout de laquelle était la découverte de ce secret. Maint détour les en séparait encore, bien autrement ténébreux qu'on n'aurait pu le penser.

V.

Les questions de M. Vanstone relativement au divertissement dramatique dont les préparatifs se faisaient à Evergreen-Lodge, obtinrent pour réponse un long récit de petites misères théâtrales, dont miss Marrable représentait la cause innocente, et auxquelles son père et sa mère avaient participé comme principales victimes.

Miss Marrable était un de ces tyrans les plus endurcis entre tous, — une fille unique. Depuis l'époque où elle avait

percé sa première dent, elle n'avait pas octroyé à ses pauvres parents opprimés un seul privilége constitutionnel. Son
dix-septième anniversaire allait sonner. Il avait été décidé
par elle qu'on le célébrerait en montant tout exprès une
comédie. Comme d'ordinaire, elle avait donné ses ordres :
comme d'ordinaire, ses parents avaient obéi, mistress Marrable livrant son salon pour qu'on le transformât en théâtre,
M. Marrable s'assurant le concours d'un homme du métier,
destiné à former, à mener au feu les jeunes conscrits dramatiques des deux sexes, et à supporter toutes les responsabi-
lités qu'on encourt en cherchant à extraire du chaos domestique un microcosme théâtral. Une fois accoutumés à voir
briser leurs meubles, gâter leurs tentures, à entendre craquer
leurs parquets, circuler les souliers à gros clous, bruire les
marteaux sonores, battre les portes, gémir les marches d'escalier, ceux qui s'intitulaient le maître et la maîtresse du logis
crurent bonnement qu'ils en avaient fini avec leurs plus
grands troubles. Innocente et fatale chimère ! Pour des particuliers, c'est déjà une grande épreuve que d'organiser un
théâtre et de choisir une pièce ; mais c'en est une autre, et
non moins rude, que de déterrer des acteurs. Jusque-là,
Evergreen-Lodge n'avait connu que les petits ennuis préliminaires de la première catégorie. Les embarras sérieux
allaient commencer.

Une fois le choix des *Rivaux* [1] bien arrêté, miss Marrable
s'attribua, cela va sans le dire, le rôle de « Lydia Languish ».
Un de ses soupirants favoris eut celui du « capitaine Absolute » et un autre conquit de haute lutte celui de « sir Lucius
O'Trigger ». Vint ensuite une parente, d'humeur peu susceptible, qui ne recula point devant la lourde responsabilité du
personnage de « mistress Malaprop », et, ceci fait, le progrès

1. *The Rivals*, comédie fort gaie et fort spirituelle, de R.-B. Sheri-
dan. Nous regrettons que, pour beaucoup de nos lecteurs, les allusions
suivantes soient à peu près inintelligibles, et nous souhaitons que le
désir de les comprendre leur fasse lire, dans la traduction française
(V. le *Répertoire des Théâtres étrangers*), une des comédies anglaises
qui méritent le mieux d'être connues.

de cette organisation spéciale s'arrêta court. Il ne restait plus à se procurer que *neuf* autres acteurs *parlants*, et cette inévitable nécessité donna naissance aux embarras les plus graves.

Tous les amis de la famille devinrent, d'un jour à l'autre, et pour la première fois de leur vie, des « gens sur qui l'on ne peut compter. » Ils avaient applaudi à l'idée de monter la pièce, puis ils refusaient d'y jouer; ou bien, quelque rôle accepté, ils reculaient devant les efforts à faire pour se le mettre dans la tête; ou bien encore, ils s'offraient pour des rôles déjà pris, refusant ceux qui étaient disponibles; ou bien, d'une santé délicate, fournissaient d'éternels prétextes pour manquer aux répétitions; ou bien faisaient intervenir des parents puritains, et après s'être mis gaiement en besogne au début de la semaine, se trouvaient, avant qu'elle eût pris fin, sous le poids des remords que leur famille éplorée avait fait naître en eux. Cependant les charpentiers jouaient du marteau, et la scène se construisait. Miss Marrable, accessible aux émotions de tout ordre, commençait à sentir son système nerveux fort absorbé par la tension perpétuelle d'une anxiété que chaque incident renouvelait. Le médecin de la famille déclarait «ne pouvoir répondre de rien, si la tentative commencée avortait. » On se remit à l'œuvre sur nouveaux frais. On chercha des acteurs avec le parti pris le mieux arrêté de ne consulter en rien la convenance du rôle et de la personne qu'on en chargeait. La nécessité, qui, au théâtre comme partout ailleurs, n'a jamais connu de lois, fit accepter un jeune homme de dix-huit ans pour représenter «sir Anthony Absolute,» le metteur en scène se chargeant de lui procurer toutes les rides nécessaires. Une dame, d'âge ignoré, de corpulence incontestable, mais qui, du moins à son dire, avait «le cœur bien placé», proposa de jouer la sentimentale «Julia»; on ne lui connaissait, en fait de précédents dramatiques, que l'habitude de porter perruque à domicile. Grâce à ces coups de vigueur, la pièce fut enfin pourvue de tout son personnel, sauf cependant les deux rôles si peu commodes de «Lucy», la femme de chambre, et de «Falkland»,

le jaloux amoureux de Julia. Il vint quelques *gentlemen :* ils
examinèrent Julia aux répétitions ; ils s'assurèrent qu'elle
pesait cent quarante et portait de faux cheveux. Ils ne
s'aperçurent pas qu'elle « avait le cœur bien placé » ; ils
manquèrent du courage voulu, offrirent leurs excuses et
battirent en retraite. Quelques dames ayant lu le rôle de
« Lucy », constatèrent que ce personnage, fort en relief
pendant la première moitié de la pièce, s'effaçait peu à peu
dans la seconde, et devenait tout à fait insignifiant ; il leur
sembla dur de déchoir ainsi dans l'estime des spectateurs,
pendant que les autres conservaient jusqu'au dénoûment
leur importance originelle ; elles fermèrent le livre, s'excu-
sèrent, et ne reparurent plus. Il ne restait désormais que
huit jours à courir avant la représentation : une phalange de
martyrs de salon, comptant plus de deux cents têtes, avait
promis de venir en affronter les périls. Trois répétitions au
complet étaient encore indispensables, et deux rôles restaient
à distribuer... Ce fut avec ce récit pathétique, et avec les
plus humbles excuses sur leur indiscrétion probable, que les
Marrable, s'étayant à regret de relations bien superficielles,
paraissaient à Combe-Raven pour y demander une « Lucy »
aux deux filles de la maison, un « Falkland » à l'univers entier,
avec l'obstination acharnée d'une famille au désespoir.

Cet exposé de situation présenté à un auditoire qui comprenait, avec un père du tempérament de M. Vanstone, une
fille du caractère de Madeleine, produisit tout l'effet auquel
on devait s'attendre.

Soit qu'il interprétât mal, soit qu'il ne voulût pas prendre
en considération le silence de mauvais augure que gardaient
sa femme et miss Garth, M. Vanstone ne se borna pas à
permettre que sa fille cadette vînt au secours des comédiens
dans l'embarras ; il accepta de plus pour Norah et pour lui-
même une invitation à la soirée où Madeleine devait figurer.
Mistress Vanstone fit valoir sa santé pour s'excuser de n'y
point paraître, et miss Garth ne promit de compter parmi les
spectateurs que pour le cas où la maison n'aurait pas besoin
d'elle. Les rôles de « Lucy » et de « Falkland » que la famille

désolée colportait de tous côtés avec elle, comme une maladie à répandre, furent, séance tenante, remis à leurs desti-
nataires respectifs. On ne prêta même pas l'oreille aux faibles
objections que Frank voulut mettre en avant. Les jours et
heures de répétition furent soigneusement inscrits au crayon
sur la couverture de chaque manuscrit, et les Marrable prirent
congé après une véritable explosion de reconnaissance,
père, mère, fille semant à la volée leurs formules de gratitude depuis la porte du salon jusqu'à celles du jardin.

Dès que leur voiture eut disparu, Madeleine se montra
sous un jour tout à fait nouveau à l'assistance étonnée.

« S'il vient d'autres visites aujourd'hui, dit-elle, je pré-
viens que je n'y suis pour personne. Ceci est une affaire bien
autrement sérieuse qu'aucun de vous ne semble le croire.
Retirez-vous quelque part, Frank, et lisez, relisez votre rôle,
en prenant soin de ne point laisser vagabonder votre imagination, si toutefois la chose est possible. On ne me reverra
plus avant ce soir... Après le thé, si vous voulez venir ici,
sauf la permission de mon père, je mettrai à votre disposition mes idées sur le rôle de Falkland... Thomas, quoi que
puisse faire ailleurs le jardinier, je lui défends expressément
de venir apporter, sous mes fenêtres, le bruit de ses opérations horticoles..... Je vais être plongée dans l'étude pendant
tout le reste de l'après-midi, et plus la maison sera paisible,
plus je serai obligée à chacun de ceux qui l'habitent... »

Avant que miss Garth pût faire feu de tous ses reproches,
avant que pût s'échapper des lèvres de M. Vanstone le cordial éclat de rire qu'il allait laisser partir, Madeleine les salua
d'un sérieux imperturbable, monta le perron pour la première fois de sa vie avec une autre allure que le galop d'un
jeune faon, et se perdit dans on ne sait quelle profondeur du
gynécée.

La stupéfaction où cette soudaine absence parut jeter
Frank ajoutait à la scène un degré d'absurdité dont elle eût
pu rigoureusement se passer. Tantôt sur une jambe, tantôt
sur l'autre, roulant, déroulant son manuscrit, et regardant
d'un air piteux les amis qui l'entouraient :

« Je sais fort bien que je ne m'en tirerai jamais, leur disait-il... Puis-je venir, après le thé, savoir les idées de Madeleine?... Merci, je tâcherai d'arriver vers huit heures... Ne parlez pas à mon père de cette comédie, au moins !... Ce seraient des bourdes à n'en pas sortir... » Ceci dit, son courage n'alla pas plus loin ; il se retira, d'un pas incertain, dans la direction du bosquet, les bras ballants, laissant pendre son manuscrit entr'ouvert ; — le plus incapable des « Falklands » et l'homme le plus embarrassé de sa personne qu'on eût pu trouver en ce bas monde.

Le départ de Frank laissait la famille à elle-même, et devint le signal d'une attaque en règle contre la négligence invétérée qu'apportait M. Vanstone dans l'exercice de son autorité paternelle.

« A quoi donc aviez-vous la tête, André, quand vous avez donné ce consentement? dit mistress Vanstone ; mon silence, il me semble, devait vous avertir de répondre par un refus.

— Grave erreur, monsieur Vanstone! reprenait miss Garth se mettant à l'unisson. Erreur bien intentionnée ; erreur cependant, soyez-en sûr.

— Ce peut être, en effet, une erreur, dit Norah, prenant, comme toujours, le parti de son père ; mais, en de telles circonstances, comment refuser?

— C'est cela, ma chère, ajouta M. Vanstone. Les circonstances, vous le dites fort bien, tournaient contre moi : d'un côté, ces malheureux ne sachant de quel bois faire flèche ; de l'autre, Madeleine dévorée du désir de jouer. Je ne pouvais pas mettre en avant des scrupules de méthodiste... Je n'ai rien en moi qui me permette de me donner pour tel. Et quelle autre excuse imaginer?... Les Marrables sont des gens comme il faut... Ils reçoivent la meilleure compagnie de Clifton : quel mal à ce que ma fille les voie?.... S'il s'agit de prudence, de convenance, etc., pourquoi Madeleine ne ferait-elle pas ce que fait miss Marrable?... Laissez donc ces pauvres enfants jouer leur comédie et de leur mieux... Nous avons eu leur âge, après tout... et il ne faut pas faire tant d'embarras... Ma foi, j'en ai assez dit sur toute cette affaire... »

Après avoir lancé cette apologie caractéristique, M. Vanstone battit en retraite du côté de la serre pour y fumer un nouveau cigare.

« Je n'en ai point fait part à papa, dit Norah, prenant le bras de sa mère pour rentrer avec elle dans le château; mais ce qu'il y a de plus à craindre, selon moi, dans toute cette comédie, c'est la familiarité qu'elle va introduire dans les rapports de Madeleine et de Francis Clare.

— Vous avez une antipathie pour ce jeune homme, ma chère petite, » répondit mistress Vanstone.

Les yeux bruns de Norah, ces yeux si doux et si discrets, s'abaissèrent vers le sol, et pas un mot de plus ne sortit de sa bouche. Ses opinions étaient invariables, mais jamais elle n'engageait de discussion avec personne. Elle avait ce grand défaut des natures réservées, leur obstination, et aussi leur grand mérite, celui de savoir se taire. « Quelle préoccupation est maintenant la vôtre? » pensait miss Garth, jetant un regard pénétrant sur le brun visage de Norah, et cherchant à lire sur sa physionomie abattue... Vous êtes de nature énigmatique, vous... Parlez-moi de Madeleine, avec tous ses instincts de perversité!... au moins voit-on clair en elle... mais chez vous il fait nuit toujours. »

Les heures de l'après-midi s'écoulèrent sans que Madeleine eût mis le pied hors de sa chambre. On n'entendait aucun bruit de pas sur les escaliers; aucune langue indiscrète ne babillait des greniers aux cuisines : la maison, enfin, ne se ressemblait plus, maintenant que tout à coup en avait disparu l'élément perturbateur qui sans cesse portait atteinte à la sérénité de la vie de famille. Curieuse de vérifier par ses propres yeux la réalité d'une transformation à laquelle l'expérience du passé l'eût empêchée de croire, miss Garth monta dans la chambre de Madeleine, frappa deux fois à la porte, ne reçut pas de réponse, poussa le battant, et jeta un regard dans cette pièce muette.

Madeleine était assise devant la psyché, les cheveux tombant sur ses épaules, absorbée dans l'étude de son manuscrit, et, jusqu'à ce que l'heure du dîner vint à sonner, elle y resta comfortablement roulée dans son peignoir. Derrière elle se tenait, également assise, sa femme de chambre, promenant lentement le peigne parmi les longues boucles pesantes qui ornaient la tête de sa jeune maîtresse, avec la résignation assoupie d'une pauvre créature qui s'employait à cette opération depuis déjà plusieurs heures. Le soleil brillait, et l'on avait baissé les vertes jalousies placées à l'extérieur de la fenêtre; de vagues et douces lueurs planaient sur ces deux figures tranquillement assises; ces lueurs éclairaient le petit lit blanc, dont les rideaux étaient soutenus par des rubans d'un vert tendre, et la toilette préparée pour le dîner, qu'on avait jetée sur ce lit; elles éclairaient aussi la baignoire aux couleurs gaies, et son extérieur d'émail blanc; la table de toilette et ses reluisants accessoires, ses flacons à facettes, sa clochette d'argent, dont un Amour formait la poignée: bref, cette multitude de menues superfluités qui ornent comme un autel la chambre à coucher d'une jolie femme. Le calme presque énervant de cette scène, le frais parfum des fleurs et des essences répandues dans l'atmosphère, l'attitude extatique de Madeleine, complétement perdue dans sa lecture; la régularité monotone avec laquelle se mouvaient la main et le bras de la femme de chambre, tandis qu'elle passait et repassait doucement le peigne dans la chevelure de sa maîtresse, — tout concourait à produire la même impression de somnolentes délices et de calme félicité. D'un côté de la porte étaient le grand jour et les réalités vulgaires de l'existence; de l'autre, le domaine des rêves élyséens, le sanctuaire du repos sacré pour tous.

Miss Garth s'arrêta sur le seuil, et contempla silencieusement ce tableau. Le singulier goût que Madeleine avait pris de faire soigner sa chevelure à tous moments et en toutes circonstances, figurait au nombre de ces particularités de caractère que, dans la maison, tout le monde connaissait. Son père prétendait volontiers, en riant, qu'elle lui rappelait alors ces chats voluptueux qui viennent offrir à la main leur dos électrique; il s'attendait toujours, disait-il encore, si le peigne continuait assez longtemps son office, à l'entendre *ronronner*. Si extravagante qu'elle puisse paraître, la comparaison n'était pas le moins du monde inexacte. L'ardente humeur de la jeune fille donnait une intensité particulière au plaisir, essentiellement féminin, qu'éprouvent la plupart des dames à sentir leurs cheveux mordus par le peigne, à cette joie sensuelle où elle s'abîmait, — joie franche et sereine, profonde comme le sommeil, et qui rappelait, d'une manière frappante, celle du chat favori sous la main qui le caresse. Si au courant que fût miss Garth de cette fantaisie de son élève, elle la voyait pour la première fois mêlée, chez Madeleine, à un grand effort de l'intelligence. Éprouvant donc la curiosité de savoir combien de temps avaient marché ensemble le soin de la chevelure et celui du rôle, elle hasarda de le demander d'abord à la maîtresse, — puis, ne recevant d'elle aucune réponse, à la jeune soubrette.

« Toute cette après-midi, miss, et sans répit, répondit celle-ci avec une évidente lassitude. Miss Madeleine prétend que cela émousse ses sentiments, et rend son esprit plus alerte... »

Sachant par expérience qu'il serait inutile d'intervenir en ce moment, miss Garth se détourna promptement et quitta la chambre. Elle sourit, lorsqu'elle se retrouva sur le palier extérieur. Parfois, mais ceci n'est pas fréquent, la pensée féminine se projette avec force vers l'avenir. Miss Garth accordait en ce moment à l'infortuné futur époux de Madeleine une pitié prophétique.

La belle studieuse, quand l'heure du dîner fut venue, se montra aux yeux de la famille sous le même aspect préoccupé.

D'ordinaire, l'appétit de Madeleine aurait effrayé ces frêles sensibilités qui veulent à toute force ignorer l'influence essentielle du régime féminin sur le développement de la beauté féminine. Ce jour-là, elle refusait les plats, l'un après l'autre, avec une détermination farouche, qui impliquait le plus rare des martyres modernes, le martyre de l'estomac.

« J'ai compris le rôle de Lucy, remarqua-t-elle avec la gravité d'un vieux juge. Ce qui va être difficile, maintenant, c'est de faire comprendre à Frank le rôle de Falkland... Je ne vois pas là de quoi rire. Et avec une responsabilité comme la mienne, vous seriez tous fort sérieux... Non! père, pas de vin ce soir, je vous remercie; j'ai besoin que mes idées restent nettes... De l'eau, Thomas, et avant de l'emporter, encore un peu de cette gelée!... »

Lorsque, dans la soirée, arriva Frank, qui n'avait pas encore la plus petite idée de son rôle, elle l'entreprit comme une vieille maîtresse d'école entreprend un petit garçon timide et gauche. S'il essayait çà et là de varier, par quelques madrigaux plus ou moins indirects, le caractère tout pratique des travaux de la soirée, elle écoutait ses compliments inopportuns avec le sang-froid méprisant d'une femme deux fois plus âgée. Elle le tenait littéralement prisonnier dans son rôle. M. Vanstone s'était endormi dans son fauteuil; mistress Vanstone et miss Garth, cessant de prendre intérêt à cette leçon d'art dramatique, s'étaient retirées à l'autre bout du salon et causaient tout bas. Il se faisait tard, toujours plus tard, et pourtant Madeleine restait fidèle à sa tâche; et de même, avec une persévérance égale, Norah, l'œil ouvert sur elle toute la soirée, continuait à ne les point perdre de vue. Une méfiance de plus en plus marquée assombrissait son visage, tandis qu'elle contemplait sa sœur et Frank, assis l'un près de l'autre, absorbés par le même intérêt, s'efforçant ensemble vers le même but. La pendule marqua onze heures et demie avant que l'intrépide « Lucy » permît au docile « Falkland » de fermer enfin son cahier de leçons. « Elle a étonnamment d'esprit, n'est-ce pas? disait Frank, prenant congé de M. Vanstone à la porte du vestibule. J'ai consigne, si vous le permettez, de revenir encore demain pour qu'elle me fasse part de ses idées... Mais je ne me tirerai jamais de là... N'allez pas le lui répéter, au moins!... A mesure qu'elle m'apprend une tirade, l'autre me sort de la tête. Il y a de quoi se décourager, pas vrai?... Bonne nuit!... »

Le lendemain était le jour marqué pour la première répétition générale. La veille au soir, mistress Vanstone s'était trouvée en proie à un grand accablement. Dans un entretien particulier avec miss Garth, elle avait repris d'elle-même en sous-œuvre les sujets traités dans sa lettre de Londres, s'était adressée de nouveaux reproches sur la faiblesse qui lui avait fait subir les impudentes prétentions du capitaine Wragge à une parenté imaginaire, et revenant ensuite à l'état de sa santé, aux inquiétudes que lui causaient les perspectives périlleuses de l'été prochain, elle s'était exprimée là-dessus avec un triste abandon qui faisait peine. Pour la tirer de son abattement, miss Garth, changeant de conversation, avait parlé de la prochaine représentation théâtrale, et, pour calmer les inquiétudes que mistress Vanstone pouvait concevoir à cette occasion, lui avait manifesté l'intention d'accompagner Madeleine chaque fois qu'elle irait répéter chez miss Marrable. En conséquence, lorsque Frank, dans cette matinée mémorable, vint frapper à la porte de Combe-Raven, il y trouva miss Garth sous les armes dans le rôle d'Argus, et, en vertu d'une interpolation manifeste, toute prête à escorter «Lucy» et «Falkland» sur la scène de leurs futurs exploits. Le chemin de fer les emporta tous les trois jusqu'à Evergreen-Lodge, et au coup d'une heure la répétition commença.

VI.

« J'espère que miss Vanstone sait son rôle! » murmura miss Marrable à l'oreille de miss Garth, avec une inquiétude évidente, dans un des recoins du théâtre.

« Si la grâce et la vivacité suffisent pour faire une actrice, le jeu de Madeleine sera probablement de nature à nous étonner tous. »

Après cette réponse, miss Garth exhiba son ouvrage et alla s'asseoir au centre du parterre, disposée à faire bonne garde.

Le régisseur s'était perché, livre en mains, sur un tabou-

ret, en face de la scène. C'était un petit homme alerte,
d'humeur douce et joviale. Il donna le signal de commencer,
accordant aux préparatifs qu'il dirigeait un intérêt aussi
résigné que s'ils ne lui avaient pas déjà donné dans le passé
bien des ennuis, et ne lui promettaient dans l'avenir aucune
difficulté nouvelle. Les deux personnages qui ouvrent la
comédie des *Rivaux*, « Fag » et « le Cocher », parurent sur la
scène, faisant montre d'une taille beaucoup trop haute pour
la toile de fond, qui représentait une « rue de Bath »; ils
déployèrent ensuite l'inhabileté traditionnelle des acteurs
novices à manœuvrer leurs bras, leurs jambes et leurs voix,
— manquèrent à plusieurs reprises leurs *entrées* et leurs
sorties, — et finirent cependant par témoigner à quel point
ces résultats leur paraissaient heureux, en riant à tue-tête
dans les coulisses...

« Silence, messieurs, je vous prie ! » leur cria par voie de
réprimande le jovial régisseur. « Sur la scène, riez aussi haut
qu'il vous plaira ! mais, une fois sortis, l'auditoire ne doit
plus vous entendre... Miss Marrable est-elle prête ? Miss
Vanstone est-elle prête ?... Tendez-moi un peu cette « rue de
Bath !... » elle fait des plis vers le haut !... Tournez-vous par
ici, miss Marrable !... En face de moi, s'il vous plaît, miss
Vanstone !... »

Il s'arrêta là tout à coup : « C'est curieux, marronnait-il
entre ses dents, elle fait d'elle-même face au théâtre !... » —
« Lucy » ouvrit la scène par ces paroles : « En vérité, madame,
« je l'ai cherché par toute la ville. Je ne crois pas avoir omis,
« dans tout Bath, un seul cabinet de lecture. » Le metteur
en scène tressaillit ici sur son siége. « Vive Dieu ! s'écria-t-il,
elle part avant le commandement ! » Le dialogue continuant,
« Lucy » tira de dessous son manteau les romans destinés
aux lectures secrètes de « miss Lydia Languish. » Le régisseur
se leva tout étonné. Merveilles des merveilles ! les livres se
succédaient sans aucune hâte, aucun ne tombait à terre. La
soubrette lisait soigneusement les titres avant de les annoncer à sa maîtresse ; elle juxtaposait « *Humphry Clinker* » aux
« Larmes de la Sensibilité », avec une jolie moue qui souli-

gnait l'antithèse. Le moment d'après, elle annonçait la visite
de « Julia », non sans la vive et leste révérence d'une femme
de chambre émérite. Puis elle quitta la scène avec une
aisance parfaite, et sa sortie fut absolument conforme aux
indications scéniques.

Le régisseur se retournant sur sa chaise, et jetant un
regard surpris à miss Garth :

« Pardon, madame, lui dit-il, miss Marrable m'avait assuré
que c'était aujourd'hui le premier début de votre jeune
demoiselle... A coup sûr, cela ne saurait être ?

— Cela est, » répondit miss Garth, dont la physionomie
exprimait une surprise égale à celle de son interlocuteur.
Était-il bien possible que l'habileté inexplicable ainsi déployée
par Madeleine dans l'étude de son rôle provînt du sérieux
intérêt qu'elle avais mis à son travail, — et cet intérêt lui-
même était-il le résultat d'une aptitude toute spéciale ?

La répétition continuait. La majestueuse dame aux cheveux d'emprunt et au cœur « si bien placé » avait pris le rôle
de la sentimentale « Julia » au tragique le plus invariable,
et, dans la première scène, elle fit de son mouchoir un usage
véritablement insensé. La « parente non mariée » mettait un
tel sérieux à reproduire les bévues grammaticales de « mistress Malaprop », et se donnait un tel mal pour n'en omettre
aucune, qu'elle semblait débiter un exercice de rhétorique.
Le malheureux jeune homme qui, dans le personnage de « sir
Antony Absolute », avait amené au feu l'avant-garde de la
troupe, exprimait son irascibilité sénile par l'incessante tré-
pidation de ses genoux émus, et en frappant continuellement
de sa canne le plancher sonore de la scène. Lentement,
gauchement interrompu à chaque instant par d'interminables
méprises, le premier acte se traîna ainsi jusqu'à la réapparition de « Lucy », appelée à le terminer par ce joli monologue,
où elle dévoile le secret de sa simplicité prétendue, et vante
les ressources de son esprit matois.

La situation artificielle que le théâtre lui faisait ici, offrait
des difficultés que Madeleine n'avait pas rencontrées dans la
scène première. Aussi son inexpérience absolue l'entraîna-

t-elle à plus d'une erreur évidente. Le régisseur, déployant
un zèle que ne lui avait inspiré aucun autre membre de la
troupe, intervenait immédiatement, et la remettait sur la
voie un instant perdue.

A certain moment, elle devait s'interrompre et faire le
tour de la scène; — elle n'y manqua pas. A certain autre, il
lui fallait s'arrêter, secouer la tête et lancer à l'auditoire un
regard significatif; — le tout fut exécuté au doigt et à l'œil.
Parfois, elle suggérait elle-même ses inspirations. « En prenant le papier où était inscrite la liste des présents qu'elle
avait reçus, ne pourrait-elle y donner une chiquenaude? —
Oui! — Un petit éclat de rire, ensuite, ne ferait-il pas bien?
— Certainement (après deux essais consécutifs). — Entre
chaque paragraphe, ne serait-il pas à propos de jeter droit
au parterre un regard malin? — C'est cela; droit au parterre,
et le plus malin que vous saurez... »

L'approbation rayonnait sur le visage du régisseur. Pour
applaudir galement, il fourrait de temps à autre la pièce
sous son bras. Groupés derrière la scène, les *gentlemen* suivaient son exemple; les dames se regardaient l'une l'autre;
et l'on voyait poindre chez elles l'idée qu'elles auraient peut-
être aussi bien fait de laisser la nouvelle recrue aux douceurs de la vie privée.

Trop profondément absorbée dans ses préoccupations
scéniques pour prendre garde à aucune d'elles, Madeleine
demanda la permission de répéter le monologue, afin de
mieux retenir les améliorations qu'elle y avait introduites.
Elle le débita, cette fois, d'un bout à l'autre sans la moindre
erreur, arrachant au régisseur enchanté un témoignage
bruyant du plaisir qu'il éprouvait à voir ses enseignements
profiter si vite. « Il n'y a pas à le lui cacher, criait le petit
homme frappant à coups redoublés sur le manuscrit du souf-
fleur. Si jamais il y eut actrice née, c'est bien celle-ci!...

— J'espère que non, se disait miss Garth, ramassant l'ouvrage qui était tombé sur ses genoux et y jetant un regard
quelque peu perplexe. Ses appréhensions au sujet de la tentative dramatique n'étaient jamais allées au delà des légère-

tés auxquelles Madeleine pourrait se laisser entraîner vis-à-
vis des *gentlemen* de la troupe ; mais elle n'avait jamais fait
entrer en ligne de compte la perspective qui s'ouvrait en ce
moment. Madeleine, en tant que fillette étourdie, était relativement facile à contenir ; Madeleine actrice de naissance
et de vocation, promettait un avenir plus difficile.

La répétition continuait. « Lucy » rentrait en scène au
second acte, le dernier où elle parût, avec « sir Lucius » et
Fag ». De nouveau, l'inexpérience de Madeleine se fit jour ;
elle étonna de nouveau tout le monde par sa résolution à
reconnaître, à rectifier ses propres erreurs. « Bravo ! »
s'écriaient les *gentlemen* derrière la scène, en la voyant surmonter, l'un après l'autre, les obstacles qui s'offraient à elle.
« Pour un si petit rôle, disaient les dames, voilà un entêtement bien ridicule. — Dieu me pardonne, pensait miss Garth
qui en était venue, malgré ses dents, à partager l'émotion
générale, je souhaiterais presque être papiste et pouvoir la
mettre au couvent dès demain matin... » Un des domestiques
de M. Marrable traversait le théâtre au moment où l'institutrice formait ce vœu désespéré ; elle envoya immédiatement
cet homme dans les coulisses, avec un message ainsi conçu :
« — Miss Vanstone a fini de répéter son rôle ; priez-la de venir
s'asseoir à côté de moi. » Le domestique revint avec une
excuse poliment tournée : « — Miss Vanstone envoie ses
amitiés, et supplie qu'on veuille bien attendre, — Elle souffle
M. Clare. » Elle le soufflait effectivement si bien, qu'il réci-
tait son rôle d'un bout à l'autre. Le jeu des autres amateurs
était d'une insuffisance choquante. Frank, supérieur à eux
d'un degré, manifestait simplement une incapacité modeste,
et gagnait, après tout, à la comparaison. « Il le doit à miss
Vanstone, remarqua le régisseur, qui avait entendu les conseils de la jeune fille. Elle l'a soulevé à bras tendu !... Que
deviendrons-nous, le soir fatal, quand le rideau sera tombé
sur le second acte, et que l'auditoire ne reverra plus cette
petite personne ? A quel plat niveau ne serons-nous pas
réduits ! et combien il est à regretter qu'on ne lui ait pas
confié un meilleur rôle !

1.   4

— Remercions, au contraire, le ciel que ce rôle soit si mince ! marmottait miss Garth, qui avait surpris la fin de cet aparté... En l'état des choses, les applaudissements ne lui tourneront pas la tête... Elle sort de scène au second acte... C'est toujours cela de gagné... »

Tout esprit bien réglé ne tire ses conclusions qu'à loisir. Or l'esprit de miss Garth était bien réglé. Logiquement, donc, miss Garth n'aurait pas dû se laisser aller à précipiter ses conclusions. Elle venait, pourtant, de commettre cette erreur. En termes plus nets, la réflexion consolante dont elle commençait à se bercer, impliquait que la pièce en question n'encourrait plus de nouveaux désastres, et qu'elle était désormais promise, après tant et tant d'ajournements, au succès espéré pour elle. La pièce, pourtant, n'en était pas là. La mauvaise chance et la famille Marrable n'avaient pas encore pris congé l'une de l'autre.

Quand la répétition fut finie, personne ne s'aperçut que la majestueuse dame aux cheveux d'emprunt quittait mystérieusement la compagnie, et lorsqu'un peu plus tard elle ne vint point prendre place à la table couverte de rafraîchissements que l'hospitalité de M. Marrable tenait toujours servie dans une pièce voisine du théâtre, personne ne soupçonna que cette absence, à peine remarquée, pût avoir un motif sérieux. On ne connut à cet égard la vérité que lorsque la troupe se réunit pour la répétition suivante. A l'heure dite, aucune « Julia » n'apparut ; à la place de celle qu'on attendait, mistress Marrable, une lettre ouverte à la main, se montra sur la scène, où elle portait un front chargé de tristes présages.

La nature l'avait douée d'une grande douceur, à laquelle une éducation soignée avait encore ajouté. Elle possédait tous les ménagements de convention que l'usage a introduits dans la langue des salons; mais l'influence du drame, jointe à celle de la contrariété, devait finir par exaspérer cette paisible matrone. Pour la première fois de sa vie, peut-être, mistress Marrable eut des gestes véhéments, une parole emportée. Elle tendit la lettre, — à longueur de bras et d'un air sévère, — du côté de sa fille stupéfaite.

« Ma chère enfant, lui dit-elle ensuite avec un calme tragique, nous sommes sous le coup d'une véritable malédic-
tion!... » Puis, avant que la troupe d'amateurs, prise à
court, eût songé à réclamer la moindre explication, la
maîtresse de maison, tournant sur elle-même, avait quitté le
salon. Le régisseur la suivait du regard avec une satisfaction
évidente. « Elle a tout à fait réussi, pensait-il, cette impo-
sante sortie... »

Quel nouveau malheur était donc venu fondre sur la
pièce ? Le plus grand de tous, le coup suprême. La dame aux
attraits majestueux abdiquait formellement son rôle.

Nulle malice en tout ceci. Ce cœur si « bien placé »
n'avait pas changé de place. A défaut d'autres témoignages,
la lettre le prouvait suffisamment. Un point de fait y était
établi dès l'exorde : « A la dernière répétition, la dame
en question avait surpris (tout à fait sans le vouloir) certaines remarques dont sa personne était le sujet... Ces
remarques portaient, ou du moins semblaient porter sur sa...
taille et sur ses... cheveux. Elle n'affligerait point mistress
Marrable en lui répétant ces méchancetés; à plus forte
raison, ne citerait-elle aucuns noms : il n'était pas dans sa
nature d'aggraver les circonstances déjà pénibles par elles-
mêmes. Il ne lui restait donc plus, pour sauvegarder sa
dignité, qu'à résigner le rôle dont elle s'était chargée. Elle
le renvoyait, ci-inclus, à mistress Marrable, avec toutes les
excuses imaginables pour la présomption dont elle avait fait
preuve, en s'essayant dans le personnage d'une jeune première, « à son... âge », comme l'avaient remarqué certains
gentlemen, et avec ce que deux de ces dames avaient désigné
comme « les inconvénients de sa... taille, et de ses... cheveux ». On trouverait aisément, et sans nul doute, une
« Julia » plus jeune et plus agréable. En attendant, elle par-
donnait pleinement à toutes les personnes désignées plus
haut, et demandait qu'on lui permît d'ajouter à ce pardon les
vœux les plus sincères pour le succès de la pièce... »

Il ne restait plus que quatre jours avant la représentation définitive!... Si jamais, par conséquent, une entreprise

humaine eut besoin des vœux qui pouvaient lui être favorables, c'était, à coup sûr, celle des comédiens-amateurs
d'Evergreen-Lodge.

Un fauteuil fut apporté sur la scène, et, dans ce fauteuil hospitalier, miss Marrable se laissa tomber, comme préliminaire indispensable de l'attaque de nerfs qui allait la
prendre. A la première convulsion, Madeleine fit un pas en
avant, arracha la lettre de la main de miss Marrable, et con-
jura la catastrophe imminente :

« C'est une méchante vieille... Elle n'a pas plus de cœur
que de cheveux ! » dit la jeune pythonisse, déchirant l'épître
en mille morceaux, qu'elle dispersa sur toutes les têtes pen-
chées pour l'écouter... « Mais je lui réponds bien qu'elle ne
fera pas manquer la pièce... C'est moi qui jouerai Julia. »

« Bravo ! » reprit le chœur des *gentlemen*... Et parmi
eux criait plus fort que tous les autres l'anonyme auteur de
la catastrophe, à savoir M. Francis Clare en personne.

« Si vous voulez connaître toute la vérité, je n'hésiterai
pas à vous la dire, continua Madeleine. Je suis une des deux
dames auxquelles elle fait allusion. J'ai dit qu'elle avait une
« tête de loup » pour perruque, et que sa taille ressemblait
à un oreiller.... Je l'ai dit comme je le pense.

— Je suis l'autre dame désignée, reprit la parente non
mariée... Mais je me suis bornée à dire que si le rôle était
trop fort pour elle, elle était, en revanche, beaucoup trop
forte pour le rôle.

— Le *gentleman*, c'est moi, reprit Frank, entraîné par
l'exemple... Mais je n'ai rien dit... Je me suis borné à opiner
du bonnet avec ces dames... »

Miss Garth, saisissant l'occasion qui s'offrait à elle,
s'adressa, du fond du parterre, aux gens montés sur la scène:

« Un moment... un moment, disait-elle. L'affaire ne peut
pas s'arranger ainsi... Madeleine jouant « Julia », qui fera
« Lucy » ?

Miss Marrable retomba dans son fauteuil, et donna cours à
une seconde convulsion.

« Laissez donc ! cria Madeleine. La chose est simple

comme bonjour..... Je jouerai les deux rôles de « Julia » et de « Lucy ».

Le metteur en scène fut immédiatement appelé à conseil. Supprimer la première entrée de « Lucy » et faire un monologue pour « Lydia Languish », avec la petite conversation motivée par les romans, — il n'en allait pas davantage ; le plan conçu par Madeleine devenait aussitôt réalisable. Les deux scènes où « Lucy » est essentielle, à la fin du premier et du second acte, étaient assez éloignées de celles où « Julia » paraît, pour donner amplement le temps de changer de costume. Miss Garth elle-même, bien qu'elle la cherchât de tout cœur, ne put trouver une objection plausible à ces arrangements improvisés.

La question fut décidée en cinq minutes, et la répétition continua ; Madeleine apprenant et répétant à la fois le rôle de « Julia », son manuscrit à la main, et déclarant qu'à son retour au logis, elle allait se consacrer, toute la nuit, à se le bien mettre dans la tête. Frank imaginait, très-déconfit, qu'elle n'aurait plus le temps de lui venir en aide. Mais, le frappant sur l'épaule du bout de son cahier, par un geste qui ne manquait pas de coquetterie : « Eh ! grand nigaud, lui dit-elle, comment pourrais-je me passer de vous ? Vous êtes l'amoureux jaloux de la belle « Julia »... C'est vous qui la faites pleurer tout le long de la pièce. Venez ce soir, vous me ferez pleurer pendant le thé... Vous n'avez plus, pour vous donner la réplique, une méchante tête à perruque... C'est mon pauvre cœur qu'il vous faudra tourmenter, et, naturellement, je vous dirai comment vous aurez à vous y prendre... »

Les quatre jours se passèrent, fort affairés, en répétitions continuelles, tant publiques que particulières. Le soir de la représentation arriva, les invités se rassemblèrent ; la grande épreuve dramatique allait être risquée. Madeleine avait tiré parti de tout ce qui pouvait l'aider ; elle avait appris tout ce que le metteur en scène avait eu le temps de lui enseigner dans un délai si court. Miss Garth la laissa, au début de l'ouverture, assise à part, dans un coin des coulisses, muette et sérieuse, son flacon de sels dans une main,

4.

son livre dans l'autre, se préparant jusqu'à la dernière minute pour mieux aborder la difficulté.

La pièce commença, non sans les épisodes auxquels donne lieu toute représentation dramatique essayée par des amateurs novices et sur un théâtre de salon : — auditoire entassé, température d'Afrique, verres de lampe volant en éclats, et grande difficulté à manœuvrer la toile. « Fag » et « le Cocher », qui ouvraient la scène, n'eurent pas plutôt fait un pas sur les planches que la mémoire les abandonna : ils passèrent une bonne moitié de leur dialogue, s'arrêtèrent court, furent priés à trop haute et trop intelligible voix, par le régisseur, de rentrer dans la coulisse, et y rentrèrent effectivement, beaucoup moins gais, mais beaucoup plus sages qu'ils n'en étaient sortis.

La scène suivante montra miss Marrable (représentant « Lydia Languish ») gracieusement étendue, fort jolie, mise à ravir, possédant son rôle à une syllabe près, bref, ayant tout pour elle... sauf la voix qui lui manquait absolument. Les dames admiraient, les messieurs applaudissaient ; mais personne n'entendit autre chose que les mots : *Plus haut, miss, beaucoup plus haut !* prononcés par la même voix qui avait déjà rappelé « Fag » et « le Cocher ». Un léger rire se fit dans les rangs des plus jeunes spectateurs ; mais de magnanimes applaudissements noyèrent ce bruit indiscret. La température du salon égalait déjà celle du sang ; — mais l'ébullition n'avait pas encore fait évaporer de l'auditoire le sentiment des égards qu'on doit aux dames.

Ce fut au milieu de cette démonstration courtoise que Madeleine fit paisiblement son entrée dans le personnage de « Julia ». Elle était simplement vêtue de brun, et s'était coiffée de ses seuls cheveux, réservant tous les accessoires, toutes les ressources artificielles du travestissement dramatique (à l'exception d'un peu de rouge fort discrètement posé) pour se mieux métamorphoser dans son second rôle. La grâce et la simplicité de son ajustement, la manière calme dont, maîtresse d'elle-même, elle arrêtait son regard sur les files de visages qui la contemplaient avidement, suscitèrent un murmure d'approbation et d'attente.

Elle parla, comprimant un léger frisson de terreur, avec une netteté d'accentuation qui la faisait entendre des plus éloignés, et confirmait la favorable impression produite par son *entrée*. La seule personne de tout l'auditoire qui pût la regarder et l'écouter de sang-froid était certainement sa sœur aînée : avant que la débutante eût été en scène plus de cinq minutes, Norah s'était aperçue, — avec un étonnement difficile à décrire, — que Madeleine, pour donner un cachet individuel à l'amabilité un peu banale de « Julia », n'avait rien imaginé de mieux que de la copier, elle, ses gestes, sa diction, aussi exactement que possible. Elle se vit ainsi effrontément contrefaite, et jusqu'au son de sa voix, si parfaitement imité qu'il lui semblait parler elle-même et entendre ses propres paroles redites sur la scène par un écho railleur.

Cette singulière adaptation d'un type individuel et vivant à un être abstrait produisit sur l'auditoire, — qui pourtant ne s'en rendait pas compte, — un effet clairement manifesté par les applaudissements unanimes qui saluèrent la *sortie* de Madeleine. Dès cette première scène, elle avait remporté deux incontestables victoires.

Par un merveilleux tour d'adresse mimique, elle avait communiqué un frappant caractère de réalité à l'un des personnages les plus insipides du théâtre anglais, — et contraint à se montrer enthousiastes deux cents malheureux dont aucun appareil de ventilation ne venait tempérer le malaise, dans cette région tropicale où ils mijotaient à la chaleur l'un de l'autre. Où donc trouver une actrice de profession qui, dans de telles circonstances, eût pu faire beaucoup mieux ?

Le principal incident de la soirée, cependant, ne s'était pas encore produit. La réapparition de Madeleine, à la fin de l'acte, sous le travestissement de « Lucy », avec des cheveux et des sourcils d'emprunt, un teint ravivé par le fard et les mouches, la toilette la plus fantasque et la plus *voyante*, la voix la plus perçante et les plus lestes façons, abasourdit

complétement les spectateurs. Ils consultèrent d'abord leur
programme, où l'actrice chargée du rôle de « Lucy » figurait
sous un ingénieux pseudonyme, — se remirent à regarder la
scène, — finirent par reconnaître le déguisement, — et leur
surprise se traduisit alors par une salve d'applaudissements
bien plus bruyante encore, et plus cordiale que la première.
Norah elle-même, cette fois, ne put méconnaître que ce
triomphe était légitime. Car enfin, à travers les lacunes
qu'une inexpérience absolue rendait inévitables, et se manifestant néanmoins de manière à frapper l'auditoire le moins
éclairé, les plus rares facultés du génie scénique se révélaient
dans la diction, dans les attitudes et les gestes de cette
enfant de dix-huit ans qui, pour la première fois de sa vie,
posait le pied sur les planches. Inférieure dans certains
menus détails pratiques de ses deux rôles, elle avait réussi,
— c'était là l'essentiel et le difficile, — à leur donner à chacun
son cachet spécial, sa couleur distincte. Tout le monde comprenait que là gisait le problème; tout le monde comprenait
qu'elle l'avait résolu; tout le monde, à présent, partageait
l'enthousiasme du régisseur, quand il la proclamait, presque
malgré lui, « une comédienne de naissance. »

Lorsque la toile s'abaissa pour la première fois, Madeleine
avait concentré sur elle tout l'intérêt, tout l'attrait du spectacle. L'auditoire applaudissait poliment miss Marrable, ainsi
que les convenances l'exigeaient des personnes invitées par
son père; il encourageait charitablement les autres membres
de la troupe, afin de les aider à terminer leur tâche, ce qui
donnait beaucoup de mal, bien évidemment, à certains
d'entre eux. Mais, dans tout le cours de la représentation,
rien ne put lui arracher de sincères, de chaleureux *bravos*,
lorsque Madeleine n'était pas là pour les enlever. On ne pouvait s'y tromper, miss Marrable et ses amis intimes étaient
rejetés dans l'ombre par cette nouvelle venue qu'on était allé
recruter, en désespoir de cause. Et ceci, pour la fête de miss
Marrable, pour l'anniversaire de sa naissance! et ceci, dans
la propre maison de son père! et ceci, après les indicibles
sacrifices qu'elle et ses parents s'imposaient depuis six

semaines !... A tous les désastres domestiques dont cette
œuvre ingrate avait été l'occasion pour la famille Marrable,
et à toutes ses déceptions en matière théâtrale, le succès
de Madeleine venait mettre le comble.

Quittant M. Vanstone et Norah, installés, après la pièce,
dans la salle où était dressé le buffet, miss Garth passa
derrière la scène, en apparence cherchant à se rendre
utile; en réalité pour savoir si les triomphes de la soirée
n'avaient pas complétement tourné la tête à Madeleine.
L'institutrice n'aurait pas été autrement surprise de trouver
sa jeune élève traitant avec le régisseur des conditions
auxquelles elle consentirait à se montrer prochainement
sur un théâtre public. Au fait, elle découvrit Madeleine
qui, restée sur la scène, recevait, en souriant, une carte que
ledit régisseur lui présentait avec une révérence toute clas-
sique. Le poli petit homme, devinant une question dans le regard interrogateur de miss Garth, se hâta de lui expliquer que
cette carte était la sienne, et qu'en la laissant à miss Vanstone,
il la suppliait de penser à le recommander, si, comme il n'en
doutait pas, une occasion semblable venait à se présenter.

« Ce n'est pas la dernière fois que mademoiselle figurera
dans une troupe d'amateurs, je puis vous le garantir, et si
l'on a besoin d'un « metteur en scène », elle a bien voulu
me promettre qu'elle se souviendrait de mon humble personne. A l'adresse mentionnée sur cette carte, on aura toujours de mes nouvelles. »

A ces mots, autre révérence, et le petit homme s'éclipsa.

De vagues soupçons assiégeaient encore la pensée de miss
Garth. Elle insista pour que la carte lui fût exhibée. Jamais
plus inoffensif morceau de carton n'avait passé d'une main
dans une autre. La papier-Bristol ne contenait que le nom
du « metteur en scène », et, au-dessous, le nom et l'adresse
d'un des agents dramatiques de la capitale.

« Cela ne mérite pas d'être conservé, » dit miss Garth.

Mais, avant qu'elle eût jeté la carte, Madeleine lui saisit
le bras, reprit l'adresse en question, et la mit tranquillement
dans sa poche.

« J'ai promis de recommander cet homme, disait-elle, et c'est déjà une raison pour conserver son adresse. En tout cas, elle me rappellerait du moins la plus délicieuse soirée de ma vie, et cette raison vaut bien la première... Allons! cria-t-elle ensuite, jetant ses bras autour de miss Garth, dans un transport de gaieté fiévreuse... Allons donc! félicitez-moi de mon succès!...

— Je vous féliciterai quand vous n'y penserez plus, » répondit miss Garth.

Une demi-heure après, Madeleine avait changé de toilette; elle avait rejoint les invités, et planait dans une atmosphère de compliments où la salutaire influence de miss Garth ne pouvait comprimer, modérer son essor. Frank, toujours un peu lent à se mouvoir, fût le dernier du tripot comique à quitter l'enceinte du théâtre. Il n'essaya point de rejoindre Madeleine dans la salle du souper; mais quand on se sépara, quand les carrosses arrivèrent, il se trouva là, tout à point, sous le vestibule, pour l'aider à passer sa pelisse.

« Oh! Frank, lui dit-elle, se tournant vers lui pendant qu'il l'enveloppait de l'étoffe protectrice, comme il me fâche que tout cela soit fini!... Venez donc demain matin, nous en causerons tout à notre aise.

— Eh bien! dans la plantation, vers dix heures? » murmura Frank à l'oreille de la jeune étourdie, qui accepta par un joyeux mouvement de tête cette espèce de rendez-vous, tout en relevant le capuchon rabattu sur ses yeux. Miss Garth, debout à peu de distance, saisit au passage le regard qu'ils échangeaient, mais le tumulte des adieux l'avait empêchée d'entendre leurs paroles. Dans la gaieté qu'affectait Madeleine, il y avait une nuance de tendre langueur, — sur son visage une expression de trouble, un empressement affectueux dans le geste par lequel elle acceptait le bras de Frank, et s'appuyait sur ce bras pour gagner la voiture. Que signifiait tout ceci? L'intérêt passager qu'elle avait pris à lui, à ses études dramatiques, avait-il traîtreusement frayé la voie à un autre intérêt plus vif et plus durable?... et ce divertissement oisif allait-il avoir, maintenant qu'il était clos, des résultats plus sérieux qu'une simple perte de temps?

La physionomie de miss Garth devint soucieuse. Elle demeurait, immobile et pensive, au milieu de la foule affairée et bavarde qui l'entourait. L'insinuation adressée à mistress Vanstone par Norah, pendant qu'elles étaient dans le jardin, venait de lui revenir à l'esprit; — et maintenant, pour la première fois, elle sentait poindre en elle ce pressentiment que la sœur aînée avait entrevu, sous leur vrai jour, les conséquences probables d'un parti trop légèrement pris.

VII.

Le lendemain, de bonne heure, se rencontrant au jardin, miss Garth et Norah y tinrent ensemble un conseil secret. L'unique symptôme par lequel se révélèrent au déjeuner les résultats de cette conférence fut le silence complet qu'elles observèrent, l'une et l'autre, sur la représentation de la veille. Mistress Vanstone n'obtint que de son mari et de leur fille cadette quelques renseignements sur ce qui s'était passé. L'institutrice et la fille aînée avaient évidemment pris le parti de ne plus aborder ce sujet.

A l'issue du repas, et lorsque les dames se réunirent, comme de coutume, dans le petit salon, Madeleine ne vint pas les rejoindre. Ses habitudes étaient si peu régulières, que mistress Vanstone n'éprouva, au sujet de cette absence, aucun étonnement, aucune inquiétude. Deux heures s'écoulèrent sans qu'on entendît parler de Madeleine. Au coup de midi, Norah se leva tranquillement pour aller s'enquérir d'elle.

Elle n'était ni aux étages supérieurs, époussetant ses bijoux ou bouleversant ses robes, ni dans la serre, ni dans le parterre, ni dans les cuisines, à tourmenter la reine de ces lieux, ni dans la cour, à jouer avec les chiens. Serait-elle, par grand hasard, sortie avec son père? Mais M. Vanstone, pendant le déjeuner, avait manifesté l'intention d'aller rendre visite à son ancien associé, M. Clare, et de provoquer à

quelque sarcastique anathème le philosophe indigné, en lui
rendant compte de la soirée dramatique. Aucune autre,
parmi les dames de Combe-Raven, ne se hasardait dans le
cottage encombré du vieux cynique; — mais Madeleine osait
tout, elle, et Madeleine pouvait fort bien y être allée. Dès
que cette idée se fut offerte à Norah, elle prit le chemin du
bosquet.

Au second détour de l'allée qui s'enfonçait dans la plantation et se dérobait ainsi aux regards des habitants du
château, Norah se trouva tout à coup face à face avec
Madeleine et Frank, qui marchaient à loisir vers elle, se
tenant par le bras, la tête penchée l'un vers l'autre, et se
parlant, paraissait-il, à voix très-discrète. Ils étaient tous
deux d'une beauté, d'une félicité vraiment inquiétantes.

A l'aspect de Norah, ils tressaillirent tous deux, et tous
deux s'arrêtèrent. Frank, d'un geste troublé, porta la main
à son chapeau, et s'en retourna dans la direction du *cottage*
paternel. Madeleine vint au-devant de sa sœur, fouettant l'air
négligemment de son parasol inutile, et fredonnant un passage de l'ouverture qui, la veille, avait précédé le lever du
rideau.

« L'heure du *lunch* n'est certainement pas sonnée? demanda-t-elle en regardant à sa montre.

— Est-ce que vous étiez dans le bosquet, seule avec
M. Francis Clare, depuis que vous nous avez quittées?
demanda Norah.

— *Monsieur* Francis Clare? quelle ridicule affectation de
cérémonie!... Pourquoi ne l'appelez-vous pas « Frank » tout
uniment?

— Je vous ai adressé une question, Madeleine.

— Bon Dieu, quel air sombre vous avez ce matin!... Je suis
donc en disgrâce?... Vous ne m'avez pas encore pardonné mon
jeu d'hier? Mais, sœur chérie, cette mauvaise plaisanterie
était une nécessité... Je n'aurais pas tiré parti de mon sot
rôle, si je ne m'étais permis de vous prendre pour modèle...
C'est une question d'art, et voilà tout... A votre place, moi,
ce choix m'eût flattée:

— A *votre* place, Madeleine, j'y aurais regardé à deux fois avant de contrefaire ma sœur pour amuser des étrangers.

— Eh! c'est justement là mon excuse... je jouais devant des étrangers. Comment auraient-ils pu deviner?... Allons, allons, ne vous fâchez point! Vous avez huit ans de plus que moi, et me devriez l'exemple de la tolérance. {

— Je vous donnerai un exemple de franchise... Je suis beaucoup plus peinée que je ne saurais vous le dire, de vous avoir rencontrée ici.

— Et après? Vous me rencontrez dans le bosquet, rentrant à la maison, et causant d'une comédie de société avec un ancien camarade d'enfance que j'ai connu lorsque je n'étais pas plus haute que ce parasol... C'est donc là une inconvenance compromettante, à votre avis? *Honni soit qui mal y pense!* Vous demandiez tout à l'heure une réponse... — Eh bien! la voilà, ma chère, et en bel anglo-normand, si je ne me trompe!

— Je prends ceci au sérieux, Madeleine, et...

— Croyez-vous que j'en doute?... Personne ne vous accusera jamais de plaisanter. •

— Je suis sérieusement affligée...

— En vérité?

— Il est tout à fait inutile de m'interrompre... Je dois à ma conscience de vous dire, et par conséquent je vous le dirai, que je suis affligée de voir cette intimité faire des progrès aussi rapides... Je suis peinée de voir des intelligences secrètes s'établir déjà entre vous et M. Francis Clare.

— Pauvre Frank!... Quelle aversion vous avez pour lui!... Et qu'a-t-il pu faire pour la mériter?... »

L'empire que Norah gardait toujours sur elle-même commençait pourtant à lui manquer. Ses joues brunes se couvraient d'une rougeur foncée, ses lèvres fines tremblaient quand elle reprit la parole. Madeleine s'occupait de son ombrelle plus que de sa sœur. Elle la lançait en l'air pour la reprendre au vol: « Une! » criait-elle, la rattrapant ainsi... « Deux! » et l'ombrelle volait encore... « Trois!... » mais avant qu'elle n'eût pu la saisir pour la troisième fois, Norah lui prit le bras avec un geste irrité; l'ombrelle tomba par terre entre les deux jeunes personnes.

« Vous êtes impitoyable pour moi, dit-elle. C'est une honte, Madeleine, une vraie honte ! »

De toutes les puissances morales, la plus irrésistible est l'éclat spontané, soudain, involontaire, d'un caractère calme et réservé. Madeleine, stupéfaite, fut réduite à se taire. Pendant un moment, ces deux sœurs, si différentes d'aspect et de caractère, se firent face l'une à l'autre, sans qu'un mot de plus fût échangé entre elles. Pendant un moment, les yeux brun foncé de l'aînée et les yeux gris clair de la cadette croisèrent leurs regards acharnés à s'examiner, et prêts à se combattre. La physionomie de Norah fut la première qui changea d'expression... Ce fut Norah qui, la première, détourna la tête. Elle lâcha silencieusement le bras de sa sœur. Madeleine se baissa pour ramasser son ombrelle.

« J'essaye, disait-elle, de ne pas me mettre en colère, et c'est pour cela que vous me traitez d'impitoyable !... Vous avez toujours été bien dure pour moi... et vous le serez toujours... »

Norah tenait serrées l'une dans l'autre ses mains frémissantes :

« Dure pour vous ? répéta-t-elle d'une voix lasse et mélancolique; et un soupir rempli d'amertume suivit ces mots.

Madeleine, reculant un peu, se mit à essuyer machinalement, avec le bord de son manteau, le bout de son parasol.

« Oui, reprit-elle, dure pour moi et dure pour Frank.

— Frank ! reprit encore Norah, s'avançant vers sa sœur, et devenant tout à coup aussi pâle que, tout à l'heure encore, elle était rouge. Parlez-vous déjà de vous et de Frank comme si vos intérêts étaient les mêmes ? En vous blessant, Madeleine, est-ce que je le blesse ? Vous tient-il de si près, et vous est-il si cher ?... »

Madeleine reculait et reculait encore. La branche d'un arbre voisin faillit accrocher son manteau : elle se retourna brusquement, brisa ce rameau, et le jeta par terre : « Que Frank me plaise ou ne me plaise pas, comment cela peut-il vous intéresser ? » En disant ces mots, elle fit brusquement un pas en avant pour dépasser sa sœur et rentrer au château.

Norah, de plus en plus pâle, lui barra le chemin « Dussé-je vous retenir de force, dit-elle, vous resterez là, et vous m'écouterez! J'ai observé de près ce Francis Clare; mieux que vous ne le connaissez, je le connais. Il ne mérite pas que vous lui accordiez un instant d'attention sérieuse; il est indigne de l'intérêt que lui a porté jusqu'ici notre cher père, si bon et si bienveillant. Un homme, doué de quelques principes, tant soit peu digne d'estime, tant soit peu reconnaissant, ne serait pas revenu, comme il l'a fait, déshonoré — oui, déshonoré — par une aussi lâche négligence de son devoir. J'examinais son visage pendant que cet ami, meilleur pour lui que ne l'a jamais été son père, lui accordait un pardon et des consolations auxquels il n'avait aucun droit; j'examinais son visage et je n'y lisais ni honte, ni chagrin, — rien qu'une expression de soulagement sans remords et sans gratitude. Il est égoïste, il est ingrat, il n'a aucun sentiment généreux. A peine a-t-il vingt ans, et je lui vois déjà les défauts avilissants du vieil âge... Voilà l'homme que je trouve secrètement admis auprès de vous; et cet homme a déjà pris dans votre faveur une telle place, que vous êtes sourde à la vérité dite contre lui, même lorsqu'elle l'est par moi. Ceci, Madeleine, finira mal. Pour l'amour de Dieu, songez à ce que je vous ai dit, et avant qu'il ne soit trop tard, veillez sur vous-même !... » Elle s'arrêta, haletante d'émotion, et prit avec une indicible anxiété la main de sa sœur.

Madeleine la regardait avec un étonnement qu'elle ne cherchait pas à dissimuler.

« Vous êtes tellement irritée, dit-elle, vous vous ressemblez si peu que je vous reconnais à peine. Plus je me montre patiente, et plus, pour récompense, je subis de pénibles invectives. Vous avez conçu pour Frank une haine obstinée, et, parce que je ne veux pas m'y associer, vous vous fâchez contre moi, sans rime ni raison... Laissez, Norah !... Vous froissez ma main... »

Norah rejeta la main loin d'elle avec un mouvement de

mépris. « Ce n'est pas votre cœur que je froisserai jamais, »
dit-elle, et, en même temps qu'elle prononçait ces paroles
amères, elle tourna le dos à Madeleine.

Il y eut une pause. Norah gardait son attitude méprisante, Madeleine lui jeta un regard perplexe, hésitant, et se
mit à marcher seule du côté du château.

Au détour du sentier, cependant, elle s'arrêta, et, mal à
l'aise avec elle-même, porta son regard en arrière : « Mon
Dieu, mon Dieu ! pensait-elle, pourquoi Frank n'est-il pas
parti quand je le lui disais ? » Elle hésitait et rétrograda de
quelques pas. « Voilà Norah qui se drape dans sa dignité,
tout aussi obstinément que jamais. » Ici, nouvelle halte.
« Qu'y a-t-il de mieux à faire ? je déteste les querelles ; —
accommodons celle-ci. » Elle se risqua près de sa sœur, et lui
posa la main sur l'épaule : Norah ne bougea point. « Elle ne
se met pas souvent en colère, pensa Madeleine avec le même
geste conciliateur ; mais lorsqu'elle y est, comme cela dure !...
Allons, reprit-elle, un baiser, Norah, et finissons-en !... N'aurai-je de vous que cette charmante nuque ?... Il est joli, votre
cou... meilleur à baiser que le mien, et, malgré vous, je le
baiserai. »

Elle saisit Norah par les épaules, et risqua les caresses
qu'elle annonçait, sans tenir le moindre compte de ce qui
venait de se passer ; mais sa sœur ne devait pas si vite en
perdre la mémoire. La minute d'avant, en dépit de tous les
obstacles, le cœur de Norah s'était épanché à flots brûlants.
Est-ce que déjà sa glaciale réserve avait repris le dessus ?
Problème difficile à résoudre. Elle n'articula pas une parole,
et ne bougea point. D'une main pressée, elle cherchait son
mouchoir. — A ce moment, on entendit dans les profondeurs du bosquet un bruit de pas. Un basset d'Écosse arrivait
au galop, et une voix joyeuse fredonna les premiers vers du
chœur rustique d'*As You Like it*. « Voici papa ! s'écria Madeleine... Venez, Norah ! venez au devant de lui !... »

Norah, au lieu de suivre sa sœur, ramena sur ses yeux le
voile de son chapeau de jardin, et se hâta de retourner au
château.

Elle courut s'enfermer dans sa chambre. Des pleurs amers ruisselaient sur son visage.

VIII.

Au moment où Madeleine et son père se rencontrèrent dans le bosquet, la physionomie de M. Vanstone attestait que, depuis sa sortie du matin, quelque incident agréable pour lui était survenu. A la question que lui adressa immédiatement la jeune curieuse, il répondit en l'informant qu'il sortait à l'instant même du cottage de M. Clare, et qu'en ce lieu stérile d'ordinaire en pareilles bonnes fortunes, il avait recueilli une nouvelle de nature à surprendre la famille de Combe-Raven.

En pénétrant le matin même dans le cabinet du philosophe, M. Vanstone l'avait trouvé occupé à ruminer encore son déjeuner, ayant à côté de lui, au lieu du livre qui d'ordinaire, pendant le repas, restait à portée de sa main, une lettre ouverte. Il saisit cette lettre, dès l'entrée du visiteur, et ouvrit brusquement la conversation en demandant à M. Vanstone si le bon état de ses nerfs le mettrait à même de supporter le choc d'une surprise capable d'ébranler les plus fermes.

« Mes nerfs? répéta M. Vanstone; Dieu merci, je n'ai rien à dire de mes nerfs. Si vous avez quelque chose à me communiquer, n'ayez pas peur!... Expliquez-vous sans autres ménagements!... »

M. Clare envoya vers son interlocuteur un regard mécontent :

« Que vous ai-je toujours dit? demanda-t-il, plus aigre et plus solennel que jamais.

— Bien des choses dont je n'ai jamais voulu tenir note, répondit M. Vanstone.

— En votre absence comme devant vous, j'ai constamment soutenu que le principal phénomène de la société

moderne, était... l'anormale prospérité des sots. En regard
de tout individu dépourvu de bon sens, je vous montrerai un
aggrégat social qui, sur dix chances, en accorde neuf à ce
personnage éminemment favorisé, — puis marchande la
dixième, et fort durement, à l'homme le mieux avisé de ce
bas monde. Regardez où vous voudrez, vous verrez installé
dans toute haute position un âne, un âne bâté, que les plus
grandes intelligences de l'univers ne sauraient atteindre pour
l'en arracher. La sottise, qui s'admire et se complaît en elle-
même, fait peser sur tout notre système social son autorité
absolue, tient impunément sous le boisseau la lumière que
l'intelligence voudrait porter de tous côtés, — et, pour
répondre à toutes protestations, pousse la sinistre clameur
de l'aveugle hibou : *Voyez comme les ténèbres nous convien-
nent!*... Quelque jour, cette audacieuse assertion sera con-
tredite par les faits, et le système vermoulu de la Société
moderne s'écroulera tout entier avec un affreux craquement...

— A Dieu ne plaise ! s'écria M. Vanstone, regardant autour
de lui comme si le craquement se faisait déjà entendre.

— Un affreux craquement, répéta M. Clare. Telle est, en
peu de mots, ma théorie. Passons, maintenant, à l'applica-
tion remarquable que je trouve d'icelle dans la présente
épître... Voici mon coquin de fils...

— Allez-vous me dire que Frank a trouvé d'autres chances
d'avenir? s'écria M. Vanstone.

— Voici ce Frank, cet incorrigible nigaud! poursuivit le
philosophe... Il n'a jamais de sa vie tiré le moindre parti de
lui-même; aussi, par voie de conséquence rigoureuse, la
société conspire-t-elle pour le mettre au pinacle. A peine
a-t-il eu le temps de gaspiller la bonne occasion qu'il vous
devait, et voici que, pour la seconde fois, cette lettre ramène
la balle de son côté. Un riche cousin à moi, désigné par son
intelligence pour être la queue de la famille, et qui dès
lors, naturellement, en occupe la tête, a eu la bonté de se
rappeler que j'existais : il met son influence au service de
mon fils aîné. Lisez cette lettre, et observez ensuite l'enchaî-

nement des choses. Ce riche cousin est un nigaud qui prospère au sein d'un vaste domaine. Il a rendu n'importe quels services à un autre nigaud qui prospère en politique. Celui-ci connaît un troisième nigaud, qui prospère dans le commerce, lequel peut et va donner un bon coup d'épaule à un quatrième nigaud, ne prospérant pour le moment en aucune façon, et dont le nom est Francis Clare. Ainsi tourne la roue du moulin. Ainsi, par une interminable série de phénomènes analogues, la crème des récompenses terrestres est absorbée par les imbéciles. Dès demain, mon Frank est expédié. Dans un temps donné, nous le verrons revenir, refusé comme un faux shilling; et alors, — conséquence nécessaire de sa méritante sottise, — d'autres chances d'avenir s'ouvriront pour lui. Le temps reprendra son cours, — peut-être ne verrai-je pas ceci, ni vous non plus, — mais peu importe; l'avenir de Frank n'en est pas moins assuré. — Qu'on le fourre dans l'armée, dans l'Église, dans la politique, où vous voudrez, et qu'on l'abandonne aux flots, il finira par être général, évêque ou ministre d'État, de par cette grande qualité moderne qui consiste à n'avoir rien fait pour mériter la place qu'on occupe. » Après avoir ainsi résumé les perspectives mondaines de son fils, M. Clare jeta la lettre sur la table par un geste méprisant, et se versa tout aussitôt une nouvelle tasse de thé.

M. Vanstone lut cette lettre avec un intérêt avide et un vrai plaisir. Peut-être y avait-il quelque effort dans le ton de cordialité sur lequel on l'avait écrite; mais les avantages pratiques qu'elle mettait à la disposition de Frank ne pouvaient être révoqués en doute. Le cousin en question avait tous les droits de l'amitié, d'une amitié tout à fait exceptionnelle, sur une des grandes maisons de commerce établies dans la Cité; cette influence, il venait de l'exercer spontanément au profit du fils aîné de M. Clare. Frank serait reçu dans les bureaux de cette maison sur un bien autre pied qu'un commis ordinaire; on le « pousserait » dans toute occasion favorable; et la première « bonne position » que la maison pourrait offrir, soit en Angleterre, soit au dehors, lui serait acquise par avance. Doué des facultés nécessaires, et pour peu qu'il mit à les faire valoir un zèle à peu près suffisant, sa position était faite; et plus tôt on hâterait ses débuts à Londres, mieux ses intérêts s'en trouveraient.

« C'est merveilleux, s'écria M. Vanstone, rendant la lettre... Cela me fait un plaisir... Je vais rentrer chez moi pour leur tout conter... Il y a là cinquante fois plus de chances que je n'en eus jamais!... Eh pourquoi diable prenez-vous la société à partie? M'est avis que la société s'est admirablement bien conduite... Où donc est Frank?

— Dans quelque trou, répondit M. Clare. Parmi les insupportables singularités des heureux mortels nés sous l'étoile de Sottise, est cette manie de toujours se tapir en quelque coin. Je n'ai pas encore vu mon drôle, ce matin, et si vous le rencontrez, envoyez-le-moi, je vous prie, d'un coup de pied... »

L'opinion de M. Clare sur les us et coutumes de son fils aurait pu être, dans la forme, plus poliment exprimée. Mais, en substance, ce matin-là, elle se trouvait être d'une irréprochable correction. En quittant Madeleine, Frank avait attendu dans le bosquet, à distance rassurante, espérant qu'elle pourrait se débarrasser de sa sœur et venir le rejoindre. L'apparition de M. Vanstone, immédiatement après le départ de Norah, au lieu de l'encourager à se montrer, l'avait déterminé à regagner le cottage paternel. Il s'en revint, boudant, et tomba ainsi dans les griffes de son père, sans que rien l'eût préparé à la formidable nouvelle qui allait immédiatement l'appeler à Londres.

M. Vanstone, cependant, avait communiqué ce qu'il venait d'apprendre, d'abord à Madeleine, et plus tard, revenu au logis, à sa femme et à miss Garth. Il était observateur trop peu subtil pour remarquer le genre d'impression produit par cette nouvelle sur sa fille cadette, et le soulagement qu'exprima la physionomie de miss Garth, tandis qu'il leur annonçait la bonne fortune de Frank. Il continua de causer ainsi sans se douter de rien, jusqu'à ce qu'eût sonné l'heure du *lunch*; — et, alors, pour la première fois, il remarqua l'absence de Norah. Elle avait envoyé dire qu'une forte migraine la retenait dans sa chambre. Miss Garth étant montée peu après pour lui donner connaissance de ce qui concernait Frank, Norah parut, — phénomène étrange, — médiocrement rassurée par ce qu'elle apprenait ainsi. « Déjà une fois, remarqua-t-elle, M. Francis Clare avait quitté le pays, et on l'y avait vu revenir. Il pouvait y revenir encore, et bien plus tôt que personne ne l'aurait prévu. » Ce fut tout ce qu'elle dit à ce sujet. Sur ce qui s'était passé dans le bosquet, elle garda un silence absolu. Son invincible réserve semblait l'avoir reprise de plus belle, après le soudain mouvement d'expansion qui avait marqué cette matinée. Elle se retrouva dans l'après-midi avec Madeleine comme si rien ne fût arrivé ; aucune réconciliation positive n'eut lieu entre elles. C'était une des particularités de Norah, que de se refuser ainsi à toute réconciliation explicite, et d'abriter sa timidité sous des retours silencieux. A l'attitude, aux façons de sa sœur, Madeleine put s'assurer qu'elle avait protesté pour la première et dernière fois. Quels que fussent ses motifs, — orgueil, mauvaise humeur, méfiance d'elle-même, sentiment d'impuissance à faire le bien, — il n'y avait pas à se tromper sur ce parti pris. Norah était bien décidée à rester, dans l'avenir, purement passive.

M. Vanstone, dans la soirée, proposa une promenade en voiture à sa fille aînée, comme le meilleur remède pour sa migraine. Elle consentit aussitôt à sortir avec son père, qui là-dessus, comme toujours, voulut emmener Madeleine. On ne la trouva nulle part. Pour la seconde fois de la journée, elle s'était égarée seule dans les environs de l'habitation. Miss Garth, les opinions de Norah une fois adoptées, passant désormais d'une extrémité à l'autre, estimait Francis capable d'organiser en cinq minutes un enlèvement régulier. Elle fit immédiatement une battue spontanée, afin de retrouver la jeune *lady*. Sa longue recherche fut sans résultats, et quand elle revint, elle était fortement persuadée que Madeleine et Frank avaient dû se rencontrer secrètement quelque part ; mais elle ne rapportait à l'appui de ses soupçons aucune espèce

5.

de preuve, si minime fût-elle. En attendant, la voiture était
à la porte, et M. Vanstone n'entendait pas différer plus longtemps sa promenade. Norah et lui partirent ensemble; mistress Vanstone et miss Garth demeurèrent occupées à leur
travail.

Une demi-heure écoulée, Madeleine entra dans le salon.
Son attitude était calme, sa pâleur extrême, sa physionomie
abattue. Elle reçut avec une distraction qui semblait l'effet
d'une grande fatigue morale, les remontrances de miss
Garth, s'excusa négligemment de s'être attardée à la promenade, prit et laissa successivement plusieurs volumes; et
enfin, poussant un soupir d'impatience, remonta chez elle.

« J'imagine que la réaction des plaisirs d'hier se fait
sentir chez Madeleine, dit tranquillement mistress Vanstone.
Je m'y attendais. Maintenant que ce divertissement dramatique a eu son cours, la voilà soupirant après autre chose... »

L'occasion se présentait trop belle de faire pénétrer dans
l'esprit de mistress Vanstone quelques rayons de lumière,
pour ne pas la saisir aussitôt. Miss Garth interrogea sa conscience, vit qu'il n'y avait pas de temps à perdre, et sur-le-
champ prit son parti.

« Vous oubliez, répondit-elle, que certain voisin à nous
quitte le pays demain matin... Faut-il ne vous rien cacher?...
Madeleine se chagrine du départ de Francis Clare... »

Mistress Vanstone, levant les yeux de dessus sa broderie,
regarda miss Garth avec un sourire de paisible étonnement.

« Vous devez vous tromper, dit-elle. Il est assez naturel
que Frank soit attiré vers Madeleine; mais je ne puis croire
que ce sentiment soit réciproque. Frank ressemble si peu à
ma fille, il est si calme, si peu démonstratif, si borné, d'ailleurs, et si dépourvu d'énergie à certains égards... Je sais
qu'il est bien de sa personne... mais il ressemble si peu à
Madeleine!... Oh! non, non, vraiment! je vous assure que je
ne puis me persuader ceci.

— Eh! chère bonne dame! s'écria miss Garth, fort étonnée... Pensez-vous donc, réellement, que les jeunes gens
s'éprennent les uns des autres à raison des rapports de carac-

tère qui existent entre eux? Dans la très-grande majorité des cas, c'est justement le contraire. Il ne se fait guère de mariage qui n'étonne au plus haut point les amis de la femme et les amis du mari. S'il est une question banale à coup sûr, c'est bien celle-ci : — Comment M. un tel épouse-t-il cette jeune fille?... ou : — À quoi pense madame une telle, de confier sa destinée à ce monsieur?... Avez-vous si longtemps vécu dans le monde pour ignorer encore que les jeunes filles surtout, par une perversité qui leur est propre, s'amourachent volontiers des êtres les moins dignes d'elles?

— Au fait, vous avez raison, dit tranquillement mistress Vanstone. J'oubliais ceci... que, du reste, on ne saurait s'expliquer, n'est-il pas vrai?

— Oui, c'est inexplicable... sans doute par ce qu'on le voit chaque jour, répliqua miss Garth, d'un ton enjoué. Que de braves gens de ma connaissance raisonnent ainsi à l'encontre de toute expérience ! — et, par exemple, lisant chaque matin le journal, vous soutiennent tranquillement, le soir, que dans l'état des mœurs modernes il n'y a plus de matériaux à exploiter pour les romanciers ou les peintres... Sérieusement parlant, mistress Vanstone, grâce à cette malheureuse comédie, Madeleine a pris avec Frank une voie où beaucoup d'autres petites filles sont entrées avant elle. Il est, certes, au-dessous d'elle ; à presque tous égards, il diffère d'elle absolument, — et, sans le savoir, c'est précisément à cause de cela qu'elle l'a pris en gré. Elle est résolue, impétueuse, intelligente, dominatrice ; elle n'a rien de ces femmes-types, qui d'un mari font un être supérieur, appelé à les protéger en toute circonstance. Pour elle, au contraire, le beau idéal est, — sans qu'elle s'en doute ; — un mari qu'elle mène par le bout du nez... Eh bien ! on s'en consolerait encore en songeant que, même dans cette classe, elle peut trouver beaucoup mieux que Frank... C'est un grand bonheur qu'il s'en aille avant de nous avoir donné plus de tracas, et avant qu'il n'y ait rien de grave à regretter.

— Pauvre Frank ! dit mistress Vanstone avec un sourire de compassion... Ces enfants se sont connus, lui portant

encore la jaquette, elle encore en jupons courts... Il ne faut
pas si vite désespérer de ce jeune homme... Peut-être, cette
fois, réussira-t-il mieux... »

Miss Garth la regarda, étonnée.

« Eh bien, après? reprit-elle... supposons qu'il réussisse? »

Mistress Vanstone coupa un fil qui pendait à sa broderie,
et se prit à rire de bon cœur.

« Ma bonne amie, dit-elle, nos fermiers ont un vieux
proverbe qui conseille de ne pas compter ses poulets avant
qu'ils ne soient couvés... Attendons encore avant de compter les nôtres... »

Il n'était point facile d'imposer silence à miss Garth
quand elle obéissait, en parlant, à une conviction bien arrêtée; mais cette réponse imprévue lui ferma la bouche. Elle
reprit son ouvrage, sa physionomie laissant voir qu'elle songeait à force choses dont elle ne pouvait plus parler.

La conduite de mistress Vanstone était certainement, vu
les circonstances, assez remarquable. Ainsi, d'un côté, une
jeune fille, — douée de grands attraits personnels, promise
comme fortune à un brillant avenir, et dans une position
sociale qui eût rendu toutes naturelles les sollicitations ma-
trimoniales des premiers *gentlemen* du comté, — se jetant
capricieusement à la tête d'un jeune oisif sans le sou, qui
venait d'échouer à son premier début dans le monde, et qui,
vînt-il même à réussir dans le second, ne serait pas, de bien
des années encore, en état de contracter un mariage sortable
avec une jeune fille riche. D'autre part, la mère de cette
jeune fille, nullement effarouchée par la perspective d'un
hymen si peu désirable, pour ne rien dire de pis; et, à n'en
juger que selon les apparences, cette mère ne semblait pas
bien assurée que l'union de sa fille avec le fils de M. Clare,
dérivant de l'intimité formée entre les deux jeunes gens, ne
fût tout ce que les parents des deux parties pouvaient décider de mieux. Ceci était à peu près aussi incompréhensible
que l'autre mystère, — mystère maintenant oublié, — du
voyage fait à Londres.

Frank se montra le soir, annonçant qu'un père inexorable

le condamnait à quitter Combe-Raven, dès le lendemain, par le train parlementaire [1]. Il parla de ce départ avec un air de résignation sentimentale, et accueillit en silence, — avec une surprise tempérée par la politesse, — les bruyantes félicitations que M. Vanstone lui adressait au sujet de ses nouvelles espérances d'avenir.

Cette douce mélancolie, cette résignation touchante, faisaient singulièrement valoir les avantages personnels de M. Frank, et il était mieux que jamais, ce soir-là, dans ce rôle de jolie femme contrariée. Ses beaux yeux bruns erraient çà et là, chargés d'une langueur attendrissante; ses cheveux étaient lissés à ravir; ses mains délicates retombaient le long de son fauteuil avec une grâce attristée. On eût dit Apollon relevant de maladie. Jamais, dans aucune circonstance antérieure, il n'avait pratiqué avec plus de bonheur l'art social qu'il cultivait d'habitude : l'art de s'imposer au monde dans le rôle d'un *incube* bien appris, lequel a droit à la reconnaissance de ses co-créatures, quand il leur permet de lui servir de siéges.

La soirée, au surplus, ne fut pas autrement réjouissante. M. Vanstone et miss Garth durent se partager le soin de soutenir la conversation, qui tombait à chaque instant. Mistress Vanstone persistait dans son mutisme accoutumé; Norah demeurait obstinément à l'arrière-plan; Madeleine était plus inerte et moins démonstrative que jamais. De la première à la dernière minute, elle se tint rigoureusement sur ses gardes. Les regards, en bien petit nombre, qu'elle risquait du côté de Frank, arrivaient à lui avec la rapidité de l'éclair, et s'éteignaient avant que personne les eût pu surprendre. Même en lui apportant sa tasse de thé, — même quand un entraînement irrésistible lui fit saisir cette occasion que les femmes perdent rarement, de se mettre en contact avec l'être aimé, — même alors, elle sut abriter sa main derrière la soucoupe. Frank était bien mieux maître de lui-même, mais il

1. Train mixte, à prix fixé par un bill du parlement, et imposé aux chemins de fer par les clauses de leur concession.

ne l'était qu'à la condition de rester à l'état passif. Lorsqu'il
se leva pour prendre congé, lorsqu'il sentit sa main prise
dans la main brûlante de Madeleine, et, sous les doigts fré-
missants de la jeune fille, la boucle de cheveux qu'elle lui
glissait, il se troubla singulièrement. Peut-être se fût-il
trahi, et peut-être le secret de Madeleine eût-il été révélé,
sans M. Vanstone qui, naïvement, couvrit sa retraite en le
poursuivant de ses paroles encourageantes, de ses petites
tapes amicales : « Dieu vous accompagne et vous bénisse,
Frank ! disait cette voix loyale qui jamais ne s'élevait pour
blesser personne... La fortune vous tend la main... Allez, mon
garçon, et ne manquez pas à votre destinée !...

— Oui, disait Frank... je vous rends grâces. Ce sera peut-
être un peu difficile, dans le principe. Mais, vous me l'avez
dit, le rôle de l'homme est de vaincre les obstacles, et cela
sans en parler jamais... D'un autre côté, je voudrais bien ne
pas être si rebelle à l'arithmétique... C'est décourageant en
diable de manquer toujours ses additions... Oh ! certainement, comptez-y !... Je vous écrirai pour vous tenir au courant de ce qui m'arrive... Bien reconnaissant de toutes vos
bontés, et bien fâché de n'avoir pas réussi comme ingénieur... Après tout, cette carrière-là m'allait mieux que le
commerce... Qu'y faire, à présent ?... Merci, merci, et adieu ! »

Ce fut ainsi que Frank s'enfonça dans les brumes de son
avenir commercial, tout aussi dépourvu de volonté, tout aussi
dénué d'initiative, et tout aussi beau fils que jamais.

IX.

Trois mois s'écoulèrent ; Frank, durant tout ce temps, ne
quitta point Londres, et, comme il l'avait promis, il écrivait
de temps en temps à M. Vanstone, pour lui rendre compte
de ses occupations.

Elles ne semblaient point, d'après ses lettres, lui inspirer
un bien vif enthousiasme. Il se représentait comme un arith-

méticien toujours incomplet. Il était toujours aussi fermement convaincu — mais un peu trop tard — que sa vocation d'ingénieur était bien supérieure à ses aptitudes pour le commerce. En dépit de cette conviction, malgré les maux de tête qu'il gagnait à rester assis sur un tabouret trop haut, dans un air malsain, plié en deux sur des registres, — malgré le manque de société, les déjeuners sur le pouce, les méchants dîners des *chop-houses* [1], — il venait régulièrement au bureau, et restait fort assidûment à son pupitre. Si l'on tenait à s'en assurer, on n'avait qu'à consulter le chef de la division à laquelle on l'avait attaché.

Telle était la teneur de ses lettres, au sujet desquelles le correspondant de Frank et le père de Frank ne s'accordaient pas mieux qu'à l'ordinaire. M. Vanstone y voyait le développement des instincts industrieux chez le jeune homme qui les avait écrites. M. Clare était d'une autre opinion, tout aussi caractéristique : « Ces gens de Londres, disait le philosophe, ne se laissent pas aisément faire au même par un blanc-bec de cette force. Ils ont empoigné Frank par la peau du cou, — il ne peut se débarrasser d'eux par aucune feinte, — et il fait alors de nécessité vertu. »

Ces trois mois, pendant lesquels Frank accomplissait à Londres son noviciat commercial, furent, à Combe-Raven, beaucoup moins gais que les précédents.

À mesure que l'été arrivait, l'abattement de mistress Vanstone devenait, malgré tous ses efforts, de plus en plus marqué : « Je fais de mon mieux, disait-elle à miss Garth, pour donner à mon mari, à mes enfants, l'exemple de la sérénité, mais j'ai peur du mois de juillet. » Les secrètes appréhensions de Norah sur le compte de sa sœur la rendaient plus sérieuse et moins communicative encore. M. Vanstone lui-même, juillet approchant, perdit quelque chose de son ressort moral. En présence de sa femme, il gardait avec soin les mêmes dehors ; mais, en toute autre occasion, il y avait

1. Restaurants de bas étage. Les *crèmeries* parisiennes en donnent une idée approximative.

maintenant dans sa physionomie, dans son attitude, une
ombre de tristesse, très-nettement accusée. Madeleine était
si changée depuis le départ de Frank, qu'au lieu de dissiper
cet abattement de tous, elle l'aggravait au contraire. Elle ne
se mouvait plus qu'avec langueur. Ses travaux quotidiens
étaient accomplis avec indifférence et lassitude ; elle passait
des heures entières à rêver toute seule dans sa chambre;
elle n'accordait plus aucun intérêt à ses brillantes toilettes.
Ses yeux étaient chargés d'ennui, ses nerfs irritables; son
teint perdait de sa vivacité, de sa fraîcheur habituelles. —
En un mot, elle pesait à elle-même et à tout ce qui l'entourait.

Avec quelque énergie que miss Garth essayât de combattre
ces difficultés domestiques, sa force d'âme, à elle aussi, pliait
sous la tâche. Ses souvenirs la ramenaient, de plus en plus
fréquemment, vers cette matinée de mars où le maître et la
maîtresse de la maison étaient partis pour Londres, et où
avait été sérieusement modifiée, pour la première fois depuis
tant d'années, la calme atmosphère de la famille. — Devait-
elle s'éclaircir un peu? Et quand donc le soleil de la prospérité d'autrefois reviendrait-il dissiper les nuages qui avaient
tout à coup obscurci ses rayons?

Le printemps et les premiers mois d'été se succédèrent
rapidement. Arriva le mois de juillet, ce mois redouté, avec
ses nuits sans fraîcheur, ses matinées sans nuages, ses étouf-
fantes journées.

Le quinze du mois, un incident eut lieu qui étonna tout
le monde, — si ce n'est Norah. Pour la seconde fois, sans la
moindre raison apparente, — pour la seconde fois, sans un
mot d'avertissement préalable, — Frank reparut dans le
cottage paternel.

Les lèvres de M. Clare s'ouvrirent pour saluer le retour
de Frank comme celui d'un shilling de bas aloi, puis se
refermèrent sans qu'il eût articulé un seul mot. Le calme
imposant dont Frank avait empreint son attitude montrait
assez qu'il apportait d'importantes nouvelles, bien plus
importantes que n'eût été celle de son renvoi. Au sardonique

regard de son père, il répondit en expliquant qu'une proposition très-essentielle, et probablement très-avantageuse, lui avait été adressée le matin même à son bureau. Sa première idée avait été de la communiquer par écrit à M. Clare; mais les associés de la maison avaient pensé qu'il serait plus à propos de ne prendre aucune décision avant une entrevue personnelle avec son père et ses amis. Il avait donc posé sa plume et pris immédiatement le chemin de fer.

Après ce détail préliminaire, Frank se mit à détailler la proposition de ses patrons, et en termes qui prouvaient assez combien il la trouvait répugnante.

La grande maison de la Cité avait évidemment fait sur son nouveau commis la même découverte que l'ingénieur d'autrefois sur son élève. « Le jeune homme, — ainsi s'exprimaient-ils poliment, — avait besoin de quelque stimulant spécial pour l'aiguillonner. » Ses patrons (voulant tenir compte de la recommandation en vertu de laquelle il était entré chez eux) avaient mûri cette idée et venaient de décider que la seule manière de mettre à profit les facultés de M. Francis Clare était de l'expédier incontinent dans quelque autre partie du globe.

En conséquence, il lui était proposé d'entrer dans la maison des correspondants qu'ils avaient en Chine, et d'y passer cinq années, durant lesquelles il se familiariserait avec le commerce de la soie et du thé; — années à l'expiration desquelles il rentrerait à Londres pour prendre sa place dans l'établissement central. S'il mettait à profit les occasions offertes par son séjour en Chine, il reviendrait de là, jeune encore, à même d'occuper une position de confiance et largement rétribuée; à même, par conséquent, de compter que, peu de temps après, la maison se ferait un devoir de lui fournir les moyens de fonder, à son tour, un établissement séparé.

Ainsi se résumaient les nouvelles perspectives qui, en vertu de la théorie de M. Clare, venaient s'imposer d'elles-mêmes à ce Frank toujours résistant, toujours ingrat, toujours inapte à s'aider lui-même. Il n'y avait pas de temps à perdre. La réponse finale devait être au bureau, sans faute,

« le lundi 20 du mois. » On écrirait aux correspondants de
Chine par la malle de ce jour-là même ; et Frank suivrait la
lettre par la première occasion de partance, — à moins qu'il
ne cédât sa chance à quelque autre jeune homme plus résolu,
plus entreprenant.

L'accueil que ces nouvelles si extraordinaires obtinrent
de M. Clare fut surprenant à l'extrême. L'idée glorieuse de
voir son fils exporté chez les Chinois sembla lui avoir tourné
la tête. Le ferme piédestal de sa philosophie s'écroula sous
lui. Les préjugés sociaux reprirent leur autorité sur son âme.
Il saisit Frank par le bras et voulut immédiatement le conduire à Combe-Raven, l'y conduire lui-même, en personne,
par conséquent faire une visite !

« Nous voici, moi et mon drôle, dit M. Clare avant qu'un
seul mot eût été prononcé par la famille étonnée... Tous tant
que vous êtes, écoutez son histoire !.. Elle m'a réconcilié,
pour la première fois de ma vie, avec l'anomalie de l'existence
qu'il me doit. » Frank raconta itérativement, d'un air boudeur, la proposition chinoise, tâchant de glisser dans son
récit le commentaire d'objections et de récriminations qu'il
tenait en réserve. Mais, au premier mot de ce genre, son
père l'arrêta court, étendant la main dans la direction du
sud-est (c'est-à-dire, du comté de Somerset vers l'Empire
chinois), et alors, sans un instant d'hésitation : « Allez ! » lui
dit-il simplement.

M. Vanstone, ébloui par la vision dorée des succès futurs
de son jeune ami, fit écho, de toute son âme, à cette décision
dissyllabique. Mistress Vanstone, miss Garth, et même Norah
parlèrent dans le même sens. Frank était pétrifié par cette
unanimité d'opinions, sur laquelle il ne comptait pas ; et
Madeleine, pour la première fois de sa vie, se trouva prise à
court de toute ressource.

La séance du conseil de famille, en tant que résultat pratique, n'aboutit qu'à formuler cette opinion générale : —
Frank doit partir. Les facultés de M. Vanstone avaient reçu
un terrible choc de l'arrivée soudaine du fils, de la visite
imprévue du père, et des nouvelles qu'ils apportaient tous

deux : aussi demandait-il qu'on voulût bien remettre à un autre temps l'examen détaillé des arrangements à prendre pour le départ de son jeune protégé. « Si nous dormions là-dessus, disait-il. Demain, nous aurons tous la cervelle un peu plus reposée; il sera temps alors de régler ce qui est encore en l'air. » Cette suggestion ne rencontra pas de contradicteurs, et tout fut remis au lendemain.

Ce lendemain devait décider plus de questions et régler plus de difficultés que n'en pressentait alors M. Vanstone.

Le matin, de fort bonne heure, après avoir fait le thé comme à l'ordinaire, miss Garth prit son ombrelle et descendit dans le jardin. Elle avait mal dormi, et dix minutes passées en plein air, avant que la famille se réunit pour déjeuner, pouvaient à son avis compenser l'effet de cette mauvaise nuit.

Elle alla d'abord jusqu'à l'extrémité du parterre, et revint ensuite par une autre allée qui, la ramenant du côté du château, longeait un pavillon d'été, placé au coin de la pelouse, et d'où la vue embrassait une vaste étendue de champs cultivés. Un bruit léger, — assez semblable, mais non tout à fait, au gazouillement d'un oiseau, — frappa son oreille au moment où elle passait le long de ce pavillon : elle en fit le tour, gagna le seuil, regarda à l'intérieur, et découvrit Madeleine et Frank assis fort près l'un de l'autre. A la grande horreur de miss Garth, le bras de Madeleine était bien évidemment passé autour du cou de Frank, et, — circonstance énormément aggravante, — la pose de sa tête, au moment de la découverte, ne permettait pas de douter qu'elle ne vînt justement d'offrir à la victime du commerce chinois la première et aussi la plus téméraire des consolations dont une femme puisse disposer en faveur de l'homme qu'elle aime. — En termes moins ambigus, elle venait d'accorder à Frank son premier baiser.

En présence de cet incident, miss Garth comprit instinctivement que toutes les formules ordinaires du reproche seraient autant de phrases jetées au vent.

« Je présume, remarqua-t-elle, s'adressant à Madeleine

avec l'impitoyable sang-froid d'une dame ultra-quadragé-
naire qui ne trouve chez elle, pour la radoucir, aucune souvenance de baisers donnés ou reçus, — je présume (telles
excuses dont votre effronterie puisse s'armer) que vous ne
me contesterez pas, vu ma position, le droit de faire connaître à votre père ce dont le hasard vient de me rendre témoin.

— C'est un soin que je compte vous épargner, répondit
Madeleine du plus grand calme... Je le lui ferai connaître
moi-même... »

A ces mots, elle se tourna vers Frank qui se-tenait, trois
fois plus inerte qu'à l'ordinaire, dans un coin du pavillon.
« Vous saurez ce qui en adviendra, lui dit-elle avec un de ses
plus radieux sourires... Vous le saurez aussi, » ajouta-t-elle
à l'adresse de miss Garth, tandis qu'elle précédait son institutrice sur le chemin de la salle à manger. Les yeux de miss
Garth l'accompagnaient d'un regard indigné. Frank, de son
côté, s'était discrètement dérobé, dès qu'il l'avait pu.

Dans de pareilles circonstances, une femme respectable
n'a vraiment qu'un seul parti à prendre : c'est de frissonner.
Miss Garth protesta donc sous cette forme, et revint ensuite
au château.

Le déjeuner fini, et comme M. Vanstone mettait la main
dans sa poche pour y prendre son porte-cigares, Madeleine
se leva. Elle jeta un regard significatif à miss Garth, et suivit
son père sous le vestibule :

« Papa, lui dit-elle, j'ai besoin, ce matin, de vous parler... en particulier.

— Bah? répondit M. Vanstone... Et de quoi, ma chère enfant?

— De... » Madeleine hésita, chercha une formule qui lui
convînt, et finit par la trouver : — « D'affaires, papa, » reprit-
elle.

M. Vanstone prit son chapeau, — ouvrit ses yeux tout
grands dans une muette perplexité, — tâcha de raccorder
dans son esprit ces deux idées si singulièrement incohérentes
d'« affaires » et de « Madeleine », — n'y parvint aucunement,
— et descendit au jardin d'un air résigné.

Sa fille lui avait pris le bras, et le mena vers un banc ombragé, à bonne distance du château. De son élégant tablier de soie, elle essuya ce siège avant que son père n'y prît place. M. Vanstone n'était point habitué, de sa part, à de si minutieux petits soins. Il s'assit, plus intrigué que jamais. Madeleine s'installa aussitôt sur un de ses genoux, et posa comfortablement sa tête sur l'épaule paternelle :

« Suis-je lourde, papa? demandait-elle.

— Oui, ma fille, vous l'êtes, répondit M. Vanstone... mais pour moi, jamais, comme vous savez... Restez donc sur votre perchoir, si vous vous y trouvez bien... Et à présent, que peut être cette grave affaire?

— Cela commence par une question.

— En vérité?... je n'en suis guère surpris. Toute affaire avec votre sexe, ma chère enfant, commence invariablement par des questions... Continuez!...

— Eh bien! papa, comptez-vous me permettre jamais de me marier?... »

Les yeux de M. Vanstone s'ouvrirent plus grands que jamais. La question l'*épouffait,* pour nous servir de son vocabulaire, assez volontiers émaillé de mots étranges.

« La belle affaire que voilà! dit-il. Voyons, Madeleine, qu'avez-vous logé dans cette cervelle de linotte à vous dévolue?...

— Je ne sais pas encore au juste, cher petit père... Daignerez-vous répondre à ma question?

— Sans doute, si cela m'est possible... Vous m'étonnez, savez-vous?... Eh bien... je ne crois pas... Cependant, j'imagine... Oui, je vous laisserai vous marier, d'ici à un temps quelconque, — si je puis vous trouver un bon mari... Bon Dieu! que vous avez la tête chaude!... Soulevez-la, petite, et l'exposez au grand air!... Non? vous ne voulez pas?... A votre aise, donc!... Si, pour parler affaires, il vous faut absolument frotter votre joue à mes favoris, je n'ai rien à dire contre... Continuez, mon enfant!... Quelle sera la seconde question?... Tâchons d'arriver!... »

Madeleine était bien trop femme pour obéir à cette derrière injonction. Elle dérivait au but par un habile détour, et calculait sa route à un cheveu près.

« Nous avons été tous bien surpris, hier, reprit-elle... Hein, papa, l'avons-nous été?... Frank a eu bien du bonheur... N'est-il pas vrai, petit père?

— Ah! le gaillard!... je crois bien, dit M. Vanstone; mais quel rapport tout cela peut-il avoir avec l'affaire qui vous intéresse? Vous voyez clair dans votre chemin, Madeleine, j'en suis bien sûr... Quant à moi, je marche dans les ténèbres... »

La jeune fille louvoya d'un peu plus près.

« Il fera probablement fortune en Chine? dit-elle, interrogeant plutôt qu'elle n'affirmait... C'est bien loin, n'est-ce pas, ce pays de magots?... Avez-vous remarqué, père, comme Frank avait l'air triste?

— Ces nouvelles m'avaient tellement surpris, dit M. Vanstone, et j'étais si « épouffé » de voir chez moi le nez pointu de ce diable de Clare, que véritablement je n'y ai point pris garde... Maintenant que vous m'y faites songer, je m'en souviens... C'est vrai! Frank n'a pas envisagé d'un bon œil la fortune qui lui tombait du ciel... Il l'a mal prise, c'est certain.

— Est-ce que cela vous surprend, papa?

— Oui, ma chère... un peu, je l'avoue.

— Et vous ne trouvez pas qu'il est dur d'être exilé pour cinq ans, de faire sa fortune au milieu d'un peuple sauvage, et de perdre de vue, pour tout ce temps-là, les amis qu'on a dans son pays? Vous ne croyez donc pas que Frank *nous* regrettera?... Vous ne le croyez pas, dites?... Vous ne le croyez pas?

— Eh! là!... doucement, Madeleine... Je suis un peu trop vieux pour me laisser étrangler comme cela par ces longs bras dont vous m'enlacez... Vous avez raison, ma chérie... Rien, dans ce monde, qui n'ait sa compensation... Frank regrettera ses amis d'Angleterre... Je n'en doute nullement.

— Vous avez toujours beaucoup aimé Frank... Et Frank vous a toujours beaucoup aimé.

— Oui, sans doute... c'est un brave garçon... un bon enfant bien tranquille... Frank et moi nous avons toujours frayé sans le moindre encombre.

— C'est-à-dire que vous avez toujours été comme père et fils, n'est-il pas vrai?

— Certainement, ma petite... certainement.

— Peut-être le regretterez-vous, une fois parti, bien plus que vous ne le regrettez à présent.

— C'est possible, Madeleine... Je ne dis pas non.

— Peut-être souhaiteriez-vous qu'il n'eût pas quitté l'Angleterre... Pourquoi donc ne resterait-il pas en Angleterre?... Il y réussirait tout comme en Chine.

— Chère petite, en Angleterre, il n'a pas de chances... Je voudrais, pour son bien, qu'il en eût. Je souhaite qu'il prospère, ce pauvre garçon, et de tout mon cœur.

— Puis-je aussi, moi, et de tout mon cœur, m'associer à ce vœu?

— Sans doute, ma chère, sans aucun doute... Comment donc?... Votre camarade d'enfance! Pourquoi pas?... Eh bien! qu'arrive-t-il donc?... Sur mon âme, je crois que la petite sotte se met à pleurer!... On dirait vraiment que Frank est condamné à la transportation... Vous savez bien, enfant que vous êtes, vous savez aussi bien que moi que s'il part pour la Chine, c'est qu'il y va faire fortune.

— Quel besoin de fortune a-t-il?... Il pourrait faire bien mieux.

— Et quoi donc, je vous prie?... Ah! je serais aise de le savoir...

— Je n'ose pas vous le dire... Vous allez vous moquer de moi... Me promettez-vous de ne pas rire à mes dépens?

— Tout ce que vous voudrez, petite péronnelle... Allez, je vous le promets... Et maintenant, voyons un peu!... Qu'a-t-il de mieux à faire, ce bon Frank?...

— Eh bien!... m'épouser, donc!... »

Si tout à coup le paysage d'été que M. Vanstone avait alors sous les yeux eût disparu pour faire place à ce même paysage dépouillé, glacé par l'hiver; — si les arbres eussent

soudainement perdu leur feuillage, et si la verte moisson se
fût changée en neiges étincelantes, — son visage n'eût pu
exprimer plus d'étonnement qu'au moment où, d'une voix
un peu défaillante, sa fille prononça les quatre derniers
mots de leur dialogue.

Il voulut la regarder en face, mais elle y mit bon ordre
en cachant obstinément sa figure derrière l'épaule qui la supportait. Avait-elle parlé sérieusement?... Sa joue, humide
des larmes de la jeune fille, répondait à cette question. Il y
eut un long silence : elle attendait, avec une patience inac-
coutumée, elle attendait qu'il parlât. Il se leva enfin, et ne
prononça que ces paroles : « Vous m'étonnez, Madeleine;
vous m'étonnez au delà de tout ce que je pourrais dire... »

Au son de cette voix profondément altérée, — et qui
maintenant exprimait, non l'irritation et la colère, mais une
anxiété sérieuse et calme, — Madeleine embrassa son père
d'une étreinte plus énergique.

« Vous aurais-je affligé, cher père? lui demandait-elle d'une
voix affaiblie... Ne me dites pas que j'ai pu vous faire de la
peine!.. A qui dévoiler mon secret, si ce n'est à vous?... Ne
laissez pas s'en aller Frank, je vous en supplie!... Vous lui bri-
seriez le cœur... Il n'ose s'expliquer avec son père... Il a même
peur que vous ne vous fâchiez contre lui... Et personne, personne que moi pour plaider notre cause !... Oh! ne le laissez
pas aller!... Pour lui... pour lui, d'abord... et — ces derniers mots se confondirent avec un baiser — pour moi aussi,
ne le laissez pas partir!... »

La bienveillante physionomie de son père s'était attristée.
Il soupira, et passant à plusieurs reprises, avec un geste de
tendresse, la main sur cette belle tête : « Taisez-vous, mon
enfant, murmurait-il presque à voix basse... taisez-vous!... »
Elle ne se doutait guère de toutes les révélations qui jaillis-
saient pour lui, maintenant, de ses moindres paroles, de ses
moindres gestes. Elle avait fait de lui, depuis son enfance
jusqu'à cette journée, une sorte de camarade à cheveux
gris. Les jeux auxquels ils se livraient quand elle était encore
toute petite fille, elle les avait continués une fois devenue

jeune personne. Jamais il ne s'était séparé d'elle assez longtemps pour se douter qu'elle grandissait. A peine, dans sa
naïve insouciance paternelle, s'était-il aperçu que cette enfant, qui jadis lui venait à la ceinture, lui venait maintenant
au menton... et il n'en savait pas davantage. Or, tout à
coup, elle lui apparaissait, — en cette minute effarée, —
comme une femme faite, sur le point de lui échapper. Il n'en
pouvait plus douter, au trouble de cette poitrine pressée
contre la sienne, aux frissonnements nerveux de ces bras
enroulés autour de son cou... Madeleine, son enfant, sa
petite Madeleine, une femme!... une femme au cœur déjà
dominé, envahi par la passion qui règne sans rivale sur tout
son sexe!

« Avez-vous assez longtemps réfléchi à ceci, chère enfant? » demanda-t-il dès qu'il se sentit en état de parler
posément... Êtes-vous sûre?... »

Elle répondit à la question à demi faite :

« Sûre que je l'aime? dit-elle... Et de quels mots pourrais-je me servir pour dire : *Oui*, comme je le voudrais!...
Je l'aime!... » — Ici sa voix défaillit doucement, et sa
réponse s'acheva dans un soupir.

« Vous êtes bien jeune, mon enfant... Vous et Frank, ma
chérie, vous êtes tous les deux bien jeunes... »

Pour la première fois, elle releva sa tête, jusqu'alors
appuyée sur l'épaule de son père. Sa pensée et les mots qui
l'exprimaient jaillirent en même temps:

« Sommes-nous donc plus jeunes que vous ne l'étiez,
vous et maman? » demanda-t-elle, tandis qu'un sourire brillait à travers ses larmes.

Elle voulut ensuite replacer sa tête comme auparavant;
mais son père, au moment où elle parlait ainsi, l'avait saisie
par la taille. — Il la contraignit, avant qu'elle eût pu s'y
opposer, à le regarder en face; — et l'embrassa tout à coup
avec un élan de tendresse qui, de nouveau, remplit de larmes
les yeux de la jeune fille, à peu   s : « Pas beaucoup
plus jeunes, mon enfant, disait   oup plus jeunes
que nous ne l'étions, votre m et   l'écarta de lui,

I.   6

se leva de son siège, et détourna vivement la tête. « Restez ici! Calmez-vous! je vais rentrer et parler à votre mère... » Sa voix tremblait en prononçant ces paroles, et il la quitta sans retourner la tête.

Elle attendit... attendit longtemps, et son père ne revenait point. Enfin son anxiété, toujours croissante, la fit revenir à la maison. Tandis qu'elle approchait, non sans quelques nouvelles défaillances, elle se sentait de plus en plus intimidée. Jamais elle n'avait vu, troublées comme elles l'avaient été par son aveu, les profondeurs de ce caractère simple et bon. Aussi redoutait-elle presque de se trouver de nouveau en face de son père. Elle allait et venait sans bruit dans le vestibule, avec un manque de résolution qu'elle ne savait pas s'expliquer. L'appréhension qu'elle éprouvait d'être rencontrée par sa sœur ou par miss Garth, et d'avoir à leur parler, ébranlait ses nerfs et les rendait douloureusement accessibles aux moindres bruits de la maison. La porte du petit salon vint à s'ouvrir. Elle se retourna toute frémissante, et vit son père dans le vestibule. Son cœur battit de plus en plus vite; elle se sentait pâlir. Un second regard, qu'elle jeta sur lui comme il se rapprochait, la rassura tout à fait. Il était parfaitement calme, sinon aussi gai que de coutume. Elle remarqua qu'il s'avançait vers elle et lui adressait la parole avec une douceur grave, plus semblable à sa manière d'être vis à vis de mistress Vanstone, qu'à celle dont il usait habituellement avec cette enfant de prédilection.

« Allez, ma chère !... lui dit-il en lui ouvrant la porte qu'il venait de fermer... Allez répéter à votre mère ce que vous venez de me dire, et ajoutez-y tout ce qui vous viendra aux lèvres. Elle est mieux préparée à vos aveux que je ne l'étais moi-même. Nous nous réservons la journée pour y songer, et demain vous saurez, ainsi que Frank, ce que nous décidons. »

Madeleine le regardait parler, et bientôt ses yeux, plus rayonnants que jamais, attestèrent que sa double pénétration de femme et d'amante lui révélait, sur le visage de son père, la décision déjà prise. Heureuse et belle de son bonheur, elle posa ses lèvres sur la main qu'il lui avait tendue,

et entra sans hésiter dans le petit salon. Son père lui en
avait frayé, adouci l'accès. Sa première surprise avait perdu
ce qu'elle avait d'amer; il n'en restait plus que la joie... Sa
mère, après tout, avait été jeune comme elle. Pourrait-elle
méconnaître cette affection que Frank lui inspirait? Ainsi sa
pensée devançait-elle les émotions de cet entretien, et, —
sauf un premier mouvement de réserve qui, chez mistress
Vanstone ne s'expliquait guère, — tout arriva comme Madeleine l'avait pressenti. Peu à peu les questions maternelles
devinrent plus expansives, puisées dans les souvenirs encore
bien doux d'un temps que les femmes n'oublient point; et,
en écoutant les réponses de Madeleine, mistress Vanstone
crut revivre ses plus belles journées d'espérance et d'amour.

Le lendemain matin, la décision si grave fut annoncée.
M. Vanstone fit monter sa fille dans la chambre de mistress
Vanstone, et lui communiqua le résultat des réflexions faites
depuis l'entrevue de la veille, et pendant la nuit qui l'avait
suivie. Il parlait avec une bonté parfaite et un entier sang-
froid, mais ses paroles étaient plus sobres et plus rares qu'à
l'ordinaire, et, tout le temps que dura cette entrevue, il tint
dans ses mains une des mains de sa femme.

Ni lui ni elle, — dit-il à Madeleine, — ne se sentaient le droit
de blâmer son attachement pour Frank. C'était peut-être en
partie le résultat de la familiarité enfantine qu'on avait
soufferte entre eux; en partie aussi, le résultat de l'intimité
plus étroite encore que leur camaraderie dramatique avait
nécessairement amenée. Cependant, leurs parents avaient
à présent le devoir de mettre ce double attachement, chez
l'un comme chez l'autre, à une sérieuse épreuve. Pour elle,
d'abord, dont l'heureux avenir était le plus cher souci.
Pour Frank également, car ils étaient tenus de lui fournir
l'occasion de se montrer digne du dépôt qu'on mettrait en
ses mains. Ils se sentaient tous deux sous l'influence d'un préjugé favorable à ce jeune homme. La conduite étrange de son
père l'avait, dès ses plus jeunes années, désigné à leur compassion et à leurs soins. Ses frères cadets et lui avaient,
pour ainsi dire, remplacé, dans l'intérieur de la famille

Vanstone, ceux de ses jeunes rejetons que la mort était
venue frapper. Tout en estimant bien fondée la bonne opinion
qu'ils avaient de Frank, encore· fallait-il, dans l'intérêt du
bonheur de leur fille, mettre cette bonne opinion à l'épreuve,
en fixant d'avance certaines conditions, et surtout en plaçant
une année de délai entre le projet de mariage et son accomplissement définitif.

Pendant cette année, Frank resterait à Londres, dans son
bureau, ses patrons étant dûment informés que des circonstances de famille l'empêchaient d'accepter la mission qu'ils
voulaient lui faire remplir en Chine. Il aurait à considérer
cette concession comme l'approbation implicite de l'attachement qui les unissait, Madeleine et lui, mais seulement à
certaines conditions. Si, pendant cette année d'épreuves, il
cessait de justifier la confiance dont on l'honorait, — confiance qui avait amené M. Vanstone à prendre absolument
sur lui toute la responsabilité de l'avenir de Frank, — le
projet de mariage deviendrait, par là même, nul et non
avenu. Si, d'un autre côté, le résultat espéré par M. Vanstone se produisait réellement, — si l'année d'épreuve éta-
blissait le droit de Frank au dépôt sacré qu'on entendait lui
confier, — Madeleine, alors, lui donnerait elle-même la plus
haute récompense qu'une femme puisse accorder; et cet
avenir, que ses patrons lui avaient fait espérer comme le
résultat d'un séjour de cinq ans dans le Céleste-Empire, cet
avenir se trouverait réalisé pour lui en moins d'un an, grâce
au riche douaire que lui apporterait sa jeune femme.

Quand son père eut déroulé ainsi devant elle les perspectives de l'avenir, Madeleine ne sut plus contenir l'élan de sa
reconnaissance et de sa tendresse. Profondément touchée,
elle parlait d'abondance, et du fond du cœur. M. Vanstone
attendit que sa femme et sa fille fussent un peu calmées.
Alors seulement il acheva par quelques paroles les explications dans lesquelles il était entré.

« Comprenez bien, mon enfant, dit-il, que je ne destine
pas Frank à vivre dans l'oisiveté, aux dépens de sa femme.
Le plan que je forme pour lui, c'est qu'il continue de mettre

à profit l'intérêt que lui portent ses patrons actuels. La connaissance qu'ils ont des affaires industrielles leur permettra de le faire agréer pour associé dans quelque bonne et solide maison, — et vous lui donnerez, de la main à la main, le capital nécessaire pour payer son droit à la raison sociale. Je limiterai cette somme, chère enfant, à la moitié de votre fortune, et l'autre moitié sera placée sur votre tête. Nous serons tous vivants et bien portants d'ici à une année,... je l'espère du moins, — ajouta-t-il en jetant à sa femme un regard plein de tendresse; — mais que je sois là ou non, Madeleine, ceci ne changera rien à votre situation réciproque. Mon testament, — rédigé longtemps avant que j'eusse jamais pensé à me donner un gendre, — partage ma fortune en deux lots égaux. L'un passe à votre mère; l'autre est également réparti entre mes deux filles. Vous aurez votre part dès le jour de vos noces (tout comme Norah touchera la sienne dès qu'elle se mariera), soit de ma main, si je suis de ce monde, soit en vertu de mon testament, si je venais à vous quitter plus tôt... Là, là! pas de ces mines allongées! dit-il avec un retour de gaieté; votre mère et moi comptons bien vivre assez pour voir Frank à l'état de gros négociant... Je vous permets, ma chère enfant, de mettre le fils au courant de ces nouveaux projets... Pour moi, je vais au *cottage*... »

Il s'arrêta sur ce mot, et ses sourcils se contractèrent légèrement. Il jeta de plus un regard hésitant à mistress Vanstone.

« Qu'allez-vous faire au *cottage*, cher père? demanda Madeleine, après lui avoir laissé le temps de finir spontanément la phrase ainsi commencée.

— Je vais y consulter le père de Frank, répondit-il. N'oublions pas que, pour conclure, le consentement de M. Clare nous est indispensable. Et comme le temps presse, comme j'ignore quelles difficultés il pourra soulever, plus tôt je l'aurai vu, mieux cela vaudra... »

Il répondit ainsi à voix basse et attérée, puis il quitta le fauteuil d'un air moitié contraint, moitié résigné, que Madeleine n'observa point sans quelque secrète alarme.

Du regard elle interrogea sa mère. Selon toute appa-

6.

rence, mistress Vanstone, elle aussi, s'était effrayée du changement survenu chez son mari; elle semblait inquiète et mal à son aise. Elle laissa retomber sa tête sur un des coussins du sopha par un mouvement dont la soudaineté semblait indiquer quelque souffrance.

« Vous sentiriez-vous indisposée, chère mère? lui demanda Madeleine.

— Je suis très-bien, mon enfant, dit mistress Vanstone d'un ton bref, même un peu brusque, et sans retourner la tête... Laissez-moi seule quelques instants... Il ne me faut qu'un peu de calme. »

Madeleine sortit avec son père.

« Papa, lui dit-elle tout bas avec une espèce d'inquiétude, pendant qu'ils descendaient l'escalier... vous ne pensez pas, n'est-il pas vrai, que M. Clare puisse dire : Non?

— D'avance, je ne puis rien affirmer à cet égard, répondit M. Vanstone, J'espère qu'il dira : Oui.

— Mais il n'a pas de raison pour dire autre chose... N'est-ce pas, mon père, n'est-ce pas?... »

Elle posa cette question comme à regret, et à demi-voix, pendant que M. Vanstone prenait son chapeau et sa canne. Aussi ne parut-il pas l'avoir entendue. Hésitant sur le point de savoir s'il fallait ou non la réitérer, elle l'accompagna jusqu'au jardin, et l'aurait volontiers escorté plus loin, dans la direction du *cottage*. Mais, du bout de la pelouse, il la renvoya au château.

« Vous n'avez rien sur la tête, chère petite, lui dit-il... Si vous voulez rester au jardin, n'oubliez pas à quel point le soleil est chaud!... Ne sortez pas sans votre capeline, je vous le recommande!... »

Il continua sa route vers le *cottage*.

Elle attendit un instant, en arrêt, et le regarda s'en aller. Elle remarqua bien qu'il ne faisait pas tournoyer sa canne comme d'habitude. Elle voyait aussi le petit basset d'Écosse, qui s'était lancé sur ses talons, gambader, aboyer, sans qu'il y prît garde. Il était mal disposé, singulièrement mal disposé.

A quoi cela pouvait-il tenir?

X.

De retour au château, et comme elle traversait le vestibule, Madeleine sentit une main s'appuyer sur son épaule.
Elle se retourna, et se trouva face à face avec sa sœur. Avant
qu'elle pût lui poser aucune question, Norah, fort troublée,
lui adressa ces paroles :

« Je vous demande pardon ; je vous prie de vouloir bien
me pardonner. »

Madeleine regarda sa sœur avec une profonde surprise ;
en elle, tout souvenir des paroles un peu vives échangées
dans le bosquet s'était effacé devant les nouveaux intérêts
qui maintenant l'absorbaient tout entière, — effacé aussi complétement que si cette altercation n'avait jamais eu lieu :
« Vous pardonner ? répéta-t-elle stupéfaite... Et quoi donc,
je vous prie ?

— J'ai entendu parler de vos nouveaux projets, continua
Norah, parlant avec une espèce de soumission machinale qui
donnait à son attitude une sorte de disgracieuse contrainte.
J'ai voulu tout remettre à bien entre nous. J'ai voulu vous
dire mon regret de ce qui est arrivé. Consentirez-vous à
l'oublier ?... Oublierez-vous et me pardonnerez-vous ce qui
est arrivé dans le bosquet ?... » Elle voulut passer outre ;
mais, soit réserve obstinée, — ou peut-être par suite de la
confiance invétérée qu'elle avait dans son propre jugement,
— elle s'arrêta sur ses dernières paroles. Tout à coup, son
visage s'obscurcit de nouveau : sans donner à sa sœur le
temps de lui répondre, elle se détourna brusquement et
s'élança sur l'escalier.

Avant que Madeleine eût pu la suivre, la porte de la
bibliothèque s'ouvrit et miss Garth s'avança pour lui exprimer les sentiments officiels qui convenaient à la situation.

Ce n'étaient point les mêmes sentiments de déférence
contrainte qu'on venait justement de témoigner à Madeleine.
Norah s'était efforcée de combattre la méfiance enracinée

que lui inspirait Frank, par déférence pour la décision irrévocable que les chefs de la famille avaient prise en faveur de ce jeune homme; et, bien que ce sentiment lui-même demeurât invincible, elle étouffait toute manifestation extérieure de son antipathie.

Miss Garth n'avait pas fait les mêmes concessions au maître et à la maîtresse de la maison. Investie jusqu'alors d'une grande autorité dans toutes les questions domestiques, elle rejetait bien loin l'idée de quitter son piédestal pour n'importe quel changement de circonstances, si extraordinaire, si imprévu que pût être ce changement.

« Veuillez accepter mes félicitations, dit miss Garth, toute hérissée d'objections hostiles à Frank, — mes félicitations et mes excuses. Quand je vous ai surprise donnant un baiser à M. Francis Clare, dans le pavillon d'été, je n'avais pas la moindre idée que vous fussiez occupée à réaliser les intentions de vos parents... Je n'ai pas d'opinion à exprimer là-dessus... Je regrette simplement de m'être ainsi trouvée, par accident, jouer le rôle d'obstacle au « courant du véritable amour, » lequel, n'en déplaise à Shakespéare, me paraît couler assez à l'aise dans les pavillons d'été. Veuillez ne plus me regarder, à l'avenir, je vous prie, comme un obstacle... Puissiez-vous, d'ailleurs, être heureuse!... » Sur cette dernière phrase, les lèvres de miss Garth se fermèrent comme une trappe; et les regards de miss Garth semblèrent plonger, prophétiques et sombres, dans l'avenir conjugal des deux jeunes gens.

Si les inquiétudes de Madeleine n'avaient pas été beaucoup trop sérieuses pour lui laisser la liberté ordinaire de son langage, elle eût trouvé à l'instant même une réplique très-directe et très-moqueuse. En l'état des choses, miss Garth ne fit que l'irriter.

« Bah! bah! » dit-elle, courant rejoindre sa sœur.

Elle frappa légèrement à la porte, et on ne répondit pas. Elle poussa doucement le battant, et trouva une résistance intérieure. Norah, — la boudeuse, l'intraitable Norah, — s'était enfermée dans sa chambre.

En d'autres circonstances, Madeleine ne se serait pas bornée à frapper; — elle eût appelé à travers la porte, de plus en plus fort, jusqu'à ce que le château fût sens dessus dessous, et qu'elle eût obtenu l'accès disputé. Mais ses doutes et ses craintes du matin l'avaient déjà, pour ainsi dire, énervée. Elle redescendit doucement et prit son chapeau accroché dans le vestibule. « Il m'a dit de mettre quelque chose sur ma tête, » se répétait-elle, manifestant une docilité filiale, une douceur qui contrastaient absolument avec ses allures ordinaires.

Elle se dirigea dans le jardin, du côté du bosquet, et là, se posta de manière à voir son père aussitôt qu'il rentrerait. Une demi-heure se passa, quarante minutes s'écoulèrent, et alors seulement la voix de M. Vanstone se fit entendre, arrivant des massifs lointains. « Ici! restez derrière!... » l'entendit-elle crier rudement à son chien. Elle devint pâle. « Comme il traite Snap! » murmura-t-elle. Enfin M. Vanstone apparut, marchant à grands pas, la tête basse, et suivi du *terrier* en disgrâce, qui se traînait humblement sur ses talons. Devant ces signes précurseurs de quelque fâcheux résultat, l'excès de ses craintes rendit à Madeleine son énergie naturelle, et la déterminèrent à savoir tout de suite, n'importe à quel risque, ce qui avait pu advenir de pire.

« Je lis de mauvaises nouvelles dans votre physionomie, dit-elle à son père d'une voix faible... Comme d'habitude, M. Clare a été impitoyable; — il a refusé, n'est-il pas vrai? »

Son père se tourna vers elle avec une brusquerie si nouvelle, et par conséquent si imprévue, que Madeleine recula d'un pas, véritablement effrayée.

« Enfant, lui dit-il, quand il vous arrivera désormais de parler de mon vieil ami, de mon excellent voisin, veuillez vous rappeler ceci : M. Clare vient de me rendre un service dont je lui serai reconnaissant jusqu'à la fin de mes jours. »

Il s'arrêta tout à coup, sur ces remarquables paroles.

Voyant sa fille effarouchée, sa bonté naturelle le poussa immédiatement à émousser le reproche, et à faire cesser la pénible incertitude dont, bien évidemment, elle souffrait :

« Embrassez-moi, mon enfant !... reprit-il, et vous saurez, en revanche, que M. Clare a dit : *oui*. »

Elle essaya de le remercier, mais la soudaine transition de l'inquiétude la plus vive à la certitude la plus désirée se trouva au-dessus de ses forces; elle ne put que se suspendre silencieusement au cou de son père. Il la sentait trembler de la tête aux pieds, et, par quelques mots caressants, il essaya de la calmer. A la voix de son maître, maintenant radoucie, Snap laissa paraître fièrement l'humble queue ramenée naguère entre ses jambes, et, par un léger aboiement, l'intelligent animal sembla vouloir reconnaître la position nouvelle qui lui était faite.

Rien n'était mieux trouvé pour rendre Madeleine à elle-même que cette requête indirecte du chien favori demandant à rentrer dans ses anciens droits. Elle prit dans ses bras le petit *terrier* à la toison ébouriffée, et l'embrassa, *lui*, tout le premier : « Vous voilà donc presque aussi content que moi, roquet chéri, s'écria-t-elle; puis elle se tourna vers son père avec un regard de reproche tendre. — Savez-vous, lui dit-elle, que vous m'avez fait peur? Vous étiez si différent de vous-même.

— Demain, ma chère, je serai mieux... Je suis, aujourd'hui, un peu contrarié.

— Pas par moi, j'espère?

— Non, non.

— Par quelque chose, alors, que vous avez appris chez M. Clare?

— Oui... mais rien qui vous doive alarmer; rien qui ne soit, dès demain, au rang des choses passées. Laissez-moi maintenant vous quitter, mon enfant; j'ai une lettre à écrire, et il faut que je parle à votre mère. »

Il la quitta ainsi, et rentra au château. Madeleine resta un moment sur la pelouse, savourant à loisir ses nouvelles sensations de bonheur; — puis elle se dirigea vers le bosquet pour se donner le plaisir, bien plus vif, de les faire partager à un autre. Le chien la suivait. Sifflant et battant des mains : « Cherche! disait-elle, les yeux rayonnants de joie, cherche Frank! cherche! » Snap s'enfonça au galop dans le bosquet en poussant au départ un grognement féroce. Peut-être se méprenait-il sur les intentions de sa jeune maîtresse, — et se croyait-il à la poursuite de quelque rat.

Cependant M. Vanstone était rentré. Il trouva sa femme qui descendait lentement l'escalier, et s'avança pour lui offrir son bras : « Comment cette démarche a-t-elle abouti? lui demanda-t-elle avec anxiété, tandis qu'il la menait vers le sopha.

— Aussi heureusement que nous l'espérions, répondit son mari... Mon vieil ami a justifié l'opinion que je m'étais formée sur son compte.

— Dieu soit loué! dit mistress Vanstone avec ferveur. Et, bon ami, lui demanda-t-elle, pendant qu'il arrangeait autour d'elle les coussins du sopha, — tout cela vous a-t-il été aussi pénible que je le craignais?

— J'avais un devoir à remplir, ma chère, et je l'ai rempli... »

Après avoir ainsi répondu, il hésita. Sans doute il avait quelque chose de plus à dire, — quelque chose, peut-être, au sujet de cette contrariété passagère, résultat de son entrevue avec M. Clare, et que les questions de Madeleine l'avaient contraint d'avouer. Un regard jeté sur sa femme trancha ses doutes en faveur de la négative. Il lui demanda simplement si elle se sentait bien installée, et se détourna pour quitter le salon.

« Faut-il donc vous en aller? lui demanda-t-elle.

— J'ai, ma chère, une lettre à écrire.

— Relativement à Frank?

— Non; pour cela, il sera temps demain. Une lettre à M. Pendril... J'ai besoin qu'il vienne immédiatement.

— Quelque affaire, sans doute?

— Oui, chère amie, une affaire. »

Il sortit là-dessus, et alla s'enfermer dans la petite pièce voisine du vestibule, et qui lui servait de cabinet de travail. Enclin par nature, et de plus habitué à n'écrire qu'à la dernière extrémité, il ouvrit cette fois son pupitre avec une

promptitude extraordinaire, et saisit sa plume sans le moindre délai. La lettre qu'il écrivit remplissait trois pages
entières. Elle avait été tracée avec une facilité d'expressions,
une rapidité de main tout à fait inusitées dans l'ordre routi-
nier de ses travaux épistolaires. L'adresse fut rédigée ainsi :
« *Très-pressée*, William Pendril, esq., Searle street, Lincoln's-Inn, Londres. » Puis, demeurant assis à sa table, il se
prit à tracer des lignes sur son papier buvard, tandis qu'il
s'absorbait dans ses pensées.

« Non, se dit-il enfin ; jusqu'à l'arrivée de Pendril, je n'ai
pas autre chose à faire. »

Il se leva, et sa physionomie s'éclaira au moment où il
plaçait le timbre sur l'enveloppe. Cette lettre écrite avait été
pour lui un notable soulagement, et toute son attitude le
prouvait de reste quand il quitta la chambre.

Il trouva sur le seuil du vestibule Norah et miss Garth,
qui partaient ensemble pour la promenade.

« De quel côté passez-vous? demanda-t-il ; serait-ce dans
le voisinage du bureau de poste? Je voudrais bien vous charger, Norah, de jeter cette lettre dans la boîte... Il est très-
essentiel qu'elle arrive, — si essentiel que je ne me soucie
pas de la confier à Thomas, comme d'ordinaire. »

Norah se chargea immédiatement de la commission.

« Vous pourrez voir, mon enfant, continua son père, que
j'écris à M. Pendril. Je l'attends ici demain, dans l'après-
midi. Voudrez-vous, miss Garth, donner les ordres indispensables? M. Pendril couchera chez moi demain soir, et restera
jusqu'à dimanche. — Un instant! nous sommes aujourd'hui
vendredi. Bien certainement j'ai un rendez-vous pour le
samedi, dans la soirée... » Il consulta son *agenda*, et, non sans
manifester une certaine contrariété, lut une des notes qu'il
y avait consignées... « Graiisea-Mill, trois heures, samedi... »
Juste le moment où Pendril sera ici. Et il faut, il faut absolument que je le voie!... Comment arranger cela?... Il sera
trop tard, lundi, pour l'affaire que j'ai à Graiisea. J'irai donc
aujourd'hui au lieu de demain, et courrai la chance d'attra-
per le meunier à l'heure de son repas. » Sur ce, il tira sa

montre : « Je n'ai pas le temps d'aller en voiture; il faut prendre le chemin de fer. Si je pars tout de suite, je pourrai prendre, à l'autre station, le train descendant, et arriver à Grailsea dans le temps voulu... Je vous recommande la lettre, Norah!... Qu'on ne m'attende pas pour dîner. Si le train de retour ne me va pas, j'emprunterai un tilbury et m'en reviendrai de cette façon. »

Comme il prenait son chapeau, Madeleine, qui venait de quitter Frank, parut à la porte. Les allures hâtées de son père attirèrent son attention; elle lui demanda où il allait.

« A Grailsea, répondit M. Vanstone. Votre affaire, miss Madeleine, vient à la traverse des miennes; et il faut bien que les miennes lui cèdent le pas. » Il prononça ces paroles d'adieu avec toute sa cordialité d'autrefois, et il quitta les trois dames, faisant tournoyer comme autrefois le bâton fidèle qu'il emportait toujours avec lui.

« Mon affaire? dit Madeleine; je croyais mon affaire terminée. » Miss Garth montrant la lettre que Norah tenait à la main : « Votre affaire l'est sans nul doute, dit-elle. M. Pendril arrive demain, et M. Vanstone paraît singulièrement préoccupé de sa visite. Voilà déjà les hommes de loi et les troubles qu'ils amènent! Les institutrices qui regardent aux portes des pavillons d'été ne sont pas, après tout, les seuls obstacles que « l'amour sincère » trouve sur sa route. Le parchemin est quelquefois un obstacle... Puisse le parchemin ne pas mieux résister que moi... Je vous souhaite, à cet égard, toute sorte de bonnes chances... Et maintenant, Norah, nous pouvons partir. »

La seconde flèche de miss Garth ne pénétra pas plus avant que la première. Madeleine était rentrée au château un peu contrariée, son entretien avec Frank ayant été interrompu par un messager de M. Clare, chargé de lui ramener son fils immédiatement. Bien qu'il eût été convenu entre M. Vanstone et M. Clare que les questions débattues dans leur entretien de la matinée ne seraient communiquées aux jeunes gens qu'au bout de l'année d'épreuves, — et bien que, dans ces circonstances, M. Clare ne pût rien dire à Frank que Made-

leine ne lui eût déjà communiqué d'une manière tout autrement agréable, — le philosophe n'en avait pas moins résolu
d'informer personnellement son fils de cette concession
paternelle qui le dispensait de s'exiler en Chine. De là ce
message soudain qui rappelait son fils au *cottage,* et dont
Madeleine s'effaroucha, mais qui ne parut pas étonner Frank.
Son expérience filiale n'eut pas grand'peine à pénétrer les
mystérieux motifs de M. Clare : « Quand mon père est de
bonne humeur, disait-il en boudant, il aime à me taquiner
sur ma bonne chance ; ce message veut dire qu'il est en
veine de me taquiner encore.

— N'y allez pas, suggéra Madeleine.

— Il le faut, répondit Frank. Ce serait à n'en plus finir si
je n'y allais pas... Il est chargé, amorcé ; il faut qu'il parte...
Ainsi, autrefois, quand l'ingénieur me prit avec lui ; ainsi de
même, et pour la seconde représentation, quand je fus admis
dans les bureaux de la Cité. Et maintenant que vous m'acceptez, vous aussi, ce sera sa troisième décharge... Si ce
n'était à cause de vous, je voudrais n'être pas de ce monde...
Certainement, votre père a été bon pour moi, je le sais, et
sans lui j'aurais dû partir pour la Chine... Je lui suis, à coup sûr,
très-obligé... Naturellement, nous ne pouvions pas attendre
mieux... Malgré cela, il est décourageant, n'est-il pas vrai,
de nous faire attendre ainsi toute une année?... »

Madeleine, ici, lui ferma la bouche par un procédé som-
maire dont Frank lui-même ne pouvait se montrer que fort
reconnaissant. En même temps, elle se gardait bien de ne
pas envisager du bon côté ce mécontentement qu'il manifestait si mal à propos. « Comme il m'aime ! pensait-elle. Une
année d'attente lui est une véritable torture. » Elle revint au
château, regrettant tout bas de n'avoir pas écouté un peu
plus longtemps les tendres et flatteuses doléances de son
amoureux. Les épigrammes préméditées de miss Garth ne
pouvaient donc à cette heure toucher Madeleine. A quoi la
jeunesse et l'amour ont-ils jamais pris garde, si ce n'est à
eux-mêmes? Cette fois elle ne répondit pas, même par la plus
insouciante exclamation. Silencieuse et sereine, elle déposa

son chapeau pour aller, d'un pas languissant, tenir compagnie à sa mère dans le petit salon. Son *lunch* fut attristé par le pressentiment de quelque dispute entre Frank et M. Clare, pressentiment çà et là interrompu par une tranche de volaille froide ou de *cheese-cake*.

Elle perdit ensuite une bonne heure au piano. Cette heure fut employée à exécuter divers passages des romances de Mendelsohn, des mazurkas de Chopin, des opéras de Verdi, des sonates de Mozart, qui, tant bien que mal amalgamés, produisirent une œuvre immortelle intitulée : *Frank*. Puis elle ferma l'instrument, et monta chez elle pour se livrer en paix aux délicieuses anticipations de son avenir conjugal ; excellente manière de hâter la marche du temps. Les vertes jalousies furent baissées, le fauteuil ample et commode fut placé devant la psyché ; la femme de chambre fut convoquée comme à l'ordinaire, et le peigne, passant et repassant parmi les cheveux de la jeune maîtresse, prêta secours à ses dispositions rêveuses, jusqu'au moment où, la chaleur et la paresse combinant leurs influences narcotiques, Madeleine tomba dans un profond sommeil.

Il était plus de trois heures quand elle s'éveilla. Descendue de nouveau, elle trouva sa mère, Norah et miss Garth assises sous le portique ouvert devant la maison, pour y jouir de l'ombre et de la fraîcheur du soir.

Norah tenait à la main l'*Indicateur des chemins de fer ;* elle venait de discuter les chances qu'avait M. Vanstone de trouver un train de retour et de rentrer à temps pour dîner. Ce sujet avait ensuite amené ces dames à parler de l'affaire qu'il avait à Grailsea, — affaire de charité, comme toujours, entreprise au profit du meunier, qui avait occupé autrefois une de ses fermes, et qui se trouvait maintenant sous le coup de sérieuses difficultés pécuniaires. De là, insensiblement, elles étaient retombées sur un sujet inépuisable, bien qu'elles y revinssent souvent, — l'éloge de M. Vanstone lui-même. Chacune des trois interlocutrices avait quelque exemple particulier à citer de sa chaleur d'âme, de sa simple et généreuse bienveillance. Il semblait que cet entretien fût, pour sa femme, d'un intérêt presque douloureux. Elle était maintenant trop près d'une épreuve décisive pour aborder, sans une sorte de frémissement nerveux, le sujet qui avait toujours occupé dans son cœur la première place.

Au moment où Madeleine allait rejoindre le petit groupe réuni sous le portique, les yeux de mistress Vanstone étaient prêts à déborder; et sa main frêle tremblait quand elle fit signe à sa fille cadette de prendre un siége à côté d'elle. « Nous parlions de votre père, lui dit-elle doucement; plaise au Ciel, ma chérie, que votre mariage soit seulement aussi heureux... » Ici, la voix lui manqua; elle passa précipitamment son mouchoir sur son visage, et posa sa tête sur l'épaule de Madeleine. Norah, d'un regard, sembla implorer miss Garth, qui tout aussitôt ramena la conversation sur les probabilités relatives au retour de M. Vanstone : « Nous nous demandions, dit-elle, — jetant à Madeleine un regard significatif, — si votre père pourra quitter Grailsea d'assez bonne heure pour prendre le train; ou si, venant à le manquer, il sera obligé de chercher une voiture... Qu'en dites-vous?

— Je dis que papa manquera le train, répondit Madeleine, entrant avec sa promptitude ordinaire dans les intentions de miss Garth. La dernière chose dont il aura voulu s'occuper à Grailsea sera l'affaire pour laquelle il y est allé... C'est sa manière, n'est-il pas vrai, maman, d'ajourner jusqu'à la dernière minute ce qu'il doit faire de sérieux? »

Cette question produisit exactement sur sa mère l'effet que Madeleine en attendait.

« Non, dit mistress Vanstone, légèrement excitée, jamais il n'est en retard dans une mission charitable... Il est allé au secours du meunier pour des difficultés fort pressantes, et...

— Et savez-vous ce qu'il fera? interrompit Madeleine; il jouera aux barres avec les enfants du moulin, bavardera autour de leur mère, flânera çà et là, en compagnie du meunier lui-même. Au dernier moment, quand il ne lui restera plus que cinq minutes pour gagner le train : Allons, dira-t-il, allons dans le bureau! voyons les livres!... Il trouvera des livres d'une complication effrayante, proposera d'envoyer chercher un comptable, et d'ici à ce qu'il vienne, réglera provisoirement l'affaire, séance tenante, en prêtant l'argent nécessaire. Puis il s'en reviendra confortablement dans le tilbury du meunier, et nous racontera combien il est agréable de traverser les landes à la fraîcheur du soir. »

La petite esquisse ainsi tracée était trop fidèlement ressemblante pour n'être pas reconnue telle. Mistress Vanstone témoigna par un sourire qu'elle en appréciait l'exactitude : « Au retour de votre père, dit-elle, nous mettrons à l'épreuve la vérité de vos prophéties... Je crois, du reste, continuat-elle, se levant languissamment de son fauteuil, que je ferais mieux de rentrer maintenant, et de me reposer sur le sopha jusqu'à ce qu'il soit revenu... »

La petite réunion se sépara là-dessus. Madeleine se déroba dans le jardin où Frank devait venir lui rendre compte de l'entrevue qu'il aurait eue avec son père. Les autres dames rentrèrent ensemble à la maison. Quand mistress Vanstone fut à loisir établie sur le sopha, Norah et miss Garth, la laissant reposer, se retirèrent dans la bibliothèque pour examiner la dernière caisse de livres arrivée de Londres.

C'était un soir d'été, calme et sans nuages ; une légère brise d'ouest tempérait la chaleur ; la voix de quelques laboureurs à l'œuvre dans un champ voisin arrivait joyeuse jusqu'au château ; l'horloge de l'église rustique, sonnant de quart d'heure en quart d'heure, livrait au vent des notes mieux timbrées et plus harmonieuses que de coutume ; des champs et du parterre montait aux fenêtres ouvertes une foule de douces odeurs qui envahissaient le château ; et les oiseaux que Norah conservait dans une des chambres du haut, racontaient triomphalement leur bonheur aux derniers rayons du soleil.

Comme l'horloge de l'église sonnait quatre heures et quart, la porte du petit salon s'ouvrit ; et mistress Vanstone traversa seule le vestibule. Elle avait inutilement cherché à se calmer. Elle était trop agitée pour s'étendre paisiblement et s'endormir. Un moment, elle dirigea ses pas vers le portique ; puis elle se retourna et regarda autour d'elle, ne sachant évidemment où elle irait, ni que faire. Pendant qu'elle hésitait ainsi, la porte du cabinet de son mari, à moitié ouverte, attira son attention. Cette pièce semblait être dans un grand désordre. Certains tiroirs étaient restés béants; des habits et des chapeaux, des registres et des papiers, des pipes et des lignes de pêche étaient éparpillés çà et là. Elle entra et repoussa la porte derrière elle; mais si doucement, que cette porte ne se ferma point tout à fait.

« Je me distrairai, pensait-elle, en remettant un peu d'ordre dans cette chambre. J'aimerais à faire quelque chose pour lui avant le moment où je serai dans mon lit et hors d'état de lui être bonne à quoi que ce soit. » Elle se mit à refermer les tiroirs, et, trouvant, tout grand ouvert dans l'un d'eux, le carnet du banquier de M. Vanstone : « Ce pauvre ami, qu'il est négligent! dit-elle; si je n'étais pas venue jeter un coup-d'œil par ici, les domestiques auraient pu se mettre au courant de toutes ses affaires. » Elle rangea les tiroirs, et en vint ensuite à une multitude de petits objets divers, entassés sur une console.

Parmi des papiers amoncelés, elle y trouva un vieux cahier de musique, sur lequel son nom était écrit d'une encre blanchie par le temps. Cette découverte la rendit heureuse, et la fit rougir comme une jeune fille. « Qu'il est bon!... il se rappelle mon pauvre vieux cahier, et le conserve pour l'amour de moi! » Assise près de la table, et le livre ouvert devant elle, ses jours passés lui revinrent avec leur cortége d'attendrissants souvenirs. L'horloge sonna les trois quarts, elle était toujours là, le cahier de musique sur ses genoux, heureuse d'y retrouver les chants d'autrefois, songeant avec reconnaissance au temps radieux où la main de son fiancé tournait pour elle les pages de ce petit livre, où la voix de son fiancé murmurait à ses oreilles les paroles émues qui jamais ne s'effacent de la mémoire d'une femme.

Norah, quittant le volume qu'elle lisait, jeta un regard sur la pendule de la bibliothèque :

« Si mon père revient par le chemin de fer, dit-elle, il sera ici dans dix minutes. »

Miss Garth tressaillit, et leva ses yeux chargés de sommeil.

« Je ne pense pas, répondit-elle, qu'il ait pris le train pour revenir. Il s'en reviendra, — comme dit cette étourdie de Madeleine, — dans le comfortable tilbury du meunier. »

Au moment où elle parlait ainsi, on frappa un léger coup à la porte de la bibliothèque. Le valet de pied se montra, et s'adressant à miss Garth :

« Quelqu'un demande à vous voir, madame.

— Qui est-ce?

— Je ne sais pas, madame. Je n'ai jamais vu cette personne... C'est un homme de bonne apparence, — et il a dit qu'il avait des raisons particulières pour demander à vous voir. »

Miss Garth passa dans le vestibule. Le valet de pied referma derrière elle la porte de la bibliothèque, et redescendit par l'escalier de service.

L'homme était debout tout contre la porte, sur la natte même où il venait d'essuyer ses pieds. Son regard errait çà et là, son visage était pâle. — Il avait l'air malade et comme effrayé. Sa casquette, autour de laquelle s'agitaient ses doigts crispés, passait et repassait d'une main à l'autre.

« Vous vouliez me voir? lui dit miss Garth.

— Je vous demande bien pardon, madame, mais... Vous n'êtes pas mistress Vanstone, n'est-ce pas?

— Non, certes; je suis miss Garth... Pourquoi me faites-vous cette question?

— Je suis employé dans les bureaux à la station de Grailsea...

— Eh bien?

— On m'envoie ici... »

Il s'arrêta de nouveau. Ses regards vagues s'abaissèrent vers la natte, et, plus que jamais, ses mains agitées se crispèrent autour de sa casquette. Il passa sa langue sur ses lèvres desséchées, et, une fois encore, essaya de s'expliquer :

« On m'envoie ici à cause d'une affaire très-sérieuse.

— Sérieuse pour moi?

— Sérieuse pour tous ceux qui habitent cette maison.

Miss Garth fit un pas pour se rapprocher de lui, et le regarda fixement au visage. Malgré la chaleur qu'il faisait, elle se sentit glacée : « Un moment !... » dit-elle avec une méfiance soudaine, et jetant de côté un regard inquiet vers la porte du petit salon... Cette porte était bien close : « Dites-moi tout, et ne parlez pas trop haut... Il est arrivé un accident ?... Où cela ?...

— Sur le chemin de fer, près de la station de Grailsea.

— Le train montant ?... Le train de Londres ?

— Non : le train descendant, d'une heure cinquante...

— Dieu tout-puissant !... Le train par lequel M. Vanstone est allé à Grailsea ?

— Justement... On m'a fait partir par le train montant : la ligne a pu être débarrassée à temps pour cela... On n'a pas voulu écrire... On a dit que j'aurais à voir miss Garth et à lui donner verbalement la nouvelle... Sept passagers sont grièvement blessés, et deux... »

Le dernier mot s'arrêta sur ses lèvres. Il leva silencieusement la main... Les yeux grands ouverts et l'horreur peinte dans ces yeux, il leva la main et l'étendit par dessus l'épaule de miss Garth.

Celle-ci détourna la tête...

Face à face avec elle, à l'entrée du cabinet, la maîtresse du château était debout. Elle tenait, serré machinalement dans ses deux mains, son vieux cahier de musique. Elle était debout, vrai spectre d'elle-même, un calme effrayant dans la voix ; elle répéta les dernières paroles de cet homme :

« Sept passagers grièvement blessés, et deux... »

Ses doigts contractés lâchèrent ce qu'ils tenaient si bien ; le livre leur échappa ;... elle s'affaissa lourdement en avant. Miss Garth la retint avant sa chute ; — elle la retint, et se tourna vers le messager, supportant ainsi le corps de la femme évanouie, pour apprendre enfin ce qu'était devenu le mari.

« Le mal est fait, dit-elle, vous pouvez vous expliquer, maintenant... Est-il blessé ? Serait-il mort ?

— Il est mort. »

XI.

Le soleil s'abaissait ; la brise, venue de l'ouest, pénétrait en froides ondes dans le château. A mesure que la soirée avançait, l'horloge rustique semblait envoyer de plus près ses joyeuses sonneries. Les champs et le parterre, sous l'influence de cette heure bénie, émettaient leurs plus doux parfums. Les oiseaux de Norah profitaient des derniers rayons de soleil, et chantaient leur hymne de reconnaissance aux clartés du jour mourant. Arrêtée pour un temps seulement, l'impitoyable routine du château continuait avec une persistance horrible ses évolutions quotidiennes.

La domesticité, frappée de terreur, s'abritait aveuglément dans l'accomplissement des devoirs que chaque heure imposait. Le valet de pied dressait la table sans bruit ; la femme de chambre, la tête à peu près perdue, ne savait que faire des bouilloires d'eau chaude destinées aux cabinets de toilette, et qui étaient là, rangées à ses pieds comme de coutume. Le jardinier, qui avait reçu ordre d'apporter à son maître certaines attestations touchant quelques sommes payées en trop, parlait de « son honnêteté compromise, » et, à l'heure marquée, apportait ces attestations. L'Habitude, qui jamais ne cède, et la Mort, qui n'épargne jamais, venant à se rencontrer en ce naufrage du bonheur humain, — la Mort cédait le pas à l'Habitude.

L'affliction avait amassé déjà autour du château des masses de nuages chargés de foudre : ils devaient, pourtant, et s'appesantir, et noircir encore. A cinq heures, ce soir-là, l'infortune avait frappé son premier coup. Avant qu'une autre heure fût écoulée, la femme de cet époux si soudainement enlevé aux siens, se trouvait en péril de mort. Elle gisait sur son lit de veuve, et déjà presque sans ressources : sa propre vie, celle de l'enfant encore à naître, ne tenaient plus qu'à un fil.

7.

Un brave esprit, cependant, avait gardé toutes ses facultés, et dans cette maison de deuil était devenu le guide de tous.

Si la première jeunesse de miss Garth avait été aussi calme, aussi heureuse que ces dernières années passées à Combe-Raven, peut-être se fût-elle affaissée sous les impitoyables nécessités d'un si cruel moment ; mais cette jeunesse austère avait subi la rude épreuve des afflictions domestiques ; aussi miss Garth abordait-elle ses terribles devoirs avec le ferme courage d'une femme qui sait souffrir. Elle avait seule affronté la dure nécessité de dire aux deux jeunes filles qu'elles n'avaient plus de père. Elle luttait seule pour soutenir leur courage, maintenant que l'effrayante certitude de cette perte avait fini par pénétrer dans leur âme.

Ses plus grandes anxiétés n'étaient point pour la sœur aînée. Le chagrin de Norah, si violent qu'il fût, avait trouvé à s'exprimer par des larmes. Il n'en était point ainsi de Madeleine. Les yeux secs, les lèvres muettes, elle demeurait assise dans sa chambre, où était venue la chercher cette terrible nouvelle : sur sa physionomie, — pétrifiée contre toute attente par le stérile chagrin des vieillards, — on ne retrouvait qu'un pâle et immuable effarement, de nature à glacer le cœur. Rien ne pouvait ni la ranimer ni l'attendrir. Elle ne disait que ceci : « Ne me parlez pas !... Ne me touchez pas !... Laissez-moi lutter à moi toute seule !... » et, de nouveau, elle retombait dans son silence. La première grande douleur qui eût obscurci l'existence des deux sœurs avait déjà, semblait-il, métamorphosé leur caractère de chaque jour.

Le crépuscule se fit et s'éteignit à son tour : la nuit d'été se leva brillante. Au moment où, dans la chambre de la malade, s'allumaient des flambeaux soigneusement abrités, le médecin, qu'on était allé chercher à Bristol, arriva pour consulter avec celui que la famille employait habituellement. Il n'avait à donner aucune assurance et se bornait à dire : « Nous essayerons... Il faudra voir... Espérons encore !... Le choc qu'elle a reçu, quand la nouvelle de la mort de son mari lui est arrivée à l'improviste, a brisé ses forces au moment où elle en avait le plus besoin. Nous ne devons rien négliger pour la sauver... Je passerai la nuit auprès d'elle. »

Ainsi parlant, il ouvrit une des fenêtres pour renouveler l'air de l'appartement. Cette fenêtre donnait sur le chemin de voitures qui passait devant la maison, et sur la route qui longeait les grilles. Un certain nombre de personnes y étaient assemblées par petits groupes, regardant du côté du château : « Si ces gens-là doivent faire le moindre bruit, dit le docteur, il faudrait les renvoyer. » Nul besoin de précautions pareilles : c'étaient seulement les laboureurs employés sur le domaine du défunt, et, çà et là, quelques femmes, quelques enfants du village : ils pensaient tous à lui; — quelques-uns parlaient de lui, — et contempler sa résidence était une sorte d'aiguillon pour leur esprit paresseux. — Les propriétaires des environs étaient, la plupart, assez bons pour eux (disaient les hommes), mais aucun ne l'était comme lui... Les femmes se parlaient à voix basse des consolations que leur apportait son passage dans leurs chaumières : « Il était si gai, le brave homme, et si soigneux aussi pour nous tous; jamais il ne venait pour s'ébahir devant nos pauvres repas : — les autres nous aident, mais nous grondent; — jamais nous n'entendions de lui que ceci : *La prochaine fois tout ira mieux.* » Ainsi restaient debout ces pauvres gens, parlant de lui, regardant sa maison, son enclos, et peu à peu on les voyait s'éloigner par deux et par trois, attristés à cette pensée que la vue de cette radieuse figure ne viendrait jamais plus les reconforter. La plus dure de ces cervelles obtuses se rendait bien compte, ce soir-là, que les rudes chemins de la pauvreté n'en seraient que plus difficiles à parcourir, maintenant que ce brave homme était parti.

Un peu plus tard, on avertit à la porte de la chambre à coucher que M. Clare, le père, venait d'arriver au château, et qu'il attendait en bas, dans le vestibule, pour savoir ce que le médecin avait dit. Miss Garth ne pouvant l'aller trouver en personne, lui dépêcha un message : « Je reviendrai, dit-il au domestique, je reviendrai savoir des nouvelles d'ici

à deux heures. » — Il s'en alla, s'éloignant avec lenteur. Sur
cet homme, différent des autres en toutes choses, la mort
soudaine de son vieil ami n'avait produit aucun changement
notable. Le seul indice qui, chez ce vieillard rigide, impénétrable, attestât une espèce de sympathie, était ce mouvement
de curiosité, d'intérêt peut-être, qui l'avait amené au château·

Il revint au bout des deux heures; et miss Garth, cette
fois, voulut le voir.

Ils se donnèrent la main en silence. Elle attendait; elle
s'était préparée à l'entendre parler de l'ami qu'il venait de
perdre. Non : il ne mentionna même pas l'horrible accident;
il ne fit pas la moindre allusion à cette mort si soudaine et
si effrayante : « Va-t-elle mieux, ou plus mal? » A cette
simple question, il n'ajouta pas une parole. Sous cette
expression de l'anxiété que lui causait l'état de la femme,
l'austère vieillard avait-il caché le tribut de regrets qu'il
accordait au mari? Son caractère, l'inflexible résistance qu'il
opposait au monde et à ses usages, permettaient d'interpréter ainsi sa conduite. Il répéta la question qu'il venait de
faire : « Va-t-elle mieux,... ou plus mal? »

Miss Garth lui répondit : « Il n'y a pas de mieux; s'il y a
quelque changement à noter, c'est plutôt une aggravation
dans son état. »

Ils échangeaient ces paroles auprès de la fenêtre du petit
salon ouverte sur le jardin. M. Clare, après avoir entendu la
réponse qu'on venait de lui faire, descendit dans l'allée sans
rien ajouter; puis il se retourna brusquement et reprit :

« Le docteur l'a-t-il donc abandonnée?

— Il ne nous a pas caché qu'elle est en danger; — nous
ne pouvons que prier pour elle. »

Le vieillard posa sa main sur le bras de miss Garth, lorsqu'elle lui eut ainsi répondu, et, la regardant avec attention :

« Vous croyez à la prière? » lui dit-il.

Miss Garth s'écarta de lui avec un mouvement de ré-
pulsion :

« Vous auriez pu, monsieur, m'épargner cette question
dans un moment comme celui-ci. »

Il ne prit point garde à sa réponse; ses yeux restèrent arrêtés sur le visage de l'institutrice.

« Priez! lui dit-il. Priez comme jamais vous ne l'avez fait encore, pour que la vie de mistress Vanstone soit épargnée!... » Puis il la quitta. Sa voix et son attitude impliquaient quelque inexplicable crainte des événements à venir, crainte dont ses paroles ne renfermaient pas l'aveu. Miss Garth le suivit dans le jardin et l'appela par son nom.

Il l'entendit, mais ne revint point sur ses pas; il hâta sa marche, au contraire, comme s'il voulait éviter de lui parler encore. Elle le suivit de l'œil, traversant la pelouse aux clartés vives de la lune d'été. Elle vit ses mains, d'une blancheur flétrie, elle les vit se détacher soudain sur le noir rideau du bosquet, s'élevant et se tordant au-dessus de sa tête. Elles retombèrent ensuite; — les arbres l'ensevelirent dans leur obscurité; — il avait disparu.

Miss Garth retourna auprès de la malade avec une anxiété de plus.

Il était alors onze heures passées, et, depuis déjà quelque temps elle n'avait ni vu les deux sœurs, ni trouvé l'occasion de leur parler. Les questions qu'elle adressa sur leur compte à l'une des femmes de service, lui fournirent ce renseignement que, toutes deux, elles s'étaient retirées dans leur chambre.

Avant de retourner au chevet de leur mère, et avant de les quitter pour la nuit, elle voulut adresser aux jeunes filles quelques paroles de consolation. La chambre de Norah était la plus proche; miss Garth ouvrit doucement la porte et jeta un regard à l'intérieur. La figure qu'elle vit agenouillée au chevet du lit, lui dit assez que le secours divin était venu trouver, au sein de son affliction, cette enfant privée de père. Des larmes de reconnaissance lui vinrent aux yeux en face de ce touchant spectacle : elle referma doucement la porte et gagna la chambre de Madeleine. Là, le doute arrêta ses pieds sur le seuil, et, avant d'entrer, elle attendit un moment.

Un bruit venu de la chambre frappa son oreille; — c'était

le monotone froissement d'un vêtement de femme, tantôt éloigné, tantôt plus proche, mais balayant sans cesse, et d'un bout à l'autre, le parquet sonore : — ce bruit lui apprenait que Madeleine parcourait en long et en large la pièce où elle s'était enfermée. Miss Garth frappa. Le bruit cessa de se faire entendre ; la porte s'ouvrit, et devant elle apparut ce jeune visage, qu'un froid désespoir avait pour ainsi dire figé.

Les grands yeux clairs de Madeleine demeuraient machinalement fixés sur ceux de miss Garth, aussi vagues, aussi secs qu'auparavant.

Ce regard déchira le cœur de la fidèle institutrice, qui, dès le berceau, avait élevé, chéri cette enfant. Elle prit tendrement Madeleine dans ses bras :

« Oh ! chère petite ! disait-elle, pas de larmes encore ?... Oh ! si je vous voyais comme je viens de voir Norah !... Parlez-moi donc, Madeleine ! Trouvez la force de me parler !... »
La jeune fille en effet s'efforça, et parla :

« Norah, dit-elle, n'éprouve aucun remords. Ce n'était pas dans l'intérêt de Norah qu'*il* a couru au-devant de la mort ; — c'était dans le mien... »

Après cette terrible réponse, posant ses froides lèvres sur la joue de miss Garth :

« Laissez-moi lutter à moi seule ! lui dit-elle, et doucement elle referma sa porte. Miss Garth, de nouveau, resta immobile sur le seuil, et de nouveau le froissement de la robe se fit entendre, çà et là, — tantôt éloigné, tantôt plus proche, — avec une régularité mécanique, implacable, de nature à glacer la plus chaude sympathie, à dompter l'espoir le plus téméraire.

La nuit s'écoula. Il avait été convenu que si aucune amélioration ne s'était manifestée dans la matinée, le médecin de Londres, consulté quelques mois auparavant par mistress Vanstone, serait, dès le lendemain, convoqué au château.

Nul symptôme d'amélioration n'étant survenu, on envoya chercher ce médecin.

Dans le courant de la matinée, Frank vint aux informations. M. Clare avait-il, par hasard, confié à son fils ce devoir que la veille il avait rempli en personne, à cause de la répugnance qu'il éprouvait à se retrouver en face de miss Garth après lui avoir tenu des propos si énigmatiques?... Cela pouvait être. Frank n'avait pas d'éclaircissement à donner là-dessus; il n'était pas dans la confidence de son père. Son pâle visage exprimait une sorte d'effarement.

Les premières questions qu'il fit au sujet de Madeleine témoignaient assez combien la catastrophe survenue avait ébranlé ce faible et vacillant caractère. A peine les pouvait-il formuler; les paroles manquaient à ses lèvres bégayantes, et des larmes, à chaque instant, lui venaient aux yeux. Le cœur de miss Garth, pour la première fois, se réchauffa quelque peu en sa faveur. La douleur a ceci de noble en soi, qu'elle accepte toute sympathie, sans regarder à l'origine.

L'institutrice adressa au jeune homme quelques bonnes paroles d'encouragement, et, quand ils se séparèrent, lui donna la main. Avant que midi fût sonné, Frank était revenu, porteur d'un second message. Son père désirait savoir si M. Pendril n'était pas attendu à Combe-Raven pour ce jour-là même. Dans le cas où il en serait ainsi, Frank avait ordre d'aller attendre l'avocat à la station et de l'emmener au cottage, où un lit serait préparé pour lui.

Ce message prit miss Garth tout à fait au dépourvu. Il prouvait que M. Clare avait été mis au courant, par son défunt ami, de l'invitation adressée à M. Pendril. Cette hospitalière attention du vieillard était-elle une autre manifestation indirecte d'une sympathie qu'il dissimulait avec un entêtement pervers? Ou bien était-il initié à quelque secret qui rendait la présence de M. Pendril nécessaire, et dont la famille, si récemment privée de son chef, n'avait aucune notion? Miss Garth était trop abattue, trop désespérée pour chercher à résoudre l'une ou l'autre question. Elle informa Frank que M. Pendril devait arriver à trois heures, et le renvoya porteur de remercîments. Bientôt après son départ, les anxiétés que l'institutrice pouvait nourrir en ce moment sur le compte de Madeleine, furent calmées par des nouvelles bien moins mauvaises que l'épreuve de la veille au soir ne devait le faire espérer.

L'influence de Norah s'était mise à l'œuvre pour ranimer sa jeune sœur; et grâce à la patiente et sympathique Norah, la douleur captive avait trouvé une issue. Madeleine, dans cet effort qui finalement allégeait sa peine, avait beaucoup souffert; souffrance inévitable avec une nature comme la sienne. Ces pleurs qui la soulageaient ne s'étaient pas doucement épanchés; ils avaient jailli d'elle avec une véhémence passionnée, comme le sang sous l'instrument de torture; mais Norah ne l'avait pas quittée un instant que la lutte ne fût à bout, et le calme un peu revenu. Ces favorables indications permirent à miss Garth de se retirer dans sa chambre, et de prendre le repos dont elle avait si grand besoin. Épuisée de corps et d'âme, elle dormit de pure fatigue, — un sommeil lourd et sans rêves, qui se prolongea au delà de ce qu'elle avait pensé.

Ce fut seulement entre trois et quatre heures de l'après-midi qu'elle fut réveillée par une des femmes de service. Cette femme tenait un billet à la main, — billet laissé par M. Clare, le fils, avec ordre de le rendre immédiatement aux mains de miss Garth. Au coin inférieur de l'enveloppe était écrit le nom de « William Pendril. » L'avocat était arrivé.

Miss Garth rompit le cachet. Après quelques phrases préliminaires de condoléance sympathique, M. Pendril annonçait son installation chez M. Clare, et continuait, probablement de par son mandat professionnel, en formulant une très-surprenante requête :

« Si, écrivait-il, une amélioration quelconque se manifestait dans l'état de mistress Vanstone, — que cette amélioration soit passagère ou qu'elle ait le caractère de permanence sur lequel nous devons tous compter, — dans l'un ou l'autre cas, je vous supplie de me le faire savoir immédiatement. Il est de la dernière importance que je puisse la voir, si elle retrouve assez de force pour me prêter attention pendant cinq minutes, et se trouver, au bout de ce temps, en état de donner une signature. Puis-je vous prier de communiquer ma demande, sous le sceau du secret le plus absolu, aux médecins qui la soignent? Ils comprendront, vous comprendrez comme eux, l'importance de premier ordre que j'attache à cette entrevue, quand je vous aurai dit que je me suis arrangé pour différer à ce sujet toutes les autres affaires qui exigent ma présence à Londres, et que je serai prêt au premier signal, à quelque heure du jour ou de la nuit que vos ordres me parviennent. »

La lettre se terminait ainsi. Miss Garth la lut deux fois d'un bout à l'autre. A la seconde lecture, la demande que lui adressait maintenant l'avocat, et les paroles d'adieux qui, la veille, étaient échappées à M. Clare, prirent dans sa pensée une vague connexité. Il y avait évidemment en suspens, outre l'intérêt premier et dominant du rétablissement de mistress Vanstone, un autre intérêt grave, connu de M. Pendril et connu de M. Clare. A qui se rapportait-il? Serait-ce aux enfants? Étaient-elles menacées de quelque calamité nouvelle, qu'une signature de leur mère pouvait écarter? Que signifiait tout ceci? Fallait-il en conclure que M. Vanstone était mort sans laisser de testament?...

Dans sa détresse, dans sa confusion d'esprit, miss Garth n'était pas en état de raisonner avec elle-même comme elle l'eût certainement fait en des temps plus heureux. Elle se hâta de se rendre dans la pièce qui précédait la chambre à coucher de mistress Vanstone; et, après avoir expliqué les relations de M. Pendril avec la famille, elle fit passer sa lettre sous les yeux des médecins.

Ils donnèrent tous deux, sans hésiter, la même réponse. L'état de mistress Vanstone rendait totalement impossible l'entrevue sollicitée par l'avocat. Si l'on arrachait la malade à sa prostration présente, miss Garth serait immédiatement informée de cet heureux résultat. Pour le moment, la réponse à faire à M. Pendril devait se résumer par un seul mot : — Impossible.

« Vous voyez cependant quelle importance M. Pendril attache à cette entrevue? » dit miss Garth.

Oui, — l'un et l'autre médecin le voyaient parfaitement.

« J'ai la tête perdue, messieurs, et je suis dévorée d'anxiété... Pouvez-vous, l'un ou l'autre, conjecturer ce qui rend
nécessaire cette si nature, ou quel peut être l'objet de cette
entrevue? Je ne com...is M. Pendril que pour l'avoir vu ici,
en visite. Je n'ai aucun droit qui me permette de le questionner; voudriez-vous, de nouveau, jeter les yeux sur cette
lettre?... Est-ce votre avis qu'elle implique la mort *ab intestat*
de M. Vanstone ?

— C'est tout au plus si cette conclusion peut être tirée,
dit un des médecins; mais en supposant même que M. Vanstone soit décédé sans laisser de testament, la protection de
la loi est acquise aux intérêts de sa veuve et de ses enfants...

— En serait-il ainsi, interrompit l'autre médecin, si la
fortune du défunt consistait principalement en immeubles?

— Dans ce cas-là, je n'oserais rien affirmer. Sauriez-vous,
par hasard, miss Garth, si les propriétés de M. Vanstone
consistent en capitaux ou en terres?

— En capitaux, répondit miss Garth. Je le lui ai entendu
dire bien des fois.

— Je puis alors calmer votre inquiétude, et cela d'après
ma propre expérience. La loi, — s'il est mort *ab intestat*,—
donne un tiers de sa propriété à sa veuve, et partage également le surplus entre ses enfants.

— Mais si mistress Vanstone...?

— Si mistress Vanstone venait à mourir, poursuivit le
docteur, achevant la question que miss Garth n'avait pas eu
la force de compléter elle-même, je crois être dans le vrai
en vous affirmant que la propriété tout entière passerait par
voie légale sur la tête des enfants. Si nécessaire que puisse
être l'entrevue réclamée par M. Pendril, je ne vois aucun
motif de la rattacher à ce fait présumé, que M. Vanstone
serait mort sans tester. Mais, du reste, pour donner satisfaction à vos scrupules, posez la question à M. Pendril lui-
même!... »

Miss Garth se retira, décidée à suivre l'avis du docteur.

Après avoir fait connaître à M. Pendril la décision des
médecins, qui, provisoirement, refusaient de se prêter à son

désir, elle indiquait brièvement la question légale qu'elle leur avait soumise, et, sans y insister, laissait entrevoir son impatience bien naturelle de connaître les motifs qui avaient dicté la démarche de l'avocat.

La réponse qu'elle reçut était empreinte d'une réserve extrème, et ne lui donna point une opinion favorable de M. Pendril. Il confirmait, — seulement en général, — l'interprétation que le docteur avait donnée au texte des lois; exprimait son intention de rester chez M. Clare, dans l'espoir qu'un heureux changement permettrait à mistress Vanstone de l'admettre auprès d'elle; et il terminait sa lettre sans aucune explication des motifs qui le faisaient agir, — sans un mot qui eût rapport à l'existence ou à la non-existence du testament de M. Vanstone.

Les précautions visibles avec lesquelles le billet de l'avocat semblait rédigé laissèrent une certaine inquiétude dans l'esprit de miss Garth, jusqu'au moment où le grand incident du jour, impatiemment attendu, vint rappeler toutes ses pensées sur mistress Vanstone.

Le médecin de Londres arriva de bonne heure dans la soirée. Il demeura longtemps au chevet de la malade, plus longtemps encore il resta en consultation avec ses deux confrères; enfin il retourna auprès de mistress Vanstone, avant que miss Garth eût pu obtenir qu'il lui communiquât le résultat de ce long et patient examen.

Lorsque, pour la seconde fois, il revint dans l'antichambre, elle le regarda au visage, et la dernière lueur d'espérance s'éteignit en elle avant qu'il n'eût desserré les lèvres.

« J'ai à vous faire entendre une vérité pénible, lui dit-il avec douceur. Tout ce qui était possible a été tenté. Dans vingt-quatre heures au plus, vous saurez à quoi vous en tenir. Si d'ici là une grande crise de nature ne vient pas à notre aide, — j'ai le regret de vous l'annoncer, — il faut vous préparer à ce qui peut arriver de pire. »

Ces paroles disaient tout : — elles indiquaient nettement l'inévitable issue.

La nuit s'écoula, et la pauvre mère vivait encore, Le

lendemain arriva, et jusqu'à ce que l'horloge marquât cinq heures, un dernier reste d'existence lui fut conservé. A cette heure-là, une fatale nouvelle lui avait porté le coup de mort; à la même heure, après quelques tours de cadran, la main de Dieu allait la rejoindre à *lui* dans un monde meilleur. Ses filles, quand elle rendit l'âme, étaient agenouillées à son chevet; elle les quitta sans avoir conscience qu'elles assistaient à son agonie, heureusement insensible aux angoisses du dernier adieu.

L'enfant qu'elle venait de mettre au monde lui survécut jusqu'à l'heure où la nuit allait commencer, où le soleil s'effaçait dans les calmes profondeurs de l'occident. Quand l'obscurité se fit, cette frêle petite vie, à peine manifestée par quelques lueurs, vacilla et s'éteignit comme un flambeau mal allumé. Les débris terrestres de la mère et de l'enfant reposèrent, cette nuit-là, sur le même lit. L'Ange de la mort avait rempli son auguste mission; — les deux sœurs restaient seules au monde.

XII.

Dans la matinée du jeudi 23 juillet, M. Clare se montra plus tôt que d'habitude sur la porte de son cottage, et descendit dans le petit jardin qui joignait cette humble résidence.

Après avoir fait seul, de long en large, quelques tours d'allée, il fut rejoint par un homme à cheveux gris, paisible d'aspect, mesquin de proportions, et dont l'extérieur était absolument dépourvu de tout caractère particulier : sa physionomie sans expression, ses manières empreintes du calme qu'impose l'usage, n'offraient rien d'attrayant, rien non plus qui dût repousser. C'était M. Pendril, c'était l'homme qui avait tenu, suspendu à ses lèvres, l'avenir des orphelines de Combe-Raven.

« Le moment approche, dit-il, en regardant du côté du

bosquet, lorsqu'il rejoignit M. Clare. Mon rendez-vous avec miss Garth est pour onze heures : je n'ai guère plus que dix minutes.

— Devez-vous la voir seule? demanda M. Clare.

— J'ai laissé miss Garth en décider, après l'avoir avertie, tout d'abord, de la gravité des circonstances que je me vois forcé de lui faire connaître.

— Et sa décision?

— Elle m'écrit qu'elle a fait part de mon rendez-vous aux deux orphelines, en leur répétant l'avis que mon billet renfermait. L'aînée semble répugner, — et qui s'en étonnerait? — à toutes discussions, concernant l'avenir, qui exigeraient sa présence dès le lendemain des funérailles. La cadette paraît n'avoir exprimé aucune opinion à ce sujet. Autant que je puis le comprendre, elle demeure passive et se laisse guider par l'exemple de sa sœur. Je n'aurai donc affaire qu'à miss Garth toute seule, et j'éprouve un grand soulagement à penser qu'il en sera ainsi... »

Il prononça ces derniers mots avec une emphase et une énergie qui ne semblaient pas lui être habituelles. M. Clare suspendit sa marche et regarda son hôte attentivement.

« Vous avez presque mon âge, monsieur, dit-il. Votre longue pratique d'avocat ne vous a donc pas tout à fait endurci?

— Je ne savais pas à quel point je l'étais peu, répondit M. Pendril tranquillement, lorsque hier je suis revenu de Londres pour assister aux funérailles. On ne m'avait point averti que ces malheureuses jeunes filles avaient résolu d'accompagner leurs parents jusqu'au bord de la fosse. Leur présence a rendu doublement pénible, j'imagine, et aussi doublement touchante, la scène finale de ce terrible désastre. Vous avez vu vous-même combien la nombreuse assistance était émue, et pourtant ces gens-là ignoraient la vérité : ils n'avaient pas idée de la nécessité cruelle qui, ce matin, va me conduire dans la maison attristée par toutes ces morts. Le sentiment de cette nécessité — et aussi la vue de ces pauvres enfants, au moment même où cet austère devoir m'apparaissait plus pénible que jamais, — m'ont ébranlé comme l'est rarement un homme de mon âge et de ma profession par n'importe quels malheurs présents, n'importe quelle anxiété pour l'avenir. Je ne suis pas encore remis de ce choc, et c'est tout au plus si je me sens maître de moi-même à l'heure qu'il est.

— Un homme comme vous retrouve toujours son sang-froid, lorsque ce sang-froid est indispensable, dit M. Clare. Vous avez dû remplir des missions aussi difficiles, aussi pénibles que celle de ce matin... »

M. Pendril secoua la tête : « Beaucoup de devoirs aussi sérieux; j'ai connu aussi maints événements plus romanesques; mais je n'ai eu à déplorer aucun concours de circonstances aussi désespérant que l'est celui-ci... »

Sur ces mots, ils se quittèrent. M. Pendril prit le sentier qui, à travers la plantation, menait vers Combe-Raven; M. Clare rentra dans son cottage.

Arrivé dans le corridor, il passa la tête à la porte ouverte de son petit salon, et vit Frank assis là dans une oisive tristesse, la tête appuyée sur ses mains :

« J'ai la réponse de vos patrons, dit M. Clare. En considération de ce qui vient d'arriver, ils consentent à vous donner un mois de plus pour accepter l'offre qu'ils vous avaient faite. »

Frank changea de couleur, et, par un mouvement nerveux, se souleva de sa chaise.

« Mes espérances sont-elles donc détruites? demanda-t-il. Les plans que M. Vanstone avait tracés pour moi ne sont-ils plus réalisables?... Il a dit à Madeleine que son testament la mettait à l'abri de toute incertitude... Elle m'a répété ses propres paroles : — Je devais savoir, disait-elle, tout ce que la bonté, la générosité de son père avaient fait pour nous deux... Quel changement a pu amener cette mort soudaine?... Est-il donc survenu quelque chose?

— Attendez que M. Pendril revienne de Combe-Raven, lui dit son père. Adressez-lui vos questions, et pas à moi... »

Les yeux de Frank se remplirent de larmes.

« Vous ne vous montrerez pas trop dur pour moi? objecta-t-il d'une voix faible. Vous ne voulez sans doute pas me renvoyer à Londres sans que d'abord j'aie vu Madeleine? »

M. Clare jeta sur son fils un regard pensif, et, après un moment de réflexion :

« Vous pouvez sécher vos yeux, lui dit-il; vous verrez Madeleine avant de repartir. »

Après cette réponse, il quitta l'appartement et se retira dans son cabinet. Maints et maints volumes étaient, comme toujours, à portée de sa main. Il ouvrit l'un d'eux, et se mit à lire, selon son usage. Mais son attention ne pouvait se fixer; et ses yeux se portaient, de temps à autre, sur le fauteuil vide en face de lui; — ce même fauteuil où son défunt ami était venu bavarder et discuter gaiement avec lui pendant tant et tant d'années. Après un vain effort sur lui-même, il ferma le livre : « Au diable ce fauteuil! dit-il; il me parle obstinément de *lui*, et je ne puis m'empêcher de l'écouter. » Il atteignit sa pipe, accrochée au mur, et machinalement la garnit de tabac. Sa main tremblait, ses yeux revenaient malgré eux du côté du vieux fauteuil; il poussa, sans le vouloir, un profond soupir. Ce fauteuil vide était le seul argument de ce bas-monde auquel il ne connût pas de réponse; son cœur s'avoua vaincu, et malgré qu'il en eût, ses yeux se mouillèrent : « Il a fini par me battre! murmura le rigide vieillard... Il y avait encore un défaut à ma cuirasse, et il a fini par le trouver. »

M. Pendril, cependant, pénétrait dans le bosquet, et suivait le sentier conduisant au jardin solitaire, au château peuplé de tristesses. Un domestique l'attendait à la porte, évidemment prévenu de son arrivée.

« J'ai rendez-vous avec miss Garth... Est-elle prête à me recevoir?

— Toute prête.

— Elle est seule?

— Oui, monsieur.

— Dans la pièce qui était le cabinet de M. Vanstone?

— Oui, monsieur : dans cette pièce même. »

Le domestique ouvrit la porte, et M. Pendril entra.

L'institutrice était seule, debout à la fenêtre du cabinet. La chaleur était accablante, et, au moment où M. Pendril entrait, elle venait de soulever la partie inférieure de la jalousie pour laisser entrer un peu d'air.

Ils se saluèrent avec une politesse légèrement gourmée qui, de part et d'autre, trahissait une certaine contrainte. M. Pendril était un de ces hommes assez nombreux qui, en proie à quelque forte agitation mentale dont ils compriment les manifestations extérieures, se montrent sous leur plus mauvais jour.

Miss Garth, de son côté, n'avait point oublié la disgracieuse réserve avec laquelle l'avocat avait répondu à sa lettre; et l'anxiété bien naturelle que leur entrevue lui causait n'était atténuée en rien par un tel souvenir. Lorsqu'ils se trouvèrent ainsi face à face dans le silence de cette matinée d'été, tous deux strictement vêtus de noir, — miss Garth avec ses traits accentués, que le chagrin semblait durcir encore, — l'avocat avec sa froide physionomie, sa pâleur sans expression, son embarras qu'on devait supposer simplement celui d'un homme d'affaires, — il eût été difficile de rencontrer deux personnes dont l'extérieur fût moins susceptible de provoquer un sentiment sympathique. Tels se montraient ces deux individus réunis maintenant l'un pour révéler, l'autre pour entendre les secrets du mort.

« Je suis sincèrement désolé, miss Garth, de vous importuner dans un moment comme celui-ci... Mais, comme je vous l'ai déjà expliqué, les circonstances ne me laissent pas d'autre alternative.

— Voulez-vous vous asseoir, monsieur Pendril?... C'est dans cette pièce, je crois, que vous avez désiré me voir?

— Précisément dans cette pièce, parce que c'est ici que se trouvent les papiers de M. Vanstone, et qu'il peut m'être nécessaire d'en consulter quelques-uns. »

Après cet échange régulier de questions et de réponses, ils s'assirent des deux côtés d'une table placée près de la fenêtre. L'un attendait pour parler; l'autre attendait, pré-

tant l'oreille. Il y eut quelques moments de silence. M. Pendril le rompit par une ou deux questions de convenance, et
une ou deux phrases de sympathie concernant les jeunes
personnes.

Miss Garth lui répondit, observant le même cérémonial,
et sur le même ton de politesse convenue. Seconde pause
muette. Le bourdonnement des insectes autour des arbustes
verts qui garnissaient le dessous de la fenêtre arrivait, monotone, dans l'appartement; et le piétinement lourd d'un cheval de charrette, qui passait sur la grande route à l'extrémité
du jardin, se faisait entendre aussi nettement, dans ce silence
profond, que si la nuit fût venue.

L'avocat raffermit sa résolution vacillante, et quand il
reprit la parole, ce fut pour aborder la question qui l'ame-
nait.

« Vous avez quelques motifs, miss Garth, commença-t-il,
de ne pas trouver ma conduite vis-à-vis de vous parfaitement satisfaisante, du moins à certains égards. Pendant la
fatale maladie de mistress Vanstone, vous m'avez adressé un
billet où se trouvaient certaines questions auxquelles, tandis
qu'elle vivait encore, il m'était impossible de répondre... Sa
déplorable fin me dégage de la réserve que je m'imposais, et
m'autorise, — ou plutôt m'oblige, — à m'expliquer. Vous
allez savoir quelles graves raisons étaient les miennes lorsque j'attendais ainsi jour et nuit, dans l'espoir d'obtenir cette
entrevue, qui n'a pu malheureusement avoir lieu; et, comme
justice due à la mémoire de M. Vanstone, vous allez vous
assurer, par vos propres yeux, qu'il avait fait un testament.»

Il se leva, ouvrit un petit coffre-fort de fer placé à l'angle
du cabinet, et revint vers la table avec quelques feuilles de
papier plié, qu'il développa sous les yeux de miss Garth.
Quand elle eut jeté les yeux sur la formule de début : « *Au
nom de Dieu, ainsi soit-il!* » l'avocat tourna le feuillet, et
lui montra le bas de la page suivante. Elle y vit la signature
bien connue d'elle : « André Vanstone. » Elle y vit les attestations des deux témoins exigés par la coutume, et la date
du document, qui remontait à plus de cinq années. Après

l'avoir ainsi convaincue de l'existence et de la régularité du testament, M. Pendril, allant au-devant des questions qu'elle pourrait lui adresser :

« Je ne dois pas vous tromper, lui dit-il ; j'ai mes raisons particulières pour produire ainsi ce document.

— Quelles raisons, monsieur ?

— Vous allez le savoir... La vérité vous étant une fois connue, ces feuillets vous aideront à garder, pour la mémoire de M. Vanstone, le respect qui lui est dû... »

Miss Garth se rejeta en arrière dans son fauteuil.

« Qu'entendez-vous par là ? » demanda-t-elle d'un ton brusque et sévère.

Il ne prit pas garde à la question, mais continua comme si elle ne l'avait pas interrompu.

« J'ai pour vous montrer le testament, continua-t-il, un second motif. Si je puis obtenir de vous que vous veuilliez en parcourir sous mes yeux certaines clauses, vous découvrirez vous-même les circonstances que j'ai à vous révéler, — circonstances si pénibles, que je sais à peine comment m'y prendre pour vous les faire connaître de vive voix. »

Miss Garth le regardait obstinément au visage.

« Ces circonstances, monsieur, concernent-elles les parents défunts ou les enfants qui vivent encore ?

— Elles concernent à la fois les morts et les vivants, répondit l'avocat. J'ai le regret d'ajouter qu'elles intéressent l'avenir des malheureuses filles de M. Vanstone.

— Un moment !... dit miss Garth ;... un moment, je vous prie. » Elle écarta de ses tempes sa chevelure nuancée d'argent, et fit effort pour résister à un sentiment d'angoisse et de défaillance qui aurait dominé une femme plus jeune et moins courageuse. Ses yeux que les veilles avaient ternis, que le chagrin avait usés, sondèrent l'impénétrable physionomie de l'avocat : « Ses malheureuses filles ? se redisait-elle vaguement. Il s'exprime comme s'il y avait encore en réserve une pire calamité que celle qui les a rendues orphelines... » Un instant de plus lui permit de faire appel à son courage défaillant. « Je tâcherai, monsieur, reprit-elle, de ne pas vous rendre plus pénible encore un devoir que j'entrevois bien rigoureux... Montrez-moi du testament ce que j'en dois lire, et que je sache, enfin, à quoi m'en tenir !... »

M. Pendril revint à la première page ; et, posant le doigt sur certaines lignes de ce griffonnage : « Commencez ici ! » lui dit-il.

Elle essaya. Elle voulut suivre son doigt comme elle avait déjà fait pour les signatures et les dates ; mais le trouble de son esprit commençait à gagner ses sens, — les mots se mêlaient, les lignes flottaient devant ses yeux.

« Je ne puis vous suivre, dit-elle ; il faut me dire ou me lire tout cela. » Elle recula son fauteuil loin de la table, essayant de se recueillir. « Arrêtez ! s'écria-t-elle, tandis que l'avocat, avec une hésitation visible, prenait en main les papiers... Une question, tout d'abord : — ce testament assure-t-il l'avenir des enfants ?

— Ce testament y pourvoyait quand M. Vanstone l'a rédigé.

— Quand il l'a rédigé ? (Un reflet de sa brusquerie naturelle se retrouva dans la manière dont elle répétait la réponse de l'avocat.) Mais à présent, monsieur, à présent, y pourvoit-il ?

— Il n'y pourvoit plus. »

Elle arracha le testament des mains de M. Pendril, et le jeta dans un coin de la pièce. « Vos intentions sont bonnes, dit-elle. Vous voulez me ménager ; mais vous perdez votre temps, et vous abusez de mes forces... Si le testament ne sert à rien, qu'il reste là où il est !... Dites-moi la vérité, monsieur Pendril ; dites-la-moi clairement !... dites-la-moi sur-le-champ !... dites-la-moi vous-même ! »

Il comprit que résister à cet appel serait une cruauté inutile. La compassion exigeait qu'il répondit aussitôt à ces questions précipitées.

« Je dois, miss Garth, vous ramener au printemps de cette année... Vous rappelez-vous le quatre mars ? »

L'attention de l'institutrice était déjà déplacée. Au moment où il parla, une pensée soudaine semblait s'être emparée d'elle.

Au lieu de répondre à la question qu'il lui adressait, ce fut elle qui le questionna.

« Laissez-moi, dit-elle, pénétrer de moi-même dans cette obscurité; laissez-moi vous deviner si je puis. Ce testament inutile, les termes que vous employez en parlant de ses filles, vos doutes apparents sur le respect que je dois garder à sa mémoire, viennent d'ouvrir devant moi une perspective nouvelle... M. Vanstone est mort ruiné... N'est-ce pas là ce que vous aviez à m'apprendre ?

— Loin de là. M. Vanstone est mort laissant une fortune de plus de quatre-vingt mille livres sterling, placée de la manière la plus sûre. Il dépensait son revenu, mais jamais n'allait au delà ; et le total de ses dettes ne montait pas à deux cents livres. S'il était mort ruiné, j'aurais profondément compati à la destinée de ses enfants. — Mais vous ne m'auriez pas vu hésiter à vous dire la vérité, cette vérité devant laquelle je recule... Laissez-moi vous répéter une question à laquelle vous n'avez pas pris garde, quand je vous l'ai posée tout d'abord. Revenez, par la pensée, au printemps dernier... Vous rappelez-vous le quatre mars ?... »

Miss Garth secoua la tête : « Je n'ai jamais eu la mémoire des dates, dit-elle. Je ne l'avais pas dans les meilleurs temps de ma vie, et je suis à présent trop agitée pour y faire un si subit appel... Ne sauriez-vous me poser votre question sous une autre forme?... »

Il la posa effectivement ainsi : « Vous rappelez-vous un incident domestique, survenu dans le cours du printemps dernier, et par lequel M. Vanstone parut affecté plus sérieusement qu'il ne semblait pouvoir l'être?... »

Miss Garth, s'adossant à son fauteuil, jeta sur M. Pendril, par-dessus la table, un regard avide : « Le voyage à Londres ! » s'écria-t-elle. « Je me suis toujours méfiée, dès le principe, de ce voyage à Londres !... Oui, je me rappelle que M. Vanstone reçut une lettre ; je me rappelle qu'il la lut, et qu'après cette lecture le changement de son visage nous étonna toutes.

— Avez-vous remarqué alors, au sujet de cette lettre, quelques signes d'intelligence entre M. et mistress Vanstone?

— Effectivement, une des enfants, — c'était Madeleine, — mentionna le timbre postal : une ville d'Amérique... Tout cela me revient, monsieur Pendril... Mistress Vanstone, dès que le nom de cette ville eut frappé son oreille, parut agitée, inquiète. Ils partirent ensemble pour Londres, dès le lendemain, sans rien expliquer à leurs filles, sans rien m'expliquer. Mistress Vanstone donnait pour motif à ce voyage le règlement de quelques affaires de famille. Je soupçonnai, pour mon compte, quelque désastre, sans pouvoir deviner lequel. Mistress Vanstone m'écrivit de Londres qu'elle avait voulu consulter un médecin sur l'état de sa santé, mais sans inquiéter ses filles en leur parlant de cette démarche... Quelques passages de cette lettre m'offusquèrent, dès lors... Il me sembla qu'elle me dissimulait certains autres motifs, plus ou moins suspects... Lui faisais-je tort en m'imaginant cela ?

— Vous ne lui faisiez aucun tort. Il existait un motif, qu'elle gardait par devers elle. En vous le faisant connaître, je vous révélerai le pénible secret qui m'amène aujourd'hui dans cette maison. Tout ce que je pouvais faire pour vous préparer à cette funeste découverte, je l'ai fait. Souffrez maintenant que je vous expose la vérité dans les termes les plus simples et les plus brefs. Lorsqu'au mois de mars dernier, M. et mistress Vanstone quittèrent Combe-Raven... »

Avant qu'il pût achever sa phrase, un brusque mouvement de miss Garth vint lui couper la parole. Elle avait frémi et tournait maintenant la tête du côté de la fenêtre : « Ce n'est que le bruit du vent sur le feuillage, dit-elle d'une voix faible... Mes nerfs sont si ébranlés que la moindre chose me fait tressaillir... Pour l'amour de Dieu, expliquez-vous !... Lorsque M. et mistress Vanstone quittèrent la maison... Dites-moi simplement ce qu'ils allaient faire à Londres ?... »

M. Pendril lui dit, en termes fort simples :

« Ils allaient à Londres pour se marier. »

Sur cette réponse, il plaça devant l'institutrice un papier oblong. C'était le certificat de mariage des parents défunts, ayant pour date le vingt mars mil huit cent quarante-six.

Miss Garth ne fit point un geste, n'articula pas une parole.

8.

Le certificat, elle n'y prenait pas garde; elle demeurait assise, les yeux fixés sur le visage de l'avocat, l'intelligence inerte sous le coup, les sens dépourvus de toute action. Il vit qu'il avait en vain tâché d'amortir, par ses précautions, le fatal effet de cette découverte. Il sentait l'impérieuse nécessité de la ranimer à tout prix, et d'une voix ferme, distincte, il répéta ces sinistres paroles :

« Ils allaient à Londres pour se marier... Revenez à vous, et, tout d'abord, veuillez vous pénétrer de ce simple fait. Les explications viendront plus tard... Oui, miss Garth, c'est la déplorable vérité que je vous dis là!... Au printemps dernier, ils partirent de chez eux; ils vécurent à Londres une quinzaine dans la retraite la plus absolue; ils furent mariés sur licence au bout de ce temps... Voici une copie du certificat que j'ai moi-même obtenue lundi dernier. Lisez la date du mariage : c'est le vendredi vingt mars, présente année. »

Comme il montrait du doigt le certificat, cette faible bouffée de vent qui, tout à l'heure, avait effrayé miss Garth en se jouant parmi les arbustes placés sous la croisée, agita de nouveau le feuillage. M. Pendril, cette fois, l'entendit : il tourna son visage de ce côté comme pour s'exposer à la brise, mais la brise ne vint pas : aucun souffle d'air, assez vif pour qu'il le sentît, ne pénétra dans l'appartement.

Miss Garth se souleva par un mouvement machinal, et lut le certificat. Il sembla ne produire sur elle aucune impression bien nette; elle le posa sur la table, avec un geste de douloureuse surprise : « Douze ans! disait-elle à voix basse et découragée; voilà douze années de calme et de bonheur que je passe auprès de cette famille... Mistress Vanstone était mon amie; une chère, une précieuse amie! — une sœur, pourrais-je dire. Tout ceci me semble incroyable... Comprenez-moi, monsieur, excusez-moi!... Je ne puis me faire à cette idée.

— Vous vous y ferez quand vous en saurez davantage, dit M. Pendril; vous me comprendrez mieux, quand je vous aurai initiée au passé de M. Vanstone... Mais ce n'est pas immédiatement que je réclamerai votre attention... Attendons que vous soyez remise. »

Ils attendirent, en effet, cinq ou six minutes. L'avocat prit quelques lettres dans sa poche, les parcourut avec attention et les y remit : « Maintenant, demanda-t-il avec égards, êtes-vous en état de m'écouter?... » Pour toute réponse, elle inclina la tête. M. Pendril réfléchit à part lui un moment encore : « Je vous dois, dit-il, un avis préliminaire. Si le caractère de M. Vanstone, tel que je vais vous le montrer, vous paraît, à certains égards, différent de ce que vous l'avez connu, songez que lorsque vous l'avez vu pour la première fois, il y a douze ans, il touchait à la quarantaine ; et que, lorsque nous sommes entrés en rapports, lui et moi, c'était un jeune homme de dix-neuf ans. »

Les paroles qu'ajouta l'avocat soulevèrent le voile et révélèrent l'irrévocable passé.

XIII.

« La fortune que M. Vanstone possédait quand vous l'avez connu (commença M. Pendril) n'était qu'une portion de l'héritage qui lui échut à la mort de son père. Ce dernier était un manufacturier du Nord de l'Angleterre. Il se maria de bonne heure, et les enfants issus de ce mariage furent au nombre de six ou sept, je ne saurais dire au juste. D'abord Michel, le fils aîné, vivant encore, et qui est maintenant plus que septuagénaire. En second lieu, Selina, l'aînée des filles, mariée tard, et qui mourut il y a dix ou onze ans. Après ceux-ci venaient d'autres fils et filles, dont la mort précoce me dispense de faire mention détaillée. Le dernier de ses enfants, — et de beaucoup le plus jeune, — fut André, avec lequel j'entrai en relations, comme je vous le disais, lorsqu'il touchait à sa vingtième année. Mon père était alors sur le point de renoncer à poursuivre activement sa profession ; et succédant à sa clientèle, je me trouvai naturellement en rapport avec les Vanstone; je devins à mon tour l'avocat de la famille.

« A cette époque, André venait de débuter dans la vie en prenant du service. Après une année, peut-être un peu plus, d'apprentissage à l'intérieur, il fut envoyé au Canada où se rendait son régiment. En quittant l'Angleterre, il y laissa son père et son frère aîné Michel, séparés par de graves dissentiments. Inutile de vous faire perdre du temps en vous détaillant la cause de leur querelle. Je me bornerai à vous dire que M. Vanstone père, avec beaucoup d'excellentes qualités, était un homme emporté, un caractère intraitable. Son fils aîné l'avait bravé dans des circonstances qui auraient irrité à bon droit un père beaucoup plus indulgent; et il déclara, dans les termes les plus positifs, qu'il ne voulait plus revoir la figure de Michel. Malgré mes supplications, malgré celles de sa femme, il déchira devant nous le testament qui assurait à Michel une portion de l'héritage paternel. Telle était la position de la famille, quand le fils cadet partit pour le Canada.

« Quelques mois après qu'André fut arrivé à Québec où son régiment devait résider, il lia connaissance avec une femme d'une grande beauté qui venait, ou disait venir d'un des États sud-américains. Elle prit immédiatement beaucoup d'empire sur lui, et s'en servit dans l'intérêt le plus vil. Vous avez connu le caractère facile, affectueux, confiant de cet homme dans les dernières années de sa vie; — vous pouvez donc imaginer à quelles folies purent l'entraîner les impulsions ardentes de la jeunesse. Je n'insisterai pas sur ces regrettables détails de mon récit. Il venait d'avoir vingt et un ans : il s'était aveuglément dévoué à une femme indigne; et, par d'implacables artifices, elle l'amena bientôt à d'irréparables déterminations. En un mot, il commit alors la grande et fatale erreur de sa vie; — il épousa cette femme.

« Elle avait eu, dans son propre intérêt, assez de prudence pour redouter les conseils que ses frères d'armes auraient pu donner au jeune Vanstone, et pour lui persuader de tenir secrète l'union projetée entre eux, jusqu'après la cérémonie qui devait la rendre irrévocable. Ceci, elle le pouvait faire; mais elle ne pouvait se mettre en garde contre tous les hasards. Trois mois étaient à peine écoulés, qu'une révélation fortuite mit au jour la vie qu'elle avait menée avant son mariage. Son mari n'avait désormais qu'un parti à prendre : ce fut de se séparer d'elle à l'instant même.

« L'effet d'une telle déception sur le malheureux enfant, — il était encore enfant à bien des égards, — peut être apprécié par l'événement qui suivit cette révélation imprévue... Un des supérieurs d'André le surprit dans sa chambre, écrivant à son père l'aveu complet de son déshonneur, un pistolet tout chargé sur son bureau. Cet officier empêcha l'enfant de se tuer, et amortit, au moyen d'un compromis, cette affaire scandaleuse. Le mariage étant parfaitement valide, — et la conduite de la femme, avant la célébration, ne donnant à son mari aucun droit de se débarrasser d'elle par le divorce, — on ne put qu'en appeler à l'avidité même dont elle avait fait preuve. Une assez forte pension lui fut garantie, à condition qu'elle retournerait au pays d'où elle était venue; que jamais elle ne mettrait le pied en Angleterre; et qu'elle cesserait de porter le nom de son mari. A ces stipulations, on en ajouta d'autres encore. Elle les accepta toutes, et l'on prit secrètement des mesures pour la faire surveiller de près dans la retraite où elle allait rentrer. Je ne sais trop quelle vie elle y mena, ni si elle remplit strictement toutes les conditions qui lui étaient imposées; tout ce que je puis vous dire, c'est qu'à ma connaissance, elle n'est jamais venue en Angleterre, qu'elle n'a jamais tourmenté M. Vanstone, et que, jusqu'au jour de sa mort, sa pension lui a été payée en Amérique par l'intermédiaire d'un agent pris sur les lieux. Tout ce qu'elle avait voulu en épousant André, c'était de l'argent; et cet argent lui fut acquis.

« André, sur ces entrefaites, avait quitté le régiment. Pour rien au monde, après ce qui était arrivé, il n'aurait voulu demeurer auprès de ses frères d'armes. Il vendit son brevet et revint en Angleterre. La première nouvelle qu'il apprit en débarquant fut la mort de son père. Il vint me trouver à Londres, dans mon bureau, avant de rentrer chez lui; il y apprit, de ma bouche, comment les dissensions de famille avaient abouti.

« Le testament que M. Vanstone père avait anéanti en ma présence, n'avait pas été — du moins à ma connaissance, — remplacé par un autre. Appelé naturellement après sa mort, je comptais que le partage des biens entre sa veuve et ses enfants se ferait suivant les dispositions générales de la loi, et je fus fort étonné de trouver parmi ses papiers un acte de dernière volonté, parfaitement régulier et daté d'une semaine après celle où le premier testament avait été détruit. Il avait maintenu ses intentions vindicatives à l'encontre de son fils aîné; il s'était adressé à un jurisconsulte étranger pour obtenir de lui les conseils professionnels que, certainement, il avait honte de me demander.

« Je n'ai pas besoin de vous faire connaître en détail les prescriptions de cet acte mortuaire. Elles avaient pour objet de régler le sort de la veuve et des trois enfants qui survivaient. A la veuve était attribuée, sur une portion des biens du testateur, un douaire en viager; le demeurant devait se partager entre André et Selina; — deux tiers au frère, un tiers à la sœur. A la mort de la mère, les capitaux sur lesquels son revenu était assigné devaient faire retour sur la tête d'André et celle de Selina, dans les proportions déjà indiquées, — mais sous déduction de 5,000 livres sterling, qui seraient payées à Michel, comme le seul legs de l'implacable père à son fils aîné.

« Pour tout chiffrer, les biens de M. Vanstone, partagés selon les dispositions du testament, donnaient les résultats suivants : avant la mort de la mère, André recevait 70,000 livres sterling, Selina 35,000, et Michel... rien. Après la mort de la mère, Michel recevait 5,000 livres, à mettre en regard de l'héritage d'André, montant alors à 100,000 livres, et de celui de Selina, porté à 50,000. — Ne vous imaginez pas que j'insiste inutilement sur cette portion de mon récit. Chacune des paroles que je prononce a un rapport direct avec les intérêts encore en suspens des filles de M. Vanstone.

Puisque, des événements passés, nous allons en venir aux cir-constances actuelles, veuillez ne pas oublier cette effroyable inégalité entre l'héritage de Michel et l'héritage d'André. Le mal produit par le testament, lequel fut une œuvre de ven-geance, n'est pas encore à son terme, — du moins j'en ai la crainte.

« La première impulsion d'André quand il reçut les com-munications que j'avais à lui faire, fut digne de sa nature ouverte et généreuse. Il proposa aussitôt de partager avec son frère aîné l'héritage paternel; mais déjà un obstacle sérieux s'y opposait. Une lettre de Michel attendait André dans mes bureaux, et cette lettre l'accusait formellement d'avoir fomenté entre son père et son frère aîné la désunion dont ce dernier portait la peine. Les efforts qu'André avait faits, — sans beaucoup d'adresse, je l'avoue, mais, je le sais, dans les intentions les meilleures et les plus pures, — afin de raccommoder les choses avant son départ, présentés sous le jour le plus faux, servaient à étayer une accusation de trahison et de mensonge, bien faite pour piquer au vif l'homme le moins susceptible. André comprenait, je le com-prenais moi-même, que si ces imputations n'étaient pas reti-rées avant qu'on ne donnât suite au généreux projet conçu par lui à l'égard de son frère, le simple fait de sa réalisation serait comme un aveu que Michel ne l'avait pas calomnié. Il écrivit à son frère dans les termes les plus conciliants. La réponse qu'il reçut fut aussi offensante qu'elle pouvait l'être. Michel avait hérité du caractère paternel, moins les qualités qui en atténuaient les côtés fâcheux. Sa seconde lettre réité-rait les accusations renfermées dans la première. Il y décla-rait qu'il accepterait le partage offert, seulement à titre d'expiation et de restitution. J'écrivis ensuite à la mère pour la solliciter d'employer son influence. Elle-même se croyait lésée de n'avoir que des droits viagers sur la propriété de son mari; aussi se mit-elle résolûment du côté de Michel, censurant avec amertume la proposition d'André, qui vou-lait, disait-elle, « payer le fils aîné pour lui faire rétracter une accusation à laquelle il n'avait pas cessé de croire. »

Après ce dernier échec, il n'y avait plus moyen de s'entendre. Michel se retira sur le continent, et sa mère l'y suivit. Elle vécut assez longtemps, et put assez épargner sur ses revenus, pour qu'à sa mort son fils aîné vît accroître notablement les 5,000 livres qu'il avait déjà reçues. Du reste, sa position pécuniaire s'était déjà fort améliorée par un mariage avantageux ; et, pour le moment, il achève ses jours, soit en France, soit en Suisse, — resté veuf avec un fils unique... Nous reviendrons à lui dans quelques instants... Il me suffira, d'ici là, de vous dire que les deux frères ne se sont jamais rencontrés depuis lors, et que, même par écrit, ils n'ont jamais communiqué l'un avec l'autre. De ce lointain passé au temps actuel, — et à tous égards quelconques, — ils sont restés morts l'un pour l'autre.

« Vous pouvez, maintenant, apprécier la position d'André après qu'il eut quitté son état et fut revenu en Angleterre. Mis en possession d'une grande fortune, il était seul au monde. — A peine arrivé dans la vie, il voyait son avenir brisé à jamais ; sa mère et son frère brouillés avec lui ; sa sœur, mariée depuis peu, avec des intérêts et des espérances dans lesquels il n'avait aucune part. Des hommes doués d'autres facultés mentales auraient pu trouver dans quelque absorption intellectuelle le contre-poids d'une situation pareille. André n'était pas capable d'un tel effort ; tout ce qu'il avait de puissance gisait précisément dans ces dispositions aimantes qu'il avait jusqu'alors si mal employées. Sa place dans le monde était celle du chef de famille, auprès d'un foyer paisible, pourvu d'une femme, d'enfants qui lui font une vie heureuse ; et cette place, il l'avait pour jamais perdue. Regarder en arrière, il ne l'osait ; regarder devant lui, c'était l'impossible. De pur désespoir, il laissa son impétueuse jeunesse l'entraîner au gré de ses caprices, et il se plongea dans les plus infimes dissipations de la vie de Londres.

« La perfidie d'une femme l'avait poussé à sa ruine : l'affection d'une femme devint son salut, et l'arrêta au début de la carrière où il allait se précipiter. Parlons d'elle avec indulgence; — car nous l'avons placée hier à côté de lui, dans la même tombe.

« Vous qui avez connu mistress Vanstone seulement dans ses dernières années, lorsque déjà la maladie, les chagrins, les secrets soucis l'avaient changée, attristée, vous ne pouvez vous faire une exacte idée du charme de sa personne et de son caractère, alors qu'elle était une jeune fille de dix-sept ans. J'étais avec André quand il la rencontra pour la première fois. J'avais essayé de l'enlever, du moins pour une nuit, à d'indignes compagnons, à d'avilissants plaisirs, en l'emmenant avec moi au bal donné par une des grandes compagnies de la Cité. Ce fut là qu'ils se virent : elle produisit sur lui, dès le premier moment, une très-vive impression. Elle m'était, comme à lui, totalement inconnue. Il se fit présenter, selon l'usage, et apprit ainsi qu'elle était la fille d'un certain M. Blake. Le reste, il le sut d'elle-même; ils dansèrent ensemble toute la soirée, perdus dans la foule qui encombrait cette salle de bal.

« Un mauvais sort avait toujours pesé sur elle. Elle était malheureuse dans son intérieur. Ni sa famille, ni ses amis n'occupaient dans le monde une position sortable : c'étaient des gens équivoques, sans ressources connues, à tous égards indignes d'elle. Ce bal était le premier où elle fût venue; — pour la première fois, elle rencontrait un homme qui eût l'éducation, les manières, le langage d'un *gentleman*. Sont-ce là des excuses que je n'aie pas le droit de faire valoir en sa faveur? — Non, à coup sûr, si nous gardons quelque humaine compassion pour les faiblesses humaines!

« Le hasard de cette rencontre nocturne décida de leur avenir. Quand ils se furent retrouvés mainte et mainte fois, quand l'aveu de sa tendresse eut échappé à la jeune fille, André, fort innocemment et à son insu, prit de tous les partis le plus périlleux pour l'un comme pour l'autre. Sa franchise, sa manière d'entendre l'honneur, lui interdisaient de la tromper. Il lui ouvrit son cœur, et lui fit connaître la vérité tout entière. C'était une jeune fille généreuse, au cœur plein d'élan; elle n'avait pas, pour la retenir, de liens

1. 9

domestiques assez forts; elle était passionnément éprise de
lui, — et il avait fait à sa pitié cet appel qui est, — ceci soit
dit à l'éternel honneur des femmes, — le plus irrésistible de
tous ceux qu'on leur puisse adresser. Elle voyait (et à cet
égard voyait juste) qu'elle seule pouvait se placer entre lui
et l'abîme. De la décision qu'elle allait prendre dépendait la
dernière chance qu'il eût encore. Elle se décida; — il fut
sauvé.

« Ne vous méprenez point à mes paroles : ne m'accusez
pas de traiter légèrement la grave question sociale que mon
récit m'a contraint d'aborder. Je ne veux défendre la mémoire de cette femme par aucun paradoxe; je veux tout simplement dire ce qui est. Or, il est vrai qu'elle arrachait ce
jeune homme à des excès insensés, à la mort précoce par où
il devait finir. Il est vrai qu'elle lui donna ce bonheur domestique, présent encore à vos souvenirs attendris et qu'il se
rappelait avec tant de reconnaissance que, le lendemain
mê   du jour où il se vit libre, il la prit pour femme. La
c.e morale peut ici revendiquer ses droits, et condamner
cette chute si précoce. Mais, véritablement, ou j'ai bien mal
lu les saintes Écritures, ou je ne me trompe pas en affirmant
que la pitié chrétienne peut adoucir la sentence portée
contre cette femme; — que la charité chrétienne peut réha-
biliter sa mémoire, en invoquant sa tendresse et sa fidélité,
les souffrances et l'abnégation qui ont été le lot de toute
sa vie.

« Peu de mots encore vont nous amener à une période
plus récente et à des événements auxquels vous avez assisté.

« Je n'ai pas besoin de vous rappeler que la position où
M. Vanstone se trouvait maintenant placé ne pouvait, à la
longue, avoir qu'un seul résultat : — la découverte inévitable
de la vérité. On essaya bien de cacher à la famille de miss
Blake le malheur sans espoir qui pesait sur sa vie; mais,
comme cela devait être, ces tentatives avortèrent devant les
recherches sans fin ni trêve auxquelles se livrèrent le père et
les amis de la jeune fille. Je ne sais ce qui fût arrivé si toute
cette parenté eût été classée parmi ce que nous appelons

« les honnêtes gens. » Comme allaient les choses, il y avait matière à une sorte de compromis. L'unique membre de la famille qui survive encore maintenant, est un drôle qui s'intitule le capitaine Wragge. Lorsque je vous aurai dit que, jusqu'à la fin, il sut extorquer de mistress Vanstone le prix du silence qu'il gardait, et lorsque j'ajouterai que sa conduite fut à peu près celle de tous les autres parents, aussi longtemps qu'ils vécurent, vous comprendrez à quelle espèce d'individus j'eus affaire dans l'intérêt de mon client, et par quels moyens fut apaisée l'indignation dont ils se targuaient.

« M. Vanstone et miss Blake, qui avaient d'abord passé d'Angleterre en Irlande, demeurèrent ensuite, pendant quelques années, dans ce dernier pays. Si jeune qu'elle fût, celle-ci envisageait sans fléchir et sa position nouvelle et les nécessités qui en dérivaient. Une fois résolue à sacrifier sa vie à l'homme qu'elle aimait, une fois sa conscience calmée par cette idée que le mariage d'André n'était qu'un simulacre légal, et qu'elle seule demeurait sa « vraie femme aux regards de Dieu, » elle s'appliqua, dès le principe, à vivre avec lui, aux regards du monde, de manière à ne jamais laisser soupçonner qu'elle ne fût point son épouse légitime. Peu de femmes, en vérité, qui ne puissent arrêter de fermes résolutions, suivre un plan avec patience et agir avec promptitude, quand y sont intéressés les plus chers intérêts de leur existence. Mistress Vanstone, — qui maintenant (ne l'oubliez pas!) a droit à ce nom, — mistress Vanstone était douée au delà de la mesure moyenne, en fait de ténacité féminine et de tact féminin : aussi, dès ces premiers temps, sut-elle prendre toutes les précautions auxquelles son mari n'aurait pas songé à recourir, et que d'ailleurs son imagination peu fertile n'aurait pas aisément inventées; — ces précautions furent pour beaucoup dans le secret si fidèlement conservé par la suite.

« Grâce à elles, ils revinrent en Angleterre sans inspirer même l'ombre d'un soupçon. Ils s'établirent tout d'abord dans le comté de Devon, simplement parce qu'ils se trou-

valent là suffisamment éloignés de ces districts du Nord où
avaient été connues la famille et les relations de M. Vanstone.
Des parents qui lui restaient, il n'avait à redouter aucune
investigation. Il était complétement brouillé avec sa mère et
son frère aîné. Le mari de sa sœur (c'était un ecclésiastique)
avait interdit à celle-ci toutes communications avec André,
dès l'époque où il avait commencé à mener la déplorable
existence dont je vous parlais, après son retour du Canada ;
— Il n'avait pas d'autres parents. Quand ils quittèrent le
Devonshire, lui et miss Blake, ce fut pour venir s'établir
dans ce château. Ils ne semblèrent pas vouloir éviter les
regards : ils ne les attiraient pas davantage, trouvant le
bonheur en eux-mêmes, dans leurs enfants, dans le calme
de la vie rurale, n'inspirant aucun soupçon au petit nombre
de voisins qui formaient le cercle restreint de leurs relations,
et qui, tous, les prenaient pour ce qu'ils paraissaient être.
— Bref, pour eux comme pour beaucoup d'autres, la vérité
devait rester sous le boisseau jusqu'à ce qu'un accident la
fit éclore au jour.

 « Si, dans l'étroite intimité où ils vous ont admise, il
peut vous sembler étrange que jamais ils ne se soient trahis,
veuillez peser toutes les circonstances, et vous comprendrez
cette anomalie apparente. Rappelez-vous qu'à tous égards,
pendant les quinze ans qui précédèrent votre entrée au château, ils avaient vécu comme mari et femme (sans la cérémonie religieuse qui jamais n'avait eu lieu), et songez, en
même temps, qu'aucun incident ne vint troubler le bonheur
actuel de M. Vanstone, lui rappeler le passé, le mettre en
garde contre l'avenir, jusqu'à ce que lui parvînt la nouvelle
de la mort de sa femme, dans cette lettre d'Amérique que
vous lui vîtes remettre.

 « A dater de cette journée, — où un passé qu'*il* abhor-
rait fut violemment rappelé à ses souvenirs, où *elle* put
compter sur un avenir qu'elle n'avait jamais osé rêver, —
vous verrez bientôt, si vous ne l'avez déjà vu, qu'à mainte et
mainte reprise, ils se trahirent tous deux. Vous verrez que
vous et les enfants auriez pu facilement découvrir la vérité,

sans cette confiance innocente qui vous préservait de tous soupçons.

« Vous connaissez maintenant aussi bien que moi ce passé si triste. J'ai eu de pénibles paroles à prononcer. — Dieu m'est témoin que je les ai dites avec une vraie sympathie pour les vivants, avec de sincères égards pour la mémoire des morts. »

M. Pendril s'arrêta, détourna un peu son visage, et appuya sa tête dans sa main avec les allures calmes et peu démonstratives qui lui étaient naturelles. Jusque-là, miss Garth n'avait interrompu son récit que par quelques mots çà et là jetés, ou par quelques gestes qui témoignaient de son attention. Elle ne faisait aucun effort pour comprimer ses larmes; aussi tombaient-elles, rapides et silencieuses, sur ses joues flétries, quand elle leva les yeux pour lui parler :

« Je vous ai mal jugé, monsieur, dans le secret de mes pensées, dit-elle avec une noble simplicité. Je sais maintenant qui vous êtes. Laissez-moi prendre votre main dans la mienne. » Ces mots et le geste qui les accompagna touchèrent profondément l'avocat. Il prit sa main sans rien dire. Elle fut la première à parler, la première à donner l'exemple de l'empire sur soi-même. Entre autres nobles instincts des femmes, remarquons que rien ne les incite puissammen à lutter contre leur propre douleur comme l'aspect d'une tristesse virile.

Elle sécha paisiblement ses larmes, et rapprochant son fauteuil de celui de l'avocat, elle reprit la parole avec plus de sang-froid :

« Ce qui s'est passé dans cette maison m'a singulièrement ébranlée, monsieur Pendril, lui dit-elle; sans cela, j'aurais mieux supporté que je ne l'ai fait le triste fardeau de vos révélations. Me permettrez-vous une question, une seule ?... Mon cœur saigne pour les enfants de mon affection, — mes filles plus que jamais, à présent. N'est-il pour elles aucun espoir d'avenir? N'ont-elles d'autre perspective que celle d'une misère complète? »

Avant de répondre à cette question, l'avocat sembla hésiter.

« Désormais du moins, dit-il, leur sort dépend de la
justice et de la pitié d'un homme qui leur est étranger.

— Et cela, de par le malheur de leur naissance?

— Non, mais de par les malheurs qui ont suivi le mariage
de leurs parents. »

En lui adressant cette surprenante réponse, M. Pendril
se leva, ramassa le testament, et le replaça sur la table :

« Je n'ai qu'une manière nette de vous expliquer la vérité,
reprit-il. Le mariage a détruit ce testament, et il a laissé
les filles de M. Vanstone à la merci de leur oncle. »

Comme il parlait, la brise vint de nouveau frémir autour
des arbustes qui garnissaient le dessous de la fenêtre.

« A la merci de leur oncle? » répéta miss Garth.

Elle réfléchit ensuite un moment, et posant tout à coup
sa main sur le bras de M. Pendril :

« Pas à la merci de Michel Vanstone?...

— Si fait !... De Michel Vanstone. »

La main de miss Garth resta machinalement crispée sur
le bras de l'avocat. Son âme tout entière s'absorbait dans
l'idée qui venait si soudainement de se révéler à elle.

« A la merci de Michel Vanstone, se disait-elle... A la
merci de l'homme le plus hostile à leur père?... Comment
cela peut-il être?

— Veuillez m'accorder encore quelques minutes d'attention, dit M. Pendril, et vous le saurez... Plus tôt j'en aurai
fini avec ce pénible entretien, plus tôt il me sera loisible
d'entrer en communication avec M. Michel Vanstone, et plus
tôt nous apprendrons ce qu'il décide relativement aux deux
orphelines, filles de son frère... Je vous répète qu'elles sont
absolument à sa merci. Vous comprendrez facilement comment et pourquoi, si nous reprenons la série des événements
au point même où nous l'avons laissée ; — à l'époque du
mariage de M. et mistress Vanstone...

— Un instant, monsieur! dit miss Garth. Étiez-vous dans
le secret de ce mariage lorsqu'il eut lieu?

— Malheureusement, non. J'étais alors absent de Londres,
et hors d'Angleterre. Si M. Vanstone avait pu se mettre en

rapport avec moi quand la dépêche américaine vint lui annoncer la mort de sa femme, le sort de ses filles ne serait pas maintenant compromis comme il l'est. »

Il se tut, et, avant de passer à d'autres explications, parcourut encore les lettres qu'il avait consultées au début de l'entretien. Parmi elles, il en choisit une qu'il plaça sur la table auprès de lui.

« Au commencement de la présente année, reprit-il, une affaire très-grave concernant un domaine possédé dans les Indes Occidentales par un de mes vieux amis et clients, exigeait, à la Jamaïque, ou ma présence ou bien celle d'un de mes deux associés. L'un d'eux était indispensable à nos affaires anglaises; l'autre n'était pas d'une santé à supporter le voyage. Je n'avais pas le choix, il fallut partir.

« J'écrivis à M. Vanstone pour lui dire que je quitterais l'Angleterre à la fin de février, et que la nature de l'affaire qui m'appelait me laissait peu d'espoir de revenir des Indes avant le mois de juin. Ma lettre fut écrite sans aucun motif spécial. Je trouvais seulement convenable, — mes associés n'étant pas comme moi au courant des affaires particulières de M. Vanstone, — qu'il fût averti de mon absence, par manière de forme, et aussi par précaution.

« A la fin de février, je quittai l'Angleterre sans avoir entendu parler de lui. J'étais en mer, le 4 mars, quand lui arriva la nouvelle que sa femme était morte, et je ne revins que vers le milieu de juin dernier.

— Vous l'aviez averti de votre départ, interrompit miss Garth; ne l'auriez-vous pas prévenu de votre retour?

— Pas directement. Mon premier clerc lui fit passer une des circulaires expédiées de divers côtés pour annoncer que j'étais revenu. Ce fut ainsi que je crus pouvoir remplacer la lettre personnelle que d'innombrables occupations, accumulées devant moi pendant mon absence, ne me laissaient pas le loisir d'écrire. Il s'était même écoulé tout un mois quand je reçus la première nouvelle de son mariage par une lettre qu'il m'écrivit le jour même du fatal accident. Ce qui avait motivé cette lettre fut un incident auquel vous avez dû prendre quelque intérêt, — à savoir l'attachement qui s'était formé entre le fils de M. Clare et la fille cadette de M. Vanstone.

— Je ne puis dire que cet attachement m'ait trouvée alors très-favorablement disposée, répondit miss Garth. J'ignorais les secrets de la famille; maintenant j'y vois plus clair.

— Précisément. Le motif que vous pouvez maintenant apprécier est justement celui qui explique tout. La jeune personne elle-même (je le tiens de M. Clare, le père, à qui je dois de savoir en détail ce qui s'est passé) la jeune personne fit à son père l'aveu de l'amour qu'elle éprouvait, et, sans le savoir, par une allusion fortuite au passé paternel, raviva la plaie encore saignante. André eut une longue conversation avec mistress Vanstone, et ils tombèrent d'accord que M. Clare devait être secrètement informé de la vérité, avant qu'on donnât plus ample carrière à l'affection des deux jeunes gens. Pour le mari comme pour la femme, il était excessivement dur d'en être réduit à cette alternative. Mais ils étaient décidés, honorablement décidés, à faire le sacrifice de leurs répugnances, et M. Vanstone se rendit immédiatement chez M. Clare. — Vous dûtes remarquer un changement notable, ce jour-là, dans l'attitude de M. Vanstone, et vous pouvez maintenant vous en rendre compte... »

Miss Garth inclina la tête, et M. Pendril continua :

« Vous connaissez assez le mépris que professe M. Clare à l'endroit de tous les préjugés sociaux, pour deviner comment il reçut la confession que son voisin lui apportait ainsi. Cinq minutes après le commencement de leur conférence, les deux vieux amis étaient tout aussi à leur aise que jamais. Dans le cours de la conversation, M. Vanstone parla des arrangements pécuniaires qu'il avait pris au profit de sa fille et du mari qu'elle épousait; — naturellement, il en vint à mentionner ce testament que vous voyez là, sur cette table. M. Clare, se rappelant que son ami ne s'était marié qu'au mois de mars dernier, lui demanda tout aussitôt à quelle époque ce testament avait été dressé. Il lui fut répondu que l'acte avait cinq années de date, et, là-dessus, il étonna fort

M. Vanstone en lui disant, sans le moindre détour, qu'aux yeux de la loi, ce document n'était qu'un chiffon de papier dépourvu de toute valeur. Comme tant d'autres personnes, notre ami, jusqu'à ce moment, avait complétement ignoré que le mariage d'un homme, considéré par la Loi aussi bien que par la Société comme le plus important événement de sa vie, annihile tous les testaments qu'il a pu faire au temps de son célibat; et que cet acte essentiel lui impose la nécessité absolue de renouveler l'expression de ses dernières volontés, — comme époux, cette fois, et se sachant promis à une paternité future... M. Vanstone parut accablé par le simple énoncé de cette règle élémentaire. Déclarant à son ami qu'il lui avait une obligation dont il se souviendrait jusqu'au jour de sa mort, il quitta aussitôt le *cottage,* revint immédiatement chez lui, et m'écrivit cette lettre. »

Il tendait la lettre ouverte à miss Garth. A bout de larmes, muette de douleur, elle lut ces mots :

« Mon cher Pendril,

« Depuis notre dernier échange de lettres, un change-
« ment extraordinaire est survenu dans mon existence. Une
« semaine environ après que vous fûtes parti, je reçus
« d'Amérique la nouvelle que j'étais libre. Est-il besoin que
« je vous dise l'usage que j'ai fait de ma liberté? Ne devinez-
« vous pas que la mère de mes enfants est désormais ma
« femme?...
« Si vous êtes surpris de n'avoir reçu de moi aucun signe
« de vie depuis votre retour, attribuez mon silence, en grande
« partie, et peut-être tout à fait, — à ce que j'ignorais abso-
« lument la nécessité légale où je me trouve de renouveler
« mon testament. Il n'y a pas une demi-heure que, pour la
« première fois (dans des circonstances dont je vous ferai
« part), j'ai eu là-dessus le bonheur d'être averti par M. Clare.
« Au surplus, mon silence s'expliquerait aussi par des anxiétés
« de famille.
« Ma femme approche du moment de ses couches; outre
« ce grave sujet d'inquiétude, ma seconde fille vient de con-

9.

« tracter un engagement nuptial. Tout ceci a tellement pré-
« occupé ma pensée dans les quelques semaines écoulées
« depuis votre retour, que jusqu'à mon entretien d'aujour-
« d'hui avec M. Clare, je n'ai pas même songé à vous écrire.
« Maintenant que j'ai mon testament à refaire, je prends la
« plume sans le moindre retard. Pour l'amour de Dieu, venez
« me trouver dès que vous aurez reçu ce mot ! — Venez
« m'ôter cette terrible pensée, qu'à ce moment même l'avenir
« de mes deux filles bien-aimées se trouve sans garanties.
« S'il m'arrivait malheur, et si mon désir d'être juste envers
« leur mère aboutissait (par suite de ma misérable ignorance
« en matière de droit) à déshériter Norah et Madeleine, je
« doute que je pusse reposer tranquille au fond de mon
« cercueil !... Venez, toute affaire cessante, venez trouver
« votre affectionné,

           « A. V. »

« Ces lignes me parvinrent le samedi matin, reprit M. Pendril. Laissant de côté toute autre affaire, je montai en voiture pour me rendre au chemin de fer. A la gare de Londres, j'appris les premières nouvelles de l'accident qui
avait eu lieu la veille. Elles ne s'accordaient, ni sur le nombre,
ni sur les noms des passagers tués. A Bristol, les informations
étaient plus certaines, et la terrible vérité qui concernait
M. Vanstone me fut confirmée ; j'eus le temps de me remettre
avant d'arriver à votre station, où je trouvai le fils de
M. Clare, attendant mon arrivée. Il me conduisit chez son
père, et là, sans perdre un moment, je dressai pour mistress
Vanstone une formule de testament que sa simple signature
aurait validé. Mon but était d'assurer à ses filles tout ce qu'on
pouvait sauver encore du naufrage. M. Vanstone étant mort *ab
intestat*, un tiers de sa fortune devait aller à sa veuve et le reste
être partagé entre ses plus proches parents. C'est une particularité cruelle de la loi britannique de ne point permettre
que l'union ultérieure des parents légitime les enfants nés
en dehors du mariage. Les filles de M. Vanstone, dans les
circonstances où leur père était mort, n'avaient pas plus de

droit à une part de sa fortune que si elles eussent été les filles d'un des laboureurs à son service. Leur unique chance était que leur mère pût recouvrer assez sa connaissance pour leur laisser, en cas de mort, le tiers qui lui incombait. Vous savez maintenant pourquoi je sollicitais de vous cette entrevue, pourquoi j'attendais jour et nuit le signal qui m'appellerait au château. Ce fut à regret, je vous assure, que je répondis à votre billet et aux questions qu'il renfermait, dans les termes que je me vis forcé d'employer. Mais tant qu'il y avait chance de sauver la vie de mistress Vanstone, le secret de son mariage était à elle et non pas à moi : je ne pouvais le révéler sans manquer à toutes les lois de la délicatesse.

— Vous eûtes raison, monsieur, dit miss Garth ; je comprends vos motifs, et je les respecte.

— Cette dernière tentative pour assurer l'avenir des enfants, continua M. Pendril, devait échouer, comme vous le savez, devant le dangereux caractère du mal qui emportait mistress Vanstone. Sa mort laissait l'enfant qui lui survécut à peine quelques heures, (il était né, ne l'oubliez pas, en légitime mariage!) elle le laissait, dis-je, possesseur légal de toute la fortune de M. Vanstone. A la mort de l'enfant, — eût-il survécu à sa mère de quelques secondes au lieu de quelques heures, le résultat aurait été le même, — le plus proche de la parenté légitime était saisi de l'héritage ; et ce plus proche parent se trouvait être l'oncle de l'enfant dans la ligne paternelle, c'est-à-dire Michel Vanstone. Toute cette fortune de quatre-vingt mille livres sterling est déjà virtuellement sa propriété.

— N'y a-t-il donc point d'autres parents? demanda miss Garth... N'y a-t-il rien à espérer de personne autre?

— Aucun parent dont les droits aillent de pair avec ceux de Michel Vanstone. Il n'y a maintenant, dans les deux lignes paternelle et maternelle, ni grands-pères, ni grand'mères de l'enfant défunt. — Ceci était, d'ailleurs, peu probable, vu l'âge auquel sont morts M. et mistress Vanstone; mais ce qu'on peut véritablement regretter, c'est qu'il ne survive ni oncles ni tantes quelconques de l'enfant défunt. Il existe des cousin encore vivants ; un fils et deux filles de cette sœur aînée de M. Vanstone, qui avait épousé l'archidiacre Bartram, et qui est morte, comme je vous l'ai dit, il y a quelques années. Mais leurs droits sont annulés par ceux d'une parenté plus proche... Non, miss Garth ; il faut envisager courageusement les choses comme elles sont. Les filles de M. Vanstone *ne sont les enfants de personne*, et la loi les abandonne, sans protection, à la merci de leur oncle.

— Loi cruelle, monsieur Pendril, bien cruelle pour un pays chrétien !

— Si cruelle qu'elle soit, miss Garth, elle trouve son excuse, pour le cas qui nous occupe, dans une particularité frappante. Je suis loin de me porter le champion de la loi anglaise, en tant qu'elle règle le sort de la postérité illégitime. Au contraire, je la regarde comme un déshonneur national. Elle punit les enfants de la faute commise par ceux qui leur donnèrent le jour ; elle encourage le vice, en privant les parents du plus puissant mobile qui pût les pousser à un mariage expiatoire ; et c'est au nom de la morale, au nom de la religion, qu'elle affirme la légitimité de ces deux résultats abominables. Mais, en ce qui concerne ces malheureuses jeunes filles, elles ne se trouvent victimes d'aucune oppression extraordinaire. La législation d'autres pays, plus clémente et plus chrétienne, qui permet aux père et mère de légitimer leurs enfants par un mariage contracté après leur naissance, n'a point de pitié pour *ceux-ci*. Par cela seul que leur père était marié quand il a, pour la première fois, établi des rapports avec leur mère, elles se trouvent au ban de la Société tout entière, au ban de la législation civile dans toute l'Europe... Je vous dis là des vérités bien dures ; à quoi bon vous les cacher ?... Si nous n'envisageons que le passé, nulle espérance à concevoir : si nous jetons les yeux vers l'avenir, peut-être y a-t-il encore quelque motif d'espérer. Le plus grand service que je puisse maintenant vous rendre est d'abréger le délai pendant lequel toutes choses resteront en suspens. Dans moins d'une heure, je serai en route pour rentrer à Londres. Immédiatement après mon arrivée, je chercherai, je trouverai les plus prompts moyens de m'aboucher avec M. Michel Vanstone; et je vous ferai connaître les résultats de cette démarche. Si triste que soit maintenant la position des deux sœurs, il faut la voir sous ses meilleurs aspects; il faut tâcher de ne pas perdre toute espérance.

— Quelle espérance? répéta miss Garth. Qu'espérer de M. Michel Vanstone?

— Espérons pourtant : si ce n'est la pitié, le temps peut-être aura quelque influence sur lui. Comme je vous l'ai déjà dit, c'est maintenant un vieillard; il ne peut, selon le cours naturel des choses, espérer vivre longtemps. S'il se reporte à l'époque où la discorde s'est mise entre lui et son frère, il verra que trente années l'en séparent. Certes, il y a là de quoi calmer, adoucir la rancune la plus acharnée; et d'ailleurs, si rien autre ne devait l'émouvoir, sera-t-il insensible, quand il les connaîtra, aux douloureuses circonstances par suite desquelles cette fortune imprévue lui échoit tout à coup?

— Je tâcherai, monsieur Pendril, de conformer mes pensées aux vôtres;... je tâcherai de garder quelque espérance... Attendrons-nous longtemps avant de connaître la décision qui nous menace?

— Je ne crois pas. De mon côté, nul autre délai que le temps nécessaire pour découvrir la résidence de Michel Vanstone sur le continent. Je crois avoir les moyens de résoudre promptement cette difficulté; je les emploierai dès mon arrivée à Londres. »

Il prit son chapeau et revint ensuite vers la table, sur laquelle se trouvaient, l'un près de l'autre, la dernière lettre du malheureux père et son testament désormais inutile. Après un moment de réflexion, il plaça ces deux documents entre les mains de miss Garth.

« Ceci pourra servir aux tristes révélations que vous allez avoir à faire, dit-il avec son calme quelque peu contraint... La vérité sera moins dure à ces pauvres orphelines, quand elles verront dans quels termes leur père parlait d'elles dans son testament, — quand elles liront cette lettre qu'il m'adressait, la dernière qu'il ait écrite... Laissons ces papiers leur apprendre que leur père n'eut jamais qu'une idée, celle d'expier le tort dont ses enfants pouvaient être victimes : — « Peut-être songeront-elles avec amertume à leur naissance, me disait-il quand nous rédigeâmes ensemble cet acte impuissant de ses volontés dernières... Mais mon souvenir, du moins, ne leur sera pas amer... Jamais je ne les chagrinerai en rien : elles n'éprouveront aucune tristesse que je leur puisse épargner, aucun besoin que je puisse satisfaire. » — Il me fit insérer ces mots dans son testament comme une espèce d'apologie destinée à le justifier lorsque la vérité, cachée à ses enfants pendant qu'il vivait, leur serait révélée après sa mort. Il n'est heureusement pas de loi qui ôte à ses filles ce legs de repentir et d'amour. Je vous laisse donc le testament et la lettre, qui peuvent vous être d'un grand secours : je confie à vos soins ces deux précieux documents. »

Il vit combien ces affectueuses paroles allaient au cœur de l'institutrice, et, par égard, précipita ses adieux. Il prit la main de miss Garth dans les siennes et murmura, sans trop de suite, quelques paroles reconnaissantes : « Comptez que je ferai de mon mieux, dit-il, et, se détournant avec une soudaineté compatissante, il la quitta... — En plein et joyeux soleil, il était venu révéler toutes ces vérités fatales; en plein et joyeux soleil, il se retirait.

XIV.

Il était près d'une heure après midi, lorsque M. Pendril quitta le château; miss Garth, restée seule, s'assit devant la table, et tâcha de regarder en face les terribles nécessités auxquelles la condamnaient ces révélations.

A cet effort, sa fermeté d'âme ne pouvait suffire. Aussi voulut-elle s'y soustraire un instant, — perdre le sentiment de sa position, échapper à sa pensée, ne fût-ce que quelques minutes. Peu après, elle ouvrit la lettre de M. Vanstone et se contraignit à la relire d'un bout à l'autre.

Une à une, les dernières paroles du mort s'imposaient de plus en plus à son attention. La solitude où on la laissait, le silence que rien ne venait interrompre, aidaient à l'influence de ces mots sur sa pensée, et ouvraient précisément celle-ci aux impressions passées et présentes qu'elle désirait le plus écarter. Arrivée aux tristes lignes qui terminaient la lettre, elle se trouva, par une pente insensible, — et d'abord sans en avoir conscience, — reprendre anneau par anneau la chaîne fatale des événements, et remonter ainsi jusqu'à leur origine, — le mariage projeté entre Madeleine et Francis Clare.

C'était en vue de ce mariage que M. Vanstone était allé trouver son vieil ami, lui apporter un aveu auquel, sans cela, il n'aurait jamais pu se résoudre. De là cette découverte qui l'avait fait rentrer chez lui pour y mander l'avocat. Cet appel à bref délai avait ensuite déterminé ce départ du vendredi, qui devait avoir lieu le samedi; et c'était le vendredi qu'avait eu lieu le fatal accident, c'était le vendredi qu'il était allé au-devant de la mort. De sa mort était résultée cette seconde perte qui avait porté la désolation dans le château; de la mort de mistress Vanstone, la déplorable situation des deux jeunes filles dont l'heureux avenir était son plus cher souci; la révélation du secret qui, ce matin même, l'avait écrasée; la révélation plus terrible encore que, maintenant, elle avait à faire aux deux sœurs orphelines. Pour la première fois, elle embrassait du même coup d'œil la série entière des événements; elle la voyait aussi nettement que l'azur du ciel sans nuages, et le vert splendide des arbres qu'il éclairait devant elle.

Comment, à quel moment leur parlerait-elle? Qui oserait, une semaine après la mort de leur père et de leur mère, venir leur révéler la flétrissure de leur naissance? Qui oserait prononcer ces effrayantes paroles, tandis que les premières larmes n'étaient pas encore séchées sur leurs joues, tandis que la première angoisse de la séparation avait encore sur leurs âmes sa prise la plus forte, tandis que le souvenir des funérailles ne datait pas encore de vingt-quatre heures? A coup sûr, ce ne serait pas la dernière amie qui leur restât; ce ne serait pas cette femme fidèle dont le cœur saignait à la pensée de leurs malheurs... Non! coûte que coûte, il fallait se taire pour le moment, — se taire encore, par pitié, pendant bien des jours!...

Elle quitta le cabinet, emportant le testament et la lettre, — et dominée par ce sentiment de compassion qui, scellant ses lèvres, la faisait, de propos délibéré, s'aveugler sur l'avenir. Dans le vestibule, elle s'arrêta, elle écouta. Pas un bruit ne vint à son oreille. Elle monta doucement l'escalier, et, regagnant sa chambre, passa devant la porte de Norah. Derrière cette porte, elle entendit des voix, les voix des deux sœurs. Après un moment de réflexion, elle s'arrêta, et, revenant sur ses pas, redescendit vivement l'escalier.

Norah et Madeleine savaient toutes deux qu'elle devait conférer avec M. Pendril : elle avait cru indispensable de leur montrer la lettre par laquelle l'avocat fixait l'heure du rendez-vous. Devait-elle éveiller leurs soupçons en allant s'enfermer dans sa chambre aussitôt après le départ de M. Pendril?... Sa main tremblait sur la rampe; elle sentait que sa physionomie pourrait la trahir. L'abnégation courageuse qui, jusqu'à ce jour, ne lui avait jamais manqué, avait fini par trouver une tâche au-dessus de ses forces.

A la porte du vestibule, elle réfléchit encore un moment, descendit dans le jardin, et se dirigea vers un banc et une table rustiques dressés parmi les arbres, et qu'on ne voyait pas du château. Jadis, elle s'était assise là, entre mistress Vanstone et Norah, tandis que Madeleine et les chiens couraient et jouaient sur le gazon. Maintenant, elle s'y retrouvait seule; — ayant sur la table, à côté d'elle, ce testament et cette lettre dont elle n'osait plus se séparer; — sa tête s'inclinait sur ces papiers, et, cachant son visage dans ses mains, elle était là, seule, assise, cherchant à retrouver le courage qui lui manquait.

Des profondeurs obscures de l'avenir les doutes inquiets

lui venaient en foule; elle se sentait envahie par la crainte
des dangers cachés que pouvait amener prochainement son
silence à l'égard de Norah et de Madeleine. Le moindre incident passager pouvait, tout à coup, révéler la vérité. M. Pendril pouvait écrire et s'adresser directement aux deux sœurs,
supposant, à bon droit, qu'elle leur avait ouvert les yeux.
Des complications nouvelles pouvaient surgir à chaque
minute; des nécessités imprévues pouvaient la contraindre
à quitter le château. Elle voyait tous ces périls; pourtant le
courage cruel de tout affronter et de parler était aussi loin
d'elle que jamais. Peu à peu, la lutte intérieure devint trop
forte pour ne pas se manifester par quelques paroles et quelques gestes. Elle releva la tête, et, frappant la table par un
mouvement de désespoir :

« Dieu me vienne en aide!... Que faut-il faire? s'écria-
t-elle... Comment leur dirai-je tout ceci?...

— Nul besoin de leur rien dire... Elles savent tout, »
reprit une voix derrière elle.

Miss Garth, en un instant, fut debout. C'était Madeleine
qui avait prononcé ces paroles, et qui se trouvait maintenant
devant elle.

Oui, c'était là cette gracieuse taille, en vêtements de
deuil, se détachant immobile et noire sur un fond de feuil-
lages; c'était Madeleine elle-même, mais avec un immuable
repos sur son pâle visage, une résignation glaciale dans le
regard fixe de ses yeux gris.

« Nous le savons déjà, répéta-t-elle d'une voix claire et
posée : — les filles de M. Vanstone *ne sont les enfants de
personne*, et la loi les livre, sans protection, à la merci de
leur oncle... »

Ce fut ainsi, sans une larme sur les joues, sans un tremblement dans la voix, qu'elle répéta les propres paroles de
l'avocat, exactement comme lui-même les avait prononcées.
Miss Garth, comme ébranlée, recula d'un pas, et se prit au
banc pour se soutenir. Elle se sentait étourdie et ferma les
yeux, sur le point de s'évanouir. Quand elle les rouvrit, le
bras de Madeleine la soutenait, le souffle de Madeleine ca-

ressait ses joues, les froides lèvres de Madeleine la couvraient de baisers. Ces baisers, elle voulut s'y soustraire; — le contact des lèvres de la jeune fille la pénétrait de terreur.

Aussitôt qu'elle fut en état de parler, vint l'inévitable question : « Vous nous avez écoutés?... dit-elle. Où étiez-vous?

— Sous la fenêtre ouverte.

— Et tout le temps?

— Du premier mot au dernier... »

Ainsi, cette jeune fille de dix-huit ans, orpheline depuis huit jours, avait surpris toutes ces terribles révélations, mot par mot, à mesure qu'elles tombaient des lèvres de l'avocat, — et cela sans se trahir un instant... Dans tout le cours de cette conférence, les seuls mouvements qui lui eussent échappé avaient été assez légers, assez mesurés pour n'éveiller d'autre idée que celle de la brise d'été agitant le feuillage.

« Ne vous forcez pas encore à parler !... dit-elle avec un accent plus doux et plus ému... Ne me jetez pas ces regards soupçonneux !... Quel mal ai-je fait?... Quand M. Pendril demandait à vous parler de Norah et de moi, sa lettre nous donnait le choix d'assister ou non à votre entretien. Ma sœur aînée refusant d'y être présente, comment aurais-je pu m'y rendre seule? Et par quel autre moyen pouvais-je espérer de savoir ce que je sais?... De cette surprise aucun mal n'est résulté... Au contraire, puisqu'elle vous épargne la cruelle nécessité de nous tout révéler... Vous avez déjà bien assez souffert pour nous... Il est temps que nous apprenions à souffrir nous-mêmes... J'ai appris, quant à moi... Norah s'efforce d'apprendre.

— Norah?

— Oui; j'ai fait ce que je pouvais pour alléger votre tâche. J'ai déjà tout dit à Norah... »

Étrange aveu! cette jeune fille dont le courage n'avait pas fléchi devant une nécessité que n'osait aborder une femme assez âgée pour être sa mère, était bien celle que miss Garth avait élevée. Cette jeune fille, dont elle croyait connaître le caractère aussi bien qu'elle se connaissait elle-même.

« Madeleine! s'écria-t-elle avec un élan passionné, — Madeleine, vous me faites peur!... »

Madeleine ne répondit que par un soupir, et se détourna tristement.

« Ne me jugez pas avec trop de sévérité, dit-elle... Je ne saurais pleurer... Mon cœur est comme engourdi... »

Et, s'éloignant lentement, elle traversa la pelouse. Miss Garth suivait de l'œil cette grande taille mince et noire qui semblait glisser sur l'herbe, et se perdit bientôt parmi les arbres. Tant qu'elle l'eut devant les yeux, elle ne pouvait penser à rien autre. Mais dès que Madeleine eut disparu, l'image de Norah lui revint. Pour la première fois depuis qu'elle vivait dans l'intimité des deux sœurs, l'instinct de son cœur la poussa vers l'aînée.

Norah n'était point sortie de sa chambre. Assise sur une causeuse près de la fenêtre, elle tenait ouvert sur ses genoux le vieux cahier de musique qui avait appartenu à sa mère, ce souvenir que mistress Vanstone avait trouvé dans le cabinet de son mari, le jour même où son mari allait lui être enlevé. Norah le quitta des yeux avec une douleur si calme, il y eut tant de douce bienveillance dans le geste par lequel elle indiqua la place vide à côté d'elle, que miss Garth se demanda un moment si Madeleine avait dit vrai. « Voyez!... dit simplement Norah, retournant la première feuille du cahier : — le nom de ma mère y est écrit, et, sur la page suivante, quelques vers adressés à mon père... Ceci, du moins, à défaut du reste, nous pourrons bien le garder? » Elle entoura de son bras le cou de miss Garth, et une faible coloration vint animer ses joues. « Je lis d'inquiètes pensées sur votre physionomie, murmura-t-elle. Est-ce moi qui en suis le sujet?... Vous vous demandez, peut-être, si je sais tout?... Eh bien, oui! toute la vérité m'est connue... Peut-être, plus tard, m'eût-elle été amère. Il est trop tôt, maintenant, pour que j'en ressente l'atteinte... Vous avez vu Madeleine, n'est-il pas vrai?... Elle est sortie pour aller vous retrouver... Où l'avez-vous laissée?... »

— Dans le jardin. Je ne me sentais en état ni de lui parler, ni de la regarder en face... Madeleine m'a fait peur... »

Norah se leva précipitamment ; elle se leva comme affligée et troublée par la réponse de miss Garth.

« Ne jugez point mal Madeleine, dit-elle. Madeleine, en secret, souffre plus que moi. Ne vous attristez pas outre mesure de ce que vous avez appris ce matin à notre sujet. Qu'importe ce que nous sommes, ce que nous perdons, ce qui nous reste ?... Après la perte de notre père et de notre mère, qu'avons-nous à perdre ici-bas ?... C'est là, miss Garth, c'est là l'unique et véritable amertume. Hier, quand nous les avons mis au tombeau, quels souvenirs d'eux avions-nous ? Ceux de cette tendresse qu'ils nous avaient vouée, — de cette tendresse que nous ne retrouverons jamais. Quels autres souvenirs pourrions-nous avoir aujourd'hui ! Quel changement le monde et ses lois cruelles peuvent-ils apporter à notre culte pour la mémoire du meilleur père, de la meilleure mère que jamais enfants aient eus !.. » Elle s'arrêta, cherchant à comprimer un retour de sa poignante douleur, et paisiblement, résolûment, sut en effet la contenir ; — « Voulez-vous attendre ici, dit-elle, que j'aille vous chercher Madeleine ?... Madeleine a toujours été votre favorite, et je veux qu'elle la soit encore... » Elle posa doucement le cahier de musique sur les genoux de miss Garth, et quitta la chambre sans rien ajouter.

« Madeleine a toujours été votre favorite. »

Si tendrement qu'ils eussent été prononcés, ces mots avaient pris, dans l'oreille de miss Garth, l'accent du reproche. Pour la première fois, dans le cours de cette longue intimité, elle se demanda s'il n'y avait pas quelque fatale méprise dans l'appréciation relative que faisaient, des deux sœurs, et leur institutrice et le surplus de leur entourage.

Douze ans de suite elle avait pu étudier, jour par jour et de fort près, les caractères de ses deux élèves. Ces caractères, qu'elle s'imaginait avoir sondés dans toute leur profondeur, venaient de passer soudainement à la rude épreuve de l'infortune. Et comment en étaient-ils sortis ? Était-ce

comme l'expérience du passé le lui aurait fait prévoir ?
Nullement, et cette expérience recevait un démenti solennel.

Que conclure d'un tel résultat ?

Quand elle s'adressa cette question, il lui vint des pensées
qui nous ont tous plus ou moins troublés, plus ou moins
attristés.

Existe-t-il donc, dans tout être humain, au-dessous de ce
caractère extérieur et visible, empreint et façonné par les
influences sociales qui nous entourent, une disposition intérieure, invisible, qui fait partie intégrante de nous-mêmes,
que l'éducation peut modifier indirectement, mais qu'il faut
désespérer de changer ? La philosophie qui conteste ceci et
nous déclare nés avec des dispositions semblables à des
feuillets de papier blanc, n'est-elle pas la même qui méconn-
aît la différence irrémédiable de nos visages, et qui, n'ayant
jamais comparé deux enfants nouveau-nés, ignore à quel
point ces enfants échappent déjà, par d'irrésistibles instincts,
à la volonté de leurs mères ou de leurs nourrices ? Existe-
t-il, variant à l'infini selon chaque individu, des forces
innées qui nous poussent, tous tant que nous sommes, vers
le Bien ou vers le Mal ? — forces cachées à des profondeurs
où ne sauraient atteindre ni les encouragements purement
humains, ni la répression purement humaine, — Bien caché,
Mal caché, tous deux également à la merci de l'occasion qui
les dégage, de la tentation qui les provoque ? De leur étroit
cachot, le hasard des circonstances garde-t-il toujours la clef ?
et n'est-il pas ici-bas de surveillance attentive qui nous
puisse révéler à temps l'existence de ces forces prisonnières
en nous-mêmes, et auxquelles cette clef peut donner issue ?

Pour la première fois, — à l'état de possibilités menaçantes, — des pensées analogues à celles-ci s'élevèrent,
comme des nuages sombres, dans l'intelligence de miss
Garth. Pour la première fois, elle rattacha ces possibilités à
la conduite passée des sœurs orphelines, au développement
de leur caractère, de leur avenir, de leurs destinées probables.

D'un doute à l'autre, d'une hypothèse à l'autre, elle cher-

chait sa route, analysant avec soin ces deux natures. Il se
pouvait bien que jusqu'alors elle n'eût vu de Norah et de
Madeleine que la surface de leur caractère ; il se pouvait
bien que la réserve extrême, la discrétion peu attrayante de
l'aînée, la franchise séduisante et la gaieté de la cadette
dussent être plus ou moins attribuées, pour l'une et l'autre,
à ces causes physiques dont l'élaboration se traduit par des
résultats moraux. Il se pouvait bien que, sous la surface ainsi
formée, — surface que, jusqu'ici, rien n'avait dû modifier, vu
l'existence constamment heureuse, constamment unie de ces
deux enfants, — des forces innées et secrètement nourries
fussent restées cachées, qu'allait contraindre à se manifester
le premier malheur sérieux dont elles eussent reçu le choc.
En était-il ainsi? Fallait-il voir un avenir radieux de lumière
sous ces sombres dehors que la réserve de Norah offrait à la
vue? un avenir triste et ténébreux sous cette superficie
éblouissante qui dissimulait les défauts de Madeleine? Si la
vie de la sœur aînée devait être désormais le sol fertile où
allait germer le Bien qui était en elle, — la vie de la cadette
allait-elle devenir un champ de bataille, où les puissances
du Mal captif, une fois déchaînées, se livreraient un mortel
combat?...

En face de cette conclusion terrible, miss Garth reculait
épouvantée. Son cœur était un vrai cœur de femme. Il acceptait la conviction qui devait lui rendre Norah plus chère; il
rejetait, il repoussait le doute qui menaçait son affection
pour Madeleine.

Elle se leva, et d'un pas inquiet parcourut la chambre,
se refusant avec une impatience irritée à toutes les pensées
qui naguère encore assiégeaient son esprit. Que si la force
du caractère de Madeleine impliquait des éléments dangereux, — eh bien! n'était-ce pas le devoir de l'institutrice de
protéger la jeune fille contre ses propres entraînements?
Et comment avait-elle rempli ce devoir? Elle s'était abandonnée à ses premières impressions; elle ne s'était pas donné
le temps de réfléchir si, dans cette action de Madeleine
accomplie le matin même, et franchement avouée, il ne fal-

lait pas voir une énergique abnégation, promettant pour l'avenir les plus grands, les plus nobles résultats. Elle avait laissé Norah faire entendre à sa sœur ces paroles de douce remontrance, ces appels sympathiques qu'elle même eût dû prononcer la première : « Oh! pensait-elle avec amertume, depuis si longtemps que je suis au monde, combien peu, jusqu'à ce jour, j'ai connu ma propre faiblesse et ma dureté de cœur!... »

La porte de la chambre se rouvrit. Norah revenait seule, comme elle était partie.

« Vous souvenez-vous d'avoir laissé quelque chose sur la petite table, à côté du banc ? demanda-t-elle d'un ton calme. »

Avant que miss Garth pût répondre à cette question, Norah lui tendit le testament et la lettre de son père.

« Madeleine, revenant après que vous fûtes partie, lui dit-elle, a trouvé ces reliques suprêmes. Elle avait entendu dire à M. Pendril que ce legs nous revenait, à elle et à moi. Quand je suis arrivée au jardin, elle lisait la lettre. Je n'avais plus à lui parler... Notre père lui-même se faisait entendre à elle du fond de sa tombe... Et voyez comme elle l'écoutait!... »

Disant ceci, elle montra la lettre. D'abondantes traces de larmes couvraient encore les dernières lignes tracées par la main du mort.

« Des larmes de Madeleine!... » dit Norah d'une voix douce.

La tête de miss Garth se pencha sur ce muet témoignage du retour de Madeleine aux meilleures inspirations de sa riche nature.

« Oh! continua Norah, ne doutez plus jamais d'elle. Nous sommes seules, maintenant; nous avons à nous frayer dans le monde une route difficile, avec toute la patience dont nous pourrons disposer. Si Madeleine venait jamais à défaillir, à reculer, au nom de notre passé, venez-lui en aide!... Contre elle-même, protégez-la!...

— De tout mon cœur et de toute ma force, avec un dévouement de toute la vie; — j'en prends à témoin le Dieu qui doit me juger un jour! » Telle fut la fervente réponse de

miss Garth. Elle prit la main que Norah lui tendait, et, dans
son chagrin, dans son humilité, porta cette main à ses lèvres :
« Pardonnez-moi! Excusez mon misérable aveuglement; je
n'ai jamais su ce que vous valez. »

Norah lui imposa doucement silence avant qu'elle eût dit
un mot de plus : doucement elle murmurait à son oreille,
« Descendons ensemble au jardin!... allons encourager Madeleine à la résignation que l'avenir réclame d'elle... »

L'avenir! Qui pouvait entrevoir dans ses ténèbres la
moindre clarté consolante?... La figure de Michel Vanstone,—
cette figure de sinistre présage, — arrêtait le regard, posée
au seuil du présent, et masquant toute perspective ouverte
au delà.

XV.

Le surlendemain, on reçut des nouvelles de M. Pendril.
La résidence de Michel Vanstone sur le continent venait
d'être découverte. Il habitait Zurich, et, dès le jour où on
s'était procuré ce renseignement, l'avocat y avait fait passer
une lettre à son adresse. On pouvait s'attendre à recevoir la
réponse dans le cours de la semaine suivante, et la substance
en serait immédiatement communiquée aux dames de Combe-
Raven.

Si bref qu'il fût, cet intervalle passa difficilement. Dix
jours s'écoulèrent avant qu'on reçût la réponse attendue, et
lorsque enfin elle arriva, il se trouva que ce n'était pas une
réponse, dans le sens rigoureux du mot. M. Pendril était
simplement renvoyé à un homme d'affaires de la capitale,
pourvu des instructions de Michel Vanstone. Relativement à
ces instructions, certaines difficultés avaient été soulevées,
d'où la nécessité d'écrire encore à Zurich. Et (pour le
moment) la négociation en restait là.

Un second paragraphe, dans la lettre de M. Pendril, renfermait des détails entièrement nouveaux. Le fils de M. Michel

Vanstone (et son unique enfant), — M. Noël Vanstone, — récemment arrivé à Londres, y partageait le logement de son cousin, M. George Bartram. Des considérations professionnelles avaient engagé M. Pendril à lui faire une visite. Il avait été très-poliment reçu par M. Bartram; mais ce *gentleman* l'avait, en même temps, informé que son cousin était pour le moment hors d'état de recevoir qui que ce fût. M. Noël Vanstone luttait, depuis quelques années, contre une sorte d'épuisement chronique; il n'était revenu en Angleterre que pour prendre les conseils des médecins les plus en renom; et son voyage l'avait tellement éprouvé qu'il avait dû s'aliter. Dans de telles circonstances, M. Pendril n'avait évidemment qu'à prendre congé. Une conférence avec M. Noël Vanstone aurait pu lever quelques-unes des difficultés relatives à l'interprétation des volontés de son père. Dans l'état des choses, il n'y avait d'autre ressource que d'attendre pendant quelques jours encore.

Sept jours se passèrent, journées de solitude et d'anxiété. Enfin, une troisième lettre de l'avocat annonça la conclusion, si longtemps ajournée, de toute cette correspondance. La réponse finale était arrivée de Zurich, et M. Pendril viendrait en personne à Combe-Raven, dans l'après-midi du lendemain, pour en donner communication à ces dames.

Le lendemain était un mercredi, le douze d'août. Dans la nuit, le temps avait changé : le soleil se leva parmi des brouillards et des nuages. Vers midi, un voile humide était étendu sur tous les points du ciel; la température s'était sensiblement refroidie, et la pluie tombait, tiède, lourde, continue, sur la terre altérée. Vers trois heures, miss Garth et Norah vinrent attendre, dans le petit salon, l'arrivée de M. Pendril. Elles y furent, peu après, rejointes par Madeleine.

Une demi-heure ne s'était pas écoulée lorsque le bruit familier du crochet de fer retombant sur son anneau, leur apprit qu'on franchissait le seuil de la palissade élevée à la limite des bosquets. M. Pendril et M. Clare parurent bientôt, se donnant le bras, et abrités sous le même parapluie.

I.

10

Quand ils passèrent devant les fenêtres, l'avocat salua; M. Clare marchait droit devant lui, perdu dans ses pensées, ne prenant garde à quoi que ce fût.

Après un délai qui parut interminable, après que les nouveaux arrivés eurent tout à loisir essuyé sur la natte du vestibule leurs pieds humides, — après un mystérieux échange de questions et de réponses, faites à voix basse derrière la porte, — les deux personnages entrèrent, M. Clare le premier. Le vieillard marcha droit à la table, sans aucune formule de salutation; et, dans le regard qu'il jeta sur les trois femmes groupées là, une austère pitié pour elles se manifestait clairement.

« Mauvaises nouvelles, dit-il. Je n'aime pas à tenir inutilement les gens en suspens; dans des circonstances comme celle-ci, c'est bonté que d'aller droit au but. Mon intention est d'être bon, et, par conséquent, je vous dit tout net : — les nouvelles sont mauvaises. »

M. Pendril le suivait. Il échangea un serrement de main silencieux avec miss Garth et avec les deux sœurs; puis il s'assit auprès d'elles. M. Clare alla se placer tout contre la fenêtre, sur un fauteuil isolé. Les grises lueurs d'un ciel pluvieux éclairaient tristement les visages de Norah et de Madeleine assises en face de lui. Miss Garth s'était placée un peu en arrière d'elles, à moitié perdue dans l'ombre; et tout à côté de miss Garth se voyait de profil la calme figure de l'avocat. C'est ainsi que se montraient à M. Clare les quatre acteurs de cette scène, à part desquels il restait dans son coin, ses longs doigts entrelacés sur son genou comme les serres d'un oiseau de proie, ses yeux noirs fixés alternativement, avec une active curiosité, tantôt sur un visage, tantôt sur l'autre. Le bruit de la pluie sur les feuilles, le tic-tac régulier, incessant de la pendule, donnaient quelque chose d'accablant à la minute de silence qui suivit l'instant où chacune des personnes présentes fut installée à sa place. Toutes éprouvèrent un véritable soulagement lorsque M. Pendril prit la parole :

« M. Clare vous a déjà dit, commença-t-il, que je suis por-

teur de fâcheuses nouvelles. Vos inquiétudes, miss Garth,
lors de notre dernière entrevue, étaient, — je le reconnais à
regret, — mieux fondées que mes espérances. Ce frère aîné
reste encore, en son vieil âge, ce qu'il fut dans sa jeunesse,
un homme sans cœur. Habitué, comme je le suis malheureusement, à ne voir la nature humaine que sous ses pires
aspects, je n'ai jamais rencontré un homme aussi absolument
étranger à toute idée de pitié que l'est ce misérable Michel
Vanstone.

— Devons-nous comprendre qu'il se saisit de tous les
biens de son frère, sans pourvoir en rien à l'existence des
enfants de son frère? demanda miss Garth.

— Il offre, pour les premiers besoins, une somme d'argent, répliqua M. Pendril; mais si misérablement insuffi-
sante, si limitée par de vils calculs, que j'ai vraiment honte
d'en parler.

— Et rien pour l'avenir?

— Absolument rien... »

Sur cette dernière réponse, la même pensée, au même moment, traversa l'esprit de miss Garth et celui de Norah. La décision qui frappait également les deux sœurs en les privant de
toute fortune, n'en restait pas là pour la plus jeune des deux.
L'implacable résolution de Michel Vanstone enfermait virtuellement une sentence qui forçait Frank à partir pour la
Chine, et ajournait indéfiniment le mariage de Madeleine.
Aussi, quand les derniers mots de l'avocat furent sortis de
ses lèvres, miss Garth et Norah jetèrent un regard inquiet
du côté de Madeleine. Le visage de celle-ci devint plus pâle,
mais pas un de ses traits ne bougea; elle ne laissa pas échapper une parole. Norah, qui tenait dans sa main la main de sa
sœur, la sentit frémir un moment, puis devenir très-froide,
et ce fut tout.

« Laissez-moi vous dire simplement ce que j'ai fait, reprit
M. Pendril. J'ai à cœur de ne pas vous laisser l'idée que j'aie
rien omis dans mes efforts en votre faveur. En écrivant ma
première lettre à Michel Vanstone, je ne m'étais pas borné à
un simple exposé de faits, ce qui eût été conforme à l'usage.

Je plaçais sous ses yeux, en termes simples et graves, toutes
les circonstances par suite desquelles la fortune de son frère
lui est échue. Lorsque j'eus reçu sa réponse, qui me renvoyait à des instructions écrites déposées à Londres chez son
agent, et lorsqu'une copie de ces instructions m'eut été
remise, je refusai positivement, après en avoir pris connaissance, d'accepter comme définitive la décision qu'elles renfermaient. J'obtins de l'agent en question qu'il nous accordât
encore un délai. J'essayai de voir à Londres M. Noël Vanstone, afin d'obtenir son intercession; et, n'y pouvant réussir, j'écrivis moi-même, pour la seconde fois, à son père. Par
sa réponse, conçue en termes d'un laconisme presque insolent, il se référait aux instructions qui m'avaient déjà été
communiquées, déclarait qu'on n'avait pas à y revenir, et
refusait de correspondre plus longtemps avec moi sur le
même sujet... Ainsi commença, ainsi finit cette négociation.
Si j'ai négligé quelque moyen de toucher ce cœur impitoyable, veuillez me le signaler; — je ne demande pas mieux
que d'en user, s'il est temps encore. »

Son regard interrogeait Norah. Serrant, pour l'encourager, la main de Madeleine :

« Je parlerai pour ma sœur comme pour moi, dit-elle
rougissant légèrement, et laissant planer une ombre de tristesse résignée sur cette douceur qui lui était naturelle...
Vous avez fait, monsieur Pendril, tout ce qu'il y avait à faire.
Nous avons tâché, de notre côté, de ne point nous livrer à
des espérances prématurées, et nous sommes d'autant plus
reconnaissantes de vos bontés, qu'en ce moment, nous avons,
l'une et l'autre, grand besoin de rencontrer de bonnes
âmes. »

La main de Madeleine avait répondu à celle de sa sœur,
ensuite elle la retira, dérangea brusquement quelques plis
de sa robe, quelques accessoires de sa toilette, — puis, tout
à coup approcha le fauteuil de la table. — S'y accoudant et
la main fortement crispée, Madeleine regarda M. Pendril. On
ne pouvait contempler, sans une sorte d'effroi, dans sa pâleur
exsangue, cette figure en général remarquable par l'absence

de toute animation. Mais la clarté de ses grands yeux gris était aussi brillante, aussi fixe que jamais; et sa voix, bien qu'elle parlât très-bas, avait un accent net et résolu quand elle s'adressa ainsi à l'avocat :

« Si j'ai bien compris, monsieur Pendril, le frère de mon père a fait passer à Londres ses ordres écrits, et il vous en a été remis copie... L'avez-vous conservée ?

— Certainement.

— L'avez-vous sur vous ?

— Je l'ai.

— Puis-je la voir ?... »

M. Pendril hésita, et de Madeleine son regard se porta vers miss Garth ; de miss Garth revint ensuite à Madeleine :

« Veuillez être assez bonne, dit-il, pour ne pas insister sur cette demande. Il doit vous suffire de savoir à quoi ces instructions aboutissent. Pourquoi vous agiter inutilement en prenant connaissance de leur texte? Elles sont rédigées en termes si impitoyables, elles révèlent une si abominable insensibilité, que je ne puis réellement pas prendre sur moi de les faire passer sous vos yeux.

— J'apprécie, monsieur Pendril, la bonté qui vous porte à m'épargner une souffrance,... mais je suis en état de la supporter. Je m'engage à ne la faire peser ici sur personne... Excusez-moi donc si je renouvelle ma demande !... »

Elle tendait la main, — cette main de vierge, si douce et si blanche, dont rien n'avait encore approché qui pût la souiller ou la durcir.

« Oh! Madeleine !... Réfléchissez !... dit Norah.

— Vous faites de la peine à M. Pendril, ajouta miss Garth... Vous nous faites à tous une vive peine.

— Il n'y a rien à gagner, insista l'avocat, — veuillez m'excuser de m'exprimer ainsi, — absolument rien à gagner à ce que je vous communique ces instructions.

— Les niais !... se disait M. Clare... Ne sauraient-ils voir qu'elle entend agir à sa guise?

— Je pense, au contraire, que cette communication peut être utile, insista Madeleine. La décision prise est très-

10.

grave... plus pour moi que... » Son regard se dirigea vers
M. Clare, qui, toujours assis, l'étudiait attentivement; mais
elle l'en détourna aussitôt avec les premières marques
d'émotion qui lui fussent encore échappées.

« Par des raisons particulières, reprit-elle, cette décision
me frappe tout autrement que ma sœur... Je ne sais rien
encore, si ce n'est que le frère de notre père nous enlève
toute notre fortune. Pour se conduire ainsi, je dois supposer
qu'il a par devers lui quelques puissants motifs. Il n'est
juste ni pour lui ni pour nous que ces motifs restent cachés...
De propos délibéré, il dépouille Norah, il me dépouille; et je
pense que nous avons bien le droit, si nous le désirons, de
savoir pourquoi.

— Je ne le désire pas, reprit Norah.

— Je le désire, moi, » dit Madeleine qui de nouveau
étendit la main.

A ce moment, M. Clare se leva et, pour la première fois,
se montra disposé à intervenir.

« Vous avez sauvegardé vos scrupules, dit-il, s'adressant
à l'avocat. Reconnaissez maintenant le droit qu'elle invoque !... C'est son droit, après tout, puisqu'elle le réclame. »

M. Pendril tira tranquillement de sa poche les instructions manuscrites :

« Je vous ai prévenue, » dit-il, et, par dessus la table,
sans une parole de plus, il lui passa les papiers. Un des
feuillets étant corné, le manuscrit s'ouvrit naturellement à
la page ainsi repliée sur elle-même, orsque Madeleine tourna
pour la première fois les feuillets :

« Est-ce là que se trouve ce qui concerne ma sœur et
moi? » demanda-t-elle.

M. Pendril s'inclina ; et Madeleine étala devant elle, sur la
table, le manuscrit ouvert, qu'elle aplatit et lissa de la main.

« Vous déciderez-vous, Norah? demanda-t-elle, se retournant du côté de sa sœur..... Lirai-je ceci tout haut, ou seulement pour moi-même?

— Lisez tout bas !... dit miss Garth, répondant pour Norah,
qui la regardait avec une perplexité, une tristesse muettes.

— Ce sera comme vous voudrez, » reprit Madeleine. Après cette réponse, elle jeta de nouveau les yeux sur le manuscrit et parcourut les lignes suivantes :

« ..... Vous connaissez maintenant mes volontés relativement aux capitaux, comme aussi relativement à la vente des meubles, voitures, chevaux, etc. Le dernier point à régler, sur lequel j'aie à vous donner mes instructions, se rapporte aux personnes qui habitent encore le château, et à certaines réclamations déplacées que m'a fait passer, relativement à ces personnes, un avocat nommé Pendril, lequel a sans doute quelques raisons d'intérêt particulier pour intervenir ainsi entre elles et moi.

« J'apprends que feu mon frère a laissé deux enfants illégitimes; jeunes filles toutes deux, et qui sont d'âge à gagner leur vie. L'avocat qui les représente fait valoir en leur faveur diverses considérations, toutes également anomales et inopportunes. Ayez la bonté de lui dire que ni vous ni moi n'avons à nous mêler de questions purement sentimentales; vous lui expliquerez ensuite nettement, pour sa gouverne, en vertu de quels motifs je règle ma conduite, et quels sont les secours que je crois pouvoir offrir, en bonne justice, à ces deux jeunes personnes. Les paragraphes suivants vont vous fournir, sur ces deux points, des instructions suffisamment explicites.

« Je désire que les personnes intéressées sachent, une fois pour toutes, comment j'envisage les circonstances qui ont fait échoir en mes mains les propriétés de mon frère. Apprenez-leur donc que je regarde ces circonstances comme une intervention du Pouvoir d'en haut qui m'a rendu l'héritage destiné, dès le principe, à m'appartenir. Je reçois cet avoir, non-seulement comme y ayant droit dès l'origine, mais aussi comme une compensation qui m'était due pour l'injustice dont mon père m'avait rendu victime. Je le reçois aussi comme une juste indemnité qui m'est payée par mon frère cadet pour les basses intrigues au moyen desquelles il m'avait fait déshériter. Sa conduite, pendant sa jeunesse, a été constamment en opposition avec tous les devoirs de la vie, et (d'après ce que je tiens de son propre représentant aux yeux de la loi) cette conduite est restée la même depuis l'époque où j'ai cessé d'avoir avec lui aucune espèce de rapports. Il paraît avoir systématiquement imposé à la Société, comme étant sa femme, une personne qu'il n'avait pas épousée; il paraît encore que, par la suite, il a complété, en épousant cette personne, le dommage porté à la moralité publique. Une pareille conduite devait appeler sur sa tête et sur celle de ses enfants les châtiments de la Providence.

« Je ne crois pas devoir appeler sur ma tête un jugement aussi sévère en aidant ces enfants à perpétuer le mensonge que leurs parents s'étaient permis, et en leur fournissant les moyens de conserver dans le monde une situation qui n'est pas la leur. Qu'elles cherchent du travail et gagnent leur pain comme leur naissance les y condamne. Si elles se montrent disposées à descendre au rang qui leur est dû, je les aiderai à débuter honnêtement dans la vie par un présent de cent livres sterling à chacune d'elles. Je vous autorise donc à leur payer cette somme, sur leur requête personnelle, et moyennant les reçus nécessaires. Il y sera mentionné expressément que cette transaction, ainsi menée à fin, sera la première et la dernière à négocier entre nous. Je laisse à votre discrétion les arrangements à prendre quand elles quitteront le château ; ajoutant seulement que ma décision en cette matière, comme en toute autre, est parfaitement arrêtée, complétement irrévocable. »

Ligne par ligne, — sans quitter une seule fois des yeux les pages étalées devant elle, — Madeleine lut, d'un bout à l'autre, ces phrases abominables. Les autres personnes présentes, qui, toutes, la regardaient avec une attention extrême, voyaient le corsage de sa robe se soulever et retomber de plus en plus vite sous l'action de sa poitrine haletante; — elles voyaient sa main, qui au début soutenait légèrement le manuscrit, se crisper à son insu, et froisser les feuillets à mesure que la lecture arrivait à sa fin; — mais elles ne découvrirent aucun autre signe extérieur de ce qui se passait en elle. Il y avait eu dans toute sa personne un change-

ment d'abord imperceptible et muet; changement qui rendit tout à coup ses traits presque nouveaux, même pour sa
sœur et miss Garth : changement que ne devaient pas oublier,
de bien des années, les témoins de cette scène étrange,
mais que jamais ils n'auraient pu décrire.

Les premiers mots que Madeleine articula furent adressés
à M. Pendril :

« Puis-je vous demander un nouveau service, lui dit-elle,
avant que vous ne passiez aux formalités que réclament nos
affaires? »

M. Pendril répliqua par un geste d'assentiment cérémo-
nieux. L'insistance que Madeleine avait mise à demander que
les instructions de M. Vanstone lui fussent communiquées,
ne semblait pas avoir produit une impression favorable sur
l'esprit de l'avocat.

« Vous nous avez parlé, continua-t-elle, de ce que vous
aviez eu la bonté de faire dans notre intérêt, en écrivant
pour la première fois à M. Michel Vanstone. Vous nous avez
dit qu'aucune des circonstances qui nous concernaient n'avait
été omise dans votre exposé. Je désirerais, si vous le permettez, savoir, tout à fait au juste, ce qu'il avait pu apprendre
sur notre compte... Lorsqu'il a donné ces ordres à son agent,
savait-il que mon père avait fait un testament par lequel il
nous laissait, à ma sœur et à moi, toute sa fortune?

— Il le savait, dit M. Pendril.

— Lui avez-vous dit par quelle série de hasards nous
nous trouvions ainsi dépouillées de toutes ressources?

— Je lui ai dit que votre père ignorait absolument, à
l'époque de son mariage, qu'un nouveau testament était
nécessaire...

— Et qu'un autre testament eût été fait après son entrevue avec M. Clare, sans l'effroyable accident qui lui a coûté
la vie?

— Il savait aussi cela.

— Savait-il encore ce qu'était, pour nous deux, l'infatigable tendresse, l'inépuisable bonté de mon père?... »

Ici, la voix lui manqua pour la première fois. Elle soupira

et porta la main à son front, comme si la pensée lui manquait aussi. Norah lui fit entendre quelques paroles suppliantes, auxquelles miss Garth s'associa tout aussitôt; M. Clare, immobile sur son siége, examinait Madeleine avec une attention toujours croissante. Elle répondit aux remontrances de sa sœur avec un faible sourire : « Je tiendrai ma promesse, disait-elle; je n'entends, ici, faire de peine à personne... »

A ces mots, elle se retourna vers M. Pendril, et renouvela sa question d'une voix ferme, en modifiant toutefois les expressions dont elle s'était servie.

« M. Michel Vanstone savait-il que le plus grand souci de mon père était d'assurer le sort de ma sœur ainsi que le mien?

— Il avait, pour se renseigner à cet égard, les paroles mêmes de votre père... Je lui ai fait passer un extrait de la dernière lettre que celui-ci m'ait adressée.

— Cette lettre, n'est-ce pas celle où il vous suppliait, au nom de Dieu, de venir le trouver sur-le-champ, pour lui ôter la terrible pensée qu'à ce moment même le sort de ses filles était en suspens? Cette lettre, où se trouvaient ces mots : « Je ne reposerais pas tranquille au fond de ma tombe, « si je savais mes enfants déshéritées! »

— Cette même lettre, ces mêmes paroles... »

Elle s'arrêta un instant, les yeux toujours obstinément fixés sur le visage de l'avocat.

« J'ai besoin, dit-elle ensuite, de bien graver tout cela dans mon esprit avant de continuer... M. Michel Vanstone a connu l'existence du premier testament; il a su ce qui avait empêché le second testament d'être rédigé; il a vu cette lettre; il a lu ces paroles... Et que savait-il encore?... Lui avez-vous parlé de la dernière maladie de ma mère? Lui avez-vous dit que sa part dans l'héritage nous eût été infailliblement laissée, si elle eût pu, en votre présence, faire un seul mouvement de sa main mourante? Avez-vous tenté de lui faire comprendre à quel point était cruelle cette loi du pays qui tient pour *enfants de personne* des jeunes filles dans notre position, et qui lui permet, à lui, de nous traiter comme il nous traite maintenant? `

— Je lui ai soumis toutes ces considérations. Je les ai toutes mises en pleine lumière. Je n'en ai laissé aucune de côté... »

Elle étendit lentement la main vers la copie des instructions; lentement elle les replia comme elles étaient pliées au moment où on les lui avait remises :

« Je vous suis tout à fait obligée, monsieur Pendril! »

Et, ces paroles dites avec un léger mouvement de tête, elle repoussa le manuscrit de l'autre côté de la table; puis, se tournant vers sa sœur :

« Norah, dit-elle, si nous arrivons toutes deux à la vieillesse, et si jamais il vous arrivait d'oublier tout ce que nous devons à Michel Vanstone, — venez me trouver!.. Je vous le rappellerai... »

Elle se leva et traversa la pièce pour aller s'accouder à la fenêtre. Comme elle passait devant M. Clare, le vieillard étendit ses doigts osseux, et, par un mouvement imprévu, lui saisit le bras.

« Que cache ce masque dont vous vous couvrez? demanda-t-il, la contraignant à se pencher vers lui, et la regardant de près au visage... De quel degré de température humaine provient ce courage que vous montrez? — le froid de la mort, ou la chaleur poussée au blanc?... »

Elle s'écarta de lui et détourna la tête, sans prononcer une parole. De tout autre que du père de Frank, elle eût regardé comme une injure cette investigation sans scrupule de ses plus secrètes pensées. M. Clare, du reste, lâcha son bras aussi brusquement qu'il s'en était emparé, la laissant poursuivre son chemin vers la fenêtre. « Non, se disait-il, quoi que ce puisse être, ce n'est pas le froid!.. Et tant pis pour elle, tant pis pour tous ceux à qui elle tient!... »

Il y eut quelques instants de pause, lacune de silence remplie par le bruit léger de la pluie et le monotone tic-tac du balancier. M. Pendril replaça les instructions dans sa poche, réfléchit quelques instants, et, s'adressant à Nora

et à miss Garth, rappela leur attention sur les nécessités
actuelles et pressantes qui dérivaient de l'état des choses.

« Nous avons inutilement prolongé cette conférence,
dit-il, par tous ces pénibles retours sur le passé. Mieux vaut
s'occuper de régler les arrangements à prendre pour l'avenir. Je suis obligé de rentrer en ville ce soir même. Veuillez
me faire savoir, je vous prie, à quoi je puis particulièrement
vous être bon... Dites-moi de quels soucis, de quelles respon-
sabilités je pourrais vous dégager... »

Pour le moment, Norah ni miss Garth ne parurent en
état de lui répondre. La manière dont Madeleine avait reçu
ces nouvelles qui anéantissaient la perspective du mariage
arrangé par son père un mois auparavant, les avait étonnées
et les remplissait de trouble. Préparées à quelque explosion
de douleur ou à l'épreuve, plus rude encore, de voir cette
enfant plongée dans un muet désespoir, elles ne s'attendaient
ni à cette invincible détermination de lire la note de Michel
Vanstone, ni aux terribles questions qu'elle avait posées à
l'avocat, ni à cette immuable résolution de bien graver en
sa mémoire chacune des circonstances dans lesquelles avait
été prise la décision du frère de son père. Elle était là, penchée à la fenêtre, mystère impénétrable pour sa sœur qui
jamais ne s'était séparée d'elle, pour l'institutrice qui l'avait
élevée dès le berceau. Miss Garth se rappelait ces doutes
obscurs qui lui avaient traversé l'esprit, lors de sa conversation avec Madeleine dans le jardin. Norah sondait l'avenir
du regard, et, ce qui ne lui était pas encore arrivé, avec
des craintes sérieuses pour le compte de sa sœur. Toutes
deux, jusque-là, étaient demeurées passives, ne sachant
absolument que faire ni que résoudre. Toutes deux se tai-
saient, maintenant, faute de savoir que dire.

M. Pendril, toujours patient et bon, leur vint en aide en
ramenant pour la seconde fois sur le tapis les plans futurs
qu'elles devaient adopter.

« Je suis fâché, dit-il, de vous contraindre à vous occuper d'affaires, lorsque vous êtes si peu en état d'y songer...
Mais encore faut-il que je remporte ce soir vos instruction

sur ce que je dois faire à Londres. Et, d'abord, relativement à cette misérable offre de secours pécuniaires que j'ai déjà dû mentionner?... Miss Vanstone cadette, ayant lu les instructions dont j'ai pris copie, n'a aucun besoin que je la renseigne à cet égard. L'aînée voudra bien m'excuser si je lui dis (en toute confusion, et parce qu'il le faut absolument) que toute la bonne volonté de M. Michel Vanstone envers les enfants de son frère se borne à offrir, pour chacune d'elles, un don de cent livres sterling... » L'indignation fit rougir le visage de Norah ; elle se leva, comme si Michel Vanstone eût été présent et l'eût personnellement insultée.

« Je vois, dit l'avocat, disposé à l'épargner, je vois que je puis annoncer votre refus à M. Michel Vanstone?

— Dites-lui, s'écria-t-elle avec un accent passionné, que, réduite à mourir de faim dans quelque fossé, je ne toucherais pas à un denier de cet argent !

— Dois-je aussi notifier votre refus? » demanda M. Pendril s'adressant ensuite à Madeleine.

Celle-ci se retourna, le dos à la fenêtre, mais tenant son visage abrité en partie derrière un rideau.

« Engagez-le de ma part, dit-elle, à bien réfléchir avant de me livrer aux hasards de la vie sans autre ressource que ces cent livres sterling... Je veux lui donner le temps d'y songer. » Elle articula ces étranges paroles avec une emphase toute particulière, et, se replaçant promptement à la croisée, déroba son visage aux regards attentifs des personnes présentes.

« Vous refusez l'une et l'autre, » dit M. Pendril, crayon en main, et prenant formellement note de la décision. Comme il refermait son portefeuille, il jeta du côté de Madeleine un regard soupçonneux. Elle venait d'éveiller en lui cette méfiance cachée qui est la seconde nature de l'avocat. Il lui trouvait une physionomie suspecte, un langage suspect. Sa sœur paraissait avoir sur elle plus d'influence que miss Garth. Il résolut de parler secrètement à sa sœur avant de les quitter. Comme cette idée lui traversait le cerveau, une autre question de Madeleine vint solliciter son attention.

I. 11

« Est-il vieux? demanda-t-elle tout à coup sans se détourner de la fenêtre.

— S'il s'agit de M. Michel Vanstone, il a soixante-quinze
ou soixante-seize ans.

— Vous parliez naguère de son fils... En a-t-il d'autres?...

— Non...

— A-t-il des filles?

— Aucune.

— Savez-vous ce qu'est sa femme?

— Morte il y a bien des années! »

Nouvelle pause.

« Pourquoi faites-vous toutes ces questions? dit Norah.

— Mille pardons, répliqua Madeleine très-posément... Je
ne compte pas en faire d'autres... »

M. Pendril, pour la troisième fois, revint à la partie essentielle de la conférence.

« Il ne faut pas, dit-il, oublier les domestiques ; nous
devons régler leurs comptes et les renvoyer. Je leur donnerai, avant de partir, les instructions nécessaires... Quant
au château, rien de ce qui le concerne ne doit vous préoccuper. Les voitures, les chevaux, les meubles, l'argenterie
seront simplement laissés dans la maison, pour y attendre
les ordres ultérieurs de M. Michel Vanstone ; mais il est bien
entendu, miss Vanstone, que tout ce qui vous appartient
personnellement, à vous et à votre sœur, vos bijoux, vos
toilettes, et tous les petits présents que vous pouvez avoir
reçus, sont absolument à votre disposition... Quant à l'époque
de votre départ, je crois comprendre qu'il s'écoulera un
mois, peut-être davantage, avant que M. Vanstone puisse
quitter Zurich, et je suis sûr que son représentant...

— Permettez, monsieur Pendril, interrompit Norah :
d'après ce que vous venez de dire, je dois penser que cette
maison et tout ce qu'elle renferme appartient désormais à... »

Elle s'arrêta, comme si le simple acte de prononcer ce
nom lui causait une sorte d'horreur.

« — A Michel Vanstone, dit M. Pendril ; le château passe
dans ses mains avec le reste de la propriété.

— Pour mon compte, alors, je suis décidée à le quitter dès demain. »

Madeleine tressaillit à la fenêtre, au moment où sa sœur parla ainsi; et, dans le regard qu'elle jeta sur M. Clare, on put lire, pour la première fois, quelques symptômes d'alarmes et d'anxiétés.

« Ne vous fâchez pas contre moi, murmura-t-elle, penchée sur l'épaule du vieillard, avec une physionomie humble tout à coup et une soudaine timidité de manières... Je ne saurais partir sans avoir revu Frank.

— Vous le verrez, répondit M. Clare. Je suis venu pour causer avec vous de ce qui le concerne, lorsque la question d'affaires sera vidée.

— Il est tout à fait inutile de hâter votre départ ainsi que vous en avez l'intention, continua M. Pendril, s'adressant à Norah... Je puis vous garantir, sans la moindre hésitation, qu'il sera grand temps d'ici à huit jours.

— Si cette maison appartient à M. Michel Vanstone, répéta Norah, je suis décidée à la quitter dès demain... »

Elle se leva impatiemment de son fauteuil et alla s'asseoir un peu plus loin sur le sopha. Au moment où sa main s'y posait, elle changea de visage. Là, sur ce sopha, étaient les coussins sur lesquels sa mère s'était étendue pour prendre ses derniers instants de repos; là, au pied de ce sopha, était le fauteuil antique et massif dans lequel son père aimait à s'asseoir les jours de pluie, tandis qu'elle et sa sœur lui jouaient, sur le piano placé vis-à-vis, ses airs de prédilection. Un long soupir, qu'elle essaya vainement de comprimer, sortit de ses lèvres : « Oh ! pensait-elle, j'avais oublié ces vieux amis !... Comment nous séparer d'eux, l'heure venue?... »

« Puis-je savoir, miss Vanstone, si vous et votre sœur avez arrêté quelques plans pour l'avenir ? demanda M. Pendril... Avez-vous idée de l'endroit où vous résiderez ?

— Je me chargerai, monsieur, dit miss Garth, de répondre pour elles à cette question... Quand je quitterai ce château, elles le quitteront avec moi... Mon sort est leur sort, mon

pain est leur pain. Pendant douze années de bonheur,
leurs parents m'ont honorée de leur affection et de leur confiance ; ils ne m'ont pas fait souvenir une seule fois que
j'étais une institutrice à leurs gages ; je n'ai pu me croire
autre chose que leur compagne et leur amie... Je me les
rappelle toujours bons et toujours généreux. Ma vie entière,
consacrée à leurs enfants orphelins, acquittera peut-être ma
dette. »

Norah se leva aussitôt du sopha ; Madeleine, par un mouvement impétueux, quitta la fenêtre. Cette fois, les deux
sœurs obéissaient au même mouvement. Leurs cœurs, cette
fois, battaient à l'unisson. Le même profond sentiment dic-
tait leurs paroles. Miss Garth attendit que le premier élan
d'émotion fût passé ; puis elle se leva ; et prenant les deux
jeunes filles chacune par une main, elle adressa la parole à
M. Pendril et à M. Clare. Elle s'exprimait avec le plus parfait
sang-froid, forte de sa simplicité qui ne lui laissait pas
même entrevoir le mérite de sa conduite.

« Dans un moment comme celui-ci, dit-elle, mon histoire,
si insignifiante qu'elle soit, a quelque importance. Je voudrais, messieurs, vous faire bien comprendre que je ne
promets pas aux filles de votre vieil ami plus qu'il ne m'est
possible de réaliser. Lorsque je suis entrée dans ce château,
ce fut dans des conditions d'indépendance peu communes
pour une institutrice. Plus jeune, je m'étais associée à ma
sœur aînée, et nous avions établi à Londres un pensionnat
qui avait fini par être nombreux et prospère. Si je renonçai
à l'enseignement public pour entrer dans une famille, c'est
parce que la lourde responsabilité d'une maîtresse d'institu-
tion me semblait dépasser mes forces. J'ai constamment
laissé, sans y toucher, ma part dans le bénéfice social, et,
encore à l'heure qu'il est, j'ai dans l'établissement indivis
un intérêt pécuniaire. Telle est, en résumé mon histoire.
Lorsque nous quitterons cette maison, je propose que nous
retournions à Londres, dans cette pension que ma sœur
aînée fait encore prospérer. Nous pouvons y vivre aussi tranquillement que nous le voudrons, jusqu'au moment où nous

serons plus en état de supporter l'affliction qui, maintenant, nous énerve... Si les changements survenus dans la position de Norah et de Madeleine les obligent à gagner de quoi se suffire, je puis les aider à le gagner comme il sied aux filles d'un *gentleman*. Les meilleures familles du pays sont heureuses de consulter ma sœur dans le choix des personnes chargées d'instruire leurs enfants, et je puis répondre d'avance, comme j'en répondrais pour moi-même, de son zèle à venir en aide aux filles de M. Vanstone. Tel est l'avenir que leur offrent maintenant ma reconnaissance pour leurs parents et mon affection pour elles-mêmes. Si vous jugez, messieurs, que cette proposition soit opportune et convienne, — je lis sur vos visages qu'il en est ainsi, — ne nous rendez pas plus pénibles encore les nécessités, si pénibles déjà, de notre situation, par d'inutiles délais qui nous empêcheraient de les aborder immédiatement. Que ce qu'il faut faire soit fait : ainsi que Norah l'a décidé, quittons cette maison dès demain !... Vous avez, monsieur Pendril, parlé tout à l'heure des domestiques : je suis disposée à les convoquer dans la pièce voisine et, dès qu'il vous plaira, je vous aiderai à régler ce qui leur est dû... »

Sans attendre la réponse de l'avocat, sans laisser aux deux sœurs le temps d'apprécier complètement cette situation si pleine d'angoisses, elle marcha immédiatement vers la porte. Son parti était bien pris, et sagement pris, d'aller au-devant de l'épreuve en faisant beaucoup et en parlant peu. Comme elle quittait le salon, M. Clare la suivit et, l'arrêtant sur le seuil :

« Il ne m'est jamais arrivé, lui dit le vieillard, de porter envie aux sentiments d'une femme. Peut-être vais-je vous étonner ; mais je porte envie aux vôtres... Un instant !... J'ai encore quelque chose à dire !... Il reste un obstacle... — cet éternel obstacle de Frank... Aidez-moi donc à balayer le terrain !... Emmenez avec vous la sœur aînée et l'avocat... Laissez-moi ici avec la cadette, pour tirer au clair ce qui la concerne ; je veux voir de quel métal cette petite fille est faite... »

Tandis que M. Clare s'adressait ainsi à miss Garth, M. Pendril avait saisi l'occasion d'échanger quelques mots avec Norah. « Avant que je ne retourne en ville, lui dit-il, je voudrais causer avec vous en particulier... D'après ce qui vient de se passer, miss Vanstone, je me suis fait une haute opinion de votre prudence; et, de par la vieille amitié qui m'unissait à votre père, je voudrais prendre la liberté de vous parler au sujet de votre sœur. »

Norah n'avait pas eu le temps de répondre lorsqu'elle se vit convoquée, en vertu de la requête de M. Clare, à venir régler les comptes des domestiques; M. Pendril suivit naturellement miss Garth. Quand tous les trois furent dans le vestibule, M. Clare rentra dans le salon, ferma la porte, et péremptoirement fit signe à Madeleine de prendre un fauteuil.

Elle lui obéit en silence; il fit une ou deux fois le tour de la pièce, ses mains dans les poches de l'informe paletot, trop long et trop large, qu'il portait habituellement.

« Quel âge avez-vous? lui dit-il, s'arrêtant tout coup, et lui parlant de l'autre bout du salon.

— J'ai eu dix-huit ans à mon dernier anniversaire, répondit-elle humblement, sans lever les yeux sur lui.

— Pour une fille de dix-huit ans, vous avez montré beaucoup de courage... Vous en reste-il encore? »

Elle prit ses mains l'une dans l'autre, et les tordit convulsivement; quelques larmes lui vinrent aux yeux, et sur ses joues décolorées glissèrent lentement.

« Je ne puis renoncer à Frank, dit-elle d'une voix faible. Vous ne m'aimez guère, je le sais; mais vous étiez attaché à mon père... En souvenir de lui, voulez-vous essayer d'être bon pour moi? »

Ces derniers mots s'achevèrent dans un murmure; elle ne pouvait pas en dire plus long. Jamais comme en ce moment elle n'avait senti ce pouvoir sans bornes que possède l'amour d'une femme d'absorber en soi-même tout ce qui n'est pas lui, toute autre joie, tout autre chagrin de la vie qu'il domine. Jamais comme en ce moment elle n'avait mêlé la pensée de Frank aux souvenirs des parents qu'elle avait perdus, et fait du tout l'objet d'une inexprimable tendresse. Jamais cette impénétrable atmosphère d'illusions à travers laquelle les femmes contemplent l'homme de leur choix, cette atmosphère qui fermait ses yeux à tout ce qu'il y avait de faiblesse, d'égoïsme, de bassesse même dans la nature de Frank, ne l'avait entouré d'une auréole plus brillante que dans cet instant où, devant le père, elle plaidait pour ainsi dire sa cause, afin d'obtenir la main du fils : — « Oh ! n'exigez pas que je renonce à lui !... » disait-elle, essayant de reprendre courage et frémissant de la tête aux pieds. — L'instant d'après, avec la soudaineté de l'éclair, passant d'une extrémité à l'autre : — « Je ne renoncerai pas à lui, s'écria-t-elle violemment,... mille pères le voulussent-ils !

— Je ne suis qu'un père, lui dit M. Clare, et je ne vous le demande pas... »

Dans le premier ravissement où la jetèrent ces paroles inattendues, elle s'élança, traversa le salon, et voulut lui jeter les bras autour du cou. Autant aurait valu essayer d'ébranler le château sur ses fondements. Il la prit par les épaules et la ramena jusque sur le fauteuil qu'elle venait de quitter. Son regard inexorable pesait, impérieux, sur la jeune fille ; et, de son maigre index, il semblait la menacer, comme le pédagogue qui veut ramener à l'ordre un enfant rebelle.

« C'est Frank, disait-il, c'est Frank, et non moi, qu'il faut câliner ainsi... Je n'en ai point encore fini avec vous... Il sera temps, quand nos affaires seront faites, d'échanger une poignée de main, si cela peut vous plaire... Demeurez là, et calmez-vous !... »

Il la laissa. Ses mains rentrèrent dans ses vastes poches, et le vieillard reprit, d'un bout à l'autre du salon, sa marche monotone.

« Y êtes-vous ? » demanda-t-il, faisant halte après un certain temps... Elle essaya de répondre... « Je vous donne encore deux minutes, » dit-il, et il reprit sa promenade avec la régularité d'un balancier : « Voilà pourtant, se disait-il en lui-même, voilà pourtant ces êtres auxquels tant d'hommes, d'ailleurs spirituels, livrent le bonheur de leur vie !... Y a-t-il dans la création, je le demande, un seul rouage répondant aussi mal que le fait une femme au but dans lequel il est censé fonctionner ?... »

Il fit encore halte devant elle. La respiration de la jeune fille était moins oppressée; l'animation passagère de son visage allait s'effaçant.

« Y êtes-vous ? répéta-t-il... Oui ! je crois que nous y voilà... Prêtez-moi l'oreille, et tâchons de nous expliquer. Je ne vous demande pas de renoncer à Frank; — je vous demande d'attendre.

— J'attendrai, dit-elle, j'attendrai patiemment, et de bon cœur.

— Obtiendrez-vous de Frank qu'il attende ?

— Oui.

— Et le ferez-vous partir pour la Chine ?... »

La tête de la jeune fille s'abaissa sur sa poitrine, et ses mains s'unirent de nouveau, crispées et tremblantes. M. Clare vit bien où était la difficulté. Il y marcha droit et sans retards inutiles.

« Je ne prétends pas approfondir vos sentiments pour Frank ni ceux qu'il vous porte, dit-il. Ce sujet n'a pour moi aucun intérêt; mais je veux établir devant vous deux vérités bien simples et bien nettes. Une vérité bien simple, c'est que vous ne pouvez vous marier avant d'avoir l'argent nécessaire pour payer le toit qui vous abrite, les vêtements qui vous couvrent, les aliments qui vous nourrissent. C'est une autre vérité non moins évidente, que vous ne sauriez, vous, où prendre cet argent; que je ne saurais où le prendre moi-même; et que pour l'acquérir, Frank n'a qu'une chance : — aller en Chine. Si je lui ordonne de partir, il ira pleurer dans quelque coin; si j'insiste, il ne refusera pas, mais il essayera de me tromper. Si je fais un pas de plus, si je l'accompagne à bord du vaisseau sans le perdre de vue, — il se dérobera dans la barque du pilote, et s'en reviendra secrètement auprès de vous... Voilà son caractère !

— Non, dit Madeleine, ce n'est pas son caractère : c'est l'amour qu'il a pour moi.

— Appelez cela comme il vous plaira, répliqua M. Clare ; mais paresseux ou amoureux, il est, dans l'un ou l'autre rôle, beaucoup trop glissant pour mes doigts. J'aurai beau fermer la porte, je ne l'empêcherai pas de revenir... Si vous la fermez, vous, c'est autre chose... Aurez-vous le courage de la fermer?... L'aimez-vous assez pour ne pas faire ombre à la lumière qui doit le guider?

— L'aimer?... Je donnerais ma vie pour lui!...

— Le ferez-vous partir pour la Chine? »

Ici, elle soupira profondément :

« Ayez quelque pitié de moi, dit-elle. J'ai perdu mon père, j'ai perdu ma mère, j'ai perdu tout ce que j'avais, et maintenant, faudra-t-il encore perdre Frank? Vous n'aimez pas les femmes, je le sais ; tâchez cependant de m'accorder un peu de pitié. Je ne prétends pas nier qu'il faille, dans son intérêt même, l'envoyer en Chine ; je dis seulement que ceci est dur, — bien dur et bien pénible pour *moi*... »

M. Clare était resté sourd à ses violences, insensible à ses caresses, aveugle à ses larmes ; mais sous son épaisse enveloppe de philosophie il avait un cœur, après tout, et, à cet appel désespéré, son cœur répondit ; ces touchantes paroles en avaient trouvé le chemin.

« Je ne nie pas, non plus, dit-il, que cette alternative ne soit très-dure... Je n'ai nulle envie de la rendre plus pénible encore... Je vous demande seulement de faire, dans l'intérêt de Frank, ce que Frank est trop débile pour faire lui-même. Ce n'est pas votre faute, ce n'est pas la mienne ; — mais il n'en est pas moins vrai que la fortune dont votre mariage avec lui devait l'investir a passé à d'autres possesseurs... »

Elle leva tout à coup ses yeux où scintillait furtivement une lueur étrange, et un sourire menaçant erra sur ses lèvres.

« Cette fortune, dit-elle, peut encore changer de maîtres... »

M. Clare surprit ce changement de physionomie, et enten-

11.

dit l'accent de sa voix. Mais les paroles mêmes avaient été articulées très-bas, comme si Madeleine se les adressait à elle-même, et, à travers tout le salon, elles n'arrivèrent pas jusqu'à lui... Il s'arrêta pourtant à l'instant même, et lui demanda de répéter ce qu'elle venait de dire.

« Rien, répondit-elle, détournant la tête du côté de la fenêtre et regardant machinalement tomber la pluie... Une pensée qui m'est venue. »

M. Clare reprit sa promenade et le fil de son discours. « Vous avez, continua-t-il, autant d'intérêt que Frank à ce qu'il parte. Il peut, en Chine, gagner assez d'argent pour que votre mariage devienne possible... En Angleterre, il ne le peut pas. S'il reste chez nous, ce sera votre ruine à tous deux. Il fermera les yeux à toute considération de prudence, et vous tourmentera pour l'épouser ;... puis, ce point gagné, il sera le premier à changer d'idée et à se plaindre du fardeau qu'il se sera mis sur les épaules... Écoutez-moi jusqu'au bout !... Vous êtes éprise de Frank ; — je n'en suis pas là, moi, et je le connais... Que de fréquentes occasions vous réunissent, qu'il ait le loisir de câliner, pleurer, tourmenter, insister, et je vous garantis bien le résultat de tout ceci : vous l'épouserez... »

Il avait touché la corde sensible... Avant qu'il n'eût pu ajouter un mot de plus, cette corde répondit en vibrant :

« Vous ne me connaissez pas, dit-elle avec fermeté. Vous ne savez pas tout ce que je puis souffrir pour l'amour de Frank. Il ne m'épousera point que je ne sois ce qu'avait annoncé mon père, — l'instrument de sa fortune... En se chargeant de moi, il ne se chargera d'aucun fardeau ; c'est moi qui vous en réponds ! Je veux être le bon ange de la vie de Frank ; je n'irai point à lui, pauvre fille sans dot, pour limiter son avenir et le déclasser... » Elle quitta brusquement son siége, fit quelques pas vers M. Clare, et s'arrêta au milieu du salon... Ses bras tombèrent, affaissés, le long de son corps, et elle fondit en larmes : — « Il partira, dit-elle, mon cœur dût-il se briser dans cet effort !... Je lui dirai demain qu'il faut nous séparer ! »

M. Clare, immédiatement, vint au-devant d'elle, et lui offrant la main :

« Je vous aiderai, lui dit-il. Frank saura, mot pour mot, ce qui s'est passé entre nous... Quand il viendra, demain, il aura été prévenu d'avance qu'on l'attend pour lui dire adieu... »

Elle prit dans ses deux mains la main du vieillard, hésita un moment, l'interrogea du regard, et finit par presser cette main sur sa poitrine. « Avant que vous ne vous retiriez, lui dit-elle timidement, oserai-je réclamer de vous une faveur?... » Il voulait dégager sa main, mais elle profitait de ses avantages, et la retint plus serrée que jamais. « Supposons, continua-t-elle, qu'il survienne quelque changement favorable... Supposons que je puisse m'offrir à Frank, telle que mon père m'avait annoncé à lui... Eh bien, alors?... »

Avant qu'elle pût achever sa question, M. Clare fit un second effort et dégagea sa main. « Telle que votre père vous avait annoncée à lui?... » répéta-t-il, la regardant avec attention.

— Oui, répondit-elle... Il arrive parfois d'étranges choses... Si d'étranges choses m'arrivaient !... laisseriez-vous Frank revenir avant l'expiration des cinq ans?... »

Que signifiaient ces paroles? Madeleine se cramponnait-elle obstinément à l'espérance de fléchir le cœur de Michel Vanstone ? M. Clare ne pouvait tirer une autre conclusion de ce qu'elle venait de lui dire... Au début de leur entrevue, il lui avait brutalement enlevé cette illusion. A la fin de leur entrevue, il la lui laissa par un mouvement de compassion :

« Vous espérez contre toute espérance, lui dit-il; espérez pourtant, si cela peut vous donner courage... En admettant que cette bonne fortune impossible dont vous parlez se réalise jamais, vous n'aurez qu'à m'avertir, et Frank reviendra... D'ici là...

— D'ici là, interrompit-elle tristement, vous avez ma promesse... »

Encore une fois, les yeux pénétrants de M. Clare étudièrent attentivement le visage de la jeune fille.

« Je me fie à cette promesse, dit-il, Frank viendra vous voir demain. »

Elle revint, toute pensive, se jeter dans son fauteuil où elle demeura silencieuse. M. Clare gagna la porte sans qu'ils eussent échangé les formules habituelles : « Mystérieuse! pensait-il à part lui, jetant sur elle un dernier regard... Dix-huit ans seulement, et trop mystérieuse pour que je la devine!... » Dans le vestibule il trouva Norah, qui attendait avec anxiété sa sortie pour connaître le résultat de la conversation.

« Tout est-il fini? demanda-t-elle... Le voyage de Frank est-il décidé?

— Prenez bien garde à votre sœur, dit M. Clare sans tenir aucun compte de ses questions... Il lui faut lutter contre une grande infortune : elle n'est pas faite pour la routine ordinaire de l'existence des femmes... Je n'ai pas la prétention de voir clair dans l'issue finale du combat que le Bien et le Mal se livrent en elle; je vous avertis, seulement, que son avenir ne sera pas celui de tout le monde.»

Une heure plus tard, M. Pendril quitta le château; et, par le courrier du soir, miss Garth fit partir une lettre adressée à cette sœur qu'elle avait à Londres.

FIN DE LA PREMIÈRE SCÈNE.

INTERMÈDE.

I.

NORAH VANSTONE A M. PENDRIL,

« Westmoreland-House, Kensington, 14 août 1846. »

« Cher monsieur Pendril,

« La date de cette lettre vous prouvera que, de tant de séparations douloureuses, la dernière est accomplie. Nous avons quitté Combe-Raven ; nous avons dit adieu à ce cher foyer.

« J'ai sérieusement réfléchi à ce que vous me disiez mercredi avant de retourner en ville. J'en tombe tout à fait d'accord avec vous, miss Garth est plus ébranlée qu'elle ne veut l'avouer par tout ce qu'il lui a fallu subir pour l'amour de nous ; et c'est mon devoir, à l'avenir, de lui épargner, au sujet de ma sœur et de moi-même, toutes les inquiétudes que je pourrai. C'est bien le moins que nous fassions pour notre meilleure amie, pour notre seconde mère. Dans tous les cas, je m'y emploierai de tout mon cœur.

« Mais, permettez-moi de vous le dire, je suis aussi loin que jamais de m'entendre avec vous sur le compte de Madeleine. Dans la position où nous sommes, je comprends trop bien l'importance de votre aide, je désire trop me rendre digne de l'intérêt que me porte le plus fidèle conseiller, le plus ancien ami de mon père, pour ne pas être réellement et sincèrement en désaccord avec moi-même quand mon avis diffère du vôtre ; — et cependant, il en est ainsi.

« Madeleine est très-singulière, très-inexplicable pour

ceux qui ne la connaissent pas intimement. Je crois comprendre que, sans le vouloir, elle vous a trompé en se montrant peut-être à vous sous son jour le moins favorable.
Mais qu'il faille interpréter son langage et sa conduite de
mercredi dernier par le sentiment que vous lui supposez
contre l'homme qui nous a ruinés, voilà ce que je ne puis et
ne veux pas croire de ma sœur. Si vous connaissiez comme
moi cette noble nature, vous ne seriez pas étonné de me
voir résister obstinément à votre opinion sur ce sujet. Veuillez être assez bon pour tâcher de la modifier. Peu m'importe
ce que dit M. Clare : il ne croit à rien. J'attache, au contraire, une très-sérieuse importance à ce que vous dites, et
sachant quels motifs excellents vous font agir, je suis affligée
de penser que vous êtes injuste à l'égard de Madeleine.

« Après avoir soulagé mon cœur par cet aveu, j'en puis
venir maintenant au véritable objet de ma lettre. Je vous ai
promis que si vous n'aviez pas le temps de venir nous voir
aujourd'hui, je vous écrirais pour vous rendre compte de
tout ce qui est survenu après votre départ : la journée s'est
écoulée sans que nous vous ayons vu ; j'ouvre donc mon écri-
toire pour remplir ma promesse.

« J'ai le regret de vous dire que trois de nos domestiques-
femmes, — l'aide de cuisine, la fille de ménage, et même
notre propre femme de chambre (pour laquelle je puis vous
assurer que nous avons eu les plus grandes bontés), — se
sont prévalues de ce que vous aviez soldé leurs gages pour
faire leurs malles et partir dès que vous eûtes le dos tourné.
Elles vinrent prendre congé de nous avec autant de cérémonie et aussi peu de cœur que si elles quittaient la maison dans
des circonstances ordinaires. Malgré son mauvais caractère,
notre *cordon bleu* s'est conduit tout différemment ; elle nous
fit savoir par un tiers qu'elle resterait pour nous servir jusqu'au bout. Et Thomas (qui jamais n'a servi ailleurs que chez
nous) nous parla de la constante indulgence que mon cher
père avait eue pour lui, avec une reconnaissance si bien
sentie, — il mit tant de persévérance à vouloir rester auprès de nous jusqu'à épuisement complet de ses petites éco-

nomles, — que Madeleine et moi, oubliant toute étiquette, nous lui serrâmes la main toutes deux. Le pauvre garçon sortit du salon tout en pleurs. Je lui souhaite bonne chance; j'espère qu'il trouvera la condition et les maîtres dont il est digne.

« Notre dernière soirée à Combe-Raven, — longue, calme et pendant laquelle nous entendions tomber la pluie au dehors, — fut pour nous une pénible épreuve. Un temps d'hiver, j'imagine, eût moins pesé sur notre humeur : les rideaux tirés, l'éclat des lampes, la société du feu nous fussent venus en aide. Dans ce grand château, nous n'étions plus que cinq, tout compté, après nous y être trouvées en si grand nombre!... Je ne puis vous dire combien semblait triste le crépuscule gris, vers sept heures, dans les chambres désertes et sur les escaliers muets!... Bien certainement le préjugé qui existe en faveur des longues soirées d'été doit être un préjugé à l'usage des gens heureux. Décidées à lutter de notre mieux, nous employâmes notre temps sous la direction de miss Garth. La pensée des préparatifs de départ qui, pendant les heures précédentes, nous avait semblé si terrible, devint, la soirée venue, une pensée secourable qui nous offrait un refuge hors de nous-mêmes. Nous avions d'abord voulu faire nos malles séparément, dans nos chambres respectives ; — mais cet isolement s'est trouvé au-dessus de nos forces. Nous apportâmes donc tout ce qui nous appartient sur la grande table de la salle à manger, pour travailler ensemble, dans la même pièce, aux préparatifs nécessaires. Je puis vous assurer que tout ce que nous emportons est bien à nous.

« Puisque je vous ai déjà exprimé ma conviction que Madeleine n'était véritablement pas elle-même lorsque vous la vîtes mercredi dernier, je suis bien tentée de m'arrêter ici, et de vous citer un incident qui vient à l'appui de mon assertion. La chose se passa mercredi soir, juste au moment où nous allions rentrer chacune dans notre chambre.

« Quand nous eûmes emballé nos toilettes, nos présents d'anniversaire, nos livres, notre musique, nous commen-

câmes le triage de nos lettres, qui s'étaient mêlées sur la
table où nous les avions entassées; quelques-unes des
miennes étaient parmi celles de Madeleine, et parmi les
miennes quelques-unes de celles qui lui appartiennent.

« Parmi ces dernières, je trouvai une carte remise à ma
sœur, au commencement de cette année, par un ancien
acteur, chargé de diriger la représentation d'une comédie de
société où elle jouait un rôle. Cet homme lui avait donné la
carte en question, renfermant son nom et son adresse,
dans la pensée qu'invitée à beaucoup d'autres amusements
du même genre, elle voudrait bien le recommander comme
« metteur en scène ». Je vous raconte ces insignifiants détails, pour vous montrer à quel point, dans les circonstances
où nous nous trouvons, conserver cette carte devait sembler
inutile. Assez naturellement, je la jetai loin de moi sur la
table, croyant qu'elle tomberait sur le parquet. Arrêtée dans
sa chute, elle alla rouler près de l'endroit où Madeleine était
assise. Ma sœur la prit, y jeta les yeux, et déclara tout aussitôt qu'elle n'eût pas voulu, pour tout au monde, voir détruire ce méchant morceau de carton. Elle se fâcha presque
contre moi qui l'avais jeté de côté, et se fâcha presque contre miss Garth, qui lui demandait à quoi pareille bagatelle
pouvait être bonne?... Pourrais-je vous donner une preuve
plus évidente que nos récents malheurs, — bien autrement
cruels pour elle que pour moi, — l'ont tout à fait décompo-
sée et mise à bout?... A coup sûr, il ne faut pas interpréter
d'une manière désavantageuse ses paroles et son apparence
extérieure, quand elle n'est pas suffisamment maîtresse d'elle-
même pour mettre en œuvre son bon sens naturel. — puisqu'elle montre une pétulance si déraisonnable et si puérile
sur une question qui n'a pas la moindre importance.

« Un peu après le coup de onze heures, nous remontâmes pour essayer de prendre quelque repos.

« J'écartai le rideau de ma croisée, et je regardai au
dehors. Oh! que cette dernière nuit était cruelle !... Ni lune,
ni étoiles; une obscurité si profonde, que lorsque mon regard
chercha dans le jardin les chers objets auxquels il est habi-

tué, aucun d'eux n'était visible... Un calme si profond, que
c'est tout au plus si je ne m'effrayais pas moi-même chaque
fois que je remuais! Je voulus me coucher et dormir; mais
le sentiment de ma solitude vint me dominer encore une fois.
Vous me direz qu'à vingt-six ans on doit avoir plus d'empire
sur soi-même; je ne sais pourtant pas comment cela se fit,
mais je me glissai dans la chambre de Madeleine, justement
comme cela m'arrivait jadis, il y a bien des années, quand
toutes deux nous étions enfants. Elle n'était pas couchée;
elle était assise et réfléchissait devant son pupitre ouvert. Je
lui dis que je voulais passer avec elle cette dernière nuit;
elle m'embrassa, me fit mettre au lit, et me promit de m'y
suivre quelques instants après. Un peu calmée, je ne tardai
pas à m'endormir. A mon réveil, il faisait jour, et mon premier regard tomba sur Madeleine, toujours assise dans son
fauteuil, toujours perdue dans ses réflexions... Elle ne s'était
pas couchée, elle n'avait pas dormi de toute la nuit. — « Je
dormirai, me dit-elle, quand nous aurons quitté Combe-Raven;
je me trouverai mieux quand tout sera dit, quand j'aurai fait
mes adieux à Frank... » Elle tenait dans sa main le testament
de notre père, ainsi que la lettre qu'il vous avait adressée en dernier lieu; et quand elle eut cessé de parler, elle
me remit l'un et l'autre document. — A titre d'aînée, disait-
elle, c'était à moi de conserver ces précieuses reliques... Je
lui proposai de nous les partager; mais elle secoua la tête:
— « J'ai copié pour le garder, répondit-elle, tout ce qui nous
concerne, et dans le testament, et dans la lettre. » Parlant
ainsi, elle tira de son sein un tout petit sachet de soie blanc
qu'elle avait cousu durant la nuit, et dans lequel elle avait
placé les extraits en question, de manière à les porter constamment sur elle. — « Ceci, me dit-elle, c'est, dans les
termes mêmes qu'*il* employa, l'expression de ses dernières
volontés en notre faveur, et c'est tout ce dont j'ai besoin
pour l'avenir. »

« Il peut vous sembler bizarre que j'insiste de la sorte
sur ces bagatelles; mais depuis que je sais à quelle date
remontent vos relations avec mon père et ma mère, je me

crois le droit de penser à vous (et, je suppose, de vous
écrire) comme on pense, comme on écrit à un vieil ami. En
outre, j'ai tellement à cœur de modifier votre opinion sur le
compte de Madeleine, que je ne puis m'empêcher d'entrer
avec vous dans les plus minutieux détails qui peuvent, selon
moi, vous faire penser d'elle ce que j'en pense moi-même.

« Lorsque vint l'heure du déjeuner (le jeudi matin), nous
fûmes passablement étonnées de trouver sur la table la lettre
d'un étranger. Peut-être dois-je vous parler de cette lettre
pour le cas où votre intervention dans l'avenir deviendrait nécessaire. Elle était adressée à miss Garth, écrite sur du papier
de deuil largement encadré de noir, et le signataire était le
même homme qui, certain jour du printemps dernier, comme
nous revenions d'une promenade, nous suivit jusqu'aux
portes du château, — le « capitaine Wragge ». Son intention
serait, paraît-il, d'affirmer une fois de plus son audacieuse
prétention à une parenté quelconque avec ma pauvre mère,
sous prétexte d'une lettre de condoléance qui, de sa part,
est une insolence bien caractérisée. Apprenant par les journaux dans quelle affliction nous sommes, il nous exprime la
même sympathie que si nous eussions vécu avec lui dans les
termes les plus intimes; et, par un *post-scriptum* (où se
manifeste la plus complète ignorance de tout ce qui est survenu), il demande si l'on juge désirable qu'il assiste, avec les
autres membres de la famille, à la lecture du testament.

« L'adresse où l'on devrait lui écrire d'ici à quinze jours est
le bureau de poste de Birmingham. C'est tout ce que je puis
vous dire à ce sujet. Cette lettre et celui qui l'a écrite me
paraissent également indignes d'occuper plus longtemps
notre attention.

« Après le déjeuner, Madeleine nous quitta, et se retira
seule dans le petit salon. Le temps étant encore pluvieux,
nous avions réglé que Francis Clare la verrait dans cette
pièce, quand il se présenterait pour prendre congé. J'étais
en haut quand il vint, et j'y restai encore plus d'une demi-
heure, le cœur bien serré, vous pouvez le croire, en songeant
à ma pauvre Madeleine.

« La demi-heure écoulée, et peut-être plus, je descendis. Comme j'arrivais au rez-de-chaussée, j'entendis tout à coup la voix de ma sœur s'élever, suppliante : elle appelait Frank par son nom; puis vinrent de bruyants sanglots; — puis un rire effrayant, mêlé de cris qui devaient traverser la maison d'un bout à l'autre. Je courus au salon, où je trouvai Madeleine renversée sur le sopha, en proie à de violentes convulsions, tandis que Frank, debout devant elle, la considérait d'un air effaré, mécontent, boudeur, tout en rongeant ses ongles.

« J'éprouvai un tel mouvement d'indignation, — sans savoir au juste pourquoi, car j'ignorais naturellement ce qui s'était passé dans cet entretien, — que je pris M. Francis Clare par les épaules et le poussai hors du salon... J'ai soin de vous dire exactement quelle fut ma conduite, et comment elle fut motivée, parce que j'apprends qu'il est excessivement piqué contre moi; d'où je conclus qu'il répandra de tous côtés ses plaintes de ce qu'il appelle «mon inconvenante violence à son égard ». S'il venait à vous en parler, vous saurez au moins, par mon propre aveu, que je me regarde comme m'étant oubliée, mais non sans quelque provocation ; — du moins j'espère que vous en jugerez ainsi.

« Je le poussai dans le vestibule, laissant pour le moment Madeleine aux soins de miss Garth. Au lieu de s'en aller, il s'assit, de plus en plus boudeur, sur un des fauteuils. « Puis-je savoir la raison de cette violence insolite? me demanda-t-il avec l'accent de la rancune. — Non, lui dis-je; vous aurez la bonté de deviner cette raison, et de nous quitter, s'il vous plaît, sans aucun retard. » Il restait obstinément sur son fauteuil, à ronger ses ongles et à réfléchir : — « Qu'ai-je donc fait pour être traité avec tant de dureté? demanda-t-il après une pause. — Je n'ai pas à discuter avec vous, répondis-je ; je n'ai qu'à vous demander de nous laisser en paix... Si vous persistez à demeurer ici pour revoir ma sœur, j'irai moi-même trouver votre père pour lui demander appui. » A ces mots, il se leva précipitamment : — « Dans tout ceci, dit-il, j'ai été traité d'une manière infâme... Toutes les peines, tous les sacrifices sont tombés à mon compte. Je suis le seul ici qui ait du cœur : tous les autres, — Madeleine y comprise — sont de vrais rochers. Tantôt elle prétend qu'elle m'aime; la minute d'après, elle m'envoie en Chine... Qu'ai-je fait pour être traité avec une inconséquence, une insensibilité pareilles?... Moi, du moins, je sais ce que je veux; — je ne demande qu'à rester où je suis; tandis que vous vous liguez tous contre moi!... » — Ce fut en grommelant ainsi qu'il descendit le perron, et c'est ainsi que nous nous sommes séparés en dernier lieu. Voilà, fort exactement, ce qui s'est passé entre nous. S'il vous en rend compte d'autre façon, soyez sûr qu'il aura menti. Du reste, il n'a pas essayé de revenir. Une heure plus tard, son père est arrivé seul pour nous dire adieu. Il nous vit, miss Garth et moi, mais non pas Madeleine, et nous assura qu'il prendrait les mesures nécessaires, avec votre assistance, pour que son fils, surveillé de près à Londres, fût escorté convenablement jusqu'au navire sur lequel il doit s'embarquer, lorsque le moment sera venu. La visite fut courte et n'eut rien de gai. M. Clare lui-même était triste au fond, bien qu'il fît de grands efforts pour le cacher.

« Entre le moment où il nous quitta et celui où nous devions partir nous-mêmes, il restait à peine deux heures. Je retournai auprès de Madeleine, que je trouvai plus calme et en meilleur état, bien que fort pâle, fort épuisée, et — je me l'imagine du moins, — en lutte avec des pensées intimes qu'elle ne pouvait prendre sur elle de nous communiquer. Elle ne m'apprit rien alors, — elle ne m'a rien appris depuis, — de ce qui s'était passé entre elle et Francis Clare.

« Si je venais à parler de lui avec quelque irritation (dans l'idée où je suis qu'il l'a tourmentée et rendue malheureuse, alors qu'elle aurait dû recevoir de lui tous les encouragements, toutes les consolations que puisse donner un homme), elle refusait de m'écouter; elle trouvait pour lui les plus indulgentes concessions, les plus tendres excuses, et rejetait absolument sur elle-même le blâme de cet état convulsif où je l'avais trouvée. Me trompais-je donc en vous disant que c'est là une noble nature? Et quand vous aurez lu ces lignes, votre opinion sur elle n'en sera-t-elle pas modifiée?

« Nous n'attendions point d'amis qui dussent venir nous dire adieu; et nos connaissances, en bien petit nombre, résident trop loin, — ou peut-être nous portent trop peu d'intérêt — pour s'être occupées de notre départ. Nous pûmes donc employer le peu de loisir qui nous restait à parcourir ensemble le château, pour le revoir en détail une dernière fois. Nous prîmes ainsi congé de notre vieux cabinet d'étude, de nos chambres à coucher, de la pièce où notre mère est morte, du petit réduit où notre père se réfugiait pour faire ses comptes et sa correspondance, — animées, dans notre isolement, des mêmes sentiments que d'autres jeunes filles eussent éprouvés en quittant de vieux amis. Puis nous sortîmes de la maison pour aller, dans le jardin, cueillir notre dernier bouquet, nous promettant de faire sécher les fleurs quand elles commenceraient à se faner, et de les conserver en souvenir des heureux jours qui ne sont plus. Nos adieux faits au jardin, il restait encore une demi-heure. Nous nous rendîmes ensemble au tombeau; nous nous agenouillâmes en silence pour baiser le sol sacré. Je crus que mon cœur allait se briser. C'est en août que revenait l'anniversaire de la naissance de ma mère; et à la même époque, il y a un an, mon père, Madeleine et moi étions réunis en secrète conférence, pour savoir quelle surprise nous lui ferions le jour de sa fête!...

« Si vous aviez vu combien souffrait Madeleine, vous cesseriez pour jamais de douter d'elle. J'eus à l'arracher, presque par force, de cet asile où reposent notre père et notre mère. Avant que nous fussions hors du cimetière, elle m'échappa et revint en courant près d'eux; elle tomba sur ses genoux, détacha de cette terre, par un geste passionné, une poignée de gazon, et, au même moment, elle s'adressa quelques paroles que je n'entendis pas, étant encore trop loin, bien que je l'eusse suivie à l'instant même. Quand j'essayai de la soulever de terre, elle se retourna vers moi par un mouvement si insensé, — elle me jeta un regard où se peignait une si effrayante déraison, — que je me sentis véritablement effrayée. Par bonheur pour moi, ce paroxysme la quitta aussi brusquement qu'il s'était emparé d'elle. Elle mit dans son corsage la petite touffe d'herbe qu'elle avait arrachée sur la tombe, prit mon bras et m'entraîna hors du cimetière. Je voulus savoir pourquoi elle était retournée; je lui demandai quelles paroles elle avait prononcées sur le tombeau : — C'est une promesse à mon père qui n'est plus, » répondit-elle avec un retour momentané de ce regard sauvage et de ce geste insensé qui déjà m'avaient fait frémir. Je craignis de l'agiter en insistant; je remis à un temps plus opportun et plus tranquille les autres questions que j'avais à lui faire. Vous comprendrez, d'après ceci, combien elle souffre, et à quelles actions désordonnées, étranges, elle peut être poussée par la violence de son agitation. Dès lors, vous n'interpréterez pas à son désavantage ce que vous lui avez entendu dire, ce que vous l'avez vu faire mercredi dernier.

« De retour à la maison, nous n'eûmes que le temps de partir bien vite pour la station. Peut-être cela valait-il mieux, — mieux que si nous avions eu assez de loisir pour regarder derrière nous avant que le détour de la route ne nous eût à jamais caché Combe-Raven... Au chemin de fer, personne que nous connussions, personne qui nous regardât ou nous dît adieu.

« Comme nous prenions place dans le train, la pluie se remit à tomber de plus belle. Je ne puis, je n'ose vous dire ce que nous avons éprouvé en voyant ce fatal *railway* et quels horribles souvenirs se réveillaient en nous de ce malheur qui nous a faites orphelines !... J'ai mis tous mes soins à ne pas écrire cette lettre de manière à vous attrister; ce serait mal reconnaître toutes vos bontés pour nous. Peut-être ai-je insisté trop longuement sur les incidents de la journée où nous avons quitté notre cher intérieur. Je n'ai d'autre excuse, si ce n'est que mon cœur en est encore tout rempli, et ma plume ne sait écrire que sous la dictée de mon cœur.

« Il y a trop peu de temps que nous sommes dans notre nouvelle résidence pour que j'aie grand'chose à vous en dire, — si ce n'est que la sœur de miss Garth nous a reçues avec la plus cordiale bienveillance. Elle nous laisse à nous-mêmes, jusqu'à ce que nous soyons plus en état de songer à nos plans d'avenir et de nous arranger le mieux possible pour nous suffire. La maison est si vaste, et on a choisi nos chambres avec tant de soin, que je me douterais à peine, — si ce n'est quand j'entends les jeunes filles rire et jouer dans le jardin, — de l'espèce de résidence où nous vivons.

« Croyez-moi, cher monsieur Pendril,

« Votre bien reconnaissante,

« NORAH VANSTONE.

« P. S. — Miss Garth et ma sœur vous offrent leurs vœux les meilleurs et les plus affectionnés. »

II.

MISS GARTH A M. PENDRIL.

« Westmoreland-House, Kensington, 23 septembre 1846.

« Mon cher monsieur,

« Je trace ces lignes dans une angoisse d'esprit que nulles paroles ne sauraient décrire. Madeleine nous a quittées! De fort bonne heure, ce matin, elle s'est échappée en secret de la maison, et depuis lors nous n'avons pas entendu parler d'elle.

« J'aurais voulu vous aller entretenir en personne; mais je n'ose quitter Norah. Il faut donc tâcher de prendre sur moi et de vous écrire.

« Rien n'est arrivé, dans la journée d'hier, qui dût m'avertir ou avertir Norah de cette dernière affliction qui peut-être est la pire de toutes. Le seul changement noté par nous chez cette infortunée jeune fille fut un changement qui semblait favorable. Quand nous nous séparâmes pour la

nuit, elle m'embrassa, ce qu'elle ne faisait plus depuis
quelque temps; et lorsque ensuite elle tomba dans les bras de
sa sœur, ce fut avec une explosion de larmes. Nous soupçon-
nions si peu la vérité, que nous regardâmes comme une promesse d'amélioration future ces signes d'attendrissement
nouveaux pour nous.

« Ce matin, peu après huit heures, lorsque sa sœur est
montée dans sa chambre, elle n'y a trouvé personne, et un
billet de la main de Madeleine, adressé à Norah, était posé
sur la table de toilette. Je ne puis obtenir de Norah qu'elle
se sépare de ce billet ; et j'en suis réduite à vous envoyer la
copie que vous trouverez ci-incluse. Vous verrez qu'il ne
donne aucune indication qui soit de nature à nous mettre
sur les traces de la fugitive.

« Sachant ce que valent les minutes dans des moments
aussi critiques, j'examinai sa chambre, et (de concert avec
ma sœur) j'interrogeai les domestiques aussitôt que m'arriva
la nouvelle de ce départ. La garde-robe de Madeleine était
vide; et toutes ses malles, excepté une qu'elle a bien certainement emportée avec elle, sont vides également. Nous
sommes d'avis qu'elle a trouvé moyen de se procurer de
l'argent, sans qu'on s'en doutât, en se défaisant de sa toilette
et de ses bijoux; qu'elle était parvenue à faire sortir, dès
hier, l'unique malle qui l'accompagne; et qu'elle est partie
ce matin sans faire appeler une voiture. Les réponses d'une
des domestiques sont tellement peu satisfaisantes, que cette
femme nous paraît avoir été gagnée pour aider Madeleine
en son évasion; c'est elle, fort probablement, qui aura fait
tous ceux des préparatifs auxquels Madeleine n'aurait pu se
livrer elle-même sans risquer de compromettre son secret.

« Je n'ai aucun doute, quant à l'objet immédiat de sa
fuite.

« De fortes raisons (que je vous expliquerai dans une
occasion plus favorable) me donnent la certitude qu'elle s'est
enfuie avec le projet de tenter fortune au théâtre. Elle a
dans les mains l'adresse d'un comédien de profession, qui
naguère, à Clifton, présidait une représentation drama-

tique où elle avait un rôle; c'est à lui qu'elle a dû aller demander assistance. Je sais que l'acteur en question se nomme Huxtable. Quant à l'adresse elle-même, je ne me la rappelle pas tout à fait aussi exactement; mais je suis presque sûre que c'était quelque agence dramatique, dans Bow-street, Covent-Garden. Laissez-moi vous supplier de ne pas perdre une minute pour faire les recherches voulues; c'est à cette adresse, j'en suis convaincue, qu'on trouvera les premiers indices des projets de notre fugitive.

« Si nous n'avions rien de pire à craindre que de la voir s'essayer à monter sur les planches, je ne serais pas aussi affligée, aussi accablée, aussi hors de moi. Cent autres jeunes filles ont agi aussi étourdiment et, après tout, n'en ont pas fini plus mal. Mais nous avons autre chose à redouter, pour Madeleine, que le danger auquel elle s'expose maintenant.

« Depuis que nous avons quitté Combe-Raven, une mystérieuse préoccupation n'a pas cessé de peser sur elle, surtout pendant les six dernières semaines. Jusqu'au moment où Francis Clare quitta l'Angleterre, je suis persuadée qu'elle se sentait soutenue par la vague espérance qu'il s'arrangerait de manière à la retrouver encore. Du jour où elle vit le succès complet des mesures que vous aviez prises pour empêcher qu'il en fût ainsi, du jour où elle a été certaine que le vaisseau l'avait réellement emmené, rien n'a pu la ranimer; elle n'a plus pris intérêt à rien. Elle s'est abandonnée, de plus en plus, aux pensées désespérées qui la minent, pensées que je crois entrées dans son esprit le jour où lui a été connue la ruine absolue des perspectives pécuniaires dont dépendait son mariage. Elle a formé je ne sais quels projets insensés de disputer à Michel Vanstone la succession de son père, et la carrière dramatique qu'elle est allée tenter n'est à ses yeux qu'un moyen de secouer toute espèce de joug domestique, et de courir à son aise tous les hasards auxquels elle se livre aveuglément, sans avoir à craindre le contrôle de ses proches. Je vous laisse à imaginer ce qu'il m'en coûte de vous écrire en ces termes sur son compte. Le temps est

12

passé, cependant, où pouvait peser sur moi, de quelque façon, l'idée de ménager ma propre sensibilité. Tout ce que je puis dire de nature à ouvrir vos yeux sur le danger réel, et à vous convaincre qu'il faut tout faire pour le conjurer à l'instant même, je le dis malgré moi, sans hésitation et sans réserves.

« Un mot encore.

« La dernière fois que vous avez eu la bonté de venir nous voir ici, vous rappelez-vous l'embarras et le chagrin que nous causa Madeleine en vous questionnant sur le droit qu'elle peut avoir de porter le nom de son père ?... Vous rappelez-vous son interrogatoire persistant jusqu'à ce qu'elle vous eût forcé de reconnaître que, légalement parlant, elle et sa sœur étaient *sans nom ?*... Je me hasarde à vous rappeler ceci, parce que vous avez à vous occuper de bien des affaires, de bien des clients, et que vous pourriez avoir oublié cette circonstance. Si grandes qu'eussent été, sans cela, ses répugnances naturelles à nous tromper et à se dégrader elle-même par l'usage d'un nom supposé, cette conversation avec vous a nécessairement dû les faire disparaître. Nous devons donc chercher à la découvrir d'après son signalement personnel ; nous n'avons aucune autre chance de retrouver ses traces.

« Je ne vois rien de plus qui, dans cette déplorable occurrence, puisse éclairer votre décision. Pour l'amour de Dieu, n'épargnez ni dépenses ni activité! Je vous envoie ma lettre par un commissionnaire : elle doit vous arriver ce matin, à dix heures au plus tard. Un mot de réponse pour m'assurer que vous agirez à l'instant même et de votre mieux. Je ne pourrai calmer Norah qu'en lui montrant un mot d'encouragement écrit de votre main.

« Croyez-moi, cher monsieur,

« Votre sincèrement reconnaissante,

« HARRIET GARTH. »

III.

MADELEINE A NORAH.

(Incluse dans la lettre précédente.)

« Ma chérie,

« Faites effort, et pardonnez-moi! J'ai lutté contre moi-même jusqu'à complet épuisement. Je suis la plus malheureuse des créatures d'ici-bas. La vie tranquille que nous menons ici me rend folle; je ne puis m'y faire plus longtemps; — il faut que je parte. Si vous saviez ce que sont mes pensées, si vous saviez avec quelle énergie j'ai lutté contre elles, et avec quelle persistance horrible elles n'ont cessé de me hanter dans le calme isolement de ce séjour, vous n'auriez pour moi que pitié, larmes et pardon. Oh! ma sœur aimée, ne m'en veuillez pas de ne vous avoir point ouvert mon cœur, ainsi que je le devais!... Je ne l'osais vraiment pas; je n'ose pas me montrer à vous telle que je suis.

« Je vous le demande en grâce, ne me faites pas chercher! N'envoyez personne après moi! J'écrirai, de temps en temps, pour vous tirer d'inquiétude. Vous savez, Norah, que nous avons notre vie à gagner; je ne suis partie que pour gagner la mienne de la façon qui me convient le mieux. Que je réussisse ou que j'échoue, l'entreprise ne peut me nuire. Je n'ai pas de position à perdre, pas de nom à dégrader. Ne mettez jamais en doute la tendresse que je vous porte; empêchez miss Garth de mettre en doute ma reconnaissance. J'emporte un regret profond en vous quittant; il n'en faut pas moins que je parte. Si je vous aimais moins, peut-être aurais-je eu le courage de vous dire tout ceci face à face; mais comment me fier à moi pour résister à vos persuasions, et supporter la vue de votre chagrin?... Adieu donc, ma sœur aimée! Acceptez mille baisers de moi, vous ma meilleure, ma plus chère affection, en attendant l'heure où il nous sera donné de nous revoir.

« MADELEINE. »

IV.

LE SERGENT BULMER (DE LA POLICE SECRÈTE), A M. PENDRIL.

« Scotland-Yard, 29 septembre 1816.

« Monsieur,

« Je suis informé par votre clerc que les personnes intéressées dans nos recherches au sujet de la jeune personne disparue désirent savoir où nous en sommes. Je me suis rendu aujourd'hui même à votre bureau pour vous en parler. Ne vous ayant pas rencontré, et ne pouvant demain renouveler ma visite, j'écris ces lignes pour ne mettre aucun retard à vous expliquer où en est l'affaire.

« Je suis fâché d'avoir à vous apprendre que, depuis mon premier rapport, nous n'avons pas fait grand progrès. La trace que nous découvrîmes il y a près de huit jours est encore la dernière que nous ayons de la jeune personne susdite. Envisagée de loin, il semble que la chose soit fort simple. Examinée de près, elle empire, au contraire, considérablement, et devient ce qu'on peut exactement appeler — un vrai problème.

« Voici la situation présente.

« Nous avons suivi la jeune dame jusque chez l'agent dramatique de Bow-street. Nous savons qu'à une heure peu avancée, dans la matinée du 23, cet agent fut invité à descendre, tandis qu'il s'habillait, pour parler à une jeune dame qui l'attendait dans un fiacre arrêté devant sa porte. Nous savons que la carte de M. Huxtable ayant été montrée à cet agent, il y écrivit l'adresse actuelle de M. Huxtable, et qu'il entendit la jeune dame enjoindre au cocher de la conduire à la gare du chemin de fer. Nous croyons qu'elle est partie par le train de neuf heures. Nous la suivîmes par le train de midi ; nous nous sommes assurés qu'elle s'est présentée vers deux heures et demie au logement de M. Huxtable : — il était sorti, et on ne l'attendait, lui a-t-on dit, que dans la soirée, vers huit heures : — nous savons, enfin, qu'elle n'est pas revenue. M. Huxtable affirme que, de toute cette journée, ils ne se sont pas vus un instant, la jeune dame et lui. De là une première question, qui est celle-ci : — Devons-nous croire M. Huxtable? J'ai pris avec soin toutes les informations possibles sur son caractère, et je sais de lui tout ce qu'il en peut savoir lui-même, — peut-être un peu plus. Or, mon opinion est que nous devons le croire. Pour autant que j'en sache, c'est un parfait honnête homme.

« Voilà donc où l'affaire s'embrouille. La jeune dame quitte Londres dans un but nettement défini. Au lieu d'y marcher tout droit, elle s'arrête au moment où elle est sur le point de l'atteindre. Pourquoi s'est-elle arrêtée? où s'est-elle arrêtée? Voilà précisément les questions auxquelles nous ne pouvons répondre encore.

« Mon opinion à ce sujet peut se résumer ainsi : — Je ne crois pas qu'elle ait éprouvé aucun accident grave. Ces sortes d'accidents, neuf fois sur dix, se révèlent d'eux-mêmes. Ma supposition, à moi, c'est qu'elle a dû tomber entre les mains d'une personne ou de plusieurs, intéressées à lui fournir un abri secret, et assez fines pour savoir nous la dérober. Si c'est avec ou sans son consentement qu'elle se trouve ainsi sous leur direction, c'est ce que je ne saurais deviner pour le moment; je ne veux ni faire naître de fausses espérances, ni donner de fausses craintes; aussi m'arrêterai-je à l'opinion que je viens d'exprimer. Pour ce qui regarde nos démarches ultérieures, je puis vous dire que j'ai laissé un de mes gens en communication quotidienne avec les autorités de la ville. J'ai pris également soin de mettre en circulation dans un rayon plus étendu les affiches à la main qui offrent une récompense à quiconque fera découvrir la fugitive. Enfin j'ai complété mes précautions en prenant les arrangements nécessaires pour que toutes les affiches des théâtres de province passent sous mes yeux, et pour faire étudier de près le personnel des troupes qui les desservent. Il y a quelques années, tout ceci aurait coûté beaucoup de soins et beaucoup d'argent. Fort heureusement pour nous, les théâtres de province sont actuellement en fort mauvaise condition. A l'exception des grandes villes, presque aucun d'eux n'est ouvert, et nous pouvons y avoir l'œil à peu de frais, sans nous donner trop de peine.

« Telles sont les mesures que je crois nécessaires d'adopter quant à présent. Si vous êtes d'un autre avis, veuillez me le faire savoir, et je me conformerai soigneusement à vos indications. Je ne désespère en aucune façon de retrouver la jeune personne et de la remettre saine et sauve aux mains de ceux qui s'intéressent à elle. Veuillez le leur dire, et permettez-moi de signer

« Votre respectueux serviteur,
« ABRAHAM BULMER.»

V.

LETTRE ANONYME ADRESSÉE A M. PENDRIL.

« Monsieur,

« Un mot suffit au sage : les amis de certaine jeune personne perdent inutilement leur temps et leur argent. Le clerc que vous avez mis dans votre confidence et votre agent de la police secrète cherchent une aiguille dans une botte de foin. Nous voici au 9 octobre, et ils ne l'ont pas encore trouvée; ils trouveraient aussi bien le passage du Nord-Ouest. Rappelez votre meute; peut-être alors aurez-vous, de la main même de la jeune dame, la preuve qu'elle est en parfaite sûreté. Plus vous la chercherez, plus longtemps elle restera ce qu'elle est à présent : — perdue pour vous.

(Au dos de la lettre précédente, on lit ces mots, de la main de M. Pendril:)

« Nul moyen de remonter à la source de cette lettre. Timbre : *Charing-Cross*. Celui du papetier, à l'intérieur de l'enveloppe, a été soigneusement élagué. L'écriture, probablement celle d'un homme, est contrefaite. Notre correspondant anonyme, quel qu'il soit, a des informations sûres. On n'a pas encore pu découvrir la moindre trace de miss Vanstone.

SCÈNE SECONDE.

SKELDERGATE, YORK.

I.

Dans cette portion de la ville d'York qu'on a bâtie sur la rive occidentale de l'Ouse se trouve une rue étroite, baptisée du nom de Skeldergate, laquelle court à peu près dans la direction du nord au sud, parallèlement à la rivière. La poterne qui jadis donnait accès dans Skeldergate n'existe plus maintenant, et les maisons du moyen âge que la rue conserve encore sont tristement habillées à la moderne, sous une double enveloppe de ciment et de chaux. Des boutiques de l'ordre le plus misérable coupent, çà et là, les entrepôts enfumés et les résidences particulières, auxquelles leur couleur rouge brique ne donne rien de fort joyeux : ainsi se présente Skeldergate. Du côté de la rivière, les maisons sont séparées, à courts intervalles, par d'étroits passages qui mènent au bord de l'eau, et à l'extrémité desquels on aperçoit de temps en temps des échappées de berge, et plus loin les mâts de quelques grosses chaloupes à voiles. A son extrémité sud, la rue cesse brusquement, et le large lit de l'Ouse, les arbres, les prés, la route publique sur une rive, le chemin de halage sur l'autre, se déploient tout à coup aux regards.

En cet endroit où la rue finit, et du côté le plus écarté de la rivière, un étroit petit sentier conduit, en montant, à la chaussée pavée qui surmonte les anciennes murailles d'York. La rangée de bâtiments qui d'un seul côté borde ce sentier se compose de maisons garnies qu'on loue à bas, prix, et qui ont pour perspective, éloignée de quelques pieds seulement, une section des vieux murs massifs qui jadis entouraient la ville. Cet endroit s'appelle Rosemary-lane. Il y arrive fort peu de jour; il y vit fort peu de monde. La population flottante de Skeldergate passe devant sans y entrer; et les gens qui vont visiter la Promenade des Murailles, forcés de monter ou de descendre par l'étroit couloir, quittent dès qu'ils le peuvent ces ténèbres d'un effet assez triste.

La porte d'une des maisons situées dans ce recoin perdu de la ville d'York s'ouvrit doucement, le soir du vingt-trois septembre mil huit cent quarante-six, et, des solitudes de Rosemary-lane, un individu, appartenant au sexe masculin, descendit seul, en flânant, vers Skeldergate.

Tournant au nord, ce personnage se dirigea vers le pont jeté sur l'Ouse, et par conséquent vers le quartier où se centralisent les affaires de la ville. Il avait les dehors d'une pauvreté respectable; il portait un parapluie de coton, enveloppé dans une toile cirée; il choisissait les pavés en marchant, et fuyait avec soin le contact des moindres souillures; enfin il examinait le panorama dont il était entouré à l'aide de deux yeux assez vifs, de couleur très-différente; le droit, d'un brun bilieux, qui semblait chercher une fonction quelconque; le gauche, d'un vert également bilieux, qui semblait vouloir prêter secours à son camarade; — pour parler plus net, l'inconnu sorti de Rosemary-lane n'était autre que le capitaine Wragge.

A le prendre en son état présent, le capitaine n'avait point changé en mieux depuis la mémorable journée de printemps où il s'était mis en rapports avec miss Garth devant la grille de Combe-Raven. La manie de chemins de fer qui signala cette année à jamais fameuse avait atteint jusqu'au prudent Wragge lui-même, et l'avait laissé, en fin de compte, — ainsi que beaucoup d'autres, valant mieux que lui, — dans le plus fâcheux état de prostration pécuniaire. Il avait perdu sa mine ecclésiastique; — avec les feuilles d'automne, il semblait jaunir. Le crêpe de son chapeau, faute de noir, portait en brun le deuil d'une jeunesse

déjà lointaine. Son col et sa cravate, d'un blanc habituellement un peu trouble, étaient morts du trépas réservé au
vieux linge, et attendaient, chez le fabricant de papier, le
moment de revivre sous forme de vélin satiné. Une jaquette
de chasse, — arrivée au dernier degré de l'atrophie particulière aux étoffes de drap, — remplaçait le paletot noir des
anciens jours, et, fidèle servante, dérobait aux regards curieux du monde les noirs secrets du linge de son maître. Dans
chaque pouce carré des vêtements qui, de pied en cap, habillaient le capitaine, on pouvait constater de graves altéra-
tions; mais l'homme lui-même n'avait pas changé, garanti
contre toute espèce de moisissure intellectuelle, imper-
méable à l'action de la rouille sociale. Il était aussi courtois,
aussi persuasif que jamais, et d'une dignité tout aussi
affable. Sans col de chemise, il portait la tête aussi haute
que lorsqu'elle s'encadrait naguère dans cet accessoire
important. Le foulard noir, très-usé, qui s'enroulait autour
de son cou, était noué dans la perfection; ses vieux souliers,
menaçant ruine de toute part, étaient cirés avec soin, et son
menton rasé de fort près, aurait pu être comparé, sans
désavantage, à celui du plus haut dignitaire de l'église
d'York. Le temps et les changements qu'il amène, la pauvreté
enfin, avaient à la fois attaqué le capitaine; mais leur triple
effort l'avait laissé debout. Il arpentait les rues d'York en
homme pour qui les vêtements et les circonstances ne sont
que des détails inférieurs. Sur lui, tout autant que jamais,
resplendissait son vernis de bohème.

Arrivé au pont, le capitaine Wragge s'arrêta et, par-dessus le parapet, se mit à parcourir du regard les bateaux
flottants sur la rivière. Il était assez évident que sa course
n'avait aucun but précis, et que lui-même n'avait rien à faire.
Tandis qu'il tuait ainsi le temps, l'horloge de la cathédrale
d'York sonna cinq heures et demie; quelques fiacres passèrent sur le pont derrière le spectateur oisif, courant au
rendez-vous que le train de Londres leur assignait pour six
heures moins vingt. Après un moment d'hésitation, le capitaine, sans se hâter, suivit les fiacres. Quand un homme a

pris l'habitude régulière de vivre aux dépens des autres, cet homme fréquente toujours, plus ou moins, les grandes stations de chemins de fer. Le capitaine Wragge était de ces flâneurs qu'enfante et nourrit la moisson humaine; et dans cette après-midi sans emploi, la gare d'York était un endroit aussi bon à visiter que tout autre.

Il atteignit le quai peu de minutes après l'arrivée du train. Cette incapacité absolue de prendre de bonnes mesures pour la distribution de la foule, qui est une particularité du génie administratif de l'Angleterre, n'est nulle part plus en relief que dans cette bonne ville d'York. Trois lignes de chemin de fer y déversent sous le même toit, du matin au soir, trois catégories de passagers; et on les y laisse à l'état d'émeute, assistées dans leurs désordres par tout ce que peuvent faire les agents ahuris de la Compagnie pour accroître encore la confusion. Ce trouble quotidien arrivait à son apogée au moment où le capitaine Wragge monta sur le quai. Des voyageurs de tout ordre essayaient, par douzaines, d'atteindre des douzaines d'objets, également de tout ordre, dans des douzaines de directions opposées, tous partis du même point commun, et tous également à court de renseignements précis. Une lacune de la foule, qui venait de se séparer brusquement auprès des wagons de seconde classe, attira la curiosité du capitaine. Se frayant un passage dans cette direction, il y trouva un homme de mine décente, qui essayait, avec l'aide d'un porteur et d'un *policeman,* de ramasser quelques placards-affiches, tombés en désordre d'une enveloppe de papier que les autres voyageurs, dans ce frénétique tohu-bohu, avaient, en se frôlant, arrachée de sa main.

Le capitaine Wragge s'empressa d'offrir son secours avec cette politesse active qui le caractérisait, et lut alors, imprimées en lettres capitales sur les affiches qu'il aidait à ramasser, ces paroles remarquables : « *Cinquante livres de récompense;* » — à l'instant même, il en mit une dans sa poche, pour l'examiner plus à loisir dès que s'offrirait une occasion convenable.

Tandis qu'il froissait l'affiche dans la paume de sa main, ses yeux mi-partis demeuraient fixés, avec un avide intérêt, sur le propriétaire du malheureux paquet. Lorsqu'un homme en est à ne pas avoir en poche cinquante *pence,* et lorsqu'il a le cœur bien placé, ce cœur bondit, — l'eau lui vient à la bouche, si cette bouche n'est pas défectueuse, — à la vue d'un autre homme portant sur lui une offre imprimée de cinquante livres sterling adressée à la généralité de ses semblables.

L'infortuné voyageur refit de son mieux le paquet en désordre, et quitta le quai après avoir adressé une question au premier des employés, victimes officielles du trafic des voyageurs, qu'il trouva capable de lui prêter quelque attention. Sortant de la station du côté de la rivière, qu'il allait rencontrer à deux pas, l'inconnu entra dans le bac à la poterne de North-Street. Le capitaine, qui l'avait escorté pas à pas jusqu'alors, monta aussi dans la barque, et employa le court intervalle de la traversée à parcourir l'affiche dont il s'était emparé pour son instruction particulière. Tournant par précaution le dos au voyageur, le capitaine Wragge se mit soigneusement dans la cervelle les lignes suivantes:

Cinquante livres de récompense.

« UNE JEUNE PERSONNE a quitté sa résidence habituelle à Londres, dans la matinée du vingt-trois septembre mil huit cent quarante-six, et de fort bonne heure.

« *Age :* Dix-huit ans.

« *Costume :* Grand deuil.

« *Signalement :* Cheveux d'un brun très-clair, sourcils et cils un peu plus foncés, yeux gris clair, teint remarquablement pâle ; la démarche aisée et gracieuse; elle parle avec franchise et résolution ; elle a les manières et les habitudes d'une jeune fille parfaitement élevée.

« *Indices particuliers :* Deux petits signes, ou plutôt deux petites taches près l'une de l'autre, au côté gauche du cou.

« Son linge est marqué : *Madeleine Vanstone.*

« On suppose qu'elle a dû rejoindre ou essayer de

rejoindre une troupe d'acteurs momentanément établie dans la ville d'York.

« Elle avait, en quittant Londres, une caisse noire, et nul autre bagage.

« Quiconque pourra fournir des renseignements de nature à la faire retrouver par ses amis recevra la récompense ci-dessus indiquée.

« *P. S.* — S'adresser au bureau de M. Harkness, avocat, Coney-street, York, ou à MM. Wyatt, Pendril et Gwilt, Searle-street, Lincoln's-Inn, Londres. »

Si accoutumé que fût le capitaine Wragge à rester complétement de sang-froid dans toutes les circonstances imaginables, sa surprise, au moment où il lut le nom de la jeune personne égarée, lui fit pousser malgré lui une exclamation que le batelier ne put s'empêcher de remarquer.

Quant au voyageur, il n'y prit point garde ; toute son attention se portait sur le bord opposé de la rivière, et dès que la barque s'y fut arrêtée, il en sortit précipitamment. Le capitaine Wragge avait repris son sang-froid ; il avait empoché de nouveau l'affiche, et pour la seconde fois, il s'élança sur les traces de l'étranger.

Celui-ci se dirigea vers la plus proche des rues qui aboutissent à la berge, confronta les numéros des maisons de la rangée gauche avec une note de son agenda, s'arrêta devant une de ces portes, et y sonna. Le capitaine, arrêté devant une porte voisine, ouvrait ses oreilles toutes grandes au moindre lambeau du dialogue qui allait être échangé.

En effet, un interrogatoire suffisamment instructif vint récompenser la dextérité du capitaine Wragge.

« M. Huxtable demeure ici ? demanda le voyageur.

— Oui, monsieur, lui répondit une voix de femme.

— Est-il chez lui ?

— Non, monsieur ; mais il rentrera ce soir à huit heures.

— Une jeune dame a dû se présenter ici aujourd'hui de bonne heure, n'est-il pas vrai ?

— Oui, une jeune dame est venue cette après-midi.

— Je le savais bien... Nous avons tous deux la même affaire... A-t-elle pu parler à M. Huxtable?

— Non, monsieur; il a été absent toute la journée... La jeune dame m'a dit qu'elle reviendrait à huit heures.

— Fort bien. Je viendrai voir M. Huxtable en même temps qu'elle.

— Laissez-vous votre nom, monsieur?

— Non; vous direz qu'un *gentleman* s'est présenté pour affaires de théâtre, — cela suffira... Un instant, je vous prie!... Je visite York pour la première fois; — seriez-vous assez bonne pour m'indiquer le chemin de Coney-Street? »

La femme donna le renseignement, la porte se referma, et l'étranger précipita sa marche dans la direction qu'on venait de lui indiquer.

Cette fois le capitaine Wragge n'essaya point de le suivre, l'affiche lui disant assez clairement que le but actuel de cet homme était de compléter, avec l'avocat de la localité, les arrangements nécessaires pour le payement de la récompense promise.

En ayant assez vu, assez entendu pour ce dont il avait à s'occuper immédiatement, le capitaine redescendit la rue, prit à droite, et entra sur l'Esplanade qui, dans ce quartier de la ville, longe le bord de la rivière depuis l'École de natation jusqu'à Lendal-Tower : « Ce sont des affaires de famille, se disait l'honorable capitaine, persistant par habitude à réclamer ses droits de parenté avec la mère de Madeleine;... il faut envisager la question sous tous ses aspects. » Il jeta son parapluie sous son bras, croisa ses mains derrière son dos, et s'abîma doucement dans ses réflexions.

L'ordre et la régularité qui se pouvaient observer dans le costume râpé du capitaine symbolisaient fort bien l'ordre et la régularité qui caractérisaient les opérations de son entendement. Il avait pour habitude de chercher son chemin en se posant en lui-même, avec le plus grand soin, la série complète des alternatives pratiques, dans telle ou telle situation donnée; — c'est ainsi qu'il le cherchait, maintenant.

Trois lignes de conduite pouvaient être adoptées par lui, d'après la remarquable découverte qu'il venait de faire. La première était de n'y donner aucune suite. L'intérêt de famille s'y opposait ; s'y opposaient également maintes considérations pécuniaires : elle fut par conséquent écartée. La seconde était de se faire des droits à la reconnaissance des amis de la jeune personne, reconnaissance déjà tarifée à cinquante livres sterling. La troisième était de mériter, par un avis opportun, la reconnaissance de la jeune personne, reconnaissance qu'on pouvait évaluer à... chiffre inconnu. Entre ces deux alternatives, le prudent Wragge se trouva hésitant ; non qu'il doutât des ressources pécuniaires de Madeleine, — car il ignorait absolument les circonstances qui avaient déshérité les deux sœurs, — mais parce qu'il n'était pas bien sûr de ne pas rencontrer un obstacle à ses projets, sous la forme d'un *gentleman* encore à trouver, lequel ne serait pas étranger à la disparition de la jeune fille. Après mûres réflexions, il résolut de s'en tenir là ; pour le moment, et de se livrer aux circonstances. En attendant, il fallait courir au plus pressé, c'est-à-dire devancer le messager de Londres, et s'assurer de la jeune personne elle-même.

« Cette enfant m'intéresse, se disait le capitaine tout en flânant avec majesté sur la berge déserte. Je l'ai toujours regardée, — et je la regarderai toujours, — comme ayant sur moi les droits d'une nièce. »

En ce moment-là même, où se trouvait cette parente d'adoption ? En d'autres termes, comment était-il probable qu'une jeune personne, dans la position critique de Madeleine, emploierait son temps jusqu'au retour de M. Huxtable ? S'il fallait décidément croire à l'existence de ce *gentleman* incommode que le capitaine avait pressenti à l'arrière-plan, ce serait temps perdu que de chercher à résoudre cette question ; mais s'il fallait regarder comme exactes les inductions suggérées par l'affiche, — si la jeune fille était réellement seule, à ce moment même, dans la ville d'York, — où avait-on chance de la rencontrer ?...

Ce ne serait pas, pour commencer, dans les rues hantées par la foule. Ce ne serait pas à la cathédrale, car l'heure était passée où l'on pouvait visiter le « Minster » et les nombreuses curiosités qu'il renferme. Serait-ce au chemin de fer, dans les salles d'attente? Non : elle ne se risquerait pas à ce point. La trouverait-on dans quelque hôtel? Bien douteux, vu qu'elle était absolument seule. Chez un pâtissier? Beaucoup plus probable. Dans un fiacre, à se faire promener? Possible à coup sûr; mais pas autre chose. Ou bien sortie pour tuer le temps, et vaguant dans quelque endroit retiré ? Assez vraisemblable encore, par cette belle soirée d'automne. Le capitaine s'arrêta pesant les droits relatifs que pouvait avoir à son attention le pâtissier d'un côté, l'endroit retiré de l'autre, et il se décida pour la seconde des deux alternatives. De sept à huit heures, il aurait tout le temps de chercher Madeleine chez les pâtissiers, de s'enquérir d'elle aux principaux hôtels, ou, finalement, de l'intercepter dans le voisinage immédiat de M. Huxtable. Pendant qu'il faisait encore jour, le plus sage était d'en profiter pour la chercher à la promenade. Mais où? L'Esplanade, certes, était un endroit retiré; cependant la jeune fille n'y était pas, — elle n'était pas non plus sur la rue solitaire qui longeait ensuite les murs de l'Abbaye... Où donc, maintenant?... Le capitaine s'arrêta, regarda de l'autre côté de la rivière, s'anima tout à coup sous l'influence d'une nouvelle idée, et se hâta de retourner au bac.

« La Promenade des Murailles, pensait cet homme judicieux, en clignant ses yeux mi-partis... York n'a pas d'endroit plus tranquille, et les étrangers y vont tous. »

Dix minutes n'étaient pas écoulées que le capitaine Wragge explorait déjà ce nouveau champ de recherches. Il monta sur les murailles (qui enferment toute la partie occidentale de la cité) par la poterne de North-Street, où la promenade commence ces longs détours qui la mènent à son extrémité méridionale et aboutissent au passage étroit de Rosemary-lane. Il était alors sept heures moins vingt. Le soleil était couché depuis plus d'une demi-heure; il incen-

dialt encore à l'occident, de ses rouges clartés, les dernières
limites d'un ciel sans nuages ; les lueurs attendries du crépuscule atténuaient tous les objets visibles, sans les obscurcir encore. Le petit nombre de reverbères qui commen-
çaient à s'allumer dans la rue au-dessous marquaient à peine
le crépuscule de petites taches jaunâtres, au moment où le
capitaine se mit à parcourir un des sites les plus frappants
que l'Angleterre puisse montrer.

A sa droite, quand il se mit en marche, s'étendalent le
plain pays par delà les murs, les prairies plantureuses, les
rangées d'arbres qui les divisent, les larges méandres de la
rivière lointaine, et, plus près, les bâtisses çà et là éparses ;
le tout enveloppé dans le calme du soir, et embelli par les
splendeurs du jour mourant. A sa gauche, la majestueuse
façade que le « Minster » d'York expose au couchant dominait la ville, et au sommet de ses tours altières recevait les
derniers reflets du soleil disparu. Ce noble spectacle avait-il
attiré, retenait-il encore la jeune fille objet de tant de recherches? Non ; jusque-là, nul indice d'elle. Le capitaine
promenait autour de lui un regard attentif, et poursuivit sa
marche.

Il atteignit l'endroit où les rails du chemin de fer se
frayent un passage à travers les arceaux du vieux mur. Il
s'arrêta là, — là où l'idée moderne, active et bruyante,
hâtant pour ainsi dire le pouls de la vie, se rencontre avec
la majesté morte des temps passés, et creuse sa voie sous les
vieilles pierres historiques qui rappellent l'époque où York
était fortifiée, le siége qu'elle a soutenu il y a deux cents
ans, — il s'arrêta là, cherchant de nouveau Madeleine et la
cherchant en vain. Maint et maint oisif laissait tomber ses
regards sur la désolante activité qui traverse, sans les peu-
pler, ces rails de fer où l'homme est invisible ; mais, parmi
eux, Madeleine ne se trouvait point. Le capitaine leva ses
yeux incertains vers le ciel qui commençait à s'obscurcir, et
il poursuivit sa marche de plus belle.

Il s'arrêta de nouveau là où la poterne de Mucklegate est
encore debout, et comme jadis sert d'étai à la vieille mu-

raille. Ici la chaussée pavée descend quelques degrés, passe
sous l'obscur corps de garde de l'ancien poste, remonte ensuite, et continue sa course vers le sud, jusqu'à ce que ses
murs touchent de nouveau la rivière. Le capitaine s'arrêta,
et fouilla du regard les recoins ténébreux du vieux corps de
garde. La jeune fille attendait-elle dans ces ténèbres que
l'obscurité se fît ailleurs? S'y dérobait-elle aux indiscrets?
Non; un ouvrier s'était seul attardé sous cette voûte de
pierre; mais nulle autre créature vivante ne s'y mouvait. Le
capitaine monta les degrés qui aident à franchir la poterne,
et poursuivit sa marche obstinée.

Il fit encore cinquante ou soixante pas sur le pavé de la
chaussée, ayant d'un côté les faubourgs d'York, de l'autre
un sentier étroit, et, sur une bande de terrains vacants,
quelques carrés de jardins potagers : mais il avançait maintenant, l'œil animé, d'un pas plus rapide; — car il voyait
devant lui se dessiner la taille d'une femme seule, debout,
près du parapet, le visage tourné vers le couchant... Il
approchait avec précaution pour s'assurer que c'était bien
Madeleine, et se trouva fort près d'elle avant qu'elle ne
tournât la tête et ne vînt à le remarquer. D'ailleurs, il n'y
avait pas à se méprendre sur cette grande taille vêtue de
noir, et appuyée contre le parapet avec une grâce abandonnée. C'était bien elle, sous ce long manteau de deuil;
c'était bien son jeune visage, pâle et résolu, sur lequel venaient mourir, avec une sorte de langueur, les dernières
clartés du jour. C'était bien elle, — elle qui, trois mois auparavant, enfant gâtée des siens, trésor de leur maison, ne se
trouvait jamais seule une minute, jamais une minute sans
protection; — et maintenant, à l'aurore charmante de sa
jeunesse, elle était là, perdue dans une ville étrangère, pauvre
épave de l'océan humain.

Tout vagabond qu'il fût, ce premier aspect de la jeune
fille ébranla l'indomptable assurance du capitaine Wragge. Et
lorsque, lentement, elle tourna la tête de son côté, il souleva son chapeau avec tout le respect dont le laissait susceptible une longue existence d'audace et d'effronterie.

« Je crois avoir l'honneur de m'adresser à miss Vanstone la cadette? commença-t-il ; un honneur que j'apprécie, et pour plus d'une raison. »

Elle le regarda froidement, mais avec surprise. Nul souvenir du jour où cet homme les avait suivies, elle et sa sœur, tandis qu'elles rentraient avec miss Garth, ne se retrouva dans sa mémoire pendant qu'il l'abordait ainsi, différent d'attitude et de costume.

« Je crois que vous vous trompez, dit-elle avec calme : vous m'êtes parfaitement inconnu.

— Veuillez m'excuser, répondit le capitaine, je suis en quelque sorte votre parent. J'ai eu le plaisir de vous voir au printemps dernier. En cette mémorable occasion, je me présentai à une digne institutrice employée par feu monsieur votre père. Permettez-moi, dans des circonstances également agréables, de me présenter aujourd'hui à vous... Je m'appelle Wragge. »

Désormais il avait recouvré la pleine possession de son impudence ordinaire, ses yeux mi-partis clignotaient gaiement, et il accompagna d'une révérence de maître à danser cette modeste annonce de sa propre personne.

Madeleine fronça le sourcil, et recula d'un pas. Le capitaine, pourtant, n'était pas homme à se laisser intimider par un froid accueil. Il jeta son parapluie sous son bras, et se mit, par manière d'éclaircissement, à épeler le nom qu'il venait de prononcer : « Double W, R, A... double G, E... Wragge ! » disait le capitaine, comptant les lettres sur ses doigts, avec un geste à la fois plaisant et persuasif.

« Je me rappelle votre nom, dit Madeleine : excusez-moi si je vous quitte un peu brusquement... J'ai rendez-vous à heure fixe. »

Elle fit un mouvement pour passer à côté de lui, et prendre au nord la direction du chemin de fer. Mais il vint aussitôt à l'encontre, — levant à la fois les deux mains, et protestant poliment contre cette détermination, au nom d'une paire de gants noirs tricotés qu'il étendait devant elle.

« Pas par là, disait-il; pas par là, miss Vanstone!... Je vous en prie et supplie, pas par là!...

— Et pourquoi donc? demanda-t-elle avec hauteur.

— Parce que, répondit le capitaine, c'est là le chemin qui mène chez M. Huxtable... »

Dans le premier mouvement de surprise que lui causa cette réponse, Madeleine ne put s'empêcher de se pencher en avant, et, pour la première fois, de regarder son interlocuteur bien en face. Il soutint à merveille cet examen soupçonneux, qui semblait, au contraire, le flatter : « H, U, X... Hux, disait le capitaine, reprenant sa première plaisanterie. T, A, ta — B, L, E... ble... Huxtable.

— Que savez-vous donc de M. Huxtable, demanda-t-elle, et quelle est votre idée en me parlant de lui? »

Les lèvres flexibles du capitaine dessinèrent un arc plus prononcé. Il se hâta de répliquer comme l'exigeait la situation, en extrayant de sa poche l'affiche par lui ramassée.

Il fait encore assez clair, dit-il, pour des yeux si jeunes et si vifs... Avant que j'aborde les explications personnelles que votre flatteuse curiosité réclame de moi, veuillez accorder à ce document quelques secondes d'attention!... » — Elle prit l'affiche qu'il lui tendait. Aux dernières heures du crépuscule, elle lut les lignes qui fixaient un prix aux recherches qu'on ferait d'elle, — ces lignes impitoyables qui la décrivaient au public comme on décrit un chien perdu. Rien ne l'avait préparée à ce choc, et aucune bonne parole n'en atténuait la pénible impression. Le bohémien dont les yeux rusés ne la perdaient pas de vue pendant sa lecture ne savait pas et ne pouvait pas lui dire, au sujet de ce papier volé par lui, qu'on l'avait préparé en vue des pires hypothèses, et qu'on ne devait s'en servir qu'après avoir usé vainement de tout autre moyen pour retrouver la trace de Madeleine. Ni lui ni elle n'en savaient pas plus l'un que l'autre sur ce point important. L'affiche tomba des mains de la jeune fille, et son visage se couvrit d'une vive rougeur. Se détournant du capitaine Wragge, comme si pour le moment elle ne se doutait même pas qu'il fût au monde :

« Oh ! Norah !... Norah ! se disait-elle avec affliction ;....
après la lettre que je vous ai écrite, — après la lutte pénible que j'ai subie au moment du départ !... Oh ! Norah !...
Norah !...

— Comment se porte Norah ? » demanda le capitaine
avec toute la politesse imaginable.

Un éclair irrité brillait dans les grands yeux gris de Madeleine quand elle se retourna pour lui répondre : « Est-ce
que ce papier est étalé publiquement ? lui demanda-t-elle,
foulant l'affiche aux pieds... Est-ce que les taches de mon
cou sont signalées à toute la ville d'York ?

— Veuillez vous calmer, continua Wragge de sa voix la
plus persuasive... Jusqu'à présent, j'ai toute raison de croire
que vous avez eu sous les yeux le seul exemplaire en circulation... Souffrez que je le ramasse... »

Mais avant que ses doigts eussent touché l'affiche, Madeleine l'avait enlevée, déchirée en mille morceaux, et en avait
jeté les débris par-dessus le mur.

« Bravo ! s'écria le capitaine... Vous me rappelez votre
pauvre chère mère ; c'est là une vivacité de famille, miss
Vanstone : nous avons tous hérité de mon grand-père maternel ce tempérament sanguin, cette violence prime-sau-
tière.

— Comment vous l'êtes-vous procurée ? demanda-t-elle
tout à coup.

— Mais, chère créature, je viens de vous le dire, remontra
le capitaine..... Nous la tenons de mon grand-père maternel.

— Comment vous êtes-vous procuré cette affiche ? répéta-t-elle avec un accent passionné.

— Mille et mille pardons !... J'avais en tête la violence du
tempérament de famille. — Comment je me la suis procurée ?
Le voici en peu de mots... Ici le capitaine Wragge se mit en
scène, exerçant sa voix, comme de coutume, à prononcer
avec la plus vive satisfaction oratoire les mots les plus longs
du vocabulaire britannique. N'ayant, du reste, dans cette
occasion bien rare pour lui, aucun projet à dissimuler, cet
éloquent personnage se départit de ses habitudes ordinaires,

et, fort étonné de se trouver si jeune, se donna le plaisir de dire la vérité toute nue.

L'effet que ce récit produisit sur Madeleine ne fut pas tout à fait celui qu'en attendait le capitaine Wragge. Elle ne fut ni autrement étonnée ni autrement irritée; elle ne montra aucun désir de se mettre à sa discrétion et de prendre ses conseils. Elle le regardait fixement, et lorsqu'il eut fort proprement arrondi sa dernière période, elle ne lui dit que ceci : « Continuez!

— Continuer? répéta le capitaine. Bien fâché de tromper votre attente; — mais, par le fait, j'ai fini.

— Non, répondit-elle; vous n'êtes pas au bout de votre histoire... Ce qui la complète, le voici : — Vous êtes venu ici pour m'espionner, et vous voulez gagner les cinquante livres de récompense. »

Ces simples paroles frappèrent si bien le capitaine Wragge en pleine poitrine, que, pour le moment, il demeura muet. Mais il avait trop souvent fait face à toute espèce de vérités désagréables pour être longtemps déconcerté par aucune d'elles. Avant que Madeleine pût poursuivre ses avantages, le bohémien avait recouvré son équilibre : — Wragge était rendu à lui-même.

« Joli!... joli! dit le capitaine avec un rire indulgent, et, de son parapluie, frappant le pavé à petits coups... Il y a des gens qui prendraient ceci au sérieux : mais je ne me pique pas facilement... Essayez plutôt! »

Madeleine le regardait dans cette obscurité toujours crois-sante; elle le regardait, muette et perplexe. Le peu qu'elle avait entrevu de la société ne lui avait montré que des gens possédant en commun le sens de l'honneur, et la responsa-bilité d'une certaine position sociale. De tous les produits qu'émet la grande manufacture de la civilisation, elle ne connaissait que les mieux réussis. C'était là une des lacunes de son éducation, et, malgré toute sa promptitude d'esprit, elle se trouvait fort embarrassée pour y suppléer.

« Excusez-moi de revenir sur ce sujet, poursuivit le capi-taine. Cette pensée se présente à moi, que peut-être vous avez

13.

parlé sérieusement. Maintenant, pauvre enfant, comment pourrais-je gagner les cinquante livres avant que la récompense me soit offerte? Or ces affiches ne seront peut-être pas rendues publiques d'ici à huit jours... De quelque prix que vous soyez pour tous vos parents (moi compris), je vous garantis bien que les hommes de loi chargés de diriger cette affaire ne payeront qu'à la dernière extrémité, même pour vous retrouver, une somme aussi forte... Êtes-vous encore persuadée que mes poches besogneuses soient béantes pour engloutir cet argent?... A merveille! De vos jolis doigts, alors, reboutonnez-les malgré moi. Il y a un train pour Londres, ce soir, à neuf heures quarante-cinq... Cédez aux désirs de vos amis, et retournez les trouver!

— Jamais! dit Madeleine, qui prit feu devant cette suggestion, tout ainsi que le capitaine l'avait bien prévu... Si mon parti n'avait pas déjà été pris, cette ignoble affiche m'aurait décidée. Je pardonne à Norah, continua-t-elle, se détournant et se parlant à elle-même; mais non pas à M. Pendril, ni à miss Garth.

— Parfait!... parfait!... remarqua le capitaine Wragge; c'est tout à fait l'esprit de famille... A votre âge, moi qui vous parle, j'aurais fait de même : c'est dans le sang... Écoutez!... L'horloge sonne sept heures et demie. Veuillez, miss Vanstone, excuser cette brusquerie opportune... Si vous devez suivre l'idée que vous venez d'émettre; si vous voulez continuer à rester maîtresse de vous-même, il faut, avant qu'il soit huit heures, adopter une marche quelconque. — Vous êtes jeune, inexpérimentée, et dans un péril imminent. D'un côté, une position critique, et de l'autre me voici, moi, vous portant tout l'intérêt qu'un oncle a pour sa nièce, et rempli jusqu'au bord de conseils excellents... Vous n'avez qu'à tourner le robinet.

— Et si je veux ne dépendre de personne? si je veux demeurer libre de mes actions? dit Madeleine... Après?

— Alors, répondit le capitaine, vous irez vous fourrer tout droit dans une des quatre souricières qu'on vient de placer, pour vous prendre, aux quatre coins de cette vieille et intéressante cité d'York. Souricière *numéro un*, la maison de M. Huxtable; souricière *numéro deux*, dans tous les hôtels; souricière *numéro trois*, à la station du chemin de fer; souricière *numéro quatre*, à la salle de spectacle. L'homme aux affiches avait une heure devant lui : s'il n'a pas déjà établi ces quatre souricières (avec l'assistance de l'avocat auquel il était recommandé), il n'est pas l'adroit petit clerc pour lequel je l'ai pris... Allons, allons, ma chère enfant!... S'il y a quelqu'un, à l'arrière-plan, dont les conseils vous semblent préférables aux miens...

— Vous voyez que je suis seule, interrompit-elle fièrement. Si vous me connaissiez mieux, vous sauriez que je ne compte sur personne autre que moi-même. » Ces paroles tranchèrent l'unique incertitude qui restait dans l'esprit du capitaine, — à savoir si, dans cette direction, le chemin s'ouvrait libre devant lui. Bien évidemment, le motif de Madeleine, en quittant sa famille, avait été celui que l'affiche assignait à sa fuite, — une indomptable fantaisie d'embrasser la carrière dramatique. « De deux choses l'une, pensait Wragge, conformément à ses habitudes logiques; dans la situation où la voilà, elle vaut pour moi plus ou moins de cinquante livres sterling; si elle vaut plus, nous laisserons ses amis tendre inutilement leurs appeaux; si elle vaut moins, je n'ai qu'à la tenir sous clef jusqu'au moment où les affiches auront été posées. » Encouragé par ce simple dilemme, le capitaine revint à la charge et plaça poliment Madeleine entre les deux alternatives inévitables, ou de se confier à lui, ou de retourner chez les amis qui la réclamaient.

« Partout où je la trouve, disait-il se donnant des airs de sévérité vertueuse, je respecte l'indépendance de caractère. Dans une jeune et jolie parente, je fais plus que la respecter, — je l'admire. Mais (excusez cette assertion téméraire), pour suivre un chemin à soi, il faut d'abord avoir un chemin qu'on puisse suivre. Dans les circonstances présentes, votre chemin, où est-il? Et, pour commencer, il ne peut plus être question de M. Huxtable.

— Il n'en peut plus être question *ce soir*, dit Madeleine;

mais qui m'empêche d'écrire à M. Huxtable, et de prendre
avec lui, pour demain, des arrangements où personne n'aura
rien à voir?

— D'accord : j'y consens... C'est une idée, une ingénieuse
idée. Maintenant, à mon tour : pour arriver à demain (excusez encore une fois cette assertion téméraire!), il faut bien
passer la nuit... Où coucherez-vous, je vous prie?

— Est-ce qu'il n'y a pas d'hôtels à York?

— D'excellents hôtels pour de nombreuses familles, excellents aussi pour des célibataires du sexe masculin; mais les
pires hôtels du monde pour les belles jeunes personnes qui
viennent y frapper toutes seules, sans escorte d'un autre
sexe, sans femmes de chambre qui les suivent, et sans un
seul article de bagage. Si noir qu'il fasse, j'imagine bien
que je verrais une caisse à robes, pour peu qu'il s'en trouvât
une dans notre voisinage immédiat.

— Ma caisse est consignée au chemin de fer... J'ai le
billet... Qui m'empêche de l'envoyer chercher?

— Rien au monde... si vous voulez communiquer votre
adresse au moyen de cette caisse indiscrète. Réfléchissez!...
je vous supplie de réfléchir!... Supposez-vous, réellement,
que les gens qui vous cherchent soient assez insensés pour
ne pas avoir l'œil sur le bureau de consignation?... Les supposez-vous assez niais, — quand ils vous verront manquer,
chez M. Huxtable, au rendez-vous de huit heures, — pour ne
pas faire enquête dans tous les hôtels? Pensez-vous qu'une
jeune personne aussi remarquable que vous (à supposer
même qu'on vous y voulût recevoir) puisse aller prendre
résidence dans une auberge, sans devenir aussitôt, pour tout
le monde, un objet de remarques et de curiosité?... Voici la
nuit qui se fait de plus en plus vite... Je ne prétends nullement vous importuner : souffrez seulement que je répète ma
question : — Où passerez-vous la nuit? »

À cette question, pas de réponse. Dans la position de Madeleine, elle n'avait évidemment rien à répliquer. — Aussi se
taisait-elle.

« Où passerez-vous la nuit? répéta le capitaine... La réponse se présente d'elle-même : vous passerez la nuit sous mon toit. Mistress Wragge sera charmée de vous recevoir... Regardez-la comme votre tante, je vous en prie !... La propriétaire est une veuve ; la maison est près d'ici ; il n'y a point d'autre locataire, et tout justement une des chambres est à louer... Est-il rien de plus complétement satisfaisant à tous égards ? Veuillez remarquer que je ne dis rien relativement à demain ; — je vous laisse demain, et me limite exclusivement à ce soir... Il se pourra, oui ou non, que je mette à votre disposition, pour entrer au théâtre, l'appui que je suis en état de vous donner... Je ne sais pas, je ne puis dire jusqu'où m'entraîneront la sympathie et l'admiration que m'inspirent l'indépendance, l'intrépidité de votre caractère... On citerait par centaines les étoiles brillantes du théâtre anglais qui ont commencé leur noviciat dramatique de la même façon que vous commencez le vôtre ; et ces beaux exemples peuvent, oui ou non, se présenter à mon souvenir. Nous traiterons ultérieurement de tout ceci... Pour le moment, je me borne à ce que le devoir m'impose. Nous sommes à cinq minutes de ma demeure... Permettez-moi de vous offrir le bras... Non ?... vous hésitez ?... vous vous méfiez de moi ?... Juste ciel ! serait-il possible que vous eussiez entendu tenir sur mon compte des propos désavantageux ?

— Très-possible, dit Madeleine, sans reculer un moment devant cette réponse désobligeante.

— Pourrais-je être mis au courant ? demanda le capitaine avec le calme le plus courtois... N'épargnez pas ma susceptibilité !... Ayez l'obligeance de me tout dire ; et maintenant, en termes clairs et nets, que vous a-t-on raconté ?... »

Elle lui répondit comme répond une femme aux abois, sans le plus léger égard aux conséquences que ses paroles pourraient avoir ; — elle lui répondit à l'instant même :

« J'ai entendu dire que vous êtes un drôle.

— En vérité ? répondit l'imperturbable Wragge. Un drôle ?... Eh bien, soit !... je n'exercerai que plus tard le droit que j'ai de rectifier vos idées à ce sujet... Supposons,

pour les besoins de l'argumentation, que je sui › un drôle...
Et qu'est donc M. Huxtable?

— Un homme digne d'estime; sans quoi je ne l'aurais pas
trouvé dans la maison où nous nous sommes vus pour la première fois.

— A merveille!... Maintenant, une simple observation.
Vous parliez, il y a une minute, d'écrire à M. Huxtable?...
Eh bien! que doit faire, à votre avis, un homme digne d'estime, à l'égard d'une jeune fille qui vient à lui sans lui dissimuler qu'elle s'est échappée de chez ses parents avec le
projet de monter sur les planches?... Ma chère enfant,
d'après votre exposé même, ce n'est pas d'un homme esti-
mable que vous avez besoin dans la situation où vous vous
êtes mise;.. c'est d'un drôle comme moi. »

Madeleine se mit à rire amèrement.

« Il y a quelque chose de vrai en ceci, dit-elle. Je vous
remercie de m'avoir rappelée à moi-même et à la situation
que je me suis faite. J'ai mon but où il faut que j'arrive, et
qui suis-je donc pour choisir mon chemin sur cette route
fangeuse? A mon tour de vous demander pardon! je vous ai
parlé comme si j'étais une jeune personne bien née et bien
placée dans le monde... Sottises pures!... Nous en savons
plus long là-dessus, n'est-ce pas, capitaine Wragge? Vous
avez, ma foi, bien raison!.. L'Enfant de Personne peut bien
coucher sous le toit de N'importe-qui... Pourquoi pas sous le
vôtre?

— Par ici! dit le capitaine, profitant adroitement de ce
brusque changement d'humeur, et s'abstenant prudemment
de l'exaspérer par le moindre propos... Venez! c'est de ce
côté!... »

Elle fit avec lui quelque pas, et s'arrêtant tout à coup:

« Supposons, s'écria-t-elle brusquement, que je vienne à
être découverte... Qui donc a sur moi la moindre autorité?
Qui peut me remmener si je refuse de le suivre? Quand
même tous ceux qui me cherchent me trouveraient dès demain, après? Ne puis-je dire *non* à M. Pendril? Ne puis-je
me fier à mon courage pour résister à miss Garth?

— Et ce courage vous suffira-t-il pour résister à votre sœur?» dit tout bas le capitaine, qui n'avait point oublié ces allusions à Norah, par deux fois sorties des lèvres de Madeleine.

La jeune fille pencha la tête. Elle frissonna comme si l'air frais de la nuit l'avait tout à coup saisie, et s'adossa languissamment au parapet de la muraille.

« Résister à Norah?... Non, dit-elle tristement... Vis-à-vis des autres, je me sens de force; mais non vis-à-vis de Norah !...

— Par ici !... » répéta le capitaine. Wragge. Elle se redressa, leva les yeux sur le ciel obscurci, regarda tout autour les paysages qui se couvraient de ténèbres : « Que ce qui doit être s'accomplisse !... » dit-elle, se laissant entraîner par son nouveau guide.

L'horloge du « Minster » sonna huit heures moins un quart au moment où, quittant la Promenade des Murs, ils descendirent les degrés qui conduisaient dans Rosemary-lane. Presqu'au même moment, le clerc, dépêché par l'avocat de Londres, donnait à ses subalternes leurs dernières instructions, et s'embusquait lui-même de l'autre côté de la rivière, de façon à surveiller sans peine la porte de M. Huxtable.

II.

Le capitaine Wragge fit halte, presque à moitié de l'unique rangée de maisons qui composait Rosemary-lane, et ouvrit la porte de sa demeure avec la clef qu'il avait dans sa poche. Comme ils entraient dans le corridor, une femme aux traits fatigués, et portant un bonnet de veuve, parut avec un flambeau.

« Ma nièce, dit le capitaine en lui présentant Madeleine, ma nièce qui est venue visiter York... Elle se contentera de la chambre qui vous reste à louer. Veuillez donc,

je vous prie, considérer cette chambre comme arrêtée par ma
nièce, et prenez grand soin d'aérer les draps de lit !... Mistress
Wragge est-elle là-haut ?... Fort bien... Vous pouvez me
prêter votre flambeau... Chère enfant, le boudoir de mistress
Wragge est au premier ; mistress Wragge est visible... Permettez-moi de vous montrer le chemin ! »

Tandis qu'il passait le premier sur l'escalier, la misérable
veuve murmura, d'un ton suppliant, à l'oreille de Madeleine : « J'espère, miss, que vous me payerez ?... Votre oncle
n'y songe guère. »

Le capitaine ouvrit la porte qui faisait face au palier du
premier étage, et mit ainsi en évidence une personne du sexe
féminin, pompeusement attifée d'une robe de satin jaune
d'ambre, usée et flétrie ; elle était seule, assise dans un petit
fauteuil bas, ayant aux mains de vieux gants crasseux, sur
les genoux un vieux volume en lambeaux, et à côté d'elle,
un petit bougeoir économique. Cette longue personne se terminait, à son extrémité supérieure, par une large face
blanche, lisse et ronde, — une espèce de pleine lune, encadrée dans un bonnet à rubans verts, et faiblement éclairée
par des yeux d'un bleu doux et passé qui envoyaient devant
eux, sans trop savoir où, leur regard vague ; quand la porte
s'ouvrit, ils ne semblèrent pas se douter que Madeleine
fût là.

« Mistress Wragge ! cria le capitaine, comme s'il avait à
la tirer d'un profond sommeil. Mistress Wragge !... »

La dame aux yeux bleu passé se leva lentement, et déploya une taille qui semblait n'en plus finir. Lorsqu'à la
longue elle fut tout à fait debout, sa stature dépassait six
pieds [1] d'au moins deux ou trois pouces. Par une sage dis-
pensation de la Providence, les géants des deux sexes sont
créés, pour la plupart, avec les instincts les plus doux.
L'épouse du capitaine, conformément à cette loi, devait en
remontrer au mouton le plus pacifique.

« Le thé ?... serait-ce déjà le thé ?... demanda mistress

_____
1. Il s'agit de pieds anglais. (0,304.)

Wragge, abaissant un regard soumis sur ce mari dont la tête lui venait à peine aux épaules, alors qu'il se dressait sur ses orteils.

— Miss Vanstone la cadette, dit le capitaine, présentant ces dames l'une à l'autre... Votre belle parente, qu'un heureux hasard m'a fait rencontrer... Elle veut bien passer la nuit chez nous!... Chez nous!... » répéta le capitaine, criant de plus belle, comme si la géante était encore endormie, et cela malgré le témoignage des yeux qu'elle tenait grands ouverts.

Un sourire vint s'esquisser (bien faiblement) sur ce grand espace vide qui constituait le visage de mistress Wragge : « Oh! dit-elle, évidemment embarrassée, oh! vraiment?... Eh bien! miss, voulez-vous vous asseoir?... Je suis bien fâchée... c'est-à-dire, non... je suis ravie, au contraire...

Elle s'arrêta, et d'un regard désespéré sembla consulter son mari.

« Ravie, cela va de soi! cria le capitaine.

— Ravie, cela va de soi, redit fidèlement la géante au satin jaune d'ambre, avec plus de douceur que jamais.

— Mistress Wragge n'est pas sourde, expliqua le capitaine. Elle est seulement un peu... lente. Constitution engourdie, — si je puis employer cette expression. Je ne lui parle à voix si haute (et je vous supplierai de vouloir bien adopter le même ton vis-à-vis d'elle) que pour fournir à ses idées le stimulant dont elles ont besoin... Criez à ses oreilles, et sa pensée obéit au signal. Bornez-vous à lui parler, — et tout aussitôt sa pensée s'envole à cent lieues... Mistress Wragge! »

Mistress Wragge accusa aussitôt l'efficacité du stimulant : « C'est le thé qu'il vous faut? demanda-t-elle pour la seconde fois.

— Redressez votre bonnet!... Il est de travers! cria le mari... Je vous demande dix mille pardons, reprit-il, s'adressant de rechef à Madeleine. Il faut bien l'avouer, mon amour de l'ordre fait de moi un martyr. Toute chose mal rangée, tout défaut de méthode et de régularité me cause l'irritation

la plus vive. Mon attention s'en trouve distraite, mon sang-
froid bouleversé; je n'ai de repos que lorsque les choses
sont remises à bien. A ne parler que de l'extérieur, mistress Wragge est, à mon grand regret, la femme la plus de
travers que j'aie jamais rencontrée... Plus à droite! » cria
le capitaine lorsque mistress Wragge, ainsi qu'une enfant
bien élevée, offrit à l'inspection de son mari la coiffure qu'elle
venait de réviser.

L'humble et docile géante se hâta, sur cet ordre : « Plus
à droite! » de tirer son bonnet du côté gauche. Madeleine
se leva et, l'aidant, remit les choses en état. La face lunaire
de mistress Wragge s'éclaircit alors pour la première fois.
Elle jetait des regards d'admiration sur le manteau et le chapeau de Madeleine : « Aimez-vous la toilette, miss? lui demanda-t-elle tout à coup à voix basse, et sur le ton le plus
confidentiel... Je l'aime, moi, passionnément.

— Montrez sa chambre à miss Vanstone, dit le capitaine
à qui la maison tout entière semblait appartenir. — La
chambre d'amis, la chambre de réserve, au troisième, en
face!... Offrez à miss Vanstone tous les objets de toilette
dont elle peut avoir besoin!... Elle n'a pas emporté de bagages... Suppléez à ce qui manque,... et revenez faire le
thé!... »

Mistress Wragge indiqua, par un regard d'étonnement
placide, qu'elle avait à peu près compris ces ordres impérieux; elle précéda Madeleine hors de la chambre, avec un
flambeau que le capitaine, toujours attentif, avait pris soin
de lui remettre.

Dès qu'elle furent seules sur le palier, mistress Wragge
leva le volume tout déchiré qu'elle lisait au moment où Madeleine lui avait été présentée, et que ses mains distraites
n'avaient pas quitté depuis lors; se frappant ensuite le front,
de ce volume, avec une lenteur tragique : « Oh! ma pauvre
tête! s'écria la longue dame absorbée en un doux soli-
loque; voilà mon bourdonnement pire que jamais!

« —Votre bourdonnement? » répéta Madeleine au comble
de la surprise.

Mistress Wragge monta l'escalier sans donner la moindre explication, s'arrêta devant une des chambres du second étage, et y entra la première.

« Nous ne sommes pas au troisième, dit Madeleine... Cette chambre n'est certainement pas la mienne !

— Un moment ! suppliait mistress Wragge... Avant de monter plus haut, miss, un moment de halte !... Ma tête bourdonne plus fort que jamais ; veuillez attendre un instant que j'aille mieux.

— Appellerai-je ? demanda Madeleine. Désirez-vous que notre hôtesse vienne vous soigner ?

— Me soigner ? répéta mistress Wragge. Dieu merci ! je n'ai pas besoin que l'on me soigne ! Je suis faite à cela. Ce bourdonnement va et vient dans ma tête depuis, — depuis combien d'années ?... » Elle s'arrêta, réfléchit, se perdit dans ses calculs et, tout à coup, désespérant d'en sortir, hasarda une question : « Êtes-vous jamais allée, à Londres, chez le restaurateur Darch ? demanda-t-elle avec l'accent du plus vif intérêt.

— Non, répondit Madeleine, que cette étrange question prenait tout à fait à court.

— C'est là que mon bourdonnement a commencé, dit mistress Wragge, suivant ce nouvel ordre d'idées avec une attention, une anxiété profondes. — J'étais employée au service dans ces *dining-rooms* de Darch, — je l'étais... Les messieurs arrivaient tous ensemble ; tous ensemble ils avaient besoin de manger ; tous à la fois commandaient... » Elle se tut, et d'un air accablé appuya son front sur le vieux volume en lambeaux.

« Et vous aviez tous ces ordres à garder en votre mémoire ? Il fallait vous les rappeler distinctement ?... suggéra Madeleine, qui voulait lui venir en aide ; et ce sont ces efforts de mémoire qui ont un peu troublé vos idées ?

— Voilà précisément, voilà ! dit mistress Wragge qui s'exalta violemment en quelques secondes :... Porc bouilli aux légumes, et pudding de pois pour le numéro *un*...Étuvée de bœuf aux carottes, et tarte aux groseilles pour le numéro *deux*... Tranche de mouton, et sans tarder, et bien cuite, et beaucoup de gras, pour le numéro *trois*... Cabillaud aux panais; puis deux côtelettes, et bien chaudes, et brûlantes, ou je vous extermine!... pour le numéro *quatre*. Cinq, six, sept, huit, neuf, dix. Carottes et tarte aux groseilles, — pudding de pois et beaucoup de gras, — tranche de porc frais, de bœuf, de mouton, toutes bien coupées, et dépêchez-vous? — De la bière pour l'un, de l'*ale* pour l'autre, — pain rassis pour ce *gentleman*, pain frais pour l'autre, — celui-ci aime le fromage, celui-là, non; — Matilda! Tilda! Tilda! cinquante fois de suite, jusqu'à ce que je ne reconnaisse plus mon propre nom, — oh! mon Dieu! mon Dieu!! mon Dieu!!!... Tous ensemble, tous à la fois, tous en colère, tous bourdonnant dans ma pauvre tête, comme quarante mille millions de guêpes... Ne le dites pas au capitaine!... Surtout ne le dites pas au capitaine! » L'infortunée créature, ici, laissa tomber les débris épars de son vieux volume, et se prit la tête à deux mains, fixant sur la porte un regard éperdu de terreur.

« Chut! chut! dit Madeleine. Le capitaine ne vous a pas entendue... Je sais maintenant ce que vous avez à la tête... Laissez-moi vous la rafraîchir. »

Elle trempa une serviette dans de l'eau, et l'appliqua sur la tête ardente et vide que mistress Wragge lui livrait avec la docilité d'un enfant malade.

« Quelle jolie main vous avez! disait la pauvre créature qui se sentait soulagée et avait pris dans ses mains, avec admiration, celles de la jeune fille... Comme elle est douce et blanche!... Je tâche, moi aussi, d'être distinguée; je garde toujours mes gants: — mais je n'aurai jamais des mains comme les vôtres. Je suis pourtant bien habillée, n'est-ce pas? J'aime la toilette, c'est ma consolation. Je suis toujours heureuse quand je passe ma garde-robe en revue... Dites donc, vous ne vous fâcherez pas contre moi? — je voudrais tant essayer votre chapeau! »

Madeleine, avec cette compassion qui caractérise la jeunesse, satisfit aussitôt cette fantaisie. La longue dame se souriait à elle-même dans le miroir, et s'adressait de petits signes d'amitié, le chapeau perché sur le sommet de sa tête. « Autrefois, disait-elle, j'en avais un tout aussi joli... Seulement, il était blanc et non pas noir... Je l'avais mis pour épouser le capitaine.

— Où donc l'avez-vous rencontré? demanda Madeleine, posant cette question pour se procurer ainsi quelques renseignements de plus sur ce personnage qu'elle connaissait si peu.

— Aux *dining-rooms*, dit mistress Wragge. Il était, de tous ces gens à servir, le plus affamé, le plus bruyant. Je commettais plus de méprises avec lui tout seul qu'avec tous les autres réunis. il jurait, — oh! mais il jurait!... Quand il cessa de jurer après moi, ce fut pour m'épouser. Bien d'autres que lui voulaient m'avoir... Miséricorde, j'avais à choisir!... et pourquoi donc pas?... Quand il vous arrive un peu d'argent sur lequel vous ne comptez pas, si cela ne vous fait point valoir, que sera-ce, je vous prie? Et quand une fois on est une *lady*, n'a-t-on pas le droit de choisir? J'avais eu mon petit héritage, je me trouvais le droit de choisir, et ma foi, je choisis le capitaine... Il était le mieux mis et le plus petit de tous ces gens-là... Il avait soin de moi et de mon argent... Me voici, moi, mais l'argent est parti!... Ne posez pas cette serviette sur la table. — Il n'aime pas cela!... Ne dérangez pas ces rasoirs, je vous prie, ou je ne saurai plus que devenir... J'aurai à les retrouver demain matin. Le capitaine, savez-vous? ne se rase pas lui-même... il m'a fait apprendre, et je le rase... Je lui taille aussi les cheveux; je lui fais les ongles... Il est bien difficile pour les ongles... Et pour ses pantalons!... et pour ses souliers! et son journal, le matin! Et son déjeûner, son *lunch*, son dîner, son thé... » Frappée d'une réminiscence soudaine, elle s'arrêta, regarda autour d'elle, et, remarquant à ses pieds le vieux volume en délabre, joignit les mains par un geste de désespoir: « J'ai perdu la page! s'écriait-elle avec découragement. Merci de moi! que vais-je devenir? j'ai perdu la page!

— Tranquillisez-vous, lui dit Madeleine; je vous aurai bientôt retrouvé l'endroit. »

Elle ramassa le livre, y jeta un coup d'œil rapide, et constata que cet objet des inquiétudes de mistress Wragge était simplement un vieux traité d'art culinaire, renfermant les recettes accoutumées, sous la triple rubrique de Marée, Viande et Volaille [1]. En feuilletant le volume, Madeleine arriva bientôt à l'une des pages, où se pressaient de petites taches d'humidité à moitié séchées : « Chose curieuse! disait-elle, si ceci n'était pas un livre de cuisine, je jurerais qu'il a fait pleurer quelqu'un.'

— Quelqu'un? répéta mistress Wragge. Ce n'est pas quelqu'un, c'est moi... Mille remercîments, voilà certes bien l'endroit... Hélas! ce n'est pas la première fois qu'il me fait pleurer. Et vous pleureriez aussi, vous, s'il vous fallait tirer de là les dîners du capitaine... A peine je m'assois pour étudier ce livre, que j'ai tout aussitôt le bourdonnement dans ma tête... Y a-t-il donc des gens qui comprennent ces choses?... Parfois il me semble que je les tiens, et puis tout s'en va, je ne sais comment... Parfois j'imagine que tout est parti, et tout me revient pêle-mêle... Voyez plutôt! voici ce qu'il a commandé pour son déjeuner de demain :—Omelette aux herbes : battez deux œufs avec un peu d'eau ou de lait, du sel, du poivre, de la ciboulette et du persil... Hachez menu... — Là, voyez un peu! hachez menu! Comment hacherais-je menu ce mélange de choses déjà liquides?... Mettez dans la poêle un morceau de beurre de la grosseur du pouce... — Regardez votre pouce et regardez le mien; de quelle grosseur veut parler le livre?... Faites bouillir, mais non brunir... — Si ce n'est brun, de quelle couleur faut-il que ce soit?... Le livre ne me le dit pas; il suppose que je le sais, et je l'ignore... Versez l'omelette... — Bon, cela! je puis le faire... Laissez-la s'étendre. Relevez-la par les bords. Quand elle est cuite, retournez-la pour la doubler... — Oh! si vous saviez combien de fois je l'ai tournée et redoublée dans ma tête, toute la soirée, avant que vous ne vinssiez!... Empêchez-la de durcir; posez le plat sur la poêle, et retour-

1. *Fish, Flesh, and Fowl.* — Onomatopée intraduisible.

nez... — Que dois-je retourner, au nom de Dieu?... Prenez encore la serviette mouillée, et dites-le-moi !... Est-ce le plat ou bien la poêle ?

— D'abord le plat sur la poêle, dit Madeleine, puis la poêle sur le plat... Voilà, je pense, ce qu'on a voulu dire.

— Merci mille fois ! dit mistress Wragge. Il faut que je me le mette bien dans la tête..... Veuillez me le répéter ! »

Madeleine satisfit à ce vœu naïf.

« Puis la poêle sur le plat, répéta mistress Wragge avec un nouvel élan d'énergique bon vouloir... Je le tiens, à présent!... Oh! tant et tant d'omelettes qui me cuisent à la fois dans la tête!... Et toutes manquées !... Que je vous ai d'obligations !... Vous m'avez complétement remise : je suis seulement un peu fatiguée d'avoir tant parlé... Puis la poêle sur le plat, la poêle sur le plat... On dirait un refrain de chanson, n'est-il pas vrai?... »

Sa voix faiblissait peu à peu, et ses paupières engourdies allaient se fermer. Au même instant la porte s'ouvrit au-dessous, et la basse sonore du capitaine monta dans la cage de l'escalier avec ce stimulant qu'il appliquait d'ordinaire aux facultés de sa femme :

« Mistress Wragge! criait-il... Mistress Wragge! »

A ce terrible appel, la pauvre femme se dressa sur ses pieds : « Oh! disait-elle avec une agitation folle, que m'avait-il ordonné de faire?... Des masses de choses, sans nul doute, et voilà que j'ai tout oublié !

— Et bien! quand il vous le demandera, dites que c'est fait, suggéra Madeleine. C'étaient des soins à moi relatifs, et dont je puis fort bien me passer... Je me souviens de tout ce qui est nécessaire... Ma chambre est au troisième, la porte en face... Descendez, et dites que je ne tarderai pas !... »

Elle prit le flambeau, et poussa mistress Wragge sur le palier. « Dites que je ne tarderai pas ! » lui recommanda-t-elle de nouveau tout bas,—puis elle monta seule au troisième étage.

La chambre était petite, mal aérée, et pauvrement garnie. Aux jours d'autrefois, miss Garth aurait hésité à loger dans un pareil cabinet le moindre domestique de Combe-Ra-

ven. Mais ce taudis était tranquille, il procurait à Madeleine
quelque minutes de solitude et, à ce titre, il ne lui était pas
seulement supportable, il lui plaisait. Elle s'y enferma et,
par cette première impulsion de toute femme installée pour
la première fois dans une chambre quelconque, elle alla tout
droit se placer devant une petite table boiteuse qui supportait
un petit miroir verdâtre. Elle y demeura un moment, et se
détournant ensuite avec une lassitude méprisante : « Qu'importe si je suis pâle ou non ? pensait-elle ; Frank ne me verra
pas... Que m'importe, à présent ?... »

Elle déposa son manteau, son chapeau, et s'assit pour se
recueillir quelques instants. Mais les événements de la journée l'avaient mise à bout. Les souvenirs du passé, quand elle
essaya de les rappeler, ne servaient qu'à la faire souffrir.
L'avenir, quand elle essaya de le sonder, ne lui offrait qu'un
vide peuplé de ténèbres. Elle se releva, et, debout près de
la croisée sans rideaux, — elle se tenait, regardant au dehors,
comme si dans la nuit désolée elle trouvait quelque sympathie pour sa propre désolation.

« Norah ! se disait-elle avec émotion... Je me demande
si Norah pense à moi... Que ne puis-je me résigner comme
elle ! que ne puis-je oublier ce que nous devons à Michel
Vanstone ! »

Son visage, devenu plus sombre, exprima une pensée ven-
geresse, et sans bruit elle parcourait de long en large sa petite
cage : « Oh ! non..... Tant que cette dette ne sera point
payée !... » Ses pensées se reportaient ensuite vers Frank :
« Encore en mer, le pauvre garçon !... de plus en plus loin
de moi, naviguant tout le jour et toute la nuit... O mon
Frank, aime-moi toujours ! »

Ses yeux se remplissaient de larmes ; qu'elle refoula bravement ; puis elle marcha vers la porte, et, tandis qu'elle l'ouvrait, se mit à rire avec la gaieté que donne le désespoir.

« Toute société vaut mieux que mes pensées, s'écria-t-elle
en quittant la chambre. — J'oublie ma parenté de fraîche
date, ma tante à moitié folle et le drôle qui est mon oncle. »
Elle descendit jusqu'au palier du premier étage et demeura

là, retenue par une hésitation passagère. « Comment tout cela finira-t-il? se demandait-elle. Où me conduira cette route sur laquelle je marche en aveugle?... Qui le sait, et qui s'en soucie? »

Là-dessus, elle poussa la porte.

Le capitaine Wragge présidait le thé, avec la majesté d'un prince trônant au centre d'un banquet diplomatique. D'un côté de la table était assise mistress Wragge, guettant le regard de son mari comme l'animal qui attend sa nourriture; de l'autre se trouvait un fauteuil vide, vers lequel le capitaine fit ondoyer sa main persuasive, lorsque Madeleine eut franchi le seuil : « Comment trouvez-vous votre chambre? demanda-t-il; j'espère que mistress Wragge aura su se rendre utile?... Prenez-vous du lait, du sucre?...Essayez le pain de la localité. Rendez hommage au beurre d'York ; constatez la fraîcheur des œufs du voisin, tout nouvellement pondus... Je vous offre le peu que j'ai..... Le repas d'un pauvre diable, chère enfant, — assaisonné par le bon accueil d'un *gentleman*.

— Assaisonné avec du sel, du poivre, de la ciboulette et du persil, murmura mistress Wragge, s'accrochant immédiatement à cette parole qui lui rappelait le livre de cuisine, et pour tout le reste de la soirée attelant son cerveau à l'omelette.

—Asseyez-vous où vous devez être! lui cria le capitaine. Appuyez à gauche!... appuyez encore! — C'est cela... Pendant que vous étiez là-haut, dit-il en s'adressant à Madeleine, mon intelligence n'est pas restée oisive. J'ai envisagé votre position exclusivement en vue de ce qui peut vous être avantageux. Si vous vous décidez, demain, à profiter des lumières de mon expérience, ces lumières sont absolument à votre service. Peut-être direz-vous, et très-naturellement : — Mais, capitaine, je ne sais de vous que bien peu de chose, et ce peu-là n'est pas favorable... — D'accord; mais à une condition, c'est que vous me permettrez, après le thé, de vous initier complétement à ce que je suis, à ce qu'est ma renommée... Toute fausse honte m'est étrangère... Vous voyez ma femme, ma maison, mon pain, mon beurre et mes œufs très-exactement tels qu'ils sont... Pendant que vous y êtes, chère enfant, vous me verrez aussi tel que je suis. »

Lorsque le thé fut fini, mistress Wragge, sur un signal de son mari, se retira dans un coin de la chambre, où elle emporta son éternel Traité de cuisine. « Hâcher menu, murmura-t-elle en passant près de Madeleine; voilà une énigme, n'est-il pas vrai?

— Encore en pantoufles !... s'écria le capitaine, montrant du doigt les lourds pieds plats de sa femme qui traînaient sur le parquet... C'est le soulier droit... Relevez le quartier, mistress Wragge! relevez le quartier!... Permettez, continua-t-il, offrant son bras à Madeleine pour la conduire jusqu'à un mauvais petit sopha couvert en crin... Vous devez avoir besoin de repos; après un si long voyage, vous avez réellement besoin de vous reposer. » Il attira son fauteuil vers le sopha, et se mit à contempler la jeune fille avec un regard à la fois investigateur et bon, comme si, devenu son médecin, il eût ruminé en lui-même le diagnostic d'une maladie quelconque.

« Très-agréable! très-agréable! dit le capitaine, quand il eut vu Madeleine comfortablement installée sur le sopha... J'éprouve ce bien-être particulier qu'on ressent au sein de la famille... Reviendrons-nous au sujet que nous devons traiter, — ce misérable sujet que fournit ma triste personne?... Non! non! pas d'excuses, pas de protestations, je vous en supplie !... Laissez, de votre côté, les formalités inutiles, et comptez que, du mien, je ne marchanderai pas avec elles... Maintenant, abordons les faits; abordons les faits, je vous en prie... Qui suis-je et que suis-je?... Reportez-vous à la conversation que nous avons eue sur les Murailles de cette ville intéressante, et partons encore une fois du point de vue où vous vous étiez placée... Je suis un drôle, et à ce titre, ainsi que je vous l'ai déjà fait observer, l'homme le plus utile que vous ayez pu rencontrer. Remarquez bien, maintenant; il est des drôles de plus d'une catégorie; je vais vous dire, pour commencer, celle à laquelle j'appartiens. — Je suis un escroc. »

Son impudence si absolue avait quelque chose de surhumain. Pas la moindre trace de rougeur n'était venue animer

le jaune monochrome de son teint; un sourire aussi agréable
que de coutume arquait ses lèvres flexibles; ses yeux mi-partis clignaient du côté de Madeleine avec cette expression de
franchise heureuse d'elle-même qui, en général, est l'apanage
de l'innocence. Sa femme l'avait-elle entendu? Madeleine regarda, par-dessus l'épaule du capitaine, vers l'angle où, derrière lui, mistress Wragge était assise... Mais non! absorbée
dans son étude, cette cuisinière novice travaillait assidûment
à s'instruire. Son omelette imaginaire en était à ce point
critique où le beurre doit tomber dans la poêle; — ce morceau de beurre de dimension vague, auquel devait servir de
mesure le premier pouce venu. Mistress Wragge demeurait
plongée dans la contemplation d'un de ses pouces, et secouait
la tête en le regardant, comme si elle y eût trouvé quelque
chose à dire.

« Ne vous troublez pas! continua le capitaine, et ne soyez
pas autrement surprise! Escroc n'est qu'un mot de deux syl-
labes : E, S, *es*, C, R, O, C, *croc*, escroc. Définissons : un agriculteur moral, un homme qui laboure le champ de la sympathie humaine. Je suis cet agriculteur, ce laboureur. Les
médiocrités, dominées par l'étroitesse de leurs idées et
jalousant les succès que j'obtiens dans ma profession, se
plaisent à m'intituler : escroc. Et après? Ces mêmes esprits
médiocres attaquent de même, dans d'autres métiers, les
hommes qui leur sont supérieurs; — ils traitent de barbouil-
leurs les grands écrivains, — ils appellent bouchers les grands
généraux, — et ainsi de suite. Tout cela dépend du point de
vue où l'on se place. Le vôtre adopté, je me déclare escroc
à haute et intelligible voix. A votre tour, maintenant, d'adopter le mien. Écoutez ce que j'ai à dire en ma faveur sur la
manière dont j'exerce..... Dois-je continuer à m'expliquer
avec la même franchise?

— Oui, dit Madeleine, et je vous apprendrai ensuite, tout
aussi franchement, ce que j'en pense. »

Le capitaine éclaircit sa voix par une légère toux; il
assemblait mentalement toute son armée de mots, — cava-
lerie, infanterie et réserves; puis il se mit à la tête et en-

gagea l'action, voulant enlever par une charge simultanée
les fortifications morales de l'ordre social.

« Songez-y, commença-t-il. Me voici, pauvre et beso-
gneuse créature. A merveille! Sans compliquer la question
en recherchant par quelles voies j'en suis venu là, je demanderai simplement si l'assistance à fournir aux malheureux
est ou n'est pas au nombre des devoirs que doit s'imposer
une communauté chrétienne. Si vous répondez que non, vous
me scandalisez, et tout finit là. Si au contraire vous dites
oui, je prendrai la liberté de vous demander pourquoi je
serais blâmable en déterminant une communauté chrétienne
à faire son devoir? Vous voudrez peut-être savoir, à votre tour,
si l'homme prévoyant qui a mis de l'argent de côté doit se
regarder comme obligé d'en faire profiter l'homme impré-
voyant qui n'a rien économisé?.... Très-certainement; c'est
son devoir! — Et par quel motif, s'il vous plaît? — Mais, juste
ciel! par le seul motif qu'il *a* cet argent. Sur toute la surface du globe, l'homme qui n'a rien tire quelque chose de
l'homme qui possède, tantôt sous un prétexte, tantôt sous
l'autre, — et neuf fois sur dix le prétexte ne vaut rien... Eh
quoi! vos poches sont pleines, les miennes sont vides, et vous
refusez de m'aider? Misérable avare!... Pensez-vous donc que
je vous permettrai de violer en ma personne les lois sacrées de
la charité? Je ne le souffrirai pas. Entendez-moi bien, je ne le
souffrirai pas... Tels sont mes principes d'agriculture morale.
— Comment! des principes qui admettent la fraude? — Parfaitement. Suis-je donc à blâmer si le champ des sympathies
humaines ne peut être cultivé par d'autres procédés? Con-
sultez mes confrères les agriculteurs, ceux qui font valoir
une ferme : obtiennent-ils donc, sur simple requête, la
moisson qui remplira leurs greniers? Non! Ils ont à circon-
venir l'avare nature, exactement comme je circonviens
l'homme sordide. Il leur faut labourer, semer, sarcler, drai-
der le fond, assécher la superficie; bref, se livrer à leurs
opérations si compliquées. Et pourquoi donc viendrait-on
me gêner, moi, lorsque j'entreprends la vaste tâche de
drainer le sous-sol de l'humanité? De quel droit me persécu-

terait-on quand je me donne tous les soins imaginables pour exciter les plus nobles sentiments de notre vulgaire nature?... Infamie!... — Je ne sais pas d'autre mot pour caractériser cette manière d'agir, — infamie!... Si je n'avais pas confiance en l'avenir, je désespérerais de l'humanité; — mais l'avenir a toute ma confiance... Oui! un de ces jours (quand j'aurai disparu à jamais), les idées venant à s'élargir et la lumière à progresser, on reconnaîtra les mérites abstraits de cette profession que l'on flétrit aujourd'hui du nom d'escroquerie. Ce jour venu, que l'on ne m'arrache point à ma tombe; qu'on ne m'accorde point les vains honneurs des funérailles publiques; qu'on n'abuse pas de ce que je serai sans voix et sans défense pour m'insulter par quelque statue érigée au nom de la nation !... Non !... Qu'on rende simplement justice à ma pierre funéraire, en y gravant cette magistrale épitaphe : — Ici repose Wragge, embaumé par la tardive reconnaissance du Genre humain : il laboura, sema, récolta ses contemporains; une Postérité sortie des ténèbres le félicite sur l'excellence constante de ses moissons... »

Il s'arrêta, non faute de confiance ni faute de mots, mais tout simplement faute de respiration.

« Je vous ai parlé en toute franchise, et j'ai donné carrière à mon humeur enjouée, dit-il en souriant..... Je ne vous ai point scandalisée, n'est-il pas vrai? »

Quelque lassitude et quelque abattement qu'elle éprouvât, — soupçonnant les autres, doutant d'elle-même, — Madeleine ne put s'empêcher, gaie comme elle était par nature, de sourire aux extravagances effrontées que le capitaine Wragge avait mises en avant pour plaider systématiquement la cause de l'escroquerie : « Et dans l'Yorkshire, la moisson est-elle, pour le moment, très-opulente? lui demanda-t-elle, cherchant, avec l'adresse particulière aux femmes, à le battre par ses propres armes.

— Touché, touché à fond!... dit le capitaine exhibant (commentaire en action de la remarque faite par Madeleine) les pans de sa jaquette de chasse usée jusqu'à la corde... Ici ou ailleurs, chère enfant, la moisson ne manque jamais; —

14.

en revanche, un homme n'est pas toujours à même de la ré-
colter à lui seul... Or, j'ai le regret de dire qu'une intelligente
coopération me manque absolument ici. Je n'ai rien de
commun avec les simples soldats de ma profession, vulgaires
coquins qui vont chaque jour devant les gens de police et
de magistrature, se faire convaincre du pire de tous les
délits, à savoir une incurable stupidité dans l'exercice de ce
beau métier. Tel que vous me voyez, je n'ai à compter que
sur moi-même. Après des années où je me suis glorieuse-
ment suffi, je commence à m'apercevoir que la célébrité se
paye. En revenant du Nord, je fais halte pour la troisième
fois en cette intéressante cité; je consulte mes livres comme
de coutume, pour y chercher les indications relatives à
l'expérience déjà faite de cette localité; je trouve sous la
rubrique : *Position personnelle à York*, les initiales T. B. C.
qui veulent dire : Trop Bien Connu. Je prends ensuite mon
Index pour me rendre compte de l'état des environs. Les
mêmes remarques laconiques me sautent aux yeux : —
Leeds : T. B. C. — Scarborough : T. B. C. — Harrowgate :
T. B. C. — et ainsi de suite... Quelle est l'inévitable conséquence de cet examen? Je suspends ma marche ordinaire;
mes ressources peu à peu s'évaporent; et ma belle parente
me rencontre dans une des crises de ma carrière.

— Vos livres? dit Madeleine;... de quels livres parlez-
vous donc?

— Vous allez voir, répondit le capitaine. Fiez-vous à moi
ou non, comme vous voudrez. Je vous accorde, moi, une confiance absolue... Vous allez voir. »

A ces mots, il passa dans la chambre du fond. En son
absence, Madeleine, à la dérobée, jeta un autre regard du
côté de mistress Wragge. Celle-ci s'était-elle encore mise à
l'abri du déluge de paroles que faisait pleuvoir son époux?
Oui, certes, et pas une goutte ne l'avait atteinte. Amenant
peu à peu son omelette imaginaire au dernier période de sa
fabrication, elle répétait maintenant cette manœuvre finale
qui consiste à la retourner, — la paume de sa main lui servant à représenter le plat, et le livre de cuisine jouant le

rôle de la poêle à frire : « Je tiens mon affaire, disait-elle avec un petit signe de tête adressé à Madeleine... Vous commencez par mettre la poêle sur le plat,... et vous les retournez ensuite l'un sur l'autre. »

Le capitaine Wragge revint, apportant un beau pupitre noir, orné d'une serrure en bronze doré. Il en retira cinq ou six petits livres d'un embonpoint raisonnable, reliés en veau et parchemin, comme le sont les registres de commerce, et chacun avec son petit fermoir.

« Prenez-y bien garde! disait l'agriculteur moral. Je ne prétends pas pour ceci me faire valoir : il est dans ma nature d'être méthodique, je le suis. J'ai besoin de tout écrire, sans quoi je perdrais la tête!... Voici ma bibliothèque commerciale : — livre-journal, grand-livre, livre de Districts, livre de Correspondance, livre de Remarques, et ainsi de suite. Ayez la bonté de jeter les yeux sur n'importe lequel de ces volumes!... Je crois pouvoir me flatter que vous n'y trouverez, de la première page à la dernière, rien qui ressemble à un pâté, à une rature... Regardez un peu dans cette pièce : y verrez-vous un siége qui ne soit rangé?... Non, certes, à moins que je n'y aie pas pris garde.., Arrêtez maintenant les yeux sur moi!... Mes vêtements sont-ils poudreux? suis-je négligé? ma barbe est-elle à moitié faite? Bref, suis-je ou non un pauvre diable immaculé? Remarquez bien que je ne m'en attribue pas le mérite; — c'est mon naturel, chère enfant, c'est mon naturel! »

Il ouvrit un des volumes. Madeleine ne pouvait apprécier l'admirable correction avec laquelle étaient tenus les comptes que renfermait ce cahier; mais elle était à même de juger la netteté de l'écriture, la régularité des rangées de chiffres, l'exactitude mathématique des lignes tracées à l'encre rouge et à l'encre noire, enfin l'absence complète de la moindre tache, de la moindre rature. Bien que le sens inné de l'ordre fût chez le capitaine Wragge, — comme chez beaucoup d'autres, — un instinct trop complétement machinal pour exercer aucune influence salutaire sur ses actions, encore en avait-il une très-réelle sur ses habitudes; et ses escroqueries se

trouvaient, par là, ramenées à une méthode, à des systèmes
tout aussi stricts que si elles eussent été les transactions
commerciales d'un honnête homme.

« En apparence, n'est-il pas vrai, mon système peut
sembler compliqué? poursuivit le capitaine. A tout prendre,
pourtant, c'est la simplicité même. Je me borne à éviter les
erreurs dans lesquelles tombent les *agriculteurs* vulgaires.
Cela revient à dire que je ne cherche jamais à appeler directement l'intérêt sur mes malheurs, et que jamais je ne m'a-
dresse aux gens riches, — deux fatales méprises que com-
mettent sans cesse les praticiens de second ordre. Les gens
dont les moyens sont limités sont quelquefois sujets, en matière d'argent, à des impulsions généreuses, — mais les gens
riches, *jamais !*... Mylord, qui touche un million par an, sir
John qui a des domaines dans cinq ou six comtés, — voilà
ceux qui ne sauraient pardonner au mendiant bien né de
leur escamoter une guinée; voilà ceux qui envoient chercher
les officiers de police chargés de réprimer le vagabondage;
voilà ceux qui ont soin de leur argent. Qui voyez-vous donc
égarer par pure étourderie des shillings et des pièces de six-
pence? des domestiques et des petits commis, pour lesquels
shillings et six-pence sont d'une grande importance. Vous
a-t-on jamais conté que Rothschild ou Baring eussent laissé
tomber une pièce de quatre sous dans le ruisseau? Quatre
sous dans la poche de Rothschild sont plus en sûreté que dans
celle de cette femme que vous entendez présentement crier,
le long de Skeldergate, des crevettes de seconde fraîcheur.
Fort de ces principes solides, éclairé par les trésors de renseignements écrits que renferme ma bibliothèque commerciale, j'ai, depuis des années, exploré les diverses couches de
la population et recueilli, avec le succès le plus encoura-
geant, mes moissons de charité. Regardez, dans le registre
numéro un, la carte de tous mes Districts avec l'indication,
pour chacun d'eux, du sentiment public prédominant auquel
on peut faire appel : — District militaire, District clérical,
District agricole, etc., etc... Regardez ensuite, dans le *numéro
deux,* les malheurs divers que j'invoque : — Famille d'un

officier tué à Waterloo ; Femme d'un pauvre vicaire que l'af-
faiblissement de ses nerfs met hors de service ; Veuve d'un
infortuné nourrisseur qu'un taureau furieux a percé de ses
cornes, etc., etc... Ici, dans le *numéro trois*, sont les gens
qui ont entendu parler de la Famille de l'officier, de la Femme
du vicaire, de la Veuve du nourrisseur, et les gens, au contraire, pour qui ces histoires seraient nouvelles ; ceux qui
ont donné, ceux qui ont refusé ; ceux qu'on peut essayer
encore, ceux qui ont besoin pour les ranimer d'une nouvelle catastrophe ; ceux dont on doit douter, ceux auxquels il
faut prendre garde, etc... Ailleurs, dans le *numéro quatre*,
les attestations manuscrites (et plus ou moins autographes)
que les personnages publics ont accordées à mon mérite et à
mon intégrité ; les récits déchirants que j'ai consacrés à la
Famille de l'officier, à la Femme du vicaire et à la Veuve du
nourrisseur, tous tachés de larmes, et l'écriture portant les
traces d'une évidente émotion, etc., etc... Plus loin, dans les
numéros cinq et *six*, se trouvent mentionnées mes souscriptions personnelles à telle ou telle œuvre de charité locale, —
souscriptions bien réellement payées dans les Districts les plus
rémunérateurs, en vertu de ce principe, qu'il faut quelquefois
risquer une sardine pour prendre un hareng ; — de plus, mon
journal quotidien, mes réflexions et remarques personnelles,
le compte que je me rends des obstacles que je rencontre
(comme, par exemple, de me trouver T. B. C. dans cette ville
intéressante) ; mes allées et venues, mes observations mé-
téorologiques et politiques ; les fluctuations de ma santé ; les
fluctuations de la tête de mistress Wragge ; les fluctuations
de nos ressources et de nos repas, de nos payements, de nos
perspectives, de nos principes, etc., etc. Voilà, chère enfant,
ce qui fait aller le moulin de l'escroc !... Et, désormais, vous
me voyez exactement comme je suis. Vous saviez d'avance,
quand nous nous sommes rencontrés, que je vivais d'industrie. Eh bien ! vous ai-je ou non prouvé, maintenant, que
j'ai, en effet, une industrie dont on peut vivre ?

— Je suis certaine que vous vous êtes pleinement rendu
justice, répondit tranquillement Madeleine.

— Je ne suis pas le moins du monde fatigué, continua le
capitaine, et, s'il en était besoin, je continuerais ainsi tout
le reste de la soirée. — Mais, puisque je me suis rendu
pleine justice, peut-être vaut-il mieux laisser le demeurant
de mon caractère se mettre en relief dans les occasions qui
ne peuvent manquer de se présenter... Pour le moment, je
cesse d'attirer l'attention sur moi... Wragge sort de scène...
Et parlons d'affaires !... Permettez-moi de vous demander
quel effet j'ai produit sur vous? Croyez-vous encore que le
drôle qui vous a confié tous ses secrets soit un drôle enclin
à tirer d'une belle parente quelque avantage déloyal?

— Je ne répondrai pas immédiatement à cette question,
dit Madeleine. Quand je suis descendue pour prendre le thé,
vous m'avez dit que vous faisiez travailler toutes vos facultés
à mon profit... Pourrais-je savoir comment?

— Certes, dit le capitaine Wragge, vous aurez le produit
net de toutes ces opérations mentales. Elles embrassent les
démarches présentes et futures, tant de vos inconsolables
amis que des gens de loi qui les aident à vous découvrir. Selon toutes probabilités, leurs démarches actuelles prennent
la forme suivante: — Le clerc de l'avocat a perdu vos traces
chez M. Huxtable, et, à l'heure qu'il est, après s'être soigneusement enquis de vous dans tous les hôtels, il a également
renoncé à vous y relancer. Il n'a plus qu'une chance, c'est
que vous envoyiez quérir votre malle au chemin de fer, —
mais vous ne commettrez pas cette maladresse; — et voilà
notre clerc qui se trouve pour ce soir (grâce au capitaine
Wragge et à Rosemary-lane) complétement dépisté. Il ne
manquera pas d'en informer aussitôt, à Londres, les gens
dont il est le mandataire; et ceux-ci (ne vous alarmez pas!)
demanderont assistance à la police municipale. En faisant la
part des délais inévitables, un espion attitré, pourvu de toutes
ses ressources et muni de ces affiches qui peuvent l'aider à
constater secrètement votre identité, doit arriver ici après-
demain, au plus tard; et il est possible qu'il arrive plus tôt.
Si vous demeurez à York, si vous essayez d'entrer en communication avec M. Huxtable, cet espion ne peut manquer

de vous découvrir. Si, au contraire, vous quittez la ville avant son arrivée (et cela, naturellement, sans vous servir du chemin de fer), vous le jetez exactement dans le même embarras où est maintenant notre clerc ; — vous le mettez au défi de retrouver votre piste. Voilà comme je résume votre situation présente... Que pensez-vous de cet exposé?

— Je lui trouve un défaut, dit Madeleine... Il n'aboutit positivement à rien.

— Pardon, répliqua le capitaine. Il aboutit à un arrangement qui vous permettra de quitter York saine et sauve; il aboutit à un plan qui réalisera tous vos vœux, relativement à la carrière théâtrale que vous voulez suivre : — l'un et l'autre, tirés des ressources de ma vieille expérience; l'un et l'autre n'attendant qu'un mot de vous pour déborder, dans leurs plus menus détails, de ma cervelle féconde.

— Je crois savoir quel est ce mot, répondit Madeleine, qui le regardait attentivement.

— Charmé de tant de pénétration... Vous n'avez qu'à dire : Capitaine Wragge, chargez-vous de moi!... et mes plans, tout aussitôt, vous seront soumis.

— Je demande une nuit pour réfléchir à votre proposition, dit-elle après avoir songé quelques instants... Vous aurez demain matin ma réponse... »

Le capitaine Wragge parut un peu désappointé. Il ne s'était pas attendu à ce qu'on opposerait avec tant de sang-froid à la réserve qu'il venait de faire une réserve exactement équivalente.

« Pourquoi ne pas vous décider tout de suite? lui dit-il sur le ton de la remontrance la plus persuasive... Vous n'avez qu'à considérer...

— J'ai plus à considérer que vous ne croyez, répondit-elle. Outre le but que vous me connaissez, j'en ai un autre encore...

— Puis-je demander?...

— Pardon, capitaine Wragge!... Vous ne pouvez pas demander... Laissez-moi vous remercier de votre accueil hospitalier, et vous souhaiter le bonsoir... Je suis fatiguée... J'ai besoin de sommeil. »

Le capitaine, toujours sage, se plia au désir de sa belle parente avec le sang-froid empressé d'un homme rompu aux usages du monde.

« Fatiguée, c'est vrai, disait-il du ton le plus sympathique... Il est impardonnable à moi de n'y avoir pas songé plus tôt. Nous reprendrons demain notre conversation... Souffrez que je vous donne un flambeau... Mistress Wragge!... »

Accablée par ses efforts d'intelligence, mistress Wragge ne poursuivait plus que dans ses rêves la confection de sa fameuse omelette. Sa tête penchait d'un côté, son corps de l'autre. Un doux ronflement lui échappait. De temps en temps une de ses mains, soulevée en l'air, agitait une poêle chimérique et retombait, avec un faible choc, sur le livre de cuisine étalé en son giron. Au bruit de la voix conjugale, elle se dressa debout en sursaut et, l'intelligence encore endormie, mais les yeux tout grands ouverts, elle faisait face au capitaine.

« Donnez vos soins à miss Vanstone, lui disait-il, et la première fois que vous vous endormirez dans votre fauteuil, tâchez de rester bien droite; — ne me contrariez pas en vous endormant tout de travers. »

Mistress Wragge ouvrit des yeux un peu plus hagards, et regarda Madeleine avec un irrémédiable ébahissement.

« Est-ce que le capitaine déjeune à la chandelle? demandait-elle avec douceur... Et se pourrait-il bien que je n'eusse pas fait l'omelette?

Mais, avant que la voix de son mari eût pu lui appliquer encore un stimulant correctif, Madeleine, émue de compassion, la prit par le bras et la conduisit dans sa chambre.

« Outre le but que je lui connais, elle en a un autre? répéta le capitaine Wragge, quand il fut resté seul avec lui-même... Y aurait-il donc, en somme, quelque *gentleman* à l'arrière-plan?... Se brasse-t-il, dans les ténèbres, quelque complication sur laquelle je n'ai pas compté?... »

III.

Vers six heures, le lendemain matin, Madeleine fut réveillée par les rayons du jour naissant, qui vinrent la chercher au fond de sa chambrette, dans Rosemary-lane.

En sortant de ce sommeil profond et sans rêves où elle était restée toute la nuit, elle éprouva l'étonnement pénible que connaissent tous ceux qui ont dormi dans quelque lit étranger : « Norah! » Cet appel machinal lui échappa dès qu'elle ouvrit les yeux. Puis, la minute d'après, sa pensée s'éveillant à son tour, elle se rappela la vérité tout entière. Elle parcourut du regard cette misérable chambre garnie, avec un retour du dégoût qu'elle lui avait déjà inspiré la veille. Le contraste rebutant de tout ce qu'elle voyait avec le *comfort* élégant de sa propre chambre à coucher, — la négligence de soi-même qu'impliquait l'absence de ces mille détails auxquels une éducation recherchée avait habitué son enfance, — blessait en elle ce sentiment de dignité corporelle qui, chez une femme de mœurs raffinées, devient pour ainsi dire une seconde nature. Si mesquine que dût sembler une telle influence, mise en regard de la situation où elle se trouvait, le simple aspect de la cruche et de la terrine déposées dans un coin de la chambre détermina la première résolution qui suivit le réveil de Madeleine. Elle se décida, sans plus de retard, à quitter Rosemary-lane.

Mais comment en sortirait-elle ? Avec ou sans le capitaine Wragge ?

Elle s'habilla, ne touchant qu'avec mille scrupules aux objets avec lesquels il fallait de toute nécessité que ses mains ou ses vêtements fussent en contact ; puis elle ouvrit la fenêtre. La brise d'automne passait fraîche et pure : le petit coin de ciel que la jeune fille pouvait apercevoir étincelait déjà des splendeurs matinales. Le silence de cette heure paisible n'était rompu, çà et là, que par les voix lointaines des bateliers sur la rivière et le gazouillement des oiseaux nichés dans

l'épaisse végétation qui revêt le sommet des vieilles murailles.
Elle s'assit près de la fenêtre, tâchant de retrouver le fil des
pensées que, la veille au soir, son épuisement l'avait forcée
d'interrompre. Le premier souvenir qui s'offrit à elle fut celui
du capitaine Wragge.

L'« agriculteur moral » n'était point parvenu à lui inspirer
la moindre confiance personnelle, malgré sa franchise habile
et le soin qu'il avait pris de confesser ouvertement les im-
postures dont il se servait pour tromper le tiers et le quart.
Il lui avait donné une plus haute idée de ses talents, il l'avait
amusée par ses saillies, il l'avait étonnée par son aplomb;
mais il lui avait laissé la conviction qu'il était un Drôle, justement au même degré où elle l'avait dès le début de leurs
nouvelles relations. Si elle n'eût eu d'autre projet, en ce moment, que celui de débuter au théâtre, elle aurait rejeté immédiatement, à ses risques et périls, l'assistance plus que
douteuse de ce misérable vagabond.

Mais le périlleux voyage où elle venait de s'aventurer devait, selon elle, la conduire à un autre but, — bien sombre
et bien obscur encore, — et sur la route duquel étaient semés des piéges bien autrement profonds que ceux où peuvent tomber les simples aspirants à la carrière dramatique.
Dans le calme mystérieux de la matinée, les pensées de Madeleine s'étaient arrêtées sur ce projet ultérieur, bien autrement hasardeux que le premier, et la méprisable figure de
l'Escroc lui apparut alors sous un nouvel aspect.

Elle aurait pourtant bien voulu l'exclure de ses combinaisons, — et ne pas descendre jusqu'à lui dans les bas-fonds où
elle l'avait toujours laissé.

Après les derniers petits soins donnés aux détails de sa
toilette, elle tira du corsage de sa robe le sachet blanc qu'elle
avait fabriqué elle-même à Combe-Raven, pendant la soirée des
adieux. Il se fermait au moyen de deux cordonnets de soie.
Après l'avoir ouvert, le premier objet qu'elle en fit sortir fut
une boucle des cheveux de Frank, retenue par un fil d'argent; puis vint une feuille de papier sur laquelle était la copie
qu'elle avait prise, par extraits, du testament de son père, et

de la dernière lettre qu'il eût écrite; enfin, un paquet de *bank-notes*, étroitement comprimées, pour une valeur d'environ deux cents livres : — c'était (ainsi que miss Garth l'avait à bon droit conjecturé) ce que Madeleine avait retiré de ses bijoux et de ses toilettes, secrètement vendus grâce à l'assistance de la domestique du pensionnat. Elle replaça immédiatement les billets de banque, sans leur accorder un second regard, puis elle se mit à considérer, assise et pensive, la boucle de cheveux étalée sur ses genoux : « Vous valez mieux que rien! disait-elle, lui adressant la parole par une tendre fantaisie de jeune fille... Je pourrai quelquefois, comme aujourd'hui, vous contempler tout à l'aise, et me figurer que j'ai Frank sous les yeux... O mon Frank! ô mon bien-aimé! » Sa voix faiblit doucement, et, avec une langueur caressante, elle porta la boucle de cheveux à ses lèvres. De là, échappant à ses doigts émus, cette boucle tomba dans son sein. Aussitôt une charmante rougeur couvrit ses joues et, gagnant son cou de proche en proche, semblait vouloir suivre dans leur chute ces cheveux tombés si à propos. La jeune fille ferma les yeux, et sa tête s'inclina doucement. Le monde entier disparut devant elle et, dans cette minute d'enchantement, l'amour rouvrit, pour une des filles d'Ève, les célestes portes du Paradis.

Les bruits vulgaires de la rue voisine, plus nombreux à mesure que la matinée avançait, ramenèrent violemment Madeleine aux dures réalités du présent. Elle releva la tête avec un profond soupir, et laissa de nouveau ses yeux errer sur son ignoble et misérable logement.

Les extraits du testament et de la lettre, — ces derniers souvenirs de son père, maintenant si étroitement associés au dessein qui la possédait tout entière, — étaient encore exposés devant elle. La rougeur éphémère disparut de ses joues au moment où elle déplia le petit manuscrit. Les passages extraits du testament occupaient le haut de la page. Madeleine s'était bornée à copier les quelques paroles touchantes par lesquelles le père qui n'était plus sollicitait ses enfants de lui pardonner la souillure de leur naissance, en les suppliant de se rappeler

par quelle affection constante et par quels infatigables soins
il avait essayé d'expier sa faute. Venait ensuite l'extrait de la
lettre à M. Pendril. Madeleine se lut à elle-même, et tout
haut, ces dernières lignes si tristes : — « Pour l'amour de
Dieu, venez aussitôt ma lettre reçue, — venez m'enlever cette
terrible pensée que, provisoirement, l'avenir de mes deux filles
chéries n'est aucunement garanti. S'il m'arrivait malheur, et
si mon désir de m'acquitter envers leur mère devait aboutir
(par suite de mon ignorance des lois) à déshériter Norah et
Madeleine, je ne reposerais pas tranquille au fond de ma
tombe ! » Au-dessous de ces lignes, et tout au bas de la page,
était écrit le terrible commentaire que les lèvres de M. Pendril avaient attaché à cette lettre suprême : « — Les filles de
M. Vanstone ne sont désormais les enfants de personne, et
la loi les livre sans ressources à la merci de leur oncle. »

« Sans ressources, » quand ces mots avaient été prononcés,
— sans ressources encore, après tout ce qu'elle avait résolu,
après tout ce qu'elle avait sacrifié. Sa rentrée dans les droits
qu'elle et sa sœur tenaient de la nature, et que sanction-
naient directement les dernières volontés exprimées par son
père; la délivrance de Frank, rappelé de Chine; sa propre
justification pour avoir quitté Norah, — tout cela dépendait,
maintenant, du succès que pouvait obtenir sa tentative désespérée pour recouvrer à tout risque l'héritage perdu, et l'arracher à l'homme qui, non content de ruiner les enfants de
son frère, les avait encore abreuvées d'outrages. Et cet
homme était encore pour elle une ombre impalpable ! Elle ne
savait encore, en ce moment même, ni ce qu'il était, ni où
le chercher !...

Elle se leva et arpenta la chambre avec les allures muettes
et le gracieux abandon d'une panthère captive : « Comment
l'atteindre sans qu'il me connaisse ?... se disait-elle. Comment
découvrir ?... » Elle s'arrêta soudain. Avant que la question
qu'elle se posait ainsi eût été complétement formulée, le
capitaine Wragge lui était revenu à l'esprit.

C'était un homme habitué à travailler dans la nuit; doué,
comme audace et comme ruse, d'inépuisables ressources; et

cet homme, — qui ne reculerait devant aucun emploi, même
le plus ignoble, si on lui en proposait un qui pût remplir sa
bourse, — n'était-il pas l'instrument que, dans la nécessité
présente, réclamait la main de Madeleine? Deux conditions
étaient à remplir bien évidemment, avant qu'elle pût faire
un pas de plus sur sa route fatale; il lui fallait obtenir sur
le frère de son père des renseignements plus amples que ceux
qu'elle possédait; il fallait aussi que, durant cette enquête,
son ennemi complétement hors de garde ne la soupçonnât
aucunement de s'y livrer. Si résolue qu'elle fût à ne compter
que sur elle-même, l'espionnage inévitable qu'il fallait employer au début ne se pouvait exercer que par délégué. Or,
dans la position faite à la jeune fille, de quelle créature
humaine pouvait-elle disposer, sauf du Bohémien qui l'attendait en bas? D'aucune, sans contredit. Elle y réfléchit avec
anxiété; longtemps elle y réfléchit sans trouver une autre
combinaison. Donc ce dilemme se dressait devant elle : ou
employer le Drôle qui s'efforçait à la servir, ou renoncer au
dessein qu'elle avait formé.

Elle s'était arrêtée au milieu de la chambre : « Au pire,
que peut-il faire? se disait-elle... Me duper? Eh bien! si c'est
mon argent qui l'asservit à moi, que m'importe? Je me laisserai voler! » Elle alla machinalement reprendre sa place
près de la fenêtre. La minute suivante la décida. La minute
suivante lui fit poser le pied sur la pente fatale; — elle résolut d'affronter le danger, et de mettre le capitaine Wragge à
l'épreuve.

La maîtresse de la maison vint, à neuf heures, prévenir
Madeleine (en lui apportant les compliments du capitaine)
que le déjeuner était servi.

Mistress Wragge était seule, enveloppée dans un vaste
peignoir de cotonnade brune, à capuchon, et garni de rubans
roses d'une nuance équivoque. L'ancienne demoiselle des
Dining Rooms de Darch était absorbée dans la contemplation d'un grand plat renfermant une substance quelconque,
qui avait l'aspect d'une espèce de cuir tacheté de jaune, et
profusément émaillé de petits points noirs.

« Voilà ! disait mistress Wragge, voilà l'omelette aux fines
herbes... Notre hôtesse m'a donné un coup de main. Et, à
nous deux, nous avons fait ceci... N'en demandez pas au capitaine, quand il viendra; — non, n'est-ce pas? vous serez
bien aimable... Dites si elle n'est pas bien?... Et pourtant,
nous avons eu quantité d'accidents... Elle est tombée dans les
cendres... Elle a été renversée sur l'escalier... Elle a brûlé le
petit dernier de notre hôtesse, qui était allé s'asseoir dessus...
Au fond, voyez-vous, elle n'est pas moitié aussi bonne qu'on
le croirait... N'en demandez pas!... Peut-être, si vous n'en
dites rien, n'y prendra-t-il pas garde... Et que pensez-vous
de mon peignoir? Je voudrais tant en avoir un blanc!... En
avez-vous un blanc, vous? Comment est-il garni, dites?... »

L'entrée du formidable capitaine arrêta sur les lèvres de
sa femme la question qui allait suivre. Par bonheur pour
elle, il était trop préoccupé de la décision que Madeleine lui
avait promise pour accorder aux questions gastronomiques
autant d'attention que d'ordinaire. Le déjeuner achevé, il
renvoya mistress Wragge, sans autre allusion à l'omelette
qu'une permission sans réserve de la donner au chien, s'il
en voulait.

« Comment ma petite proposition vous apparaît-elle au
grand jour? demanda-t-il, installant deux fauteuils pour Madeleine et pour lui... A quoi nous arrêtons-nous? — Capitaine
Wragge, chargez-vous de moi!... ou bien : Capitaine Wragge,
je vous souhaite le bonjour?

— Vous allez le savoir tout de suite, répondit Madeleine.
Mais, d'abord, une explication préliminaire. Je vous ai dit,
hier soir, que j'avais un autre objet en vue, outre celui de
gagner ma vie au théâtre...

— Mille pardons! interrompit le capitaine Wragge. Est-ce
bien « gagner votre vie » que vous venez de dire?

— Certainement. Ma sœur et moi nous n'avons plus à
compter que sur notre travail pour nous procurer le pain de
chaque jour.

— Eh quoi! s'écria le capitaine, se levant tout à coup
avec un ébahissement douloureux... Les filles de mon riche

et regrettable allié en seraient-elles réduites à gagner leur vie ? Mais c'est impossible, c'est extravagant, c'est insensé !... »

Il se rassit alors, et regarda Madeleine du même air que si elle venait de lui infliger un dommage personnel.

« Vous ne connaissez pas encore toute l'étendue de nos malheurs, reprit la jeune fille d'un ton calme. Avant de passer outre, j'ai à vous raconter tout ce qui est survenu. »

Elle le lui dit, en effet, immédiatement, dans les termes les plus simples qui s'offrirent à elle et avec aussi peu de détails que possible.

La profonde stupéfaction du capitaine Wragge ne lui laissait que la conscience bien nette de l'effet produit sur son intelligence étonnée par le récit qu'il venait d'écouter. La récompense de cinquante livres offerte par l'avocat à quiconque ferait retrouver la jeune fille égarée prit aussitôt, dans ses calculs, un rang bien supérieur à celui qu'elle avait occupé jusqu'alors.

« Dois-je comprendre, demanda-t-il, que vous êtes absolument à court de ressources actuelles ?

— J'ai vendu mes bijoux et mes toilettes du soir, dit Madeleine, qui le voyait avec impatience insister sur ces vulgaires considérations... Si mon inexpérience retarde mes progrès au théâtre, j'ai de quoi me suffire jusqu'à ce que le théâtre puisse me rémunérer. »

Le capitaine Wragge apprécia, par un calcul intime, ce que pouvaient valoir les bagues, les bracelets, les colliers, les soies, satins, dentelles appartenant à la fille d'un *gentleman* opulent, et ce, calculé au tiers de leur valeur réelle. L'instant d'après, la récompense de cinquante livres, déchue soudainement, tomba au plus profond des profondes combinaisons de ce judicieux personnage.

« Fort bien, dit-il sur le ton le plus positif de l'homme d'affaires... Vous n'avez nullement à craindre, ma chère enfant, que vos progrès soient retardés au théâtre, si vous possédez quelques ressources actuelles, et si vous savez profiter de mon assistance.

— J'ai à réclamer de vous plus d'assistance que vous ne

m'en avez encore offert, — ou à me passer complétement de
votre aide, dit Madeleine. Devant moi se dressent bien
d'autres obstacles que la difficulté de quitter York ou celle
de me frayer un chemin vers le théâtre.

— En vérité?... Je suis tout oreilles... Expliquez-vous !... »

Avant de leur laisser franchir ses lèvres, elle pesa soigneusement les paroles qui allaient suivre :

« Il est certaine enquête, dit-elle, que j'ai un grand intérêt
à faire. Si je l'entreprenais moi-même, j'éveillerais l'attention
de la personne qu'elle concerne, et je n'obtiendrais qu'en
partie, — peut-être même n'obtiendrais-je en aucune façon
— les informations que je désire. Si cette enquête pouvait
être faite par un étranger, sans que j'y parusse en rien, il
m'aurait rendu un service bien autrement important que celui
dont je vous fus redevable hier au soir... »

Sur la face bohémienne du capitaine Wragge se peignit,
à ces mots, une attention sérieuse et profonde.

« Puis-je savoir, dit-il, de quelle nature est cette enquête? »

Madeleine hésita. Il lui avait fallu mentionner le nom de
Michel Vanstone en racontant au capitaine comment elle se
trouvait déshéritée. Il faudrait inévitablement lui répéter
encore ce nom, s'il devenait son agent. Par une suite de dé-
ductions bien simples, il le découvrirait lui-même, quelque soin qu'elle mit à ne pas le prononcer, pour peu qu'elle
hasardât encore quelques paroles. En de telles circonstances,
y avait-il pour elle quelque motif plausible à reculer devant
une mention directe du nom de Michel Vanstone? Aucun,
certes, qu'on pût expliquer; — et cependant elle recula.

« Par exemple, poursuivit le capitaine Wragge, s'agit-il,
dans cette enquête, d'un homme ou d'une femme? d'un ennemi ou d'un ami?...

— Un ennemi », répondit-elle vivement.

Cette réponse ambiguë aurait pu laisser le capitaine dans
les ténèbres; mais le regard de la jeune fille l'éclaira soudainement : «Michel Vanstone! pensa Wragge, toujours bien
avisé... La petite semble à craindre... Tâtons encore un peu

le terrain! — Si nous parlions maintenant, reprit-il, de l'enquête elle-même? Vous êtes-vous fait une idée bien nette de ce que vous désirez savoir relativement à cet... individu?

— Une idée parfaitement nette, répondit Madeleine, et, pour commencer, je voudrais savoir où il réside.

— Ah!... et après cela?

— Je voudrais savoir quelles sont ses habitudes, quelles gens il voit, quelles dépenses il fait... » Ici, elle réfléchit un peu... « Encore autre chose, dit-elle; je voudrais savoir s'il y a une femme dans sa maison, ou parente, ou chargée de tenir le ménage, qui ait acquis sur lui quelque influence.

— Jusqu'ici pas grand mal, dit le capitaine... Et ensuite?

— Plus rien... Le reste est mon secret. »

Les nuages qui obscurcissaient la physionomie du capitaine Wragge commencèrent à se dissiper encore une fois. Il revint, avec sa précision habituelle, aux dilemmes dont il était coutumier : « Cette enquête dont elle parle, pensait-il, ne saurait avoir que l'un de ces deux objets : — mal à faire, argent à gagner!... S'il s'agit de mal à faire, je le lui glisserai entre les doigts; s'il s'agit d'argent, je saurai me rendre utile en vue des chances futures. »

Les yeux vigilants de Madeleine étudiaient le développement suspect des réflexions auxquelles se livrait son interlocuteur : « Capitaine Wragge, dit-elle, si vous voulez prendre le temps de réfléchir, dites-le tout uniment!...

— Pas une minute ne m'est nécessaire, répondit le capitaine... Confiez à mes soins votre départ d'York, votre carrière dramatique, votre enquête mystérieuse!... Me voici tout entier à votre disposition... Et maintenant, — tranchons le mot, — m'acceptez-vous? »

Le cœur de la jeune fille battit plus vite; l'émotion sécha ses lèvres, — mais le mot décisif fut prononcé :

« J'accepte. »

Ici, la conférence fut suspendue. Madeleine, assise et muette, luttait contre les vagues terreurs de l'avenir, que sa réponse évoquait autour d'elle. Le capitaine Wragge, de son côté, semblait s'absorber dans la contemplation de quelques

nouveaux dilemmes; ses mains, plongées au fond de ses
poches vides, en sondaient prophétiquement la capacité,
comme réceptacles de l'or et de l'argent qui allaient y pleuvoir. L'éclat de ces précieux métaux se reflétait sur son
visage, et sa voix avait quelque chose de leur timbre sonore,
lorsque, ravitaillé de paroles nouvelles, il reprit l'entretien :

« La question qui se présente maintenant, dit-il, est une
question de temps. Ces investigations confidentielles que
vous réclamez, faut-il y vaquer immédiatement, ou peuvent-
elles attendre?

— Elles peuvent attendre pour le moment, répondit
Madeleine... Avant qu'il y soit procédé, je veux mettre ma
liberté hors d'atteinte.

— A merveille. Le premier pas à faire dans cette direction doit être, — pardonnez cette métaphore professionnelle
à un militaire! — de battre en retraite dès demain... Jusque-
là, je vois clair sur ma route. Mais ensuite je demanderai au
quartier général « mes ordres de marche, » comme nous
disions dans la milice. Il me semble pourtant que nous
aurons à nous occuper en première ligne de réaliser vos
visées dramatiques. Je suis à vos ordres pour cela, dès que
je les connaîtrai plus complètement... Comment se fait-il
que vous ayez songé au théâtre?... Je vois le feu sacré brûler
en vous. Qui donc en alluma la première étincelle?... »

Madeleine n'avait qu'une réponse à lui faire. Il fallut bien
revenir sur les belles journées à jamais disparues, et raconter l'histoire de ses brillants débuts à Evergreen-Lodge. Le
capitaine Wragge l'écoutait avec sa courtoisie ordinaire,
mais ne tirait bien évidemment de ce récit aucune impression décisive. A des auditoires d'amis il refusait tacitement
toute compétence; et l'opinion du « metteur en scène » était
celle d'un homme qui parlait, son salaire en poche, avec
l'espoir d'un engagement ultérieur.

« Intéressant, tout à fait intéressant! dit-il, quand Madeleine eut fini... Mais, pour un homme pratique, tout cela ne
conclut pas. Un échantillon de vos talents est indispensable
pour m'éclairer. J'ai moi-même joué la comédie; la pièce des

Rivaux m'est familière d'un bout à l'autre. Si vous n'avez pas
oublié vos rôles, une simple tirade me suffira, — une tirade
de « Lucy », une tirade de « Julia ».

— Je n'ai pas oublié mes rôles, dit Madeleine tristement,
et j'ai toujours avec moi les petits cahiers sur lesquels
étaient copiées mes répliques. Jamais je ne m'en suis séparée : ils me rappellent un temps... »

Ici, ses lèvres frémirent et un serrement de cœur lui
coupa la parole.

« Vous êtes nerveuse, remarqua le capitaine avec indulgence... Ce n'est pas un mauvais symptôme. Les plus grandes
actrices de notre époque sont nerveuses. Suivez leur exemple,
et domptez vos nerfs!... Où sont les rôles?... Ah! les voici!...
Jolie écriture et remarquablement nette... Je vous donnerai
les répliques, et l'opération (comme disent les dentistes) sera
l'affaire d'un tour de main. Prenez pour la scène le salon du
fond, et prenez-moi, moi, pour l'auditoire. La cloche a tinté;
le rideau se lève... — Pas tant de bruit dans la galerie!... —
Silence au parterre! — Lucy fait son entrée! »

Madeleine, par d'énergiques efforts, tâchait de se maîtri-
ser; elle refoulait son chagrin, — ce chagrin si naturel que
lui causait le souvenir des absents et des morts, — se refusant les larmes que son cœur lui demandait avec instance.
Courageusement, tandis que ses mains glacées se crispaient,
elle tâcha de commencer. Aussitôt que les premières paroles,
tant de fois répétées, eurent vibré sur ses lèvres, Frank
revint vers elle, des mers lointaines; et elle vit se fixer
sur elle, avec le sourire de cet heureux temps d'autrefois, le
regard de son père à jamais parti. Les voix de sa mère et de
sa sœur résonnaient doucement dans le calme embaumé de
la campagne, et les allées de Combe-Raven s'ouvrirent encore
une fois devant elle. Avec un faible gémissement, elle se
laissa tomber dans un fauteuil; sa tête s'inclina sur la table
et, par un élan passionné, la jeune fille fondit en larmes.

Le capitaine Wragge fut sur pied en un moment. Comme
il approchait d'elle, Madeleine frissonna, et l'écartant du
geste avec véhémence : « Laissez-moi, dit-elle, une minute!...

Laissez-moi seule! » Le capitaine, toujours complaisant, se retira dans la chambre donnant sur la rue, et, accoudé à la fenêtre, sifflottant tout bas : « C'est le tempérament de notre race, disait-il... compliqué par des attaques de nerfs. »

Après une ou deux minutes d'attente, il revint s'enquérir de l'état de Madeleine :

« Pourrais-je vous offrir quelque secours ? demandait-il. De l'eau fraîche ? des plumes brûlées ? des sels ? un médecin ? Convoquerai-je mistress Wragge ? remettrons-nous à demain ? »

Elle se redressa impétueuse, les joues enflammées; — son visage exprimant une volonté désespérée, — son attitude, une sorte de résolution irritée et violente.

« Non! disait-elle. Il faut m'endurcir... et je m'endurcirai!... Rasseyez-vous; je vais jouer! »

— Bravo! s'écria le capitaine. Chargez, ma belle, — et la victoire est à vous! »

Elle « chargea » effectivement, — se portant à elle-même un défi insensé, — la voix plus vibrante que jamais et les joues animées d'un éclat fiévreux. Le charme innocent et juvénile qu'en des jours plus heureux et meilleurs avait eu son jeu, ce charme n'existait plus. L'aptitude dramatique qui était naturellement en elle se manifestait, ferme et hardie, sans aucune de ces douces atténuations qui jadis la rendaient plus séduisante. Madeleine eût attristé, déçu, tout homme doué d'une certaine délicatesse. Par contre, le capitaine Wragge fut électrisé. Il en oublia sa politesse; il en oublia sa phraséologie polysyllabique. Le fond de sa nature bohémienne se révéla irrésistiblement dans la première exclamation que la surprise lui arracha: «Qui diable l'aurait cru? Elle peut jouer, après tout! »

Ces mots à peine sortis de sa bouche, il recouvra son sang-froid et revint à ses habitudes de causerie solennelle. Madeleine l'arrêta court au milieu de son premier compliment: « Non, disait-elle; je vous ai forcé pour une fois de dire ce que vous pensiez... Je n'en demande pas davantage.

— Pardonnez-moi, reprit l'incorrigible Wragge... Vous

demandez encore un peu de culture, et je suis homme à vous la donner. »

Là-dessus, il avança pour elle un fauteuil, et se mit aussitôt à professer.

Elle restait assise, dans le plus profond silence. Une sombre indifférence se manifesta bientôt dans toute sa manière d'être; son visage redevint pâle; ses yeux, vaguement fixés sur la muraille qui lui faisait face, n'exprimaient plus qu'une lassitude découragée.

Le capitaine Wragge, notant au passage ces symptômes d'abattement et de malaise, suites de l'effort qu'elle venait de faire, comprit qu'il était essentiel de la ranimer en lui tenant, cette fois, un langage net et précis. Dans le secret de ses pensées mercenaires, il lui accordait maintenant une valeur nouvelle. Sa jeunesse, sa beauté, ses dispositions dramatiques, vraiment remarquables, venaient de lui suggérer une spéculation à laquelle il ne songeait pas avant de l'avoir vue jouer. L'ex-milicien savait rapidement modifier sa manœuvre. Au moment où Madeleine s'asseyait pour écouter ce qu'il avait à dire, ses plans et son attitude étaient déjà changés.

« L'opinion de M. Huxtable est tout à fait la mienne, commença-t-il... Vous êtes née comédienne. Mais avant que vous puissiez aborder avec succès le théâtre, il vous faut un enseignement régulier. Je suis maître de mon temps; j'ai la capacité requise; j'en ai formé d'autres; je puis vous former. Ne vous en rapportez pas à mes paroles : rapportez-vous-en à mes calculs d'intérêt personnel. J'aurai à cœur de vous façonner, et de vous façonner vite. Vous me payerez mes leçons sur vos salaires dramatiques. Pour la première année, j'aurai droit à la moitié de vos appointements; au tiers pour la seconde, et à la moitié du produit de la première représentation à bénéfice qu'on vous accordera sur un théâtre de Londres... Que dites-vous de tout ceci? Suis-je ou non intéressé, désormais, à vous faire faire votre chemin? »

Selon toutes les apparences, — du moins en ce qui touchait au théâtre, — il avait évidemment identifié les intérêts de Madeleine et les siens propres. Elle le reconnut en peu de paroles, prêtant d'ailleurs son attention à ce qu'il allait ajouter.

« Un mois ou six semaines d'études, continua le capitaine, me donneront assez l'idée du genre qui vous convient le mieux. Chaque talent a son ornière à creuser; reste à découvrir la vôtre. Cela ne saurait se faire ici, — car nous ne pouvons vous garder au secret, dans Rosemary-lane, pendant des semaines entières. Il nous faut, pour un bon mois, quelque paisible maison de campagne, à l'abri de toute importunité, de toute interruption. Fiez-vous à ma connaissance du comté d'York; et, d'ores et déjà, regardez l'endroit comme trouvé... Je ne vois d'obstacle nulle part, si ce n'est dans la difficulté de battre en retraite dès demain.

— Je croyais que vos arrangements étaient pris dès hier soir, dit Madeleine.

— Parfaitement juste, répondit son interlocuteur. Ils étaient pris hier soir, et les voici. Nous ne pouvons nous en aller par le chemin de fer, attendu que le clerc d'avocat vous guettera bien certainement à la gare d'York. Fort bien; nous prenons alors la grande route, et nous partons dans notre carrosse. Mais où diable nous le procurer? Chez le frère de notre hôtesse, propriétaire d'un cheval et d'une voiture, dont il tire parti en les louant. Cette voiture vient demain matin, de bonne heure, se poster à l'extrémité de Rosemary-lane. J'emmène ma femme et ma nièce pour leur faire admirer les environs. Nous emportons un panier de provisions qui caractérise, aux yeux du public, cette partie de campagne. Un châle, un chapeau et un voile de mistress Wragge vous travestissent complétement; nous tournons le dos à York; et nous voilà partis pour passer une journée aux champs, — vous et moi sur le siége de devant, mistress Wragge sur celui de derrière... Tout va bien encore... Une fois sur la grande route, quelle est notre marche? Nous nous faisons conduire à la première station au delà d'York, soit au nord, soit au sud, soit à l'est, suivant ce qui sera décidé plus tard. Là ne vous guette aucun clerc d'avocat. Vous et mistress Wragge, vous descendez après avoir saisi la première occasion favorable pour ouvrir le panier. Au lieu de renfermer de la volaille et du vin de Champagne, il donne asile à un sac de nuit où sont les effets indispensables pour cette première soirée. Vous demandez vos billets pour l'endroit fixé d'avance et je reviens à York avec la voiture... Rentré en cette maison, je réunis le demeurant des bagages, et j'envoie quérir la femme d'en bas : — Ces dames sont si enchantées de tel endroit (je n'indique pas le vrai, bien entendu), qu'elles se sont décidées à y rester. Au lieu du congé que j'avais à vous donner huit jours d'avance, veuillez accepter une semaine de loyer. Bien le bonjour!... — Est-ce que le clerc me guette, moi, devant la gare d'York? Pas le moins du monde. A sa barbe et à son nez, je prends mon billet; je vous suis, avec les bagages, sur la même ligne de fer, et où reste-t-il, je vous prie, la moindre trace de votre départ?... Plus personne. La fée s'est évanouie; les autorités légales ne savent plus à quel saint se vouer...

— Que parlez-vous alors de difficultés? demanda Madeleine. Vous semblez avoir pourvu à toutes.

— A toutes, sauf UNE! dit le capitaine Wragge, prononçant ce dernier mot avec une emphase significative. La plus grande que l'homme rencontre sur la route qui le mène du berceau à la tombe, — l'argent. » Il cligna lentement de son œil vert, poussa un soupir profond et sincère, et, dans ses poches arides, enterra ses mains si fréquemment insolvables.

— A quoi l'argent pourra-t-il servir? demanda Madeleine.

— A payer ma note, répondit le capitaine avec une simplicité touchante... Veuillez bien me comprendre!... Personnellement, je n'ai jamais désiré, — je ne désirerai jamais — payer un seul *farthing* à n'importe quelle créature humaine de ce globe plus ou moins habitable... C'est dans votre intérêt que je parle, non dans le mien.

— Dans mon intérêt?

— Certainement. Sans la voiture, vous ne pouvez quitter York demain en toute sécurité. Et, sans argent, je ne puis me procurer la voiture. Le frère de notre hôtesse me la louera, s'il voit la note de sa sœur dûment acquittée, et s'il touche d'avance le prix de location, — sans cela, néant. Envisageons maintenant la transaction comme une affaire à traiter. Il est convenu que je serai rémunéré de mes enseignements dramatiques sur les profits que le théâtre vous fera réaliser dans l'avenir... A merveille... J'escompterai donc simplement mes espérances; et vous, de qui ces espérances dépendent, vous devenez tout naturellement mon banquier. Pour faciliter le raisonnement, apprécions ma quote-part dans vos salaires de la première année comme devant me rapporter une centaine de livres (évaluation d'une infériorité presque ridicule)... Prenons la moitié de cette somme; prenons-en le quart...

— Combien vous faut-il? » interrompit Madeleine avec impatience.

Le capitaine Wragge était bien tenté de prendre pour base de ses calculs le chiffre de la récompense promise par les affiches. Mais il comprenait l'immense importance que pouvait avoir, dans l'avenir, la modération qu'il s'imposerait dans le présent; et, sa position actuelle exigeant tout au plus une avance de douze ou treize livres, il se contenta de doubler ce chiffre.

Madeleine retira le petit sac caché dans le corsage de sa robe, et lui remit vingt-cinq livres, s'étonnant dédaigneusement qu'il eût dépensé tant de paroles pour en arriver à la duper dans de si mesquines proportions. A Combe-Raven, une simple signature de son père faisait tomber vingt-cinq livres dans la main de n'importe quel membre de la famille à qui venait l'idée de les demander.

Les yeux du capitaine Wragge s'arrêtèrent sur le sachet, comme ceux d'un amant sur le visage de sa maîtresse : « Heureux trésor ! » murmura-t-il, quand Madeleine le replaça dans son sein. Puis il se leva et, fouillant dans un coin de la chambre, il exhiba son élégant pupitre, qu'il vint solennellement déposer et ouvrir sur la table placée entre Madeleine et lui :

« Chacun a son naturel, ma chère enfant, — chacun a son naturel, disait-il, ouvrant un de ces petits livres rebondis, habillés de veau et de parchemin... Une transaction a eu

lieu entre nous. Il faut qu'elle soit inscrite ici régulièrement. » Puis, au sommet d'une page encore vierge, il écrivit
d'une belle main tout à fait commerciale : *Miss Vanstone la
cadette : son compte courant chez Horatio Wragge, ex-officier
de la milice royale. Compte débiteur : vingt-quatre septembre 1846 : évaluation de la part promise à H. Wragge
dans les appointements que miss V... touchera pour sa première année, — soit, par hypothèse, 200 liv. st. — Compte
créditeur : payé à compte 25 liv. st.* Ayant ainsi passé ses
écritures et montré de plus, — en doublant pour le compte
débiteur son évaluation première, — que la facilité de Madeleine à bien accueillir sa première requête n'avait pas été
pour lui un indice inutile, le capitaine passa sur l'encre
humide une feuille de papier buvard, et remit le livre en
place en se donnant les airs d'un homme qui vient de faire
acte de vertu, mais qui dédaigne de s'en vanter.

« Excusez-moi de vous quitter un peu brusquement, dit-il.
Nous n'avons pas de temps à perdre; j'ai à m'assurer de la
voiture. Si mistress Wragge vient de ce côté, ne lui soufflez
mot de tout ceci; — elle n'est pas assez fine pour qu'on se
fie à elle. Si elle osait vous questionner, remettez-la tout
aussitôt à sa place... Vous n'avez pour cela qu'à parler haut...
Acceptez l'autorité que je vous délègue, et parlez à mistress
Wragge aussi haut que je lui parle moi-même! » Ce disant,
il décrocha son grand chapeau, salua, sourit, et sortit de la
chambre en se balançant sur ses hanches.

N'éprouvant guère en ce moment que le soulagement de
se trouver seule, et sans autre impression bien nette que la
conscience de quelque grave changement survenu en elle et
dans sa position, Madeleine laissait les incidents de la matinée aller et venir, comme autant de fantômes, dans son cerveau fatigué : c'est ainsi qu'elle attendait ce que pourrait
amener de nouveau le reste de la journée. Quelque temps
s'était écoulé, lorsque la porte s'ouvrit doucement. L'énorme
mistress Wragge se glissa dans la chambre, et vint s'arrêter
en face de Madeleine, dans une attitude de surprise solennelle.

« Où sont vos effets? demanda la géante avec une anxiété
dont elle ne pouvait contenir l'élan... Je suis allée, là-haut,
regarder dans vos tiroirs... Où sont vos camisoles et vos bon-
nets de nuit? et vos jupons et vos bas? et vos épingles et vos
pommades, et tout le reste?

— Mon bagage est resté à la station du chemin de fer, »
dit Madeleine.

La face lunaire de mistress Wragge s'éclaira de lueurs
voilées. L'instinct de curiosité, qui a de si profondes racines
chez les femmes, essaya de briller dans ses yeux d'un bleu
terni, — mais il y vacilla pitoyablement, — et s'éteignit
aussitôt.

« Beaucoup de bagages? » demanda-t-elle en confidence.
« Le capitaine est sorti... Allons les chercher!

— Mistress Wragge! » cria, de la porte, une voix terrible.

Madeleine vit alors, pour la première fois, mistress
Wragge demeurer sourde au stimulant habituel. Même en
présence de son mari, elle se permettait une faible remontrance.

« Oh! laissez-lui prendre ses effets! disait mistress
Wragge, insistant... Pauvre petite! ne la privez pas de ses
effets! »

L'inexorable index du capitaine lui désigna un coin de la
chambre, — s'abaissa lentement, tandis que la docile épouse
s'y retirait en toute humilité, — puis tout à coup s'arrêta,
juste à la hauteur des souliers de mistress Wragge.

« N'entends-je pas traîner quelque chose sur le parquet?
s'écriait le capitaine avec une expression d'horreur. — Oui,
je ne me trompe pas... Encore en pantoufles!... Le soulier
gauche, cette fois-ci... Relevez le quartier, mistress Wragge!
relevez le quartier!... La voiture sera ici, demain matin, à
neuf heures, continua-t-il, s'adressant à Madeleine. Nous ne
pouvons, à aucun prix, risquer de réclamer votre malle.
Voici une feuille de papier. Écrivez la liste des objets qui
vous sont indispensables. J'irai moi-même dans les magasins,
je payerai les notes pour votre compte, et je rapporterai le
paquet. Il faut sacrifier la malle; — il le faut, en vérité. »

Tandis que son mari parlait à Madeleine, mistress Wragge, à la dérobée, était sortie de son coin, et s'était assez rapprochée du capitaine pour entendre les mots « magasins » et « paquets. » Dans une agitation qu'elle ne put modérer, elle se mit à frapper ses grandes mains l'une contre l'autre, et perdant aussitôt tout empire sur elle-même :

« Oh! cria-t-elle, s'il s'agit de courir les magasins, au nom du ciel, permettez-moi d'en être!... Elle sort pour faire ses emplettes, laissez-moi l'accompagner! — Oh! je vous en prie, laissez-moi l'accompagner!...

— Asseyez-vous! hurla le capitaine... Tenez-vous!... Plus à droite! — Encore un peu!... Demeurez en place!... »

Mistress Wragge croisa sur ses genoux ses mains inoffensives, et se mit doucement à fondre en larmes.

« J'aime tant à courir les magasins! disait la pauvre créature avec l'accent de la prière. Et cela m'arrive si peu, à présent!... »

Madeleine acheva sa liste, et le capitaine Wragge, s'en chargeant comme il avait dit, quitta aussitôt la chambre. « Ne vous laissez pas ennuyer par ma femme, disait-il agréablement, sur le point de sortir... Brusquez-la un peu, la pauvre âme!... Brusquez-la sans vous gêner!

— Ne pleurez pas, dit Madeleine, qui essayait de consoler mistress Wragge, et lui passait amicalement la main sur l'épaule... Quand le paquet sera là, je vous le laisserai ouvrir la première.

— Je vous remercie, ma chère enfant, répondit la pauvre géante qui doucement s'essuyait les yeux; je vous remercie de tout mon cœur... Ne prenez pas garde à ce mouchoir, je vous en prie... Il est si petit, si petit! J'en avais autrefois un bel assortiment, garnis de dentelles... Ils sont tous partis, maintenant. N'y pensons plus! Je me consolerai en défaisant votre paquet... Vous êtes bien bonne pour moi, et je vous aime... Voyons! vous n'allez pas vous fâcher, n'est-ce pas?... Embrassons-nous! »

Madeleine, avec son gracieux abandon d'autrefois, se pencha vers elle et posa ses lèvres sur les joues flétries de la

pauvre idiote : « Faisons autre chose que le mal, pensait-elle
avec un serrement de cœur. — Oh! oui, en souvenir du
temps qui n'est plus, faisons acte d'innocence et de bonté! »

Elle sentait ses yeux se mouiller, et silencieusement se
détourna.

Cette nuit-là, elle ne prit aucun repos. Cette nuit-là, déployant toutes leurs ressources, le Bien et le Mal se dispu-
tèrent son âme avec une lutte acharnée, — et l'issue du
combat était encore indécise quand la matinée arriva. Au
moment où l'horloge de la cathédrale sonnait neuf heures,
Madeleine suivit mistress Wragge jusqu'à la voiture et prit
place à côté du capitaine. Un quart d'heure après, York était
déjà loin derrière eux, et devant eux se déroulait la grande
route blanche, reflétant le soleil du matin.

FIN DE LA SECONDE SCÈNE.

INTERMEDE.

CHRONIQUE DES ÉVÉNEMENTS, CONSERVÉE DANS LE PUPITRE DU CAPITAINE WRAGGE.

I.

(Chronique d'octobre 1846.)

Je me suis retiré dans le sein de ma famille. Nous avons pour résidence le village isolé de Ruswarp, sur les bords de l'Esk, à deux milles environ de Whitby. Notre habitation est comfortable et, par surcroît de biens, nous avons une hôtesse propre et rangée. Mistress Wragge et miss Vanstone m'ont précédé ici, conformément au plan que j'avais arrangé pour battre en retraite. Le lendemain, je suivis seul leurs traces avec le bagage. J'eus la satisfaction, en quittant la gare, de voir le clerc de l'avocat en conférence intime avec l'agent de police dont j'avais prophétisé la venue. Je le laissai en paisible possession de la ville d'York et de toute la contrée adjacente. Il nous a rendu la pareille; il nous a laissé en paisible possession de la vallée de l'Esk, à trente milles de sa personne.

Mes premiers efforts pour cultiver les talents dramatiques de miss Vanstone ont été suivis de résultats remarquables.

J'ai découvert qu'elle mime avec un talent extraordinaire; elle a, de plus, la souplesse de traits, la docilité de voix et la subtile perception dramatique qui mettent une femme en état de bien jouer les rôles à *caractère* et à travestissement. Il ne lui manque plus que quelques leçons, et un peu de planches, pour lui assurer la pleine possession de ces ressources naturelles. Cette épreuve m'a remis en tête une idée qui m'était venue pour la première fois, en assistant à une de ces « soirées particulières » que donnait feu Charles Mathews, notre inimitable comédien. J'étais alors, je me le rappelle, dans le commerce des vins. Nous tâchions d'imiter les procédés que la nature emploie pour faire mûrir la vendange, dans une arrière-cuisine de Brompton; et nous étions arrivés à produire un xérès d'entremets, pâle et bizarre, — tonique dans ses effets, emplissant bien la bouche, et fort goûté, disions-nous, à la cour d'Espagne, — vendu sur le pied de dix-neuf shellings et six pence les douze bouteilles, verre compris; — voir les prospectus de l'époque.

Mes profits et ceux de mes associés n'étaient point considérables; nous étions en avance sur les goûts de nos contemporains, et en arrière avec notre marchand de bouteilles. Ne sachant plus trop de quel bois faire flèche, et voyant la foule se presser chez Mathews, l'idée me vint de lancer une imitation du grand Imitateur lui-même, sous la forme d'une Soirée particulière, donnée par une Femme. A cela, un seul petit obstacle, qui était de trouver la femme en question.

Depuis l'époque dont je parle jusqu'à ce jour, je n'avais pu surmonter cet obstacle; maintenant il est vaincu; à la fin, j'ai trouvé la femme qu'il me fallait. Miss Vanstone, outre son talent, possède jeunesse et beauté. Exercez-la dans l'art du travertissement dramatique; fournissez-lui des costumes appropriés à différents rôles; développez ses aptitudes naturelles, comme chant et comme jeu; alimentez de saillies spirituelles la causerie qu'elle doit avoir avec son auditoire, annoncez une « Soirée particulière » donnée « par une Jeune Dame; » étonnez le public par une représentation dramatique dont l'intérêt repose, d'un bout à l'autre, sur les efforts isolés de cette jeune dame; confiez à mes soins l'entière direction de l'affaire, — et, de tout cela, que s'ensuit-il nécessairement? Une grande réputation pour ma belle parente et, pour moi, une véritable fortune.

Aussi franchement que d'habitude, j'ai soumis ces considérations à miss Vanstone, lui offrant d'écrire le Divertissement, de diriger moi-même toute l'opération, et d'être de moitié dans les produits. Je n'oubliai pas d'ajouter à mes moyens de persuasion en lui faisant connaître les jalousies qu'elle aurait à combattre, les obstacles qu'elle aurait à vaincre si elle voulait débuter sur la scène. Et je glissai dans mes discours une allusion assez finement tournée à l'enquête particulière qu'elle se propose d'instituer, et à l'indépendance personnelle qu'elle désire s'assurer pour agir ensuite d'après les renseignements qu'on lui aura fournis. « Si vous débutez au théâtre, lui disais-je, vos services seront achetés par un directeur, et il réclamera peut-être ses droits avec insistance, au moment même où vous voudriez vous débarrasser de lui. Si, au contraire, vous adoptez ma manière de voir, vous restez votre maîtresse, vous êtes votre seul directeur, et vous pouvez organiser vos démarches comme il vous plaira. » Cette considération parut la frapper. Elle demanda une journée pour y réfléchir et, au bout de cette journée, donna son consentement.

Je rédigeai immédiatement par écrit les clauses de cette transaction. A l'exception d'un seul détail, nos arrangements sont merveilleusement bien pris. Elle manifeste cependant une méfiance morbide, toutes les fois que je lui propose d'écrire son nom au bas d'un document quelconque, et déclare alors très-nettement qu'elle ne veut rien signer. Elle s'engage verbalement à continuer l'affaire aussi longtemps qu'elle aura intérêt à se pourvoir de ressources pécuniaires pour l'avenir. Quand cet intérêt aura cessé d'exister, elle menace tout simplement de rompre l'association en me prévenant huit jours d'avance. C'est une petite fille que l'on ne mène pas facilement. Elle sait déjà toute la valeur qu'elle a prise à mes yeux. Ma seule consolation, c'est que j'aurai les comptes à cuisiner; et ma belle parente ne remplira pas ses poches trop soudainement, si cela dépend de moi.

J'ai fait diversion au travail que je me donne pour préparer miss Vanstone à notre prochaine expérience, en écrivant pour elle, — c'est-à-dire dans son intérêt, — deux lettres anonymes. La trouvant un peu trop rétive aux instructions que j'essayais de lui donner pour le règlement de ses rapports avec sa famille, je fis passer une communication sans nom d'auteur à l'avocat chargé des recherches qui la concernent : je recommandais amicalement à ce digne homme de ne plus se donner tant de peines inutiles. La lettre, adressée sous double enveloppe à un de mes amis de Londres, devait être par lui jetée au bureau de Charing-Cross.

Une semaine après, seconde missive, passant par le même intermédiaire, et priant l'avocat de m'informer si lui et ses clients étaient ou non décidés à suivre mon charitable conseil. Par une allusion assez facétieuse à l'antagonisme de nos intérêts respectifs, je lui dictais ainsi la suscription de sa réponse : « *Tit for Tat, Post-Office, West-Strand* [1]. »

Peu de jours après, la réponse arriva, — secrètement acheminée, cela va sans dire, au bureau de poste de Whitby, en vertu des arrangements pris avec mon ami de Londres.

L'avocat m'écrivait en termes laconiques et de mauvais goût : « Monsieur, si mes conseils avaient été suivis, on vous aurait traité, vous et votre lettre anonyme, avec tout le mépris que l'un et l'autre méritent. Mais la sœur aînée de miss Madeleine Vanstone a le droit de me trouver docile à ses désirs, et je vous informe, sur sa demande expresse, que j'arrête toutes mes démarches ultérieures, — à la condition formelle que cette concession de ma part ouvrira des communications, au moins par écrit, entre les deux sœurs maintenant séparées. — Vous trouverez, ci-incluse, une lettre de miss Vanstone l'aînée. Si je n'apprends pas, d'ici à huit jours, que cette lettre a été remise à son adresse, j'aurai de nouveau recours à l'intervention de la police. — *William Pendril.* » Ce William Pendril a l'humeur aigre. Bornons-nous, en ce qui le concerne, à répéter ce qu'un éminent aristocrate disait jadis d'un serviteur grognon : « Je ne voudrais pas, pour tout l'or du monde, avoir le caractère de ce drôle-là. »

1. *Tit for Tat,* expression vulgaire que rend assez exactement notre *A bon chat bon rat.*

Tout naturellement, avant de la remettre, je pris connaissance de la lettre incluse par l'avocat. Miss Vanstone l'aînée se représentait comme désespérée d'être sans nouvelles de sa sœur, — comme pourvue d'une place de gouvernante dans une famille; — comme devant aller en prendre possession dans la semaine suivante, — et comme soupirant après une lettre qui la consolât un peu, avant qu'elle entreprît la rude épreuve de ses devoirs nouveaux. L'enveloppe une fois restaurée en son état premier, je pris soin de joindre quelque avertissement à cette lettre, en la remettant à miss Vanstone cadette. : « Êtes-vous maintenant, lui dis-je, plus sûre de votre fermeté que vous ne l'étiez naguère, lors de notre première rencontre? » Elle ne me fit pas attendre sa réponse : — « Capitaine Wragge, quand vous vîntes à moi sur les murs d'York, je n'avais pas encore franchi ce pas qui ne permet plus de reculer. Aujourd'hui, reculer est impossible! »

Si c'est là son sentiment, — et pour ma part je le crois, — il n'y a aucun danger à ce qu'elle entre en correspondance avec sa sœur. Elle lui écrivit, dès le jour même, fort longuement, pleura beaucoup sur sa composition épistolaire et, à notre réunion du soir, se montra remarquablement revêche à mon égard. Elle manque d'expérience, la pauvre enfant! elle n'a pas assez pratiqué le monde. Combien il est consolant de penser que je suis là, tout à point, pour lui donner ce qui lui manque!...

II.

(Chronique de novembre.)

Nous sommes établis à Derby. Le Divertissement est écrit. Nous répétons à force. — Pourvu à toutes les difficultés, sauf une : le manque d'argent. Les ressources de miss Vanstone peuvent encore suffire à nos besoins personnels, y compris la location du piano, l'achat des étoffes et la façon des cos-

tumes; mais ce qu'il faudra pour monter le Divertissement
dépasse l'étendue de nos moyens. Un de mes amis, un enfant
de Thalie, que j'ai retrouvé ici, — et que j'espérais intéresser
dans notre entreprise dramatique, — se trouve, par malheur,
dans une de ces « phases critiques » auxquelles nous ne
sommes que trop habitués, lui et moi. Le champ des sympathies humaines, où j'aurais peut-être récolté la moisson pécuniaire qui nous fait faute, m'est absolument fermé, le temps
me manquant pour le cultiver. Je ne vois donc d'autre ressource, — si nous sommes en mesure pour la Noël, — que de
tenter fortune auprès d'un des marchands de musique de la
localité, qu'on dit être un *spéculateur.* Une répétition particulière, ici même, et un marché qui remplira les poches
d'un étranger avide, — tels sont les sacrifices que m'impose,
dès le début, une implacable nécessité. A ceci, une seule
consolation. Je « mettrai dedans » le marchand de musique.

III.

(Chronique de décembre. — Première quinzaine.)

Le marchand de musique m'impose, malgré moi, du respect. C'est un de ces rares humains, — parmi ceux avec lesquels ma carrière m'a mis en rapport, — qui ne veulent pas
se laisser duper. Il a su prendre avantage de notre isolement; il nous a exploités pour nos représentations à Derby
et à Nottingham, avec un tel mépris de nos intérêts, un tel
désir de faire prévaloir les siens, que, — disposé, comme je
le suis, à tenir régulièrement mes écritures, — je ne puis
réellement me résoudre à enregistrer ce déplorable marché.
Inutile de dire que j'ai cédé avec toute la grâce imaginable,
faisant partager amplement à ma belle parente les inconvénients des conditions pécuniaires qui nous sont offertes. Notre
tour viendra. En attendant, je regrette cordialement de
n'avoir pas connu à un âge moins avancé cet habile marchand de musique.

Personnellement parlant, je n'ai aucune plainte à élever contre miss Vanstone. Il est convenu entre nous qu'elle fera régulièrement passer son adresse à ses amis (poste restante, bien entendu), au fur et à mesure de nos déplacements. Outre les rapports qu'elle a établis ainsi avec sa sœur, elle tient aussi au courant de sa marche un certain M. Clare, résidant au fond du Somersetshire, par les mains duquel doivent passer toutes les lettres échangées entre elle et le fils de ce personnage. D'habiles questions m'ont amené à savoir que M. Clare, le fils, est en Chine pour le moment. Je me doutais bien, dès le début, qu'il y avait un *gentleman* au fond de tout ceci, et je suis ravi qu'il se perde dans les lointaines perspectives de la terre d'Asie... Puisse-t-il n'en pas revenir de si tôt!

J'ai à supporter la responsabilité, d'ailleurs assez légère, qui s'attachera au choix du nom sous lequel doit être présentée au public notre intelligente Madeleine. Elle ne prend aucun intérêt à ce détail de notre affaire commune : « Donnez-moi le nom qu'il vous plaira, me disait-elle; j'ai autant de droit à l'un qu'à l'autre. Arrangez cela vous-même! » Je ne me suis pas fait prier pour consentir. Ma bibliothèque commerciale comprend une liste des noms qui se peuvent adopter utilement, et notre choix pourra être réalisé en cinq minutes, lorsque cet admirable faiseur d'affaires, qui momentanément nous exploite, sera sur le point de lancer ses annonces.

Là-dessus, je n'ai pas grande inquiétude; toutes mes anxiétés se concentrent sur ma belle comédienne. Je ne doute nullement qu'elle ne fasse merveille, dès le premier soir, pour peu qu'elle soit laissée à elle-même. Mais si le courrier du jour a la mauvaise idée de venir la bouleverser en lui apportant une lettre de sa sœur, j'ai vraiment peur de ce qui pourra s'ensuivre.

IV.

(Chronique de décembre. — Seconde quinzaine.)

Mon intelligente alliée a fait sa première apparition devant
le public, et jeté les bases de notre fortune à venir.

Pour la première soirée, l'auditoire se trouva plus nombreux que je n'avais osé l'espérer. La nouveauté d'une soirée
dramatique remplie d'un bout à l'autre par les talents d'une
jeune dame absolument réduite à elle-même (voir les Annonces) avait éveillé la curiosité publique, et nos banquettes
étaient assez bien garnies. Le bonheur voulut qu'aucune
lettre à l'adresse de miss Vanstone ne fût arrivée ce jour-là.
Elle resta donc parfaitement maîtresse d'elle-même jusqu'au
moment où elle eut mis son premier costume, et où elle
entendit sonner la cloche qui donnait le signal aux musiciens
de l'orchestre. A ce moment critique, le courage lui manqua
tout à coup. Je la trouvai seule dans le salon d'attente, san-
glotant et tenant des propos enfantins : « Pauvre papa !
pauvre papa !... Oh ! mon Dieu ! s'il me voyait maintenant ! »
Mon expérience en ces matières m'apprit tout aussitôt qu'il
fallait administrer les sels volatils, accompagnés de sages
conseils. Nous la remontâmes, en un rien de temps, au diapason voulu ; nous mîmes le feu à ses yeux, nous animâmes
ses joues de manière à faire pâlir son rouge. Quand le rideau
se leva, nous l'avions chauffée à une infinité de degrés. Elle
se jeta tête baissée à sa besogne, exactement comme elle faisait dans l'arrière-salon de Rosemary-lane. Avant qu'elle eût
ouvert la bouche, son aspect séduisant avait tranché la question de l'accueil à lui faire. Elle parcourut au grand galop ses
changements de rôle, ses chansons et son dialogue, se trom-
pant à chaque instant et ne s'arrêtant jamais pour réparer
les erreurs qu'elle commettait à la douzaine, — entraînant
les gens avec elle dans un véritable tourbillon, et ne leur
laissant même pas le temps de l'applaudir. Tout fut enlevé

plus de vingt minutes avant l'heure sur laquelle nous avions compté. Elle avait jusqu'au bout soutenu sa gageure, et s'évanouit sur le sofa de la salle d'attente, une minute après que la toile fut baissée. Le marchand de musique ayant perdu la tête à force de surprise, et moi, de mon côté, n'ayant pas, pour me montrer, un costume de soirée, nous dépêchâmes le médecin, chargé de nous excuser auprès du public qui rappelait Madeleine à tue-tête. Je soufflai, de la coulisse, à cet orateur de faculté une harangue vraiment bien tournée; et jamais de ma vie je n'entendis pareils applaudissements émanés d'un public relativement si peu nombreux. Je ressentis cet hommage, je le ressentis profondément. Il y a quatorze ans, dans cette même ville, je gagnais péniblement une misérable vie en lisant le journal (avec explications et commentaires) aux habitués d'un cabaret. Et maintenant, me voici au pinacle!...

Inutile de dire que ma première démarche fut ensuite de rompre avec le marchand de musique. Il vint le lendemain matin, apportant, je n'en doute pas, une proposition convenable pour étendre l'engagement au delà de Derby et de Nottingham. On lui représenta ma nièce comme n'étant pas assez bien pour le recevoir; et, quand il me demanda, on lui dit que je n'étais pas levé. Or je m'occupais, à ce moment-là même, d'exposer la situation, dans les termes les plus pathétiques, à cette Madeleine si bien douée. Sa réponse fut satisfaisante au premier chef. Elle ne voulait s'engager à personne d'une manière permanente, — moins encore à un homme assez sordide pour prendre avantage de notre position, à elle et à moi.

Elle entendait rester maîtresse d'elle-même et partager avec moi les profits, aussi longtemps qu'elle aurait besoin d'argent, aussi longtemps qu'il lui conviendrait de continuer. Jusque-là, rien de mieux. Mais le motif qu'ensuite elle me donna pour m'expliquer la préférence qu'elle m'accordait se trouva beaucoup moins de mon goût : « Le marchand de musique n'est pas l'homme que je compte employer pour mon enquête, dit-elle. C'est vous qui êtes cet homme. » Je n'aime pas à lui voir cette constante préoccupation qui la suit jusque dans le premier étourdissement de son succès. Mauvais présage pour l'avenir, — présage infernal, si j'ose m'exprimer ainsi !

V.

(Chronique de janvier 1847.)

Elle a déjà montré le pied fourchu. Je commence à la redouter un peu.

A la fin de notre engagement pour Nottingham (engagement dont les résultats avaient plus qu'égalé ceux de Derby), je proposai, — maintenant que le Divertissement était redevenu notre propriété, — de le transporter à Newark. Miss Vanstone n'éleva aucune objection jusqu'au moment où la question de temps fut soulevée. Elle me surprit alors, et très-vivement, en stipulant une semaine de délai avant de se montrer encore en public.

« Et quel peut être votre dessein? demandai-je.

— Mon dessein, répondit-elle, est de faire cette enquête dont je vous parlais à York. »

Je m'étendis aussitôt sur les dangers du retard, développant devant elle toute sorte de considérations, exposées sous mille aspects différents. Elle demeura parfaitement inébranlable. J'essayai de la convaincre en lui remontrant à quelles dépenses elle allait se condamner. Elle me tendit, pour toute réponse, sa part de profits dans les représentations de Derby et de Nottingham; et, en effet, je me trouvais ainsi défrayé de tout, à raison de quelque chose comme deux guinées par jour. J'ignore le nom de celui qui le premier a choisi une mule pour type de l'obstination. Combien peu ce gaillard-là devait connaître les femmes!

Il n'y avait pas à s'en défendre. Je pris mes instructions par écrit, comme d'ordinaire. — Je devais d'abord m'appliquer à découvrir l'adresse de M. Michel Vanstone : on espérait de plus que je parviendrais à savoir combien de temps il était probable qu'il y résiderait encore, et s'il avait, oui ou non, vendu Combe-Raven. Je m'informerais en outre de ses habitudes ordinaires, de l'emploi de son argent, des personnes qu'on pouvait regarder comme ses amis intimes, des termes dans lesquels il vivait avec M. Noël Vanstone, son fils. Mes investigations prendraient fin lorsque je serais parvenu à savoir s'il existait quelque parenté, quelque femme exerçant son autorité sur le ménage, à qui l'on connût une certaine influence ou sur le père ou sur le fils.

Si ma longue pratique dans la culture du champ des sympathies humaines ne m'avait pas habitué à l'étude secrète des affaires d'autrui, j'aurais peut-être trouvé difficile de satisfaire en huit jours à quelques-unes de ces questions. Vu les circonstances, et profitant amplement de mon expérience acquise, je rapportai les réponses à Nottingham, un jour avant le terme de l'époque assignée. Les voici en bon ordre pour faciliter les recherches futures.

1. — M. Michel Vanstone habite maintenant German-place, Brighton, et paraît devoir y séjourner, car il trouve que l'air lui convient. C'est au mois de septembre dernier qu'il est arrivé à Londres, venant de Suisse; et il a vendu tout de suite le domaine de Combe-Raven.

2. — Ses habitudes sont cachées et solitaires. Il ne fait ou ne reçoit que fort peu de visites. On suppose qu'une partie de son argent est placée en fonds publics, et une autre partie en actions de chemin de fer, de celles qui ont survécu à la panique de 1846, et qui maintenant augmentent chaque jour de valeur. Depuis son arrivée en Angleterre, il a aussi spéculé, d'une façon fort judicieuse, sur la propriété bâtie. Il a des maisons dans certains quartiers de Londres où la circulation n'est pas encore à son apogée; il en a d'autres dans des établissements de bains de mer, situés sur les côtes de l'Est et dont la réputation s'étend chaque jour davantage.

On dit que généralement, dans ces sortes d'affaires, il a fait des opérations très-avantageuses.

3. — Il n'est pas facile de découvrir quels peuvent être ses amis intimes. On n'a mentionné, sous ce titre, que deux noms seulement. Le premier est celui de l'amiral Bartram, qu'on suppose avoir contracté certaines obligations envers M. Michel Vanstone, à une époque assez reculée. Le second est celui de M. George Bartram, neveu de l'amiral, et qui depuis peu de temps est en visite à German-place. M. George Bartram est le fils de la sœur de M. André Vanstone, celle-ci également décédée. Il est donc le cousin de M. Noël Vanstone. Ce dernier, — savoir M. Noël Vanstone, — ne jouit pas d'une très-forte santé; il réside en compagnie de son père, à German-place, et vit avec lui dans les meilleurs termes.

4. — Il n'y a point de parente dans la famille qui entoure M. Michel Vanstone. Mais il existe une femme de charge qui a toujours été à son service, depuis la mort de sa femme, et qui a pris une grande influence, tant sur le père que sur le fils. Elle est originaire de Suisse, dans la maturité de l'âge, et veuve depuis assez longtemps. Son nom est mistress Lecount.

Quand ces détails furent placés sous les yeux de miss Vanstone, ils ne lui suggérèrent aucune remarque, mais de simples remerciments. J'essayai de provoquer sa confiance, mais ce fut en vain. Je n'obtins d'elle qu'un supplément de politesses, et une transition assez brusque nous ramena au sujet de notre Divertissement... A merveille!... Si elle ne veut pas me donner les renseignements dont j'ai besoin, la conclusion n'a rien que de fort simple : — il faudra me les procurer ailleurs.

Les affaires proprement dites réclament le demeurant de cette page. Voilà qui est dit; alignons nos chiffres.

EXPOSÉ FINANCIER

(Troisième semaine de janvier.)

Localité visitée : Newark. — Représentations : deux.

Recettes nettes, selon les écritures : 25 liv. st.	Recettes nettes, présentement réalisées : 32 liv. st. 10 sh.
Division apparente des produits :	Division réelle des produits :
Miss V...... . 12 l. st. 10 sh.	Miss V.... . . 12 l. st. 10 sh.
Moi-même. . 12 l. st. 10 sh.	Moi-même. . 20 l. st.

Surplus particulier de la semaine,
c'est-à-dire offrande que je me prie d'accepter :
7 liv. st. 10 sh.

Vérifié :	*Reconnu exact :*
H. WRAGGE.	H. WRAGGE.

La prochaine redoute de sympathie nationale que nous allons enlever d'assaut est la cité manufacturière qu'on appelle Sheffield. La tranchée sera ouverte dès la première semaine de février.

VI.

(Chronique de février.)

L'habitude de jouer a maintenant donné à ma belle parente cette confiance que je lui annonçais pour l'avenir. La faculté particulière qu'elle a de déguiser et transformer son identité, en prenant tour à tour différents rôles, émerveille tellement ses auditeurs, que les mêmes personnes reviennent jusqu'à deux et trois fois pour tâcher de surprendre le secret de ces métamorphoses. C'est le charmant défaut du public anglais de ne jamais savoir se rassasier de ce qui lui a une fois plu. On redemande à chaque instant celui des rôles de Madeleine qui a obtenu le plus de succès, — savoir une Vieille Dame des comtés du Nord, pour laquelle a servi de modèle cette honorable institutrice de la famille de feu M. Vanstone, avec laquelle je liai connaissance à Combe-Raven. Ce personnage, en particulier, surprend le spectateur naïf. Je n'en suis pas autrement étonné. On n'a pas encore vu, — du moins dans tout le cours de ma longue expérience dramatique, — une fillette de dix-neuf ans se vieillir avec tant d'habileté.

Il me semble que j'écris avec moins d'entrain qu'à l'ordinaire ; mon audacieuse gaîté me fait défaut. Le fait est que j'envisage l'avenir avec un certain abattement. A l'apogée de notre prospérité, ma perverse élève se préoccupe encore de ses vaines disputes de famille. Je me sens à la merci du premier caprice qui lui passera par la tête, à propos de ce Vanstone. — Comment ! moi, devenir l'architecte de sa fortune ?... Sur mon âme, ce serait un peu fort !

Déjà, d'après l'enquête qu'elle m'a forcé de faire en son honneur, elle a commencé sa campagne. Elle a écrit deux lettres à M. Michel Vanstone.

A la première lettre, pas de réponse. On a répondu, au contraire, à la seconde. L'infernale adresse de mon élève m'empêcha, par un obstacle imprévu, d'intercepter cette missive qui me semblait importante. Je m'en dédommageai dans la soirée du même jour, mais seulement après que la réponse eut été ouverte et lue par elle. Ce fut à peine, cependant, si mon stratagème réussit. Je n'eus guère plus d'une demi-minute pour jeter un coup d'œil sur l'enveloppe, pendant que Madeleine avait le dos tourné. Cette enveloppe ne renfermait rien que sa propre lettre, renvoyée sans avoir été ouverte. Je ne la crois pas fille à supporter tranquillement une pareille insulte. Il en arrivera malheur ; malheur à Michel Vanstone, — ce dont je me soucie fort médiocrement ; — malheur à moi, ce qui est de la dernière importance.

VII.

(Chronique de mars.)

Après avoir joué à Sheffield et à Manchester, nous nous sommes transportés à Liverpool, Preston et Lancastre. Autre changement de cette petite girouette ! elle n'a plus écrit à Michel Vanstone, et je la vois maintenant aussi désireuse que moi de se procurer de l'argent. Nous réalisons d'assez gros bénéfices, mais au prix de fatigues énormes. Je n'aime pas ce changement survenu en elle ; si elle n'avait pas en vue quelque objet particulier, elle ne serait pas si extraordinairement acharnée à remplir sa bourse. — J'ai beau grouper les chiffres, cuisiner les comptes, me prier d'accepter mainte et mainte offrande, je ne puis faire le vide dans cette bourse, qui grossit malgré moi. Le succès du Divertissement, et la subtile surveillance qu'exerce Madeleine sur tout ce qui touche à son intérêt pécuniaire, me contraignent littéralement à une sorte d'honnêteté relative. Malgré mes efforts obstinés pour y mettre ordre, elle empoche encore plus d'un tiers des bénéfices. Et ceci, à mon âge ! ceci, après une longue et heureuse carrière d'agriculture morale ! ! — Les points d'exclamation ne signifient pas grand'chose. Ils peuvent néanmoins exprimer l'énergie de mes sentiments : c'est pourquoi je les prodigue ainsi.

VIII.

(Chronique d'avril et de mai.)

Nous avons parcouru sept grandes villes de plus, et nous voici maintenant à Birmingham. En consultant mes livres, je constate que le Divertissement a rapporté à miss Vanstone, jusqu'au moment où j'écris, l'énorme somme d'environ quatre cents livres sterling. Il est bien possible que ma part de profits monte misérablement à cent ou deux cents livres de plus. Mais je suis l'architecte de cette fortune, — l'éditeur, en quelque sorte, du livre de Madeleine; — et, dans l'une ou l'autre hypothèse, je travaille à perte.

Je faisais la découverte ci-dessus, le 29 du mois, — jour anniversaire de la Restauration qui ramena sur le trône mon royal prédécesseur dans les champs de la sympathie humaine, Charles II d'Angleterre, le joyeux monarque. J'avais à peine refermé mon pupitre, lorsque l'ingrate enfant dont j'ai fait la réputation entra dans la chambre où j'étais, et me dit, mot pour mot, que « nos relations d'affaires étaient, pour le moment, suspendues. »

Je n'essayerai pas de décrire mes sensations : je me borne à relater les faits. Madeleine m'informait, avec les semblants du calme le plus impassible, qu'elle avait besoin de repos et visait à de nouvelles entreprises. Peut-être réclamerait-elle mon assistance ; peut-être aussi faudrait-il reprendre le Divertissement. Dans tous les cas, un échange d'adresses suffirait, nous mettant à même de nous écrire, s'il était nécessaire. Comme elle ne voulait pas me quitter trop brusquement, elle passerait avec nous la journée du lendemain (qui était dimanche), et partirait dans la matinée du lundi. Telle fut son explication, à laquelle je n'ajoute rien.

Je savais, par expérience, que toute remontrance serait perdue. Je ne pouvais me prévaloir d'aucune autorité légitime. Je n'avais donc, dans cette situation pénible, qu'à découvrir la direction que mes intérêts me prescrivaient de suivre, et à y marcher sans une minute de vaine hésitation.

Il ne m'a pas fallu beaucoup réfléchir pour m'assurer, depuis lors, que mon élève a formé quelque plan mystérieux à l'encontre de Michel Vanstone. Elle est jeune, belle, spirituelle, sans scrupules; elle s'est procuré de l'argent, et dispose par conséquent du loisir nécessaire pour trouver le côté faible d'un vieillard : elle va, par conséquent, attaquer M. Michel Vanstone à l'improviste, et avec les armes naturelles de son sexe. Est-il donc probable qu'elle ait besoin de moi dans cet objet? j'en doute fort. Ne veut-elle que se débarrasser de

moi sans rupture ouverte ? J'incline à le croire. Suis-je homme
à me laisser ainsi traiter par l'élève que j'ai formée moi-même?
Oh! non, bien certainement : je suis homme à chercher mon
chemin au moyen d'alternatives logiques habilement dé-
duites. Or, ces alternatives, les voici :

Première alternative : Déclarer que j'accepte sa proposition; échanger respectivement nos adresses; avoir secrètement l'œil, ensuite, sur toutes ses démarches à venir. *Seconde alternative :* Lui exprimer les tendres sollicitudes dont
me rend susceptible ma quasi-paternité; la menacer, en conséquence, de donner l'alarme à sa sœur et à l'avocat, si elle
persiste dans un dessein que je ne puis approuver. *Troisième
alternative :* Tirer le meilleur parti possible des renseignements que je possède déjà, et en faire l'objet d'un marché
entre M. Vanstone et moi. — Pour le moment, j'incline vers
la dernière de ces trois marches. Mais ma décision est beaucoup trop importante pour être prise à la hâte. Nous sommes
aujourd'hui le vingt-neuf. Je suspendrai ma chronique jusqu'à lundi.

31 mai. — Mes alternatives et les plans de Madeleine sont
également sens dessus dessous.

Le journal est arrivé, comme d'ordinaire, après le déjeuner.
J'y jetai un coup d'œil et, parmi les annonces mortuaires, je
découvris cette mention mémorable :

« Le 29 du courant, à Brighton, Michel Vanstone, Esq., autrefois résidant à Zurich; âgé de soixante-dix-sept ans. »

Miss Vanstone était présente, lorsque ces deux lignes me
sautèrent aux yeux. Son chapeau était mis, ses caisses étaient
rassemblées. Sans une seule parole, elle attendait avec impatience le moment de se rendre au chemin de fer. Je lui
passai le journal, sans me permettre le moindre commentaire;
elle jeta les yeux sur le passage que je lui désignais, et apprit
ainsi la mort de Michel Vanstone.

Le journal lui échappa des mains et, par un mouvement
brusque, elle rabattit son voile. Avant qu'elle m'eût ainsi
caché sa figure, j'y jetai un rapide coup d'œil. L'effet qu'il
produisit sur moi fut celui d'une extrême surprise. Pour tra-

I, 17

duire cette impression avec le sans-gêne plaisant qui m'est
familier, je dirai simplement ceci : — Le visage de Madeleine
m'apprit que Michel Vanstone, *esquire*, autrefois résidant à
Zurich, n'a jamais de sa vie agi plus sensément qu'en quittant Brighton, comme il l'a fait, le 29 du présent mois.

Le silence de mort qui régnait dans la chambre m'ayant
paru, dans les circonstances susdites, tout particulièrement
désagréable, je pensai qu'une remarque viendrait à propos.
Le respect que je porte à mes propres intérêts me fournit le
sujet de cette remarque. Je parlai du Divertissement.

« Après ce qui vient d'arriver, dis-je, nous allons probablement reprendre nos représentations comme à l'ordinaire ?

— Non, répondit-elle, la figure toujours cachée par son
voile. Nous allons reprendre mon enquête.

— Eh quoi ! s'enquérir d'un mort ?

— Non, mais s'enquérir du fils qu'il laisse.

— M. Noël Vanstone ?

— Oui, M. Noël Vanstone. »

N'ayant pas de voile à laisser tomber sur mon front, je me
baissai pour ramasser le journal. La détermination diabolique
de cette jeune fille me parut, dans le moment, tout à fait ren-
versante. J'eus à me remettre, avant de lui adresser de nouveau la parole :

« L'enquête nouvelle, lui demandai-je, n'a rien de plus
nuisible que la première ?

— Rien de plus nuisible.

— Qu'aurai-je à découvrir ?

— Je désire savoir si M. Noël Vanstone reste à Brighton,
près les funérailles.

— Et sinon ?

— Sinon, je veux savoir sa nouvelle adresse, en quelque
lieu qu'il aille résider.

— Fort bien... Et après ?

— Vous aurez à découvrir, ensuite, si toute la fortune du
père échoit au fils. »

Je commençais à la voir venir. Ce mot : « fortune, » m'avait
soulagé. Je me sentais de nouveau sur mon terrain.

« Y a-t-il autre chose ? demandai-je.

— Une seule chose encore, répondit-elle. Assurez-vous, je vous prie, si mistress Lecount, la femme de charge, demeure ou non au service de M. Noël Vanstone. »

Quand elle en vint à mentionner le nom de mistress Lecount, sa voix s'altéra légèrement : il est clair qu'elle est bien assez fine pour se méfier déjà de la femme de charge.

« Mes frais me seront remboursés comme à l'ordinaire ? lui dis-je.

— Comme à l'ordinaire.

— Quand dois-je quitter Brighton ?

— Aussitôt que vous le pourrez. »

Elle se leva et sortit de l'appartement. Après un instant d'hésitation, je me décidai à remplir le nouveau mandat. Plus j'aurai à conduire de mystérieuses enquêtes pour le compte de ma belle parente, plus elle se débarrassera difficilement de son très-dévoué Horatio Wragge.

Rien ne m'empêche de quitter Brighton dès demain. C'est donc demain que je pars. Si M. Noël Vanstone succède effectivement aux propriétés de son père, c'est le seul être humain, doué des bienfaits de l'opulence, qui ne m'inspire pas un sentiment de jalousie bien complet et sans réserves.

IX.

(Chronique de juin.)

9. — Je suis revenu, hier, avec mes renseignements, que je consigne ici afin de les avoir plus tard sous les yeux en cas de besoin.

M. Noël Vanstone a quitté hier Brighton, et s'est transporté à Londres, dans une des maisons inoccupées que feu son père possédait dans Vauxhall-Walk, Lambeth. Ce choix singulier d'une résidence très-vulgaire, fait par un individu fort riche, semblerait indiquer que M. N. V. ne se sépare pas facilement de ses écus.

Voici dans quelles circonstances M. Noël Vanstone a chaussé les souliers de son père. M. Michel Vanstone (ceci est assez curieux) paraît être mort comme M. André Vanstone, c'est-à-dire *ab intestat*. Avec cette différence, cependant, que le cadet des deux frères laissa un testament nul par défaut de forme, tandis que l'aîné ne laisse aucune espèce de testament. Les hommes les mieux cuirassés ont leurs faiblesses, et le côté faible de M. Michel Vanstone semble avoir été une répugnance insurmontable à regarder la mort en face. Son fils, sa femme de charge et son avocat ont essayé tous les trois, à mainte et mainte reprise, de lui faire faire un testament, jamais ils n'ont ébranlé la résistance obstinée avec laquelle il ajournait sans cesse l'unique affaire qu'on lui ait jamais vu négliger. Deux médecins le soignaient dans sa dernière maladie. Tous deux l'avertissaient qu'il était trop vieux pour pouvoir compter sur une guérison; ils l'avertissaient en vain. Ce mortel entêté manifestait l'intention positive de ne pas mourir. Ses dernières paroles en ce monde (je le tiens de la garde qui assistait mistress Lecount), ses dernières paroles furent : « Je me sens mieux de minute en minute. Envoyez bien vite chercher un cabriolet, et qu'on me mène à la promenade! » Le même soir, il se trouva que la Mort était la plus obstinée des deux; elle fit passer sur la tête de M. Vanstone fils (unique enfant du défunt) toute la propriété réglé par la loi. Personne ne doute, au reste, que le résultat n'eût été le même s'il eût existé un testament. Le père et le fils avaient pleine confiance l'un dans l'autre, et tout le monde sait qu'ils ont toujours vécu dans les meilleurs termes.

Mistress Lecount reste avec M. Noël Vanstone, et conserve auprès de lui les mêmes fonctions de femme de charge qu'elle remplissait auprès du père. Elle l'a accompagné dans sa nouvelle résidence de Vauxhall-Walk. On reconnaît généralement que la tournure des événements lui porte un grave dommage. Si M. Michel Vanstone avait fait son testament, nul doute qu'elle n'y eût été bien traitée. Elle n'a plus maintenant à compter que sur la reconnaissance de M. Noël Vanstone, et il n'est pas probable (je l'imagine du moins) qu'elle laisse s'engourdir ce sentiment, faute de lui donner, de temps à autre, une légère secousse. Quant à savoir si les intentions futures de ma belle parente ont pour objet la vengeance ou le profit, je me déclare incapable de résoudre cette importante question. Mais, dans l'une ou dans l'autre hypothèse, je crois pouvoir prédire qu'elle rencontrera, chez mistress Lecount, une opposition embarrassante.

Jusqu'à présent telles sont, en somme, mes informations. L'accueil que leur a fait miss Vanstone indiquait de sa part les plus ingrats soupçons. Mes oreilles n'ont reçu d'elle qu'une simple formule de reconnaissance, sans autre aveu. La jeune personne est subtile, — diablement subtile pour son âge. Mais il peut arriver qu'on se trompe en excluant quelqu'u de sa confiance une fois de trop, — plus particulièrement quand ce quelqu'un s'appelle Wragge.

Pas un mot de plus à propos du Divertissement; pas un mot de plus sur notre départ de cette localité. Rien de mieux. Ma main droite propose un pari à ma main gauche : Dix contre un que ma nièce entre en communication avec le fils, comme jadis avec le père. Dix contre un qu'elle écrit à Noël Vanstone avant la fin de ce mois.

20. — Elle a écrit par le courrier de ce jour. Apparemment une longue lettre, — car elle a mis deux timbres sur l'enveloppe. (*Memorandum* particulier destiné à moi-même : Guetter la réponse!)

22, 23, 24. — *Memorandum* particulier, répété chaque jour : Guetter la réponse!

25. — La réponse est arrivée. En ma qualité d'ancien militaire, j'ai tout naturellement employé un stratagème pour la saisir au passage. Le succès qui récompense toujours la vraie persévérance a récompensé la mienne, et j'ai saisi la précieuse lettre.

Elle est écrite, non par M. Noël Vanstone, mais par mistress Lecount. Cette dame le prend de fort haut, sur un ton de courtoisie enfiellée. La santé délicate de M. Noël Vanstone et la perte récente qu'il vient de subir l'empêchent

d'écrire lui-même. Toute lettre de miss Vanstone qui lui par-
viendrait ultérieurement serait retournée sans avoir été
ouverte. Toute visite personnelle aurait pour effet un recours
immédiat à la protection des lois. M. Noël Vanstone, que feu
son père a expressément mis en garde contre miss Madeleine Vanstone, n'a pas encore oublié les conseils de ce père
regrettable et chéri. Il regarde comme un blâme indirect
jeté à la mémoire du meilleur des hommes cette supposition
qu'il pourrait agir à l'égard de miss Vanstone autrement que
son père n'aurait agi lui-même. C'est ce qu'il a chargé mistress Lecount de lui dire. Elle, en revanche, a tâché de s'exprimer dans les termes les plus conciliants ; elle a voulu (par
pure courtoisie, et afin de ne pas l'affliger inutilement)
donner à miss Vanstone le nom de famille qu'elle portait
naguère : aussi compte-elle que ces concessions, faciles à
interpréter, ne seront pas perdues. » — Telle est la substance de la lettre, et telle en est la péroraison.

De ce petit document je tire deux conclusions. Premiè-
rement, — qu'il engendrera de sérieux inconvénients ; en
second lieu, — que mistress Lecount, avec toute sa politesse,
est une femme dangereuse à rencontrer sur son chemin. Je
voudrais bien savoir au clair comment manœuvrer : pour
l'instant, je n'y vois que du feu.

29. — Miss Vanstone a renoncé à ma protection et, en
même temps qu'elle, je perds tout le profit à venir que j'attendais du Divertissement. Je suis volé, — oui, moi, le dernier homme de ce bas monde qui dût se voir réduit à une si
honteuse confession, — je suis VOLÉ !

Enregistrons les événements. Ils me placent provisoirement sous un jour assez triste. Mais la nature de l'homme
l'emporte toujours : il faut que je consigne par écrit tout ce
qui m'arrive.

C'est hier que me fut notifiée la nouvelle de son prochain
départ. Après de nouveaux remerciments sur les informations que j'avais recueillies à Brighton, elle laissa entendre
qu'il fallait pousser l'enquête un peu plus loin. J'offris immédiatement de m'en charger comme auparavant : « Non, dit-

elle; cette fois, la chose n'est plus à votre portée. L'enquête regarde une femme, et j'entends m'en charger moi-même. »

Secrètement convaincu que cette nouvelle résolution concernait directement mistress Lecount, je hasardai à ce sujet quelques innocentes questions, auxquelles, fort tranquillement, ma nièce refusa de répondre. Je lui demandai ensuite quand elle se proposait de partir. — Elle partirait le 28. — A quelle destination? — Londres. — Pour longtemps? — Probablement non. — Toute seule? — Non. — Avec moi? — Non. — Avec qui, donc? — Avec mistress Wragge, si je voulais bien le permettre. — Et dans quel but, grand Dieu? — Dans le but de se procurer un logement convenable, ce qui lui serait fort difficile sans un chaperon d'un âge mûr. — Et moi, en ma qualité de chaperon mâle, devrais-je rester absolument en dehors de cette combinaison? — Impossible de le dire quant à présent. — Ne serais-je pas même chargé de lui faire parvenir les lettres qui arriveraient pour elle à notre présente adresse? — Non : elle prendrait elle-même ses arrangements avec le bureau de poste, et elle me demanderait en revanche une adresse où il lui serait loisible de m'écrire, pour le cas où de nouvelles communications deviendraient nécessaires.

Après cette dernière réponse, tout supplément d'interrogatoire ne pouvait aboutir qu'à une perte de temps. J'épargnai du temps, en n'ajoutant aucune question.

Il était clair pour moi que notre position actuelle, vis-à-vis l'un de l'autre, était exactement la même qu'avant la mort de Michel Vanstone. J'en revins donc, comme devant, à choisir entre les diverses alternatives. Quelle marche me tracent mes intérêts particuliers? Faut-il me confier à cette chance que peut-être, un jour, elle aura encore besoin de moi? Faut-il la menacer de faire intervenir ses parents et ses amis? Vaut-il mieux, des renseignements que je possède, trafiquer avec la branche opulente de la famille? Entre les trois alternatives, c'est la dernière que j'avais choisie quand le père vivait encore. Je ne vois pas de motif pour ne m'y pas tenir vis-à-vis du fils.

Le train est parti pour Londres il y a près de quatre heures, et il emportait Madeleine en compagnie de mistress Wragge. Ma femme est bien trop sotte, la pauvre âme! pour être d'aucune utilité active dans les circonstances présentes; mais elle sera d'une utilité passive, par cela seul qu'elle maintient un lien quelconque entre miss Vanstone et moi; — en considération de ceci, je veux bien brosser mes pantalons, me faire la barbe, et me soumettre aux autres ennuis que comporte mon service personnel, pendant une période nécessairement limitée. Les quelques lueurs de bon sens que mistress Wragge possédait peut-être encore semblent maintenant avoir pris pour jamais congé d'elle. En recevant la permission d'aller à Londres, elle nous a immédiatement régalés de ces deux questions : «Pourrait-elle quelquefois courir les magasins? Et pourrait-elle laisser derrière elle le livre de cuisine?» Miss Vanstone a répondu affirmativement à la première question; j'ai répondu affirmativement à la seconde; — à partir de ce moment, mistress Wragge est devenue un éclat de rire perpétuel.

Je suis encore enroué par l'usage fréquent, et tout à fait inutile, que j'ai fait de mon stimulant vocal pour la maintenir un peu, et je l'ai laissée dans le wagon du chemin de fer, à mon inexprimable contrariété, ayant ses *deux* souliers en pantoufles. Dans les circonstances ordinaires, ces détails absurdes ne me seraient pas restés en tête. Comme vont présentement les affaires, l'imbécillité naturelle de ma pauvre femme peut avoir des conséquences que nul de nous ne prévoit. Elle n'est ni plus ni moins qu'un vieil enfant, et je m'aperçois facilement que, par cette raison-là même, miss Vanstone montre en elle plus de confiance qu'elle n'en aurait avec une femme plus intelligente. Or je connais les enfants, grands et petits, un peu mieux que ne les connaît ma belle parente, et j'affirme qu'il faut se méfier de toutes les formes de l'innocence humaine, lorsqu'on a par hasard quelque chose secrète à garder pour soi.

Retournons à nos affaires. Me voici, à deux heures, par une belle après-midi d'été, bien parfaitement seul, occupé à ré-

fléchir sur le moyen le plus sûr d'aborder M. Noël Vanstone,
— mais, cette fois, pour mon propre compte. Le soupçon
que j'ai à part moi de son avarice constitutionnelle ne me
décourage aucunement. J'ai su jadis arracher des résultats
monnoyés assez consolants à des gens aussi soigneux de leurs
petits écus que celui-là peut l'être des siens. La difficulté
réelle sera de combattre les obstacles venant de mistress Lecount. Si je ne me trompe pas, cette dame mérite de ma part
quelques considérations sérieuses. Je vais clore ma chronique
du jour, et accorder à mistress Lecount ce qu'elle mérite.

Trois heures. — Je rouvre ces pages, pour y mentionner
une circonstance qui m'a causé la plus vive surprise.

Comme je venais de compléter le dernier paragraphe, une
circonstance m'est revenue en tête, que j'avais notée ce
matin en escortant ces dames jusqu'au chemin de fer. Je re-
marquai alors que miss Vanstone n'emportait avec elle qu'une
de ses trois caisses, et l'idée me vint, tout à l'heure, qu'une
secrète investigation des bagages qu'elle a laissés derrière
elle pourrait bien avoir quelques résultats utiles. M'étant habitué, en certaines périodes de ma vie, à cultiver de bonnes
relations avec les serrures d'autrui, je suis parvenu, sans
beaucoup de peine, à me mettre avec les caisses de miss Vanstone sur un certain pied de familiarité. L'une d'elles ne m'a
rien offert qui pût m'intéresser. L'autre, — spécialement consacrée aux costumes et aux articles de toilette employés pour
le Divertissement dramatique, — m'a paru plus digne d'examen, car elle m'a conduit tout droit à la découverte d'un des
secrets de l'aimable propriétaire.

J'ai trouvé dans cette caisse tous les costumes au grand
complet, — sauf une exception digne d'être remarquée. Cette
exception porte sur le costume de la Vieille Dame des comtés
du Nord, rôle que j'ai déjà mentionné comme le meilleur des
déguisements de mon élève, et comme reproduisant le son de
voix, les gestes, les attitudes de miss Garth, son ancienne
institutrice. Le tour frisé, les faux sourcils, le chapeau et
le voile, le manteau ouaté de manière à modifier l'aspect du
dos et des épaules, les couleurs et cosmétiques employés

17.

pour vieillir la face et flétrir le teint, — tout cela était emporté.

Il ne restait que la robe, — robe de soie à fleurs qui peut bien servir à la scène, mais trop voyante et d'une forme trop ridicule pour soutenir un examen de jour. Les autres portions du costume se maintiennent dans des bornes qui les rendent à peu près vraisemblables : le chapeau et le voile sont simplement démodés, le manteau est d'un gris calme qui n'éveille aucun soupçon. D'une découverte comme celle-ci on ne peut tirer qu'une conclusion satisfaisante. Aussi vrai que je suis assis dans ce fauteuil, Madeleine va ouvrir sa campagne contre Noël Vanstone et mistress Lecount, sous les traits d'un personnage que ni l'un ni l'autre n'ont la moindre raison de suspecter au début ; — ce personnage est miss Garth.

Dans de telles circonstances, quel parti dois-je prendre ? Maître de son secret, qu'en puis-je faire ?... Ce sont là des considérations embarrassantes ; je ne sais vraiment pas m'y reconnaître.

Ce qui cause ma perplexité n'est pas seulement ce fait, qu'il lui a plu de se déguiser pour amener la réalisation de ses plans mystérieux. On voit par centaines des jeunes filles à qui prend cette fantaisie de travestissement. Les journaux sont remplis, chaque année, d'aventures de ce genre ; mais il ne faut pas confondre un seul instant mon ancienne élève avec les héroïnes ordinaires de ces drames bourgeois. Elle est capable de bien d'autres exploits que ceux qui consistent tout simplement à se vêtir en homme, et à prendre d'un homme la voix et la démarche. Naturellement douée d'une aptitude que je n'ai vue au même degré chez aucune femme, pour remplir tour à tour les rôles les plus divers, elle a joué, devant le public, de manière à constater pour elle-même son talent exceptionnel, et à le pousser aussi haut qu'il puisse aller. Une jeune fille qui se sert d'une telle faculté pour aider, dans la vie privée, à la réalisation de ses plans, et qui l'aiguise encore par une résolution tellement ferme de se frayer un chemin vers le but choisi par elle, que, jusqu'à présent, rien n'a pu lui résister, — cette jeune fille-là tente une sorte de déception assez neuve, assez dangereuse, pour conduire, de manière ou d'autre, à des résultats fort graves. Telle est, du moins, ma conviction, fondée sur une longue expérience dans l'art d'en remontrer à mes contemporains. L'entreprise de ma belle parente m'apparaît aujourd'hui tout autre que je ne la voyais avant d'avoir fait connaissance avec le contenu de cette caisse. Les chances favorables ou contraires avec lesquelles Madeleine va combattre pour recouvrer sa fortune perdue sont tellement équilibrées, que je ne saurais voir en aucune façon, et malgré toutes les peines que je me donne, de quel côté penche la balance. Tout ce que je puis discerner, c'est que, bien certainement, elle penchera d'un côté ou de l'autre le jour où ma nièce franchira, déguisée, le seuil de Noël Vanstone.

(De quel côté, maintenant, mes intérêts devraient-ils me conduire? Sur mon honneur, je n'en sais pas le premier mot.)

Cinq heures. — Je suis arrivé à un compromis magistral: — je me suis décidé à faire de moi une lame à deux tranchants.

Par le courrier de ce jour, j'ai dépêché à Londres une lettre anonyme, portant l'adresse de M. Noël Vanstone. Elle sera transmise à destination par les mêmes moyens que j'ai si heureusement adoptés pour mystifier M. Pendril; et on doit la recevoir à Vauxhall-Walk, Lambeth, demain dans l'après-midi, au plus tard.

La lettre est laconique et va droit au but. Elle prévient M. Noël Vanstone, dans les termes les plus inquiétants, « qu'on veut le rendre victime d'un complot, et que le premier artisan de ce complot est une jeune personne qui a déjà entretenu des communications écrites avec son père et avec lui-même. » La lettre lui offre les renseignements nécessaires pour le mettre complétement à l'abri, à condition qu'il compensera, pour la personne qui lui écrit, les risques sérieux qu'elle encourrait par une pareille dénonciation. Et le tout finit par cette stipulation, que la réponse devra figurer aux annonces du *Times :* elle sera adressée à « un Ami In-

connu, » et dira simplement le chiffre de la rémunération
qu'offre M. Noël Vanstone, en échange du service inappré-
ciable qu'on veut bien lui rendre.

A moins qu'il ne se présente quelques complications inattendues, cette lettre me place exactement dans la position
que réclament mes intérêts. Si l'annonce paraît, et si la rémunération offerte est assez considérable pour mériter que
je passe dans le camp de l'ennemi, j'y passerai, cela va sans
dire. S'il ne paraît pas d'annonce, ou si M. Noël Vanstone met
un trop bas prix à mes inappréciables services, je reste ici,
attendant que ma belle parente ait besoin de moi, ou que
j'aie trouvé un moyen de me rendre indispensable à elle. —
ce qui revient absolument au même.

Si la lettre anonyme venait à tomber dans ses mains par
quelque accident, elle y trouvera des allusions, désobli-
geantes pour moi, et que j'y ai introduites à dessein, désirant
qu'on pût l'attribuer à quelqu'une des personnes chez qui
j'ai puisé des renseignements pour notre dernière enquête.
Si mistress Lecount, prenant l'affaire en main, dispose un tra-
quenard pour m'y prendre, je me soustrais à la tentation en
refusant absolument la moindre participation à l'affaire, du
moment où un tiers quelconque se place entre M. Vanstone
et moi. Donc, — que l'issue soit ce qu'elle voudra, — me
voici toujours prêt à en tirer parti : me voici, à la rencontre
des deux routes, parfaitement tranquille et parfaitement à
mon aise, — à l'état d'agriculteur moral ayant l'œil sur deux
moissons à la fois, et tenant prête, pour toute occurrence, sa
faucille pipeuse.

Durant la semaine qui vient, la lecture du journal aura
pour moi un intérêt plus particulier que jamais. Je me demande, avec une véritable curiosité, à laquelle des deux
parties belligérantes le sort attribuera mes services.

SCÈNE TROISIÈME.

———

VAUXHALL-WALK, LAMBETH.

I.

L'antique palais archiépiscopal de Lambeth, sur la rive méridionale de la Tamise, — avec sa promenade et son Jardin de l'Évêque, et sa terrasse bordant le fleuve,—est une relique architecturale de l'ancien Londres, précieuse à tous les gens épris du pittoresque, dans le Londres utilitaire que les temps modernes nous ont fait. Au sud de ce vénérable édifice serpente le labyrinthe de rues que l'on appelle Lambeth ; et, à peu près au centre de ce réseau de maisons placé dans le voisinage de la rivière, court cette double rangée de bâtiments enfumés qu'on appelait jadis, qu'on appelle encore Vauxhall-Walk.

Cet entrelacement de rues obscures, qui avoisine et entoure Vauxhall-Walk, renferme une population généralement de l'ordre le plus misérable. Dans ces voies publiques, où les petits magasins abondent, la lutte sordide engagée contre la misère se montre sans déguisement sur les trottoirs fangeux ; elle y accumule ses forces dans le cours de la semaine et prenant, dès le samedi soir, les proportions d'une véritable émeute, elle y voit poindre l'aurore du dimanche parmi les ternes lueurs d'un gaz douteux. De misérables femmes dont le visage ne sourit jamais, —dans les quartiers de Londres analogues à celui-ci, — hantent les boucheries, tenant serrée dans leurs mains la petite portion du salaire conjugal qu'elles ont pu disputer aux cabarets ; leurs ye

dévorent cette viande qu'elles n'osent acheter, et sur laquelle
se portent machinalement leurs doigts avides, comme la
main d'une élégante va d'elle-même caresser un bijou précieux. Dans ce district, comme dans tous ceux qui s'écartent
des quartiers riches de la capitale, le hideux vagabond de
Londres, — au langage plus boueux que le pavé, aux vêtements plus sales que la boue, — s'attarde, insolent et brutal,
au tournant des rues, au seuil des *gin-shops*, déshonneur public pour son pays, précurseur trop méprisé des catastrophes
sociales que nous garde l'avenir. Là, le progrès moderne, —
qui a tant réformé les mœurs et si peu changé les hommes,
— rencontre un démenti direct qui disperse au vent ses prétentions bruyantes. Là, tandis que la prospérité nationale se
repaît, comme un autre Balthasar, du spectacle de sa propre
magnificence, on voit écrite la sentence mystérieuse de par
laquelle l'idole régnante, — le monarque Argent, — est averti
que sa gloire est pesée dans la balance, et que son pouvoir a
été trouvé léger.

Grâce à un pareil voisinage, Vauxhall-Walk, qui gagne à
la comparaison, peut revendiquer d'incontestables droits à
une sorte de considération relative. Ce sont des maisons particulières qui, la plupart du temps, bornent cette espèce de
boulevard. Si quelques boutiques se montrent çà et là, elles
ne sont point assiégées par ces foules grossières des voies
publiques où le peuple circule à flots plus pressés. Le commerce n'y est pas turbulent; le consommateur qui passe
n'est pas poursuivi de clameurs importunes, d'invitations
indiscrètes. Les marchands d'oiseaux sont venus naturellement se réfugier dans cette région, que sa tranquillité leur
recommandait; les pigeons roucoulent et les canaris gazouil-
lent dans Vauxhall-Walk. On trouve entassés là, dans le
même entrepôt, des charrettes et des cabriolets d'occasion,
des bois de lit d'un certain âge et des roues dépareillées. Un
des courants tributaires du grand fleuve de gaz qui éclaire
Londres prend sa source dans une fabrique établie en cet
endroit. Là aussi, les sectateurs de John Wesley ont placé un
temple, bâti bien évidemment avant l'époque où le Métho-

disme s'est converti au culte de l'architecture. Et là aussi,
— spectacle frappant entre tous! — sur l'emplacement où
des milliers de bougies s'allumaient jadis, — où, jusqu'au
lever du soleil, la Musique prêtait ses harmonies à la Nuit,
— où, durant tout un siècle, chaque été a vu revenir l'élite
des beautés à la mode, — s'étale aujourd'hui un imposant désert de boue et de bric-à-brac, le cadavre des Jardins du Vauxhall, livré à l'abandon et pourrissant en plein
air.

Le jour même où le capitaine Wragge complétait,
comme on l'a vu, sa Chronique des événements, une femme
parut à la fenêtre d'une des maisons de Vauxhall-Walk, et
détacha des carreaux une affiche imprimée annonçant qu'il
y avait là un appartement à louer. Cet appartement consistait en deux chambres au premier étage. Elles venaient
d'être retenues pour huit jours par deux dames qui avaient
payé d'avance; — ces deux dames étaient Madeleine et mistress Wragge.

Aussitôt que la maîtresse du logis eut quitté la chambre,
Madeleine se rapprocha de la fenêtre et observa de là, non
sans précautions, la rangée de bâtiments qui lui faisaient
face. Par leur dimension et leur aspect, ils affichaient de
plus hautes prétentions que les autres maisons de la Promenade. La date de leur érection était inscrite sur l'un d'eux,
qui portait ce chiffre : 1759. Ils semblaient se tenir à l'écart
de la chaussée, dont quelques jardinets grillés les séparaient.
Cette position particulière, — et aussi la largeur de l'espèce
de boulevard placé entre eux et les petites maisons d'en
face, — rendaient impossible à Madeleine de lire le numéro
des portes; et si quelqu'un se montrait à la fenêtre, elle ne
pouvait distinguer que l'ensemble de la taille et du costume.
Elle n'en demeurait pas moins là, tenant ses regards obstinément arrêtés sur l'une de ces maisons, située presque vis-à-vis
d'elle; — maison qu'elle avait examinée avant de choisir son
appartement, maison présentement occupée par Noël Vanstone et mistress Lecount.

Après dix minutes de cette observation silencieuse, elle

tourna brusquement la tête pour étudier l'effet que sa conduite avait pu produire sur sa compagne de voyage.

Il n'y avait évidemment rien à redouter de ce côté. Mistress Wragge, assise devant une table et complétement absorbée, classait une série de prospectus sémillants et d'annonces tentatrices, mis en circulation par les négociants à
grand fracas, et dont on avait inondé ces dames pas les por-
tières de leur fiacre, au moment où elles quittaient la gare du
chemin de fer. « J'ai souvent ouï parler de factures divertis-
santes, disait mistress Wragge, changeant à chaque instant
l'ordre de ces petits papiers, de même qu'un enfant range et
dérange sans cesse l'assortiment de joujoux qu'on vient de
lui donner... Voilà une lecture amusante, et si joliment imprimée en couleur !... Voilà les objets divers que je veux
acheter quand j'irai, demain, courir les boutiques... Un
crayon, je vous prie !... Vous ne m'en voulez pas, n'est-il
pas vrai?... J'ai tant d'envie de faire mon choix d'avance ! »
Là-dessus, elle regarda Madeleine, riant comme en dépit
d'elle à l'idée des changements survenus dans sa vie, et de
ses grandes mains frappant la table dans un irrésistible élan
de satisfaction : « Plus de livre de cuisine ! s'écria-t-elle,
plus de bourdonnement dans la tête ! Plus de capitaine à
barbifier demain !... Mes deux souliers sont en pantoufles,
mon bonnet est de travers, et personne ne me crie après !...
Sur mon âme, voilà ce qu'on peut appeler un jour de fête ! »
Ses mains recommencèrent à tambouriner sur la table, plus
haut que jamais, jusqu'à ce que Madeleine songeât à les calmer en lui présentant un crayon. Mistress Wragge, à l'instant
même, recouvra sa dignité, s'accouda carrément sur la table,
et s'abandonna pour le reste de la soirée à une course chimérique dans tous les magasins de la capitale.

Madeleine retourna vers la croisée. Elle prit un fauteuil,
s'assit derrière le rideau, et fixa de nouveau ses regards sur
la maison d'en face.

Les jalousies étaient baissées sur les fenêtres du premier
et du second étage. La fenêtre de l'unique pièce du rez-de-
chaussée n'était, au contraire, masquée par rien, et même

elle était entr'ouverte, mais personne ne s'en approchait. Les portes s'ouvraient l'une après l'autre, les gens allaient et venaient dans les maisons situées à droite et à gauche de celle-ci; des enfants en sortaient par douzaines pour aller jouer sur la chaussée, escaladant les jardinets quand ils avaient à courir après une balle vagabonde ou un volant égaré; un double courant de population remontait et descendait perpétuellement le boulevard; de lourds wagons, où des marchandises s'empilaient à une hauteur prodigieuse, longeaient cette route pour se rendre à la station voisine ou en revenir : — bref, dans toutes les directions, sauf une seule, la vie quotidienne du district se manifestait par une incessante activité.

Les heures passaient, et la maison d'en face était toujours là, close et silencieuse, ne révélant par aucun signe quelconque la présence d'un être humain. Le seul motif qui eût décidé Madeleine à s'aventurer personnellement dans Vauxhall-Walk,—savoir le désir d'étudier, abritée dans un poste d'observation connu d'elle seule, la physionomie, les dehors, les habitudes de mistress Lecount et de son maître, ce motif se trouvait jusque-là complétement déjoué. Après trois heures de guet à la fenêtre, elle n'avait encore rien découvert qui pût même lui apprendre si la maison était habitée.

Peu après six heures, l'hôtesse vint troubler les études de mistress Wragge en mettant la nappe pour le dîner. Madeleine se plaça, pour manger, de manière à ne pas interrompre le cours d'observations qu'elle avait commencé à sa fenêtre. Ce fut en vain, car rien n'arriva de nouveau. Le dîner s'acheva; mistress Wragge (soumise à l'influence narcotique de ses annotations et à celle d'un repas où elle avait montré que l'absence du capitaine aiguisait singulièrement son appétit), mistress Wragge se réfugia au fond d'un grand fauteuil, et s'y endormit dans une attitude qui aurait infligé à son mari une véritable torture mentale. Sept heures sonnèrent, les ombres d'un soir d'été s'allongèrent à la dérobée sur la chaussée blanchâtre et sur les murs bruns qui la bordaient; — et cependant la porte close de la maison

d'en face ne s'était pas ouverte ; et l'unique fenêtre qui lais-
sât y pénétrer le regard ne lui livrait que le vide obscur d'une
chambre déserte, aussi dépourvue de vie et de mouvement
que si cette chambre eût été une tombe.

Les paisibles ronflements de mistress Wragge avaient pris
un accent plus grave. La soirée avançait tristement, huit
heures allaient sonner, — lorsqu'un incident, à la fin, se
produisit. Pour la première fois, la porte de la maison d'en
face vint à s'ouvrir, et une femme parut sur le seuil.

Cette femme était-elle mistress Lecount ? Non, certainement. Vue de plus près, on la reconnaissait, à son costume,
pour une domestique. Elle tenait à la main une grosse clef,
et bien certainement allait faire quelque commisssion. En
partie par curiosité, — en partie sous l'impulsion du moment qui, après tant d'heures d'attention passive, provoquait
à l'action son impétueuse nature, — Madeleine, ranimée tout
à coup, jeta vivement un chapeau sur sa tête, et résolut de
suivre cette domestique en quelque lieu qu'on l'eût expédiée.

Elles arrivèrent, sur les pas l'une de l'autre, à cette
grande avenue de magasins, située dans un voisinage immédiat, et qu'on appelle Lambeth-Walk. Après y avoir fait
quelques pas en regardant autour d'elle avec l'hésitation
d'une personne qui ne connaît pas très-bien les êtres, la
domestique traversa la rue pour entrer chez un papetier. Madeleine de même traversa la rue, et entra, elle aussi, dans
ce magasin.

L'inévitable délai que comportait une démarche de ce
genre fut cause que Madeleine arriva trop tard pour entendre
ce que demandait la domestique. Mais les premières paroles
prononcées par le commis placé au comptoir parvinrent à
ses oreilles, et lui apprirent que cette femme venait acheter
un Indicateur des chemins de fer.

« Est-ce celui de ce mois, ou l'Indicateur de juillet ?
demanda le marchand, s'adressant à sa pratique.

— Monsieur ne m'a pas dit lequel, répondit celle-ci... Je
sais seulement qu'il part après-demain pour la campagne.

— Après-demain est le 1er juillet, dit le marchand. L'Indicateur dont votre maître a besoin est celui du mois prochain. C'est demain seulement qu'il paraîtra. »

Remettant dès lors son emplette au lendemain, la domestique sortit du magasin et prit la direction qui la ramenait dans Vauxhall-Walk.

Madeleine acheta la première bagatelle qu'elle vit sur le comptoir, et se hâta, elle aussi, de revenir du même côté. La découverte qu'elle venait de faire était fort importante pour elle, et lui faisait sentir la nécessité d'agir avec aussi peu de retard que possible.

En entrant dans la pièce où elle avait laissé mistress Wragge, elle l'y trouva qui venait de se réveiller, perdue encore dans une sorte d'étonnement engourdi, son bonnet pendant sur ses épaules, et occupée à chercher un de ses souliers, complétement égaré. Madeleine entreprit de lui persuader que le voyage avait dû la fatiguer beaucoup, et que le plus sage pour elle serait de s'aller mettre au lit incontinent. Mistress Wragge ne demandait pas mieux que de suivre ce conseil, pourvu seulement qu'elle eût d'abord retrouvé son soulier. Par malheur, en cherchant celui-ci, elle remit la main sur les prospectus qui l'avaient occupée deux heures auparavant.

« Le crayon! le crayon! disait mistress Wragge, battant les prospectus comme un joueur pressé bat ses cartes. Je ne puis encore m'aller coucher; — je n'ai pas encore marqué la moitié des objets dont j'ai besoin. Voyons donc, où en suis-je restée?... *Essayez pour les enfants le biberon breveté de Finch...* Non! j'y ai mis une croix, et la croix veut dire que je n'en ai pas besoin... *Comfortable aux champs. Culottes de chasse indestructibles de Buckler...* Oh! mon Dieu! mon Dieu! j'ai perdu l'endroit... Non, non, le voici!... Voici ce que j'avais marqué. *Robes élégantes de cachemire, strictement orientales et de très-bon goût, baisse de prix à une livre sterling dix-neuf shillings et six pences. Qu'on se hâte! Il n'en reste que trois...* Plus que trois!... Prêtez-moi bien vite l'argent, et allons en chercher une!...

— Pas ce soir, dit Madeleine. Ne vaudrait-il pas mieux

vous mettre au lit maintenant, et achever demain de lire les prospectus? Je les mettrai sur la table de nuit, à côté de vous, et vous les trouverez là, sous votre main, à peine éveillée. »

Cette suggestion fut accueillie par mistress Wragge. Madeleine l'emmena dans la chambre voisine et la mit au lit, comme une enfant, ses joujoux à côté d'elle. Cette pièce était si étroite et le lit si petit, — et mistress Wragge, dans le blanc appareil exigé par la circonstance (avec sa pleine lune encadrée par la spacieuse auréole de son bonnet de nuit), semblait taillée dans des proportions si vastes et si peu en rapport avec tout ce qui l'entourait, — que Madeleine, si inquiète qu'elle fût, ne put retenir un sourire en prenant congé, pour la nuit, de son étrange compagne.

« Ah! ah! s'écria joyeusement mistress Wragge; c'est demain que nous aurons la robe de cachemire... Approchez! je vais vous dire quelque chose à l'oreille... Regardez bien comme je suis!... Je vais dormir en zigzag, et le capitaine n'est pas là pour me crier après!... »

Dans la chambre donnant sur la rue, se trouvait une espèce de sopha-lit que l'hôtesse vint arranger pour Madeleine. Ceci fait et les flambeaux apportés, la jeune fille fut laissée à elle-même et put régler à loisir ses démarches futures, selon ses propres inspirations.

D'après les questions et les réponses échangées devant elle, ce soir-là même, chez le papetier, il était évident que la résidence actuelle de Noël Vanstone, dans Vauxhall-Walk, ne devait plus se prolonger au delà de vingt-quatre heures. La prudente résolution qu'elle avait prise tout d'abord, d'observer secrètement la maison d'en face pendant plusieurs jours avant de se risquer à y pénétrer, se trouvait complètement frustrée par le tour donné aux événements. Elle était placée dans ce dilemme : affronter aveuglément tous les risques, dès le lendemain, — ou attendre une occasion qui pouvait bien ne se présenter jamais. Aucun terme moyen ne lui était offert. Jusqu'à ce qu'elle eût vu Noël Vanstone de ses propres yeux, et découvert tout ce qu'il y avait à craindre de mistress Lecount, — jusqu'à ce qu'elle eût atteint ce double but en prenant bien soin de s'abriter elle-même dans les ténèbres, — il lui était interdit de faire un pas de plus vers l'accomplissement du dessein qui l'avait amenée à Londres.

Minute par minute, la nuit s'achevait; l'une après l'autre, les pensées accumulées dans son esprit se succédaient rapidement, — et pourtant elle n'arrivait à aucune conclusion, assiégée de doutes, de craintes, d'hésitations qui la faisaient ne plus se reconnaître elle-même. Elle finit par traverser la chambre avec impatience, pour se procurer un instant de trève en prenant dans sa malle les objets nécessaires à sa toilette de nuit. Les soupçons du capitaine Wragge ne l'avaient point trompé. Dans cette caisse, cachés entre deux vêtements de jour, se trouvaient en effet les éléments du costume travesti qu'il avait vainement cherchés dans la malle laissée à Birmingham. Madeleine les examina l'un après l'autre pour s'assurer que rien d'essentiel n'avait été oublié; puis elle vint reprendre, auprès de la fenêtre, son poste d'observation.

La maison d'en face était du haut en bas plongée dans l'obscurité, sauf pourtant le salon du rez-de-chaussée. On avait rabattu sur la fenêtre les jalousies précédemment soulevées : la clarté filtrant à travers ces interstices révélait, pour la première fois, à Madeleine, que cette pièce fût habitée. En la contemplant ses yeux brillèrent, son teint s'anima.

« Il est là!... se disait-elle tous bas avec un murmure irrité... C'est là qu'il vit, de notre argent, dans la maison où son père lui a prescrit de ne pas m'admettre! » Elle laissa retomber la jalousie qu'elle avait soulevée pour regarder au dehors, revint vers sa caisse, et en retira le tour de faux cheveux gris qui faisait partie de son travestissement dramatique dans le rôle de la Dame des comtés du Nord. Ce tour avait été fripé au moment de l'emballage. Elle le posa sur son front, et alla le rajuster devant son miroir. « Son père l'a mis en garde contre Madeleine Vanstone, disait-elle, répé-

tant le passage de la lettre de mistress Lecount, et riant
amèrement tandis qu'elle se mirait dans la glace... Mais son
père l'a-t-il aussi mis en garde contre miss Garth?... Je n'a-
vais pas compté sur une si prochaine entrevue... mais peu
importe! Nous saurons ce que demain doit amener... »

II.

A l'heure peu avancée où Madeleine se leva pour regarder
au dehors, le temps était couvert. Mais à mesure qu'approchait l'heure du déjeuner, la pluie cessa de menacer, et Madeleine put pourvoir à la première nécessité du jour, celle
de faire sortir de la maison la compagne de voyage dont la
présence l'eût gênée.

Mistress Wragge était en toilette, armée de sa collection
de prospectus et fort désireuse de partir à dix heures sonnant. Madeleine s'était inquiétée, beaucoup plus tôt, de lui
fournir un guide sûr dans la personne de la fille aînée de
l'hôtesse, enfant sérieuse et bien apprise, qu'on avait intéressée à cette tournée de magasins, en lui donnant l'argent
nécessaire pour quelques petites emplettes à son usage personnel. Peu après dix heures, Madeleine expédia, dans un
fiacre, mistress Wragge et sa jeune suivante. Elle-même
ensuite rejoignit l'hôtesse, occupée à remettre en ordre
les chambres du haut, afin de s'assurer, en jasant avec
cette femme, de ce que pouvaient être les habitudes quotidiennes des résidents de la maison.

Elle découvrit qu'elles étaient, mistress Wragge et elle,
les seules locataires de l'établissement. Le mari de l'hôtesse,
employé dans une station de chemin de fer, restait dehors
toute la journée. La seconde fille, en l'absence de sa sœur
aînée, demeurait préposée aux soins de la cuisine. Les autres
enfants, plus jeunes, étaient à l'école et ne devaient rentrer
qu'à une heure pour dîner. L'hôtesse elle-même, « lingère
pour dames, » comptait passer toute la matinée à son ou-

vrage, dans une petite pièce détachée de la maison et située
au fond de la cour. Madeleine avait donc toute facilité de
sortir de la maison sous un costume qui n'était pas le sien,
et d'en sortir sans être remarquée, pourvu que ce fût avant
le retour des enfants, c'est-à-dire avant une heure.

A onze heures, les chambres furent finies et l'hôtesse
installée à son ouvrage. Madeleine ferma doucement la porte
de sa chambre, laissa tomber la jalousie devant la fenêtre,
et commença immédiatement ses préparatifs pour la périlleuse
épreuve qui allait marquer cette journée.

Cette même perception vive du danger à éviter et des
obstacles à vaincre qui l'avait empêchée d'emporter avec elle
ce qui, dans son travestissement comique, était d'un ridicule
trop marqué, lui faisait parfaitement comprendre toute la
différence qu'il y a entre un déguisement porté aux flambeaux, dans un simple but d'amusement, et celui qu'on revêt
en plein jour, afin de se dérober aux regards inquiets de
deux ennemis. Aussi commença-t-elle par mettre une
ancienne robe à elle (de cette étoffe que l'on appelle alpaga),
fond brun, presque noir, avec un joli dessin de petites étoiles
réservées en blanc. Un double volant, au bas de cette robe,
était le seul ornement que la modiste y eût ajouté, ornement qui n'avait rien de discordant avec le costume d'une
dame âgée. Ce fut ensuite à déguiser sa tête et son visage
que Madeleine voulut s'appliquer.

Elle ceignit, elle arrangea le tour de faux cheveux gris
avec la dextérité qu'une constante habitude lui avait donnée; les sourcils artificiels (plutôt un peu forts et d'une
teinte un peu plus foncée que les faux cheveux) furent soigneusement fixés à leur place au moyen de la gomme dont
elle s'était pourvue; les teintures employées au théâtre l'ai-
dèrent à changer la transparente blancheur de son teint
pour y substituer ces couleurs ternes, et pour ainsi dire
opaques, qui indiquent chez les femmes un état maladif. Les
lignes profondes, les marques de l'âge mûr vinrent ensuite,
et alors se présentèrent les premières difficultés réelles. Les
artifices suffisants pour la lumière du gaz manquaient leur

effet en plein jour : il était à peu près impossible de cacher ce qu'ils avaient de factice. Madeleine revint à sa caisse, en tira deux voiles et, les plaçant sur son chapeau de vieille, en essaya successivement l'effet. L'un d'eux (en dentelle noire) était trop épais pour être porté, en été, sans exciter l'attention. L'autre, de simple filet, laissait voir les traits d'une manière justement assez indécise pour qu'on pût placer certaines rides sur le front et aux coins de la bouche. Mais l'obstacle qu'elle écartait ainsi créait, en revanche, une difficulté nouvelle : celle de tenir son voile baissé, tout en parlant à d'autres personnes, sans aucun motif apparent d'agir ainsi. Un moment de réflexion, et un coup d'œil jeté par hasard sur la petite palette de porcelaine qui servait à ses toilettes de théâtre, lui firent trouver, séance tenante, l'excuse muette qu'elle cherchait. Elle se défigura délibérément en posant une couche de rouge vif au bord de ses paupières, de manière à simuler une inflammation qu'un médecin seul, — et en y regardant de fort près, — aurait reconnue être fausse. Devant cette hideuse transformation d'elle-même que lui renvoyait le miroir, elle se redressa triomphante. — Qui donc, maintenant, s'étonnerait de lui voir tenir son voile baissé? et qu'aurait à dire mistress Lecount, si elle lui demandait la permission de s'asseoir à contre-jour?

Elle mit ensuite, pour en finir, le modeste manteau gris qu'elle avait rapporté de Birmingham, et qui, garni à l'intérieur par les habiles mains du capitaine Wragge en personne, dissimulait à merveille la jeunesse gracieuse de sa tournure et la beauté de ses épaules. Maintenant que sa toilette était complète, elle répéta, pour ainsi dire, la démarche qu'on lui avait enseignée comme convenant particulièrement à son rôle, — démarche légèrement claudicante, — et, revenue devant son miroir après une minute d'épreuve, elle s'exerça patiemment à déguiser sa voix et ses gestes.

C'était seulement dans cette partie du rôle qu'il lui avait été possible, vu leur dissemblance physique, de songer à copier miss Garth; ici, la contrefaçon était merveilleuse. La dureté de voix, la brusquerie de manières, l'habitude

d'accompagner certaines phrases par un emphatique branlement de tête, la redondance septentrionale de la lettre *r*
dans tous les mots où elle se rencontrait, — toutes ces
excentricités individuelles de la vieille institutrice venue du
Nord étaient reproduites de manière à faire illusion.

La métamorphose ainsi accomplie était litt'ralement
telle que le capitaine Wragge l'avait décrite : « un véritable
triomphe dans l'art du travestissement. » A moins de la
regarder sous le nez, et dans un endroit où il fît grand jour,
personne n'aurait pris Madeleine pour autre chose que pour
une pauvre femme maladive, déjetée, désagréable, et âgée
d'au moins cinquante ans.

Avant d'ôter le verrou qu'elle avait poussé, elle s'assura,
par un regard jeté autour d'elle, qu'aucun de ses accessoires
de théâtre ne resterait en vue, pour le cas où l'hôtesse péné-
trerait, en son absence, dans l'appartement. Le seul objet
qu'elle eût oublié de serrer était un petit paquet de lettres
de Norah, relues la veille au soir, et qu'elle avait poussées
par hasard derrière la glace, durant les apprêts de sa toilette. En les prenant pour les mettre de côté, cette pensée
lui vint tout à coup à l'esprit : — « Norah me reconnaîtrait-
elle maintenant, si nous venions à nous rencontrer dans la
rue ? » Elle se regarda au miroir, et souriant avec tristesse :
« Non, dit-elle, pas même Norah ! »

Elle tira le verrou, après avoir d'abord regardé à sa
montre. Il était bien près de midi. A peine s'il lui restait une
heure pour tenter son épreuve désespérée, et rentrer chez
elle avant que les enfants de l'hôtesse revinssent de l'école.

Elle s'assura, écoutant un instant sur le palier, que rien
ne bougeait dans le corridor du bas. Descendue à petit bruit,
elle gagna la porte de la rue, sans que personne l'eût vue
quitter la maison. La minute d'après elle avait traversé l'avenue, et frappait à la porte de Noël Vanstone.

Cette porte fut ouverte par la même domestique que, la
veille au soir, elle avait accompagnée chez le papetier. Avec
un frémissement intérieur qui lui rappelait la mémorable
soirée de son début devant le public, Madeleine demanda

J.   18

(prenant la voix de miss Garth et avec les gestes de miss Garth) si l'on pourrait parler à mistress Lecount.

« Mistress Lecount est sortie, madame, dit la domestique.

— M. Vanstone est-il chez lui? demanda Madeleine, dont la résolution ne pouvait pas faillir devant ce premier obstacle.

— Monsieur n'est pas encore levé. »

Encore un échec! Un caractère moins ferme eût cédé à cet avertissement providentiel. Madeleine, au contraire, entra aussitôt en révolte.

« A quelle heure mistress Lecount doit-elle revenir? demanda-t-elle.

— Vers une heure, madame.

— Dites, je vous prie, que je repasserai, après cette heure-là, le plus tôt qu'il me sera possible. Je désire particulièrement causer avec mistress Lecount... Mon nom est miss Garth. »

Elle quitta la maison sans un mot de plus. Il ne pouvait être question de rentrer chez elle. La domestique, d'abord, la regardait s'en aller (ce dont Madeleine s'aperçut, à la porte qu'elle n'entendait pas se refermer), et de plus, si elle rentrait, elle courrait risque, quand elle viendrait à ressortir, de rencontrer les petits écoliers qui, une fois revenus, ne manqueraient pas de vaguer dans tous les coins de la maison. Elle tourna machinalement sur la droite, marcha devant elle jusqu'au Vauxhall-Bridge, et là s'arrêta, regardant couler la rivière.

Elle avait à tuer le temps pendant près d'une heure. A quoi pourrait-elle bien l'employer?

Comme elle se posait cette question, la pensée qu'elle avait en serrant le paquet de lettres de Norah se présenta de nouveau à son esprit. Une impulsion soudaine qui la portait à éprouver si son misérable déguisement avait réussi se mêlait chez elle à un sentiment plus pur et fortifiait dans son cœur l'ardent désir qu'elle éprouvait de revoir le visage de sa sœur, encore qu'elle n'osât, ni se découvrir à elle, ni lui parler. Les dernières lettres de Norah lui racontaient,

dans le plus grand détail, la vie qu'elle menait comme institutrice, — les heures où elle enseignait, celles dont on lui
laissait la disposition, celles où elle sortait avec ses élèves.
Madeleine calculait donc que, si elle pouvait trouver sans
retard une voiture, elle aurait le temps de se faire conduire
chez les personnes qui employaient Norah, et se trouverait
peut-être devant la porte quelques minutes avant l'heure où
sa sœur partirait pour la promenade. « Un seul regard jeté
sur elle m'en dira plus que cent lettres! » Avec cette pensée
au cœur, et sans autre projet que celui de suivre Norah
pendant sa promenade, à l'abri du déguisement qu'elle venait
de revêtir, Madeleine se hâta de traverser le pont et de gagner
la rive septentrionale du fleuve.

C'est ainsi qu'à une des crises décisives de sa vie, —
immédiatement au moment où elle allait faire un irrévocable
pas en franchissant le seuil de Noël Vanstone, — c'est ainsi
que l'influence du Bien, l'emportant sur celle du Mal dans
cette lutte dont elle était le prix, l'éloignait de l'endroit où
devait s'accomplir la déception qu'elle avait préméditée, et
semblait vouloir la repousser toujours plus loin de cette
fatale maison.

Elle arrêta le premier cabriolet qui vint à passer près
d'elle, indiqua au cocher New-Street, Spring-Gardens, et lui
promit double salaire s'il y arrivait en un temps donné.
Cette prime fut gagnée, et mieux que gagnée, ainsi que l'événement allait le prouver. Madeleine, se dirigeant vers Saint-
James-Park, n'avait pas fait dix pas dans New-Street, quand
la porte d'une maison, qu'elle n'avait pas encore dépassée,
s'ouvrit pour laisser sortir une dame en deuil, accompagnée
de deux petites filles. Cette dame prit aussi la direction du
Parc, sans avoir retourné la tête vers Madeleine en descendant le perron. Ceci n'importait guère; Madeleine la regardait avec les yeux de son cœur, et ceux-ci avaient reconnu
Norah.

Elle suivit les trois promeneuses dans Saint-James-Park,
et de là (le long de Pall-Mall), dans les allées de Green-
Park, se rapprochant de plus en plus lorsqu'elles arrivère n

aux pelouses et gravirent la pente qui s'élève du côté de
Hyde-Park-Corner. Ses yeux avides dévoraient pour ainsi
dire les moindres détails du costume de Norah, et consta-
taient les plus légers changements survenus dans toute sa
personne. Depuis l'automne, cette chère sœur avait maigri ;
— sa tête penchait quelque peu ; sa démarche attestait une
certaine lassitude. Son deuil, porté avec la grâce modeste et
le soin rigoureux qu'aucun malheur ne pouvait lui enlever,
était assorti au changement de sa situation : sa robe noire
était de gros mérinos, son châle et son chapeau noirs avaient
été choisis parmi les plus simples et les moins chers. Les
deux petites filles à qui elle donnait la main portaient des
robes de soie. Madeleine se sentit contre elles une espèce de
haine instinctive.

Elle décrivit sur le gazon un large circuit, de manière à
se retourner par degrés et à se ménager une rencontre avec
sa sœur, sans éveiller le soupçon que cette rencontre fût
préméditée. Son cœur battait vite ; elle se sentait rougir
intérieurement, en songeant à tous ces déguisements trom-
peurs, à mesure que ce cher visage si connu lui apparaissait
de plus en plus nettement. Elles passèrent tout près l'une de
l'autre.

Les yeux de Norah, ces yeux doux et sombres, éclairés
de lueurs plus profondes, investis d'un charme plus triste
qu'autrefois, posèrent un regard indifférent sur le visage
méconnu de sa sœur, et s'en détachèrent ensuite comme
d'une figure étrangère. Ce simple coup d'œil, qui eut la durée
d'un éclair, frappa Madeleine au cœur. Elle s'arrêta quand
Norah l'eut dépassée, comme si ces pieds eussent pris racine
dans le sol. Le vil déguisement qui la cachait lui inspirait
maintenant une sorte d'horreur ; un ardent désir de s'en
dégager et d'aller cacher dans le sein de Norah ce visage
changé en masque s'empara d'elle corps et âme. Elle se
retourna et suivit du regard les trois promeneuses.

Continuant à monter, elles étaient maintenant près d'une
des portes pratiquées dans les grilles de fer qui séparent le
Parc de la rue. Attirée par une fascination irrésistible,

Madeleine les suivit encore, les rejoignit au moment où
elles atteignaient la porte, et entendit s'élever la voix des
deux enfants, qui se querellaient au sujet de la direction à
prendre. Elle vit Norah leur faire franchir la porte, et
se pencher ensuite pour leur parler, tandis qu'elle attendait le moment favorable pour traverser la rue. Mais, quoi
qu'elle pût dire, elles n'en étaient que plus irritées et plus
bruyantes.

La cadette, petite fille de huit ou neuf ans, s'abandonnait
à la véhémente colère de son âge, pleurant, criant et menaçant même de frapper son institutrice. Les passants s'arrê-
taient et riaient; quelques-uns conseillaient, en plaisantant,
une petite correction salutaire. Une femme voulut savoir si
Norah était la mère de l'enfant; une autre la plaignit tout
haut d'être la gouvernante d'un pareil démon. Avant que
Madeleine eût pu se frayer un chemin dans la foule, — avant
que son désir de venir en aide à sa sœur, dominant toute
autre considération, l'eût amenée à se trahir elle-même en
allant se placer à côté de Norah, — une voiture découverte,
dont un encombrement ralentissait la marche, vint à défiler
sur la chaussée. Une dame âgée, assise dans le fond, entendit les cris des enfants, reconnut Norah, et l'appela auprès
d'elle tout aussitôt. Le valet de pied fendit la foule, et les
enfants montèrent dans la voiture : « Il est heureux que le
hasard m'ait amenée par ici, » dit la vieille dame en indiquant
à Norah, par un geste dédaigneux, une place en face d'elle;
vous ne savez comment vous y prendre avec les enfants de
ma fille, et ceci ne peut continuer... » Le laquais releva le
marche-pied, — la voiture passa outre avec les enfants et
leur gouvernante, — la foule se dispersa, — et Madeleine se
trouva seule.

« Tant mieux ! pensait-elle avec amertume... Je n'aurais
fait que l'affliger. Il eût fallu se séparer encore pour souffrir chacune de son côté. »

Machinalement, elle revint sur ses pas, traversant comme
dans un rêve les vastes éclaircies du Parc. Traîtreusement
armée de ce vif attachement que Madeleine portait à sa sœur,

et de l'indignation véhémente que l'abaissement de sa sœur venait de lui causer, la terrible tentation qui dominait sa vie la tenait maintenant mieux étreinte que jamais.

Le désespoir indomptable de cette nature puissante et passionnée se manifestait d'une manière effrayante sur ce visage fardé, vieilli à dessein, et d'un aspect formidable. Norah devenue l'objet de la curiosité, de la risée publique; Norah réprimandée en pleine rue; Norah victime à gages d'une vieille femme insolente et d'une enfant mal élevée, — tout cela dû au même homme qui avait forcé Frank à partir pour la Chine! — Tout cela dû, maintenant qu'il n'était plus, au fils de cet homme! — Ainsi le souvenir de sa sœur qui, naguère encore, l'attirait loin du théâtre où elle devait jouer un rôle odieux, et lui rendait haïssable l'idée du déguisement pris pour jouer ce rôle, — ce même souvenir, à présent, sanctionnait et ces moyens et tous ceux qu'elle emploierait pour atteindre le but marqué; ce souvenir lui mettait en quelque sorte des ailes aux pieds, et la ramenait irrésistiblement du côté de la maison fatale.

Encore une fois sortie du Parc, elle se retrouva dans les rues, sans savoir où. Comme naguère, elle fit signe au premier fiacre qui vint à passer, — et enjoignit au cocher de la conduire à Vauxhall-Walk.

Le mouvement de la voiture, substitué à l'action de la marche, l'avait peu à peu calmée. Son attention se reportait sur elle-même et sur son ajustement. La nécessité de s'assurer que, depuis sa sortie, son déguisement n'avait souffert aucun dommage, se présenta aussitôt à sa pensée. Elle fit arrêter devant la première boutique de pâtissier qui se rencontra sur la route, et se procura ainsi l'occasion de consulter un miroir avant de se hasarder une seconde fois à traverser Vauxhall-Walk.

Ses faux cheveux gris étaient un peu en désordre, et le vieux chapeau légèrement de travers. A cela près, rien n'avait périclité. Elle répara ces rares lacunes de son costume avant de remonter dans le fiacre. Il était une heure et demie quand elle arriva devant la maison et frappa, pour la seconde fois, à la porte de Noël Vanstone. La domestique vint ouvrir.

« Mistress Lecount est-elle rentrée?

— Oui, madame... Montez, s'il vous plaît, par ici. »

La domestique précéda Madeleine le long d'un corridor absolument vide, et, l'emmenant au delà d'un escalier sans tapis, ouvrit la porte d'une pièce située au fond de la maison. Cette chambre était éclairée par une fenêtre donnant sur une cour; les murs étaient nus, les parquets de même. Deux chaises de paille s'appuyaient aux lambris, et une table de cuisine était posée sous la fenêtre. Sur la table un réservoir de verre rempli d'eau vers le centre duquel, par manière d'ornement, se dressait une petite pyramide de rocailles artificielles; tout autour de celle-ci s'enlaçaient quelques plantes aquatiques. Des limaces étaient collées au flanc du réservoir; des têtards et autres menus poissons nageaient rapidement dans l'eau verdâtre; de glissantes salamandres et de visqueuses grenouilles se croisaient sans bruit, entrant et sortant tour à tour sous la rocaille arborescente, — enfin au sommet de la pyramide, froid comme la pierre, brun comme la pierre, immobile comme la pierre, perchait, isolé, un petit crapaud dont les yeux étincelaient. L'art de conserver des poissons et des reptiles à l'état de favoris domestiques ne s'était pas encore popularisé en Angleterre à l'époque dont nous parlons, et Madeleine, en entrant dans cette chambre, recula presque d'étonnement et de dégoût devant le premier échantillon d'*aquarium* qui se fût jamais offert à ses yeux.

« N'ayez pas peur ! dit derrière elle une voix de femme. Mes petits élèves ne font de mal à personne. »

Madeleine, tournant la tête, se trouva face à face avec mistress Lecount. Elle s'était attendue, — basant ses préventions sur la lettre que la femme de charge lui avait écrite, — à voir une femme aux traits durs, à la physionomie fourbe, vieille, insolente et désagréable. Elle se trouvait au contraire en présence d'une dame aux façons insinuantes et douces, dont le costume était une merveille

de soins, de bon goût et de séante simplicité, de même que
ses traits pouvaient passer pour une merveille de résistance
physique à l'influence désastreuse des années. Si mistress
Lecount, retranchant quinze ou seize ans de son âge vrai,
n'avait voulu en avouer que trente-sept ou trente-huit, pas
un homme sur mille, pas une femme sur cent n'aurait
refusé de la croire. Sous un irréprochable bonnet de dentelles, sa noire chevelure commençait à grisonner, mais
c'était tout : quelques rubans de deuil en formaient l'unique
ornement. Pas un pli ne ridait son front blanc et lisse, ses
joues blanches et bien fournies. Son double menton était marqué de fossettes, ses dents étaient admirables de blancheur
et de régularité. On aurait pu critiquer ses lèvres, comme
trop minces, si elles n'avaient pallié ce défaut par un sourire humble et persuasif qui ne les quittait presque jamais.
Ses grands yeux noirs, encadrés dans le visage d'une autre
femme, auraient peut-être semblé un peu farouches : dans
celui de mistress Lecount, ils avaient une douceur attendrissante; ils semblaient exprimer un compatissant intérêt pour
tout ce qu'il lui arrivait de regarder : — pour Madeleine,
pour le crapaud sur sa rocaille, pour cette arrière-cour
qu'on voyait de la fenêtre; pour les belles mains un peu
grasses qu'elle se plaisait, en parlant, à passer doucement l'une
sur l'autre; pour sa jolie chemisette de batiste sur laquelle,
tout en écoutant les autres, elle aimait à fixer un regard
complaisant. Cette élégante robe noire, qui attestait son culte
funèbre pour la mémoire de Michel Vanstone, n'était pas un
vêtement ordinaire; — c'était un compliment bien tourné
qu'elle adressait à la Mort. Son innocent tablier de mousseline blanche représentait, à lui seul, un petit poëme de la vie
domestique. Ses boucles d'oreilles en jais affichaient de si
chastes prétentions, qu'un quaker les aurait pu lorgner sans
commettre le moindre péché. Au charmant embonpoint
de son visage s'assortissait le charmant embonpoint de sa
taille, qui prêtait à son allure je ne sais quoi de glissant,
et à sa démarche de calmes ondulations raisonnablement
séduisantes. Peu d'hommes auraient pu envisager mistress

Lecount à un point de vue exclusivement platonique; — de treize à dix-neuf ans, les jeunes gens devaient la trouver irrésistible; — les femmes seules étaient capables de se cuirasser contre elle, et de fouiller sans pitié sous cette attrayante et souriante surface. Le premier regard que Madeleine jeta sur cette Vénus d'automne suffit pour la convaincre qu'elle avait bien fait de venir sous un masque examiner le terrain, avant de se mesurer avec mistress Lecount.

« Ai-je l'honneur de parler à la dame qui est venue ce matin? demanda la femme de charge;... Miss Garth, je suppose? »

Tandis qu'elle formulait cette question, il y eut dans son regard quelque chose qui engagea Madeleine à se détourner de la fenêtre encore plus complétement qu'elle ne l'avait fait jusqu'alors. Le simple soupçon que la femme de charge avait déjà pu l'entrevoir sous un jour trop vif ébranla, pour le moment, tout son sang-froid. Elle se donna le temps de se remettre, et ne répondit que par un simple mouvement de tête.

« Recevez mes excuses, madame, pour la nécessité où je suis de vous recevoir dans un pareil taudis, continua mistress Lecount en bon anglais courant, prononcé avec un accent étranger... M. Vanstone n'est ici qu'en passant. Nous partons, demain soir, pour nous rendre sur la côte, et on n'a pas cru que ce fût la peine de mettre la maison en bon ordre... Veuillez donc vous asseoir et me faire connaître l'objet de votre visite. »

Une ou deux glissades imperceptibles l'ayant rapprochée de Madeleine, elle lui offrait un fauteuil exactement en face du jour... « Veuillez vous asseoir! » répéta mistress Lecount, jetant sur les yeux rougis de la visiteuse, à travers le voile en filet qui lui dérobait ses traits, un regard empreint du plus touchant intérêt.

— Une ophthalmie, comme vous voyez, répondit Madeleine, se maintenant de profil par rapport à la fenêtre, et prenant soin de monter sa voix au diapason de miss Garth.... Je vous demanderai la permission de ne pas écarter mon voile et de me tenir à contre-jour. » En disant ces mots,

elle se sentait redevenue maîtresse d'elle-même. Ce fut avec
un calme parfait qu'elle recula son fauteuil dans un coin de
la chambre où le jour de la croisée arrivait à peine, et
qu'elle s'assit, conservant sur son visage les ombres de son
chapeau. Les lèvres persuasives de mistress Lecount mur-
murèrent une formule de courtoise sympathie ; les doux
yeux noirs de mistress Lecount exprimèrent plus d'intérêt
que jamais pour la dame étrangère.

Elle avança pour elle-même un fauteuil, exactement sur
la même ligne que celui de Madeleine, et prit soin de s'asseoir tellement près du mur, que la visiteuse était forcée ou
de tourner un peu plus la tête vers la croisée, ou de manquer à la politesse en ne regardant point son interlocutrice.
« Fort bien, dit mistress Lecount avec une petite toux confi-
dentielle... Et maintenant, à quelle circonstance dois-je
l'honneur de votre visite ?

— Pourrai-je vous demander, d'abord, si par hasard mon
nom vous serait connu? dit Madeleine se tournant vers
elle, comme contrainte et forcée, — mais en même temps,
et du plus grand sang-froid, levant son mouchoir entre son
visage et le jour.

— Non, répondit mistress Lecount avec une autre petite
toux, un peu plus dure que la première... Le nom de miss
Garth m'est complétement étranger.

— En ce cas, poursuivit Madeleine, je vous expliquerai
mieux la cause de mon importunité en vous disant qui je
suis. J'ai vécu, pendant bien des années, comme institutrice,
dans la maison de feu M. André Vanstone, à Combe-Raven,
et je viens ici dans l'intérêt de ses filles, orphelines, comme
vous le savez. »

Les mains de mistress Lecount, qui jusqu'à ce moment
avaient glissé doucement l'une sur l'autre, s'arrêtèrent tout
à coup ; les lèvres de mistress Lecount oublièrent tout à
coup de se tenir closes, et révélèrent par là même, au début
de l'entrevue, qu'elles étaient un peu trop minces.

« Je suis surprise que vous puissiez supporter la lumière
extérieure sans une petite visière verte, » remarqua-t-elle

tranquillement, laissant la fausse miss Garth se nommer elle-
même, sans y prendre plus garde que si elle n'avait pas
ouvert la bouche.

— J'ai constaté que, dans cette saison, une visière me
tient trop chaud aux yeux, répondit Madeleine, opposant au
sang-froid de la femme de charge un sang-froid au moins
égal... Pourrais-je savoir si vous avez entendu ce que je viens
de vous dire au sujet de la mission qui m'amène?

— Je vous demanderai, de mon côté, madame, en quoi
cette mission pourrait bien me concerner? répliqua mistress
Lecount.

— Voici, dit Madeleine. Je m'adresse à vous parce que
les intentions de M. Noël Vanstone vis-à-vis des deux jeunes
personnes leur ont été notifiées par une lettre émanée de
vous. »

Cette simple réponse ne manqua pas son effet. Mistress
Lecount comprit que l'étrangère en savait plus long qu'elle
ne l'avait d'abord cru, et qu'il pourrait bien être imprudent,
en de telles circonstances, de la renvoyer sans l'entendre.

« Veuillez me pardonner, dit la femme de charge : j'avais
mal compris d'abord; je suis maintenant tout à fait au courant... Vous vous trompez, madame, en supposant que je puis
quelque chose, ou que j'exerce quelque influence dans cette
pénible affaire. Je suis l'organe de M. Noël Vanstone, la
plume qu'il tient, si vous voulez bien me permettre cette
expression, — et pas autre chose. Il est mal portant et,
comme tant d'autres, il a ses bons et ses mauvais jours. C'est
pendant un de ces derniers qu'on a répondu à cette jeune
personne; — lui donnerai-je le nom de miss Vanstone?...
Volontiers, la pauvre enfant!... Qui suis-je, en effet, pour
faire des distinctions? et que m'importe si ses parents furent
ou non mariés?... — Ainsi que je vous le disais, M. Noël
Vanstone était dans un de ses mauvais jours lorsqu'il fallut
répondre à cette lettre, et je fus, en conséquence, chargée
d'écrire, mais simplement à titre de secrétaire et faute d'un
autre qui valût mieux. Si vous désirez plaider la cause de
ces jeunes dames... — N'est-ce pas ainsi que vous les dési-

gniez tout à l'heure, et les désignerai-je de même?.... Non!
pauvres personnes, je les appellerai les *misses* Vanstone; —
si vous désirez plaider la cause de ces *misses* Vanstone, je
ferai part de votre nom et de votre visite à M. Noël Vanstone.
Il est seul au salon, et nous sommes précisément dans une de
ses bonnes journées. De longs services me donnent quelque
influence sur lui, et je l'emploierai très-volontiers en votre
faveur... Irai-je sans plus tarder ? demanda mistress Lecount,
se levant avec le plus cordial désir de se rendre utile.

— Si vous voulez bien, dit Madeleine avec un empressement reconnaissant,... et s'il n'est pas indiscret de me prévaloir ainsi de votre bonté.

— Au contraire, répondit mistress Lecount, c'est une
obligation que je vous ai ; — vous me mettez à même, dans
la faible mesure où cela m'est possible, de prêter secours à
l'accomplissement d'une bonne action. » Elle salua, sourit,
et sortit de la chambre.

Une fois seule, Madeleine se plut à laisser déborder la
colère dont elle avait contenu l'expression en présence de
mistress Lecount. Faute d'un plus noble objet, cette colère
s'en prit au crapaud. La vue du hideux petit reptile, tranquillement assis sur son trône rocailleux, et jetant au vide le
regard impénétrable de ses yeux étincelants, lui portait sur
les nerfs d'une incroyable façon. Elle regardait l'immonde
créature avec un dégoût, une haine intenses et, à travers
ses dents serrées, elle lui adressait à voix basse de vérita-
bles imprécations : « Je ne sais, disait-elle, quel est le sang
le plus froid, le vôtre ou celui de mistress Lecount... Je ne
sais ce qui est le plus visqueux, de son cœur ou de votre
dos... Odieux petit monstre! savez-vous ce que c'est que
votre maîtresse ?... Votre maîtresse est un démon! »

La peau tachetée qui faisait poche sous la bouche du
crapaud se rida par une contraction mystérieuse, et reprit
ensuite lentement son extension première, comme si l'animal
eût avalé les injures qu'on lui adressait. Au premier mouvement par lequel cet affreux petit corps manifesta une espèce
de vie, Madeleine s'était écartée, cédant à un invincible

dégoût, pour retourner vers son fauteuil. Elle ne s'était pas rassise un moment trop tôt, car la porte s'ouvrit sans bruit, et mistress Lecount se montra de nouveau.

« M. Vanstone vous recevra, dit-elle, si vous avez la bonté d'attendre quelques minutes. Il sonnera dès que ses occupations actuelles seront terminées, et lorsqu'il pourra se mettre à votre disposition. Veuillez prendre soin, madame, de ne rien lui dire qui puisse l'attrister ou l'agiter en quelque façon que ce soit. Dès sa plus tendre enfance, l'état de son cœur a gravement inquiété toutes les personnes au milieu desquelles il vivait. Ce n'est pas positivement une maladie, mais seulement une faiblesse chronique, — une dégénérescence graisseuse, — un défaut de vitalité dans l'organe lui-même. Son cœur fonctionnera convenablement, si on ne donne pas trop de besogne à son cœur, — tel est l'avis de tous les médecins qui l'ont examiné. Vous ne perdrez pas ceci de vue, et réglerez en conséquence l'entretien que vous allez avoir avec lui... Mais, à propos de médecin, avez-vous jamais essayé l'onguent doré pour cette fâcheuse infirmité de vos yeux? On m'en a parlé comme d'un remède excellent.

— Il ne m'a point réussi, répliqua Madeleine avec une certaine brusquerie... Avant que je voie M. Noël Vanstone, continua-t-elle, pourrais-je savoir?...

— Je vous demande pardon, interrompit mistress Lécount : votre question aurait-elle trait, par hasard, à ces deux pauvres jeunes filles?

— En effet, elle concerne les *misses* Vanstone.

— Alors, je ne saurais l'aborder... Veuillez m'excuser; mais, en vérité, je ne puis en rien m'occuper de ces pauvres jeunes filles (vous me faites un vrai plaisir en les appelant les *misses* Vanstone), si ce n'est en présence de mon maître, et par son exprès congé... Parlons d'autre chose, pendant que nous attendrons ici!... Avez-vous pris garde à mon petit *aquarium?* J'ai toute raison de penser que c'est, en Angleterre, une chose absolument nouvelle.

— J'y ai jeté les yeux pendant que vous étiez hors de la chambre, répondit Madeleine.

I.   19

— Ah! vraiment?... Et vous n'y avez pris aucun intérêt,
j'en suis bien sûre?... Rien de plus naturel. Je ne m'y suis
non plus intéressée qu'après mon mariage. Mon cher époux,
défunt depuis bien des années, développait mes goûts et
m'avait mise à son niveau. Vous avez, j'imagine, entendu
parler de feu le professeur Lecomte, l'éminent naturaliste
suisse? Je suis sa veuve... Les Anglais résidant à Zurich (où
j'ai longtemps habité moi-même, au service de mon défunt
maître) ont arrangé mon nom à l'anglaise en m'appelant
Lecount. Vos généreux compatriotes ne veulent tolérer rien
d'étranger autour d'eux, — non pas même un nom, s'ils peuvent le métamorphoser à leur guise... Mais je parlais de mon
époux, de mon cher époux, qui me permettait de l'assister
dans ses recherches scientifiques. Depuis sa mort, je n'ai
plus qu'un intérêt au monde, et c'est celui de la science.
Éminent à beaucoup d'égards, le Professeur était hors ligne
par rapport aux reptiles. Il me légua ses sujets et son
vivier... C'était toute sa succession. Voici le vivier. Quant
aux sujets, ils sont tous morts, excepté ce petit être si
calme, — ce joli petit crapaud. Mon affection pour lui vous
surprendrait-elle?... Il n'y a rien là, cependant, qui doive
étonner. Le Professeur avait eu le temps de m'élever au-
dessus des préjugés vulgaires qui pèsent sur la création reptile. Bien comprise, la création reptile est fort belle; bien
disséquée, la création reptile offre des enseignements de premier ordre. » Là-dessus, du bout de son petit doigt, elle
donna un léger coup sur le dos du crapaud :

« Si frais au toucher! disait mistress Lecount... D'un contact si agréable par cette saison d'été! »

La sonnette du salon se fit entendre. Mistress Lecount se
leva, s'inclina presque tendrement sur l'*aquarium*, et adressa
au crapaud un petit gazouillement d'adieu, comme s'il se fût
agi d'un oiseau. « M. Vanstone est prêt à vous recevoir...
Veuillez me suivre, miss Garth! » A ces mots, elle ouvrit la
porte et passa la première, montrant le chemin.

III.

« Miss Garth, monsieur, » dit mistress Lecount qui, la porte du salon une fois ouverte, annonça la visiteuse avec le ton et les façons d'une domestique bien apprise.

Madeleine se trouva dans une pièce étroite et longue, — formée de deux salons en enfilade, qu'on avait réunis en ouvrant les portes à coulisses qui les séparaient. Elle vit alors, assis non loin de la fenêtre sur la rue et tournant le dos au jour, un petit homme frêle, aux cheveux d'un blond fade, à la physionomie béate, roulé dans une belle robe de chambre blanche, infiniment trop large pour lui, et portant sur sa poitrine un bouquet de violettes proprement fixé dans une des boutonnières. Il paraissait âgé de trente à trente-cinq ans. Il avait le teint délicat d'une jeune fille ; ses yeux étaient du bleu le plus clair, et sa lèvre supérieure se décorait d'une malheureuse petite moustache blanchâtre, cirée et tordue aux deux extrémités en une spirale mince et bouclée. Lorsqu'un objet quelconque attirait spécialement son attention, il fermait à moitié les paupières pour le regarder. Venait-il à sourire, la peau de ses tempes se contractait en un réseau d'affreuses petites rides. Il avait sur les genoux un plat de fraises, et sous le plat une serviette, afin de préserver la blancheur immaculée de sa robe de chambre. A sa droite était placée une grande table ronde où s'entassait une collection de curiosités exotiques, provenant, paraissait-il, des quatre parties du monde. Des oiseaux d'Afrique empaillés, des monstres en porcelaine venus de Chine, des ornements et des outils d'argent fournis par l'Inde et le Pérou, des mosaïques d'Italie, des bronzes de France : le tout entassé pêle-mêle avec les caisses de bois commun et les boîtes de cuir souillées dans lesquelles on faisait voyager ces trésors. Le petit homme s'excusa, mais avec force sourires et une évidente satisfaction d'amour-propre, de vivre au milieu d'un tel désordre, puis de sa robe de chambre, puis de sa faible santé. Alors seulement, indiquant un fauteuil de la main, et avec les formes de la politesse la plus étudiée, il mit son attention au service de la visiteuse. Madeleine, en le regardant, se demanda un instant si mistress Lecount ne l'avait pas trompée. Était-ce bien là l'homme qui marchait si impitoyablement sur la route tracée par un père impitoyable? Elle pouvait à peine le croire. « Prenez un siége, miss Garth, répéta-t-il, remarquant qu'elle hésitait, et proclamant son propre nom d'une voix haute et grêle, en homme qui sent son importance compromise... Je suis M. Noël Vanstone... Vous avez manifesté le désir de me voir, — me voici!

— Me permettez-vous de me retirer, monsieur? demanda mistress Lecount.

— Certainement non, répondit son maître. Restez avec nous, Lecount, et soyez des nôtres!... Mistress Lecount a toute ma confiance, reprit-il en s'adressant à Madeleine. Me dire quelque chose, madame, c'est le lui dire à elle-même; c'est un trésor domestique. Pas une autre maison d'Angleterre ne possède un trésor comme mistress Lecount. »

La femme de charge écoutait le panégyrique de ses vertus privées, les yeux immuablement fixés sur son élégante chemisette. Mais la prompte pénétration de Madeleine avait surpris, au préalable, échangé entre mistress Lecount et son maître, un regard prouvant que M. Noël Vanstone avait reçu par avance des instructions fort en règle sur ce qu'il avait à dire et à faire en présence de la visiteuse inconnue. Ce soupçon, et les obstacles que les dispositions de la chambre opposaient à son désir de se placer à contre-jour, — avertirent Madeleine de se tenir sur ses gardes.

Elle avait d'abord ramené son fauteuil presque à mi-longueur du salon. Un instant de réflexion le lui fit pousser vers la gauche, de manière à se poser en dedans du montant gauche de la porte à coulisses, et tout contre ce montant. Dans cette position, elle barricadait adroitement le seul passage par où mistress Lecount aurait pu faire le tour de la

grande table, et, prenant un siége à côté de son maître, se
trouver en face de Madeleine. A droite de la table, l'espace
était bien rempli, d'abord par la cheminée et sa corbeille,
puis par quelques malles de voyage et une grande caisse à
robes. Il ne restait donc à mistress Lecount d'autre alternative que de se placer sur la même ligne que Madeleine,
contre l'autre montant de la porte à coulisses, où de passer
sans façon devant la visiteuse en manifestant ainsi très-clai-
rement l'intention de s'installer en face d'elle. Avec une
petite toux expressive, et sans perdre un instant son maître
de vue, la femme de charge accepta la combinaison nouvelle, et s'assit à droite du montant de la porte. « Attendez
un peu, pensait mistress Lecount;... mon tour viendra! »

« Prenez garde, madame! s'écria M. Noël Vanstone au
moment où Madeleine, avançant son fauteuil, se rapprochait
de la table... Faites attention à la manche de votre manteau!...
Mille excuses, mais vous avez failli renverser ce flambeau
d'argent!... Ne supposez pas que ce soit un flambeau vulgaire,
— c'est un flambeau péruvien. Il n'en existe au monde que
trois exemplaires : l'un appartient au président du Pérou,
l'autre est enfermé dans les armoires du Vatican, le troisième est sur ma table. Il n'a coûté que dix livres sterling,
mais il en vaut au moins cinquante. C'est un des bons marchés de mon père, madame... Tous ces objets sont aussi des
emplettes de mon père. Il n'y a pas, en Angleterre, de maison où l'on trouvât des curiosités comme celles-ci. Asseyez-
vous, Lecount; je vous supplie de vous mettre à votre aise!...
Mistress Lecount est comme les curiosités, miss Garth, —
c'est un des bons marchés de mon père... N'êtes-vous pas, Lecount, une des meilleures emplettes de mon père?... Mon père
était un homme remarquable, madame... Vous trouverez ici,
à chaque pas, quelque souvenir de lui. J'ai sur moi, dans ce
moment même, sa robe de chambre. On ne fait plus maintenant d'étoffe pareille; — vous ne sauriez vous en procurer,
à quelque prix que ce fût... Vous plairait-il d'en tâter le
tissu?... Peut-être n'êtes-vous pas bon juge de ces choses-
là?... Peut-être préféreriez-vous me parler de ces deux jeunes

élèves que vous avez formées?... Elles sont deux, n'est-il pas
vrai?... Sont-ce de belles filles?... grasses, fraîches, épa-
nouies?... des beautés anglaises, enfin?...

— Pardon ! monsieur, interrompit mistress Lecount avec
un accent mélancolique; j'insisterai pour me retirer, si vous
parlez ainsi de ces pauvres créatures. Je ne saurais, monsieur,
supporter tranquillement qu'on les tourne en ridicule devant
moi... Songez à leur position; songez à miss Garth!...

— Bonne créature ! dit M. Noël Vanstone, contemplant la
femme de charge à travers ses paupières demi-closes... Excellente Lecount !... Je vous certifie, madame, que mistress Lecount est une digne personne. Vous remarquerez qu'elle a
pitié des deux jeunes filles... Je ne saurais, pour mon compte,
aller jusque-là; — mais il est des choses que je puis leur
passer... Je ne suis pas un homme à idées rétrécies... Je puis
faire bien des concessions pour leur compte et pour le vôtre. »
Il sourit, à ces mots, avec la politesse la plus cordiale, et
s'administra une belle fraise tirée du plat qu'il avait sur les
genoux.

« Vous froissez miss Garth... En vérité, monsieur, sans le
vouloir, vous froissez miss Garth, dit encore mistress Lecount.
Elle n'est pas, comme moi, faite à vos manières. Pensez à miss
Garth, monsieur!... Par égard pour *moi*, pensez à miss
Garth!... »

Madeleine, jusqu'alors, avait gardé un silence intrépide.
Le brûlant courroux qui l'aurait immédiatement trahie, si
elle ne l'avait énergiquement comprimé, précipitait les batte-
ments de son cœur et l'avertissait par là même, tout le temps
que parlait Noël Vanstone, de rester exactement bouche
close. Elle l'aurait laissé jaser ainsi, sans l'interrompre, pendant quelques minutes encore, si mistress Lecount n'était
intervenue pour la seconde fois. Le raffinement d'insolence
caché sous la pitié de la femme de charge était essentiellement féminin : aussi, sous cet aiguillon poignant, retrouva-
t-elle aussitôt son sang-froid. Jamais elle n'avait plus admirablement imité la voix et les façons de miss Garth que lorsqu'elle reprit ensuite la parole.

« Vous êtes bien bonne, dit-elle à mistress Lecount. Je ne prétends pas être traitée avec plus de considération. Comme institutrice, je n'ai pas droit à tant d'égards, et ne réclame qu'une seule faveur. Je viens prier M. Noël Vanstone, dans son propre intérêt, d'écouter ce que j'ai à lui dire.

— Vous entendez, monsieur? fit observer mistress Lecount. Il paraîtrait que miss Garth a quelque sérieux avis à vous donner... Elle dit que, dans votre propre intérêt, vous ferez bien de l'écouter. »

Le teint blond de M. Noël Vanstone devint blanc à l'instant même. Il posa le plat de fraises parmi les emplettes de son père. Sa main tremblait, et toute sa petite personne se tordait, mal à l'aise dans son fauteuil. Madeleine l'observait attentivement. « Voici déjà une découverte, pensait-elle; — cet homme est un lâche! »

« Que voulez-vous dire, madame? demanda M. Noël Vanstone avec une physionomie et des gestes où se peignait une visible inquiétude... Que voulez-vous dire en affirmant qu'il me faut vous écouter, et dans mon propre intérêt? Si vous êtes venue ici pour m'intimider, vous vous adressez on ne peut moins bien... Dans notre cercle, à Zurich, ma force de caractère était universellement reconnue; — n'est-ce pas, Lecount?

— Universellement, monsieur, répondit la femme de charge interpellée. Mais il n'en faut pas moins prêter l'oreille à miss Garth... Peut-être me suis-je trompée sur la portée de ses paroles.

— Au contraire, répondit Madeleine. Vous les avez très-fidèlement interprétées. Mon but, en venant ici, est de prémunir M. Noël Vanstone contre les périls de la marche qu'il semble vouloir adopter.

— Arrêtez! dit mistress Lecount avec l'accent de la prière... Si vous voulez venir en aide à ces pauvres jeunes filles, cessez de tenir ce langage!... Tâchez, madame, d'adoucir par des prières une résolution que vous fortifieriez au contraire par vos menaces! » Elle avait un peu exagéré l'humble accent de ses paroles, un peu outré l'expression

craintive du regard qui les accompagnait. Si déjà Madeleine
ne s'était aperçue que mistress Lecount, habituée à prendre
pour son maître toute espèce de décisions, l'était aussi à lui
persuader qu'il n'agissait jamais de par les suggestions de
sa femme de charge, mais avec une initiative complétement
libre, — elle l'aurait su, désormais, à n'en pouvoir douter.

« Vous entendez ce que Lecount vient de dire? remarqua
M. Noël Vanstone. Vous entendez le témoignage tout spontané
d'une personne qui m'a connu dès mon enfance?... Prenez
garde, miss Garth, prenez garde! »

Il arrangea complaisamment sur ses genoux les larges
pans de sa robe de chambre blanche, et y réinstalla le plat
de fraises.

« Je n'ai nul désir de vous offenser, dit Madeleine. Je voudrais seulement ouvrir vos yeux à la vérité. Vous ne connaissez point le caractère des deux sœurs dont la fortune
vous est échue. Je les ai suivies, au contraire, dès leur enfance; et je viens vous faire profiter de mon expérience,
aussi bien dans leur intérêt que dans le vôtre. Vous n'avez
rien à craindre de l'aînée; elle accepte patiemment le lot
pénible que vous, et votre père avant vous, l'avez forcée à
subir. La conduite de la cadette est tout l'opposé de celle-ci.
Elle a déjà refusé de se soumettre à la décision de votre
père; elle refuse maintenant de laisser étouffer ses plaintes
et ses griefs par la lettre de mistress Lecount. Je vous en
donne ma parole, elle est capable de vous susciter de fort
sérieux embarras, si vous persistez à vous faire d'elle une
ennemie acharnée. »

M. Noël Vanstone, changeant encore de couleur, se remit
à se trémousser dans son fauteuil. « De sérieux embarras?
répétait-il avec un regard effaré... Si vous entendez, madame, qu'elle compte encore m'écrire, j'ai déjà bien assez
de cette sorte d'embarras. Elle m'a écrit une fois, et mon
père a reçu deux lettres d'elle. L'une de ces dernières renfermait des menaces; — n'est-il pas vrai, Lecount, qu'elle
en renfermait?

— Pauvre enfant! dit mistress Lecount; elle ne faisait

qu'exprimer ses sentiments. Je trouvais bien dur de lui renvoyer sa lettre, mais votre cher père jugea que cela valait
mieux... Pourquoi, disais-je alors, ne pas lui laisser exprimer
ce qu'elle sent? Que sont, après tout, quelques rares menaces?... Dans sa position, la pauvre enfant! ce sont des paroles, et rien de plus.

— Je vous conseille de ne pas trop compter là-dessus, dit
Madeleine. Je la connais mieux que vous ne la connaissez. »

Elle s'arrêta sur ces paroles, — elle s'arrêta, un instant effrayée. L'insultante pitié de mistress Lecount l'avait irritée
au point de lui faire presque oublier le rôle qu'elle jouait, et
reprendre un instant sa voix naturelle.

« Vous avez fait allusion aux lettres écrites par mon élève,
reprit-elle, s'adressant à Noël Vanstone, aussitôt qu'elle se
sentit rentrée en possession d'elle-même. Nous ne parlerons
pas de ce qu'elle a pu écrire à votre père, mais seulement de
ce qu'elle vous a écrit, à *vous*. Y a-t-il dans sa lettre quelque
chose d'inconvenant, quelque chose de contraire à la vérité?
N'est-il pas vrai que ces deux sœurs ont été privées cruellement des bienfaits par lesquels leur père avait pourvu à leur
avenir? Son testament, jusqu'ici, parle pour lui en leur faveur: s'il parle en vain, c'est uniquement parce que mon ancien patron ignorait qu'en vertu de son mariage il avait à
tester de nouveau, et parce qu'il est mort avant d'avoir pu
remédier à cette erreur... Pouvez-vous nier tout ceci? »

M. Noël Vanstone se prit à sourire et, gobant une seconde fraise : « Je n'ai, dit-il, rien à nier de tout ce que vous
venez d'exposer... Continuez, miss Garth, continuez!

— N'est-il pas vrai, reprit Madeleine, que le même texte
de loi qui enlevait leur fortune à ces deux sœurs, dont le père
n'avait pas fait un second testament, vous a donné cette même
fortune, à vous dont le père n'a pas voulu tester le moins du
monde?... A coup sûr, — expliquez-le comme vous voudrez!
— ceci est bien dur pour ces jeunes orphelines !

— Très-dur, répondit M. Noël Vanstone... N'est-ce pas,
Lecount, la chose doit vous paraître ainsi?»

Mistress Lecount secoua la tête, et ferma ses beaux yeux

noirs : « Déchirant ! disait-elle. je ne trouve pas d'autre mot pour caractériser cette situation. — Oui, miss Garth, c'est déchirant. Maintenant, que la jeune personne, — non ! que miss Vanstone la cadette, — ait découvert que feu mon respectable maître n'a pas fait de testament, c'est là, véritablement, ce qui m'étonne... Peut-être la chose a-t-elle été mise dans les journaux ? — Mais, pardon ! miss Garth, je vous ai, je crois, interrompue. Vous alliez ajouter quelque chose sur la lettre de votre élève ? » En prononçant ces paroles, elle avança sans bruit son fauteuil à quelques pouces au delà de celui de la visiteuse. La tentative était adroitement comprise, mais n'en resta pas moins inutile. Madeleine se contenta de tourner la tête un peu plus sur la gauche, — et la grande caisse à robes qui embarrassait le parquet empêcha mistress Lecount de se porter plus en avant.

« Je n'ai plus qu'une question à vous faire, dit Madeleine. La lettre de mon élève contenait une proposition adressée à M. Noël Vanstone. Je le prie de me dire pourquoi il a refusé de la prendre en considération.

— Ma bonne dame ! s'écria M. Noël Vanstone arquant ses sourcils blanchâtres pour donner à sa physionomie l'expression d'une surprise moqueuse... Est-ce tout de bon que vous parlez ? Savez-vous bien quelle était cette proposition ? Avez-vous vu la lettre ?

— Je parle très-sérieusement, dit Madeleine, et j'ai vu la lettre. Elle vous supplie de vous rappeler comment vous est échue la fortune de M. André Vanstone ; elle vous informe qu'une moitié de cette fortune, partagée entre ses filles, était le lot que son testament leur attribuait ; elle demande à votre équité naturelle de faire pour ces enfants ce qu'il aurait fait lui-même s'il eût vécu. En termes encore plus clairs, elle vous demande d'abandonner une moitié des capitaux aux filles du frère de votre père, vous laissant libre de conserver le reste pour vous-même... Voilà la proposition... Pourquoi n'avez-vous pas voulu y avoir égard ?

— Pour la plus simple raison du monde, miss Garth, dit M. Noël Vanstone, qui semblait fort égayé. Permettez-moi de vous rappeler ce proverbe très-connu : *Un sot et son argent ne vont pas longtemps de compagnie*... Telle autre qualification que je mérite, madame, personne encore ne m'a regardé comme un sot.

— Ne le prenez pas ainsi, monsieur! remontra mistress Lecount... Soyez grave, — au nom de Dieu, soyez grave!...

— Mais c'est impossible, Lecount, répliqua son maître. Je ne saurais vraiment prendre ceci au sérieux. Mon pauvre père, miss Garth, envisageait cette affaire au point de vue moral le plus élevé. Lecount, que voici, ne l'envisage pas autrement; n'est-ce pas, Lecount? Pour moi, maintenant, c'est autre chose. J'ai trop longtemps respiré l'air du Continent, pour me préoccuper beaucoup du point de vue moral. Ma manière d'agir, en cette affaire, est aussi simple que la règle en vertu de laquelle deux et deux font quatre... J'ai les capitaux, et je me regarderais comme un idiot si je les lâchais... Tel est mon point de vue. Il est simple, n'est-ce pas? Je ne me retranche pas dans ma dignité. Je n'invoque pas contre vous la loi qui m'est toute favorable; je ne vous blâme point d'être venue ici, bien que totalement étrangère, pour tâcher de modifier ma résolution; je ne blâme pas les deux jeunes filles qui veulent insinuer leurs doigts dans ma bourse; je me borne à dire que je ne suis pas assez sot pour l'ouvrir. *Pas si bête!* comme nous disions à Zurich, entre nous autres Anglais. Comprenez-vous le français, miss Garth? *Pas si bête!»* Il mit de côté, encore une fois, son plat de fraises, et délicatement essuya ses doigts à sa belle serviette blanche.

Madeleine resta impassible. Si, en levant la main dans ce moment, elle avait pu frapper de mort ce misérable personnage, — il est probable qu'elle l'aurait levée. Mais elle resta impassible.

« Dois-je comprendre, demanda-t-elle, que vous vous en tenez strictement et définitivement, pour cette affaire, à la détermination annoncée dans la lettre de mistress Lecount?

— Comme vous dites, répliqua M. Noël Vanstone.

— Vous avez hérité la fortune de votre père, et de plus la fortune de M. André Vanstone; malgré cela, vous ne vous

sentez nullement obligé d'agir, envers ces deux sœurs, comme
le voudrait la justice ou la générosité? Vous ne voyez à leur
dire que ceci : — c'est que vous avez l'argent, et que vous refusez d'en sacrifier un seul *farthing?*

— Très-exactement rédigé !... Miss Garth, vous êtes une
femme d'affaires !... Lecount, miss Garth est une femme d'affaires.

— Ne me faites pas entrer dans tout ceci, monsieur ! s'écria
mistress Lecount, tordant avec grâce ses mains blanches et
potelées... Je ne puis cependant y tenir ! il faut que j'inter-
vienne ! Laissez-moi suggérer, — comment, en anglais, appelez-vous cela? — un *compromis.* Cher monsieur Noël, vous
vous faites à vous-même une injustice criante... Vous pourriez donner à miss Garth de bien meilleures raisons. Vous
suivez l'exemple de votre honoré père ; vous regardez comme
un devoir envers sa mémoire d'agir en tout ceci selon les er-
rements qu'il a laissés. Voilà, miss Garth, ses motifs ; — je
vous supplie, à genoux, de ne pas lui en supposer d'autres !...
— Il fera ce qu'a fait son cher père, ni plus ni moins. Son
cher père avait fait une offre, il la renouvellera. Oui, monsieur Noël, vous vous rappellerez ce que cette pauvre jeune
fille vous dit dans sa lettre. Sa sœur a été obligée de se placer
comme gouvernante ; elle-même, en perdant sa fortune, a vu
ajourner, pour bien des années, un mariage déjà convenu.
Vous vous souviendrez de tout ceci, et leur donnerez, à l'une
et à l'autre, les cent livres sterling que votre admirable père
leur avait jadis offertes. S'il le fait, miss Garth, cela suffira-
t-il ?... S'il donne cent livres à chacune de ces pauvres sœurs...

— Il se repentira de cette insulte jusqu'à la dernière heure
de sa vie, » dit Madeleine.

A peine cette réponse avait-elle franchi ses lèvres, qu'elle
eût donné tout au monde pour la reprendre. Mistress Lecount avait fini par enfoncer l'aiguillon à l'endroit sensible.
C'était avec sa *vraie* voix que, dans un élan de colère, Madeleine venait de prononcer ces téméraires paroles.

Sans l'habitude qu'elle avait de jouer en public, elle eût
infailliblement aggravé son erreur en cherchant à la réparer.

Ici, du moins, l'usage de la scène vint à son secours, et lui
permit de continuer à l'instant même avec la voix de miss
Garth, comme si de rien n'était :

« Je rends justice à vos intentions, mistress Lecount, disait-elle; mais vous faites plus de mal que de bien. Mes élèves
n'accepteront certainement pas le compromis que vous proposez. Je suis au regret des paroles violentes qui viennent de
m'échapper, et vous prie d'accepter mes excuses. » En prononçant cette phrase conciliante, elle cherchait ardemment
quelques indications sur le visage de la femme de charge.
Mistress Lecount, en portant son mouchoir à ses yeux, déjoua
cette curiosité. Avait-elle ou non remarqué cette brusque
transition qui avait un moment substitué la voix naturelle de
Madeleine à sa voix factice? — Impossible de le savoir.

« Que puis-je de plus? murmurait mistress Lecount, s'a-
britant de son mouchoir. Donnez-moi le temps de songer, —
donnez-moi le temps de me remettre! Puis-je, monsieur, me
retirer un moment? Mes nerfs sont ébranlés par cette triste
scène... Il me faut un verre d'eau; je crois que je vais me
trouver mal... Ne vous retirez pas encore, miss Garth...
Veuillez nous donner le temps de régler, si nous le pouvons,
cette triste difficulté... Je vous supplie de rester là jusqu'à
ce que je revienne... »

Le salon avait deux portes. L'une, celle de la pièce antérieure, à gauche de Madeleine et tout près d'elle; l'autre,
celle de la pièce du fond, à laquelle elle tournait le dos. Mistress Lecount se retira poliment, franchissant les portes à
coulisses, par cette dernière issue, de manière à ne pas déranger la visiteuse en passant devant elle. Madeleine attendit
que le bruit de la porte, s'ouvrant et se refermant derrière
elle, fût arrivé à ses oreilles; et alors elle résolut de mettre
à profit l'occasion qui la laissait seule avec Noël Vanstone.
Elle venait de s'assurer à quel point il était impossible de
communiquer à cette vile nature une impulsion généreuse.
Une seule chance restait donc, celle de le traiter comme un
misérable lâche qu'il était, et d'agir sur lui par la terreur.

Avant qu'elle pût parler, M. Noël Vanstone rompit lui-même le silence. Quelque adresse qu'il mît à le vouloir cacher, il était à moitié colère, effrayé à moitié de se voir ainsi abandonné par sa femme de charge. Il jetait sur l'étrangère des regards indécis, et manifesta un inquiet besoin de se la concilier jusqu'au retour de mistress Lecount.

« Veuillez y prendre garde, madame, commença-t-il : je n'ai jamais nié que ce ne fût là une situation bien pénible. Vous disiez tout à l'heure que vous ne vouliez point m'offenser, — et bien certainement, de mon côté, je ne veux vous froisser en aucune manière. Oserais-je vous offrir quelques fraises?... Vous plairait-il examiner les emplettes de mon père?... Je puis vous assurer, madame, que je suis par nature un galant homme ; et j'éprouve une véritable compassion pour ces deux sœurs, — plus particulièrement pour la cadette. M'attaquer au sujet du sentiment, c'est m'attaquer par mon côté faible. Rien ne me ferait plus de plaisir que de savoir le prétendu de miss Vanstone, — je l'appelle toujours miss Vanstone (et Lecount aussi), — rien, dis-je, madame, ne me ferait plus de plaisir que de savoir le prétendu de miss Vanstone revenu de son expédition, et d'apprendre qu'ils sont unis l'un à l'autre... Si quelque avance d'argent pouvait aider à cet heureux résultat, et si l'on m'offrait de bonnes garanties, et si mon avocat ne voyait aucun danger...

— Arrêtez, monsieur Vanstone! dit Madeleine, vous vous trompez absolument dans votre appréciation de la personne à qui vous avez affaire. Vous vous trompez gravement, si vous croyez que le mariage de la sœur cadette, — fût-il réalisé d'ici à huit jours, — ferait la moindre différence dans les convictions qui lui ont dicté ses lettres, adressées à votre père et à vous... Je ne nie pas qu'elle n'ait pu agir en vertu de mobiles plus ou moins compliqués. Je ne nie pas qu'elle ne tienne encore à l'espérance de hâter son mariage, et à l'espérance d'affranchir sa sœur, maintenant vouée à une dépendance humiliante... Mais, en supposant même que ce double objet pût être atteint par d'autres voies, rien ne saurait la déterminer à vous laisser possesseur de l'héritage que son père destinait à elle et à sa sœur. Je la connais, monsieur Vanstone! Elle n'a plus de nom, plus d'asile, plus d'amis. La loi qui vous protége, vous et tous les enfants légitimes, la jette comme une vile épave aux quatre vents du ciel. Mais c'est votre loi, — ce n'est pas la sienne. Elle n'y peut voir que l'instrument d'une ignoble oppression, d'une injustice intolérable. Le ressentiment de cette injustice la hante comme une possession diabolique. La détermination de la réparer brûle en elle comme un incendie. Supposez cette misérable enfant mariée dès demain, et riche à millions, croyez-vous, par hasard, qu'elle reculerait d'un pouce sur la voie qui mène à son but? Je vous dis, moi, qu'elle résisterait, jusqu'au dernier souffle de son corps, à l'infâme iniquité qui est venue frapper deux enfants abandonnées, en profitant pour cela de la mort de leur père! Je vous dis qu'elle ne reculerait devant aucun des moyens que le désespoir peut mettre à la portée d'une femme pour ouvrir de force votre main fermée... ou mourir en l'essayant! »

Elle s'arrêta brusquement. Une fois encore, son indomptable volonté l'avait trahie. Une fois encore, la noblesse native de ce caractère perverti s'élevait au-dessus de la déception à laquelle il s'était soumis. Le complot du moment était effacé de sa pensée, et la résolution dont elle vivait venait d'éclater au dehors, débordant de son cœur avec une ardeur toujours croissante, et n'empruntant plus ni les paroles ni la voix d'autrui. Elle voyait devant elle l'abject mannequin tapi silencieusement dans son fauteuil. Sa couardise lui laissait-elle assez l'usage de ses sens pour qu'il s'aperçût du changement de sa voix? Non : le visage de cet homme ne pouvait mentir; — la peur qu'il ressentait l'avait complétement égaré. Cette fois, la chance avait tourné en faveur de Madeleine. La porte placée derrière son fauteuil ne s'était pas rouverte encore. « Ses oreilles seules m'ont entendue, pensait-elle avec un inexprimable soulagement... J'échappe à mistress Lecount. »

En ceci, elle se trompait complétement. Mistress Lecount n'avait pas quitté le salon.

Après avoir ouvert la porte et l'avoir refermée, mais sans

sortir, la femme de charge était venue s'agenouiller à petit bruit derrière le fauteuil de Madeleine. S'appuyant contre le montant de la porte à coulisses, et tirant de sa poche une paire de ciseaux, elle avait attendu que Noël Vanstone (aux regards de qui elle était absolument cachée) eût attiré, en lui parlant, l'attention de Madeleine ; et alors elle s'était inclinée en avant, les ciseaux tout ouverts dans sa main. Le bas de la robe dont la fausse miss Garth était revêtue, — la robe d'alpaga brun, étoilée de blanc, — posait sur le parquet, à portée de la femme de charge. Mistress Lecount souleva celui des deux volants qui recouvrait l'autre, découpa doucement un petit morceau irrégulier dans l'étoffe du volant inférieur, et replaça celui de dessus, de manière à masquer la brèche ainsi faite. Pendant que Madeleine prononçait ses dernières paroles, la femme de charge avait remis ses ciseaux en poche et s'était relevée (s'abritant derrière le montant de la porte à coulisses). Mistress Lecount, alors, fit encore semblant d'ouvrir et de refermer la porte donnant dans l'arrière-salon, et, le plus tranquillement du monde, revint à sa place.

« Qu'est-il donc arrivé pendant mon absence? demanda-t-elle, s'adressant à son maître avec une physionomie alarmée... Vous êtes pâle, monsieur; vous semblez dans une grande agitation!... Oh! miss Garth, auriez-vous oublié l'avis que je vous donnais avant d'entrer ici?

— Miss Garth a tout oublié! s'écria M. Noël Vanstone, à qui la réapparition de mistress Lecount avait rendu quelque sang-froid... Miss Garth m'a menacé de la manière la plus odieuse!... Je vous défends, Lecount, de vous apitoyer jamais plus au sujet de ces deux jeunes filles, — et plus particulièrement au sujet de la cadette!... C'est la plus désespérée créature dont j'aie jamais ouï parler! Si elle ne peut avoir mon argent par des moyens légitimes, elle menace de me le ravir autrement. Voilà ce que miss Garth vient de me notifier en face... En face! répéta-t-il, croisant les bras et de l'air d'un homme qui se sent mortellement outragé.

— Calmez-vous, monsieur! dit mistress Lecount, calmez-vous, je vous en prie, et souffrez que je parle à miss Garth!

— Je regrette, madame, que vous ayez oublié ce que je vous disais avant d'entrer dans ce salon... Vous avez agité M. Noël, vous avez compromis les intérêts pour lesquels vous veniez intercéder ici, et vous n'avez fait, en somme, que nous répéter ce que nous savions déjà. Le langage que vous vous êtes permis en mon absence est le même que votre élève employa, contre tout bon sens, en écrivant pour la seconde fois à feu mon maître. Comment une femme de votre âge et de votre expérience peut-elle répéter sérieusement de pareilles absurdités? Cette petite fille nous brave et nous menace... Elle doit tenter ceci; elle fera cela... Vous avez sa confiance, madame?... Eh bien! dites-moi tout simplement ce qu'elle peut faire. »

Si bien aiguisé que fût le trait, il passa inoffensif. Mistress Lecount avait trop enfoncé l'aiguillon. Madeleine se leva, restant tout à fait dans son rôle, et mit fin à l'entrevue sans se départir du calme le plus parfait. Ne sachant rien de ce qui s'était passé derrière son fauteuil, elle voyait néanmoins, dans la physionomie et les manières de mistress Lecount, un changement qui devait la prémunir contre de nouveaux dangers et contre un plus long séjour dans cette maison ennemie.

« Je ne suis pas, dit-elle, dans la confidence de mon élève. Le moment venu, ses actes se chargeront de répondre à votre question. Je puis seulement vous dire, la connaissant comme je la connais, qu'elle n'est point habituée aux fanfaronnades. Ce qu'elle écrivait à M. Michel Vanstone, elle était prête à le réaliser, j'ai du moins tout lieu de le croire, lorsque la Mort est venue à la traverse des projets qu'elle avait conçus. Il suffira que le fils de M. Michel Vanstone continue les traditions de son père pour qu'il s'aperçoive, d'ici à peu de temps, que je ne me trompe pas sur le compte de mon élève, et que je ne suis pas venue ici pour l'intimider par de vaines menaces. Ma mission est maintenant remplie. Je laisse à M. Noël Vanstone deux alternatives : ou bien partager avec les filles de M. André Vanstone la fortune de M. André Vanstone, ou bien persister dans son refus actuel et en affronter les conséquences… » Elle salua, là-dessus, et se dirigea vers la porte.

M. Noël Vanstone se leva, la colère et la peur se disputant
à qui s'inscrirait la première sur la blanche surface de son
pâle visage. Mais, avant qu'il eût pu ouvrir la bouche, les
mains potelées de mistress Lecount vinrent se poser sur ses
épaules, le firent doucement retomber dans son fauteuil, et
replacèrent le plat de fraises sur ses genoux, très-exactement comme il était naguère :

« Remettez-vous, monsieur Noël, et mangez encore
quelques fraises, lui disait-elle : je me chargerai de miss
Garth. »

Elle suivit Madeleine dans le corridor, et ferma derrière
elle la porte du salon.

« Habitez-vous Londres, madame? demanda mistress Lecount.

— Non, répondit Madeleine : je réside à la campagne.

— Si j'ai besoin de vous écrire, où puis-je vous adresser
mes lettres?

— A Birmingham, poste restante, » dit Madeleine, indiquant la ville qu'elle venait de quitter et d'où toute sa correspondance lui était encore renvoyée.

Mistress Lecount répéta l'adresse pour la mieux fixer dans
sa mémoire, — fit deux pas de plus dans le couloir, — et,
posant tranquillement sa main droite sur le bras de Madeleine :

« Un mot d'avis, madame, lui dit-elle; un seul mot, avant
de nous séparer. Vous êtes hardie, vous êtes fine. N'exagérez
ni la hardiesse ni la subtilité… Vous courez plus de hasards
que vous ne croyez.» Elle se leva tout à coup sur la pointe des
pieds, et dans l'oreille de Madeleine laissa tomber certaines
paroles ambiguës : —*Je vous tiens dans le creux de ma main!*
disait mistress Lecount, insistant sur chaque syllabe avec une
sorte de sifflement emphatique et vindicatif. Tandis qu'elle
parlait, sa main gauche se crispait à la dérobée. C'était celle
où elle avait caché le morceau d'étoffe enlevé à la robe de
Madeleine, — celle qui, dans ce moment même, l'étreignait
avec force.

— Que voulez-vous dire? » demanda Madeleine en la repoussant.

Mistress Lecount se déroba poliment pour aller ouvrir la porte de la rue.

« Pour le moment, rien, dit-elle ; attendez, et le temps vous l'expliquera peut-être. Une dernière question, madame, avant que je prenne congé de vous. Quand votre élève était encore une petite fille inoffensive, s'amusait-elle parfois à bâtir un château de cartes?... »

Madeleine, impatientée, ne répondit que par un geste affirmatif.

« L'avez-vous jamais regardée, élevant toujours plus haut son fragile édifice, — continua mistress Lecount, — jusqu'à en faire une véritable pagode de carton? La voyiez-vous alors ouvrir tout grands ses yeux étonnés, et contempler son œuvre, et se sentir si fière de l'avoir accomplie, qu'elle voulait absolument la continuer? La voyiez-vous affermir sa jolie petite main, retenir son souffle innocent, poser au sommet une dernière carte, — et l'instant d'après, faire de son beau castel un monceau de ruines étalées sur la table?... Ah ! vous avez vu tout cela?... Eh bien, veuillez vous charger pour elle d'un message amical que je lui envoie... Je crois pouvoir l'avertir qu'elle a monté son bâtiment assez haut comme cela, et lui recommander de bien prendre garde avant qu'elle y ajoute une seule carte.

— La commission sera faite, dit Madeleine avec la brusquerie de miss Garth et son emphatique branlement de tête. Mais je doute qu'elle y prenne garde... Sa main est un peu plus ferme que vous ne semblez le croire, et j'estime qu'elle mettra une carte de plus.

— Quitte à faire tomber la maison, dit mistress Lecount.

— Et à la rebâtir ensuite, reprit Madeleine... Je vous souhaite le bonjour !

— Bonjour, dit mistress Lecount, ouvrant la porte... Et un mot encore, miss Garth! Songez à ce que je vous disais dans ma chambre : Essayez de l'onguent doré pour ces pauvres yeux que vous avez si malades! »

Au moment où Madeleine franchissait le seuil de la porte, elle trouva devant elle le facteur qui gravissait le perron, tenant à la main une lettre triée dans son paquet. « Noël Vanstone, *esquire ?* » l'entendit-elle demander pendant qu'elle passait du jardinet dans la rue.

Elle se doutait bien peu, en ce moment, de la difficulté nouvelle et du nouveau péril auxquels venait de la soustraire l'opportunité de son départ. La lettre que le facteur déposait aux mains de la femme de charge était précisément la lettre anonyme que le capitaine Wragge avait adressée à Noël Vanstone.

IV.

Mistress Lecount rentra au salon, tenant d'une main le fragment enlevé à la robe de Madeleine, et de l'autre la lettre du capitaine Wragge.

« Vous êtes-vous débarrassée d'elle ? demanda M. Noël Vanstone... Avez-vous enfin refermé la porte sur miss Garth ?

— Eh, monsieur, ne lui donnez plus ce nom ! dit mistress Lecount avec un sourire de mépris. Elle n'est pas plus miss Garth que vous ne l'êtes vous-même. Nous avons eu le bénéfice d'une petite comédie fort bien exécutée ; et si nous avions dépouillé notre visiteuse de son déguisement, savez-vous bien ce que nous aurions trouvé ? Miss Vanstone en personne... Voici, monsieur, une lettre que le facteur vient d'apporter... »

Elle déposa la lettre sur la table, à portée de son maître. L'émerveillement de M. Noël Vanstone devant la découverte qu'on venait de lui faire faire concentrait toute son attention sur le visage de la femme de charge. Il n'eut pas même l'idée de regarder la lettre qu'elle plaçait devant lui.

« Soyez bien sûr de ce que je vous dis, monsieur, continua mistress Lecount, prenant tranquillement une chaise.

— Une fois rentrée, notre visiteuse renfermera ses cheveux

gris dans une boîte, et guérira immédiatement sa terrible
ophthalmie avec une éponge et un peu d'eau chaude. Si elle
avait peint les rides qu'elle a sur le visage aussi bien que
l'inflammation dont ses yeux semblaient souffrir, le jour ne
m'aurait rien révélé; j'y aurais été prise, bien certainement.
Mais je voyais ses fausses rides, je discernais sous ce teint
flétri un jeune et frais épiderme; j'entendais vibrer dans ce
salon les sincères accents de la colère, à côté des fausses
intonations d'une voix simulée, — et je ne crois pas à un
seul détail de l'aspect sous lequel cette dame s'est offerte.
A mon avis, monsieur Noël, c'était la jeune fille elle-même,
— et, certes, la jeune fille a du front.

— Pourquoi n'avez-vous pas fermé la porte et envoyé
chercher la police? demanda M. Noël; — c'est ce qu'eût fait
mon père, très-certainement. Vous savez aussi bien que moi,
Lecount, que mon père aurait envoyé chercher la police!

— Pardon, monsieur, dit mistress Lecount. Votre père
aurait attendu que la police eût quelque chose de plus à
faire. Nos griefs sont encore insuffisants. Nous reverrons
cette personne, monsieur. Peut-être, la prochaine fois,
reviendra-t-elle avec ses propres traits et sa propre voix. Je
suis curieuse de savoir quelle figure est la sienne; curieuse
de savoir si ce que j'ai entendu de sa voix, çà et là, dans des
moments de colère, me permettra de reconnaître cette voix
quand elle est calme et posée. Je possède, sans qu'elle s'en
doute, un petit souvenir de sa visite; et elle ne m'échappera
pas aussi facilement qu'elle le croit. Si ce souvenir nous
devient utile, vous saurez en quoi il consiste. Sinon, je
m'abstiendrai de vous troubler pour une bagatelle semblable.

— Permettez-moi, monsieur, de vous rappeler la lettre que
vous avez sous la main. Vous n'y avez pas encore jeté les
yeux. »

M. Noël Vanstone ouvrit la lettre. Dès que ses yeux furent
tombés sur les premières lignes, il tressaillit, — il hésita,
— et parcourut précipitamment tout le reste. Le papier,
ensuite, échappa de sa main, et il se laissa retomber
dans son fauteuil. Mistress Lecount, qui fut debout en un

instant avec la promptitude d'une jeune femme, ramassa aussitôt la lettre.

« Qu'est-il arrivé, monsieur? » demanda-t-elle. Son visage, comme elle posait cette question, s'altéra notablement; ses grands yeux noirs prirent une expression dure et menaçante; sa surprise et son effroi n'avaient rien de joué.

« Envoyez chercher la police! s'écria son maître... J'insiste, Lecount, pour qu'on me protége... Envoyez chercher la police!

— Puis-je lire la lettre, monsieur? »

Il y consentit par un faible mouvement de main. Mistress Lecount fit cette lecture avec attention, et, quand elle eut fini, posa la lettre sur la table sans prononcer une parole.

« N'avez-vous rien à me dire? demanda M. Noël Vanstone, qui regardait la femme de charge avec un trouble et un embarras extrêmes... Lecount, on veut me voler!... Le drôle qui a écrit cette lettre est au courant de tout, et ne dira rien si on ne le paie. On veut me voler! Il y a sur cette table pour plusieurs mille livres d'objets précieux, — d'objets qu'on ne pourrait remplacer, d'objets que toutes les têtes couronnées de l'Europe, le voulussent-elles, ne sauraient se procurer... Mettez-moi sous clef, Lecount! et envoyez quérir la police!... »

Au lieu d'envoyer chercher la police, mistress Lecount prit sur la cheminée un grand éventail de papier vert, et s'assit en face de son maître.

« Vous êtes agité, monsieur Noël, disait-elle; vous vous échauffez..... Laissez-moi vous rafraîchir! »

Le visage aussi dur que jamais, — avec moins de tendresse dans le regard ou dans le geste, que bien des femmes n'en auraient montré en tirant d'affaire une mouche près de se noyer dans un pot de crème, — silencieusement, patiemment, elle l'éventa durant au moins cinq minutes. Aucun œil expérimenté, remarquant la pâleur bleuâtre du teint de M. Vanstone et la difficulté prononcée avec laquelle il respirait, n'aurait méconnu l'état où était, chez cet homme, le principal organe de la vie; il était facile de voir que la femme de charge avait dit vrai, en présentant cet organe comme trop faible pour les fonctions qu'il avait à remplir. Le cœur accomplissait ces fonctions aussi péniblement que si l'âge l'eût déjà glacé à demi.

« Êtes-vous soulagé, monsieur ? » demanda mistress Lecount... Pouvez-vous réfléchir ? Vous est-il loisible d'envisager tout ceci avec tant soit peu de sang-froid ? »

Elle se leva, et posa la main sur le cœur de son maître avec autant d'attention machinale et aussi peu de véritable intérêt que si elle avait tâté les assiettes du dîner pour s'assurer qu'elles fussent chauffées au degré convenable. « Oui, continua-t-elle, se rasseyant et reprenant l'éventail, vous allez déjà bien mieux, monsieur Noël. — Ne me faites pas de questions sur cette lettre anonyme, avant d'y avoir pensé vous-même et de m'en avoir dit votre opinion. » Elle continuait de l'éventer et, tout le temps, le regardait fixement au visage : « Réfléchissez, disait-elle, réfléchissez, monsieur, sans vous donner la peine d'exprimer vos réflexions ! Fiez-vous-en, pour les deviner, à ma sympathique pénétration ! Oui, M. Noël, cette lettre est une misérable tentative qui a pour but de vous effrayer... Que dit-elle, au fond ? que vous êtes l'objet d'un complot dirigé par miss Vanstone. Mais cela, nous le savions déjà : — la dame aux yeux échauffés ne nous l'avait point laissé ignorer. Ce complot, nous nous en moquons... Que dit ensuite la lettre ? Que celui qui l'a écrite pourra vous donner de précieux renseignements si vous êtes disposé à les payer... Comment, tout à l'heure, monsieur, venez-vous de qualifier ce personnage ?

— Je l'ai qualifié de coquin, dit M. Noël Vanstone qui, retrouvant peu à peu sa confiance en lui-même, se redressait par degrés dans son fauteuil.

— En ceci, monsieur, comme en tout le reste, je suis parfaitement d'accord avec vous, continua mistress Lecount. Ou bien cet homme est un coquin, possédant réellement les renseignements dont il parle, — ou bien c'est un porte-parole de miss Vanstone, qui lui aura fait écrire cette lettre pour tâcher de nous embarrasser par une nouvelle forme de

déguisement. Que la lettre soit sincère ou qu'elle soit fausse,
— n'est-il pas vrai que je lis clairement dans votre pensée,
monsieur Noël? — vous en savez trop long pour mettre vos
ennemis sur leurs gardes en faisant prématurément intervenir la police? Eh bien! là-dessus encore, je partage complétement votre opinion : c'est plus tard qu'il faudra faire
agir la police. En attendant vous laisserez croire à cet
homme, ou à cette femme anonyme, que vous vous effrayez
facilement. En regard du piége tendu à votre argent, vous
tendrez un piége aux renseignements promis; vous répon-
drez à la lettre et verrez venir la réponse; enfin, vous ne
paierez les salaires dus à la police lorsqu'on la met en mouvement que lorsque cette dépense sera réellement devenue
nécessaire. Là-dessus encore, je suis de votre avis... Évitons
les frais inutiles!... Vous le voyez, monsieur Noël, il n'est
pas un détail sur lequel ma pensée ne concorde parfaitement
avec la vôtre.

— N'est-ce pas, Lecount, que cela vous frappe ainsi? dit
M. Noël Vanstone. C'est là justement ce que je pensais. Si je
puis me passer d'elle, la police n'aura pas de moi un seul
farthing. » Il reprit la lettre, dont une seconde lecture lui
rendit en partie ses inquiétudes et ses agitations premières.
« Mais, s'écria-t-il avec impatience, cet homme veut de l'argent!... Vous semblez oublier, Lecount, que cet homme veut
de l'argent!...

— De l'argent que vous lui offrirez, monsieur, répondit
mistress Lecount; mais, — comme vous l'avez déjà pressenti,
— de l'argent que vous ne lui donnerez pas... Ah! bien oui...
Vous dites à cet homme : Tendez la main, monsieur! et quand
il l'a tendue, vous lui donnez pour sa peine une bonne férule;
après quoi, vous remettez votre main dans votre poche. —
Que j'aime à vous voir rire ainsi, monsieur Noël!... Que j'aime
à vous voir reprendre votre bonne humeur! Nous répon-
drons à la lettre par la voie des annonces, comme le demande
notre correspondant; — une annonce ne coûte guère!...
Votre pauvre main me semble trembler un peu, — voulez-
vous que je tienne la plume à votre place?... Je ne puis mal-

heureusement faire mieux, mais je puis toujours promettre de tenir la plume. »

Sans attendre qu'il eût répondu, elle passa dans la pièce du fond, et revint avec tout ce qu'il fallait pour écrire. Arrangeant un buvard sur ses genoux, et offrant aux yeux le plus parfait spécimen d'une soumission joyeuse, elle se replaça devant le fauteuil de son maître.

« Voulez-vous, monsieur, que j'écrive sous votre dictée ? demanda-t-elle, ou bien vais-je faire un croquis de lettre que vous vous chargerez de corriger ensuite?... Bah! je ferai un petit croquis... Voyons la lettre. L'annonce doit être faite dans le *Times*, et adressée « à un Ami Inconnu. » Que dirai-je, monsieur Noël?... un moment!... Je vais d'abord écrire, et vous reverrez ensuite : — Un Ami Inconnu est prié de faire savoir (par la voie des annonces) l'adresse où on pourrait lui écrire. Les renseignements qu'il offre lui vaudront, une fois donnés, et à titre de récompense, une somme de... Quelle somme, monsieur, voulez-vous que je fixe ?

— Ne fixez rien! dit M. Noël Vanstone avec une brusque saillie d'impatience... Les affaires d'argent me regardent; c'est *moi*, Lecount, que regardent les affaires d'argent... Ne vous en mêlez pas, je vous en prie!

— Vous avez raison, monsieur, répondit mistress Lecount, qui passa immédiatement le buvard à son maître... Vous comprendrez la nécessité de faire des offres libérales, sachant surtout qu'elles ne doivent pas être réalisées.

— Ne dictez pas, Lecount! Je n'entends pas que l'on me dicte ma conduite! dit M. Noël Vanstone, revendiquant son indépendance avec une impatience de plus en plus marquée. Je veux conduire cette affaire-là moi-même... Après tout, Lecount, je suis le maître!

— Oui, monsieur, vous êtes le maître.

— Mon père était le maître avant moi, et je suis le fils de mon père... Entendez-vous, Lecount, je suis le fils de mon père! »

Mistress Lecount s'inclina d'un air soumis.

« Je prétends fixer la somme que j'aurai jugée conve-

I. 20

nable, poursuivit M. Noël Vanstone, qui agitait avec véhémence sa petite tête blondasse... Je prétends envoyer moi-même cette annonce. La domestique la portera de ma part chez le papetier, qui se chargera de l'insertion dans le *Times*. Quand je sonnerai deux fois, vous m'enverrez la domestique. Vous entendez, Lecount? Il faudra m'envoyer la domestique. »

Mistress Lecount s'inclina de nouveau, et lentement se dirigea vers la porte. Elle savait, à un *iota* près, quand il fallait guider son maître, quand il fallait le laisser à lui-même. Une longue expérience l'avait instruite à le gouverner sur tous les points essentiels, en lui cédant ensuite sur tous les détails insignifiants. C'était un trait caractéristique de sa faiblesse, — comme de presque toute faiblesse analogue, — de vouloir à tout prix l'emporter pour des bagatelles. Remplir le chiffre laissé en blanc sur l'annonce était, dans le cas présent, ce qui importait le moins : et mistress Lecount, dès qu'elle vit son maître la soupçonner de lui faire faire ce qu'elle voulait, se hâta de le calmer par une concession immédiate. «Mon mulet a rué, se disait-elle dans sa langue native, en ouvrant la porte... De toute la journée, on n'en pourra plus faire façon,..

— Lecount! cria son maître, au moment où elle mettait le pied dans le corridor... Revenez! »

Mistress Lecount revint.

« Vous n'êtes pas fâchée contre moi, n'est-ce pas? » demanda Noël Vanstone, qui n'avait pas l'air tout à fait rassuré.

— Positivement non, monsieur, répliqua mistress Lecount. Comme vous venez de le dire, vous êtes le maître.

— Bonne créature!... Votre main, je vous prie!... » Il baisa sa main et se prit à sourire, évidemment très-satisfait de cet affectueux procédé... « Lecount, ajouta-t-il, vous êtes une digne créature!

— Merci! monsieur, dit mistress Lecount, et, après une révérence, elle s'en alla... S'il y avait tant soit peu de cervelle dans cette tête de singe, se disait-elle en longeant le couloir, quel misérable cela ferait!... »

Resté seul, M. Noël Vanstone s'absorba dar
que lui causait ce blanc à remplir pour comp
L'insinuation que mistress Lecount avait ha
cessité apparente, sur la libéralité à mettre
qu'il ne devait pas réaliser, était fondée su
naissance qu'elle avait de son caractère. Il
son père un sordide amour de l'or, sans h
temps de la capacité que déployait son pè
des capitaux qu'il aimait à grossir. Son avar
nelle en était à ce degré, que la simple pe
montrer libéral, fût-ce seulement en théor
culer. Il prit la plume; il la posa de côté;
pour la troisième fois, la lettre anonyme,
d'un air méfiant : « Si j'offre à cet homme un
tante, se dit-il tout à coup, comment m'a
trouvera pas quelque moyen de m'obliger à l
femmes se pressent toujours. Lecount se
J'ai toute l'après-midi devant moi; — je me
l'après-midi pour réfléchir à cette affaire. »
pitamment le buvard et le croquis d'annonce
que mistress Lecount venait de quitter. E
même vers son propre siège, il secouait so
petite tête et arrangea sa robe de chambre
genoux de l'air d'un homme qui s'abîme dan
plus perplexes. Les minutes suivirent les mi
d'heure succédèrent aux demi-heures sur la
tress Lecount, et M. Noël Vanstone n'en
moins perdu dans ses doutes; et la sonnette
à son repos, n'appelait pas la domestique, a
prête...

Après avoir quitté mistress Lecount, M
dant, s'était gardée de rentrer directeme
avait fait auparavant un assez long circuit d
Lorsqu'elle se retrouva plus tard dans Va
premier objet qui attira son attention fut
devant la porte de la maison meublée. Qu

s perplexités
r l'annonce.
ée, sans né-
ns des offres
'intime con-
ait hérité de
ter en même
lans l'emploi
constitution-
ective de so
le faisait re-
e mit à lire,
ouant la tête
mme impor-
rer qu'il ne
payer? Les
se toujours.
nneral toute
éposa préci-
r le fauteuil
evenant lui-
nellement sa
nche sur ses
s pensées les
s, les quarts
ntre de mis-
meurait pas
salon, laissée
ie de se tenir

leine, cepen-
chez elle et
le voisinage.
all-Walk, le
fiacre arrêté
es pas plus

loin, elle aperçut la fille de son
portière, et occupée à discuter
salaire qu'il réclamait. Remarqua[nt]
tournait le dos, Madeleine profi[ta]
circonstance pour s'insinuer d[ans]
aperçue.

Elle se glissa dans le coul[oir]
trouva, sur le palier du premier [étage]
compagne de route. Mistress W[ragge]
ses bras et sur son cœur une v[éritable]
paquets, et attendant avec inq[uiétude]
cussion soulevée, dans la rue, [...]
cher.

Battre en retraite était impo[ssible]
irritées qu'on entendait en bas se
ridor. Hésiter ne servait à rien, [...]
tre. Il n'y avait donc qu'un parti à [prendre]
en avant, et Madeleine le prit a[...]
elle écarta mistress Wragge, c[...]
chambre, enleva d'un tour de m[ain]
peau, ses faux cheveux, et les je[ta]
vide qui existait entre la murail[le]
avons parlé.

Au premier moment, la surpr[ise]
tress Wragge et la cloua littérale[ment]
tenait. Mais deux des paquets ent[assés]
à tomber sur les degrés, et la vue
de son ébahissement. « Au vole[ur]
dont une idée subite venait de s'e[mparer]

Madeleine l'entendit à traver[s]
qu'elle ne s'était pas donné le te[mps]
« Est-ce vous, mistress Wragge[?]
plus vraie... Qu'y a-t-il donc ? »
saisi une serviette, l'imbibait d'ea[u]
ment sur le bas de son visage. A[...]
nue, mistress Wragge se tourna,
sième paquet, — et dans son éba[hissement]

[so]n hôtesse, debout près de la
[po]r[te] avec le cocher à propos du
[t]ant que cette jeune fille lui
[pro]fita immédiatement de cette
dans la maison sans être

[couloir], monta l'escalier et se
[au premier] étage, — face à face avec sa
Vragge était là, tenant dans
véritable pyramide de petits
[in]quiétude l'issue de la dis[cussion]
[soulevée] par les prétentions du co[cher]

[était impo]ssible, — le bruit des voix
[...] semblait avancer dans le cor[ridor]
et pouvait tout compromet[tre]
à prendre — celui de pousser
aveuglément. Sans mot dire,
courut se réfugier dans sa
main son manteau, son cha[peau]
[je]ta hors de vue dans l'espace
[murai]lle et le sopha-lit dont nous

[la surp]rise coupa la parole à mis[tress]
[littérale]ment à l'endroit où elle se
[en]tassés dans ses bras vinrent
[la vu]e de cette catastrophe la tira
[vol]eur! cria mistress Wragge
emparer. — Au voleur! »
[trave]rs la porte de sa chambre
[le te]mps de refermer tout à fait.
[Wragge]? cria-t-elle de sa voix la
[...] Tout en parlant, elle avait
[d'e]au, et la promenait rapide[ment]
Au bruit de cette voix con[nue]
[tourn]a, — laissa tomber un troi[sième]
[éba]hissement ne songeant pas

le relever, gravit en courant le second étage. Madeleine
sortait au même moment sur le premier palier, tenant sur
son front la serviette mouillée, comme si elle souffrait de la
tête. Il lui fallait le temps d'ôter ses faux sourcils, et cette
migraine d'occasion lui fournissait, pour les cacher, le plus
plausible de tous les prétextes :

« Pourquoi déranger toute la maison ? demanda-t-elle...
Veuillez donc vous tenir tranquille !... J'y vois à peine, tant
j'ai mal à la tête.

— Quelque chose là-haut, madame ? demanda l'hôtesse,
arrêtée au pied de l'escalier.

— Pas le moins du monde, répondit Madeleine. Mon amie
est fort timide ; cette dispute avec le cocher l'a toute bou-
leversée... Payez à cet homme ce qu'il demande, et renvoyez-
le bien vite !

— Où est-elle ? demanda mistress Wragge d'une voix
basse et tremblante... Où est la femme qui, en passant tout
contre moi, s'est faufilée chez vous ?

— Allons donc ! dit Madeleine, aucune femme ne s'est
faufilée chez moi, comme vous dites... Entrez plutôt, et regardez vous-même ! »

Elle poussa le battant de la porte. Mistress Wragge entra
dans la chambre, regarda de tous côtés, ne vit personne, et
manifesta son étonnement en laissant tomber un quatrième
paquet, tandis qu'elle tremblait de la tête aux pieds.

« Je l'ai vue entrer ici, dit mistress Wragge, dont l'accent indiquait assez les superstitieuses terreurs. Une femme
en manteau gris, avec un chapeau d'il y a dix ans. Une
femme sans éducation. Elle m'a bousculé sur le palier,... je
vous l'assure. Et voici la chambre, et pas de femme dedans !...
Un *Prayer-Book*, s'il vous plaît ! s'écria mistress Wragge,
pâle comme une morte, et qui laissa tomber autour d'elle,
comme une petite cascade, tout ce qui lui restait d'objets
sur les bras... J'ai besoin de lire quelques bonnes paroles ;
j'ai besoin de penser à ma fin dernière. Je viens, très-certainement, de voir un fantôme !

— Allons donc, vous rêvez ! dit Madeleine... Vous avez

20

fait trop d'emplettes... C'est la fatigue, et c'est la joie... Rentrez chez vous et ôtez votre chapeau!

— J'ai entendu parler de fantômes en robe de chambre, de fantômes en linceuls, de fantômes traînant des chaînes, continua mistress Wragge, qui demeurait pétrifiée au milieu du cercle magique dont l'avaient entourée en tombant tous ses petits trésors de mercerie et de lingerie... Mais voici un fantôme bien pire, — en manteau gris et avec un chapeau d'il y a dix ans!... Je sais ce que c'est, reprit-elle, pleurant de componction. C'est le châtiment que j'ai mérité en me trouvant si heureuse loin de mon mari; comme aussi pour avoir couru la moitié des magasins de Londres avec mes souliers en pantoufles, tantôt le pied droit, tantôt le pied gauche... Je suis une vraie pécheresse... Ne me quittez pas! — n'importe à quel prix, ma chère, ne me quittez pas! » Elle s'était cramponnée au bras de Madeleine; et, à l'idée qu'on pourrait la laisser seule, son tremblement la reprit de plus belle.

Dans une situation comme celle-ci, rien de mieux à faire que de céder aux circonstances. Madeleine conduisit mistress Wragge vers un fauteuil qu'elle eut soin de placer d'abord dans une position qui lui permît de tourner le dos à sa compagne pendant qu'avec un peu d'eau elle ferait disparaître ses faux sourcils. « Restez là une minute! lui dit-elle, et, pendant que je baigne ma tête, voyez s'il est possible de vous calmer.

— Me calmer! répéta mistress Wragge. Comment voulez-vous que je me calme, quand il me semble que ma tête quitte mes épaules? Le pire bourdonnement que m'ait jamais donné le Livre de cuisine n'était rien, mais rien du tout, auprès de celui que m'a donné le Fantôme. Voilà des vacances qui finissent bien mal... Vous pouvez, ma chère, me remmener quand il vous plaira; — j'en ai déjà bien assez! »

Madeleine, qui était enfin parvenue à se débarrasser de ses sourcils factices, put employer tout son esprit à combattre la déplorable impression produite par ce malheureux hasard sur l'esprit de sa compagne. Mais ce fut

en vain qu'elle déploya toutes ses facultés persuasives.
Mistress Wragge persista, — sur des témoignages qui,
nous pouvons le remarquer en passant, auraient suffi à des
voyants plus sensés qu'elle, — dans l'opinion qu'elle avait
reçu la faveur surhumaine d'une visitation fantastique. Tout
ce que Madeleine put faire fut de s'assurer, par quelques
questions bien ménagées, que mistress Wragge n'avait pas
eu le coup d'œil assez prompt pour identifier le prétendu
fantôme avec le personnage de la Vieille Dame des comtés du Nord, tel qu'il figurait dans le Divertissement dramatique. Rassurée à ce sujet, elle ne pouvait plus que se
fier, pour le reste, à cette incapacité de conserver aucune
impression, — si ce n'est celle qu'on prenait soin de renouveler à chaque instant, — laquelle était une des infirmités
caractéristiques de la faible intelligence de mistress Wragge.
Quand elle eut rassuré la pauvre idiote en lui démontrant
que, d'après le code spécial qui régit les Esprits, une apparition ne signifie rien, à moins d'être immédiatement suivie de
deux autres, — après avoir patiemment ramené son attention sur les paquets semés çà et là, le long des escaliers, —
après lui avoir enfin promis de tenir entr'ouverte la porte de
communication entre les deux chambres, si mistress Wragge,
de son côté, s'engageait à rentrer chez elle, et à ne plus
parler de ce terrible fantôme, — Madeleine put enfin réfléchir, tout à son aise, sur les événements de cette mémorable journée.

De la première démarche qu'elle eût hasardée, deux conséquences très-graves résultaient déjà. Mistress Lecount, au
moyen d'une surprise, l'avait amenée à se servir de sa voix
naturelle; — et le hasard l'avait placée, dans son costume
d'emprunt, en face de mistress Wragge.

Par compensation à ces désastres, qu'avait-elle donc gagné? D'abord l'avantage d'en savoir plus long sur le compte
de Noël Vanstone et de mistress Lecount, qu'elle n'en aurait
découvert en plusieurs mois si l'enquête eût été menée par
d'autres qu'elle. Déjà se trouvait dissipée une des incertitudes
qui jusqu'alors avaient embarrassé sa marche. Le plan qu'elle

avait secrètement dressé contre Michel Vanstone, — plan que la subtile pénétration du capitaine Wragge avait deviné en partie, quand elle lui avait notifié la rupture provisoire de leur association, — ce plan devait évidemment être abandonné, comme inapplicable au fils de Michel Vanstone. Les habitudes spéculatrices du père étaient le pivot sur lequel devaient tourner tous les rouages de la conspiration préméditée par elle. Ce côté faible n'existait pas dans le caractère du fils, d'une avarice plus étroite et plus compliquée. M. Noël Vanstone était invulnérable, là précisément où son père offrait la seule prise qui permit de l'atteindre.

Arrivée à cette conclusion, quelle marche Madeleine adopterait-elle pour l'avenir? quels moyens nouveaux découvrirait-elle qui pussent la conduire secrètement à son but, malgré la vigilance haineuse de mistress Lecount, malgré la méfiance sordide de Noël Vanstone?

Elle était assise devant son miroir et arrangeait machinalement sa chevelure, tandis qu'elle débattait avec elle-même ces déterminations si essentielles. L'agitation à laquelle elle était en proie communiquait à ses joues une rougeur fiévreuse, à ses grands yeux gris un éclat extraordinaire. Elle avait conscience d'être, à ce moment, plus belle que jamais; elle voyait combien, après son hideux travestissement, sa beauté gagnait à la comparaison. Ses cheveux bruns, d'une nuance claire, semblaient plus épais et plus soyeux que jamais, s'échappant de la captivité que leur avaient faite le tour de faux cheveux gris. Elle en roulait et déroulait les boucles, les massait sur ses épaules, les rejetant ensuite en arrière, et se tournant de profil pour en suivre les ruissellements moirés, — elle contemplait ses blanches épaules, libres maintenant des difformités artificielles que leur imposait naguère le manteau garni par les mains du capitaine. Après un moment, elle fit de nouveau face au miroir, plongea ses deux mains dans sa chevelure et, accoudée à la table, contempla de plus en plus attentivement son image, jusqu'au moment où sous son haleine ardente le verre sembla se ternir. « Oui, pensait-elle avec un sourire altier et triomphant, tant que je serai ce que je suis, j'aurai pour esclave tout homme qu'il me plaira d'asservir !... Si ce méprisable personnage me voyait maintenant...» Mais cette pensée, quand elle voulut la suivre jusqu'au bout, la fit tout à coup se prendre en horreur ; — elle se rejeta, toute frissonnante, loin de la glace, et, cachant son visage dans ses mains : « Oh ! Frank ! murmurait-elle, sans vous, à quel degré pourrais-je descendre !... » Ses mains fiévreuses allèrent chercher, dans l'abri qu'il ne quittait jamais, le sachet de soie blanc ; ses lèvres le dévorèrent de baisers muets : « O mon Frank ! mon ange gardien ! combien je vous aime ! » Et les larmes montaient à ses yeux. Elle les sécha précipitamment, replaça le sachet où elle l'avait pris, et tournant le dos au miroir : « Ne pensons plus à moi, disait-elle ; laissons là, pour aujourd'hui, la misérable, l'insensée que je suis !. »

Ne voulant plus songer davantage à la voie où son premier pas allait l'engager, — effrayée de cet avenir, toujours plus menaçant, auquel désormais s'associait le nom de Noël Vanstone dans ses plus secrètes pensées, — elle promenait impatiemment ses regards autour de la chambre, cherchant par quelle occupation vulgaire elle pourrait se distraire d'elle-même. Le déguisement qu'elle avait jeté entre la muraille et le lit lui revint à la mémoire. Il était impossible de l'y laisser. Mistress Wragge (maintenant occupée à recueillir ses paquets) pourrait se lasser de ce travail, rentrer à l'improviste, passer près du lit, et voir le manteau de couleur grise...

La première pensée de Madeleine fut de replacer le déguisement dans sa malle. Mais, après l'incident du Fantôme, il y avait danger à le conserver si près d'elle, tant qu'elle et mistress Wragge demeureraient ensemble sous le même toit. Aussi résolut-elle de s'en débarrasser dès le même soir, et alors elle prit le parti de le renvoyer à Birmingham. Son carton à chapeau était adapté à sa malle. Elle l'en retira pour y faire entrer les faux cheveux et le manteau, sans trop se soucier du chapeau, qu'elle aplatit indignement. La robe (qu'elle n'avait pas encore ôtée) était une de celles qu'elle portait habituellement, et ne devait point éveiller l'attention de mistress Wragge ; — il n'était donc pas nécessaire de renvoyer la robe. Avant de fermer le carton, elle traça rapidement sur une feuille de papier les lignes suivantes : « J'ai emporté par erreur les objets ci-inclus. Veuillez les joindre au reste des bagages que je vous ai laissés, et me les conserver jusqu'à nouvel ordre. » Fixant ce papier à la forme du chapeau, elle mit ensuite sur le carton l'adresse du capitaine Wragge, à Birmingham, le descendit immédiatement, et l'expédia par la fille de l'hôtesse au plus prochain bureau de correspondance. « Voilà une difficulté réglée, » pensait-elle en remontant dans sa chambre.

Mistress Wragge était encore occupée à ranger ses paquets sur son étroit petit lit. Elle se tourna, poussant un faible cri, lorsque Madeleine se montra sur la porte pour voir ce qu'elle faisait. « J'ai cru que c'était encore le Fantôme, dit mistress Wragge... Je m'efforce, ma chère, de mettre à profit ce qui m'est arrivé. J'ai rangé tous mes paquets en bon ordre, ainsi que le capitaine aimerait à les voir. Ni l'un ni l'autre de mes souliers n'est en pantoufle. Si je ferme les yeux cette nuit, — ce dont je doute, — j'aurai soin de m'endormir aussi droite que mes jambes me le permettront... Et, de ma vie, je ne demanderai d'autre congé... J'espère, moyennant ce, le pardon d'en haut, ajouta mistress Wragge en secouant tristement la tête... J'espère humblement que je serai pardonnée.

— Pardonnée ! répéta Madeleine. Plût au ciel que d'autres femmes eussent aussi peu besoin de pardon ! — Allons ! allons !... si nous défaisions quelques-uns de ces paquets ?... J'ai envie de voir ce que vous avez acheté aujourd'hui. »

Mistress Wragge hésita ; le remords lui arracha un soupir ; elle réfléchit quelques instants, — étendit vers un des paquets une main timide, — se remémora la surnaturelle admonition, — et s'écarta de ses propres emplettes par un effort désespéré d'empire sur elle-même.

« Ouvrez celui-ci... dit Madeleine pour l'encourager. — Voyons ! que renferme-t-il ? » Dans les yeux bleu-passé de mistress Wragge s'allumèrent, en dépit de ses remords, quelques vagues rayonnements ; mais elle secoua la tête en signe d'abstention. La passion qui la dominait pouvait bien encore réclamer ses droits, — mais le souvenir du Fantôme n'était pas encore effacé.

« L'avez-vous eue à bon marché ! demanda Madeleine, sur le ton des confidences.

— Pour rien, » répondit la pauvre mistress Wragge donnant dans le panneau, tête baissée, et se jetant sur le paquet avec la même ardeur que si aucun prodige ne fût advenu.

Madeleine la tint une heure, et même davantage, à bavarder sur ses petites emplettes ; ensuite, elle prit le sage parti de l'emmener avec elle à la promenade, afin de la mieux distraire de tout souvenir fantastique.

Comme elles sortaient, elles virent s'ouvrir la porte de la maison habitée par Noël Vanstone, et paraître la domestique, chargée d'une nouvelle mission. C'était, cette fois, une lettre qu'elle tenait soigneusement à la main. Certaine de n'avoir encore formé aucun plan, soit pour attaquer, soit pour se défendre, Madeleine se demanda, non sans une appréhension passagère, si mistress Lecount avait déjà conçu l'idée de renouer ses communications avec elle, et si la lettre était adressée à « miss Garth ? »

La lettre ne portait point cette adresse. M. Noël Vanstone avait fini par résoudre le problème pécuniaire qu'il s'était posé. Le chiffre laissé en blanc dans la rédaction de l'annonce y avait finalement pris place, et la réponse de mistress Lecount à l'avis anonyme du capitaine s'acheminait maintenant vers les colonnes du *Times*.

FIN DE LA TROISIÈME SCÈNE.

INTERMÈDE.

I.

(Extrait des annonces du Times.)

« Un Ami inconnu est prié de donner (par voie d'annonce) une adresse où on puisse lui écrire. Les renseignements qu'il propose, une fois reçus, lui vaudront, à titre de récompense, la somme de CINQ livres sterling. »

II.

LE CAPITAINE WRAGGE A MADELEINE.

« Birmingham, 2 juillet 1817.

« Ma chère enfant,

« Le carton renfermant les objets de toilette que vous aviez emporté par erreur m'est parvenu sain et sauf. Vous pouvez le considérer désormais, et jusqu'à nouvel ordre, comme étant sous ma protection spéciale.

« Je saisis cette occasion pour vous assurer une fois de plus de mon inaltérable fidélité à vos intérêts. Sans essayer de m'introduire indiscrètement dans votre confiance, pourrais-je m'informer si M. Noël Vanstone a consenti à vous rendre justice? J'ai bien peur qu'il n'ait refusé, — auquel cas, la main sur le cœur et très-solennellement, je me déclare révolté par tant de bassesse. Pourquoi donc, chez moi, ce pressentiment que vous avez en vain fait appel à son équité? Pourquoi ne puis-je envisager cet individu que comme un insecte nuisible? Nous sommes totalement étrangers l'un à l'autre ; je ne connais de lui que ce que j'en ai pu apprendre dans le cours de l'enquête dont vous m'aviez chargé. La sympathie intense qui m'associe à vos intérêts donnerait-elle à mes perceptions un caractère prophétique? ou bien, pour aborder poétiquement la question, faut-il réellement croire à une vie antérieure? et M. Noël Vanstone m'aurait-il par hasard fait quelque insulte mortelle, — dans quelque autre planète, bien entendu?

« J'écris, comme vous voyez, ma chère Madeleine, avec cette audacieuse gaieté qui m'a toujours été familière. Mais c'est fort sérieusement que je place mes services à votre disposition. Que les conditions à faire entre nous ne vous arrêtent pas un instant. J'accepte d'avance toutes celles que vous voudrez fixer. Si vos plans actuels vous y conduisent, je suis prêt, dans votre intérêt, à insérer M. Noël Vanstone dans un étau jusqu'à ce que l'or lui sorte par tous les pores. Pardonnez-moi cette métaphore et tout ce qu'elle a de grossier. Mon désir de vous être utile s'exprime en toute hâte. J'en dépose le sens à vos pieds, sous sa forme brute, et je laisse à votre bon goût le soin de l'embellir par les ornements les mieux choisis du langage britannique.

« Comment va ma pauvre femme? Je crains bien qu'il ne vous soit impossible de lui faire porter ses souliers convenablement, ou de mettre son extérieur en harmonie avec les conditions éternelles de la symétrie et de l'ordre. N'aurait-elle point essayé, par hasard, de se trop familiariser avec vous? Je n'ai jamais manqué, à cet égard, de la tenir en respect. Jamais il ne lui a été permis de m'appeler autrement que : Capitaine, et dans les rares occasions où, depuis notre hyménée, les circonstances ont pu l'obliger à communiquer par lettre avec moi, je l'ai strictement réduite à cette forme cérémonieuse qui débute par : « Mon cher monsieur. » Accueillez ces insignifiants détails de notre vie domestique comme pouvant vous suggérer d'utiles directions pour vos

1. 21

rapports avec mistress Wragge, et veuillez me croire , avec
le plus vif désir d'avoir bientôt de vos nouvelles,

« Votre tout dévoué,

« HORATIO WRAGGE. »

III.

NORAH VANSTONE A MADELEINE.

(Lettre renvoyée, avec les deux qui suivent, du bureau
de poste de Birmingham.)

« Westmoreland-House, Kensington, 1er juillet.

« Ma bien chère Madeleine,

« La première fois que vous m'écrirez (et que ce soit
bientôt, je vous en prie), adressez à miss Garth la lettre qui
me sera destinée. J'ai quitté ma place, et il pourrait bien s'é-
couler quelque temps avant que j'en retrouve une autre.

« Maintenant que tout est fini, je peux bien vous avouer,
sœur chérie, que je n'étais pas heureuse. J'ai fait tout mon
possible pour gagner l'affection des deux petites filles qui
m'étaient confiées, mais elles semblaient, sans que je puisse
dire pourquoi, m'avoir tout d'abord prise en déplaisance.
Leur mère ne m'a donné aucun sujet de plainte. Mais leur
grand'mère, qui en réalité menait toute la maison, m'a
rendu la vie très-dure. Mon inexpérience dans l'enseignement était pour elle un éternel sujet de critiques, et on n'attribuait jamais qu'à moi les difficultés que je rencontrais
dans le caractère des enfants. Je vous dis ceci pour que vous
ne supposiez point que je regrette d'avoir perdu cet emploi.
Bien loin de là, chère sœur,—je suis au contraire enchantée
d'en être quitte.

« J'ai, Madeleine, quelques petites économies, et je les
consacrerais bien volontiers à passer huit ou dix jours auprès
de vous. J'ai soif de revoir ma sœur; mes oreilles sont lasses
de ne plus entendre sa voix. Il ne me faut qu'un mot de

vous, m'apprenant où nous pourrions nous rencontrer. Pensez à ceci; — je vous en prie, pensez-y.

« Ne supposez pas que ce premier échec m'ait découragée. Il y a dans ce monde force brave gens, et je tomberai peut-être, la première fois, sur quelques-uns d'entre eux. Le chemin du bonheur est souvent difficile à trouver, et plus difficile pour les femmes que pour les hommes. Du moins je serais tentée de le croire. Mais, avec de patients efforts, et en y persistant assez longtemps, nous devons l'atteindre à la fin, dans le ciel, sinon sur la terre. Ce chemin est pour moi, maintenant, celui qui me ramènerait auprès de vous. Ne l'oubliez pas, sœur bien-aimée, la première fois que vous songerez à

« NORAH. »

IV.

MISS GARTH A MADELEINE.

« Westmoreland-House, 1er juillet.

« Ma chère Madeleine,

« Que la vue de mon écriture ne vous donne pas à craindre d'inutiles remontrances. Ma lettre n'a d'autre objet que de vous faire connaître un détail dont votre sœur, je le sais, ne consentirait jamais à vous parler. Elle ignore absolument que je vous écris. Laissez-la continuer à l'ignorer, si vous voulez lui épargner des anxiétés inutiles, — et à moi d'inutiles chagrins.

« La lettre de Norah, sans nul doute, vous apprend qu'elle a quitté sa place. Je remplis un bien pénible devoir en ajoutant qu'elle l'a quittée à cause de vous.

« Voici comment les choses se sont passées. MM. Wyatt, Pendril et Gwilt sont les avocats du *gentleman* dans la famille duquel Norah était employée. Le genre de vie que vous avez adopté était connu, dès le mois de décembre dernier, aux

trois associés que je viens de nommer. La personne chargée
de vous retrouver à York vous avait découverte donnant, à
Derby, des représentations au public, et M. Wyatt n'a pu
déguiser cette circonstance au patron de Norah, lorsque ce
gentleman, il y a quelques jours, lui a posé sur votre compte
des questions directes. Sa femme et sa mère (cette dernière
habite avec lui) lui avaient expressément demandé de prendre
ces renseignements, leurs soupçons étant éveillés par les
réponses évasives de Norah toutes les fois qu'on la question-
nait à propos de sa sœur. Vous connaissez trop bien Norah
pour lui imputer à blâme l'attitude qu'elle gardait. La vie
que vous menez à présent ne lui laissait pas d'autre alternative pour se soustraire à la nécessité de mentir.

« Ce jour-là même, la mère et la grand'mère des élèves
de votre sœur la mandèrent devant elles, et lui dirent :
« qu'elles vous savaient errante de ville en ville, sous un
faux nom, et donnant des représentations publiques. Trop
équitables pour blâmer Norah de ceci, elles l'étaient assez
pour reconnaître que son irréprochable conduite avait complétement racheté les promesses que je leur avais faites en
la leur donnant. Mais, en même temps, elles mettaient positivement pour condition à son maintien auprès d'elles que
jamais elle ne vous permettrait de la venir voir dans leur
maison, — ou même de la venir rejoindre à la promenade,
quand elle sortirait avec les enfants. » Votre sœur, — patiente
et résignée tant que leur dureté ne concernait qu'elle, —
ressentit vivement l'outrage qui vous était fait. Elle donna
congé, sur le moment, aux personnes qui l'employaient.
D'assez aigres paroles furent échangées, et le soir même elle
quitta la maison.

« Je n'entends pas vous affliger, en vous présentant comme
un désastre la perte de cette position. Norah n'y était point
aussi heureuse que je l'avais espéré et souhaité. Je n'avais
pu m'assurer d'avance que les enfants étaient boudeuses et
d'un caractère intraitable, — ou que la mère du mari était
habituée à faire peser sa tyrannie sur tous les membres de
la famille. Me voici toute prête à convenir qu'il n'est point.

fâcheux pour Norah d'avoir quitté ces gens-là. Mais le mal n'est pas circonscrit dans ce qui vient de se passer. Vous comprenez comme moi que ce qui est arrivé hier peut se reproduire demain. Votre façon de vivre, si pure que puisse être votre conduite, — et je vous rends la justice de croire que cette conduite est à l'abri de toute souillure, — votre façon de vivre est de celles que tous les gens respectables ont en suspicion. J'ai vécu ici-bas assez longtemps pour savoir que, chez neuf Anglaises sur dix, le sentiment du Convenable ne permet point de concession, et demeure inaccessible à toute pitié. Les personnes chez qui Norah sera ultérieurement placée peuvent, elles aussi, découvrir ce que vous êtes; et la position que Norah sera forcée de quitter pourrait être de celles que nous ne saurions jamais lui rendre.

« Je vous laisse réfléchir à tout ceci. Ne croyez pas, mon enfant, que je sois endurcie à votre égard. J'ai seulement le vif désir d'assurer à votre sœur une existence paisible. Si vous pouviez oublier le passé, Madeleine, et si vous pouviez revenir à nous, — fiez-vous à votre vieille institutrice pour l'oublier, elle aussi, et pour vous offrir l'asile que vos parents lui donnèrent autrefois.

« Votre amie, chère enfant, et pour toujours,

« HARRIET GARTH. »

V.

FRANCIS CLARE (LE FILS) A MADELEINE.

« Shang-haï (Chine), 23 avril 1847.

« Ma chère Madeleine,

« J'ai tardé à vous répondre, par suite de mon pénible état d'esprit, qui m'empêchait de vous écrire. Je ne suis guère mieux disposé; — mais je sens que je ne dois pas ajourner plus longtemps. Le sentiment de l'honneur me donnera des forces, et j'affronte la souffrance que j'éprouverai en traçant ces lignes.

« Mon avenir, en Chine, est absolument compromis. La maison de commerce à laquelle on m'avait brutalement consigné comme on eût fait d'un ballot de marchandises a épuisé ma patience par une série de mesquines insultes ; et je me suis vu forcé, par égard pour ma dignité, à refuser des services qu'on avait méconnus dès le principe. Rentrer en Angleterre, dans de pareilles circonstances, n'est point une idée à laquelle on doive s'arrêter. Même si je le pouvais, j'ai subi, dans ma patrie, des traitements trop cruels pour y vouloir revenir de longtemps. J'ai donc le projet de prendre service, comme employé de commerce, à bord d'un bâtiment de la marine marchande qui trafique en ces parages, et d'y faire à moi tout seul mon chemin, si cela n'est pas impossible. Je ne saurais dire comment aboutira cette détermination, ni ce qui va m'arriver maintenant. Peu importe ce que je deviendrai. Je ne suis qu'un exilé, un vagabond, et cela, par la faute d'autrui. Le désir inhumain qu'on avait, chez nous, de se débarrasser de moi, ce désir est maintenant réalisé. On s'est débarrassé de moi pour tout de bon.

« Il ne me reste plus qu'un sacrifice à faire, — celui des plus chers sentiments de mon cœur. N'ayant plus d'avenir ouvert devant moi, n'ayant plus chance de rentrer au sein de ma famille, comment pourrais-je conserver l'espoir de remplir mes engagements envers vous ? Un homme plus égoïste que je ne le suis vous tiendrait liée à cet engagement ; un autre, moins prévoyant, vous ferait peut-être attendre pendant des années et, en définitive, sans aucun résultat. Si cruellement qu'on les ait foulés aux pieds, mes sentiments sont restés trop délicats pour me permettre d'agir ainsi. Je vous l'écris les yeux pleins de larmes, — vous ne devez pas lier votre destinée à celle d'un malheureux proscrit. Ces lignes, qui brisent son cœur, vous dégagent de votre promesse. Notre mutuel engagement est désormais rompu.

« La seule consolation qui me soutienne, en vous adressant ainsi mes adieux, c'est que ni l'un ni l'autre de nous, n'est à blâmer. Vous avez peut-être agi avec quelque faiblesse, en vous soumettant à l'influence de mon père ; mais, j'en suis certain, vous avez cru adopter la meilleure ligne de conduite. Personne ne devinait les fatales conséquences qu'aurait mon expulsion d'Angleterre ; personne, si ce n'est moi, et on n'a pas voulu m'écouter. J'ai cédé à mon père, je vous ai cédé ; — voilà ce qui en résulte !

« Je souffre trop pour en écrire plus long. Puissiez-vous ne jamais savoir ce que m'a coûté cette renonciation à nos mutuelles promesses ! Je vous prie, au surplus, de ne vous faire, à ce sujet, aucune espèce de reproche. Ce n'est pas votre faute si l'on a imprimé une mauvaise direction à toutes mes facultés. Ce n'est pas votre faute si je n'ai jamais été mis à même de prospérer dans ma carrière. Oubliez le malheureux abandonné qui exhale, pour votre bonheur, les prières les mieux senties, et qui, à titre d'ami, souhaitera toujours que tout vous réussisse.

« FRANCIS CLARE, *jun.* »

VI.

FRANCIS CLARE (LE PÈRE) A MADELEINE.

(Servant d'enveloppe à la précédente.)

« J'ai toujours dit à votre pauvre père que mon fils était un imbécile ; mais jusqu'à l'arrivée de ce courrier de Chine, je ne m'étais jamais douté que ce fût un drôle. J'ai toute raison de penser qu'il a quitté ses patrons dans les circonstances les moins honorables. Rayez-le désormais de vos souvenirs, comme je l'efface des miens. La dernière fois que nous nous sommes vus, vous vous êtes admirablement conduite vis-à-vis de moi, relativement à cette affaire. Tout ce que je puis vous dire pour vous en rendre grâce, je vous le dis aujourd'hui. — Ma pauvre enfant, vous me faites bien de la peine.

« F. C. »

VII.

MISTRESS WRAGGE A SON MARI.

« Cher monsieur pour l'amour de Dieu venez ici à notre
aide elle a reçu une affreuse lettre de je ne sais qui hier
mais elle l'a lue dans son lit et en lui portant son déjeûner je
l'ai trouvée morte et si le Docteur n'avait pas été à deux
portes d'ici personne n'aurait pu la ressusciter mais la voilà
sur son séant avec une physionomie terrible ne disant rien
et ses yeux me font une telle peur que je tremble de la tête
aux pieds O venez bien vite je vous en prie j'entretiens tout
aussi proprement que je puis car je l'aime tant elle est si
bonne pour moi et notre Hôte a peur dit-il qu'elle ne se
fasse mourir je voudrais écrire plus droit mais je tremble si
fort que Votre respectueuse femme mathilda wragge excusez
mes fautes et je vous prie à genoux de nous venir en aide le
Docteur ce brave homme veut joindre ici quelques lignes de
peur que vous ne puissiez me lire et reste une fois de plus
votre respectueuse épouse mathilda wragge. »

Ajouté par le Docteur.

« Monsieur,

« Je prends la liberté de vous informer que je fus appelé
hier, chez des voisins, dans Vauxhall-Walk, pour y donner
des soins à une jeune personne qui venait d'être prise d'un
mal subit. Je l'ai retirée à grand'peine d'un évanouissement
des plus tenaces, et tel que je n'en avais pas encore observé.
Depuis ce moment, elle n'a pas eu de rechute ; mais elle a,
selon toute apparence, quelque profond chagrin qui paralyse
en partie son intelligence, et dont nous n'avons pu jusqu'à
présent venir à bout. Elle demeure sur son séant, me dit-on,
dans un silence absolu, et sans rien savoir de ce qui se fait

autour d'elle, pendant plusieurs heures consécutives, ayant à la main une lettre que personne encore n'a pu lui enlever. Si cet abattement continuait au même degré, il pourrait avoir, pour son état mental, les plus désastreux résultats, et j'obéis à mon devoir en indiquant comme une des nécessités de la situation l'intervention de quelque parent ou de quelque ami ayant sur elle assez d'influence pour la tirer de cet état de torpeur.

« Votre très-obéissant,

« RICHARD JARVIS. M. R. C. S. »

VIII.

NORAH VANSTONE A MADELEINE.

« 5 juillet.

« Pour l'amour de Dieu, quelques mots seulement qui m'apprennent si vous êtes encore à Birmingham, et à quelle adresse je devrais vous y chercher! M. Clare, le père, vient de me donner des nouvelles. Oh! Madeleine, si vous êtes impitoyable pour vous-même, prenez quelque compassion de moi! La pensée de vous savoir seule parmi des étrangers, la pensée que ce coup terrible vient de vous briser le cœur ne me quitte pas un seul instant. Il n'est pas de mots qui puissent rendre la pitié que vous m'inspirez! Rappelez-vous, ma bien-aimée, ces temps heureux que nous passions ensemble, avant que ce misérable lâche fût parvenu à s'insinuer dans votre cœur. Rappelez-vous ces heureuses journées de Combe-Raven, où nous n'étions jamais séparées. Oh! ne me traitez pas comme une étrangère! Nous sommes, maintenant, seules au monde : — laissez-moi vous soigner, vous consoler; — que je sois pour vous, s'il se peut, plus qu'une sœur! Une ligne, — une seule ligne qui m'apprenne où je pourrai vous trouver. »

21.

IX.

MADELEINE A NORAH.

« 7 juillet.

« Très-chère Norah,

« Votre lettre a fait pour moi tout ce que pouvait en attendre votre tendresse. Vous, et vous seule, avez su trouver le chemin de mon cœur. C'est après avoir lu ce que vous m'écriviez que j'ai pu recouvrer l'usage de mon intelligence et de mes sentiments. Que cette assurance calme vos anxiétés!... Mon âme revit, elle aime encore; elle était morte avant que votre chère lettre ne me fût parvenue.

« Le choc que j'ai subi m'a laissée dans un calme étrange. Je me sens comme séparée de l'être que je fus naguère; — et les espérances que je nourrissais autrefois avec tant d'ardeur semblent maintenant refoulées dans quelque passé lointain dont me séparent des espaces infinis. Je puis, Norah, contempler le naufrage de ma vie avec plus de calme que vous ne l'envisageriez vous-même si nous étions réunies. Déjà, le croiriez-vous? je me sens en état d'écrire à Frank.

« Je pense, ma chérie, qu'une femme ne peut savoir jusqu'à quel point elle s'est donnée à l'homme qu'elle aime, avant que cet homme se soit mal conduit envers elle. Pourrez-vous prendre ma faiblesse en pitié, si je vous avoue que j'ai senti mon cœur se serrer en lisant ce passage de votre lettre où Frank est traité de *misérable* et de *lâche?* Personne, pour cela, ne saurait me mépriser autant que je me méprise moi-même. Je suis comme le chien qui vient en rampant lécher la main du maître qui l'a battu. Cela est ainsi, pourtant, — je ne l'avouerai à personne qu'à vous, — mais vraiment, vraiment, cela est ainsi! Il m'a trompée et il m'abandonne; il a tracé pour moi de cruels adieux; pourtant, ne le traitez pas de *misérable!* S'il se repentait, s'il me revenait, je mourrais, je vous assure, plutôt que de l'épouser maintenant; mais c'est un supplice pour moi que de voir ce mot de *lâche* écrit de votre main en regard de son nom !

« S'il a une volonté faible, qui donc a mis sa faiblesse à des épreuves trop fortes pour elle? Pensez-vous que tout cela fût arrivé, si Michel Vanstone, nous dépouillant de ce qui était à nous, n'avait forcé Frank à me quitter pour aller en Chine   Huit jours après celui où je vous écris, l'année d'épreuves devait expirer; et j'aurais été la femme de Frank, si ma dot ne m'avait pas été enlevée.

« Peut-être me direz-vous qu'après ce qui est arrivé je dois me féliciter d'avoir échappé à cet hymen. Eh bien, ma chérie, je sens au fond de mon cœur je ne sais quel instinct pervers répondre que non, et qu'il eût mieux valu pour moi être la femme de Frank, même malheureuse, que la femme isolée et libre, telle que je suis à présent.

« Je ne lui ai point écrit. L'eussé-je voulu, il ne m'envoie pas d'adresse à laquelle je puisse lui répondre. Mais cette volonté, je ne l'ai pas. J'attendrai quelque temps encore avant de lui envoyer mes adieux. Si le jour devait jamais venir où je recouvrerai la fortune que mon père, autrefois, lui avait promise avec ma main, — savez-vous ce que j'en ferai? Je l'enverrai tout entière à Frank, comme l'unique vengeance que je veuille tirer de sa lettre, comme mon dernier adieu à l'homme qui m'abandonne. Laissez-moi vivre pour voir luire cette journée! Laissez-moi, Norah, l'espérance, — la seule, au fait, qui me reste, — que de meilleurs temps viendront pour vous. Quand je songe à votre rude existence, il me semble presque sentir encore quelques larmes au fond de mes yeux fatigués. Il me semble presque retrouver en moi la Madeleine que vous avez connue jadis.

« Vous ne me croirez ni endurcie ni ingrate, quand je vous dirai qu'avant de nous revoir il faut attendre encore un peu? Je veux être, pour cette rencontre, dans un autre état que mon état actuel. Je veux avoir éloigné de moi la pensée de Frank, pour pouvoir vous rapprocher de moi plus encore. Sont-ce là de bonnes raisons? — Je n'en sais rien. — Dans

tous les cas, ne m'en demandez pas d'autre. Prenez le baiser
que je viens de placer ici pour vous, à l'endroit de la feuille
où ce petit cercle est tracé. Pour le moment, et jusqu'à ce
que je vous écrive de nouveau, ce baiser nous réunira. Adieu,
ma sœur bien-aimée !... Mon cœur vous est fidèle, Norah, —
mais je n'ose pas vous revoir.

« MADELEINE. »

X.

MADELEINE A MISS GARTH.

« 15 juillet.

« Ma chère miss Garth,

« J'ai tardé longtemps à vous répondre, mais, sachant ce
qui est arrivé, vous n'aurez pas manqué de me pardonner.

« Tout ce que j'ai à dire peut se dire sans beaucoup de
paroles. Vous devez compter que désormais je ne provoquerai
jamais à m'être hostile le sentiment général des convenances;
j'ai assez appris du monde pour faire de lui, dorénavant,
mon complice. Norah ne quittera plus, à mon occasion,
d'autre place; — j'en ai fini de livrer ma vie au public. Cette
vie (Dieu le sait!) n'avait rien de coupable; — le temps
peut venir où je pleurerai, où vous pleurerez vous-même le
jour qui m'en a séparée; — mais je ne la reprendrai jamais.
C'en est fait d'elle, comme de Frank, comme de toutes mes
bonnes pensées, — sauf toutefois celles qui me rappellent
Norah.

« Assez parler de moi! Pour égayer cette triste lettre,
vous apprendrai-je quelques nouvelles? M. Michel Vanstone
est mort, et M. Noël Vanstone lui succède comme possesseur
de ma fortune et de celle qui revenait à Norah. Il est tout à
fait digne de l'héritage. A la place de son père, il eût, tout
comme lui, consommé notre ruine.

« Je ne vois plus rien à vous dire qui puisse vous intéresser. Ne vous affligez point à mon sujet!... Je m'efforce de retrouver ma belle humeur; — je tâche d'oublier la pauvre jeune fille égarée, qui fut assez sotte pour s'éprendre de Frank, dans ce lointain passé de Combe-Raven. Parfois quelque angoisse me rappelle que la jeune fille n'est pas tout à fait morte, — mais cela n'arrive pas souvent.

« Vous avez été bien bonne, écrivant à une pauvre créature comme moi, de signer : — « votre amie à toujours. » *Toujours* est une parole téméraire, ma chère et bonne institutrice! Je me demande s'il ne vous arrivera jamais de la vouloir reprendre. En supposant que cela soit, il n'en résultera aucun changement dans cette reconnaissance que je ne saurais cesser de vous garder, en songeant aux peines que vous avez prises pour moi quand j'étais toute petite fille. Je les ai certes bien mal payées, — j'ai bien mal récompensé les bontés dont vous m'avez comblée plus tard. Je sollicite votre pardon et votre pitié. Mais, en somme, ce qu'il y aurait de mieux pour vous et pour moi, ce serait de m'oublier complétement.

« Votre affectionnée,

« MADELEINE. »

« *P. S.* — Je brise le cachet pour ajouter une ligne :
« Au nom du ciel, ne montrez pas cette lettre à Norah! »

XI.

MADELEINE AU CAPITAINE WRAGGE.

« Vauxhall-Walk, 17 juillet.

« Si je ne me trompe, il a été convenu que je vous écrirais à Birmingham, dès que je me sentirais assez calmée pour songer à l'avenir. Ce moment est enfin venu, et je puis maintenant accepter les services que vous m'avez si obligeamment offerts.

« Je dois vous prier, au préalable, d'excuser l'accueil que je vous ai fait en cette maison, quand vous y êtes venu en apprenant que j'y étais subitement tombée malade. J'étais absolument hors d'état de me gouverner moi-même. Je subissais une agonie mentale qui, provisoirement, m'avait enlevé toute espèce de bon sens. Je ne remplis que le devoir le plus strict, en vous remerciant aujourd'hui de m'avoir traitée alors avec une indulgence que, vu l'occasion, je pourrais qualifier de clémente.

« Je vais, maintenant, aussi brièvement, aussi simplement que je pourrai, vous dire ce que j'attends de vous.

« Je vous demanderai, en premier lieu, de vendre (aussi secrètement que possible) tous les objets de toilette qui servaient au Divertissement dramatique. J'en ai fini pour toujours avec nos représentations, et je veux m'affranchir de tout ce qui pourrait, dans l'avenir, m'identifier accidentellement à elles. La clef de ma caisse est ci-incluse.

« Vous voudrez bien adresser ici l'autre malle qui renferme mes toilettes de ville. Je ne vous demande pas de l'apporter vous-même, parce que j'ai à vous confier une mission plus essentielle.

« Me référant au billet qu'en partant vous avez laissé pour moi, je dois en conclure que vous avez pu, à l'heure qu'il est, suivre à la piste M. Noël Vanstone, depuis Vauxhall-Walk jusqu'à sa résidence actuelle. Si vous avez réellement fait cette découverte, — et si vous êtes bien certain de n'avoir attiré l'attention ni de mistress Lecount ni de son maître, — je désire que vous preniez immédiatement les arrangements nécessaires pour que je puisse m'établir (avec vous et mistress Wragge) dans la ville ou le village que M. Noël Vanstone a choisi pour résidence. A peine est-il besoin de vous dire que je le suppose établi, pour un peu de temps, là où il habite présentement.

« Dans le cas où vous trouveriez à louer pour moi, dans les conditions que je viens de dire, une petite maison meublée que l'on puisse prendre au mois, arrêtez-la tout d'abord pour un premier terme mensuel. Dites que c'est pour votre femme, votre nièce et vous; et prenez tel faux nom qu'il vous plaira, pourvu que ce nom puisse défier l'enquête la plus rigoureuse. J'abandonne ceci à votre expérience dans ces matières. Le secret de nos individualités doit être aussi strictement gardé que si nos vies en dépendaient.

« Je rembourserai immédiatement toutes les dépenses que vous aurez pu faire pour la réalisation de ce que je désire. Si vous trouvez, sans trop de peine, l'espèce de maison qu'il me faut, il n'est nullement besoin que vous reveniez nous prendre à Londres. Nous pouvons aller nous réunir à vous dès que nous saurons où vous trouver. Il faut une maison parfaitement convenable, et qui soit assez près de celle où réside actuellement M. Noël Vanstone.

« Vous me permettrez de ne point m'expliquer dans cette lettre sur l'objet que j'ai maintenant en vue. Il me répugne de hasarder une explication écrite. Quand tous nos préparatifs seront faits, je vous dirai, de vive voix, quel est mon but, et je compte, en retour, savoir de vous si vous voulez ou non me prêter l'assistance dont j'ai besoin, aux meilleures conditions que je vous puisse offrir.

« Un mot encore avant de cacheter cette lettre.

« Si quelque occasion se présentait pour vous, — la maison une fois louée, et avant que nous vous ayons rejoint, — d'échanger quelques paroles de politesse soit avec M. Noël Vanstone, soit avec mistress Lecount, ne manquez pas d'en profiter. Il est très-important pour l'objet que je me propose actuellement que les relations à établir entre ces gens-là et nous semblent être le résultat purement accidentel d'un prochain voisinage. Je désire que vous frayiez la voie à ce résultat, si cela vous est possible, avant que j'aille vous trouver avec mistress Wragge. Ne perdez, je vous prie, aucune occasion d'observer mistress Lecount, en particulier, avec tout le soin possible. L'assistance que vous pourrez me prêter au début pour fermer les yeux pénétrants de cette femme sera la plus précieuse que je vous aie jamais due.

« Nul besoin de me répondre immédiatement, à moins que je ne me sois trompée sur ce que vous avez dû et pu faire depuis votre départ de Londres. J'ai arrêté nos logements pour une semaine encore, et je puis fort bien attendre que vous soyez à même de m'envoyer des nouvelles conformes à mes intentions. Vous devez compter, à l'avenir, sur ma patience, et ceci quoi qu'il arrive. Mes caprices sont finis, et mon humeur violente ne mettra plus votre indulgence à l'épreuve.

« MADELEINE. »

XII.

LE CAPITAINE WRAGGE A MADELEINE.

« North-Shingles-Villa, Aldborough, Suffolk, 22 juillet.

« Ma chère enfant,

« Votre lettre m'a charmé, touché au dernier point. Vos excuses me sont allées droit au cœur, ainsi que votre confiance dans mes humbles talents. Je sens battre d'orgueil le pouls du vieux milicien, quand il songe à la confiance que vous mettez en lui, et je jure de la mériter. Que cet élan sincère ne vous surprenne point! Toutes les natures enthousiastes font explosion de temps à autre : — et quand je fais explosion, moi, c'est en paroles.

« Tout ce que vous souhaitiez me voir faire est accompli. La maison est louée, le nom est trouvé, et je suis en relations personnelles avec mistress Lecount. Après cet exposé général, je ne doute pas de vous intéresser en vous mettant au courant des détails qui l'expliquent.

« Le lendemain du jour où je vous quittai à Londres, je suivis M. Noël Vanstone jusqu'à ce curieux petit abri maritime. Une des innombrables emplettes de son père a été une maison d'Aldborough, — établissement de bains dont la prospérité s'annonçait, sans quoi Michel Vanstone ne lui eût pas consacré un denier. Dans la maison dont je parle, le misérable petit avare qui habitait, à Londres, un appartement gra-

iuit, se trouve maintenant logé aux mêmes conditions, sur la
côte du Suffolk. Il doit y séjourner durant la saison d'été et
celle d'automne; et vous n'avez qu'à venir me rejoindre avec
mistress Wragge, pour vous trouver établies dans cet élégant
chalet, à cinq portes de son domicile. J'ai obtenu toute la
maison pour trois guinées par semaine, avec le droit d'y rester
au même prix, si je veux, pendant tout l'automne. Dans un
établissement de bains plus fashionable, une résidence de cet
ordre, payée le double, eût encore été bon marché.

« Notre nouveau nom a été choisi conformément à vos
suggestions. Mes registres, — j'espère bien que vous n'avez
pas oublié mes registres, — renferment, sous la rubrique de
Peaux à revêtir, une liste d'individus disparus pour jamais de
cette vie éphémère, et dont je connais à fond les noms, appa-
rentages, fortunes, relations, etc. A d'autres époques de ma
vie, dans le délicat exercice de ma profession, j'ai déjà été
forcé de revêtir quelques-unes de ces « peaux. » D'autres sont
encore à l'état d'habits neufs, et il reste à les essayer. Celles
qui me semblent devoir nous aller le mieux habillaient origi-
nellement les membres d'une famille portant le nom de Bygrave. Je suis, à l'instant où je vous parle, dans la peau de
M. Bygrave; elle me va comme un gant. Si vous voulez me
faire le plaisir de vous glisser dans celle de miss Bygrave
(avec Susan pour nom de baptême) et si ensuite vous intro-
duisez mistress Wragge, — de quelque façon que ce soit, et
la tête la première, si cela vous convient, — sous le derme de
mistress Bygrave (nom de baptême, Julia), la transformation
sera complète. Laissez-moi vous informer que je suis votre
oncle du côté paternel. Mon digne frère était, il y a vingt ans,
établi à Belise, dans le Honduras, où il faisait le commerce de
l'acajou et du bois de Campêche. Il y est mort, et il est en-
terré au sud-ouest du cimetière de la localité, sous un joli
monument de bois indigène, sculpté par un artiste nègre,
véritable fils de ses œuvres. Dix-neuf mois après, sa femme
mourut d'apoplexie à Cheltenham où elle tenait une table
d'hôte. Elle passait pour la femme la plus corpulente d'Angleterre, et occupait le rez-de-chaussée de la maison, par suite

de la difficulté qu'elle éprouvait à monter ou descendre les
escaliers. Vous êtes son enfant unique ; vous m'avez été confiée
depuis le triste événement de Cheltenham ; vous aurez vingt
ans le 2 août prochain ; et, corpulence à part, vous êtes le
portrait vivant de votre mère. Je vous ennuie avec ces échan-
tillons de science intime en ce qui touche notre nouvelle
« peau de famille, » pour vous rassurer au sujet des inquisi-
tions futures. Fiez-vous à moi et à mes registres pour tenir
tête à toutes les recherches qu'on pourra faire. En attendant,
écrivez votre nouveau nom avec votre nouvelle adresse, et
voyons ce que vous en dites : — « Monsieur Bygrave, mistress
Bygrave, miss Bygrave ; North-Shingles-Villa, Aldborough. »
— Sur ma parole, cela fait très-bien !

« Les derniers détails dont j'aie à vous entretenir se rap-
portent à mes relations déjà établies avec mistress Lecount.

« Nous nous rencontrâmes, hier, chez l'unique épicier de
l'endroit. Les oreilles au guet, comme toujours, je constatai
que mistress Lecount désirait une sorte de thé, tout à fait
spéciale, que cet homme n'avait point, et qu'on ne pourrait
pas se procurer, — pensait-il, — à moins de l'aller chercher
jusqu'à Ipswich. Je vis jour, tout aussitôt, à un commencement de connaissance, moyennant les frais très-minimes d'un
petit voyage dans cette florissante cité : « J'ai justement affaire
à Ipswich aujourd'hui même, me hâtai-je de dire, et je me
propose de rentrer ce soir à Aldborough, si le temps ne me
fait pas défaut. Laissez-moi, je vous prie, me charger de votre
achat de thé ; — je le rapporterai avec mes bagages. » Mistress Lecount refusa poliment de me donner cette peine.
J'insistai non moins poliment pour vaincre ses scrupules.
Nous entrâmes en conversation. Je ne vous ennuierai pas des
propos échangés de part et d'autre. Tout ce que j'en ai gardé,
c'est que le côté faible de mistress Lecount, — si toutefois
elle en a un, — serait un goût pour la science, que son défunt
mari, le Professeur, paraît lui avoir légué. Il me semble que
j'entrevois là une chance de me frayer le chemin de ses
bonnes grâces, et de jeter utilement quelque peu de poudre
à ces beaux yeux noirs qu'elle a. D'après cette donnée, en

achetant à Ipswich le thé de la dame, j'ai aussi fait emplette, pour mon propre compte, de cette fameuse Encyclopédie de poche, les *Dialogues scientifiques de Joyce*. Possédant une prompte mémoire et une confiance illimitée en moi-même, je me propose de gonfler secrètement ma nouvelle « peau » avec tout le savoir d'emprunt que j'y pourrai faire entrer ; j'offrirai ensuite M. Bygrave à l'estime de mistress Lecount dans le rôle de l'homme le plus profondément instruit qu'elle ait rencontré depuis le trépas de l'illustre Professeur. La nécessité de fermer les yeux à cette femme est aussi évidente pour moi qu'elle peut l'être pour vous. Si cela peut se faire par le moyen dont je parle, vivez désormais en paix ; — Wragge, doublé de Joyce, est justement l'homme qu'il faut.

« Vous avez maintenant tout mon budget de nouvelles. Suis-je ou non digne de votre confiance en moi ? Je ne dis rien de l'ardeur avec laquelle j'attends les informations que vous me promettez sur vos projets, — cette ardeur devant être satisfaite quand nous nous retrouverons. Jamais encore, ma chère enfant, je n'avais désiré soumettre une créature humaine à une haute pression financière, aussi vivement que je le désire aujourd'hui, en ce qui concerne M. Noël Vanstone. Je n'en dis pas davantage : *Verbum sap*. Excusez la pédanterie de cette citation latine, et daignez me croire

« Absolument à vous,

« HORATIO WRAGGE. »

« *P. S.* — J'attends mes instructions, ainsi que vous me l'avez demandé. Dites-moi seulement si je dois retourner à Londres pour vous ramener ici, — ou si je dois vous attendre ici pour vous y recevoir. La maison est en bon ordre, — le temps est admirable, — la mer est unie comme le tablier de mistress Lecount. Elle vient de passer devant la fenêtre, et nous avons échangé un salut. Elle est bien fine, ma chère Madeleine ; mais Joyce et moi, réunis, nous pourrions bien nous trouver un peu trop forts pour elle. »

XIII.

(Extrait de l'*East-Suffolk-Argus.*)

« Aldborough. — Nous constatons avec plaisir que l'arrivée des baigneurs se montre plus précoce qu'à l'ordinaire, pour la présente saison, dans cet établissement si parfaitement sain, et d'un renom déjà si étendu. *Esto perpetua!* c'est le plus cher de nos vœux. »

« Liste des baigneurs. — Arrivés depuis notre dernier numéro : North-Shingles-Villa; — mistress Bygrave, miss Bygrave. »

SCENE QUATRIÈME.

——

ALDBOROUGH, SUFFOLK.

I.

Le spectacle le plus frappant que les côtes du Suffolk offrent à l'étranger est, sans contredit, l'extraordinaire liberté d'accès que trouvent, sur ce rivage sans défense, les envahissements de la mer. Pour Aldborough comme pour beaucoup d'autres localités voisines, les traditions locales ont été, la plupart, littéralement ensevelies sous les flots. L'emplacement de la vieille ville, port jadis prospère et bien peuplé, a été submergé presque en entier. L'océan Germanique a dévoré des rues, des marchés, des jetées, des promenades publiques; l'onde impitoyable, consommant son œuvre de dévastation, se refermait, il n'y a pas plus de quatre-vingts ans, sur ce cottage d'Aldborough, alors appartenant à un maître-saunier, et qui ne survit plus que dans nos souvenirs comme ayant vu naître le poëte Crabbe.

Reculant, année par année, devant le progrès des marées, les habitants se sont retirés, de nos jours, sur le dernier fragment de terre où il soit permis de bâtir avec sécurité, — une sorte de chaussée qu'enserrent d'un côté les marais, de l'autre la mer. Là, se fiant pour leur sûreté future à certaines collines de sable que la mer capricieuse semble avoir groupées afin de leur donner courage, — les gens d'Aldborough ont hardiment fondé leur étrange petit établissement thermal. Le premier fragment des possessions qu'ils disputent aux flots montants est une sorte de fossé naturel, garni de pilotis, et dominé par un chemin public qui court parallèlement à la mer. Au bord de ce chemin, en ligne inégale et brisée, se trouvent les résidences d'été qu'offre aux baigneurs l'Aldborough moderne : fantasques petites habitations, construites pour la plupart dans le jardin qui en dépend, et possédant çà et là, par manière de décors à l'usage de ces mêmes jardins, des proues de navires sculptées qui, parmi les fleurs, font office de statues. Envisagée du niveau inférieur où se dressent ces *villas,* la mer, par de certaines conditions atmosphériques, paraît plus élevée que la terre. Les bâtiments caboteurs qui la côtoient prennent des proportions gigantesques, et semblent se rapprocher assez des fenêtres pour donner quelques inquiétudes. Mêlés aux maisons de première classe, existent des bâtiments d'un autre âge et d'une autre forme. D'un côté, le petit hôtel de ville gothique de l'ancien Aldborough, — qui formait jadis le centre du port et de la ville submergés, — fait maintenant face aux villas modernes, sur l'extrême limite de la marge maritime. Dans une autre direction, une tour du guet construite en bois, — couronnée par la proue d'un vaisseau russe naufragé, — se dresse fort au-dessus des maisons voisines et, par sa croisée en sabord, laisse voir, assis à l'étage supérieur, un groupe d'hommes sérieux et vêtus de brun, attentifs à regarder la mer ; — ce sont les pilotes d'Aldborough, qui cherchent à voir, du haut de leur tour, si quelque navire n'a pas besoin d'assistance. Derrière la rangée des constructions si étrangement mêlées court un peu au hasard l'unique rue de la ville, avec ses *cottages* où résident maints hardis pilotes, ses entrepôts de constructions maritimes recouverts d'une moisissure épaisse, et ses magasins d'ordre composite. Vers son extrémité nord, cette rue est bornée par la seule éminence qui se puisse voir sur ces marécages plats, — une colline basse et chargée d'arbres, où l'église est bâtie. A l'extrémité opposée de la même rue se trouve une tour en ruines et, par delà, le triste faubourg de Slaughden, entre la rivière Alde et la mer. Tels sont les principaux aspects de ce singulier petit avant-poste, jeté pour ainsi dire au delà de la côte anglaise, et tel qu'on peut le voir à l'époque présente.

Par une soirée de juillet, chaude et nuageuse, le surlendemain du jour où il avait écrit à Madeleine, le capitaine Wragge sortit de North-Shingles-Villa pour aller au-devant du coche qui faisait alors le service entre Aldborough et le chemin de fer des comtés de l'Est. Il arriva devant la principale auberge au moment où le coche y débarquait ses passagers, et put offrir la main à Madeleine et à mistress Wragge, quand ces dames quittèrent la voiture.

L'accueil fait à sa femme par le digne capitaine ne lui fit pas perdre une seule minute en formalités inutiles. Il jeta un regard méfiant sur ses souliers et, se dressant lui-même sur la pointe des pieds, remit à sa place, par un mouvement assez brusque, le chapeau qu'elle avait placé un peu de travers; — puis avec un : « Taisez-vous! » articulé à demi-voix, mais sur un ton fort impérieux, il la planta là provisoirement. Sa bienvenue à Madeleine, qui débutait, comme à l'ordinaire, par un déluge de mots, s'interrompit tout à coup au milieu de la première phrase. Le capitaine Wragge y voyait clair, et il nota du premier coup d'œil, dans la physionomie et l'attitude de son ex-élève, les symptômes d'un changement essentiel.

Il régnait sur le visage de Madeleine, si ce n'est quand elle prenait la parole, un calme forcé qui lui donnait la froide immobilité du marbre. Sa voix était plus douce et plus égale, ses yeux moins mobiles, sa démarche plus lente que jadis. Quand elle souriait, son sourire naissait et mourait brusquement, laissant voir à un des coins de sa bouche une légère contraction nerveuse qu'on n'y aurait jamais remarquée autrefois. Elle était avec mistress Wragge d'une patience parfaite; elle traitait le capitaine avec une courtoisie et des égards tout nouveaux pour lui, — mais elle ne s'intéressait à rien. Les curieux petits magasins des ruelles qu'elle traversait, la mer qu'elle eût pu croire suspendue au-dessus de sa tête, l'antique hôtel de ville au bord des grèves, les pilotes, les pêcheurs, les navires qui passaient la voile au

vent : elle jetait à tout cela des regards aussi indifférent.
que si Aldborough lui eût été connu dès sa première enfances
Et même, lorsque le capitaine l'ayant fait entrer à North-
Shingles par la porte du jardin, lui eut triomphalement présenté leur nouvelle habitation, c'est à peine si elle daigna y
jeter un coup d'œil. La première question qu'elle lui adressa
se rapportait, non pas à la maison où elle allait vivre, mais
à celle qu'habitait Noël Vanstone.

« Loge-t-*il* près d'ici ? » demanda-t-elle avec l'unique symptôme d'émotion qui lui eût encore échappé.

Le capitaine Wragge la regarda et secoua la tête d'un air
mécontent : « Le diable emporte notre *gentleman* de l'arrière-
plan ! pensait-il ;... elle n'est pas encore consolée de sa perte. »

« Puis-je maintenant parler ? » demanda derrière lui une
voix douce dont les respectueux accents dominaient d'environ dix pouces le chapeau de paille du capitaine.

Il tourna sur ses talons et fit face à son épouse. L'ébahissement plus qu'ordinaire qu'on lisait sur le visage de celle-ci
fit aussitôt deviner à son pénétrant mari que Madeleine n'a-
vait pas réussi à faire ce qu'il lui prescrivait par sa lettre, et
que mistress Wragge venait de débarquer dans Aldborough
sans être au courant, comme il l'eût fallu, de la métamorphose complète que devaient subir son nom et sa personna-
lité. Il n'y avait pas à plaisanter avec le doute qui s'élevait
ainsi chez lui ; et le capitaine Wragge procéda, sans une minute de retard, à l'interrogatoire indispensable.

« Tenez-vous droite et faites attention ! commença-t-il.
J'ai une question à vous adresser. Savez-vous dans la peau de
qui vous êtes en ce moment ? Savez-vous que vous êtes morte
et enterrée à Londres ? et que, des cendres de mistress
Wragge, vous vous êtes envolée comme un phénix ?... Non !...
Bien évidemment, vous ne le savez pas !... Voilà qui est parfaitement désagréable... Comment vous appelez-vous ?

— Mathilda, répondit mistress Wragge, dont la stupéfaction paraissait à son comble.

— Pas le moins du monde ! s'écria le capitaine avec violence... Comment osez-vous prétendre que Mathilda est votre

nom? Vous vous appelez Julia... Et moi, qui suis-je?... — Tenez droit ce panier de *sandwiches*, ou je le jette dans la mer! — Qui suis-je?

— Je ne sais pas, dit mistress Wragge, se réfugiant, cette fois, avec son humilité ordinaire, du côté négatif de la question.

— Asseyez-vous! dit son mari, lui montrant du doigt la petite muraille basse qui ceignait le jardin de North-Shingles-Villa... Plus à droite!... encore!... c'est cela!... Vous ne le savez pas? répéta le capitaine, se plaçant droit devant sa femme, dans une attitude sévère, aussitôt qu'il fut parvenu, en la faisant asseoir, à mettre leurs visages de niveau... Ne me répétez pas deux fois une pareille sottise!... Une femme qui doit travailler ma barbe, demain matin, ne saurait ignorer qui je suis... Regardez-moi bien! tête à gauche!... encore!... c'est cela!... Qui je suis? Je suis monsieur Bygrave (nom de baptême, Thomas). — Qui vous êtes? Vous êtes mistress Bygrave (nom de baptême, Julia...). — Qui est cette jeune personne avec laquelle vous êtes venue de Londres? Cette jeune personne est miss Bygrave (nom de baptême, Susan). Je suis son oncle Tom, un garçon d'esprit; et vous êtes sa tante Julia, une pauvre cervelle garnie de blancs d'œufs... Répétez-moi tout cela immédiatement comme le catéchisme!... Vous vous appelez?...

— Prenez pitié de ma pauvre tête! s'écria mistress Wragge suppliante... Oh! veuillez épargner ma pauvre tête, jusqu'à ce que le bruit de la voiture en soit sorti!

— Ne la tourmentez pas, dit Madeleine, qui les rejoignait en ce moment. Elle apprendra tout cela peu à peu... Entrons, je vous prie! »

Le capitaine Wragge secoua une fois encore sa tête prudente : « Nous commençons mal, dit-il avec moins de politesse qu'à l'ordinaire... La stupidité de ma femme nous barre déjà le chemin. »

Ils visitèrent alors la maison. Madeleine se montra parfaitement satisfaite de tous les arrangements pris par le capitaine : elle accepta la chambre qu'il lui avait destinée, approuva le choix de la domestique qu'il avait retenue, descendit pour le thé au premier appel, — mais ne laissa voir encore aucune espèce d'intérêt pour les nouveaux objets dont elle était entourée. Peu après qu'on eut desservi, bien qu'il fît encore jour, mistress Wragge parut céder à l'engourdissement qui, chez elle, succédait presque toujours à la moindre fatigue. Son mari lui ordonna aussitôt de se retirer (en ayant soin de ne pas traîner ses pantoufles sur le parquet), et de s'aller mettre au lit (sans oublier qu'elle était mistress Bygrave). Dès qu'ils furent restés seuls, le capitaine regarda fixement Madeleine et attendit ce qu'on avait à lui dire. Madeleine, cependant, n'ouvrait pas la bouche. Il risqua, pour commencer l'entretien, quelques questions de politesse sur l'état de sa santé : « Vous semblez fatiguée, fit-il remarquer du ton le plus insinuant. Je crains bien que ce voyage n'ait été un peu trop long pour vous.

— Non, répondit-elle, regardant par la fenêtre avec une indifférence profonde... Je ne suis pas plus fatiguée que d'ordinaire. Maintenant, je suis toujours lasse ; — lasse en me mettant au lit, lasse au moment où j'en sors. Si vous tenez à savoir dès aujourd'hui ce que j'ai à vous dire, — me voici toute disposée à m'expliquer avec vous... Ne pourrions-nous sortir, seulement ?... Il fait, ici, bien chaud, et le monotone bruissement de ces voix d'hommes est réellement insupportable. » Elle montrait par la fenêtre un groupe de bateliers oisifs, qui flânaient, adossés au mur du jardin, comme des marins seuls peuvent flâner. « N'y a-t-il donc pas, dans ce misérable endroit, quelque promenade retirée et tranquille ? demanda-t-elle avec impatience. Ne pourrions-nous respirer un peu au frais, et nous soustraire à tout voisinage importun ?

— A demi-heure d'ici, répondit le capitaine toujours complaisant, nous trouverions un véritable désert.

— A merveille... Sortons, alors ! »

Avec un soupir de lassitude, elle prit sur la table, où elle les avait déposés en entrant, son chapeau de paille et sa légère écharpe de mousseline ; puis, d'un pas indolent, elle descendit la première dans le jardin. Le capitaine Wragge la suivit jusqu'à la grille, — puis s'arrêta tout à coup, frappé d'une idée nouvelle.

« Pardon ! murmurait-il sur un ton confidentiel... Ma femme ignorant pour le moment qui elle est, nous ferions peut-être mieux de ne point la laisser au logis, seule avec une domestique nouvelle. Je vais, sans faire tapage, la mettre sous clef, pour le cas où elle s'éveillerait avant que nous soyons de retour. Deux précautions valent mieux qu'une ; — vous connaissez le proverbe ? — Je vous rejoins à la minute. »

Il rentra précipitamment dans la maison, et Madeleine, pour attendre son retour, s'assit sur la muraille basse dont nous avons parlé. A peine s'était-elle installée, que deux *gentlemen*, se promenant de compagnie, et qu'elle n'avait pas vus approcher le long du chemin public, vinrent à passer près d'elle.

Le costume de l'un des deux étrangers le lui désigna clairement comme ecclésiastique. Il était moins facile de discerner à première vue ce que pouvait être son compagnon. Cependant un observateur expert eût probablement reconnu un marin, à sa physionomie, ses gestes et sa démarche. C'était un homme à la fleur de l'âge, grand, mince et vigoureux, le teint fortement hâlé par le soleil, les cheveux noirs commençant à grisonner. Ses yeux, au regard profond et ferme, étaient ceux d'un homme qui joint à une volonté de fer l'habitude du commandement. Il était, des deux, le plus rapproché de Madeleine au moment où son ami et lui passèrent devant elle ; et il la regarda, soudainement frappé de sa beauté, avec une franche et cordiale admiration, trop évidemment spontanée et sincère pour qu'on pût à bon droit s'en formaliser ; — cependant telles étaient, en cet instant, les dispositions de Madeleine, qu'elle vit dans ce regard une sorte d'insolence. Les yeux hardis de ce passant lui avaient fait subir une espèce de choc électrique ; elle l'en punit par une moue d'impatience, et tourna brusquement la tête du côté de la maison.

L'instant d'après elle voulut s'assurer, par un regard

rapide, si cet homme avait passé outre. Il était effectivement
à quelques pas; — mais il venait de s'arrêter, et se disposait
évidemment à la regarder encore. Son compagnon, l'ecclésiastique, ayant remarqué la contrariété peinte sur les traits
de Madeleine, le prit familièrement par le bras, et, — moitié
pour rire, moitié pour tout de bon, — le contraignit à reprendre sa marche. Les deux promeneurs disparurent au
tournant de la maison voisine. Par deux fois, cependant, le
marin au front hâlé avait encore arrêté son compagnon et,
par deux fois, regardé en arrière.

« Une connaissance? demanda le capitaine Wragge, en ce
moment de retour auprès de Madeleine.

— Non, certainement, répondit-elle. Ce monsieur m'est
tout à fait inconnu. Il m'a regardée avec une suprême im-
pertinence. Savez-vous s'il est d'ici?

— Je ne serai pas longtemps à m'en assurer, » dit le capitaine, toujours docile; et il alla se mêler au groupe des bateliers, les questionnant de droite et de gauche avec l'aisance
familière qui le distinguait. Il revint au bout de quelques minutes, avec tout un budget de renseignements. L'ecclésiastique était bien connu pour être le recteur d'une paroisse
située à quelques milles dans l'intérieur des terres. L'Homme
brun qui l'accompagnait était le frère de sa femme, préposé
au commandement d'un navire de commerce. On le supposait
en visite auprès de ses parents, mais pour un laps de temps
très-court, attendu qu'il se préparait à se rembarquer prochainement. L'ecclésiastique se nommait Strickland, et le capitaine de commerce s'appelait Kirke; — les bateliers n'en savaient pas plus long sur l'un et l'autre de ces deux personnages.

« Peu importe ce qu'ils sont, dit Madeleine avec insouciance. Le sans-gêne de cet homme m'a contrariée dans le
moment, et c'est tout. Ne pensons plus à lui! J'ai à me préoccuper d'autre chose, — et vous aussi... Où est cette promenade solitaire dont vous parliez tout à l'heure? Par où pre-
nons-nous? »

Le capitaine désigna la direction du sud, du côté de
Slaughden, et offrit son bras.

Madeleine, avant de le prendre, hésita. Ses yeux se portèrent, comme pour l'interroger, du côté de la maison habitée par Noël Vanstone. Cet intéressant personnage était dans le jardin, arpentant en long et en large la petite pelouse, dressant haut la tête, et sous l'escorte paisible de mistress Lecount, qui portait comme d'habitude l'éventail vert de son maître. A cette vue, Madeleine accepta immédiatement le bras droit du capitaine Wragge, ce qui la plaçait entre lui et le jardin devant lequel ils allaient passer.

« Nos voisins nous regardent; et c'est bien le moins que votre nièce vous donne le bras, dit-elle avec un rire amer..... Allons donc! passons notre chemin!...

— Ils regardent effectivement par ici, dit le capitaine entre ses dents... Dois-je vous présenter à mistress Lecount?

— Pas ce soir, répondit-elle; attendez de savoir ce que j'ai à vous dire. »

Ils passèrent devant le jardin. Le capitaine Wragge ôta son chapeau, par un geste élégant et vif, ce qui lui valut une gracieuse révérence de mistress Lecount. Madeleine vit fort bien que la femme de charge examinait son visage, sa taille et sa toilette, avec cet intérêt contraint, cette curiosité méfiante qu'apportent les femmes dans leurs observations réciproques. Quand elle eut dépassé la maison, la voix aiguë de M. Noël Vanstone, traversant le silence de la soirée, parvint jusqu'à Madeleine. «C'est une belle personne, Lecount, disait-il... Vous savez si je m'y connais; c'est une belle personne! »

Au moment où ces paroles furent prononcées, le capitaine Wragge, tout surpris, leva les yeux sur sa compagne. Il sentait trembler violemment sur son bras la main qu'elle y avait posée, et les lèvres de la jeune fille, fortement comprimées, attestaient énergiquement l'angoisse muette à laquelle elle était en proie.

Lentement et en silence, ils marchèrent ainsi tous deux jusqu'à la limite méridionale des constructions; ils pénétrèrent alors dans un petit désert d'ajoncs et d'herbes flétries, — l'extrémité désolée d'Aldborough, et le solitaire endroit où Slaughden commence.

22.

C'était une soirée monotone et sans air. La mer se taisait à l'Est, majestueuse et grisâtre, dans un repos absolu. La ligne de l'horizon se noyait, invisible, dans les profondeurs brumeuses du ciel; — les nefs oisives, immobiles sur l'onde paresseuse, prenaient je ne sais. quels airs de fantômes; — au Sud la haute muraille bordant la tranchée maritime, et la massive tour ronde perchée sur le monticule herbu, opposaient aux regards une barrière sombre et lui fermaient toute perspective. A l'Ouest, une traînée rouge du soleil couchant faisait resplendir l'extrême limite des cieux, — noircissait la silhouette des arbres qui frangeaient les marges lointaines du grand marécage intérieur, — et changeait ses petites flaques d'eau brillantes en flaques de sang. Dans un rayon moins étendu, la rivière Alde, entraînée par la marée descendante, baissait sans bruit entre ses rives fangeuses; et plus près encore, à l'écart sur la côte stérile, gisait le pauvre petit port de Slaughden, délaissé peu à peu, avec ses embarcadères déserts, ses entrepôts de bois en délabre, et les quelques bateaux caboteurs qui venaient s'ancrer encore, par tradition, dans le limon de cette embouchure vaseuse. On n'entendait pas les vagues frapper la côte sonore; le courant paresseux n'envoyait aucun bruit d'eau bouillonnante. Çà et là, de la région des marais, s'élevait une clameur d'oiseau marin; et, par intervalles, des fermes éparses à l'intérieur des terres, le faible écho des trompes qui rappelaient les troupeaux à l'étable traversait mélancoliquement le crépuscule silencieux.

Madeleine retira sa main passée sous le bras du capitaine, et se dirigea la première vers le monticule où se dressait la tour ronde. « Je suis lasse de marcher, disait-elle; arrêtons-nous ici pour nous reposer! »

Elle s'assit sur la pente et, s'appuyant sur le coude, elle arracha machinalement autour d'elle, pour les disperser ensuite dans l'air, les brins d'herbe qui se rencontraient sous sa main. Après quelques minutes données à cette muette occupation, elle se retourna tout à coup vers le capitaine Wragge : « Je vous étonne, n'est-ce pas? lui dit-elle avec une brusquerie qui le fit tressaillir,..... Vous me trouvez changée? »

Le tact subtil du capitaine l'avertit que le moment était venu de lui parler en toute franchise, et de garder ses fleurs de rhétorique pour une meilleure occasion.

« Puisque vous me posez la question, dit-il, je dois y répondre. Il est vrai que je vous trouve changée. »

Elle arracha une autre touffe de gazon : « Je suppose, dit-elle, que vous pouvez deviner pourquoi? »

Le capitaine garda sagement le silence. Il ne répondit que par une espèce de salut.

« J'ai perdu tout souci de moi-même, continua-t-elle, arrachant l'herbe à plus fréquentes poignées... Peut-être, en disant ceci, n'exprimé-je qu'à moitié ma pensée; mais peut-être aussi me comprendrez-vous à demi-mot. Il est telles actions auxquelles jadis j'aurais préféré la mort, — et dont la pensée seule m'eût glacée jusqu'à la moelle des os. Il m'importe peu, maintenant, d'y être amenée ou non. Je ne suis rien à mes propres yeux. Je ne m'intéresse pas plus que ne m'intéressent ces herbes jetées au vent. J'ai sans doute perdu quelque chose, et ce quelque chose, comment l'appeler?... Cœur? Conscience? Je ne sais. Et vous?... Quelles absurdités vous dis-je là ? ce que j'ai perdu, qui donc s'en soucie? C'est parti, et voilà tout... Ce qu'on voit de moi est probablement ce que j'avais de mieux, — et ceci me reste, après tout... J'étais jolie, je le suis encore, n'est-il pas vrai?... Eh! là! là! ne cherchez pas de réponse; ne vous fatiguez pas en compliments!... Pour aujourd'hui, j'ai assez d'admiration comme cela... Ce marin, d'abord, puis M. Noël Vanstone, — il y a là de quoi suffire à la vanité d'une femme... Une femme, ai-je le droit de m'appeler ainsi? j'en doute : c'est bien de la présomption à une jeune fille qui n'a pas vingt ans... Ah! grand Dieu! il me semble que j'en ai quarante! » Elle jeta au vent les derniers fragments de gazon et, tournant le dos au capitaine, laissa s'incliner sa tête jusqu'à toucher de sa joue la terre dénudée par elle. « Elle est molle, douce, et me fait accueil, disait-elle, s'y appuyant avec un mouvement de tendresse désespérée, dont la vue avait quelque chose d'horrible... Elle ne me repousse pas... Cette terre féconde est une mère... Hélas, il ne m'en reste pas d'autre! »

Le capitaine Wragge la regardait dans un silencieux étonnement. Tout ce qu'il possédait, lui, en fait d'expérience, ne le mettait pas en état de jeter la sonde dans ces terribles profondeurs, dans cet abîme de désespérance et d'abandon de soi-même, révélé par le téméraire langage de la jeune insensée, — langage qui présageait des actions plus téméraires encore. « Diablement bizarre!... se disait-il, quelque peu embarrassé de lui-même... La perte de son amoureux lui aurait-elle brouillé la cervelle? » Il réfléchit une minute encore, avant de lui adresser la parole : « Remettons tout ceci à demain, suggéra-t-il ensuite, d'un ton amical... Vous êtes, ce soir, un peu fatiguée. Rien ne nous presse, mon enfant, rien ne nous presse. »

Mais aussitôt elle releva la tête et tourna vers lui un visage où se peignait la même résolution irritée, où se lisait le même défi désespéré qu'il l'avait vue se porter en cette mémorable journée d'York, lorsque, pour la première fois, elle avait joué devant lui. « Je suis venue ici, dit-elle, pour vous expliquer ce que j'ai dans l'âme, et je prétends que vous le sachiez. »

Elle se redressa sur son séant et, de ses mains embrassant ses genoux, se mit à contempler fixement, droit devant elle, le paysage qui peu à peu s'obscurcissait. Elle attendit, dans cette singulière attitude, que son agitation fût un peu calmée; puis, sans tourner la tête pour regarder le capitaine, elle lui adressa la parole en ces termes :

« Quand nous nous sommes, vous et moi, rencontrés pour la première fois, j'ai fait de mon mieux pour vous déguiser mes secrètes pensées. Je suis maintenant très-convaincue que j'avais tort. Néanmoins, en vous disant, à York, que Michel Vanstone nous avait ruinées, je crois vous avoir donné à penser que moi, du moins, je n'acceptais pas ce résultat inique. Que vous l'ayez ou non deviné, voilà ce qui est. J'ai quitté mes amis, en vertu de cette résolution déjà bien arrêtée en mon esprit, et je la sens chez moi, maintenant, plus forte, dix fois plus forte que jamais.

— Dix fois plus forte que jamais, répéta le capitaine. C'est bien cela!... Voilà où mène la fermeté de caractère.

— Non. Voilà où mène de n'avoir qu'une pensée au monde... Je n'en étais pas là, jusqu'à cette maladie dont vous m'avez vue atteinte à Vauxhall-Walk. Maintenant, je n'ai plus que cette pensée. Ne l'oubliez pas, si, dans l'avenir, vous me voyez sans cesse faire vibrer la même corde. Mais d'abord, une question : Aviez-vous deviné le projet conçu par moi, quand un beau matin vous me montrâtes le journal où j'appris la mort de Michel Vanstone?

— En gros, répondit le capitaine Wragge. Je conjecturais, sans entrer dans le détail, que vous vouliez glisser votre main dans sa bourse et en retirer (très-légitimement, d'ailleurs) ce qui était à vous. Je me sentis froissé jadis de ne pas être appelé à vous aider... Pourquoi, vis-à-vis de moi, tant de réserve? — me demandais-je, — et quelles sont ces cachotteries si peu raisonnables?

— Vous n'aurez pas désormais à vous plaindre de ma réserve, poursuivit Madeleine. Je vous dirai, d'ailleurs, très-franchement que, si les événements n'avaient pas tourné comme ils firent, j'aurais eu recours à votre assistance. Si Michel Vanstone n'était pas mort, je serais allée à Brighton, et, sous un nom supposé, j'aurais trouvé moyen de me lier avec lui. Je m'étais procuré assez d'argent pour y tenir, pendant plusieurs mois, un rang convenable. J'aurais consacré ce temps, et toute une année s'il l'eût fallu, à ruiner l'influence qu'avait sur lui mistress Lecount, — et j'aurais fini par m'emparer, à mon tour, de cette influence, dans les conditions voulues pour la réalisation de mes projets. J'avais pour moi l'avantage de la jeunesse, l'avantage de la nouveauté, l'avantage du désespoir poussé à bout. Croyez-le bien, j'aurais infailliblement réussi. Avant la fin de l'année, — que dis-je? avant l'expiration des premiers six mois, — vous eussiez vu mistress Lecount renvoyée par son maître, et vous m'eussiez vue accueillie dans la maison, à sa place,

comme la fille adoptive de Michel Vanstone, comme la fidèle
amie à qui sa vieillesse aurait dû d'échapper aux piéges
tendus par une aventurière. Maintes jeunes filles de mon âge
ont organisé des plans, en apparence aussi peu réalisables
que le mien, et sont parvenues à les faire aboutir. J'avais
mes histoires toutes prêtes, mes combinaisons toutes mû-
ries; je savais par quel côté faible je pouvais à ma guise
attaquer ce vieillard, comme mistress Lecount l'avait attaqué, à la sienne, avec un succès si complet; — je vous le
dis encore une fois, j'aurais infailliblement réussi.

— Je le crois comme vous, dit le capitaine. Et après?

— Après?... M. Michel Vanstone aurait changé d'homme
d'affaires. Vous eussiez remplacé celui dont il se serait
séparé; puis ces belles spéculations où il aimait tant à se
plonger lui auraient coûté la fortune dont il nous a dépouillées, ma sœur et moi. Jusqu'au dernier denier, capitaine
Wragge, — aussi vrai que vous êtes ici, le dernier denier y
eût passé!... Complot audacieux, fraude révoltante, n'est-il
pas vrai? — Eh bien, peu m'importe! Tout complot, toute
fraude, sont justifiés dans ma conscience par cette misérable loi qui nous a laissées sans ressources... Vous parliez,
tout à l'heure, de ma réserve? Vous semble-t-il avoir encore
à vous en plaindre? Les révélations de la onzième heure
vous semblent-elles assez complètes? »

Le capitaine posa solennellement la main sur son cœur,
et de nouveau lâcha les écluses au débordement de son langage le plus fleuri.

« Vous me remplissez, disait-il, d'un inexprimable regret. Si ce vieillard eût vécu, quelle riche moisson à tirer
de lui! Quelles énormes opérations d'agriculture morale il
m'eût été donné de pratiquer à son égard! *Ars longa*, continuait le capitaine Wragge, qu'un entraînement pathétique
ramenait à son latin, — *Ars longa, vita brevis!*... Accordons
une larme aux occasions perdues dans le passé, et voyons
quelle consolation le présent nous pourrait offrir!... Une
déduction s'offre bien claire à mon esprit : l'épreuve que
vous vouliez tenter sur Michel Vanstone ne saurait, ma chère

enfant, vous servir à l'égard de son fils. Ce fils est inaccessible à toutes les formes consacrées de la tentation pécuniaire. Vous pouvez vous en rapporter à ma solennelle assurance, — continua le capitaine qui se rappelait, indigné, la réponse faite à son annonce du *Times*, — quand je vous dirai que M. Noël Vanstone est, bien positivement, l'être le plus vil de la création.

— J'aime autant m'en rapporter là-dessus à ma propre expérience, répliqua Madeleine. Je l'ai vu, je lui ai parlé, — je le connais mieux que vous ne le connaissez vous-même. Encore une révélation, capitaine Wragge, dont vos oreilles me garderont le secret !... Je vous ai renvoyé certains objets de travestissement, après qu'ils eurent servi au dessein pour lequel je les avais emportés à Londres. Ce dessein était, pénétrant déguisée jusqu'à Noël Vanstone, d'apprécier par moi-même mistress Lecount et son maître. J'y suis parvenue et, je vous le répète, les deux personnes auxquelles nous avons maintenant affaire me sont mieux connues qu'à vous. »

Le capitaine Wragge exprima son profond étonnement, et posa toutes les questions qui s'offrent naturellement à un esprit naïf, quand on vient de le prendre à court.

« Fort bien, reprit-il, lorsque Madeleine y eut bravement satisfait; et quel fut le résultat auquel votre esprit s'est arrêté? Car il y eut un résultat, sans quoi nous ne serions pas ici... Vous savez où vous allez?... Il est impossible, chère enfant, que vous ne le sachiez pas.

— Je le sais, répondit-elle vivement. Je sais où je vais.»

Le capitaine se rapprocha quelque peu d'elle, et tous les traits de son visage bohème exprimait une ardente curiosité:

« Continuez ! dit-il, parlant bas et vite; je vous en prie, continuez ! »

Mais, pensive, elle plongeait ses regards dans l'obscurité toujours croissante, sans répondre et sans même paraître l'avoir entendu. Ses lèvres restaient closes, et ses mains entrelacées pressaient machinalement ses genoux d'une étreinte plus forte.

« Il ne faut pas se le dissimuler, reprit le capitaine Wragge;

la provoquant adroitement à lui en dire plus long... Le fils
est plus difficile à manœuvrer que n'était le père...

— Non pas comme je l'entends, interrompit-elle tout à coup.

— En vérité? dit le capitaine. En ce cas, le proverbe a
raison : *Bref chemin à longues pensées !*... Vous y aurez longtemps réfléchi, je suppose, et vous avez fini par trouver le
plus court chemin.

— Je ne me suis pas donné tant de peine : je l'ai trouvé
sans y réfléchir le moins du monde.

— Malepeste ! s'écria le capitaine Wragge, de plus en plus
perplexe... Récapitulons un peu, chère enfant, et voyons si
je comprends bien la situation présente. Autant que je puis
comprendre, nous avons d'un côté M. Noël Vanstone, possédant, comme son père, votre fortune et celle de votre sœur,...
comme son père, bien résolu à ne les point lâcher?

— C'est cela.

— Et de l'autre, vous voici, — parfaitement incapable de
les recouvrer par la persuasion, ne pouvant non plus les obtenir par les voies légales, — mais tout aussi résolue que vous
l'étiez vis-à-vis de son père à reprendre votre bien par stratagème, et malgré qu'il en ait?

— Tout aussi résolue : non pour la fortune, prenez-y bien
garde, mais pour que justice soit faite.

— Je l'entends bien ainsi. Et les moyens d'en venir là, difficiles vis-à-vis du père (lequel n'était pas un avare), sont
faciles vis-à-vis du fils, qui en est un de la pire espèce?

— Très-faciles.

— Eh bien, donc! pour la première fois de ma vie, je me
proclame un *âne*, s'écria le capitaine à bout de patience...
Qu'on me pende à l'instant, si je sais ce que vous prétendez
faire !»

Elle se retourna vers lui pour la première fois, — et, le
regardant fixement, obstinément, au visage :

« Je vais vous dire ce que je prétends, reprit-elle. Je prétends devenir sa femme. »

Le capitaine Wragge bondit hors de sa place et se trouva
tout à coup à genoux, pétrifié par la surprise.

« N'oubliez pas ce que je viens de vous dire, continua Madeleine détournant de nouveau les yeux; j'ai perdu tout souci de moi-même. Un seul but me reste ici-bas; et plus tôt je l'aurai atteint, — pour être libre de mourir ensuite, — mieux cela vaudra, bien certainement. Si... » Elle suspendit ici la phrase commencée, modifia quelque peu son attitude, et montrant d'une main, au-dessous d'elle, le courant qui s'écoulait rapide et perçait çà et là de quelques lueurs indécises l'obscurité crépusculaire, plus épaisse de minute en minute : — « Si j'étais ce que je fus naguère, je me serais vingt fois précipitée dans cette eau plutôt que de faire ce que je projette aujourd'hui. Comme vont les choses, j'ai dit adieu à tout scrupule ; je ne fatigue plus ma pensée de vaines combinaisons. Le plus court chemin est devant moi, et s'il est fangeux, peu m'importe !... Je prends ce chemin, capitaine Wragge, — et j'épouse cet homme !

— En lui laissant complétement ignorer qui vous êtes ? dit le capitaine, qui se leva lentement et s'arrangea pour la regarder au visage... Vous l'épousez comme ma nièce, sous le nom de miss Bygrave !

— Comme votre nièce, sous le nom de miss Bygrave !

— Et... après le mariage?... »

La voix lui manquait, et il laissa la question inachevée.

« Après le mariage, dit-elle, je n'aurai plus besoin de votre assistance. »

Le capitaine se pencha au moment où elle lui répondait ainsi, — la regarda de fort près, — et recula tout à coup sans prononcer une parole. Puis il s'écarta de quelques pas, et se rassit sur l'herbe d'un air inquiet. Si Madeleine, aux clartés du jour mourant, avait pu voir la figure de son associé, nul doute que cette figure ne l'eût étonnée. Pour la première fois, probablement, depuis son enfance, le capitaine Wragge avait changé de couleur. Il était d'une pâleur mortelle.

« N'avez-vous rien de plus à me dire? lui demanda la jeune fille. Peut-être désirez-vous savoir quelles conditions j'ai à vous offrir? Les voici. Je paie ici toutes nos dépenses, et en nous séparant, le jour du mariage, vous emporterez, comme cadeau d'adieu, une somme de deux cents livres sterling. Votre aide, à ce prix, m'est-elle acquise?

— Mais enfin, qu'aurai-je à faire? demanda-t-il, lui jetant un regard furtif et laissant percer dans son accent une méfiance soudaine.

— Vous aurez à garder votre rôle et le mien, répondit-elle; vous aurez à me mettre à l'abri des moyens que mistress Lecount emploiera sans doute pour découvrir qui je suis... Je ne vous en demande pas davantage... Le reste me regarde, et vous n'en êtes pas responsable.

— Je n'aurai donc à me mêler en rien de ce qui pourra survenir, à n'importe quelle époque, à n'importe quel endroit, une fois le mariage conclu?

— Comme vous dites... Absolument en rien.

— Je pourrai, si je veux, vous quitter en sortant de l'église?

— En sortant de l'église,... et votre salaire en poche.

— Pris sur l'argent qui vous appartient?

— Bien certainement... Sur quel autre pourrais-je le prendre? »

Le capitaine Wragge ôta son chapeau et, apparemment fort soulagé, promena son mouchoir sur son front à plusieurs reprises.

« Accordez-moi une minute de réflexion, dit-il.

— Autant de minutes que vous voudrez, » répondit-elle, reprenant sa première attitude sur la pente gazonnée, et arrachant çà et là des touffes d'herbe pour les jeter au vent, comme naguère.

Les réflexions du capitaine n'étaient point embarrassées par d'inutiles divergences entre les calculs que sa position lui inspirait et ceux qu'il eût pu faire pour le compte de Madeleine. Absolument incapable d'apprécier l'atteinte morale que Frank lui avait portée par son infâme trahison, — coup terrible qui l'avait brusquement séparée de cet espoir chimérique auquel, tout vain qu'il fût, elle aurait toujours pu se rattacher comme à un rameau sauveur, — le capitaine Wragge prenait simplement comme un fait acquis le désespoir où il

la voyait, et il envisageait non moins simplement les conséquences de la proposition qu'elle venait de lui faire.

Dans ce qui devait se passer avant le mariage il ne voyait
rien de plus sérieux que l'exécution d'une fraude, ne dif-
férant guère que par son objet de celles que les hasards de
sa vie bohémienne l'avaient depuis longtemps habitué à pratiquer. Dans ce qui devait se passer ensuite, il discernait
vaguement, parmi les menaçantes ténèbres de l'avenir, les
fantômes de la Terreur et du Crime, les gouffres de la Ruine
et de la Mort. Rempli d'audace et d'initiative dans le cercle
de ses ignobles calculs, le capitaine était, au delà de ces
limites, plein de déférence et de soumission pour la majestueuse autorité des lois, et soigneux de sa sécurité personnelle à un degré véritablement peu ordinaire. Mais maintenant un sérieux problème le préoccupait. Pourrait-il, aux
conditions offertes, entrer dans le complot formé contre Noël
Vanstone jusqu'à la réalisation du mariage, — et s'en retirer
ensuite, évitant ainsi de s'engager dans les conséquences que
sa vieille expérience lui faisait entrevoir comme les résultats à peu près certains de cette union fatale?

Si étrange que cela puisse paraître, sa décision, en ce
moment critique, fut surtout influencée par M. Noël Vanstone
en personne. Le capitaine aurait peut-être tenu bon devant
la récompense pécuniaire que Madeleine faisait luire à ses
yeux, — car les bénéfices du Divertissement dramatique
avaient mis dans sa bourse une somme trois fois plus considérable que celle qui lui était offerte. Mais la perspective de
porter obscurément un coup terrible à l'homme assez mal
avisé pour n'assigner qu'une valeur de cinq livres à ses renseignements et à son concours lui fit oublier tous les conseils
de la prudence, et perdre l'empire qu'il exerçait ordinaire-
ment sur lui-même. Il est une espèce de terrain neutre où
les meilleurs et les pires des hommes se rencontrent à conditions à peu près égales; c'est celui de l'amour-propre et de
l'importance que chacun s'accorde. En voyant répondre ainsi
à ses avances par voie d'annonces, le capitaine Wragge, sincèrement indigné, n'avait pas songé — une minute — à dé-

gager par une analyse rétrospective les éléments constitutifs
de sa démarche. Il s'était trouvé aussi profondément blessé,
aussi sincèrement irrité que si l'on eût répondu, par une
insulte personnelle, à une proposition tout à fait honorable.
On l'a vu, plein de sa rancune, la laisser imprudemment
percer dans sa première lettre à Madeleine; on l'a vu ensuite
s'oublier toujours, plus ou moins, chaque fois que le nom de
Noël Vanstone était prononcé devant lui. Aujourd'hui qu'il
avait à prendre définitivement son parti, nous ne dirons rien
de trop en affirmant que, pour la première fois de sa vie, le
mobile pécuniaire se trouva relégué au second rang : — ce
ne fut pas l'intérêt, ce fut la haine qui l'emporta.

« J'accepte les conditions, dit le capitaine Wragge, qui se
releva lestement. Je les accepte naturellement telles que
nous venons de les poser. Nous nous quittons le jour même
du mariage, sans nous demander l'un à l'autre où nous allons... A partir de ce moment, nous ne nous connaissons
plus. »

Madeleine se releva, elle aussi, mais plus lentement.
L'abattement du désespoir était peint sur sa physionomie et
se trahissait dans tous ses gestes. Elle repoussa la poignée de
main que lui offrait cordialement le capitaine et, quand elle
lui répondit, ce fut d'une voix tellement basse, qu'il pouvait
à peine saisir ses paroles.

« Nous nous comprenons maintenant, dit-elle, et nous
pouvons rentrer à la maison. Rien n'empêche que, demain,
vous me présentiez à mistress Lecount.

— J'aurai d'abord quelques questions à vous adresser, dit
gravement le capitaine. Cette affaire offre plus de dangers et
nous trouverons sur notre route plus de piéges que vous ne
semblez le croire. Avant de vous mettre, vis-à-vis de cette
femme, sur le pied de causer familièrement ensemble, j'aurais besoin de connaître tous les détails de cette visite que
vous lui avez faite un matin.

— Attendez à demain, s'écria-t-elle avec un mouvement
d'impatience... Je deviendrais folle, s'il fallait continuer ce
soir de tels propos. »

Le capitaine n'ajouta rien. Ils revinrent tous deux du côté d'Aldborough.

La nuit les enveloppait quand ils gagnèrent les premières maisons du bourg. Ni lune ni étoiles n'étaient visibles. Une faible brise, venue de terre, s'était élevée en même temps que les ténèbres se faisaient. Madeleine s'arrêta un moment sur le chemin désert pour aspirer plus à l'aise ce souffle vivifiant. Bientôt, cependant, elle cessa d'exposer son front à la brise et se mit à regarder du côté de la mer. L'immensité muette des eaux paisibles, se perdant ainsi dans le vide sombre que fait la nuit, avait quelque chose d'auguste. Debout, et les yeux fixés sur cette obscurité qui pour elle semblait n'avoir plus de mystères, elle finit par avancer lentement, comme fascinée, attirée par quelque puissance secrète.

« Je descends à la mer, dit-elle à son compagnon ; vous pouvez m'attendre ; je serai bientôt de retour. » Il la perdit de vue, l'instant d'après, comme si la nuit l'eût tout à coup engloutie. Prêtant l'oreille, il pouvait compter ses pas dont le bruit peu à peu s'affaiblissait. Tout d'un coup, il ne les entendit plus. S'était-elle subitement arrêtée ? ou marchait-elle sur une de ces couches de sable que laisse à nu la marée en se retirant ?

Il attendit, prêtant toujours une oreille inquiète. Les minutes s'écoulaient ; aucun bruit n'arrivait jusqu'à lui. L'obscurité lui semblait toujours plus menaçante, à mesure qu'il écoutait ainsi. Un instant après, du rivage invisible, un bruit s'éleva. Un long gémissement traversa le silence des grèves inférieures. Tout redevint calme. Le capitaine, alarmé, fit quelques pas pour descendre sur la rive et aller à Madeleine. Avant qu'il eût traversé le chemin, il entendit quelqu'un qui venait rapidement de son côté. Ceci le fit s'arrêter un instant, — et alors, entre lui et la mer, longeant la route, un homme passa rapidement. Il faisait trop sombre pour qu'on pût distinguer les traits de cet étranger. On pouvait seulement s'assurer qu'il était de haute stature, — et de la même taille que cet officier de la marine marchande auquel nous avons vu donner le nom de Kirke.

Cette apparition se dirigea vers le Nord, et on l'entrevit un instant à peine. Le capitaine Wragge traversa le chemin; et, après avoir fait quelques pas du côté de la rive, s'arrêta derechef pour écouter. Le bruit de pas se faisait entendre sur le gravier. Ils étaient aussi lents au retour qu'au départ. Le capitaine héla sa compagne pour l'aider à le retrouver. Bientôt il l'aperçut, — véritable spectre sur la pente caillouteuse — et semblant se dégager, plus grande à chaque pas, des ténèbres qui l'avaient enveloppée.

« Vous m'avez fait peur, lui dit-il tout bas d'une voix frémissante. Je craignais quelque accident. Je vous ai entendue gémir comme si vous étiez souffrante.

— Vraiment? dit-elle avec insouciance... c'est que je souffrais, en effet... N'y prenez pas garde, au reste; maintenant tout est passé! »

Tandis qu'elle lui répondait ainsi, sa main, par un mouvement machinal, faisait tournoyer un léger objet dont il se rendait à peine compte. C'était le petit sachet de soie blanche que jusqu'alors elle avait fidèlement abrité dans son sein. Une des reliques qu'il renfermait, une des reliques dont jusqu'alors elle n'avait pas eu le courage de se séparer, était à jamais distraite de ce trésor. Seule, sur ce rivage inconnu, elle s'était séparée de ses plus chers souvenirs, de ses plus chères espérances, les espérances et les souvenirs de sa pure jeunesse. Seule, sur un rivage inconnu, elle avait retiré de son abri, jadis si cher, la boucle de cheveux qu'elle tenait de Frank, et l'avait jetée loin d'elle, la livrant aux flots et à la nuit.

II.

L'homme de haute taille qui dans les ténèbres avait passé près du capitaine Wragge continua de longer rapidement la route, prit ensuite à travers un petit terrain vague, et franchit enfin la porte toute grande ouverte de l'unique hôtel d'Aldborough. La lanterne allumée dans le corridor, éclairant son visage au moment où il passa devant elle, attesta que le capitaine Wragge avait deviné juste, et que l'inconnu était bien M. Kirke, de la marine marchande.

Venant à rencontrer l'hôtelier, M. Kirke lui adressa le salut familier d'une ancienne pratique. « Avez-vous le journal? demanda-t-il..... Je voudrais jeter un coup d'œil sur la liste des baigneurs.

— Je l'ai dans ma chambre, monsieur, répondit le maître de l'hôtel, dirigeant M. Kirke vers un salon situé au fond de l'hôtel... Supposeriez-vous, par hasard, qu'il est arrivé chez nous quelqu'un de vos amis? »

Le marin, sans répondre, parcourut la liste, dès que le journal lui eut été remis, posant son doigt sur chaque nom, l'un après l'autre. Le doigt s'arrêta tout à coup sur cette ligne : « Sea-View-Cottage : M. Noël Vanstone. » M. Kirke, de la marine marchande, se répéta le nom qu'il venait de lire et posa le journal d'un air pensif.

« Auriez-vous trouvé quelqu'un de connaissance, capitaine? demanda l'hôte.

— J'ai trouvé un nom que je connais, un nom que jadis j'ai souvent entendu prononcer par mon père... Ce M. Vanstone a-t-il des enfants? Sauriez-vous, par hasard, s'il a auprès de lui une jeune personne?

— Je l'ignore, capitaine. Ma femme sera rentrée d'ici à quelques instants : elle pourra bien certainement vous renseigner là-dessus... Si votre père a connu ce M. Vanstone, il doit y avoir quelques années de cela.

— Il y a effectivement assez longtemps. Mon père a connu un officier de ce nom, alors qu'il servait dans un régiment envoyé au Canada. Il serait curieux que le personnage ici mentionné se trouvât être celui dont je parle, — et que la jeune personne fût sa fille.

— Pardon! capitaine... mais cette jeune personne semble vous préoccuper quelque peu, dit l'hôte avec un agréable sourire. »

On eût dit que la bonne humeur de cet homme, sous la

forme qu'elle venait de prendre, n'était pas tout à fait du
goût de M. Kirke. Il revint sans transition à l'officier du régiment canadien : « L'histoire de ce pauvre garçon était une
des plus lamentables que j'aie jamais entendues, » dit-il, jetant un regard distrait sur la liste des visiteurs.

« Y aurait-il quelque inconvénient à la raconter, monsieur? demanda le maître de l'hôtel... Lamentable ou non,
quand on sait qu'elle est vraie, une histoire est toujours une
histoire. »

M. Kirke hésita : « Je ne crois pas vraiment qu'il soit à
propos de la répandre, dit-il ensuite. Si cet homme ou quelques-uns de ses parents vivent encore, ils n'aimeraient pas à
voir des étrangers au courant de ce récit. Tout ce que je
puis vous dire, c'est que mon père fut le sauveur de ce jeune
officier dans des circonstances vraiment terribles. Ils se séparèrent au Canada. Mon père resta dans son régiment; le
jeune officier vendit son brevet et revint en Angleterre... —
A partir de ce moment, ils se perdirent de vue. Ne serait-il
pas curieux que ce Vanstone-ci fût justement le même individu? Ne serait-il pas curieux... »

Il s'imposa brusquement silence, juste au moment où une
nouvelle allusion à la « jeune personne » allait échapper à ses
lèvres. Presque en même temps, la maîtresse de l'hôtel vint à
rentrer; et M. Kirke continua immédiatement son enquête par
devant cette juridiction supérieure.

« Pourriez-vous m'apprendre quelque chose de ce M. Vanstone que je vois porté ici sur la liste des baigneurs? demanda le marin. Est-il bien vieux?

— C'est un pauvre petit être de fort piètre mine, répondit l'hôtesse... Pourtant, capitaine, ce n'est pas un vieillard.

— Alors ce n'est pas celui dont je parlais... Son fils, peut-
être?... A-t-il des dames dans sa maison? »

L'hôtesse secoua la tête, et avec une moue passablement
dédaigneuse :

« Il a chez lui, dit-elle, une femme de charge. Une personne d'un certain âge, — d'un rang qui n'est pas le mien...

Peut-être ai-je tort, — mais je n'aime pas à voir, dans de telles positions, des femmes si bien mises. »

M. Kirke commençait à manifester quelque embarras. « Je me serai trompé de maison, dit-il. N'y a-t-il pas, à Sea-View-Cottage, une pelouse octogone, et à la rencontre des allées un bâton de pavillon peint en blanc?

— Ce n'est pas Sea-View, monsieur, c'est North-Shingles que vous venez de décrire, la maison occupée par M. Bygrave. Sa femme et sa nièce sont arrivées, aujourd'hui, par la diligence. La première est une espèce de géante à montrer en foire, et, de plus, la femme la plus mal mise que j'aie jamais vue. Mais parlez-moi de miss Bygrave! Celle-là vaut bien le coup d'œil, s'il m'est permis de parler ainsi. C'est, à mon goût, la plus belle fille que nous ayons eue ici depuis bien longtemps. Je me demande qui ces gens peuvent être... Connaissez-vous leur nom, capitaine?

— Non, répondit M. Kirke, dont la figure brune et hâlée semblait encore assombrie par un nuage de mécontentement;... c'est un nom que j'entends pour la première fois. »

Il se leva, cette réponse faite, pour prendre congé. L'hôte l'engagea vainement à boire le coup de l'étrier; vainement l'hôtesse lui demanda de rester encore dix minutes, le temps de lui préparer une tasse de thé. Il répondit simplement que sa sœur l'attendait, et qu'il lui fallait, sans plus de retard, retourner au presbytère.

En quittant l'hôtel, M. Kirke prit la direction de l'ouest, et, par la grand'route, s'enfonça dans l'intérieur des terres, marchant aussi vite que l'obscurité le lui permettait.

« Bygrave? se disait-il à lui-même, — me voilà bien avancé... Si elle se fût appelée Vanstone, le fils de mon père aurait eu quelque chance d'entrer en relations avec elle. » Il s'arrêta et, tournant la tête, regarda du côté d'Aldborough. « Quelle folie! s'écria-t-il tout à coup, frappant la terre de sa canne... Et je viens d'avoir quarante ans!... » Il reprit sa marche plus rapidement que jamais, la tête basse, ses hardis yeux noirs fouillant l'obscurité du sol comme ils avaient

bien des fois fouillé celle de la mer alors que, sur le pont de
son navire, il faisait le quart de nuit.

Après avoir marché plus d'une heure, il atteignit un village dont la vieille petite église, jouxtant le presbytère,
s'abritait avec lui dans le même bas-fond. Il entra dans la
maison par une porte de derrière, et trouva sa sœur, —
mariée, nous l'avons dit, au ministre de la paroisse, — qui
travaillait seule dans son salon.

« Où est votre mari, Lizzie ? lui demanda-t-il, prenant un
fauteuil.

— William est sorti pour aller voir un malade. Mais avant
de me quitter, ajouta-t-elle avec un sourire, il a eu le temps
de me raconter vos fredaines ; il se déclare bien décidé à ne
vous plus conduire dans les rues d'Aldborough, que vous ne
soyez un homme établi et rangé. » Elle s'arrêta et regarda
son frère plus attentivement qu'elle ne l'avait encore fait.
« Robert ! dit-elle en écartant son ouvrage pour aller à lui,
vous avez l'air inquiet, vous avez l'air malheureux !... William ne m'a parlé qu'en plaisantant de votre rencontre avec
cette jeune personne... Y aurait-il là quelque chose de sérieux ?... Voyons ! parlez-moi d'elle !... Que dois-je en penser ?»

Le marin détourna la tête sans répondre.

Sa sœur avait pris un tabouret pour s'installer à ses
pieds, et ne cessait de lever les yeux vers lui : « Est-ce donc
sérieux, Robert ? » recommença-t-elle avec douceur.

Le visage de Kirke, ce visage qui avait affronté tant de
tempêtes, n'était pas un masque menteur. Avant qu'il eût
articulé une parole, ce visage avait déjà répondu pour lui.
« Attendez que j'aie filé mon nœud pour parler de tout ceci à
votre mari, dit-il avec une rudesse à laquelle sa sœur n'était
pas habituée... Je sais fort bien qu'on a le droit de se moquer de moi ; — mais je n'en souffre pas moins, après tout.

— Vous souffrez ? répéta-t-elle stupéfaite.

— Sachez-le bien, Lizzie, vous ne me trouvez pas plus
ridicule que je ne le suis à mes propres yeux, poursuivit
Kirke avec amertume..... Un homme de mon âge devrait être
mieux avisé. Je ne l'ai contemplée, en tout, guère plus d'une

minute, et, pour me ménager la chance de la revoir, je suis resté à rôder dans ce mauvais bourg jusqu'après la tombée de la nuit; — rôder, c'est bien le mot : je m'en serais servi, trouvant un homme de mon équipage occupé comme je l'étais moi-même... Je crois vraiment que je suis ensorcelé!... Ce n'est qu'une enfant, Lizzie... Je doute qu'elle ait vingt ans,... Je pourrais donc être son père... Mais c'est égal, elle hante malgré moi ma pensée. En venant ici ce soir, par cette obscurité d'enfer, j'ai eu constamment son visage devant mes yeux. A présent encore, il est là, me regardant, et je le vois aussi nettement, plus nettement peut-être que le vôtre. »

Il se leva brusquement et se mit à parcourir la chambre en long et en large. Sa sœur le regardait avec un étonnement mêlé de sympathie. Elle l'avait toujours vu, enfant, jeune homme, et plus tard encore, exerçant sur lui-même un empire absolu. Pendant des années où la fortune de la famille avait subi de rudes échecs, il avait été leur exemple à tous et leur soutien. Elle avait entendu raconter maint épisode de sa vie de mer, où des centaines de créatures humaines, ayant à compter sur son sang-froid et sa fermeté d'âme pour échapper à un trépas imminent, n'avaient pas été déçues dans leur confiance. Et jamais sa sœur n'avait vu, détruit comme elle le voyait maintenant, l'équilibre de cette nature calme et bien assise.

« Quelles absurdités me contez-vous à propos de votre âge et de votre personne? lui dit-elle enfin. Je ne sais pas de femme, Robert, qui mérite de vous appartenir... Le nom de celle-ci?

— Bygrave... La connaissez-vous?

— Non. Mais j'aurai bientôt fait connaissance avec elle. Si nous avions un peu de temps devant nous, si je pouvais aller là-bas et l'entrevoir... mais vous nous quittez demain. et votre vaisseau prend la mer à la fin de la semaine...

— Grâces à Dieu! s'écria Kirke avec une ferveur sincère,

— Comment? demanda-t-elle, de plus en plus étonnée; seriez-vous heureux de ce prompt départ?

— Je comprends au moins, Lizzie, à quel point ce départ

est heureux pour moi. Si j'ai quelque chance de rentrer jamais dans mon bon sens, c'est lorsque je me trouverai sur le pont de mon navire. Cette jeune fille s'est déjà placée entre moi et mes pensées; je ne la laisserai pas se placer entre moi et mon devoir. Quant à ceci, voyez-vous, ma résolution est bien prise. Si insensé que je sois, il me reste assez de raison pour me méfier de moi-même et de ce qui arriverait, demain matin, si je demeurais trop près d'Aldborough. Vingt milles de marche en sus de ma promenade ne sont pas pour m'effrayer; — et je vais m'en retourner ce soir même. »

Sa sœur se redressa, et lui saisissant le bras : « Robert, s'écria-t-elle, vous ne songez pas à ce que vous dites? Vous ne prétendez pas nous quitter à pied, tout seul, par cette nuit noire !

— Eh, ma chère, c'est tout simplement finir la journée par un adieu, au lieu de la commencer par un adieu, répondit-il avec un sourire. Tâchez, Lizzie, de bien apprécier la situation ! Ma vie s'est passée à la mer, et je ne suis pas accoutumé à ces orages intérieurs. Les hommes de terre y sont faits; les hommes de terre n'en ont pas peur. Pour moi, je n'ai pas tant de courage. Si je passais la nuit ici, je ne fermerais pas l'œil. Si je m'attardais jusqu'à demain, ce serait pour chercher à la revoir. Je suis déjà bien assez honteux de moi-même; il serait inutile d'ajouter à tant de confusion. Tâchons, sans y regarder à deux fois, de revenir à mes devoirs et à moi-même. L'obscurité n'est pas un obstacle pour moi; — j'y suis fait depuis longtemps. Je ne quitte pas la grande route, et par conséquent je ne saurais m'égarer. Laissez-moi partir, Lizzie ! Un marin de mon âge ne doit s'éprendre que de son vaisseau... Laissez-moi bien vite y retourner ! »

Sa sœur, qui le tenait encore par le bras, insistait pour le garder jusqu'au matin. Il l'écoutait avec une patience affectueuse; mais elle ne parvint pas à ébranler un instant sa résolution.

« Que dirai-je à William? disait-elle, toujours plus pressante. Que penserait-il au retour, vous trouvant parti ?

— Vous lui direz que j'ai suivi le conseil qu'il nous donnait dans son sermon de dimanche dernier. Je bats en retraite devant le Monde, la Chair et le Démon conjurés.

— Comment pouvez-vous ainsi parler, Robert ?... Et les enfants, donc ?... Vous aviez promis de ne pas partir sans dire adieu aux enfants.

— Ceci est exact. Une promesse me lie envers mes petits neveux : aussi vais-je la tenir. » Tout en parlant, il déposait ses souliers sur la natte placée devant la porte. « Éclairez-moi là-haut, Lizzie !... je dirai adieu aux deux marmots sans les réveiller. »

Elle vit qu'il était inutile de lui résister plus longtemps, et, prenant le flambeau, elle conduisit son frère à l'étage supérieur.

Les garçons, — tous deux encore en bas âge, — couchaient dans le même lit. Le cadet, favori de son oncle, était en même temps son filleul. Il était paisiblement endormi, tenant serré contre sa poitrine un petit navire grossièrement sculpté. Les regards de Kirke s'adoucirent au moment où sur la pointe des pieds il se penchait au chevet de l'enfant, et l'embrassait avec la tendresse d'une femme : « Pauvre bonhomme ! disait affectueusement le marin, il aime son petit navire tout comme j'aimais le mien à cet âge !... Je lui en taillerai un plus beau, quand je reviendrai... Me donnerez-vous quelque jour mon neveu, Lizzie, et me permettrez-vous d'en faire un marin ?

— Oh ! Robert, que n'êtes vous marié !... Que n'êtes-vous heureux comme votre sœur est heureuse !

— Le temps est passé d'y songer, ma chère. Je n'ai plus qu'à tirer parti de moi comme je pourrai, avec l'aide de mon beau petit neveu. »

Il quitta la chambre ; sa sœur pleurait à grosses larmes quand ils rentrèrent dans le salon. « Il y a, disait-elle, quelque chose de triste et d'effrayant à vous voir vous en aller ainsi. Voulez-vous, Robert, que je parte, demain, pour Aldborough, et que j'essaie en votre honneur de me lier avec cette jeune fille ?

— Non ! répondit-il. Laissons sa destinée s'accomplir. S'il est écrit que je dois revoir cette enfant, je la reverrai. L'avenir en décidera; et vous ferez bien de lui en laisser la décision. »

Il avait remis ses souliers et pris son chapeau et sa canne. « Je ne me surmènerai pas, soyez tranquille, disait-il presque gaiement. Si la voiture ne me rejoint pas en route, je puis fort bien l'attendre à la station du déjeuner. Séchez vos yeux, ma chère, et donnez-moi le baiser d'adieu ! »

Elle ressemblait à son frère, elle avait le même teint et les mêmes traits; elle avait aussi comme un reflet du courage fraternel; — elle refoula ses larmes et prit congé de lui bravement.

« Je reviendrai d'ici à un an, dit Kirke, retrouvant sur le seuil ses allures de marin. Je vous rapporterai, Lizzie, un beau châle de Chine et une caisse de thé pour votre armoire à provisions. Empêchez les enfants de m'oublier, et ne me gardez pas rancune, ne me blâmez pas de vous quitter ainsi!... Je sais et je sens que j'ai raison... Dieu vous bénisse et vous garde, chère sœur ! — vous, votre mari et vos enfants!... Adieu ! »

Il se pencha pour l'embrasser. Elle courut jusqu'à la porte pour le suivre encore du regard. Une bouffée d'air éteignit le flambeau; — la nuit épaisse vint en une seconde séparer le frère et la sœur.

Trois jours après, la *Délivrance,* navire marchand de première classe sous les ordres du capitaine Kirke, partait de Londres pour les mers de Chine.

III.

La tempête qui menaçait se dissipa durant la nuit. Lorsque l'aurore se leva sur Aldborough, le soleil régnait dans le ciel bleu, et les flots se jouaient gaiement sous la brise d'été.

A une heure où aucun autre baigneur n'était encore debout,

l'infatigable Wragge se montra sur la porte de North-Shingles-Villa et dirigea au Nord sa promenade matinale, emportant sous son bras un bel exemplaire des *Dialogues scientifiques*. Parvenu aux terrains vagues situés au delà des maisons, il descendit sur la grève et ouvrit son livre. L'entretien de la veille au soir lui avait donné une perception plus vive des difficultés qu'allait présenter la nouvelle entreprise. Il était maintenant doublement décidé à tenter l'épreuve caractéristique dont il avait touché quelques mots dans sa lettre à Madeleine : il voulait appeler sur lui, — en s'attribuant le rôle d'un homme remarquablement instruit, — toute l'attention, tout l'intérêt de la formidable mistress Lecount.

Quand il eut pris à jeun sa première « dose de science » (nous nous servons ici de ses propres expressions), le capitaine Wragge, dûment gonflé d'érudition pour le reste du jour, rejoignit au déjeuner sa petite famille. Il nota sur le visage de Madeleine les traces irréfragables d'une complète insomnie. Elle ne se plaignait point : son attitude était calme et son humeur parfaitement disciplinée. Mistress Wragge, — ranimée par treize heures consécutives d'un repos non interrompu, — était dans les meilleures dispositions du monde, et (dût-on s'en étonner) avait chaussé ses souliers comme tout le monde. Elle apportait dans la salle à manger plusieurs grandes feuilles de papier-toile, mystérieusement découpé en fragments de toute forme ; elles provoquèrent immédiatement cette question de la part de son mari : « Qu'avez-vous là ?

— Des patrons, capitaine, dit mistress Wragge d'une voix timide et conciliante. En courant les magasins de Londres, j'ai acheté une robe de cachemire oriental. Comme elle a coûté fort cher, je voudrais économiser en la faisant moi-même. Je me suis procuré des patrons et des instructions écrites en caractères aussi nets que de l'imprimé. Je ne dérangerai rien, capitaine ; je me tiendrai dans mon coin, si vous voulez bien m'en accorder un ; et, soit que ma tête bourdonne ou ne bourdonne pas, je n'en resterai pas moins assidue à mon travail.

« — Vous vous mettrez à votre travail, dit le capitaine sévèrement, lorsque vous saurez qui vous êtes, qui je suis, et qui est cette jeune personne, — mais non certes auparavant. Montrez-moi vos souliers !... Fort bien... Votre bonnet, maintenant !... Fort bien... Faites-nous déjeuner ! »

Quand le déjeuner fut achevé, mistress Wragge reçut ordre de se retirer dans une pièce voisine, et d'y rester jusqu'à ce que son mari vînt lever sa consigne. Dès que ce tiers importun ne fut plus là, le capitaine Wragge reprit aussitôt la conversation qui la veille au soir, conformément au désir de Madeleine, était restée inachevée. Les questions qu'il lui posait maintenant se rapportaient toutes à la visite travestie qu'elle avait faite chez Noël Vanstone. C'étaient les questions d'un homme intelligent et avisé, — brèves, pertinentes, allant droit au but. En moins d'une demi-heure, il s'était mis au courant de tous les incidents survenus dans Vauxhall-Walk.

Les conclusions qu'il tira de cette instruction bien dirigée étaient parfaitement claires et intelligibles.

Prenant la question sous son jour le moins favorable, il exprima la conviction que mistress Lecount avait certainement découvert le déguisement de la visiteuse inconnue, et qu'en réalité, bien qu'elle eût ouvert et refermé la porte, jamais elle n'avait quitté la chambre : que par conséquent, dans l'une et l'autre occasion où Madeleine s'était trahie en reprenant sa voix naturelle, mistress Lecount avait dû l'entendre. En revanche, et envisageant la question du bon côté, il était parfaitement persuadé que les divers éléments du travestissement de Madeleine avaient assez bien dissimulé son identité pour qu'elle pût, se présentant en personne, défier le plus strict examen de la femme de charge, en tant que son extérieur seul serait en jeu. Tromper l'oreille de mistress Lecount aussi bien qu'on aurait trompé ses yeux ne lui semblait pas, il en convenait volontiers, une tâche des plus commodes. Mais en tenant compte de ce fait que Madeleine, dans les deux occasions où elle s'était trahie, avait parlé avec l'accent de la colère, il était d'avis qu'elle pouvait espérer de ne pas être reconnue à la voix, — pourvu qu'elle évitât avec soin, à l'avenir, tout éclat d'emportement, et se condamnât à n'employer jamais que les intonations les plus calmes et les plus modérées de sa voix, intonations qui n'étaient pas encore familières à mistress Lecount. Somme toute, le capitaine inclinait à l'espérance, si pourtant, dès le début, on pouvait écarter un sérieux obstacle; — et cet obstacle, c'était la présence de mistress Wragge sur la scène où l'action allait s'engager.

A la grande surprise de Madeleine, lorsque la suite de son récit amena l'histoire du Fantôme, le capitaine Wragge parut l'écouter en homme plus inquiet que diverti. Et quand elle eut achevé, il ne lui dissimula pas que sa désastreuse rencontre avec mistress Wragge sur l'escalier de la maison garnie était, selon lui, le plus sérieux de tous les accidents qui fussent arrivés à Vauxhall-Walk :

« Je puis, disait-il, comme je l'ai déjà fait bien souvent, tourner les obstacles résultant de ce que ma femme est à peu près idiote. Je puis, à coups de marteau, faire entrer dans sa tête la notion de son individualité nouvelle; mais je ne saurais, à coups de marteau, extraire de sa tête le souvenir du Fantôme. Rien ne nous garantit que la femme au manteau gris et au chapeau d'une autre époque ne lui revienne à la mémoire dans le moment le plus critique et dans les circonstances les plus embarrassantes. En bon anglais, chère enfant, mistress Wragge est une trappe qui désormais, à chaque pas que nous ferons, pourra s'ouvrir sous nos pieds.

— Une fois prévenus que la trappe existe, dit Madeleine, nous pouvons prendre nos mesures pour l'éviter..... Quelle est, à cet égard, votre idée?

— Mon idée, répondit le capitaine, serait d'éloigner provisoirement mistress Wragge. A ne prendre les choses que sous le rapport pécuniaire, je ne puis songer à me séparer d'elle complétement. Vous avez sans doute entendu parler de ces gens très-pauvres, tout à coup enrichis par quelque legs imprévus? Telle était la situation de mistress Wragge

quand je l'épousai. Une parente âgée partagea dans cette
occasion les faveurs que la fortune accordait à mon
épouse; et, pour peu que je garde les dehors de la bonne
entente domestique, je crois pouvoir espérer qu'à la mort de
cette parente, mistress Wragge, pour la seconde fois, me
sera de quelque profit. Sans cela, il est probable que j'aurais
depuis longtemps transmis à la Société en général le soin
de veiller sur ma femme, — en vertu de cette agréable conviction qu'à défaut de moi il se trouverait toujours quelqu'un pour la faire vivre. Bien que cette manière de
procéder me soit interdite, je ne vois pas d'objection à l'établir pour quelque temps hors de notre chemin, — par
exemple, en quelque ferme isolée, où elle serait logée,
nourrie confortablement, sous prétexte d'infirmité mentale.
Pour *vous*, la dépense serait une bagatelle; pour *moi*, le soulagement serait immense... Qu'en dites-vous?... Dois-je
l'emballer immédiatement, et l'expédier par le premier
départ de la diligence?

— Non! répondit Madeleine avec fermeté; l'existence de
cette pauvre créature est déjà bien assez pénible ; je ne
veux pas en augmenter la rigueur. Elle s'est montrée envers
moi, pendant ma maladie, véritablement affectionnée et
pleine de soins. Je ne souffrirai pas, si je puis l'empêcher,
qu'on l'enferme chez des inconnus. Le risque de la garder
ici n'est qu'un danger de plus parmi tant d'autres. J'y ferai
face, capitaine Wragge, même si vous reculez.

— Pensez-y à deux fois , dit gravement le capitaine,
avant de vous décider à garder mistress Wragge.

— Ce qui est dit est dit, répondit Madeleine. Je ne veux
pas qu'on la renvoie.

— A merveille, reprit le capitaine avec résignation. Je
n'interviens jamais dans les questions de pur sentiment.
Pour mon propre compte, cependant, j'ai encore un mot à
dire. Si vous pensez que je puisse vous être bon à quelque
chose, il ne faut pas, dès le début, me lier les mains.
Regardez ceci comme très-sérieux. Je craindrais essentiellement de mettre ma femme en rapport avec mistress Lecount.

Je suis moins brave que vous, moi, et si je consens à ce que mistress Wragge reste ici, je pose pour condition qu'elle ne sortira pas de sa chambre. Si vous croyez que sa santé l'exige, vous pourrez l'emmener avec vous à la promenade, le matin de bonne heure, ou le soir après la nuit tombée ; — vous ne la laisserez jamais sortir avec la domestique, bien moins encore sortir toute seule. Je vous dis la chose comme elle est : il n'y a pas à plaisanter avec une nécessité aussi essentielle... Qu'en dites-vous, à votre tour?... Est-ce oui ou non?

— Oui, répondit Madeleine après avoir réfléchi un moment..... Il reste bien entendu que je l'emmènerai promener, ainsi que vous le proposez vous-même ? »

Le capitaine Wragge s'inclina, et ses façons redevinrent aussi suaves qu'à l'ordinaire.

« Quels sont nos plans de campagne? demanda-t-il. Les opérations commencent-elles dès aujourd'hui?... Êtes-vous en état de vous laisser présenter à mistress Lecount et à son maître?

— Tout à fait en état.

— Fort bien, alors. Nous les rencontrerons sur le Champ de parade, à l'heure où ils sortent habituellement, à deux heures de relevée. Il n'est pas encore midi. J'ai donc devant moi le temps voulu pour faire faire peau neuve à ma femme. Ceci est indispensable, car autrement elle nous compromettrait vis-à-vis de la domestique. Ne vous inquiétez pas des résultats!... Dans le cours de sa carrière matrimoniale, mistress Wragge s'est vu enfoncer dans la tête, à coups de marteau, pas mal de pseudonymes. La question se réduit simplement à ceci : — Frapper assez fort. Je crois que maintenant tout est réglé... D'ici à deux heures, est-il quelque service que je vous puisse rendre?... Avez-vous quelque occupation pour la matinée?

— Non, dit Madeleine. Je retournerai chez moi pour tâcher d'y prendre un peu de repos.

— Je crains bien que votre nuit n'ait été agitée, dit le capitaine, qui lui ouvrait poliment la porte.

« — Je me suis assoupie une ou deux fois, répondit-elle négligemment. J'ai probablement les nerfs un peu excités. Les hardis yeux noirs de cet homme qui m'a si étrangement regardée hier soir semblaient me poursuivre dans mes rêves. Si nous le voyons aujourd'hui, et s'il se permet de m'inquiéter encore, je vous donnerai l'ennui de le rappeler à l'ordre. Nous nous retrouverons ici sur les deux heures... Ne traitez pas trop durement mistress Wragge; mettez toute la douceur dont vous êtes susceptible à lui enseigner ce qu'il faut qu'elle apprenne. »

Ce fut avec cette recommandation qu'elle le quitta pour remonter chez elle.

Là, voulant dormir à toute force, elle s'étendit sur sa couche encore défaite. Mais ce fut en vain. La fatigue d'elle-même qui s'était emparée de la malheureuse enfant n'était pas de celles que le sommeil peut dissiper. Elle se releva donc, et vint s'asseoir près de la croisée, jetant sur la mer un regard indifférent et morne.

Une nature moins forte que la sienne n'aurait pas ressenti l'abandon de Frank, comme elle l'avait fait d'abord, — comme elle le ressentait encore. Une nature moins forte aurait trouvé refuge dans l'indignation et consolation dans les larmes. L'énergique passion de Madeleine se cramponnait, elle, aux derniers débris de sa chimère naufragée, — et ne les lâchait, après une résistance inouïe, que domptée par une volonté supérieure. Tout ce que pouvaient sur elle son orgueil natif, son équité révoltée, c'était de lui faire regarder comme honteuses les pensées que lui suggérait encore, survivant à tout, un dévouement trop méconnu; sentiment perverti qui cherchait aux cruels adieux de Frank toute autre cause que la bassesse innée de l'homme qui les avait tracés. On n'a pas encore vu de femme qui ait pu bannir de son cœur un amour sincère parce que l'objet de cet amour était indigne d'elle. Tout ce qu'on peut, c'est de lutter en secret contre cet amour : et alors, si elle est faible, la femme succombe ou meurt; si elle est forte, elle arrive à son but par une série de déchirements intérieurs qui sont, de tous les remèdes moraux applicables à une nature de femme, les plus dangereux et les plus désespérés. Le changement qu'elle subit en pareil cas est définitif, et sa vie entière s'en ressent. Or l'énergie de Madeleine lui avait permis de pousser à bout le combat inexorable, et l'issue de ce combat l'avait laissée... ce qu'elle était maintenant.

Après être restée environ une heure assise près de la croisée, — ses yeux errant machinalement sur le paysage, son âme abstraite de toute impression et n'ayant conscience d'aucune pensée, elle secoua l'étrange stupeur qui la dominait tout éveillée, et se leva pour s'apprêter à la sérieuse rencontre qui allait avoir lieu.

Des crochets de sa garde-robe elle détacha d'abord deux robes de mousseline au fin tissu, aux couleurs brillantes, qui l'année précédente constituaient à Combe-Raven sa toilette de printemps, et que leur peu de valeur l'avaient empêchée de vendre, à l'époque où elle s'était défaite de ses autres vêtements de luxe. Les ayant étalées sur le lit à côté l'une de l'autre, elle examina de nouveau sa garde-robe. Il n'y restait plus qu'une autre toilette d'été, — la modeste robe d'alpaga qu'elle portait pendant sa mémorable entrevue avec Noël Vanstone et mistress Lecount. Celle-ci, elle ne songea même pas à la mettre, — non par crainte que la femme de charge pût reconnaître une étoffe si commune et d'un dessin si peu remarquable, — mais parce qu'elle ne la trouvait ni d'une nuance assez gaie, ni assez élégante pour l'effet qu'elle voulait produire. Quand elle eut pris dans les tiroirs de la garde-robe une écharpe de mousseline blanche tout unie, une paire de gants gris-perle, et un chapeau de jardin en paille d'Italie, elle referma soigneusement le cabinet et remit la clef dans sa poche.

Au lieu de procéder aussitôt à sa toilette, elle contemplait paresseusement les deux robes de mousseline, insoucieuse du choix à faire, et néanmoins hésitant entre les deux. « Qu'importe? se dit-elle enfin avec un rire sardonique : à mes propres yeux, quoi que je mette, je n'en vaudrai pas davantage... » Puis elle frémit, comme si l'écho de son propre rire l'eût effrayée, et mit brusquement la main sur la robe la plus proche. Cette robe était bleue et blanche; — du bleu qui allait le mieux à son teint de blonde. Elle la revêtit rapidement, sans même se rapprocher de sa glace. Pour la première fois de sa vie elle sembla reculer devant sa propre image, — si ce n'est au moment où elle arrangea ses cheveux sous son chapeau de jardin, et, ceci fait, elle cessa immédiatement de se regarder. Ce fut en tournant le dos à la table de toilette qu'elle disposa son écharpe sur ses épaules et mit à loisir ses gants étroits. « Me faut-il un peu de rouge? se demanda-t-elle, devinant d'instinct qu'elle pâlissait..... Il m'en reste encore, et mon visage n'en sera pas plus menteur qu'il ne l'est.» Elle tourna la tête vers le miroir: mais le quittant des yeux presque aussitôt : « Non! dit-elle. Je vais affronter les regards de mistress Lecount en même temps que ceux de son maître... Le fard n'est pas de saison.»

Après avoir consulté sa montre, elle descendit. Dix minutes plus tard, deux heures allaient sonner.

Le capitaine Wragge l'attendait au salon. Il était sous les armes et digne de tout respect dans son paletot léger, sa cravate empesée, son chapeau gris à haute forme; un gilet nankin, un pantalon gris et des guêtres assorties complétaient cette mise rustique, irréprochable de propreté. Son col de chemise était plus haut que jamais, et il tenait à la main un tabouret pliant, tout battant neuf. Aucun négociant des Trois-Royaumes, le voyant à cette minute, n'aurait refusé de lui faire crédit.

« Charmante! dit le capitaine, examinant la toilette de Madeleine avec un soin paternel, au moment où elle entra dans le salon..... Cette toilette est d'une fraîcheur!... Vous êtes, ma chère, un peu trop pâle, et beaucoup trop sévère... A cela près, une véritable perfection... Voyons comment vous irait un sourire.

— Quand le temps de sourire sera venu, dit Madeleine avec amertume, fiez-vous à mon éducation dramatique pour tous les jeux de physionomie que réclamera l'occasion. Où est mistress Wragge?

— Mistress Wragge a fini par apprendre sa leçon, répondit le capitaine, et je l'en ai récompensée en lui permettant de travailler dans sa chambre. J'approuve la fantaisie qu'elle a maintenant de se faire couturière, parce que toute son attention va se concentrer là-dessus, et que rien ne la retiendra mieux à la maison. Nous n'avons point à craindre que la robe orientale soit achevée de sitôt, car il n'est pas d'erreur possible qu'elle ne commette en la fabriquant. Elle couvera sa robe, — passez-moi l'expression, — comme une poule couve un œuf clair... Ce nouveau caprice me soulage d'un grand poids, je vous assure. Rien ne pouvait venir plus à propos, dans les circonstances actuelles. »

Il se rapprocha de la fenêtre, — jeta un regard au dehors, — et fit signe à Madeleine de venir le rejoindre : « Les voici ! » dit-il en lui montrant le Champ de parade.

Au moment où elle y jeta les yeux, M. Noël Vanstone se promenait lentement, habillé de nankin des pieds à la tête, de par une mode déjà surannée. Selon toute apparence, c'était là un de ces jours où sa santé lui donnait le moins de satisfaction. Il s'appuyait au bras de mistress Lecount, s'abritant du soleil sous une ombrelle légère dont elle avait soin de protéger sa tête. La femme de charge, — parfaitement bien mise comme toujours, robe d'un gris modeste, mantille noire, chapeau de paille sans prétention, voile bleu tout neuf, — escortait son maître invalide avec les plus délicates attentions, tantôt lui faisant respectueusement remarquer tout ce qui, du paysage marin, pouvait lui sembler intéressant, tantôt payant d'un gracieux signe de tête la courtoisie des passants inconnus qui se rangeaient pour faire place au pauvre malade. Elle produisait une visible sensation parmi les oisifs épars sur la grève. Ils la contemplaient avec une sympathie unanime, échangeant entre eux les marques d'une approbation silencieuse, qui disaient tout aussi éloquemment que des paroles eussent pu le faire : « Véritable trésor de famille!.... Femme rare et supérieure s'il en fut ! »

Les yeux mi-partis du capitaine Wragge suivaient de loin mistress Lecount avec une assiduité, une attention méfiantes.

« Il y aura là du fil à retordre, murmurait-il à l'oreille de Madeleine; — et faire congédier cette femme sera plus difficile que vous ne pensez.

— Patience! dit Madeleine avec calme; patience! et nous verrons bien. »

Elle se dirigea vers la porte. Le capitaine la suivait sans ajouter la moindre observation. « J'attendrai que vous soyez mariée, pensait-il à part lui, mais pas une minute de plus, telles offres que vous me puissiez faire. »

Sur le seuil de la maison, Madeleine lui adressa de nouveau la parole :

« Allons d'abord de ce côté, disait-elle en montrant le Midi. Nous les rencontrerons ensuite, en revenant sur nos pas. »

Le capitaine Wragge approuva la combinaison, et suivit Madeleine jusqu'au guichet du jardin. Comme elle l'ouvrait pour franchir le seuil, elle ne put s'empêcher de remarquer une dame, escortée d'une bonne d'enfants et de deux petits garçons, le tout formant un groupe immobile sur la route où elle allait mettre le pied. Cette dame, à la vue de Madeleine, ne put retenir, ni un mouvement assez vif, ni un regard curieux, ni un sourire de satisfaction. La sœur de M. Kirke n'y avait pas tenu; — elle avait fait le voyage d'Aldborough tout exprès pour tâcher de voir miss Bygrave.

Dans la forme de son visage, dans l'expression de ses yeux noirs, Madeleine retrouva quelque chose qui lui remit en mémoire ce marin malencontreux dont l'admiration trop peu contenue l'avait blessée, la veille au soir. Elle répondit aux regards scrutateurs de l'inconnue par un froncement de sourcils à l'expression duquel on ne pouvait se méprendre. La dame rougit et, prenant à son tour une physionomie des moins gracieuses, passa son chemin tout à loisir.

« Que de hardiesse, que de mauvais sentiments chez cette jeune fille! pensait la sœur de M. Kirke... A quoi pensait Robert qui la trouvait si fort à son goût? Je suis presque enchantée qu'il soit parti. J'espère et je compte bien qu'il ne reverra plus miss Bygrave.

— Comme on est mal élevé dans ce pays! disait de son côté Madeleine au capitaine Wragge. Cette personne qui vient de passer m'a ménagée encore moins que l'homme d'hier... Elle lui ressemble, au surplus... Je voudrais savoir qui elle est.

— Nous allons nous en assurer immédiatement, dit le capitaine. On ne saurait se trop garer des personnes étrangères. » Sur quoi, sans plus tarder, il aborda ses bons amis les bateliers qui se trouvaient à quelques pas sur la plage. Madeleine ne perdit pas un mot de ses questions et de leurs réponses.

« Comment allez-vous ce matin? disait le capitaine Wragge, familier et plaisant comme d'habitude, et où en est le vent? Nord-ouest, n'est-il pas vrai ?... Très-bien... Et cette dame, qui est elle?

— C'est mistress Strickland, monsieur.

— Ah!... Ah! oui, je sais... la femme du ministre et la sœur du capitaine... Et le capitaine, où est-il aujourd'hui?

— Sur la route de Londres, monsieur, à ce que je pense. D'ici à huit jours, son bâtiment fait voile pour la Chine. »

La Chine! Quand ce simple mot retentit à son oreille, une de ces angoisses qui la torturaient jadis vint encore étreindre le cœur de Madeleine. Bien qu'il lui fût complétement étranger, le nom seul du capitaine de commerce lui devint désormais odieux. Il avait troublé ses rêves de la dernière nuit, — et maintenant qu'elle appliquait toute l'énergie de sa volonté à effacer en elle jusqu'au dernier souvenir de son existence passée, il se trouvait indirectement la cause que Frank lui revenait à l'esprit.

« Allons donc! dit-elle avec une sorte de colère à son compagnon, pourquoi nous inquiéter de cet homme ou de son vaisseau?... Venez!... venez vite!

— Vous avez raison, dit le capitaine Wragge. A moins de rencontrer quelque ami de la famille Bygrave, nous n'avons à nous inquiéter de personne. »

Ils marchèrent dans la direction du Sud pendant une dizaine de minutes, — et revenant ensuite sur leurs pas, cher-

chèrent à se trouver sur le chemin de Noël Vanstone et de
mistress Lecount.

IV.

Le capitaine Wragge et Madeleine, rebroussant chemin,
n'aperçurent mistress Lecount et son maître que lorsque
North-Shingles-Villa réapparut à leurs yeux. Alors devinrent
visibles, dans l'éloignement, la robe grise de la femme de
charge, son parasol, et la débile petite figure vêtue de nankin que ce parasol protégeait. Le capitaine, aussitôt, ralen-
tit le pas, et formula ainsi ses instructions à Madeleine pour
la conduite qu'elle avait à tenir dans le cours de l'entrevue
maintenant imminente :

« N'oubliez pas de sourire ! disait-il. A tous autres égards,
vous êtes au niveau de la situation. La marche a ranimé votre teint, et ce chapeau vous sied à merveille. Regardez mistress Lecount bien droit dans les yeux ; prenez la parole sans
montrer aucun embarras ; et si M. Noël Vanstone vous accordait une attention marquée, ne prenez pas trop garde à lui,
tant que vous serez sous l'œil de la femme de charge...
Songez bien à ceci !... J'ai travaillé toute la matinée les
Dialogues scientifiques de Joyce, et c'est très-sérieusement que je prétends consacrer à mistress Lecount tout le
profit de mes études. Si je ne puis parvenir à détourner son
attention de vous et de son maître, je ne donnerais pas six
pence de toutes nos chances de succès. Avec cette femme, le
papotage ne prendrait pas, les compliments non plus, la plaisanterie non plus ; — mais la science improvisée peut lui
rappeler le Professeur défunt, et la science improvisée réus-
sira peut-être. Il nous faut établir un petit dictionnaire de
signaux qui vous mettent au courant de mes faits et gestes.
Remarquez bien ce tabouret pliant. Lorsque je le passe de ma
main gauche dans ma main droite, c'est Joyce qui va parler...
Quand je le passe de ma main droite dans ma main gauche,

Wragge reprend la parole... Dans le premier cas, ne m'interrompez point; — je marche droit à mon but. Dans le second, dites tout ce qu'il vous plaira; mes paroles ne signifient rien... Voudriez-vous une répétition? Êtes-vous bien sûre d'avoir compris?... Fort bien, alors; — prenez mon bras et que votre physionomie exprime le bonheur... Attention! les voici. »

La rencontre eut lieu presque à mi-chemin de Sea-View-Cottage et de North-Shingles. Le capitaine Wragge ôta son grand chapeau blanc, et entama aussitôt l'entretien sur le ton le plus amical :

« Bien le bonjour, mistress Lecount! dit-il avec la politesse sincère et gaie d'un homme naturellement sociable. Bien le bonjour, monsieur Vanstone! Je suis fâché de vous voir aujourd'hui si mal portant. Mistress Lecount, laissez-moi vous présenter ma nièce, ma nièce miss Bygrave!... Chère enfant, voici M. Noël Vanstone, notre voisin de Sea-View-Cottage... Il faut nécessairement, mistress Lecount, frayer ensemble, quand on habite Aldborough. Il n'y a qu'une promenade possible dans toute la ville (ma nièce le remarquait tout à l'heure, monsieur Vanstone), et chaque fois que nous sortons, c'est une nécessité que de se rencontrer ici. Pourquoi pas, d'ailleurs? Est-ce que nous sommes, les uns ou les autres, des gens formalistes? Pas le moins du monde, et tout au contraire... Vous possédez, monsieur Vanstone, cette facilité de mœurs que donne le séjour du Continent, — j'apporte en revanche dans nos relations la cordialité un peu brusque de l'Anglais de vieille roche; — les dames se juxtaposent dans une variété harmonieuse comme des fleurs différentes sur la même couche, — et de tout cela résulte un réciproque intérêt à nous rendre agréable les uns aux autres notre séjour au bord de la mer... Excusez, je vous prie, cette surabondance de bonne humeur; excusez-moi de me sentir si joyeux et si jeune!... C'est l'*iodine* contenue dans l'air marin, mistress Lecount, — c'est l'effet bien connu de l'*iodine* que renferme l'air marin.

— Vous êtes arrivée hier, miss Bygrave, n'est-il pas

vrai? » dit la femme de charge, aussitôt que le capitaine en
eut fini avec ce déluge d'expansions bavardes.

Elle avait adressé cette question à Madeleine avec une
sorte d'intérêt maternel pour sa jeunesse et sa beauté, tempéré par la déférente civilité que lui commandait sa situation
dans la domesticité de M. Noël Vanstone. Du reste, pas le
plus léger indice de soupçon ou de surprise ne se manifestait
sur son visage, dans sa voix ou dans ses gestes, tandis qu'elle
et Madeleine se regardaient à loisir l'une l'autre. Il était
évident, dès le début, que le vrai visage, la vraie taille, livrés
maintenant à ses regards, ne réveillaient en elle aucun souvenir du visage et de la taille simulés qu'elle avait vus dans
Vauxhall-Walk. Le déguisement avait donc été assez complet
pour déjouer même la pénétration de mistress Lecount.

« Ma tante et moi, nous sommes arrivées hier soir, dit Madeleine. Nous avons trouvé très-fatigante la dernière moitié
du voyage... Je gagerais bien qu'elle vous a paru telle. »

C'était à dessein qu'elle avait ainsi prolongé sa réponse
au delà du nécessaire, afin de constater, le plus tôt possible,
l'effet que le son de sa voix produirait sur mistress Lecount.

Les lèvres minces de la femme de charge gardèrent leur
sourire maternel; l'aimable attitude de la femme de charge
ne perdit rien de sa déférence modeste; mais l'expression de
ses yeux changea soudain et, d'attentif qu'il était, le regard
devint interrogateur. Madeleine ajouta paisiblement quelques
paroles, et s'arrêta de nouveau pour en vérifier les résultats.
Le changement s'étendit alors, par degrés, à tout le visage
de mistress Lecount; le sourire maternel s'effaça, et dans
l'aimable attitude on vit se glisser une légère nuance de réserve et de gêne. Cependant nul symptôme de reconnaissance
positive. La physionomie de la femme de charge demeura ce
qu'elle avait été dès le début, une physionomie interroga-
trice, et rien de plus.

« Vous vous plaigniez tout à l'heure, monsieur, d'être fatigué, dit-elle, laissant tomber sa conversation avec Madeleine et s'adressant à son maître... Ne voudriez-vous pas rentrer et prendre un peu de repos? »

Jusqu'alors le propriétaire de Sea-View-Cottage s'était contenté de saluer, de sourire et, les paupières à demi closes, de promener sur Madeleine un regard admirateur. On ne pouvait guère se tromper au trouble soudain, à l'agitation qui se manifestaient en lui, et à la coloration plus viv de son blême petit visage. Même le tempérament de M. Noë Vanstone, — tempérament d'animal à sang froid, — s'attié dissait sous l'influence du beau sexe : il appréciait en fin con naisseur le mérite d'une jolie femme ; la grâce et les attrait de Madeleine n'étaient point perdus pour lui.

« Voulez-vous, monsieur, venir prendre un peu de repos répéta la femme de charge.

— Pas encore, Lecount, répondit son maître. Il me sembl que je suis plus fort ; il me semble que je puis marcher en core un peu. » Puis se tournant, la bouche en cœur, du côt de Madeleine, il ajouta presque à demi-voix : « La promenad miss Bygrave, vient de prendre à mes yeux un nouvel inté rêt..... Je doute qu'elle le conservât si vous nous quittiez.

Un sourire et un clignement d'yeux, hommage de l'auteu à son œuvre, accompagnèrent ce beau compliment que l capitaine Wragge sut adroitement escamoter à l'attention d la femme de charge en allant se placer à côté d'elle, et c lui adressant simultanément la parole. Tous les quatre mar chaient d'une allure très-lente. Mistress Lecount n'ajouta plus rien. Serrant contre elle le bras de son maître, elle rega dait de côté Madeleine, et ses beaux yeux noirs avaient, plu marquée que jamais, leur redoutable expression de curiosi en éveil. Ce symptôme ne devait pas échapper à la pruden de Wragge. Il fit passer de sa main gauche dans sa mai droite le tabouret qui lui servait de télégraphe, et ouvr immédiatement le feu de ses batteries scientifiques.

« Quelle activité, mistress Lecount! disait le capitain indiquant poliment de son tabouret la mer où passait mai et maint navire... C'est par là que l'Angleterre est grand madame, — c'est là le secret de sa grandeur. Veuillez rema quer, je vous prie, l'énorme charge que portent quelqu uns de ces bâtiments! Je me demande souvent si le mar

24.

britannique se doute le moins du monde, quand il a mis sa
cargaison à bord, à quel point l'opération qu'il vient d'accomplir intéresse l'hydrostatique. Si j'étais tout à coup transporté sur le pont d'un de ces navires (ce qu'à Dieu ne plaise,
car le mal de mer me fait beaucoup souffrir), et si je disais
à l'un des gens de l'équipage : — Jack, mon ami, vous venez
de faire une merveille; vous venez d'appliquer la théorie des
vaisseaux flottants... — quels grands yeux ouvrirait le vail-
lant compère! Et pourtant, de cette théorie qu'il ignore, la
vie de Jack dépend absolument. S'il surcharge son navire,
disons d'un trentième, qu'arrivera-t-il? Il passera devant Aldborough, je vous l'accorde, en toute sécurité. En toute sécurité, je vous l'accorde encore, il franchira l'embouchure de la
Tamise : mais qu'il s'avise de quitter l'eau salée; qu'il remonte, par exemple, jusqu'à Greenwich, et là, le voilà qui
coule à fond!... A fond, madame, tout au fond de la rivière;
la science ne permet pas là-dessus le moindre doute! »

Il s'arrêta là, ne laissant à la politesse de mistress Lecount
d'autre alternative que de solliciter une explication.

« Très-volontiers, madame, dit le capitaine, noyant sous
les notes les plus graves de sa voix de basse le fausset débile
qu'employait M. Noël Vanstone pour complimenter Madeleine... Nous partirons, si vous le voulez bien, d'un premier
principe. Tout corps quelconque qui flotte à la surface de
l'eau déplace une quantité de fluide égale en poids à ce même
corps; — fort bien! Nous tenons notre premier principe.
Qu'allons-nous présentement en déduire? Ceci, bien évidemment : que, pour maintenir un vaisseau flottant au-dessus de
l'eau, il faut aviser à ce que ce vaisseau et sa cargaison
soient d'un poids moindre que le poids d'une quantité d'eau,
— ici, je vous prie, suivez-moi bien! — d'une quantité d'eau
égale en volume à cette partie du navire qu'on peut immer-
ger sans péril. Maintenant, madame, l'eau salée est d'une pe-
santeur spécifique d'un trentième plus grande que l'eau
fraîche, autrement dite *eau de rivière;* et un vaisseau, dans
l'océan Germanique, ne s'enfonce pas autant que dans la Tamise. Conséquemment, lorsque nous chargeons notre navire

pour l'envoyer au marché de Londres, nous avons (au point de vue hydrostatique), trois alternatives : ou bien nous nous privons du trentième en plus qu'il peut porter sur mer; ou bien, arrivés à l'embouchure de la rivière, nous le déchargeons d'un trentième; ou bien nous ne faisons ni l'un ni l'autre, et alors, — comme j'ai déjà eu l'honneur de vous le faire remarquer, — nous coulons bas inévitablement!... Telle est, dit le capitaine, — transférant le tabouret de sa main droite à sa main gauche, pour indiquer que provisoirement l'érudition de Joyce était mise de côté, — telle est, chère madame, la théorie des « vaisseaux flottants. » Souffrez que j'ajoute, par manière de conclusion, l'assurance du cordial bon vouloir que je mets à vous la communiquer.

— Je vous remercie, monsieur, dit mistress Lecount; vous m'avez attristée sans le vouloir, mais cela n'ôte rien à la valeur de vos enseignements. Il y a longtemps, bien longtemps, monsieur Bygrave, qu'on ne m'a parlé le langage de la science. Mon cher époux m'associait à ses travaux; — mon cher époux développait mon intelligence, comme vous venez de chercher à la développer. Personne, depuis, n'a pris le moindre soin de m'instruire. Mille remercîments, monsieur!... Vos égards, vos bontés, ne sont pas prodigués en vain. »

Humble et plaintive, elle soupira, — puis secrètement ouvrit l'oreille aux paroles qui s'échangeaient de l'autre côté.

Une minute plus tôt, elle aurait entendu son maître s'exprimer dans les termes les plus flatteurs au sujet de miss Bygrave et du charme qu'elle prêtait au négligé des bains de mer. Mais Madeleine avait vu le signal que lui donnait le capitaine Wragge au moyen du tabouret, et s'était hâtée de ramener M. Noël Vanstone, par une question opportune sur sa maison d'Aldborough, à parler de lui-même et de ses propriétés.

« Je ne voudrais pas vous alarmer, miss Bygrave, disait M. Noël Vanstone au moment où ses paroles attiraient l'attention de mistress Lecount; — mais il n'y a, dans tout Aldborough, qu'une maison parfaitement sûre, — et c'est la mienne. La mer peut détruire toutes les autres ; la mienne est à l'abri de ce désastre. Mon père a pris soin qu'il en fût ainsi ; mon père était un homme remarquable. Il avait fait bâtir ma maison sur pilotis. J'ai toute raison de croire qu'il n'y a pas, en Angleterre, un pilotis aussi solide. Rien au monde ne le saurait renverser ; — peu m'importe ce que fera la mer ; rien au monde ne le saurait renverser.

— Ainsi, disait Madeleine, la mer venant à nous envahir, nous aurions tous à vous demander refuge. »

M. Noël Vanstone, ici, vit jour à un nouveau compliment, et, du même coup, le rusé capitaine jugea opportuns quelques nouveaux développements scientifiques.

« Je souhaiterais presque une telle invasion, murmurait le premier de ces messieurs, puisqu'elle me procurerait le bonheur de vous offrir un abri.

— Je gagerais presque, s'écria l'autre, que le vent vient encore de changer. A qui pourrais-je m'en informer?... Ah! voici... Batelier! comment est le vent, pour le quart d'heure? Encore nord-nord-ouest, — hé? Et hier soir, il était sud-sud-ouest, pas vrai?.... Y a-t-il rien de plus remarquable, mistress Lecount, que les variations du vent sous cette latitude? continua le capitaine, passant le tabouret du côté de la science... Y a-t-il un phénomène naturel qui doive embarrasser davantage la curiosité du savant?... Vous me direz peut-être que l'abondance du fluide électrique, répandu dans l'atmosphère, est la principale cause de cette variabilité. Vous me rappellerez l'expérience de ce philosophe illustre, qui a mesuré la vélocité d'une tempête au moyen de petites plumes livrées au vent... Je ne contesterai, chère madame, aucune de vos propositions.

— Je vous demande mille pardons, monsieur, dit mistress Lecount. Votre bonté m'attribue un savoir que je n'ai pas. De telles propositions, j'ai le regret de le dire, sont plus que je n'oserais me permettre.

— Ne vous méprenez pas à mes paroles, madame, continua le capitaine, dont la courtoisie ne voulut tenir aucu compte de cette interruption. Mes remarques ne s'appliquent qu'à la zone tempérée. Transportez-moi sur les rivages inter-tropicaux, — transportez-moi dans ces régions où le vent souffle à la côte pendant le jour et, la nuit, souffle vers la mer, — j'arrive aussitôt à des expériences concluantes. Par exemple, je sais que la chaleur du soleil, pendant le jour, raréfiant l'air qui plane au-dessus de terre, détermine la formation du vent... Peut-être me demandez-vous une preuve?... Je vous accompagne alors (sauf votre obligeante permission) jusqu'au bas de l'escalier des cuisines; je prends des mains de la cuisinière son plus grand plat à tartes; je le remplis d'eau froide... A merveille!... Ce plat d'eau froide nous représentera l'Océan..... Je me procure ensuite un de nos accessoires domestiques les plus précieux, — savoir : un réchaud à l'eau bouillante, — je le garnis, et je le pose au milieu du plat à tartes : très-bien encore! Le bassin rempli d'eau chaude jouera le rôle de la terre, raréfiant l'air à mesure qu'il passe dessus..... N'oubliez pas ce point essentiel, et donnez-moi une bougie allumée. Je tiens cette bougie au-dessus de l'eau froide, et je la souffle; immédiatement, la fumée se meut dans la direction du réchaud. Avant que vous n'ayez eu le temps de proclamer le plaisir que vous cause ce résultat, je rallume la bougie, et je renverse toute l'opération. Je remplis d'eau chaude le plat à tartes, et je mets de l'eau froide dans le réchaud : je ressouffle alors la bougie, et la fumée, cette fois, va du réchaud vers le plat. L'odeur est particulièrement désagréable, — mais l'expérience est tout à fait concluante.»

Il replaça de nouveau le tabouret pliant et, jetant à mistress Lecount un de ses sourires les plus insinuants : « Vous me trouvez bavard, madame, — n'est-il pas vrai?» lui dit-il avec son aisance, sa gaieté habituelles, juste au moment où la femme de charge tendait encore une fois l'oreille aux paroles échangées par les deux autres interlocuteurs.

— Je suis émerveillée, monsieur, de l'étendue de votre érudition, répondit mistress Lecount, qui commençait à étudier le capitaine avec une certaine perplexité, — mais, jusqu'alors, sans la moindre méfiance. Elle le trouvait excentrique, même pour un Anglais, et peut-être un peu vain de sa science. Encore lui avait-il rendu l'hommage de s'en prévaloir auprès d'elle, et elle y était d'autant plus sensible que, depuis bien des années, elle avait vu accueillir sans trop de respect, par les gens qui l'entouraient, les témoignages de scientifique sympathie qu'elle accordait à la mémoire de feu son mari.

« Avez-vous, monsieur, continua-t-elle après un moment d'hésitation, avez-vous étendu vos recherches jusqu'à cette branche de la science que feu M. Lecount cultivait plus particulièrement?... Je vous fais cette question, monsieur Bygrave, parce que, s'il en était ainsi, je pourrais (tout ignorante femme que je suis) échanger avec vous quelques idées au sujet de l'espèce reptile. »

Le capitaine Wragge était beaucoup trop avisé pour aventurer sur le terrain de l'ennemi sa science de fraîche date. Le vieux milicien secoua sa tête prudente.

« Ce sujet-là, madame, dit-il, est beaucoup trop vaste pour un simple dilettante comme moi. La vie et les travaux d'un philosophe tel que fut votre mari, mistress Lecount, avertissent les hommes intellectuellement doués comme je le suis de ne pas se mesurer avec un géant. Puis-je savoir, demanda le capitaine, frayant doucement la voie à ses rapports ultérieurs avec Sea-View-Cottage, puis-je savoir si vous possédez quelques reliques scientifiques du défunt Professeur?

— Il me reste son *aquarium*, monsieur, dit mistress Lecount en baissant modestement les yeux... Il me reste aussi un de ses sujets favoris, — un petit crapaud exotique.

— Son *aquarium*? s'écria le capitaine avec l'accent d'un vif intérêt, tempéré par une certaine mélancolie. Son *aquarium* et son crapaud!... Souffrez, madame, que je vous dise carrément ce que j'en pense. Ce sont là des objets d'intérêt public; et comme je fais partie du public, je ne crois pas être indiscret en manifestant la curiosité qu'ils m'inspirent.»

Les joues lisses de mistress Lecount rougirent aussitôt de plaisir. Le seul côté faible de cette nature froide et cachée était la place occupée par le souvenir du Professeur. L'orgueil qu'elle attachait aux progrès dont il avait doté la sience, la mortification qu'elle éprouvait à le voir méconnu hors de son pays, étaient des sentiments profonds et sincères. Jamais, sur le fragile autel de la vanité humaine, le capitaine Wragge n'avait brûlé plus à propos qu'il ne le brûlait aujourd'hui son encens bâtard et frelaté.

« Vous êtes bien bon, monsieur, dit mistress Lecount. C'est m'honorer, moi, que de rendre hommage au souvenir de mon mari. Mais, telle bonté que vous mettiez à me traiter comme votre égale, je ne dois pas oublier que je remplis un emploi de pure domesticité. Je regarderais comme un vrai privilège de vous montrer mes reliques; mais il faut, auparavant, que j'en demande la permission à mon maître. »

Elle se tourna vers M. Noël Vanstone, dans l'intention parfaitement sincère de lui adresser la requête en question; mais elle était en même temps poussée, — en vertu de cette complexité de mobiles si fréquente chez les femmes, — par la méfiance que lui inspirait déjà l'admiration de son maître pour Madeleine.

« Pourrai-je, monsieur, vous adresser une prière? » demanda mistress Lecount, qui avait d'abord attendu pour tâcher de saisir au vol quelques fragments de la causerie intime engagée dans son voisinage, manœuvre que, — grâce au tabouret pliant, — Madeleine avait pu déjouer en temps opportun... « Monsieur Bygrave est du petit nombre des gens de ce pays qui peuvent apprécier les travaux scientifiques de mon époux. Il a bien voulu me témoigner le désir d'examiner ma petite collection de reptiles. M'autorisez-vous à la lui montrer? »

— Bien certainement, Lecount, dit M. Noël Vanstone avec affabilité. Vous êtes une excellente créature, et je ne demande qu'à vous obliger. L'*aquarium* de Lecount, monsieur Bygrave, est le seul *aquarium* d'Angleterre; — le crapaud de Lecount est le plus vieux crapaud du monde connu. Voulez-vous, ce soir, venir prendre le thé vers sept heures? et obtiendrez-vous de miss Bygrave qu'elle daigne vous accompagner? Je voudrais lui montrer ma maison. Elle ne

se doute pas, j'en suis convaincu, à quel point cette maison
est solide. Venez, miss. Bygrave, venez examiner ma demeure !... Vous prendrez un bâton pour heurter les murs ;
vous monterez pour essayer les parquets en frappant du
pied ; je vous dirai ensuite le prix qu'on a payé tout cela. »
Il cligna d'un air rusé ses yeux dont les coins se plissèrent,
et trouva moyen de glisser encore quelques tendres paroles
dans l'oreille de Madeleine, à la faveur des remercîments
sonores que faisait retentir la basse formidable du capitaine.
« A sept heures, murmurait-il, bien exactement à sept heures !
Et venez, je vous en prie, avec ce délicieux chapeau ! »

Les lèvres de mistress Lecount se fermèrent par un mouvement de mauvais augure. Elle envisageait la nièce du capitaine comme une très-grave compensation aux joies
intellectuelles que la société du capitaine lui devait procurer.

« Vous vous fatiguez, monsieur, dit-elle à son maître.
Vous êtes dans une de vos mauvaises journées. Laissez-moi
vous avertir d'y prendre garde ; laissez-moi vous prier de
rentrer chez vous. »

Heureux d'avoir fait sa volonté en invitant ses nouvelles
connaissances, M. Noël Vanstone se montra docile au delà de
toute attente. Il avoua qu'il était un peu fatigué, et, suivant
de point en point l'avis de la femme de charge, reprit aussitôt le chemin de sa maison.

« Prenez mon bras, monsieur ! — prenez mon bras de
l'autre côté ! » dit le capitaine Wragge au moment où la promenade changea de direction. Ses yeux mi-partis, tandis
qu'il parlait, jetèrent à Madeleine un regard expressif, et
l'avertirent de ne pas mettre à une trop rude épreuve, dès le
début de leurs relations, la patience de mistress Lecount.
La jeune fille le comprit aussitôt et, malgré les assurances
réitérées de M. Noël Vanstone, qui protestait n'avoir aucun
besoin du bras offert par le capitaine, elle se plaça immédiatement auprès de la femme de charge. Mistress Lecount,
retrouvant sa belle humeur, reprit avec Madeleine la conversation interrompue naguère, en lui adressant, de toutes

les questions imaginables, celle que les circonstances rendaient la plus embarrassante.

« Je suppose, disait mistress Lecount, que les fatigues de son voyage ont empêché mistress Bygrave de sortir aujourd'hui ?.... Aurons-nous le plaisir de la voir demain?

— Je présume que non, répondit Madeleine... Ma tante est d'une santé fort délicate...

— Un cas fort complexe, chère madame, se hâta d'ajouter le capitaine, prévoyant que les dehors de mistress Wragge (si quelque accident venait l'obliger à se montrer) démentiraient de la manière la plus flagrante la dernière assertion de Madeleine... C'est une souffrance nerveuse, dont le siége est au plus profond de l'organisme et qui ne se trahit par aucun signe extérieur. Ma femme, si vous vous bornez à la regarder, vous semblera la santé en personne, et pourtant, — tel est le mensonge des apparences, — j'en suis réduit à éloigner d'elle tout ce qui pourrait l'exciter. Elle ne voit pas de monde ;... notre médecin, je le dis à regret, le lui interdit absolument.

— Que c'est triste! dit mistress Lecount. La pauvre dame doit se sentir bien isolée, monsieur, quand vous êtes loin d'elle, vous et votre nièce ?

— Non, répondit le capitaine. Mistress Bygrave est, par nature, une femme sédentaire. Lorsqu'elle est en état de s'occuper, elle trouve dans son aiguille des ressources infinies. » Arrivé à ce degré des explications qu'il voulait donner, — et lorsqu'il eut, à dessein, tourné autour de la vérité qu'il dénaturait, pour le cas où la curiosité de la femme de charge la pousserait à s'enquérir de mistress Wragge, — le capitaine réfréna sagement les démangeaisons de sa langue, et s'interdit d'entrer dans d'autres détails. « Je compte beaucoup sur le bon air de cette localité, observa-t-il par manière de conclusion. Ainsi que je vous le faisais remarquer, l'*iodine* fait des miracles. »

Mistress Lecount reconnut, aussi brièvement que possible, les incomparables vertus de l'*iodine*, et se retira aussitôt dans le *sanctum sanctorum* de ses pensées. « Il y a

25

là, se disait la femme de charge, quelque chose de mystérieux... Une dame qu'on dirait être la santé en personne, une
dame qui souffre d'une maladie nerveuse très-compliquée,
une dame enfin qui, malgré cela, peut consacrer de longues
heures à des travaux d'aiguille, constitue un amalgame
vivant de contradictions auquel, en vérité, je ne saurais
rien comprendre... Devez-vous longtemps habiter Aldborough ? ajouta-t-elle à voix haute ; et ses yeux restèrent un
moment fixés, curieux et pénétrants, sur le visage du capitaine.

— Cela dépend tout à fait de mistress Bygrave, chère
madame. Je me figure que nous passerons ici tout l'automne.
Vous êtes, je présume, établis à Sea-View-Cottage pour toute
la saison des bains ?

— C'est une question, monsieur, qu'il faut faire à mon
maître. La décision lui appartient, et non pas à moi.

La réponse n'était pas heureuse. M. Noël Vanstone avait
été secrètement contrarié par le changement de *partner* qui
l'avait séparé de Madeleine. Il l'attribuait à l'influence tra-
cassière de mistress Lecount, et saisit la première occasion
d'en témoigner sa rancune.

« Je ne suis pour rien dans notre séjour ici, s'écria-t-il
d'un air mécontent. Vous savez aussi bien que moi, Lecount,
que sa durée dépend de *vous*... Mistress Lecount a un
frère en Suisse, continua-t-il en s'adressant au capitaine
— un frère qui est sérieusement malade. Si son état devient plus grave, il faudra bien qu'elle aille le voir. Je
ne puis ni l'accompagner, ni demeurer seul à la maison. Il
faudra donc rompre mon établissement d'Aldborough et aller
résider chez quelqu'un de mes amis... Si la décision dépendait de moi, continua M. Noël Vanstone, je passerais ici tout
l'automne avec le plus grand plaisir... Avec le plus grand
plaisir, » répéta-t-il, accompagnant ces mots d'un tendre
regard à l'adresse de Madeleine, et leur donnant, à l'intention de mistress Lecount, un accent aigre-doux.

Jusque-là, le capitaine Wragge était demeuré muet,
notant avec soin, à part lui, les heureuses chances que pou-

vait avoir la séparation de mistress Lecount et de son
maître, séparation que venait de lui faire pressentir le petit
accès de mauvaise humeur auquel s'était abandonné
M. Noël Vanstone. Le tremblement de mauvais augure qu'il
remarqua sur les lèvres minces de la femme de charge, au
moment où son maître, sans se gêner, initiait des étrangers
aux affaires de famille qui la concernaient et bravait ouvertement sa jalousie, l'avertit alors que son intervention devenait indispensable. S'il laissait s'aggraver ce dissentiment
domestique, il se pouvait fort bien que leur invitation à Sea-
View-Cottage, obtenue pour le soir même, fût indéfiniment
ajournée. Ce jour-là, comme d'habitude, au niveau de toute
circonstance, le capitaine Wragge appela une fois encore à la
rescousse l'utile érudition dont il s'était pourvu. Sous les
auspices de Joyce, il se précipita, la tête en avant, dans
l'océan de la science, et en rapporta une troisième perle. Il
haranguait encore (cette fois sur la pneumatique) ; il déployait encore, pour développer l'intelligence de mistress
Lecount, sa persévérance la plus courtoise et son éloquence
la plus abondante, — lorsque les promeneurs s'arrêtèrent à
la porte de M. Noël Vanstone.

« Sur mon âme, monsieur, nous voici chez vous ! dit le
capitaine, qui s'interrompit au milieu d'une de ses défini-
tions pittoresques. Je ne veux pas vous retenir une seule
minute... Pas un mot d'excuses, je vous en supplie, mistress
Lecount !... Je vous expliquerai plus amplement ce curieux
phénomène pneumatique, dans quelque future occasion.
D'ici là, je me borne à vous répéter que vous pouvez faire
l'expérience dont je viens de parler, et le plus complètement du monde, avec une vessie, un récipient épuisé, une
boîte de forme quadrangulaire... Ce soir, à sept heures,
monsieur ! — à sept heures, mistress Lecount ! Notre promenade a été tout à fait agréable, et ces mutuels échanges
d'idées constituent le meilleur moyen de s'instruire... Partons maintenant, chère petite !... Votre tante nous attend. »

Pendant que mistress Lecount se détournait pour ouvrir
la porte du jardin, M. Noël Vanstone prit son temps, et jeta

du côté de Madeleine un dernier regard chargé de tendresse,
— mais en s'abritant du parasol dont il avait, tout exprès,
débarrassé la femme de charge. « N'oubliez pas, disait-il
avec son plus doux sourire, n'oubliez pas, en venant ce soir,
de mettre ce délicieux chapeau! » Avant qu'il pût compléter cet adieu sentimental, mistress Lecount s'était de nouveau glissée à son poste, et le parasol protecteur changea
de mains immédiatement.

« Excellente besogne!... dit le capitaine Wragge, tandis
que Madeleine et lui revenaient ensemble du côté de North-
Shingles..... Vous, Joyce et moi, nous avons tous trois fait
merveilles. Une première journée de pêche nous a valu l'invitation la plus amicale. »

Il attendait une réponse et, n'en recevant point, se mit
à observer Madeleine avec plus d'attention qu'il ne l'avait
encore fait. Le visage de la jeune fille était redevenu d'une
pâleur mortelle; ses yeux jetaient machinalement des regards
où se peignait un désespoir insouciant et farouche.

« Qu'y a-t-il donc? demanda-t-il, surpris au plus haut
point... Seriez-vous souffrante? »

Elle ne répondit rien; à peine semblait-elle l'avoir entendu.

« Seriez-vous inquiète au sujet de mistress Lecount? lui
demanda-t-il ensuite... Ce seraient là des alarmes sans le
moindre fondement... Peut-être croit-elle avoir entendu
déjà une voix qui ressemble à la vôtre; mais votre visage,
bien évidemment, la déconcerte. Maintenez ce calme serein,
et vous la maintiendrez, elle, dans les ténèbres!... Main-
tenez-la dans les ténèbres, et, avant que l'automne s'achève,
vous aurez fait passer dans mes mains les deux cents livres
promises. »

Encore une fois il attendit une réponse; encore une fois
Madeleine garda le silence. Le capitaine essaya d'une troisième manœuvre.

« Auriez-vous reçu, ce matin, quelques lettres? continua-t-il... Est-il encore arrivé chez vous quelque malheur?... Votre sœur vous susciterait-elle quelques nouvelles
difficultés?

— Ne prononcez pas le nom de ma sœur! s'écria Madeleine avec un élan de colère..... Ni vous ni moi ne sommes faits pour parler d'elle. »

Elle était sur le seuil du jardin quand elle articula ces paroles, et, devançant le capitaine, elle se précipita seule dans la maison. Il la suivit et entendit se fermer violemment la porte de la chambre où elle avait couru se réfugier: verrous sur verrous se poussaient à grand bruit. Soulageant, par un juron, son âme indignée, le capitaine Wragge entra, d'un air mécontent, pour voir où était sa femme, dans un des salons du rez-de-chaussée. Cette pièce communiquait, par une petite porte vitrée, avec une espèce d'arrière-cabinet plus petit et beaucoup moins bien éclairé. Le capitaine, arrivé sans bruit devant cette porte, souleva le rideau de mousseline blanche qui en masquait le vitrage et regarda ce qui se passait dans la pièce du fond.

Là se trouvait mistress Wragge, son bonnet tout d'un côté, ses deux souliers en pantoufles, tout un rang d'épingles entre les dents; devant elle, la robe de cachemire oriental qui peu à peu glissait au bas de la table, et sur laquelle, d'une main, elle tenait suspendus des ciseaux indécis, tandis que, de l'autre, les instructions écrites par la couturière menaçaient à chaque instant de tomber; et la pauvre femme s'absorbait si bien dans les insurmontables difficultés de sa besogne, que le regard scrutateur de son mari plana sur elle sans qu'elle en eût la moindre conscience. Dans d'autres circonstances, elle eût été bientôt rappelée, par cette voix formidable que l'on connaît, au sentiment de sa situation. Mais le capitaine Wragge s'inquiétait trop de Madeleine pour perdre son temps à morigéner sa femme, dès lors qu'il voyait celle-ci dans la retraite où il la voulait, et lorsqu'il n'était pas à craindre qu'elle en sortît.

Il quitta le salon et, après un instant d'hésitation dans le corridor montant l'escalier sur la pointe des pieds, il alla plaquer son oreille inquiète contre la porte qui le séparait de Madeleine. Un bruit de sanglots étouffés fut tout ce qu'il put entendre. Il redescendit bientôt au rez-de-chaussée, et quelque vague rayon de vérité commençant à poindre dans son esprit :

« Que le diable emporte son amoureux ! pensa le capitaine..... Monsieur Noël Vanstone n'a pas manqué, pour son début, d'évoquer ce dangereux fantôme. »

FIN DE LA PREMIÈRE PARTIE.

TABLE.

———

PARIS. — IMPRIMERIE DE J. CLAYE, RUE SAINT-BENOIT, 7.